Anne Holt & Even Holt
Infarkt

ANNE & EVEN

HOLT

Infarkt

THRILLER

Aus dem Norwegischen von Gabriele Haefs

Piper München Berlin Zürich

Mehr über unsere Autoren und Bücher: www.piper.de

Von Anne Holt liegen im Piper Verlag vor:
Das einzige Kind
Im Zeichen des Löwen (mit Berit Reiss-Andersen)
Das achte Gebot
Blinde Göttin
Selig sind die Dürstenden
In kalter Absicht
Das letzte Mahl (mit Berit Reiss-Andersen)
Die Wahrheit dahinter
Was niemals geschah
Mea Culpa
Die Präsidentin
Der norwegische Gast
Gotteszahl
Kammerflimmern (mit Even Holt)
Schattenkind
Infarkt (mit Even Holt)

Die Originalausgabe erschien 2014 unter dem Titel
»Sudden death« bei Vigmostad & Bjørke, Bergen.

FSC
www.fsc.org
MIX
Papier aus verantwortungsvollen Quellen
FSC® C014496

ISBN 978-3-492-05603-8

Gesetzt aus der TheAntiqua B
Satz: Kösel Media GmbH, Krugzell
Druck und Bindung: GGP Media GmbH, Pößneck
Printed in Germany

Studieren Sie intensiv, was Sie am meisten interessiert, und vertiefen Sie sich so undiszipliniert, hemmungslos und ausgefallen in den Stoff wie nur möglich!

Richard P. Feynman, Physiker und Nobelpreisträger aus den USA

Freitag, 8. September 2000

11:15 Uhr
Cleveland Clinic, Cleveland, Ohio

Hätte der Mann mit den traurigen Augen Sara Zuckerman ein Jahr und drei Tage später aufgesucht, vielleicht hätte sie ihm geholfen. Sie hätte sich die Fotografie, die er vor sie auf den massiven Schreibtisch aus dunkler Eiche legte, vermutlich genauer angesehen. Nun aber betrachtete sie das Bild nur flüchtig, schob es dann weg und schüttelte den Kopf.

»Den habe ich noch nie gesehen.«

Ein entwaffnendes Lächeln. Mit der rechten Hand schob sie ihre Haare hinters Ohr, ehe sie die Lüge besiegelte: »Noch nie im Leben.«

»Sicher?«

Der Mann ließ ihren Blick nicht los. Seine vermutlich blauen Augen wirkten in der scharfen Sonne schmutzig grau. Sie waren groß, auch mit zusammengekniffenen Lidern, und die Augenwinkel zogen sich in einem Ausdruck ewiger Tristesse nach unten. Sara nahm an, ein Mann in seiner Position habe allen Grund, niedergeschlagen zu sein. Der Mund war groß unter einem sorgfältig gestutzten kräftigen Schnurrbart.

Sara Zuckerman war nach kurzer Zeit klar gewesen, woher er kam. Ihr wurde oft vorgeworfen, von allen das Schlechteste anzunehmen. Auch diesmal war sie sich schnell sicher, ohne dass sie hätte sagen können, weshalb. Sie hatte sich nicht einmal die Mühe gemacht, um seinen Ausweis zu bitten. In der Branche, in der dieser Mann arbeitete, wurde man mit Papieren ausgestattet, die so falsch wie meisterlich hergestellt waren. Als er ihr dennoch eine Dienstmarke des U.S. Marshals Service hinhielt, schüttelte sie den Kopf.

»Was soll dieser … was haben Sie gesagt, wie heißt er?«

»Das habe ich nicht gesagt.«

»Aber was soll er denn angestellt haben?«, fragte sie beiläufig und schob das Foto noch ein Stück weiter von sich weg.

»Darüber darf ich nichts sagen.«

»Nein. Das dürfen Sie wohl nicht.«

»Wir wissen aus zuverlässiger Quelle, dass er hier gewesen ist.«

»Das ist natürlich möglich. Die Cleveland Clinic ist ein großes Krankenhaus. Bei mir war er allerdings nicht.«

»Dann erlauben Sie vielleicht, dass ich mich ein wenig umhöre? Bei den anderen Ärzten auf der Station, bei den Krankenschwestern, bei …«

»Nein.«

»Nicht?«

Der Mann, der sich als Charles Gerstner vorgestellt hatte, hob die Augenbrauen und ließ sich im Sessel zurücksinken. Sara Zuckerman nahm die Andeutung eines Lächelns wahr, als er hinzufügte: »Eine Spur unpatriotisch, was? Es geht immerhin um …«

»Sie sind so wenig U.S. Marshal, wie ich die Ministerpräsidentin von Israel bin«, fiel sie ihm ins Wort. »Und es ist auch kein Zufall, dass Sie gerade zu mir kommen.«

Sie glaubte, ihn schlucken zu hören.

»Ich mag Sie nicht«, sagte sie eilig. »Ich mag Ihre Arbeitsweise nicht. Ihre und die Ihrer Organisation. Ich mag auch die Politik nicht, die Ihr Land führt, wo ich schon mal beim Thema bin. Und es provoziert mich, dass Sie davon ausgingen, ich wäre so leicht an der Nase herumzuführen.«

Sein Blick glitt zu dem goldenen Davidstern hinunter, der über dem obersten Knopf ihres weißen Kittels gerade noch zu sehen war.

»Der macht mich auch nicht pflegeleichter«, sagte Sara Zuckerman mit scharfer Stimme.

»Offenbar nicht.«

»Bei Ihrer Organisation sind Sie möglicherweise an größeres ... Entgegenkommen von anderen Juden gewöhnt. Als Ärztin habe ich jedoch nur meinen Patienten gegenüber Verpflichtungen.«

»Er war also Ihr Patient?«

»Nein.«

Die Lüge kam um eine Zehntelsekunde zu spät. Sie war aus der Übung; Lügen fielen ihr in der Regel leicht. Verärgert strich sie mit der Hand über die Tischplatte, um sich wieder zu fassen.

»Ziemlich unpatriotisch«, wiederholte der Mann, »dass Sie mir nicht helfen wollen. Unamerikanisch, würde ich sagen.«

Sara schaute auf. Eine Wolke hatte sich vor die Sonne geschoben. Seine Augen waren wirklich blau, seltsam eisblau unter den pfefferschwarzen Haaren.

»Aber ich bin ja auch Norwegerin. Ursprünglich.«

Er zuckte nicht mit der Wimper.

Sie fügte hinzu: »Und ich bin alt genug, um mich an die Sache in Lillehammer zu erinnern, 1973. Ich war noch ein Kind, aber dieser Wahnsinn hat meinen Eltern arg zu schaffen gemacht. Kinder merken sich solche Dinge. Empörte, verzweifelte Eltern. Wissen Sie noch?«

Weiterhin keine Reaktion.

»Ein ganzes Team«, sagt sie, jetzt lauter, während sie den rechten Zeigefinger auf ihn richtete. »Ein ganzes verdammtes Team aus Mossad-Agenten auf norwegischem Boden. Mit Decknamen und falschen Papieren ...«

Der Finger zeigte auf die Brusttasche, in der seine U.S.-Marshal-Dienstmarke steckte.

»... mit Waffen, konspirativen Wohnungen und Fluchtfahrzeugen. Alles, um einen marokkanischen Kellner umzubringen, der absurderweise hinter dem Münchner Massaker stecken sollte. Einen redlichen Kellner. Mit norwegischer Frau und Kind. Ein Neger in Lillehammer, als es noch ›Neger‹ hieß und sogar Araber als solche galten.«

Charles Gerstner saß noch immer bewegungslos da. »Ich kenne diese Geschichte leider nicht«, sagte er schließlich. »Das war 73, haben Sie gesagt? Da habe ich in Boston gelebt. Harvard. Ich war dreiundzwanzig und habe mich vor allem für Mädchen, Eishockey und das nächste Fest interessiert.«

Sara deutete ein Lächeln an. »*Love Story.*«

»Was?«

»Der Film. Boston. Die Zeit.«

Keine Reaktion. Sara lächelte weiter. Die Lüge des Mannes war jetzt so offenkundig, dass sie stutzte. Das Buch *Love Story* war 1970 auf den Markt gekommen, der Film wurde für sieben Oscars nominiert und bekam einen. Fünf Golden Globes. Und es ging um unsterbliche Liebe und Eishockey. Und um Harvard.

»Ich höre keinen Bostoner Akzent?«

»Nein. Ich bin aufgewachsen ...«

Er zuckte kurz mit den Schultern. »... hier und da. Überall und nirgends.«

»Ein U.S. Marshal, der in Harvard studiert hat«, sagte sie. »Beeindruckend.«

Er gab keine Antwort. Sara dehnte das Schweigen bewusst aus. Sie wollte ihn noch einmal sprechen hören, jetzt, wo sie auf den winzigen Beiklang von angelerntem US-Akzent in seiner Stimme aufmerksam geworden war. Er hätte, wie sie, leicht als Amerikaner durchgehen können. Im Alltag. Seine Aussprache war akzentfrei und fast perfekt. Aber nur fast.

»Wir haben nichts mehr zu besprechen«, sagte Sara endlich. »Ich habe das Gefühl, dass es denen, auf die Sie auf diese Weise Jagd machen, übel ergeht, egal, was sie getan oder nicht getan haben. Mir wäre es lieb, wenn Sie jetzt gingen. Sofort. Ich weiß ja nicht, ob ... ob *unsere Jungs* wissen, dass Sie hier sind. Ihr steht ja wohl auf ziemlich gutem Fuß. Aber darauf können Sie sich verlassen: Ich werde die zuständigen Stellen informieren, wenn Sie auch nur einer der Schwestern hier auf der Station zuzwinkern. Das könnte dann zu Verwicklungen führen. Praktischen. Diplomatischen.«

Sie wurde nicht einmal lauter. Die Augen des Mannes wurden noch ein wenig trauriger.

Mit einer groben Faust zog er das Foto zu sich heran und steckte es in seine innere Jackentasche.

»Sie irren sich.«

»Sicher. Aber diesen Burschen habe ich jedenfalls nie gesehen.«

»Natürlich nicht.«

Charles Gerstner erhob sich langsam, mit einer Grimasse, als hätte er Schmerzen. Stumm ging er auf die Tür zu. Er hinkte, wie Sara Zuckerman jetzt bemerkte, er zog den linken Fuß ein bisschen nach. »Sie machen einen Fehler«, sagte er, ohne sich umzudrehen.

»Nein.«

Sein Rücken war breit und knochig. Von hinten wirkte er untersetzter, älter.

»Wir wollen ihn nicht festnehmen. Ich suche, ich fahnde nicht.«

Er versuchte offenbar, sein schmerzendes Bein zu entlasten, als er sich zu ihr umdrehte. »Warum tragen Sie den Davidstern?«

»Weil es mir richtig vorkommt.«

»Richtig?«

Er schüttelte kurz den Kopf und öffnete den Mund, um etwas zu sagen. *»Thanks for your time.«*

Die Tür glitt langsam hinter ihm zu.

»Freitag, der 8. September 2000«, sagte Sara mechanisch und öffnete eine schmale Schreibtischschublade. Sie legte den Zeigefinger auf ein Tonbandgerät, das kleinste, das sie hatte auftreiben können. Es stieß ein fast unhörbares Klicken aus und war dann tot.

In New York City, fast siebenhundert Kilometer östlich von Cleveland, wo Sara Zuckerman beschloss, eine frühe Mittagspause einzulegen, kratzten die Zwillingstürme noch immer am Himmel über Manhattan. Die Muslime waren noch nicht zu den *bad guys* des Abendlandes geworden.

Ein Jahr später würde die Welt anders aussehen.

Wäre der falsche U. S. Marshal ein Jahr und drei Tage später aufgetaucht, hätte Sara Zuckerman sich vermutlich entgegenkommender verhalten. Hätte er noch eine Weile gewartet, bis die Konspirationstheoretiker ihre Geschichten über die Rolle der Juden im schlimmsten Terrorangriff aller Zeiten verbreitet hätten, wäre sie möglicherweise sogar bereit gewesen, Charles Gerstner zu helfen.

Aber er kam zu früh. Sara war noch nicht bereit, Außenstehenden Auskünfte über ihre Patienten zu erteilen. Schon gar nicht Besuchern, die nicht einmal offen sagen konnten, wer sie waren.

Der Mann auf dem Foto, das Charles Gerstner ihr gezeigt hatte, war zwei Wochen zuvor in elendem Zustand in die Notaufnahme gebracht worden. Er litt unter starken Brustschmerzen, und ihm wurden noch am selben Tag zwei Stents in ein Herzkranzgefäß eingesetzt. Der Patient hatte sich als Shane Holmes vorgestellt, ein Name, der in Anbetracht des Aussehens und des starken Akzents des Mannes noch offenkundiger falsch war als Charles Gerstners. Für Sara Zuckerman spielte das kaum eine Rolle. Es war auch nicht weiter wichtig, dass Shane Holmes keine Papiere vorweisen konnte. Ein Patient von Mitte vierzig brauchte sofort Hilfe, und die bekam er. Als der Mann anderthalb Tage nach dem Eingriff in aller Stille verschwand, stand neben dem Bett ein Koffer voller Bargeld. Ein Träger glaubte, einen Besucher im selben Alter gesehen zu haben, ansonsten wusste niemand, wohin Shane Holmes verschwunden war.

Es interessierte Sara Zuckerman auch nicht. Sie hatte sich zunächst wegen des Verschwindens Sorgen gemacht. Der Patient brauchte Pflege, Ruhe und Medikamente. Andererseits stand er offenbar nicht allein. Der Freund, der ihn ins Krankenhaus gebracht und der die Behandlung auf eher unorthodoxe Weise beendet hatte, würde sich vermutlich um Shane Holmes kümmern. Es gab andere Ärzte, andere Orte, andere Krankenhäuser, und Shane Holmes war nicht Sara Zuckermans erster Patient aus dem Schattenland.

Ihr Magen knurrte. Sie stand auf und ging zur Tür, wo ein schwacher Duft nach Rasierwasser noch an den Israeli erinnerte. Der Besuch hatte sie beunruhigt, auch wenn sie kaum hätte sagen können, warum. Sara Zuckerman wusste, dass die jüngeren Ärzte ein hübsches Bündel Spitznamen für sie hatten. Der schmeichelhafteste war angeblich *The Dragon*. Sara waren Konflikte nicht fremd, weder nach oben im System noch nach unten. Zweimal war sie vor Gericht gelandet, nachdem sie eine Spur zu weit gegangen war. Sara hatte in beiden Fällen gesiegt, ohne auf dem Weg zum Sieg auch nur eine Sekunde Schlaf einzubüßen. Solange sie eine von äußerst wenigen Oberärzten war, die in ihrer ganzen Karriere noch keine einzige Klage von Patienten erhalten hatten, trug sie den Kopf hoch und ließ Konflikte und Kritik gleichermaßen an sich abprallen.

»Vergiss ihn«, ermahnte sie sich und machte sich auf den Weg zur Cafeteria. »Und das ist ein Befehl!«

Montag, 3. März 2003

15:50 Uhr
Avenue Road, London, Großbritannien

Insgeheim liebte Gabrielle Conrad ihren zwölf Wochen alten Sohn mehr als die drei älteren Schwestern des Jungen. Wenn sie nicht so glücklich darüber gewesen wäre, endlich einen Jungen zur Welt gebracht zu haben, wäre der Säugling nicht lebensgefährlich verletzt worden. Najib Aysha sorgte nämlich gut für seine Enkelkinder. Seine eigenen Kinder waren schon fast erwachsen, als die beiden Häuser in der Avenue Road gekauft und zu einem umgebaut wurden, aber da er einen Sohn und vier Töchter hatte, hoffte er auf eine ganze Heerschar von Nachkommen. In einem von vier Kinderzimmern im zweiten Stock stand eine königlich ausgestattete Wiege. Dort hatte der kleine Caspar gelegen, in tiefem Schlaf, ehe die Katastrophe über die Familie hereingebrochen war. Und ohne den eitlen Stolz der Mutter auf ihren ersten Sohn hätte er vermutlich alles verschlafen.

Aber es sollten Fotos gemacht werden.

Fotos für Najib Ayshas persönliche Website, von ihm selbst, von seiner Frau und den Enkelkindern. Der Fotograf war bekannt, einer der besten, die sich auftreiben ließen, und Gabrielle wollte auch Caspar dabeihaben. Der Junge sollte in den Armen seiner Großmutter liegen, eingehüllt in eine hellblaue Babydecke mit Stickereien, das

Blau zeigte sich auch in den Kleidern, in denen seine Schwestern herumtobten. Der Fotograf stand wie eine Sphinx mitten im Zimmer, die Arme verschränkt und den Rücken zur Tür des riesigen Wohnzimmers gekehrt. Wenn er sich verspätet hätte, wie er es auf seine arrogante Weise bei seinen meisten Terminen hielt, wäre er am Leben geblieben. Der zweiundzwanzig Jahre alte Kofi Nkrumah aus Ghana, ein Mann, dessen Anwesenheit dem bekannten Fotografen unbegreiflich war, hätte vermutlich ebenfalls überlebt, wenn nicht einer der Eindringlinge die Beherrschung verloren hätte.

Es ging ihnen um die Gemälde.

Von Najib Ayshas vier großen Leidenschaften – Aysha war ein solide gebauter Mann mit Platz für viel Leidenschaft hinter dem breiten Brustkasten – war die Malerei die zweitgrößte. Unter Fachleuten wurde immer wieder diskutiert, wie wichtig seine Sammlung war. Da er sich nur ungern darüber äußerte, was er besaß, und da er häufiger über Strohmänner kaufte, statt in eigener Person auf Auktionen zu erscheinen, war das schwer zu sagen. Die meisten stimmten jedoch darin überein, dass Najib Aysha zu den zehn bedeutendsten privaten Sammlern der Welt gehörte. Und dabei ging man nur von den Kunstwerken aus, die sich mit Sicherheit in seinem Besitz befanden.

Wie die drei Gemälde in einer fast unsichtbaren Glasvitrine in Ayshas Wohnzimmer. Das eine, Vincent van Goghs »Porträt des Dr. Gachet«, hatte er vier Jahre zuvor von einem Japaner gekauft. Das zweite war das fünfte Bild aus Paul Cézannes Kartenspielerserie.

Links vom »Porträt des Dr. Gachet« hing das Bild, das Najib Aysha ganz besonders liebte. Erst vor drei Monaten hatte es das *Certificate of Authenticity* erhalten. Das Bild war um die Mitte der Neunzigerjahre in Frankreich aufgetaucht, angeblich auf dem Dachboden eines alten Freudenhauses, hinter einer Bretterwand, die eine versteckte Nische gebildet hatte, trocken und unbesucht, seit über hundert Jahren. Es war ein Nachthimmelbild von Vincent van Gogh, gemalt in der Zeit, als der Künstler in der Anstalt von Saint-Rémy-de-Provence geweilt hatte. Es erinnerte stark an die berühmte »Sternennacht«, die sich seit 1941 im Besitz des Museum of Modern Art in New York befand. Das Bild hatte außerdem klare Ähnlichkeit mit »Sternennacht über der Rhone«, aber die Blautöne waren noch dunkler, die Sterne noch intensiver. Anders als seine beiden Schwesterbilder fand das neu aufgetauchte Bild in der Korrespondenz zwischen dem Künstler und seinem Bruder keine Erwähnung, sodass es lange Zeit nicht als echt anerkannt worden war. Najib Aysha jedoch hatte sofort das begriffen, wofür die Fachleute fast fünf Jahre brauchen würden, hatte es gekauft und »Namenloser Himmel« getauft.

Es war sein liebster Besitz.

Und der wertvollste.

Die drei Bilder waren nicht groß. Der rechteckige flache Glaskasten, der alle drei bedeckte, war an jeder Ecke zum Schutz gegen Missgeschicke aller Art mit schlichten Bolzen an der Wand befestigt. Zum Schutz vor Staub. Kinderfingern. Zudringlichen Gästen am späteren Abend. Aber nicht vor Dieben. Das Haus selbst war eine Festung. Gerüchte wollten wissen, dass Najib Aysha zehn Prozent eines schwindelerregenden Baubudgets für Sicherheitsvorkehrungen ausgegeben hatte, als er die beiden benachbarten Grundstücke erworben und sein Haus erbaut hatte.

Dennoch standen sie plötzlich da, die drei maskierten und bewaffneten Männer, in der bogenförmigen Öffnung zwischen den Räumen, und einer befahl allen mit lauter Stimme, sich ruhig zu verhalten. Die großen Schwestern des kleinen Caspar schrien hysterisch und rannten zu ihrer Mutter, die mit dem Säugling auf den Armen dastand. Die vier Kusinen der Kinder, alle noch keine fünf Jahre alt, rannten Zuflucht suchend zwischen Großvater, Tante und Großmutter hin und her. Einzig der Fotograf harrte in stoischer Ruhe aus. Während seine Assistentin sich hinter einen japanischen Wandschirm aus papierdünnem Holz flüchtete, hob der Fotograf langsam und vorsichtig die Arme, ohne sich umzusehen.

Vielleicht ging deshalb alles schief.

So, wie er dort stand, breitschultrig, groß, eine Spur übergewichtig, versperrte er den Eindringlingen den Blick auf die Sofagruppe, auf der Najib Ayshas Frau sich offenbar soeben hatte niederlassen wollen. Einige Sekunden lang konnten die Männer sie nicht sehen. Und sie hatten keine Ahnung von der Pistole in ihrer Handtasche, der Glock in der blassgelben Louis-Vuitton-Tasche, ohne die sie nie auch nur zwei Meter ging, nicht einmal im Haus.

Später sollte sie erzählen, dass sie auf den hintersten Eindringling gezielt habe. Reflexartig habe sie nach der Pistole gegriffen und dann einen Schritt zur Seite gemacht, um die Eindringlinge sehen zu können. Nur der Letzte der drei stand in ihrer Schusslinie. Sie feuerte. Sie hatte sich zwar den Gebrauch der Waffe beim Kauf vor drei Jahren erklären lassen, aber eine gute Schützin war sie keinesfalls. Sie konnte die Pistole entsichern und hatte vom Verkäufer auf einem Schießplatz eine Einführung in die Benutzung der Waffe erhalten. Seither hatte die Glock unberührt in der Tasche gelegen, abgesehen von den wenigen Malen, wenn Joumana Aysha mit einem Linienflug unterwegs war und eine Sicherheitskontrolle passieren musste. Die Waffe war immer geladen, ein Stück Geborgenheit nach einem unangenehmen Erlebnis eines Abends, als sie allein im Park spazieren gegangen war.

Joumana Aysha hatte auf einen Eindringling gezielt, der fünfzehn Meter entfernt stand, noch immer halb verborgen hinter dem Fotografen.

Und sie hatte getroffen wie eine Scharfschützin.

Der Mann griff sich an den Hals und war tot.

»Ganz ruhig bleiben!«, schrie der Anführer noch einmal und schoss dem Fotografen in den Rücken.

Auch das mochte ein Reflex gewesen sein. Vielleicht auch die Verblüffung über diese nicht mehr junge und wild schießende Frau. Auf jeden Fall wirkte der Eindringling überrascht, als der kräftige Promifotograf nach vorn kippte, ohne den Sturz mit den Händen abzufangen. Der Eindringling griff sich mit der Hand an den Kopf und ging zwei Schritte auf die Leiche zu.

»Setzen, allesamt. Sofort. Setzen!«

Es war Najib Aysha, der das gebrüllt hatte.

Die Kinder kamen aus allen Ecken des Zimmers auf das riesige tiefrote Sofa zugerannt. Dort kletterten sie zu ihrer Oma hoch, die nun auch saß, aber noch immer die Pistole in der rechten Hand hielt.

»Leg die weg!«, befahl ihr Mann. »Sofort. Auf den Tisch!«

Sie zögerte.

»Leg die weg«, wiederholte der größte der maskierten Männer. »Hör auf ihn. Wir wollten doch nur ...«

Es sollte viel Zeit vergehen, ehe Joumana überhaupt zu einer Aussage in der Lage wäre. Als es dann so weit war, mehrere Tage später und unter Einfluss starker beruhigender Medikamente, konnte sie keine zusammenhängende Geschichte erzählen. Schuss Nummer zwei, der ironischerweise den heiß ersehnten Enkel traf und ihn für das Leben lähmte, war aus ihrer Erinnerung verschwunden. Joumana wollte auch nichts über Kugel Nummer drei hören, die einfach in die Luft abgegeben worden war, schräg zum Fenster hinüber, ohne Sinn und Ziel, und die dann Kofi Nkrumah in der rechten Schläfe getroffen hatte.

Najib schickte sie, die verängstigten Kinder und seine Tochter in ein angrenzendes, etwas kleineres Zimmer. Dort saßen sie in einer Kakofonie aus Schreien und panischem Weinen, während die überlebenden Eindringlinge drei Gemälde an sich rissen und verschwanden.

Zwei Bilder wurden einfach von der Wand genommen.

Bei dem hektischen Versuch, den Schutzschirm zu lösen, zerbrach das angeblich unzerbrechliche Glas. Die »Kartenspieler«, das einzige an der Wand befestigte Bild, das deshalb nicht mit dem Rahmen entfernt werden konnte, wurde in der Mitte durchgerissen. Ob es die Frustration darüber war, nur zwei Drittel der geplanten Beute mitnehmen zu können, wusste später natürlich niemand. Aber der eine Eindringling machte sich seltsamerweise die Mühe, den Rest der Leinwand mit einem Messer zu zerschneiden. Nur traurige kleine Fetzen hingen noch aus dem Rahmen, als die Diebe verschwanden.

Um niemals gefasst zu werden.

Der Eindringling, der tot auf dem Boden lag, erwies sich als staatenloser Palästinenser aus Jericho, der sich sein ganzes Erwachsenenleben hindurch als Schwindler und Dieb in aller Welt herumgetrieben hatte. Eigentlich hieß er Ahmed Farez, und sein Leben wurde bis ins geringste Detail in den Massenmedien breitgetreten.

»Namenloser Himmel«, »Porträt des Dr. Gachet« und die Reste der übel misshandelten »Kartenspieler« waren ebenso spurlos verschwunden wie die beiden überlebenden Diebe. Als sich Najib Aysha mehr als fünf Wochen nach dem Vorfall zum ersten Mal vom Fernsehen interviewen ließ, nicht ohne die Fragenliste sorgfältig durchgegangen zu sein, wurde er gegen Ende des Gesprächs gegen jegliche Abmachung gefragt, wie hoch die Versicherungssumme sei, die er erhalten werde. Nicht nur für die berühmten Gemälde, fügte der Interviewer hinzu, der Fußballspieler Kofi Nkrumah war erst zwei Wochen vor seinem Tod von kaufbereiten Clubs in Europa auf 35 Millionen Pfund geschätzt worden. Wie viel davon werde Najib Aysha als Eigentümer des Premier-League-Vereins Notting Hill FC zufallen?

Eine peinlich lange Pause, während die Kamera Najib Ayshas Gesicht in Großaufnahme zeigte.

»Ich hätte fast meinen neugeborenen Enkel verloren«, sagte er endlich, presste sich die Faust auf den Mund und schluckte. »Er wird in seinem ganzen Leben nicht laufen können. Mein enger Freund und Protegé Kofi ist tot. Meine

Familie wurde terrorisiert und traumatisiert. Meine Frau. Meine Tochter. Meine Enkelkinder. In meinem eigenen Heim. Ihre Frage nach dem Geld ist beleidigend, unbegreiflich und geradezu bösartig.«

»Entschuldigen Sie«, sagte der Interviewer und blickte in seine Unterlagen. »Ich wollte wirklich nicht …«

»Geld«, unterbrach ihn Najib Aysha und beugte sich im Sessel vor, ehe er abermals eine Pause einlegte und dann hinzufügte: »Geld ist ein Mittel. Kein Ziel. Meine Kunstwerke sind für mich kein Geld. Sie sollen genossen werden. Gesehen. Drei unersetzliche Kunstwerke zu stehlen, das ist ein Verbrechen. Gegen die Kunst. Gegen die Menschheit.«

Der Interviewer, ein magerer kahlköpfiger Mann in einem dunklen Anzug, öffnete den Mund, um etwas zu sagen.

»Deshalb habe ich mich entschlossen, zwei meiner übrigen Bilder als Dauerleihgabe der Tate Britain zu überlassen«, sagte Najib Aysha unangefochten. »Im Namen meines verletzten Enkels. Zu seinen Ehren. Einen van Gogh und einen Cézanne. Das Museum zeigt schon seit Langem Interesse. Im *Learning Room* des Museums, in einem eigenen Schaukasten, werden Kopien der gestohlenen Gemälde zusammen mit einer Tafel zu sehen sein, die ihre Geschichte erzählt. Als Erinnerung an die Unverletzlichkeit der Schönheit. Um uns daran zu erinnern, was Bosheit ist.«

»Wir reden hier über Gemälde«, konnte der Interviewer einwerfen. »Das sind trotz allem leblose …«

»Dann wären wir fertig«, erklärte Najib Aysha.

Er erhob sich, löste das Mikrofon von seinem Revers und verließ das Studio mit einem Schweif aus dunkel gekleideten Leibwächtern. Es sollte mehr als vier Jahre dauern, bis der Finanzmagnat einen Journalisten näher als hundert Meter an sich herankommen ließ.

Samstag, 25. Mai 2013

21:38 Uhr
Wembley-Stadion, London

Der Lärm überwältigte sie. Die fast neunzigtausend Menschen machten einen Krach, wie sie es noch nie erlebt hatte, oder vielleicht war es nur die Hälfte der neunzigtausend, die den Sieg feierte. Fünfundvierzigtausend jubelnde Menschen. Irgendwer hatte verloren, und sie glaubte, dass es sich um Borussia Dortmund handelte. Sara Zuckerman sah, dass die Fans mit den scheußlicheren Trikots weinten. Erwachsene Männer in Gelb. Sie verbargen die Gesichter in ihren gelben Schals, während sie sich wie nach einer furchtbaren Todesnachricht hin und her wiegten.

Wie nach einer Katastrophe.

Gegen Ende des Spiels war alles so schnell gegangen. Ein Tor, als sie eigentlich schon aufbrechen wollte, endlich. Die Horden von rot gekleideten Fans hoben die Arme zum Abendhimmel und schrien, sie warfen Mützen und Fahnen ins Licht der riesigen Scheinwerfer und riefen einen Namen. Sie konnte nicht hören, welchen.

»In der neunundachtzigsten Minute«, schrie Johannes Funkel ihr ins Ohr, als sie seinen Arm packte, um nicht umgeworfen zu werden. »Arjen Robben. Was für ein Spieler! Was für ein Spiel! War das nicht fantastisch?«

»Doch, schon«, sagte sie so leise, dass niemand es hören konnte.

Es war grauenhaft gewesen.

Als Johannes Funkel sie eine Stunde vor dem Spiel in die VIP-Lounge des Wembley geführt hatte, hatte sie sich noch gut unterhalten. Die Herren im Anzug mit ihren ergrauenden Haaren und der Andeutung von Bauch unter dem teuren Gürtel drängten sich um die Häppchen und plauderten mit Kopien ihrer selbst. Sie hätten auch Teilnehmer eines Kongresses zum Thema Herz- und Gefäßkrankheiten sein können, wenn nicht die klapperdürren, viel jüngeren Frauen gewesen wären, deren einziges Talent es zu sein schien, auf Absätzen zu balancieren, die so hoch waren wie die Champagnerkelche, an die sie sich klammerten. Der Lärm aus dem Stadion wurde von riesigen Aussichtsfenstern und weichen Teppichen zu einem fernen Rauschen reduziert. Alle kannten Johannes. Er strahlte, stellte sie vor und hielt Saras linken Ellbogen in einem leichten Griff.

Als sie die Lounge verließen, wurde Sara klar, was für einen Fehler sie gemacht hatte.

Vor zehn Monaten hatte sie Johannes Funkel kennengelernt, hatte aber immer eine Ausrede gefunden, um kein Fußballspiel zu besuchen. Es ergab sich sozusagen nie. Nach einem halben Jahr mit immer fantasievolleren Gründen, warum sie kein Spiel von Notting Hill sehen könne, begriff Johannes endlich, was er längst hätte wissen können, wenn er nicht so verliebt gewesen wäre. Sara Zuckerman konnte Fußball nicht ausstehen. Sie mochte überhaupt keinen Sport. Sie trainierte viermal die Woche, aber nur aus Pflichtgefühl ihrer Gesundheit gegenüber. Zweimal eine Stunde Spinning. Sie hasste jeden Tritt in die Pedale. Bei den Aerobics zählte sie die Sekunden, im wahrsten Sinne des Wortes, von 3600 rückwärts. Sie war inzwischen ungeheuer temposicher. »Null«, stöhnte sie leise, ehe der Trainer diese Runde für beendet erklärte und Sara in ihrer schweißnassen Trainingskleidung nach Hause fahren konnte, um diese Tortur so schnell wie möglich zu vergessen.

Von allen Sportarten war Fußball sicher die schlimmste. Sie begriff die Regeln nicht. Johannes hatte versucht, ihr den Unterschied zwischen erlaubten und unerlaubten Angriffen zu erklären, aber sie hatte nur verstanden, dass Fußball ein gewalttätiger Sport war. An der Trainertafel hatte er ihr enthusiastisch zehn unterschiedliche Abseitssituationen vorgeführt. Sara wusste weiterhin nur, dass man sich auf dem Platz nicht zu weit nach vorn wagen durfte.

Sara hasste Uniformierung und schreiende Menschenmengen und wollte sich in nichts hineinziehen lassen, was ihr als Sippenkult erschien, so energisch, dass sie diesen Widerstand für angeboren hielt. Einen genetischen Protest dagegen, was ihrem Volk im Laufe der Jahrhunderte angetan worden war, so hatte sie es schließlich erklärt. Johannes hatte angefangen, fähige jüdische Fußballspieler aufzuzählen, die Liste war aber kurz und stockend gewesen.

Diesmal war sie nicht entkommen. Johannes Funkel war fünfzehn Jahre lang bei der Bundesliga Trainer gewesen, ehe er sich von der Premier League, dem Notting Hill FC und Najib Ayshas schwindelerregenden Ambitionen hatte locken lassen. Bei zwei deutschen Mannschaften im Endspiel und so vielen Einladungen zu VIP-Plätzen und Bewirtung in der Wembley-Suite, dass er seine ganze Verwandtschaft hätte mitnehmen können, hatte Sara keine Chance gehabt.

Und jetzt herrschte Chaos.

»Komm!«

Johannes packte ihre Hand und zog sie hinter sich her. Ein Mann vom Wachpersonal wartete beim ersten Sitz in der Reihe auf sie. Er nickte kurz und setzte sich in Bewegung. Johannes folgte ihm, noch immer mit festem Griff um Saras rechte Hand. Sie musste hinter ihm herlaufen, vorbei an den Tribünensitzen, Treppen hinunter, durch Gänge und wieder hinaus ins Freie. Er ließ ihre Hand nicht los, sagte nichts, lief so schnell, dass sie am Ende versuchte, sich loszureißen.

»Hier«, sagte er und blieb abrupt stehen, während der Wächter an seine Mütze tippte und in der Menschenmenge verschwand. »Das ist der heilige Rasen von Wembley. Jetzt kannst du die Jungs begrüßen.«

Auch hier herrschte Chaos. Auf dem Spielfeld jubelten die rot gekleideten Spieler, sie umarmten einander und posierten für die Kameras, während die Borussen sich auf den Rasen sinken ließen und die Gesichter auf die Knie pressten, ehe sie sich wieder aufrappelten und auf die gelbe Kurve zutrotteten, weg von den Siegern, um den Fans zu danken. Alle gingen mit gesenktem Kopf, nur einer nicht.

Er stand vielleicht fünfzehn Meter von ihr entfernt. Dunkle Haare, das Trikot klebte ihm am Leib. Es war etwas an der Art, wie er fiel. Nicht so, wie die anderen nach der Niederlage in sich zusammengesunken waren, langsam, fast theatralisch, als hätte alles Gute im Leben ein Ende. Dieser Mann stürzte. Ohne sich mit den Händen abzufangen. Fast neunzigtausend Augenpaare waren auf die Spieler der Siegermannschaft gerichtet, die Menschen hörten den Jubel, sie brüllten, und nur Sara sah Nr. 17 stürzen.

Als sie sich sechs Sekunden später den Mantel vom Leib gerissen hatte, den leblosen Körper auf den Rücken drehte und die Finger an seinen Hals legte, schrie sie: »*Medic! Medic here!* Sechs, sieben, acht, neun …«

»Was ist passiert? Was ist …«

Es war Johannes. Sie schaute nicht auf.

»… achtzehn, neunzehn, zwanzig …«

Die Kompressionen würden ihm wohl zwei Rippen brechen, wenn sie von dem Schmerz in ihren Handgelenken ausging.

»Weg da«, schrie jemand, sie wurde zur Seite geschoben.

»… dreißig«, flüsterte Sara, holte tief Luft und presste ihren Mund auf den des Leblosen.

Seine Lippen schmeckten nach Salz.

Neben ihr krachte ein vertraut aussehender Koffer zu Boden. Er wurde von einem hochgewachsenen bärtigen Mann geöffnet.

»Weg da«, sagte der Mann. »Wir müssen den Defibrillator anwenden.«

»Lasst sie das machen«, hörte sie Johannes rufen. »Sie kennt sich damit aus! Nicht …«

Hinter ihr kam es zu einem Handgemenge. Von allen Seiten eilten Leute herbei. Jemand versuchte, die Menschen zurückzudrängen, Sara lag auf den Knien und merkte erst jetzt, dass sie ihre Schuhe verloren hatte. Sie schob das Hemd von Nr. 17 bis zum Hals hoch. Ehe der Bärtige protestieren konnte, riss sie den Herzstarter an sich und platzierte die eine Elektrode mitten auf dem Brustbein, die andere schräg unter der linken Achselhöhle.

»Flimmern«, flüsterte sie, als sie das EKG-Signal sah. »Verdammt …«

Ein Mann in gelbem Overall versuchte, den Spieler zu intubieren.

»Nicht!«, fauchte Sara und schlug seinen Arm weg, ehe sie sich eine Kanüle mit einer groben Nadel aus einem der vielen Medizinkoffer schnappte, die jetzt wie Abfall um sie herum verstreut waren. »Scheißt auf die Heilmittel. Zweihundert Joule!«

Das war ein Befehl. Der Bärtige gehorchte.

Keine Veränderung in der Kurve auf dem Bildschirm.

»Dreihundertsechzig Joule!«

Noch ein Stoß.

»Ventrikeltachykardie«, stöhnte der Mann neben ihr.

Sara holte Luft. »Geben Sie mir Cordarone«, sagte sie und bohrte dem Spieler resolut die Kanüle in die rechte Halsseite.

Dunkles Blut. Sie hatte die Vene beim ersten Versuch getroffen.

»Hier.«

Jemand reichte ihr eine Ampulle mit Adrenalin.

»Ich habe Cordarone gesagt«, rief sie. »Adrenalin ist nur ein Scheißaberglaube. Cordarone! Schnell!«

Der Bärtige war zu einem Helfer geworden. Mit geübten Händen brach er die Spitze von einer Ampulle, zog den Inhalt in eine leere Spritze und reichte sie Sara. Sara hatte bereits den rosa Korken von der Kanüle entfernt und injizierte dreihundert Milligramm Cordarone direkt in den Blutkreislauf des Spielers.

»Salzwasser.«

Der Helfer hielt die nächste Spritze bereit. Sara spülte die Kanüle gründlich aus, jedes Milligramm Cordarone sollte in die Blutbahn.

»Dreihundertsechzig Joule«, sagt sie und hob die Hände.

Noch ein Stoß.

Ein besorgtes Murmeln lief wie eine Welle um die Rasenfläche, aber es war, als sei ganz plötzlich auf einen gigantischen Knopf gedrückt worden. Das Handgemenge in Saras Nähe war ebenfalls zum Stillstand gekommen. Ärzte von beiden Mannschaften, Spieler und Funktionäre, die VIPs im Anzug, die sich auf das Spielfeld begeben hatten, um Bayern München zu huldigen, alle standen wie die Salzsäulen da und beobachteten Sara Zuckerman.

Sara und der bärtige Helfer starrten den Herzstarter an.

»Don't you just love this picture?«, fragte sie ihn lächelnd und zeigte auf die Sinuskurve, ehe sie die rechte Hand unter die nassen Shorts des Spielers schob, bis ihre Finger den richtigen Punkt an seiner Leiste fanden.

»Puls. Jetzt können Sie weitermachen. Danke.«

Mit steifen Bewegungen versuchte sie, sich zu erheben. Ihr enges Kleid erschwerte es, aber ehe sie noch einen Versuch machen konnte, wurde sie von zwei Spielern in rotem Trikot auf die Beine gestellt.

»Geht es ihm jetzt besser?«

Johannes Funkel breitete die Arme aus und wollte sie an sich ziehen. Sie wich aus.

»Ich bin schmutzig«, sagte sie und schaute an sich hinunter. »Und ja, es geht ihm wohl besser. Weißt du, was aus meinen Schuhen geworden ist? Und aus meinem Mantel?«

Hinter ihr luden die Hilfsmannschaften den Spieler auf eine Trage. Johannes Funkel hielt ihr die Schuhe hin, überlegte es sich dann anders, sank auf dem Rasen auf ein Knie und schob die Schuhe vorsichtig auf ihre Füße. Das eng sitzende tiefrote Kleid war an der Seitennaht aufgerissen. An der rechten Hand hatte sie ein wenig Blut.

Spieler Nr. 17 konnte eine Hand zu einem schwachen Gruß heben, als er hinausgetragen wurde. Jubelgebrüll schlug ihm entgegen, und Sara legte Johannes den Mund ans Ohr. »Bring mich hier weg. Ich will nach Hause! Sofort!«

Er legte ihr den Arm um die Schultern und versuchte, auf die Spielerbänke zuzugehen. Es war unmöglich. Alle wollten grüßen, klatschen, loben und umarmen. Sara senkte den Kopf. Sie schob die linke Schulter vor und schmiegte sich enger an Johannes. »Bring mich weg.«

»Geht leider nicht«, sagte er und blieb stehen.

Ein Mann versperrte ihnen den Weg. Er war kräftig und groß gewachsen, seine Haare waren wie Borsten, kurz geschnitten und grau gesprenkelt. Er mochte um die sechzig sein, möglicherweise auch um die siebzig, dem dichten Netz aus Runzeln um die Augen nach zu urteilen. Aber seine Zähne waren weiß, als sich sein Mund zu einem so breiten Lächeln öffnete, dass Sara einfach zurücklächeln musste.

»Dr. Zuckerman, I presume.«

Sara nickte und nahm zögernd die ausgestreckte Hand des Mannes. Seine Haut war erstaunlich weich, und statt ihre Hand zu drücken, zog er sie an seine Lippen. Trotz Blut und Grasflecken.

»Ich bin Najib Aysha.«

Natürlich. Sara blinzelte verwirrt, ehe sie abermals lächelte und ihre Hand zurückzog. Sie hatte nicht nur in Zeitungen zahllose Fotos des unermesslich reichen Besitzers des Notting Hill FC gesehen, der Mann war zudem Johannes' Arbeitgeber. Übrigens nicht nur der von Johannes; Saras alter Freund und Kollege Ola Farmen hatte sechs Monate zuvor das Angebot angenommen, nach London zu ziehen und für das medizinische Team von Notting Hill zu arbeiten. Das streng genommen kein Team war, sondern eine hypermoderne Klinik. Seinen E-Mails nach war Ola dankbar für Johannes' Strippenzieherei, durch die Ola aus seiner Finanzkrise gerettet worden war, aber er fühlte sich dennoch nur halbwegs wohl als »Arzt für spieltüchtige Leute«, wie er geschrieben hatte.

Sara hätte den Mann erkennen müssen, aber Najib Aysha war eine Gestalt für drei Dimensionen. Sie begriff sofort, was Johannes gemeint hatte, wenn er immer wieder halb gereizt, halb bewundernd geklagt hatte, es sei unmöglich, Najib Aysha nach einer Diskussion, egal über welches Thema, nicht zuzustimmen. Wenn Johannes seinem leicht exzentrischen Chef hatte nachgeben müssen, verbreitete er sich über dessen irritierende Fähigkeit, einen Raum zu füllen, Begeisterung über seine Entscheidungen zu entfachen und selbst intelligenten, fachlich begründeten Widerstand wie kindischen Trotz wirken zu lassen.

»Diese Vorstellung«, begann Najib Aysha und beugte sich mit dem Oberkörper ein klein wenig vor, ohne seinen Blick von ihrem zu lösen.

Sara registrierte die haarfeinen Linien, die die Kontaktlinsen um seine dunkelbraune, fast schwarze Iris zeichneten.

»Das war ungeheuer beeindruckend und, wenn ich das sagen darf ... ziemlich sexy.«

»Ich weiß nicht so ganz, was ich darauf antworten soll.«

Sara schaute an sich hinunter. Das Kleid konnte sie nur noch wegwerfen.

»Eine Antwort wird weder erwartet noch verlangt«,

sagte er. »Das Einzige, worum ich bitte, ist, dass Sie morgen mit Johannes zum Abendessen zu mir kommen. Ein richtiges Sonntagsmahl haben Sie wirklich verdient.«

»Leider.« Sara schaute kurz zu Johannes hinüber, aber von dort war keine Hilfe zu erwarten. »Ich fahre morgen früh nach Hause«, sagte sie. »Nach Norwegen.«

»Nicht doch«, sagte Najib Aysha. »Sie bleiben bis Montag. Dann fliegen Sie in meiner Privatmaschine nach Norwegen. Das ist bequemer als mit ... SAS?«

»Norwegian«, sagte Sara verwirrt. »Aber ich muss morgen wirklich nach Hause, da ...«

»Sagen wir, um sieben?«

»Ja ... nein, ich ...«

»Dann sehen wir uns um sieben. Ganz zwanglos. Nur meine Frau, ihr beide und ich.«

»Genau, ja ... na gut. Danke.«

»Johannes weiß den Weg«, sagte Najib Aysha, machte kehrt und verschwand in der Menge aus Spielern, Trainern und Eminenzen im Anzug.

Auf dem Spielfeld hätte das medizinische Personal inzwischen ein mittelgroßes Krankenhaus bemannen können, noch immer damit beschäftigt, die gelben und roten Medizinkoffer einzusammeln. Pompöse Musik schallte aus den Lautsprechern. Es war endlich Zeit für die Siegerehrung.

»Was war das eben?«

Sara sah verzweifelt Johannes an, der mit den Schultern zuckte und sich in Bewegung setzte. Sie lief hinterher und nahm seine Hand.

»Das war Najib Aysha«, sagte Johannes, und sie ahnte einen Unterton, den sie nicht richtig deuten konnte. »Den Rückflug morgen kannst du vergessen.«

»Aber ich muss ...«

»Vergiss es. Wir sind zum Essen eingeladen, Liebste. Ob wir wollen oder nicht.«

21:45 Uhr
Manette Street, Soho, London

Ein Mann saß allein vor einem auf Lautlos gestellten Fernseher.

Aron Apter hatte nur begrenztes Interesse an Fußball. Dennoch hatte er die zweite Halbzeit des Pokalendspiels gesehen. Einerseits, weil er sonst nichts Interessantes gefunden hatte, andererseits, weil das Spiel am Montag im Büro das große Gesprächsthema sein würde. Jetzt wünschte er, er hätte es gelassen. Eine vage Unruhe ließ ihn aufstehen. Er trat ans Fenster und schaute hinunter auf die Straße, versteckt hinter den dichten Vorhängen, die seine Frau unbedingt hatte aufhängen wollen, ehe sie es für gut befunden hatte, sich in einen zwölf Jahre jüngeren Mann zu verlieben und ihren Koffer zu packen, nach fast dreißig Jahren Ehe und drei erwachsenen Kindern.

Eine Berufskrankheit, dachte Aron Apter und trat vom Fenster zurück. Er hatte nicht Ausschau gehalten. Es war auch nur eine Katze zu sehen, die sich an einer Mülltonne putzte. Er zog die Vorhänge zusammen, verärgert, weil er noch immer so viele alte Gewohnheiten bewahrt hatte. Gewohnheiten aus einer Zeit, als er noch nicht in einem Büro in Palace Green saß und sich zu Tode langweilte, bis irgendwer beschließen würde, dass er sein Teil geleistet habe und nach Hause fahren dürfe. Für immer. Er setzte sich auf das Sofa und starrte die stumme Jubelszene aus Wembley an. Die Spieler von Bayern München würden bald ihren Heiligen Gral erhalten.

Er hatte vor Jahren zuletzt von Dr. Zuckerman gehört. Sie hatte fast allein einen schwindelerregenden Finanzskandal bei Mercury Medical entlarvt, einem der weltgrößten Produzenten von medizinischer Elektronik. Sie hatte in der gesamten westlichen Welt Schlagzeilen gemacht.

Es war lange her.

Drei Jahre? Er könnte in seinem Archiv nachsehen, das

in einem großen Pappkarton untergebracht war, nur ihm gehörte und niemals auch nur in die Nähe eines Computers gekommen war. Selbst die großen Karteikarten waren handgeschrieben. Er könnte den Karton aus dem versteckten Fach im Kleiderschrank ziehen, sich das Dossier für »Zuckerman, Sara« heraussuchen und nachsehen. Aber es war nicht wichtig.

Er hätte sich keine Sorgen zu machen brauchen.

Doch er hatte sechsundzwanzig Jahre lang dadurch überlebt, dass er nie achtlos war. Immer schaute er sich noch einmal um. Führte Protokoll über alle, die ihm begegneten und die zu einem späteren Zeitpunkt zum Problem werden könnten. Oder zu einem Hilfsmittel. Er war hindurchgekommen, hatte alles überlebt, und hinter einem sicheren Büroschreibtisch in der israelischen Botschaft in London gab es keinen Grund mehr, sich Sorgen zu machen.

Aron nahm die Fernbedienung und ließ sich aufs Sofa sinken.

Der Pokal gehörte jetzt Bayern München. Die Spieler hoben ihn abwechselnd in die Luft. Aron schaltete den Ton ein und ließ die Sendung rückwärtslaufen. Ein wenig zu weit, stellte er fest, als er aufhörte und auf »Play« drückte. Die Kameras hatten Sara Zuckermans Rettungstat auf dem grünen Rasen noch nicht eingefangen. Er ließ langsam vorwärtslaufen. Er interessierte sich nicht für die lebensrettende Aktion, und er ließ die Bilder der knienden rot gekleideten Herzspezialistin vorüberflimmern. In komischem Stummfilmtempo erhob sie sich, stellte fest, dass ihr Kleid ruiniert war und dass sie keine Schuhe trug. Ein grauhaariger Mann hatte sie am Arm gefasst.

Da. Er hielt das Bild an.

Najib Aysha.

Die Kameras richteten sich auf den Industriemagnaten und Fußballenthusiasten Najib Aysha, als er Sara Zuckermans Hand ergriff und sie an seine Lippen zog. Das Gespräch zwischen den beiden dauerte nicht lange, und bald verschwand Najib Aysha in Richtung von Borussias Funktionären und Helfern, ohne dass Sara Zuckerman und ihr Begleiter sich ihm angeschlossen hätten.

Kein Grund zur Sorge.

Eine kurze Begegnung in einem Hexenkessel von Fußballstadion, mehr nicht. Natürlich wollte Najib Aysha die Frau begrüßen, die eben unter so spektakulären Umständen einem Spieler das Leben gerettet hatte. Bei fast neunzigtausend Zuschauern auf den Tribünen und fast sechshundert Millionen vor den Fernsehapparaten musste ihr Auftritt die beste Werbekampagne aller Zeiten für den Ärztestand sein. Najib Aysha würde sich die Gelegenheit zu einer solchen Begegnung niemals entgehen lassen.

Eine zufällige kurze Begegnung. Nichts anderes.

Der Mann auf dem Sofa schaltete den riesigen Flachbildschirm aus. Es wurde dunkel. Er fürchtete, dass es hier im Zimmer nach altem Mann roch. Nach älterem Mann ohne Frau, wie er sich selbst in Gedanken korrigierte. Einmal war es hier gemütlich gewesen. Nicht wie zu Hause in Netanja, aber doch einigermaßen gemütlich.

Als er vor fünf Jahren aus dem aktiven Dienst genommen und mit einem nichtssagenden Titel in die Botschaft versetzt worden war, war Varda zum allerersten Mal seit ihrer Hochzeit mit ihm ins Ausland gegangen. Die Kinder waren erwachsen und wohnten nicht mehr zu Hause. Mit einfachen Mitteln machte Varda die kleine Dreizimmerwohnung zu einem Zuhause. Ein Kerzenleuchter hier und ein Bild von Kindern und Enkelkindern dort, dekorative Reproduktionen an den Wänden, jeden Freitag frische Blumen. Als sie ihn verließ, nahm sie Kleider und persönliche Habseligkeiten mit. Die Gegenstände, die aus der Wohnung ein Zuhause gemacht hatten, waren noch vorhanden. Sogar die Vase auf dem Couchtisch, die allerdings seit Vardas Verschwinden keinen echten Blumenstrauß mehr gesehen hatte. Aron räumte auf und hielt alles einigermaßen sauber. Dennoch war nichts wie früher. Aron Apter war erst dreiundsechzig, aber er hauste in der Wohnung eines alten Mannes.

Vielleicht war das, was er hier wahrnahm, der Geruch der Langeweile.

Oder der konstanten Unruhe.

Er müsste das Bett frisch beziehen. Varda hatte das einmal pro Woche gemacht, er selbst ließ drei, vier Wochen verstreichen. Manchmal auch fünf.

Als er sich erhob, beschloss er, es sei nun an der Zeit zu vergessen. Sara Zuckerman ging ihn nichts an. Es war nicht länger seine Aufgabe, die Fäden in der Hand zu halten, die verdammt vielen Fäden. Die Verantwortung dafür, die Geschichten auseinander- und die Lügenkisten geschlossen zu halten, war längst auf andere übertragen worden. Er hatte nicht mehr an sie gedacht, seit er über den Skandal mit Mercury Medical gelesen hatte, und er hatte der Frau seit dem Jahr 2000 keinen Gedanken mehr gewidmet. Sie war nicht wichtig.

Ganz anders verhielt es sich mit Najib Aysha.

Der Israeli, der jetzt im Schlafzimmerschrank nach sauberer Bettwäsche suchte, würde Najib Aysha nie vergessen, könnte ihn nie vergessen.

Aber selbst mit diesem im Libanon geborenen Briten könnte er leben, so ganz allgemein. Die Zeit war vergangen. Nichts war geschehen. Die ersten zwei Monate nach dem fatalen Überfall in der Avenue Road im Jahr 2003 waren die Hölle gewesen. Aron musste in einem Chaos Ordnung schaffen, das sie durch unverzeihliche Schlamperei selbst verursacht hatten. Sechs Wochen lang hatte er kaum geschlafen, und wenn er in ein unruhiges Dämmern gefallen war, hatte er die schlimmsten Albträume gehabt.

Aber es war gelungen.

Sogar New Scotland Yard konnte hinters Licht geführt werden, auch wenn es um Haaresbreite schiefgegangen wäre.

Er entschied sich für einen dunkelblauen Bettbezug mit

einem Muster aus tieflila Seerosen. Sie hatten Daunendecken, mit echten Daunen. Varda war mit siebzehn als Austauschstudentin in Schweden gewesen und mit Bettgewohnheiten nach Israel zurückgekehrt, die sie seither nicht wieder aufgegeben hatte. Zu seinem Ärger konnte er keinen passenden Kissenbezug finden. Varda hatte in diesem Schrank immer Ordnung gehalten, aber damit war jetzt Schluss, da er immer nur eine Garnitur Bettwäsche brauchte, seit sie ihn verlassen hatte.

Sich einer Leiche zu entledigen fiel ihm leicht.

Viel schwieriger war es gewesen, die Gemälde aus England hinauszuschaffen.

Natürlich mussten sie eine ganze Weile warten. Die Sicherheitsmaßnahmen an allen Grenzen wurden verschärft, nachdem Najib Ayshas Bilder verschwunden waren. Die Polizei war so gut vertreten, dass die meisten Menschen, Reisende und die Besatzung von Fähren, Zügen und Flugzeugen, die sich den verschärften Kontrollen unterwerfen mussten, über die vielen Verspätungen klagten. Als die Aufmerksamkeit um den Diebstahl abnahm, konnte Aron Apter die Bilder endlich von ihrem vorübergehenden Aufenthaltsort in der israelischen Botschaft nach Tel Aviv bringen. Mit Diplomatenpost, ganz einfach.

Es gab drei Menschen, die alles wussten.

Drei Menschen auf diesem Planeten wussten, dass in einem Tresor in einem streng bewachten Gebäude am Stadtrand von Tel Aviv drei gestohlene Gemälde von unschätzbarem Wert lagerten. Ein Cézanne, ziemlich übel misshandelt, und zwei Bilder von Vincent van Gogh. Dort würden sie liegen bleiben. Wenn nicht in alle Ewigkeit, dann doch für Generationen. Irgendwann in der Zukunft würden die noch nicht geborenen Erben von Aron Apters Geheimnis die Bilder wieder ans Licht holen können. Die Kunstwerke waren unersetzlich. Da hatten ihm die anderen vier zugestimmt. Jetzt waren nur noch zwei von ihnen am Leben.

Aron zog den Bettbezug von der Decke. Er hatte den Kissenbezug nicht gefunden und entschied sich für einen weißen mit hellgrünen Streifen. Es spielte keine Rolle, er brachte niemals jemanden mit nach Hause.

Diese Zeit war vorbei.

Er war erst dreiundsechzig, freute sich aber auf nichts. Der Preis, den er für seine häufige Abwesenheit gezahlt hatte, als die Kinder klein waren, war der, dass er sie kaum kannte. Jedenfalls kannten die Kinder ihn nicht. Sie riefen ab und zu an und kamen auch mal zu Besuch. Zumindest die Tochter. Es konnte auch sein, dass die Kinder sich an seinen Geburtstag erinnerten. Den jüngsten Sohn hatte er allerdings seit drei Jahren nicht mehr gesehen. Immer kam etwas dazwischen, an Geburtstagen, zu Chanukka und zur Bar-Mizwa des jüngsten Sohnes.

So. Saubere Bettwäsche. Es roch ein wenig frischer.

Aron öffnete das Fenster.

Er wollte nicht, dass Sara Zuckerman mit Najib Aysha in Berührung kam. Auch wenn ihr Dossier im Papparchiv ganz hinten im Kleiderschrank nicht groß war, kannte er sie nach der ganzen Aufregung mit Mercury Medical gut genug.

Sara Zuckerman war nicht nur neugierig und intelligent. Sie war dazu trotzig, selbstsicher, mutig, und sie hielt nicht viel von Regeln und Autoritäten. Außer von ihren eigenen. Kein einziges Mal in seiner ganzen Laufbahn war Aron auf seinen vielen Reisen in Diensten des Mossad entlarvt worden. Sara Zuckerman hatte so schnell durchschaut, woher er kam, dass er restlos überrumpelt war, ohne auch nur protestieren zu können.

Er wollte durchaus nicht, dass Dr. Zuckerman in Najib Ayshas Nähe kam.

»Reg dich ab«, flüsterte Aron Apter vor sich hin. »Die haben weniger als eine Minute miteinander geredet.«

Er hatte sich angezogen auf die Bettdecke gelegt.

»Reg dich ab«, flüsterte er noch einmal.

Aron Apter schlief ein. Dieses eine Mal träumte er nicht und wurde erst am nächsten Morgen um halb sieben wach.

Weil er fror.

Sonntag, 26. Mai 2013

01:30 Uhr
Charmwood Avenue, London

Es könnten weitere Menschen sterben.

Ola Farmen blätterte fieberhaft in den Seiten, die er soeben ausgedruckt hatte. Er hatte sie mit den Dokumenten verglichen, die er in immer größer werdender Angst während der letzten Wochen gesammelt und ausgewertet hatte.

Seine Hände zitterten, als er die Papiere auf einen Stapel legen und in eine Plastikhülle stecken wollte.

Das Schicksal war im vergangenen halben Jahr überraschend nett zu Ola Farmen gewesen. Die Umstände hatten den Herzspezialisten aus dem norwegischen Krankenhauswesen zur Klinik des Fußballvereins Notting Hill geführt. Er hatte diese Gelegenheit genutzt, seine Familie aus einer finanziellen Gruft geholt und endlich ruhigere Tage erlebt.

Bis jetzt.

Ola Farmen wusste nicht, was geschehen war, aber die Unterlagen sagten ihm, dass etwas nicht stimmte. Innerhalb von Wochen war er nicht weiter gekommen als bis zu der Erkenntnis, dass etwas möglicherweise nicht stimmte. Als Spieler Nr. 17 von Borussia auf dem Rasen von Wembley mit einem Herzstillstand umgefallen war, hatte Ola das Gefühl gehabt, sein eigenes Herz setze aus. Er hatte sich auf die Brust geschlagen, hatte gehustet und gewürgt, und ihm war schwindlig gewesen. Er war vom Sofa aufgestanden und hatte sich ein beruhigendes Lächeln für die Familie abgerungen, die wild durcheinanderredete, weil Sara Zuckerman, die Freundin der Familie, im Fernsehen gewesen war.

Seither hatte er mit einer Ahnung, die sich inzwischen der Gewissheit näherte, im Keller vor dem Fernseher gesessen. Er hatte keine Beweise. Er wusste auch nicht, wie es geschehen war.

Aber es könnten noch weitere Menschen sterben.

Wenn ein anderer Spieler zusammengebrochen wäre, hätte es ein Zufall sein können. Aber von zwei vollständigen Fußballmannschaften, von all diesen durchtrainierten Männern im besten Alter, war es Spieler Nr. 17 gewesen. Jimmy Rowling. Erst im Januar von Notting Hill an Borussia verkauft.

An solche Zufälle glaubte Ola Farmen nicht.

Es könnten noch weitere Fußballspieler sterben, und bisher konnte Ola Farmen rein gar nichts unternehmen, um das zu verhindern.

02:00 Uhr
The Royal London Hospital
Whitechapel Road, London

Die Frau am Krankenbett hatte endlich aufgehört zu weinen. Dreimal war sie im Badezimmer gewesen, um ihr Make-up zu reparieren. Obwohl sie erst vor wenigen Stunden Zuschauerin bei einem Fußballspiel gewesen war, trug sie Schuhe mit zwölf Zentimeter hohen Absätzen, ein tailliertes Kostüm, und ihre Handtasche war elegant. An einem guten Tag hätte sie mit Victoria Beckham verwechselt werden können. Ebenso dünn. Ebenso klein, ebenso ernst und mit dieser pikanten Stupsnase im herzförmigen Gesicht.

Caroline Rowling hatte jedoch mehr Grund zur Besorgnis als Mrs Beckham. Der Mann, den sie vor weniger als einem Jahr geheiratet hatte, lag, angeschlossen an eine Unzahl von Apparaten, in einem Krankenhausbett. Er war so gut wie tot gewesen. Der Herzstillstand auf dem Rasen von Wembley hatte ihr dermaßen Angst eingejagt, dass sie nicht mehr wusste, wer sie aus dem Stadion und in ein Auto gebracht und dann zum Royal London gefahren hatte.

Jetzt war es spät in der Nacht, und sie hatte endlich den letzten Besucher hinauskomplimentieren können, Jimmys Vater. Die Ärzte hatten viel Zeit mit allen verbracht, die im Laufe des Abends aufgetaucht waren. Teamkameraden aus Notting Hill. Mehrere aus Borussias Trainerteam. Verwandte und Freunde. Alle gleichermaßen aufgewühlt, als sie kamen, die meisten etwas beruhigt, als Caroline sie aus der Tür schieben konnte.

Mit Jimmy würde alles gut gehen, sagten die Ärzte.

Sie versprachen es. Es würde gut gehen.

Sie hätte ihn niemals spielen lassen dürfen.

Sie hatte es ihm verboten, noch gestern Morgen, als sie zu einem letzten Treffen vor dem Spiel ins Hotel gekommen war. Jimmy hatte sie nur ausgelacht. Hatte herumgejuxt und die Muskeln spielen lassen, als er sich für das Treffen mit der Mannschaft umzog. Außerdem war er nur Reservespieler, tröstete er, und er gab ihr einen Kuss, ehe er seine Tasche packte und loslief.

Jetzt war es zu spät.

Niemand hatte es offen gesagt, aber Caroline Rowling war nicht dumm. Im Gegenteil. Wer sie nicht kannte, behandelte sie oft nach ihrem Aussehen. Hübsch, reich und nicht übermäßig intelligent. Solche Menschen besannen sich aber rasch eines Besseren, nachdem sie sich blamiert hatten. Caroline fehlte noch ein halbes Jahr zu ihrem MPA, dem Master of Professional Accountancy, an der London School of Economics. In den letzten Monaten hatte sie ihr Studium allerdings auf Eis gelegt: Als Jimmy von den Borussen eingekauft wurde, wollte er Caroline mit nach Dortmund nehmen. Sie rechnete dennoch damit, noch vor Weihnachten ihr Examen zu machen.

Sie war eine gute Rechnerin, und diese Rechenaufgabe war einfach.

Auch wenn niemand etwas gesagt hatte, wusste sie, dass Jimmys Karriere zu Ende war. Ein Arzt hatte einen düsteren Blick bekommen, als Jimmys Vater ganz offen danach gefragt hatte.

Jimmy hätte noch viele gute Jahre auf dem Spielfeld haben müssen. So hätte es sein sollen. So würde es nicht sein. Aber sie hatten noch immer eine Trumpfkarte.

Sie hatte nichts gesagt.

Als die dramatischsten Augenblicke vorüber waren, hatte der Arzt mit dem kahlen Schädel sie mit in ein Büro genommen. Hatte sie verhört, so war es ihr vorgekommen. Über frühere Krankheiten und Vorfälle. Über Anzeichen. Hatte Jimmy in letzter Zeit etwas gehabt, was einem Unwohlsein ähneln könnte?

Nein. Nichts. Kerngesund.

Sie wusste, was auf dem Spiel stand, und hatte nichts gesagt.

Jetzt zog sie einen Stahlrohrsessel ans Bett. Setzte sich und nahm Jimmys Hand. Vorsichtig, um nicht die vielen Kabel und Messapparate zu berühren. Seine Haut war kühl und trocken. Er lag so still da. Caroline strich mit dem Daumen über seinen Handrücken.

Hier musste sie bleiben. Durfte nicht schlafen, musste warten, bis Jimmy aufwachte, um sich dann davon zu überzeugen, dass auch er nichts gesagt hatte. Nichts darüber, was am Donnerstagabend passiert war. Niemand durfte etwas erfahren. Caroline musste den Ärzten zuvorkommen.

Wenn nicht, war das Leben, von dem Jimmy und sie geträumt hatten, vorüber.

Ehe es richtig angefangen hatte.

12:30 Uhr
Charmwood Avenue, London

Zum ersten Mal in seinem Erwachsenenleben hatte Ola Farmen Ordnung in seine Finanzlage gebracht. Er schlief nachts gut. Er konnte endlich Kleider in den Läden kaufen, die seine Kinder als die »richtigen« bezeichneten. Der Anblick von Fensterbriefen in seinem Briefkasten löste keine Angstzustände mehr aus.

Der Übergang vom norwegischen öffentlichen Gesundheitswesen zur britischen Sportmedizin erster Klasse hatte ihm nicht nur ein unerhört hohes Gehalt beschert, sondern auch noch eine Reihe von Nebenvorteilen. Ein schönes Haus, nicht zu weit vom Londoner Zentrum, mit Platz für sechs Kinder zwischen fast drei und zweiundzwanzig. Einen geräumigen Siebensitzer und einen kleinen Ford. Das Haus in Bærum hatten sie zu einem Wucherpreis vermietet, was ihnen die Möglichkeit gab, ganz schnell zwei Studiendarlehen und ein Hausbaudarlehen abzubezahlen, eine Last, die Ola und seiner Frau Guro mehr schlaflose Nächte eingebracht hatte, als sie einander jemals hatten eingestehen wollen. Da Guro in Gehweite Arbeit in einem kleinen Ärztezentrum gefunden hatte, würden die fünf Jahre in England ihnen einen neuen Anfang ermöglichen. Dann würden zudem nur noch die Zwillinge und die Kleinste zu Hause wohnen.

Der Offenbarungseid war bereits in unangenehme Nähe gerückt. Sie wurden vom Gong gerettet, Guro und Ola. Als Johannes Funkel Sara Zuckerman kennengelernt und sich zur allgemeinen Überraschung Hals über Kopf in eine Frau verliebt hatte, die nur vier Jahre jünger war als er, eine Frau mit einem Anflug von grauen Strähnen in den kastanienbraunen Haaren und der Selbstsicherheit der gefeierten Kardiologin mittleren Alters, hatte er auf jede erdenkliche Weise versucht, sie zu erobern. Und es war ihm gelungen. Nach einigen Wochen einer so stürmischen Beziehung, dass er ihr einen Heiratsantrag gemacht und sich ein Nein geholt hatte, erwähnte Sara ihren jüngeren Kollegen. Drei Tage darauf wurde Ola eine Stellung im klinischen Stab der Notting Hill Clinic angeboten, und diese Stellung war in finanzieller Hinsicht dermaßen verlockend, dass er nicht Nein sagen konnte.

Als Saras Taxi vor dem hellgelben Steinhaus in der Charmwood Avenue, South Wimbledon, hielt, schob ein kleines Mädchen einen Puppenwagen über den Bürgersteig. Sara bezahlte, stieg aus dem Auto und blieb stehen. So kleine Kinder dürften nicht allein auf der Straße spielen. Aber es musste wohl so kommen, wenn man das jüngste von sechs Geschwistern war. Die Kleine redete mit ihrer Puppe und erhielt offenbar interessante Antworten.

»Du bist aber tüchtig«, sagte Sara lächelnd und ging auf das Kind zu. »Hast du schon so gut Englisch gelernt?«

»Meine Sara!«

Der Kinderwagen kippte um, als die Kleine auf sie zurannte.

»Und du bist meine Sara«, antwortete Sara, öffnete die Arme für das Kind und hob es hoch. »Bestimmt kann keine Zweijährige auf der ganzen Welt so gut sprechen wie du. Und du bist ja eine richtige britische Lady geworden!«

»Zweieinhalb«, korrigierte die Kleine und pflanzte ihrer Namensschwester einen Schmatz auf die Wange. »Fast drei! Und ich bin aus dem Zimmer oben links an der Treppe, Gjettumkollen 23c, 1346 Gjettum, Bærum, Akershus, Norwegen, Skandinavien, Europa, Welt, Universum.«

Sie wand sich aus der Umarmung und lief zum Tor, ohne darauf zu achten, dass die Puppe mit dem Kopf im Rinnstein lag.

»Mama! Papa! Die Große Sara ist da!«

Nach einer Viertelstunde voller Willkommenschaos hatte Sara Zuckerman wie üblich Kopfschmerzen. Es war einfach unmöglich zu verstehen, dass jemand es mit so vielen Kindern aushalten konnte. Es tat den Finanzen offenbar nicht gut, sich ein halbes Dutzend Sprösslinge zuzulegen. Schlimmer aber war der Krach. Das Haus von Ola und Guro war von Krach durchtränkt. Es wurde gerufen. Gelacht, geweint, gestritten. Und dann die Unordnung! Angebissene Butterbrote, Spielzeug, Bücher, schmutzige Kleidungsstücke lagen überall verstreut. Die Kinder waren wunderbar, jedes für sich genommen, aber zusammen waren sie eine so große Zumutung, dass Sara vor jedem Besuch drei Paracetamol nahm. Vorsichtshalber. Obwohl ihr letzter Besuch erst zwei Monate zurücklag, benahmen sich die Kinder, als hätten sie es mit einer von den Toten auferstandenen geliebten Tante zu tun.

Endlich befahl Guro, dass alle innerhalb von zehn Minuten Schuhe anziehen müssten. Sie wollten ins lokale Tierheim, um sich einen Hund auszusuchen.

»Einen Hund?«, rief Sara, als sie sich in einem ganz und gar pflanzenlosen Wintergarten in einen Bambussessel sinken ließ. »Der hat euch gerade noch gefehlt! Ein weiterer Krachmacher! Der noch dazu pisst und scheißt …«

»Das war verdammt scharf gestern, Sara. Die Kiste da im Fernsehen.«

Das war Tarjei. Er war mit zweiundzwanzig der Älteste und eine Kopie seines Vaters. Abgesehen von einem komischen Spitzbart, den er sich zugelegt hatte. Jetzt stand er in einer alten Jacke, die Sara als eine von Olas erkannte, in der Tür.

»Scharf?«, fragte Ola gereizt. »Sie hat ein Menschenleben gerettet, Tarjei. Zieh die Jacke aus. Die darfst du nicht haben. Sie ist aus Leder und war ein Weihnachtsgeschenk für mich von Mama.«

»Es ist doch ganz schön scharf, Leute zu retten. Und dann noch im Fernsehen!«

»Mach, dass du wegkommst. In deiner eigenen Jacke. Und nehmt bloß kein kleines Tier. Lieber ein großes. Groß und still. Gern eins ganz ohne Stimmbänder. Und lieber keinen Welpen. Einen alten Hund, der nur noch ein Jahr zu leben hat.«

Tarjei grinste und knöpfte die Jacke zu. »Bist du noch hier, wenn wir zurückkommen?«

»Glaub ich nicht«, sagte Sara. »Ich bin zum Essen eingeladen.«

»Dann schönen Gruß an Thea.«

»Wird ausgerichtet. Ich fahre morgen früh nach Hause.«

Die Haustür fiel mit einem Knall ins Schloss. Sara nahm die Tasse, die Ola neben sie auf den Tisch gestellt hatte, und sog den Geruch von viel zu starkem schwarzen Tee ein. »Du siehst müde aus«, sagte sie.

»Danke.«

»Ich hatte ja den Eindruck, dass alles ein bisschen besser sei. Die Kinder fühlen sich noch immer wohl?«

Ola gab keine Antwort. Er hatte abgenommen, das bemerkte sie erst jetzt. Seine Uhr hing lockerer um sein Handgelenk, und sie konnte sehen, dass er ein neues Loch in seinen Gürtel hatte bohren müssen. Das war nicht sorgfältig gemacht worden, und es leuchtete wie eine frische Wunde in dem dunkelbraunen Leder. Er hatte die Haare kurz geschoren, obwohl er weiterhin nur eine Andeutung von Geheimratsecken zeigte. An den Schläfen wurden die Haare langsam grau.

»Fühlst du dich wirklich nicht wohl?«

Noch immer sagte er nichts. Saß nur da, den Blick auf eine umgekippte Schubkarre hinter der Glaswand gerichtet, beide Hände um seinen großen Becher geschlossen.

»Du musstest etwas tun«, sagte Sara scharf. »Hör auf zu

jammern. Es war nur eine Frage der Zeit, bis ihr am Ende gewesen wärt, rein finanziell. Diese Arbeit kann doch gar nicht so schlimm sein, wenn die fachlichen Herausforderungen auch nicht … alle Welt sind.«

»Das sagst du! Seit ich dich kenne, verachtest du alle, die sich nicht durch das komplizierteste Labyrinth der Medizin bewegen. Mit Guro hast du kaum ein Wort gewechselt, ehe sie dich dazu gezwungen hat. Sie ist ja nur praktische Ärztin, die Arme.«

Die letzten Wörter wurden ausgespuckt.

»Ich jammere nicht«, fügte er dann rasch hinzu, als ob er bereute. »Natürlich bin ich dankbar dafür, dass du mir das besorgt hast, und …«

»Johannes«, fiel sie ihm ins Wort. »Johannes hat dich für diese Stelle vorgeschlagen.«

»Sicher. Er hätte einem unbekannten norwegischen Kardiologen auch dann einen Superjob bei einem Premier-League-Verein besorgt, wenn du ihn nicht darum gebeten hättest. Klar doch.«

Sara rümpfte die Nase. »Was ist eigentlich los mit dir, Ola? Das hier ist keine Unzufriedenheit mit einem gut bezahlten und absolut akzeptablen Job. Du weißt genau, dass ich im Moment auch nicht gerade die spannendste Arbeit aller Zeiten habe. Wir sind beide Forschernaturen, Ola. Wir sind neugierig. Wissbegierig.«

»Du jedenfalls. Ich kapier nicht, wie du es aushalten kannst, nicht zu forschen.«

»Such dir ein Hobby, Ola. Spiel die Karten aus, die du hast. Das müssen wir alle. Wir sind nicht allein im Leben, und wir müssen beide berücksichtigen, dass wir Verantwortung tragen. Reiß dich zusammen, Junge! Was ist eigentlich los mit dir?«

Er rutschte in seinem Sessel hin und her. Stellte den Becher weg, nur um wieder danach zu greifen und einen Schluck zu trinken. Er verbrannte sich und schnitt eine Grimasse, dann holte er Luft, um etwas zu sagen. Es fiel ihm offenbar schwer, die richtigen Worte zu finden. »Ich fühle mich wirklich gut, Sara. Das ist es nicht. Aber …« Lange Pause. »Jimmy Rowling«, sagte er schließlich.

»Äh … ja?«

»Der, den du gestern gerettet hast.«

»Ach ja. Nr. 17. Ich hatte schon vergessen, dass er Jimmy Running heißt.«

»Rowling. Nicht Running.«

»Rowling.«

Sara nickte. »Dem geht es sehr gut. Johannes hat sich heute Nacht erkundigt. Sie haben so bald wie möglich eine koronare Angiografie vorgenommen. Keine Anzeichen von Infarkt. Du kennst die weitere Routine. In zwei Wochen wissen sie, ob ein Herzstarter implantiert werden muss. Seine Fußballkariere ist am Ende, das ist klar, aber ansonsten kann er ein langes, glückliches Leben haben.«

»Er ist vierundzwanzig und kann rein gar nichts, außer hinter einem Ball herzulaufen. Besonders glücklich ist er im Moment sicher nicht.«

»Aber seine Mutter dagegen bestimmt. Ihr Sohn lebt!«

»Weißt du, dass er bis zum Januarfenster für Notting Hill gespielt hat?«

»Januar… äh, ja. Diese Übergangskiste. Johannes war wochenlang nicht ansprechbar.«

Ola nagte an einem Daumennagel. Das hatte er in letzter Zeit offenbar häufiger getan, und die Daumenspitze hatte sich gerötet. Er zog den Daumen aus dem Mund, schob die Hand zwischen seine Oberschenkel und sah Sara herausfordernd an. »Rowling ist der dritte Spieler bei oder von Notting Hill, der im Laufe der letzten zehn Jahre mit plötzlichem Herzstillstand umgefallen ist.«

»Na und?«

»Siehst du nicht, wie auffällig das ist?«

»Nein. Es ist leider so, dass …«

Ola hob die linke Hand und fiel ihr ins Wort. »Was sagt die Literatur über die Ursache von Herzstillstand bei jüngeren Menschen, Sara? Bei über fünfundneunzig Prozent dieser Fälle waren hypertrophische Kardiomyopathie, ARVC, Infarkte und Ionenkanalkrankheiten zu verzeichnen. Keiner dieser Spieler hatte solche Defekte.«

Sara runzelte die Stirn und schüttelte den Kopf. »Drei in zehn Jahren? Nicht so extrem beunruhigend, es zeigt nur, dass Spitzensport gefährlich ist. Ich mache mir mehr Sorgen über Extremsport, wie Langstreckenrennen und ...«

»Aber hör doch mal, Sara. Wie hoch liegt der Prozentsatz für plötzlichen Tod in der Bevölkerung?«

»Eine rhetorische Frage? Ich habe kürzlich für den *Scientific American* einen Übersichtsartikel über plötzlichen Herztod geschrieben, auf Einladung von ...«

»Hör auf, Sara. Du redest hier mit mir.«

»Einer auf viertausend«, sagte sie schnell.

»Und bei denen unter dreißig?«

»Um einiges geringer. Eine britische Registerstudie von Patienten unter fünfunddreißig zeigt zwei Fälle auf hunderttausend Einwohner pro Jahr. Einer auf fünfzigtausend also. Aber es geht hier um eine Gesamtbevölkerung, und da gibt es viele Abweichungen.«

Ola erhob sich langsam und ging die vier Schritte zur Glaswand, die sie von dem kleinen Gartenflecken draußen trennte. Es hatte angefangen zu regnen.

»Wir versuchen mal, eine Zahl dafür zu finden, wie groß die Spielergruppe von Notting Hill in diesen Jahren war«, sagte Ola. »Wir haben im Schnitt so um die fünfunddreißig Spieler. Wir können nur fünfundzwanzig Spieler für die erste Mannschaft registrieren, aber die Junioren sind von der Quote ausgenommen. Einige bleiben natürlich viele Jahre. Sagen wir, dass pro Jahr höchstens zehn Spieler ausgetauscht werden.«

Sara stellte die Teetasse weg, britischer Tee war ohne Mengen von Milch und Zucker nicht trinkbar.

»Scheißegal«, sagt Ola und fuhr herum. »Ich peile mal über den Daumen. Fünfunddreißig mal zehn ist 350. Lass uns diese Zahl halbieren, da wir natürlich nicht jedes Jahr das ganze Team austauschen. 175 Spieler waren in diesen Jahren in der ersten Mannschaft. Und das ist noch sehr hoch gegriffen, Sara. Bei drei Fällen von plötzlichem Herzstillstand bei einer solchen Anzahl von gesunden, durchtrainierten Männern haben wir ein Vorkommen von 175 geteilt durch drei, also einen auf etwas unter sechzig. Einen auf sechzig, Sara! Das ist eine total absurde Zahl!«

»Sind sie gestorben?«

»Wer?«

»Die Patienten. Sind sie gestorben?«

»Nein.«

»Keiner von ihnen?«

»Einer ist beim Training umgefallen, 2003. Er wurde gerettet. Alles andere wäre ja auch noch schöner gewesen bei dem Aufgebot an medizinischen Fachkräften. Der Nächste erlitt zwei Monate später im Camp Nou in Barcelona einen Herzstillstand, nachdem er von hier aus verkauft worden war. 2007. Und dann hast du Jimmyboy, der von dir aus der traurigen Umarmung des Todes ins Leben zurückgeholt wurde. Gestern Abend.«

Das Haus schien nicht gern so leer zu sein. Sara nahm einen scharfen Luftzug wahr, und erst jetzt sah sie, dass die Glaswände nur einfache Scheiben hatten und dass die Stahlrahmen, die diese Scheiben hielten, hier und da verrostet waren. Der Regen, der inzwischen stärker geworden war, färbte den Garten grau. Nur ein trauriges Puppenhaus aus rosa Kunststoff durchbrach die Monotonie.

Johannes hatte erzählt, dass Ola ein viel besseres Haus als dieses hier angeboten worden war. Viel näher am Zentrum, aber bei sechs Kindern war alles, was zu haben war, zu klein.

»Hast du grünen Tee?«, fragte sie.

»Nein.«

»Na gut. Die Grundlage ist zu dünn.«

»Wie meinst du das?«

»Nehmen wir eine Familie von … sagen wir, sechs Personen. Oma, Opa, Mutter, Vater und zwei erwachsene Kinder.«

»Ja?«

»Innerhalb eines Jahres werden Oma und Mutter von plötzlichem Herzstillstand getroffen. Das kommt ja durchaus vor. Das macht eine Häufigkeitszahl von eins auf drei. Bei dieser kleinen Familiengruppe. Aber das sind Zahlen, denen keinerlei Bedeutung beigemessen werden kann.«

»Natürlich nicht. Erstens ist die Gruppe zu klein, um statistische Relevanz zu besitzen, zweitens kommen unter anderem gemeinsame Genetik, vielleicht die gleiche Ernährung und Sozioökonomie und … der Teufel und seine Großmutter mit ins Bild. Aber ich rede verdammt noch mal über eine relativ große Gruppe von Menschen. Keiner ist mit dem anderen verwandt. Alle sind in weit überdurchschnittlich guter Form. Alle, jedenfalls fast alle, leben gesund.«

»PlayStation zehn Stunden am Tag und McDonald's rund um die Uhr?«

Ola fuhr sich mit beiden Händen über den Kopf und setzte sich wieder.

»Das sind Vorurteile, Sara. Die Jungs spielen vielleicht zu viele TV-Spiele und lesen zu wenig Bücher. Aber sie trainieren vernünftig, und die Ernährungsvorschriften werden bei Notting Hill streng eingehalten. Verdammt, wir haben doch allein für die individuellen Ernährungsprogramme zwei Mann angeheuert. Bei Burger King erwischt zu werden ist fast schlimmer als eine Sauftour durch die Gemeinde.«

»Spielt keine Rolle. Die Statistik sagt uns so gut wie nichts. Außerdem wird bisher über die Herzprobleme von Spitzensportlern viel zu wenig geforscht. Erst in den letzten zehn Jahren ist das Training bei Ausdauersportarten verbessert worden. Oder vielleicht verschlimmert, wenn wir es aus der Gesundheitsperspektive betrachten. Die Zeit wird zeigen, was das für ihre Herzen zu sagen hat.«

»Fußball ist doch verdammt noch mal kein Ausdauersport!«

Ola breitete die Arme aus. Traf die Teetasse. Ein dunkler Fleck wurde um die Scherben auf dem Teppich immer größer.

»Lass es liegen«, sagte Ola, als Sara sich erheben wollte. »Ich mach das später.« Er drehte sich in seinem Sessel, um Sara ansehen zu können. »Bei Fußball geht es um drei Dinge. Das erste und wichtigste ist Ballkontrolle. Dafür brauchst du Talent und musst schon als kleines Kind trainieren wie blöd. Üben, ganz einfach. Ballgefühl, Sara, beim Fußball geht es vor allem darum. Gleich darauf kommt Spielverständnis. Ein Stück weit kannst du mangelndes Spielverständnis mit guter Ballkontrolle kompensieren. Und umgekehrt. Die guten Spieler, die wirklich guten Spieler, haben beides. Und nicht zu knapp. Zlatan. Messi. Ronaldo. Lewandowski.«

»Du hast ja eine Brille!«

»Was?«

»Ich hab mir den Kopf darüber zerbrochen, was an dir anders ist. Du bist dünner geworden, das sehe ich. Und du hast jetzt eine Brille.«

»Die Möglichkeiten zum Training während der Arbeitszeit waren nie besser«, murmelte Ola und rückte seine modische Hornbrille gerade. »Das nutze ich aus.«

»Und was ist das Dritte, worum es beim Fußball geht? Ausdauer? Also Kondition?«

»Kondition«, wiederholte Ola müde. »Jeder Idiot kann sich doch Kondition antrainieren. Ich habe meine Mutter von neunzig auf fünfundsiebzig Kilo gebracht. Sie hatte anfangs eine Sauerstoffaufnahme von zwanzig. Ein Jahr später, mit sechsundsechzig, war sie in ziemlich guter Form. Sauerstoffaufnahme von zweiunddreißig.«

»Ich bin bei achtunddreißig.«

»*My point exactly.* Jeder kann in Form kommen. In gute Form sogar, wenn man nur will. Die Gesundheitsgurus haben recht, man braucht sich nur zu entscheiden.«

Sara wäre am liebsten gegangen. Sie kannte ihn kaum wieder. Es war ihre Aufgabe, sich querzustellen. Die hitzige und eigenwillige Rolle zu spielen. Ola war der Joviale, der Eifrige. Der Nette. Ungeduld war ihre Sache.

»Es ist schon eins«, sagte sie leichthin. »Ich muss sehen, dass ich nach Hause komme.«

»Nach Hause? Hast du nicht gesagt, du fliegst morgen?«

»Nach Hause zu Johannes, meine ich. Wir essen heute Abend bei deinem Chef.«

»Najib Aysha?«

Ola lächelte zum ersten Mal, seit sie gekommen war. »Hat er dich da draußen auf dem Rasen zum Essen eingeladen? Ich hab den Kerl auch nach sechs Monaten bei seinem Verein kaum je gesehen, und dann kommst du und legst eine Lebensrettungsnummer zur besten Sendezeit hin – und schon kriegst du eine Audienz beim Fürsten.«

»Ich bin eigentlich eher … gezwungen worden.«

»Tempo.«

»Was?«

»Tempo«, wiederholte Ola. »Beschleunigung und Tempo.«

»Der dritte Eckstein im Fußball?«

»Genau. Und mit Tempo verhält es sich so, dass …«

Er wurde von der Türklingel unterbrochen, schien aber nicht aufmachen zu wollen.

»Tempo lässt sich natürlich auch trainieren«, sagte er. »Aber irgendwo gibt es eine Grenze, und diese Grenze ist individuell sehr verschieden. Es gibt viele Fußballspieler, die aufgrund ihres Balltalents und ihrer Fähigkeit, das Spiel zu deuten, gut sind. Sie wären … hervorragend, wenn sie noch dazu Tempo hätten. Beschleunigungsfähigkeit. Aber sie schaffen es einfach nicht.«

Es wurde abermals geklingelt.

»Willst du nicht aufmachen?«

»Das ist für die Kinder. Es klingelt tausendmal am Tag. Und es hört bald wieder auf.«

Es stimmte. Sie saßen zwei Minuten schweigend da. Alles war still. Sara wollte Ola bitten, ein Taxi zu rufen, aber vielleicht könnte sie die U-Bahn nehmen. Es war nicht weit zur Station, und sie hatte Zeit genug.

Es regnete. Doch lieber ein Taxi.

»Ich muss jetzt los, Ola.«

»Du bist gerade mal eine halbe Stunde hier. Ganz schön weit für ganz schön wenig, würde ich sagen.«

Aus einem Impuls heraus beugte sie sich vor und legte ihm die Hand aufs Knie. »Was ist los, Ola? Warum redest du über Fußball, was mich absolut nicht interessiert? Warum ...«

»Du weißt alles über *Sudden Cardiac Death!* Auf der ganzen Welt wissen nur wenige mehr über plötzlichen Herztod.«

»Ja. SCD kommt leider ab und zu vor.«

»Aber die Zahlen im Club sind zu hoch, Sara!«

Sie stand auf. »Du bist nicht dumm genug, um Statistiken so zu bewerten, Ola. Und jetzt muss ich wirklich machen, dass ich wegkomme.«

»Aber das ist noch nicht alles.«

Wie er so dasaß und zu ihr aufschaute, lag in seinen Augen fast schon etwas Flehendes.

»Was denn noch?«, fragte sie.

»Es ist etwas ... etwas ... vergiss es. Taxi?«

Er nahm ein Mobiltelefon von dem kleinen Tisch, sprang auf und lief hinaus ins Treppenhaus. Er wich den Scherben in dem dunklen Fleck im Teppich gerade noch aus.

»Es dauert nur zwei Minuten«, murmelte er, als er das Telefon auf eine Kommode legte und Saras Mantel vom Haken nahm. »Ist der nicht ein bisschen warm?«

»Doch. Ich hatte gestern einen leichteren an. Aber der ist

im ganzen Gewühl verschwunden. Das war der einzige, den ich zur Hand hatte. Bei Johannes.«

Ola hielt ihr den Mantel hin. Sie schob die Arme in die Ärmel und drehte sich zu ihm um.

»Schick mir eine Mail«, sagte sie und legte die Hand an seine Wange. »Schreib mir ein bisschen mehr darüber, warum du dir solche Sorgen machst. Ich sehe es mir ganz bestimmt an. Aber ich bin sicher, dass du dir unnötige Sorgen machst. Auch spitzenmäßig trainierte Menschen können Herzprobleme bekommen, Ola. Das Herz ist kein gerechter Muskel. Das weißt du doch.«

»Das Taxi ist schon da.«

Er ging auf die Tür zu. »Wann bist du das nächste Mal in England?«

»Weiß nicht so genau. Ziemlich bald. Ich rufe an. Vielleicht könnten wir uns in der Stadt treffen? Zusammen essen, nur du und ich? Das wäre schön.«

»Vielleicht«, sagte er unverbindlich und umarmte sie nicht gerade herzlich.

Als sie aus dem Gartentor ging, winkte er ihr zu, dann schloss er die Haustür.

Allein zu Hause.

Er trottete in die Küche und schaute aus dem Fenster. Der Regen war noch stärker geworden. Was sie hierzulande Winter nannten, war eigentlich nur Wetter wie in Westnorwegen. Entweder Nebel oder Nieselregen. Ansonsten goss es in Strömen, so kam es ihm vor. Wie jetzt, obwohl es fast Sommer war.

Das schwarze Taxi fuhr davon, und danach war es wieder still, abgesehen vom gedämpften Trommeln des Regens auf das Dach des kleinen Blechschuppens vor dem Gartenzaun.

Etwas hatte ihn daran gehindert, alles zu erzählen, und er wusste nicht, ob er es bereute. Vielleicht hätte er gar nichts sagen sollen. Hätte warten sollen, bis er mehr wusste. Sara war seine vertrauteste Freundin, und bei ihrer

Kompetenz war es ihm verlockend vorgekommen, sie mit den erschreckenden Zahlen zu konfrontieren. Er hatte das nicht geplant. Sie hatte ihn ausgefragt.

Sara war mit Johannes Funkel zusammen. Dem Manager von Notting Hill.

Natürlich hätte er nichts sagen dürfen.

Ola schüttelte den Kopf angesichts seiner eigenen Dummheit und öffnete die Kühlschranktür. Es roch seltsam. Bei ihnen roch es immer seltsam. Gereizt schnappte er sich eine Bierdose, öffnete sie und leerte sie auf einen Zug zur Hälfte, ließ die Zunge über seinen Schnurrbart aus Schaum gleiten und setzte sich an den Küchentisch. Schaute sich um. Chaos, wie üblich. Aber ausnahmsweise einmal ganz still.

Wenn Sara wüsste, was er wusste, würde sie einsehen, dass es Grund zum Stutzen gab. Grund zu ernsthafter Sorge. Es waren nicht nur drei Spieler von Notting Hill, bei denen es einen plötzlichen Herzstillstand gegeben hatte.

Sondern sechs.

Na ja. Möglicherweise.

Er musste auf eigene Faust weiterkommen. Wenn er mit seinem Verdacht recht hätte, würde es schwierig werden, Johannes Funkel zu sein. Auch wenn der Deutsche die Mannschaft erst seit einer Saison leitete, würde es problematisch werden, auch nur die geringste Verantwortung für die Spieler des FC Notting Hill zu tragen. Sara durfte nicht gezwungen werden, Leben und Karriere ihres Liebsten zu ruinieren.

Die Saison war zu Ende. Die Mannschaft war auf dem neunten Platz gelandet. Keine Champions League in der nächsten Saison, auch kein Europacupspiel. Bei der Arbeit war wenig zu tun. In einer Woche müsste er ein gutes Stück weiterkommen können. Was er machen würde, wenn er dann seiner Sache noch sicherer wäre, ahnte er nicht.

Ein Rülpser füllte seinen Mund mit bitterem Schaum. Er

beugte sich über das Spülbecken und spuckte aus, dann atmete er tief durch und beschloss, für den Rest des Tages alles zu vergessen. Vielleicht gab es im Keller etwas, das sie als Hundebett nehmen könnten.

Er betete insgeheim darum, dass die Kinder keinen Chihuahua anschleppen würden. Bei genauerem Nachdenken lag aber dennoch eine Art Trost in der Vorstellung, dass die Zweijährige sich einen Minihund ertrotzen könnte. Den Rest des Tages mit dem Ärger über einen kläffenden Schoßhund zu verbringen wirkte viel verlockender, als sich weiter den Kopf über die Spielerherzen von Notting Hill zu zerbrechen.

Wenn Jimmy Rowling nicht wenige Sekunden nach dem Champions-League-Finale umgefallen wäre, hätte Ola die ganze Sache vielleicht aufgegeben. Jedenfalls wäre er eher neugierig gewesen als besorgt. Aber Borussias Spieler Nr. 17 war auf dem geraden Weg zum *Sudden Cardiac Death* gewesen, und noch vor vier Monaten hatte er für Notting Hill gespielt.

Das konnte kein Zufall sein.

19:05 Uhr
Avenue Road, London

Sara Zuckerman hatte Geburtstag und war in elender Stimmung, als das Taxi vor Najib Ayshas Haus in der Avenue Road hielt.

Ola Farmen hatte nicht gratuliert. Johannes auch nicht. Ola war ein Wirrkopf, der sich kaum an die Geburtstage seiner Kinder erinnern würde, wenn Guro ihn nicht ermahnte. Dass Johannes nicht einmal für ein kleines Frühstück gesorgt hatte, war schon schwerer zu entschuldigen. Obwohl Sara damit kokettierte, ihm niemals verraten zu wollen, wie alt sie war, hatte er sie aller Wahrscheinlichkeit nach schon am Tag nach ihrer ersten Begegnung gegoogelt.

Einundfünfzig Jahre war sie heute.

Auch der runde Geburtstag des Vorjahres war in aller Stille vorübergegangen. Niemand hatte sie gefragt, ob sie sich eine Feier wünschte. Daran erinnert zu werden, dass man mehr als die Hälfte des Lebens hinter sich hatte, war kein Grund zu feiern, fand sie. Nicht dass ihr das Älterwerden besonders viel ausgemacht hätte. Unter allen Ärzten, die ihr je begegnet waren, konnte sie die wirklich guten unter vierzig an einer Hand abzählen. Die großen Doktoren, die größten Ärzte, hatten die Mittagshöhe längst hinter sich gelassen. Alter war mit Erfahrung verbunden, und Erfahrung war in ihrem Fach unerlässlich. Sara war jedoch auch eitel und hatte sich zu ihrem Fünfzigsten einen Badezimmerspiegel geschenkt. Der war leicht getönt und mit irgendeiner Schicht überzogen, die dafür sorgte, dass die integrierten Lampen rücksichtsvollerweise ihr Gesicht retuschierten.

Johannes hatte keinen solchen Spiegel. Deshalb hatte sie an diesem Morgen ihren eigenen Blick mit einer gewissen Wehmut erwidert. Sie verließ das Badezimmer und schminkte sich auf dem Flur, wo das Licht gnädiger war.

Thea hatte immerhin angerufen. Die siebzehn Jahre alte Nichte war für Sara fast eine Tochter. Als Thea mit sechs Jahren Vollwaise geworden war, hatte Sara die Cleveland Clinic in Ohio verlassen und war nach Norwegen zurückgekehrt. Fachlich gesehen wusste sie genau, was sie verlor. Ab und zu machte ihr das zu schaffen. Ein kleines Mädchen durch Kindheit und Jugend zu begleiten, das zu empfinden, was Sara nie hatte empfinden wollen, erwies sich als das, was sie eben doch wollte, und deshalb bereute sie nichts. Thea hatte morgens angerufen, um Punkt neun. Saras akutmedizinischer Einsatz im Wembley hatte auch in Norwegen für Schlagzeilen gesorgt, und Thea hatte stolz gewirkt.

Mit einundfünfzig Jahren auf dem Buckel glaubte Sara, dass kaum noch etwas sie überraschen könnte.

Aber da irrte sie sich, musste sie sich eingestehen, als sie aus dem Taxi stieg. Es war zehn nach sieben. Der Regen des Vormittags war einem schweren Nebel gewichen. Der Nebel schränkte die Sicht ein, aber das beleuchtete Bauwerk, in dem Najib Aysha wohnte, war selbst in diesem grauen Rahmen von umwerfender Schönheit. Ein viktorianisches Gebäude mit charakteristischen Mustern in der Klinkerfassade, mit Erkern und schönen Türmchen, war mit einer hypermodernen Villa aus Stahl, Glas und Beton verbunden worden. Der Architekt hatte sicher große Mühe gehabt, dieses Projekt durchzubringen. Sanfte Linien und majestätische Dächer bildeten einen starken Kontrast zu scharfen Ecken, riesigen Glasflächen und Dächern aus blankem Aluminium. Es war dennoch überzeugend, wie die beiden Gebäude zu einer gleichsam widerwilligen Umarmung zusammenkamen. Der Garten vor der gigantischen Fassade war zudem in vollkommener Symmetrie angelegt worden. Schön und schlicht verband er die beiden Häuser zu einem Zuhause – wie ein Kind zwei streitende Elternteile.

»Wohnt hier ein Ehepaar? Zwei Menschen, meine ich?«

»Und eine nicht unbedeutende Dienerschaft«, sagte Johannes lächelnd und legte ihr den Arm um die Schultern, als sie durch das Tor gingen.

Das war von selbst aufgegangen. Sara warf einen Blick auf die Fernsehkameras, die in den Bäumen hinter dem schmiedeeisernen Zaun deutlich zu sehen waren.

»Und ich glaube, Kinder und Enkelkinder sind oft hier«, fügte Johannes hinzu.

»Verdammte Axt«, sagte Sara auf Norwegisch.

»Was?«

»Was für ein fantastisches Bauwerk. Wie reich ist er eigentlich?«

»Unvorstellbar. Ein Krösus! Niemand weiß es genau. Er

hat alles, von einer Fluggesellschaft über Bergwerksbetriebe, Werften und pharmazeutische Industrie bis zu einem riesigen Medienhaus und Notting Hill. Und noch viel mehr.«

Der Eingangsbereich lag in dem neuen Teil. Eine gewaltige Eichentür öffnete sich.

»Willkommen«, sagte eine schöne, üppige Frau von Mitte sechzig und streckte die Hand aus.

Sara überlegte einen Moment, ob das wohl eine Haushälterin sein könnte. Aber die Kleider der Frau machten klar, dass sie sich irrte.

»Ich bin Joumana, Najibs Frau. Ich freue mich, Sie kennenzulernen, Sara.«

Ihre Hand war trocken, weich und warm. Ihre Augen waren scharf. Die Zähne ebenso weiß wie Najibs in Saras Erinnerung. Entweder waren sie gebleicht worden, oder Herr und Frau Aysha hatten ihre Zähne überkronen lassen.

»Und Johannes«, sagte Joumana und ließ sich von ihm auf die Wangen küssen. »Viel zu lange nicht mehr gesehen. Kommt mit.«

Sie wurden durch Räume geführt, die so luxuriös eingerichtet waren, wie es das Äußere des Hauses hatte erwarten lassen. Joumana mochte eine begnadete Ästhetikerin sein. Aber wahrscheinlicher war es, dass das Ehepaar Aysha einem Innenarchitekten eine Jahrhundertaufgabe übertragen hatte. Oder fünf Innenarchitekten, dachte Sara, als sie vom neuen Gebäudeteil in den alten geführt wurden. Während die Möbel im neuen Haus betont schlicht und fast skandinavisch wirkten, betraten sie nun im alten Haus üppige, farbenfrohe Gemächer. Kostbare Teppiche und Polstermöbel. Viele Einsprengsel von Jugendstil, aber dennoch von fast orientalischem Überfluss.

Und dann gab es die Bilder.

Sara kam sich vor wie in einem Museum. Sie erkannte fast alle Künstler. In der Halle hing ein großer Picasso. Er erinnerte Sara stark an »Les Demoiselles d'Avignon«, das sie im MoMA in New York oft bewundert hatte. Im angrenzenden Saal, der vermutlich für größere Empfänge gedacht war, gab es einen Seurat und ein Bild, bei dem es sich um einen frühen Monet handeln musste. An der anderen Wand und in starkem Kontrast zu den Landschaftsbildern hatten Jackson Pollocks Blautöne die ganze Fläche für sich.

»Die können doch nicht alle echt sein«, flüsterte Sara, so leise sie konnte.

»Doch, sicher«, antwortete Joumana freundlich, obwohl sie schon im nächsten Raum stand, vor einer Bar, die mindestens zehn Meter von den Gästen entfernt war. »Kunst ist die zweitgrößte Leidenschaft meines Mannes. Er sammelt schon lange. Was kann ich anbieten?«

Es wurde ein unbeschreiblicher Abend.

Erst beim Dessert, einer köstlichen Pavlova, locker und zäh zugleich, fiel Sara wieder ein, dass sie Geburtstag hatte. Sie hatte plötzlich Lust, es zu erzählen. Dass es der beste Geburtstag seit ihrer Kindheit sei. Sie war leicht beschwipst und gab den Gedanken auf. Zu den fünf Gängen hatte es Wein gegeben, von dem sie nur wusste, dass er edel und sicher schweineteuer war.

Seltsamerweise hatte sie während des Abends nicht einmal einen Schatten von Personal gesehen. Es musste doch in der Küche Köche geben, aber Joumana und Najib wechselten sich damit ab, die kostbaren Teller zu holen. Najib sorgte dafür, dass die Gläser niemals leer waren, und Joumana räumte nach jedem Gang den Tisch ab. Das Fehlen einer sichtbaren Hilfsmannschaft schuf eine Atmosphäre von familiärer Vertraulichkeit. Das Esszimmer war bestimmt nicht das einzige im Haus, aber vermutlich das kleinste. Vielleicht dreißig Quadratmeter, und mit einem Tisch, der für sechs Personen gerade groß genug war.

»Zuckerman«, sagte Najib nachdenklich, als er die Kuchengabel weglegte und sich mit der Serviette den Mund abtupfte. »Jüdischer Name, ja?«

Sara errötete ein wenig und ärgerte sich darüber.

»Ja. Norwegische Jüdin in der dritten Generation.«

»Und in der letzten, glaube ich. Sie haben keine Kinder?«

Von Namen, Herkunft und Aussehen her waren die Gastgeber leicht als Muslime zu erkennen. Jedenfalls als Menschen mit muslimischem Hintergrund. Sara hatte bisher nicht darüber nachgedacht, und sie ärgerte sich womöglich noch mehr darüber, dass das Thema überhaupt zur Sprache gekommen war.

»Nicht ganz«, antwortete sie kurz. »Meine Nichte wächst bei mir auf.«

Najib nickte. »Johannes hat mir davon erzählt. Und ich habe auch ein bisschen gegoogelt. Aber ihr Vater war Jude, nicht wahr? Der Bruder. Damit ist sie wohl keine ...«

»Es ist mir unangenehm, über die Einstellung meiner Nichte zu sprechen, wenn sie nicht zugegen ist.«

»Du hast unseren Gast in Verlegenheit gebracht«, sagte Joumana. »Lass uns das Thema wechseln, Lieber.«

»Ich wollte niemandem zu nahe treten«, sagte Najib. »Und ich möchte betonen: Ich habe nichts gegen Juden. Rein gar nichts.«

Er faltete langsam seine Serviette zusammen.

»Das heißt, für einige Juden habe ich natürlich nicht sonderlich viel übrig. Und für einige Muslime auch nicht. Für mehr Muslime als Juden, wenn ich mir das genauer überlege. Weil ich viel mehr Muslime als Juden kenne. Aber eins muss klar sein, Sara. Ich bin in Beirut aufgewachsen. Das ist ein Schmelztiegel. Wesentlich mehr Juden als in ganz Norwegen, wenn sie auch keinen besonderen Bevölkerungsanteil ausmachen. Das tun dagegen die Christen. Beirut in meiner Kindheit war ...«

Zerstreut faltete er die Serviette wieder auseinander, legte sie sich über die Knie und umfasste mit drei Fingern den Stiel seines Weinglases.

»Beirut war ein Abenteuer, Sara. Vor dem Bürgerkrieg. Ein blühender Touristenmagnet. Mein Vater war Kaufmann. Im Kleinen, natürlich, aber es reichte, um eine Frau und nach und nach sieben Kinder zu ernähren. Ich war das jüngste. Eine gute Kindheit. Ein reiches Dasein, wenn auch nicht gerade reich an materiellen Dingen. Und von allem, was ich von meinem Vater gelernt habe, ist das Wichtigste …«

Johannes räusperte sich und wechselte einen raschen Blick mit Sara. Seine Nervosität zeigte sich in kleinen Zuckungen um die Mundwinkel. Sie konnte ihn verstehen. Er fühlte sich nicht mehr wohl in seiner Haut. Wäre gern gegangen, aber es wäre unhöflich gewesen, aufzubrechen, noch ehe der Kaffee serviert war. Erst jetzt ärgerte sie sich darüber, dass Johannes so fügsam wirkte. Servil fast, ein Auftreten so ganz anders als die selbstsichere Männlichkeit, die sie dazu gebracht hatte, sich zum ersten Mal seit zwanzig Jahren in jemanden zu verlieben, der nicht mindestens zwei Doktortitel aufwies. Johannes' Arbeit war völlig uninteressant, und zudem langweilte sie sich ungeheuerlich, wenn sie sich seine Berichte anhören musste. Was sie angesprochen hatte, waren Enthusiasmus und Leidenschaft. Begeisterung. Das Verspielte in allen Lebensbereichen, so ganz anders als die ernsten und oft selbstgerechten Akademiker, um die sich ihr Leben sonst drehte. Johannes ging auf jungenhafte Weise auf das Dasein zu. Vielleicht kam es daher, dass es seine Aufgabe war, Männer in kurzen Hosen dazu zu bringen, möglichst effektiv einen Ball in einen Netzkäfig zu bugsieren.

Das Jungenhafte, das er jetzt zeigte, war zahm und ohne Charme.

»Mit einem schlechten Mann kannst du niemals eine gute Abmachung treffen.«

Najib hatte sich zu Sara vorgebeugt, sie saßen einander genau gegenüber. Sein Lächeln wirkte in dem warmen Licht noch heller, und seine Haut hatte einen dunkleren Ton.

»Ob der Mann Jude, Muslim oder Christ ist, spielt keine

Rolle. Oder Atheist, von mir aus. Das sind Sie doch, nicht wahr?«

»Ich bin kein Mann.«

Najib Aysha lachte.

»Vergeben Sie meinem Vater, möge er in Frieden ruhen, seinen Sexismus. Heute hätte er sicher ›Mensch‹ gesagt. Nicht ›Mann‹. Aber die Aussage stimmt weiterhin.«

Die kleine Tischrunde hatte ihren Charakter geändert.

Johannes schaute auf die Uhr, ein wenig zu deutlich. Sara stocherte in ihrem Baiser herum, ohne zu essen. Joumana legte die von Ringen schwere rechte Hand auf die ihres Mannes.

»Jetzt hören wir auf damit.«

»Nein. Das ist wichtig. Ich wurde einem brutalen Überfall ausgesetzt. Wir. Meine Familie. Hier. In diesem Haus.«

Najib machte eine vage Handbewegung in Richtung der Räume, die sie durchquert hatten.

Joumana protestierte. »Ich glaube nicht, dass unsere Gäste wissen möchten, dass …«

»Unterbrich mich nicht«, sagte Najib mit etwas lauterer Stimme. »Sie kennen die Geschichte bestimmt, Sara. Alle kennen sie. Hat gewaltiges Aufsehen erregt.«

Sara widersprach nicht, obwohl sie erst vor drei Monaten von dem spektakulärsten Kunstraub des Jahres 2003 erfahren hatte. Sie hatte zum ersten Mal die Tate Britain besucht. Johannes hatte sie begleitet. Er hatte sich grenzenlos gelangweilt und sich auch keine große Mühe gegeben, das zu verbergen. Erst als sie zu einem Glaskasten mit zwei Bildern von van Gogh und einem von Cézanne gekommen waren, alle drei Kopien und mit einer Tafel versehen, die erzählte, wie die Originale gestohlen worden waren, war Johannes' Interesse erwacht. Er hatte die Geschichte so erzählt, wie er sie von anderen im Club gehört hatte.

Nie von Najib selbst.

»Ich möchte das gern hören«, sagte er und lächelte aufmunternd.

»Na ja, ich will nicht mit Einzelheiten langweilen. Sie sind, wie gesagt, gut bekannt. Was Sie vielleicht nicht mehr wissen, ist, mit welchen Theorien die Polizei zunächst gearbeitet hat.«

»Nein«, sagte Johannes zögernd. »Es gab wohl eine Theorie über eine Art Kidnapping ... also dass die Rückgabe der Bilder angeboten werden würde, gegen ...«

»Das kam später. Anfangs wurde der Zwischenfall als Terrorakt behandelt.«

»Terror?«, wiederholte Sara, jetzt etwas weniger angespannt. »Drei der wertvollsten Bilder der Welt zu stehlen, das sieht nicht gerade aus wie Terror.«

»Ich kann Ihnen sagen, es war reichlich terrorisierend.«

»Ja, so war das auch nicht gemeint. Natürlich nicht, aber ...«

»Extreme Muslime.«

Najib ließ diese beiden Wörter für einen Moment in der Luft hängen. »Sie mögen mich nicht sonderlich gern. Für sie bin ich ein schlechter Muslim. Und ein sichtbarer Muslim. Erfolgreich. Ein Muslim, der einstellt, wen er will, ohne Rücksicht auf Rasse, Nationalität oder religiöse Bindung. Und nicht zuletzt ein Muslim, der sich schon eine Stunde nach al-Qaidas grauenhaftem Angriff auf die USA energisch von dieser feigen Organisation distanziert hat. Ich bin – nur eine halbe Stunde ehe das erste Flugzeug ihn traf – im Nordturm gewesen.«

»Himmel«, murmelte Sara wider Willen.

»Ich war gerade vor meiner Wohnung in der Upper East Side aus dem Auto gestiegen, als es knallte. In der Finanzwelt wusste man, dass ich mich in den USA aufhielt. Es dauerte weniger als dreißig Minuten, bis die ersten Presseleute auf der Treppe standen. Natürlich wusste noch niemand, wer hinter dem Terroranschlag steckte, aber es war ja nicht schwer zu erraten, in welche Richtung man blicken sollte. Ich habe auf Osama bin Laden getippt. Damals schon. In aller Öffentlichkeit. Nicht gerade unglaublich beeindruckend. Der Mann stand ja schon wegen früherer Terrorangriffe auf amerikanische Interessen unter Verdacht. Als Dank für diese ...« Er hob das Wasserglas, zögerte und stellte es wieder hin. »... für diese relativ klare Stellungnahme landete ich auf einer Todesliste.«

Joumana rutschte auf ihrem Stuhl hin und her, unterbrach ihn aber kein zweites Mal.

»Todesliste?«

Johannes runzelte skeptisch die Stirn: »In den Medien wimmelte es doch von Promis, von Politikern über Finanzleute bis zu Hollywoodgrößen und Sportlern, die sich an den folgenden Tagen, Wochen und Monaten heftigst vom 11.-September-Terror distanzierten? Die können doch nicht allesamt auf irgendwelche ... Todeslisten gesetzt worden sein?«

Najib zuckte mit den Schultern. »Das stimmt. Und jetzt, zwölf Jahre später, glaube ich nicht mehr an diese Liste. Die haben die Amerikaner angeblich zwei Monate nach dem Angriff gefunden. Aber ganz unter uns finde ich, dass die Amerikaner damals ganz schön viel zufällig gefunden haben. Übereifrig, das kann man mit gutem Gewissen sagen. Wütend auch, und das kann man ja verstehen. Im Nachhinein hat sich herausgestellt, dass es ... ja, dass die Zeit nach dem Angriff nicht gerade ihre beste war. Auf jeden Fall haben sie diese Informationen an MI6 oder SIS, wie das wohl eigentlich heißt, weitergereicht. Zwei der Herren dort waren freundlich genug, mich zu warnen. Mir wurde sogar Schutz angeboten.«

Er lachte kurz auf. »Wir bauten gerade dieses Haus hier. Um es mal so zu sagen: Das Sicherheitssystem spiegelt mein damaliges Angstniveau wider.«

»Ohne dass es sehr viel geholfen hätte«, sagte Sara. »Der Überfall hier war 2003, nicht wahr?«

»Ja. Am 3. März. Ein Datum, das ich wohl kaum jemals vergessen werde.«

»Kaffee?«

Joumana stand auf und nickte freundlich, als Sara den Zeigefinger hob und Johannes lächelte. Sie verschwand in Richtung Küche.

Najibs Stimme war sehr viel leiser, als er jetzt weitersprach. »Es ist schwer für sie, auch so viele Jahre später noch. Zum einen hat sie so viel Kraft aufgewandt, um diesen schrecklichen Nachmittag zu verdrängen, zum anderen leidet sie natürlich weiterhin unter Schuldgefühlen.«

»Schuldgefühlen?«, fragte Sara.

»Ja. Die Polizei hat die Sache ja nicht gerade unter den Teppich gekehrt. Die Zeitungen haben es bis ins kleinste Detail nacherzählt. Es war eine harte Zeit. Für uns alle. Aber natürlich besonders für Joumana. Es hat fast ein Jahr gedauert, bis sie Caspars Anblick wieder ertragen konnte.«

»Ach«, sagte Sara zögernd und sah Johannes an. Sie hatte keine Ahnung, wovon Najib redete.

»Das hat Zeit bis nachher«, sagte Johannes rasch. »Aber wie ging es dann mit diesen Terrortheorien weiter?«

»Die wurden aufgegeben«, sagte Najib kurz. »Noch Wein?«

Johannes hob auffordernd sein Glas. Sara legte die Hand über ihres.

»Die Theorie baute darauf auf, dass al-Qaida aus irgendeinem Grund Jagd auf ihrer Ansicht nach abtrünnige Muslime macht. Und in dieser Gruppe war ich ja eine sichtbare Zielscheibe, wie gesagt. Das Problem war nur …«

Er füllte Johannes' Glas mit sicherer Hand.

»Das Problem war nur, dass sie es nicht waren. Al-Qaida hatte niemals Menschen wie mich im Visier. Ihre physische Aggression richtete sich vor allem gegen die ›Kreuzfahrerallianz‹, mit anderen Worten gegen USA und Israel. Da Israel es viel besser schafft, sich … auf sich selbst aufzupassen …« Er grinste und schaute zu Sara hinüber. »… als die USA, mussten die *Yankees* den schlimmsten Schlag hinnehmen. Die Aktionen von al-Qaida, und natürlich auch die ihrer Untergruppen und Meinungsgenossen, sind vom eigentlichen Wesen des Terrors geprägt. Angst zu machen. Zu sprengen, zu bombardieren. Ganz willkürlich. Terror hat eine Funktion. Meine kleine Familie zu terrorisieren hat kaum anderen als uns Angst gemacht. Flugzeuge, Eisenbahnen, Innenstädte, ein Angriff auf ein solches Ziel versetzt die Bevölkerung in Panik. Dass einem Multimilliardär unter spektakulären Umständen drei so kostbare Gemälde gestohlen werden, dass die meisten Menschen die Summe nicht glauben könnten, weckt nur Neugier.«

Joumana war noch immer nicht zurückgekehrt. Vielleicht hatten die Dienstboten Feierabend, es war Viertel nach elf. Wahrscheinlich musste sie den Kaffee selbst kochen.

»Außerdem«, sagte Najib und griff sich ins Kreuz. »Bei Terroraktionen ist es sehr wichtig, mit den eigenen Taten zu prahlen. Darin liegt ein Großteil des Angsteffekts. Niemand hat die Verantwortung auf sich genommen. Oder die Schuld, sollten wir wohl sagen. Nicht einmal eine winzige unverschämte Gruppe, die überhaupt nichts durchführen könnte und sich deshalb gern jeden Anschlag, zu dem sich sonst niemand bekennen mag, auf die eigenen Fahnen lügt, hat sich gemeldet. Nein, hier ging es nicht um Terror. Dass New Scotland Yard drei Wochen gebraucht hat, um zu derselben Überzeugung zu gelangen, hat mich vermutlich meine drei liebsten Gemälde gekostet.«

Sara glaubte zu sehen, dass seine Augen feucht wurden.

»Was selbstverständlich nicht viel bedeutet, da schließlich Menschenleben verloren gingen. Und mein Enkel wird niemals gehen können.«

Sara fragte sich, ob sie anbieten müsste, beim Kaffee zu helfen.

»Was glaubst du, wo die Bilder jetzt sind?«, fragte Johannes, ehe sie etwas sagen konnte. »Ich meine, diese Entführungstheorie war ja wohl auch nicht stichhaltig. Niemand hat angerufen und angeboten, die Bilder gegen ein Lösegeld wieder rauszurücken. Und solche Bilder, die kann man doch wohl nicht verkaufen, wo alle wissen, dass ...«

»Doch«, unterbrach ihn Najib. »Es gibt Sammler, die gestohlene Meisterwerke kaufen. Das Problem ist natürlich, dass sie sie niemandem zeigen können. Aber es kann durchaus ein Auftragsdiebstahl gewesen sein. Von irgendeinem Exzentriker mit Geld, der sich an einem einsamen Ort gern an großartiger Kunst erfreut.«

»Was glaubst du selbst?«, fragte Johannes, der den Diebstahl offenbar interessanter fand als die Bilder.

Najib ließ sich zurücksinken und verschränkte die Hände im Nacken.

Joumana erschien mit einem Tablett mit schönen Tassen in ostindischem Stil und einer riesigen Presskanne. »Kaffee«, sagte sie. »Tut mir leid, dass es so lange gedauert hat.«

Sara hätte schwören können, dass Joumana geweint hatte. Ihre Augen wirkten frisch geschminkt. Sie stellte die Kanne mitten auf den Tisch und verteilte die leeren Tassen.

»Wir lassen ihn noch zwei Minuten ziehen«, sagte sie.

»Ich habe keine Ahnung«, sagte Najib. »Ich weiß wirklich nicht, was passiert ist. Wer dahinterstand. Ich kann nur hoffen, dass die Bilder noch existieren. Solche Bilder ...«

Er griff nach der Kanne und stellte sie vor sich, ehe er zur einen Längswand hochschaute, wo ein fast anderthalb Meter breites Bild von Gustav Klimt hinter einer fast unsichtbaren Glasscheibe hing.

»Die sprechen die Menschen an. Menschen aller Schichten. Es ist unmöglich, sich von solcher Schönheit nicht ergreifen zu lassen. Von solch unbezahlbarem Wert.«

Johannes musterte pflichtbewusst das Bild, auf dem zwei Frauengestalten ausgestreckt lagen, dicht beieinander, in einer fast fließenden Bewegung. Sie waren von etwas umhüllt, das Ähnlichkeit mit Schlangen hatte.

»Doooch«, sagte er langsam.

»Ich hoffe, es gibt sie noch. Niemand kann es über sich bringen, so etwas zu zerstören. In vielen Jahren, wenn wir alle tot sind, tauchen sie vielleicht wieder auf. Das möchte ich wirklich glauben.«

Er fasste sich ein wenig melancholisch ans Herz, ehe er den Stempel in der Kanne nach unten presste und einschenkte.

»Das war ein sehr schöner Abend«, sagte Sara eilig. »Danke. Tausend Dank. Ich kann gar nicht sagen, wie sehr es mich freut, dass wir so kurzfristig kommen durften.«

Joumana lächelte. Erst jetzt fiel Sara ein, dass ihre Gastgeberin von diesem Besuch erst am Morgen erfahren haben konnte. Oder frühestens mitten in der Nacht. Es war Sonntag. Wie jemand innerhalb weniger Sonntagsstunden Wachteln, schottischen Hummer und Filet vom Koberind auftreiben konnte, war ihr ein Rätsel.

»Wir müssen uns bedanken«, sagte Joumana mit überzeugender Wärme.

Sara nippte nur an ihrem Kaffee. Sie wollte so spät kein Koffein mehr, und sie begriff nicht, warum sie überhaupt Ja gesagt hatte.

»Mein Fahrer holt Sie morgen früh bei Johannes ab. Fährt Sie nach Heathrow. Um neun, ist das recht?«

»Ich kann doch einen Linienflug nehmen«, widersprach Sara. »Es gibt mehrere jeden Tag.«

»Kommt nicht infrage. Ist alles schon organisiert. Das ist das Mindeste, was ich tun kann, nachdem Sie gestern Jimmy Rowling gerettet haben. Der Junge hat schließlich bis zum Winter bei uns gespielt.«

»Er wäre auf jeden Fall gerettet worden«, sagte Sara. »Da waren gestern doch unbegreiflich viele Ärzte. Ein guter Ort für einen Herzstillstand, das muss ich sagen.«

Najib nickte. »Oder vielleicht auch nicht. Es geht darum, dass Sie ihn gesehen haben und das getan haben, was getan werden musste. Ich habe den Jungen heute Morgen besucht.«

»Es geht ihm den Umständen entsprechend gut, habe ich gehört.«

»Ja. Er wird wieder ganz gesund, sagen die Ärzte. Sie wollen ihn noch eine Weile unter Beobachtung halten. Dann entscheiden sie, ob sie ihm einen ... IPC? ICP? Einsetzen.«

»ICD. *Implantable Cardioverter-Defibrillator.* Im Prinzip dasselbe wie der Apparat, mit dem wir ihn gestern Abend ins Leben zurückgeholt haben. Nur viel kleiner und viel moderner. Ein kompakter kleiner Computer. Er wird am Schlüsselbein eingesetzt und ist durch Elektroden mit dem Herzen verbunden. Wenn der Junge noch einmal einen Herzstillstand hat, wird er von seinem ICD problemlos ins Leben zurückgestoßen.«

»Beeindruckend«, sagte Joumana.

»Aber seine Karriere als Profifußballer ist zu Ende«, sagte Sara. »Und jetzt müssen wir bald los. Es ist schon viel zu spät.«

»Ich kann dem Fahrer Bescheid sagen«, bot Najib an.

»Nein«, bat Johannes. »Sara und ich wollen zu Fuß gehen. Ein bisschen frische Luft tut uns gut. Vielleicht ein paar Regentropfen.«

»Ach was«, sagte Sara und runzelte die Stirn. »Das wollen wir?«

»Ja, das wollen wir.«

Sie konnte den Blick nicht deuten, den er ihr zuwarf. Sie wurden durch die üppigen Räume und zurück zu der Halle geführt, die sie fast fünf Stunden zuvor betreten hatten.

»Sicher, dass ihr nicht gefahren werden möchtet?«

Najib beugte sich vor und küsste Sara auf beide Wangen.

»Ganz sicher«, sagte Johannes eilig. »Danke für diesen schönen Abend.«

Es regnete immerhin nicht mehr.

23:50 Uhr
Charmwood Avenue, London

»Diese Kreatur kann ja nicht mal atmen, verdammt«, sagte Ola Farmen gereizt und zeigte auf den Hundekorb, den die Zwillinge und Sara in der Küche eingerichtet hatten. »Der schnarcht doch wie …«

»Ungefähr so wie du«, sagte Guro. »Du bist vielleicht ein bisschen schlimmer. Es ist Mitternacht. Ich gehe schlafen.«

»Noch nicht. Bleib noch zehn Minuten. Bitte.«

Er griff nach ihrer Hand, als sie am Tisch vorbeigehen wollte, und zog sie auf den Stuhl neben sich. »Wie hast du diese Rasse genannt?«

»Französische Bulldogge. Wir hatten ein Riesenglück, dass wir einen Rassehund bekommen haben. Er hat sogar Papiere. Da wimmelte es nur so von Kötern, die niemand haben wollte. Ich glaube, Saras blonde Locken und ihr reizendes Englisch haben den Heimleiter überwältigt.«

»Warum gibt jemand einen wertvollen Hund weg? Hätten sie ihn nicht verkaufen können?«

»Er ist neun Monate alt, und sein Hodensack ist noch immer leer. Wertlos für Leute, die ausstellen wollen, und das wollen die meisten, die solche Hunde haben.«

»Haben sich die Hoden noch nicht gesenkt?«

Ola schaute mitfühlend zu dem schnarchenden Tier hinüber. »Armes Vieh!«

»Doktor Proktor.«

»Idiotischer Name. Viel zu lang.«

»Das wird sicher bald zu Proktor. Oktor, vielleicht. Ist auch egal. Was macht dir so zu schaffen?«

Ola setzte eine verständnislose Miene auf. »Mir? Zu schaffen? Nichts.«

»Doch.«

»Nein!«

»Ola, ich hab dich schon gekannt, als du noch Jungfrau

warst und Pickel hattest. Wir haben sechs Kinder miteinander. Also antworte auf meine Frage.«

Er blies die Ponyfransen, die nach der Frühlingsschur noch vorhanden waren, aus der Stirn. Alle Kinder schliefen, sogar Tarjei, der zwei Jahre verspätet in diesem Winter zum Militär eingezogen worden war. Er wurde nach sechs Wochen wegen wahnsinniger Schmerzen im Knie entlassen, aber das Knie war auf wundersame Weise wieder geheilt, als Guro es untersuchen wollte. Da es zu spät war, um ein Studium aufzunehmen, war er nach England zu Besuch gekommen. Ein kurzer Besuch, behauptete er, als er im Dezember eingetroffen war. Der Besuch zog sich ganz schön lange dahin, dachte Ola immer häufiger.

Das Haus war segensreich still, abgesehen von Doktor Proktors gleichmäßigem Schnarchen.

»Etwas bei der Arbeit«, murmelte er.

»Was denn?«

»Wir reden ein andermal darüber. Ich möchte nur hier sitzen und mit dir zusammen der Stille zuhören.«

»Nein. Ich will wissen, was dich quält.«

Sie fuhr ihm sacht über die Haare. Stützte einen Ellbogen auf den Tisch und liebkoste mit der anderen Hand seinen Nacken. »Mach schon.«

Ola versuchte, auszuweichen.

»Sei nicht so trotzig«, sagte sie leise.

Er schaute ihr schließlich in die Augen. Schluckte. Spürte, wie ihm unter den Fingern ein Schauer das Rückgrat hinunterlief. »Ich muss nur schnell etwas holen«, sagte er schließlich und stand auf.

Während sie hörte, wie Ola sich im Keller zu schaffen machte, zog sie energisch eine Weinflasche aus dem Gestell neben der Wohnzimmertür. Ehe er zurückkam, hatte sie die Flasche geöffnet und zwei Weingläser aus der bunt zusammengewürfelten Sammlung genommen.

»Wein?«, fragte er und blieb mitten im Raum stehen. »So spät noch? Ich muss morgen früh zur Arbeit.«

»Nein. Du hast versprochen, Sara in den Kindergarten zu bringen. Der fängt am Montag um zehn an. Was hast du da?«

Sie nickte zu den Papieren hinüber, die er in der Hand hielt. Ola zögerte kurz und setzte sich dann an die Längsseite des Tisches. Schlug mit der Hand auf den Sitz neben sich und griff nach dem Glas, das sie ihm hinschob.

»Unsere Spieler werden dauernd getestet«, sagte er. »Nicht nur medizinisch, darum kümmern wir uns in der Klinik. Die Trainer behalten auch ihre Leistungen im Auge. Nicht zuletzt die Geschwindigkeitsentwicklung. Wie schnell sie sind. Ob sie schneller werden oder ob sie zurückfallen.«

»Klingt vernünftig. Aber was hast du da?«

»Testergebnisse. Oder …« Er verteilte die Blätter auf dem Tisch. »… einige. Die wichtigsten.«

»Die der besten Spieler also?«

»Nicht unbedingt. Hör zu …«

Er hob das Glas und stieß mit ihr an.

»Adrian Skcraj.«

»Der eine Stürmer.« Guro nickte. »Vor vier Jahren vom FC Prishtina eingekauft. Zum besten Einkauf des Jahres in der ganzen Liga gekürt. Noch immer gut. Noch immer relativ jung.«

»Adrian ist sechsundzwanzig. Saugut. Technisch brillant, guter Blick für das Spiel. Guter Schussfuß. Und nicht zuletzt: schnell.«

Eifrig zeigte er auf die Zahlenreihen auf dem Blatt. »Vor zwei Wochen ist er vierzig Yard, also ungefähr sechsunddreißig und einen halben Meter, auf 4,30 gelaufen.«

»Das sagt mir sehr wenig, Liebling.«

»Okay. Alles über fünf Sekunden ist verdammt langsam. Ich habe eine Quelle, nach der der Durchschnitt der Spitzenspieler in den großen Ligen bei 4,65 auf vierzig Meter liegt. In Yard umgerechnet ungefähr 4,24. Wir müssen dazunehmen, dass das Tempo am Ende des Laufes viel höher ist. Sagen wir, 4,40.«

»Na gut. Adrian ist schnell. So sehen seine Waden auch aus.«

Ola grinste. »Du interessierst dich für Fußball, um dir Männerbeine anzusehen.«

»Nein. Idiot. Ich weiß mehr über Fußball, als du je wissen wirst. Und deshalb frage ich: Was ist das Problem mit diesem Tempo?«

»Nichts. Es ist gut, dass er so schnell ist. Für ihn, und natürlich für Notting Hill.«

»Aber ... aber was ist dann das Problem?«

»Ich mache mir ja nicht um Adrian Sorgen. Schau her ...«

Wieder fuhr sein Zeigefinger über die Zahlenreihen.

»Als er zum Club gekommen ist, lief er 4,32. Nach dieser Tabelle hier variiert er über drei Monate hinweg mit nur zwei Hundertsteln. Sehr stabil also. Günstige Muskelfasern. Durch Training noch schneller geworden. Ist jetzt etwas schneller als zu Anfang, genau das, was bei diesem Training zu erwarten war.«

Guro stützte das Kinn auf ihr Weinglas und starrte die Zahlen an. »Ich gehe davon aus, dass du diesen Bericht irgendwo beenden wirst, wo es größere Probleme gibt als einen schnellen Läufer im Sturm von Notting Hill.«

»Ja«, antwortete Ola und blätterte weiter im Stapel. »Hier.«

Ganz oben auf dem neuen Blatt stand in roter Schrift »Graham Spelling«.

»Das ist der Mittelfeldspieler«, sagte Guro und nickte.

»Du hast einen Rotweinschnurrbart.«

Sie fuhr sich rasch mit dem Ärmel über den Mund, ohne das Blatt aus den Augen zu lassen.

»Ja«, sagte jetzt Ola. »Linker Flügel. Ist vor zwei Jahren zu uns gekommen. Guter Spieler. Gut mit dem Ball, phänomenal ohne. Cleverer Bursche, in jeder Hinsicht. Er ist ein ziemlich guter Bridgespieler auf nationalem Niveau und studiert aus Spaß Physik. Hat einen gottbegnadeten Blick für das Spiel. Das Problem ist ... oder genauer gesagt, war ...«

»Das Tempo«, sagte Guro. »Er ist als defensiver Mittelfeldspieler gekommen, nicht wahr?«

»Ja. Dafür wurde er eingekauft. War auch gut, auch wenn Tempo einwandfrei auch für einen Stopper ein Vorteil ist. Er hat den *40-yard dash* auf 5,1 gelaufen, als er erstmals bei uns getestet wurde. Aber schon elf Monate später ...«

»Verflixt«, flüsterte Guro. »4,45. Über eine halbe Sekunde schneller! Auf einer so kurzen Strecke, und das in weniger als einem Jahr und in einem Alter von ...«

»Einunddreißig. Er war dreißig Jahre und sieben Monate, als er zu uns gekommen ist. Wurde überraschend schnell zu einem sehr schnellen Spieler, trotz Gewicht und Größe, und wurde danach für den Flügel umgeschult. Er ist jetzt ein besserer Spieler als bei seiner Ankunft, Guro. Wie oft siehst du, dass ein Spieler bei einem Vereinswechsel in diesem Alter noch viel besser wird?«

»Das kommt schon vor! Es kann mit dem Trainer zu tun haben. Dem Spielmuster. Den Mitspielern. Dem Wohlfühlen, von mir aus. Mit tausend anderen Dingen.«

»Sicher. Aber es passiert nicht oft. Der nächste Club, der Zlatan einkauft, wird ihn nicht besser machen. Sie werden Daumen drücken und beten, dass er sich innerhalb von neunzig Prozent seines derzeitigen Leistungsniveaus hält.«

Ola starrte die vielen Zahlenreihen an. Dann sprang er auf und riss die Kühlschranktür auf. Zog einen mit Plastikfolie bedeckten Teller mit zwei angebissenen Lammkoteletts hervor.

»Tara darf keine zwei bekommen, wenn sie von jedem nur einen kleinen Bissen nimmt.«

»Hast du noch mehr?«

»Nein, da waren nur noch diese beiden«, nuschelte er mit vollem Mund.

»Nicht Koteletts, Mann. Beispiele! Dafür.«

Sie schwenkte Graham Spellings Spurtschema und fügte hinzu: »Für unbegreifliche Geschwindigkeitsverbesserungen. Hast du noch mehr?«

»Ja«, sagte er und schluckte. »Achtundzwanzig.«

»Achtundzwanzig ... *Achtundzwanzig?*«

»Ja. Aber dann muss ich in der Zeit zurückgehen. Zehn Jahre. Bis zu unserem Aufstieg in die Premier League. Nicht nur zur heutigen Mannschaft.«

Doktor Proktor fiepte. Gähnte ausgiebig und watschelte zum Kühlschrank hinüber. Dort hob er ein Hinterbein und sandte einen gelben Strahl beeindruckend weit an der Tür nach oben.

»Verdammt!«, fluchte Ola. »Habt ihr uns einen Köter besorgt, der mit neun Monaten noch nicht stubenrein ist?«

»Nicht doch.«

Guro lief hinüber und hob den Hund hoch. »Natürlich ist er stubenrein. Doktor Proktor ist nur verwirrt von der neuen Umgebung. Ich gehe mit ihm in den Garten.«

»Nein. Lass mich das tun.« Ola streckte die Arme aus. »Du kannst inzwischen die Schweinerei wegwischen«, fügte er wütend hinzu.

»Du musst hier festhalten«, sagte Guro und überreichte ihm den Hund. »Unter dem Hintern. Und hier. Vor der Brust.«

»Ich kann wohl auch ohne Gebrauchsanweisung so eine Töle tragen.«

Doktor Proktor starrte ihn an. Er starrte wirklich. Seine Augen funkelten in dem platt gedrückten Gesicht wie schwarze Glasknöpfe. Ola starrte zurück und wäre in der Tür fast gestolpert.

»So«, murmelte er und setzte den Hund ins Gras. »Und jetzt mach!«

Doktor Proktor watschelte einige Schritte. Blieb stehen und schnupperte in der Luft herum, dann trottete er zu dem mageren Baum beim Schuppen und schnüffelte auf dem Boden. Sein Kopf wirkte zu groß für den Körper. Die riesigen Ohren und der kurze Blumenkohlschwanz verstärkten den komischen, fast absurden Eindruck.

»Jumbo müsstest du heißen. Jumbo.«

Der Hund schaute zu ihm hinüber. Mit offenem Maul schien er breit zu lächeln.

»Jumbo!«

Doktor Proktor lief auf ihn zu. Ola ging in die Hocke.

»Wie nennst du ihn?«

Guro hatte eine Windjacke übergestreift und hielt in jeder Hand ein Weinglas.

»Nichts«, sagte Ola. »Es ist ein bisschen kalt hier draußen. Es hat doch geregnet.«

»Tut es aber nicht mehr. Komm.«

Sie setzten sich auf die Bank vor dem Zaun zum Nachbargrundstück. Ola merkte, dass sein Hintern nass wurde.

»Was meinst du?«, fragte Guro und kam ihm zuvor, er hatte verlangen wollen, dass sie wieder ins Haus gingen. »Diese ... diese Tests. Hast du achtundzwanzig gesagt? Achtundzwanzig Beispiele für besondere Geschwindigkeitsentwicklung?«

»Ja. Ich meine ...«

Er stellte das Weinglas neben sich und hob einen triefnassen alten Fußball hoch, der unter der Bank gelegen hatte.

»Ich bin kein Experte«, sagte er dann. »Ich bin nur ein ganz normaler Mann, der sich immer schon für Fußball interessiert hat und der zufällig einen Job in einem Premier-League-Club bekommen hat. Aber ich weiß immerhin genug, um zu begreifen, dass eine halbe Sekunde Unterschied endlos viel Zeit ist.«

Er ließ den Ball zwischen seinen Händen wirbeln.

»Wenn ein Spieler auf 4,5 Sekunden vierzig Meter läuft und der Gegenspieler nur ein Zehntel langsamer ist, kannst du raten, wie groß die Entfernung zwischen ihnen am Ende ist?«

»Nein. Aber du hast das sicher ausgerechnet.«

»Ja. So über den Daumen gepeilt und wenn wir die Beschleunigung nicht als eigene Variable einbeziehen, dann reden wir von …« Er ließ den Ball fallen und hielt die Hände auseinander. »Einem Meter.«

»Einem Meter? Wenn wir also von einem präzisen Pass sprechen und der Angreifer ein Zehntel schneller ist als der Verteidiger, ist er ja …«

»Ganz allein mit dem Ball, wenn er das Tor erreicht«, beendete Ola den Satz für sie. »Ein Meter Vorsprung ist ein Ozean an Unterschied. Ganz zu schweigen von zweien. Es gibt hier natürlich eine Menge Variablen. Ob der Angreifer den Ball führt oder ihm hinterherläuft. Ob seine Beschleunigungsfähigkeit, also die Explosivität, oder die Schnelligkeit größer ist. Lionel Messi ist zum Beispiel auf den ersten fünfundzwanzig Metern unschlagbar, auf den nächsten aber nur ziemlich schnell. Egal, so alles in allem kann ich nur folgern, dass Tempo, Guro …«

Doktor Proktor setzte sich zu seinen Füßen und schaute hoch. Ola kraulte ihn zwischen den Ohren.

»Tempo ist beim modernen Fußball extrem wichtig. *So much for the banalities.*«

»Und außerdem kannst du durch Doping schneller werden, nicht wahr?«

Ola erstarrte. Er saß vornübergebeugt da, mit gespreizten Beinen, und hatte die Hände um Doktor Proktors Kopf gelegt.

Vor drei Monaten hatte er erstmals über die Sprintzeiten im Verein gestutzt. Es war durch einen Zufall passiert. Er sollte bei der ersten Mannschaft die Sauerstoffaufnahme messen. Das hatte er zwar schon mit den Juniorspielern durchgezogen, aber diesmal wollte er sich noch besser vorbereiten. Notting Hill stand in dem Ruf, den besten medizinischen Stab aller Premier-League-Clubs zu besitzen. Über jeden Spieler gab es ein umfassendes digitales Dossier. Wenn Außenstehende diese Mappen gesehen hätten, wäre es nicht länger nur ein Gerücht gewesen, dass Najib Aysha der fürsorglichste Eigentümer in der gesamten Fußballwelt war. Oder vielleicht der autoritärste.

Alles wurde zu Protokoll genommen.

Familienstatus und familiäre Veranlagung zu Krankheiten. Wurde der Onkel eines Spielers vom Schlag getroffen, kam das nur wenige Stunden darauf in das vertrauliche Dossier. Hier stand alles über den Gebärmutterhalskrebs der Schwester und den Infarkt der Großmutter. Die Spieler mussten sich genau zum Konsum von Stimuli äußern, von Zigaretten bis zu Kokain. Jedes Dossier enthielt dermaßen vertrauliche Informationen, dass Ola nur hoffen konnte, die IT-Leute des Vereins könnten sich mit dem medizinischen Stab messen.

Außerdem wurden die Spieler einmal im Vierteljahr auf alles untersucht, was möglicherweise ihr Leistungsniveau beeinflussen könnte. Einerseits waren es die rein medizinischen Tests, wie Leber- und Nierenfunktion, Echokardiografie und Vierundzwanzig-Stunden-EKG. Andererseits wurden direkte Leistungsmessungen vorgenommen. Sauerstoffaufnahme. Messung der maximalen Stärke von Flexoren und Extensoren, mit anderen Worten, welche Kraft der einzelne Spieler in Armen und Beinen hatte. Der *40-yard dash* für Explosivität. Der *One-mile*-Bahnlauf für Kondition. Maximale Geschwindigkeit des Fußballs gemessen am Fuß auf der Bahn, am still liegenden Ball und bei einem scharfen Schuss. Zudem kamen noch jährliche Untersuchungen und eine genau ausgearbeitete Nahrungsanamnese; eine Diät, die Körperbau und Entwicklung jedes Spielers genau angepasst wurde.

Ola war dermaßen beeindruckt gewesen, dass er einen ganzen Arbeitstag vor dem Computerbildschirm verbracht hatte.

Da die Sprintergebnisse für jeden Spieler verzeichnet waren, hatte Ola sie anfangs einfach übergangen. Er sollte schließlich Sauerstoffaufnahme und Ausdauer messen.

Als ihm jedoch auffiel, dass Graham Spelling für einen durchtrainierten Spitzenspieler unter strenger Diätüberwachung einen ungewöhnlich hohen Cholesterinspiegel hatte, sah er sich dessen Dossier genauer an. Als ihm klar wurde, wie ungewöhnlich die Geschwindigkeitsentwicklung war, nahm er sich auch die Ergebnisse der anderen Spieler vor. Nach einer Weile ging er dann in der Zeit zurück.

Und seitdem machte er sich Sorgen.

»Warum in aller Welt erwähnst du Doping?«, fragte er endlich und ließ den zappelnden Doktor Proktor los. »Davon habe ich gar nichts gesagt.«

»Das liegt doch auf der Hand«, sagte Guro. »In den letzten Wochen warst du schweigsam und reizbar, heute warst du direkt sauer. Du bist nur sauer, wenn du dir über etwas Sorgen machst. Wenn du diese Geschichte erzählst, brauche ich doch nur eins und eins zusammenzuzählen. Man kann durch Doping keine Ballgeschicklichkeit erwerben. Und auch kein Verständnis für das Spiel. Aber man kann durch Doping seine Kondition verbessern. Das haben ja auch viele getan, sicher viel mehr, als erwischt worden sind. Zugleich kann man sich gerade in der Sauerstoffaufnahme durch Training wirklich verbessern. Das geht auch ohne Doping, meine ich. Jedenfalls bei einem Sport wie Fußball. Es geht hier um zweimal fünfundvierzig Minuten, die immer wieder unterbrochen werden. Nicht um zehn Stunden auf dem Fahrradsattel, Tag für Tag.«

Sie nippte an ihrem Glas und fuhr sich mit dem Ärmel über den Mund.

»Aber wenn es um Explosivität geht, dann ist die Sache ganz anders. Muskeln kann man sich erdopen. Und das scheint dir solche Sorgen zu machen.«

»Aber sie werden doch getestet!«, rief Ola. »Die Jungs müssen immer wieder WADA-Tests machen, wir testen sie außerdem auch selbst.«

»Testet Notting Hill seine eigenen Spieler?«

»Ja! Ja, zum Henker! Najib Aysha und in diesem Jahr Johannes Funkel stellen sich in der Öffentlichkeit doch als Null-Toleranz-Ritter de luxe dar! Wurden von der WADA umarmt und gelobt, und von allerlei anderen Dopingbekämpfern auch. Seit 2003 die Internkontrolle eingeführt wurde, ist nicht eine einzige positive Probe abgelegt worden. Ich verstehe nicht ... ich kann einfach nicht begreifen ...«

»Johannes Funkel«, sagte Guro langsam, fast drohend, ehe sie ihm die Hand unters Kinn legte, um ihn zum Aufschauen zu zwingen. »Du hast aber nicht mit Sara darüber gesprochen?«

»Nein, nein.«

»War sie deshalb heute Vormittag nur so kurz hier?«

»Nicht doch. Sie hatte es eilig.«

»Sieh mich an!«

»Ich habe nur ... ich habe nur kurz erwähnt ... also, ich habe sie ein wenig über plötzlichen Herztod befragt.«

»Plötzlichen Herztod?«

Sie ließ sein Kinn los.

»Was hat plötzlicher Herztod mit ... Ola, meinst du etwa, jemand ist deshalb gestorben? Gibt es Fußballspieler, die sich schneller gedopt haben und danach gestorben sind? Zerbrichst du dir darüber den Kopf?«

»Nicht doch.«

Ein Auto fuhr langsam vorüber. Das Licht der Scheinwerfer malte auf den Rasen ein flüchtiges Muster, das Doktor Proktor zum Zaun springen ließ.

»Ich friere«, sagte Ola leise. »Es ist spät. Gehen wir schlafen.«

Guro starrte ihn an. Lange. Dann schüttelte sie den Kopf, packte seinen Pullover und zog ihn zu sich heran.

»Wag ja nicht, das hier zu zerstören, hörst du? Notting Hill, London ... Das alles hier in England, was uns eine neue Chance gegeben hat, Ola! Als du und Sara zuletzt auf Leben und Tod in Gesetzesbrüchen herumwühlen musstet, hat dich das fast deine Stelle gekostet. Du hättest sogar deine Zulassung als Arzt einbüßen können. Hörst du?«

»Wir haben Leben gerettet«, widersprach Ola gedehnt. »Verdammt, Guro, wir konnten doch nicht tatenlos zusehen, als sich die Defibrillatoren als die puren Mordmaschinen erwiesen!«

Sie ließ ihn los und holte tief Luft.

»Die Polizei, Ola. Schon mal davon gehört? Die Polizei! Ihr hättet damals zur Polizei gehen müssen, und wenn du auch nur einen Hauch von Verdacht hast, dass bei Notting Hill etwas Ungesetzliches passiert, dann musst du ...« Sie fasste sich mit einer Geste an den Kopf, die sie dann machte, wenn die Kinder sie in den Wahnsinn trieben. »Dann hast du die verdammte Pflicht und Schuldigkeit, zur Polizei zu gehen!«

»Zur Polizei? Ich kann ja wohl nicht zur Polizei laufen, wenn ich nicht das Geringste anzuzeigen habe!«

»Nein.«

Sie legte den Kopf in den Nacken und blies die Wangen auf. Ließ die Luft langsam entweichen und fing an, in einem großen Kreis über den Rasen zu wandern. Ola stand einfach nur da und klapperte jetzt mit den Zähnen. Doktor Proktor kroch wimmernd zwischen seine Füße.

»Here's the deal«, sagte Guro endlich. »Wenn du etwas hast, gehst du zur Polizei. Oder ... zur Sportaufsicht oder wer immer für so was zuständig ist. Wenn du aber nichts hast, dann wirst du *unter gar keinen Umständen und schon gar nicht mit Sara Zuckerman* etwas herauszufinden versuchen. Hast du gehört?«

Jetzt war sie stehen geblieben, acht Meter von ihm entfernt.

»Hast du gehört, Ola? Du bist ein hervorragender Herzspezialist, ein mittelmäßiger Ingenieur, ein relativ guter Vater und ein ziemlich brauchbarer Ehemann, wenigstens ab und zu. Aber kein *Sherlock Fucking Holmes!«*

»Ein Pfund in die Fluchkasse, Mama!«

Das war der zehn Jahre alte Tobias. Einer der Zwillinge. Er stand barfuß in der Tür. In Schlafanzughose und mit nacktem Oberkörper. Unter den Arm hatte er sich ein schmutzig rosa Stoffschwein geklemmt.

»Warum seid ihr mitten in der Nacht draußen?«

»Wollten nur kurz frische Luft schnappen, Herzchen. Warum schläfst du nicht?«

»Sara weint. Doktor Proktor soll zu ihr ins Bett kommen.«

»Das geht aber nicht. Ich komme gleich, Herzchen. Geh schon mal rauf und sag, ich bin gleich da.«

»Ich kann das machen«, murmelte Ola und ging auf die Treppe zu.

»Nein«, fauchte Guro. »Du kümmerst dich um den Hund. Der schläft in der Küche. Ich gehe ins Bett.«

»Okay. Von mir aus. Gute Nacht.«

Als die Haustür wieder ins Schloss fiel, hob er den Hund hoch. Nasses Fell und kalte Pfoten.

»Du riechst gar nicht gut, Jumbo.«

Der Hund leckte ihm die Nase.

»So gesehen passt du sehr gut zu dieser Familie. Hast du gemacht, was du machen solltest? Jetzt war Herrchen ganz schön blöd.«

Der Hundeschlund öffnete sich zu einem gewaltigen Lächeln.

»Lach nicht. Herrchen muss lernen, seine Geheimnisse für sich zu behalten.«

Er war ein Idiot gewesen. Während er versuchte, zwei Weingläser und zwölf Kilo Hund ins Haus zu tragen, pries er sich glücklich, weil Tobias sie unterbrochen hatte. Ola hätte nicht so dumm sein dürfen, für Guro die Tür auch nur einen Spaltbreit zu öffnen. Nach der Geschichte mit Mercury Medical hatte er schwören müssen, so etwas niemals wieder zu tun.

Aber das hier war nicht »so etwas«.

Er wusste noch nicht einmal, ob es überhaupt »etwas«

war. Ohne das Drama um Jimmy Rowling hätte er vielleicht alles verdrängen können. Er hatte einfach zu wenig. In den vergangenen drei Wochen war er einer Erklärung für die unbegreiflichen Temposteigerungen nicht näher gekommen. Und für die seltsamen Unfälle. Am Vortag hatte er gar nicht daran gedacht. Erst nach dem Endspiel, als er in den Keller gegangen und sich in den Server von Notting Hill eingeloggt hatte.

Jimmy Rowling war einer der achtundzwanzig Spieler, die während ihrer Zeit im Verein ihren persönlichen Rekord für vierzig Meter auf unerklärliche Weise verbessert hatten. Er war gut genug für Notting Hill gewesen und dann attraktiv für die großen Clubs geworden. In nur anderthalb Jahren. Er wurde für elf Millionen Pfund an Borussia Dortmund verkauft und hatte sich gleich in die erste Mannschaft gespielt. Aber das war nicht von Dauer gewesen. Nach und nach wurde Jimmy langsamer. Nicht viel, aber doch so, dass die Zeitspannen auf dem Spielfeld gegen ihn sprachen. Dass er überhaupt im Endspiel eingesetzt wurde, wenn auch erst nach elf Minuten in der zweiten Halbzeit, hatte die Kommentatoren staunen lassen.

Jimmy Rowling war einer der achtundzwanzig.

Am Vortag hatte Sara Zuckerman ihm das Leben gerettet. Und wenn Ola mit seinem Verdacht darüber, was Spieler Nr. 17 beinahe getötet hatte, richtiglag, dann könnten noch andere sterben. Jederzeit, denn vielleicht hätten sie nicht das Glück, in Anwesenheit einer der weltbesten Herzspezialistinnen zusammenzubrechen.

Ola bugsierte Doktor Proktor mit vielem Streicheln ins Hundebett, legte sorgfältig seine Papiere zusammen und schaltete das Deckenlicht aus.

»Nacht, Jumbo.«

Es war ein Fehler gewesen, mit Guro zu reden.

Ein noch größerer Fehler war es gewesen, nicht mit Sara zu reden.

23:56 Uhr
Avenue Road, London

»Warum um alles in der Welt konnten wir uns nicht fahren lassen?«

Sara Zuckerman fror bereits. Ihre neuen Schuhe von Louboutin waren für alles andere als Parkettboden absolut ungeeignet. Schon nach weniger als hundert Metern spürte sie, wie sich an beiden Fersen Blasen bildeten.

»Ich dachte, wir könnten uns mal umsehen«, sagte Johannes und ließ ihre Hand los, um ihr den Arm um die Schultern zu legen. »Ich brauchte Luft.«

Sara blieb stehen. »Ich will das einfach nicht. Weißt du, was diese Schuhe kosten? Oder wie es ist, darin zu gehen? Es muss doch möglich sein, ein Taxi zu bestellen. Ich habe kein Telefon bei mir, aber du …«

»Akku ist leer.«

Johannes lächelte und lehnte sich an einen Laternenpfahl. »Herzlichen Glückwunsch zum Geburtstag!«

»Der war streng genommen gestern. Es ist schon Montag.«

Er nahm ihre Hände. »Herzlichen Glückwunsch«, sagte er noch einmal.

»Danke.«

Sie konnte sich das Lächeln nicht verkneifen. »Ich dachte, du hättest es vergessen.«

»Man kann nichts vergessen, was einem nie gesagt worden ist. Ich habe dich gegoogelt. Weißt du, wie viele Treffer ich hatte?«

»An die sechs Millionen. Aber die haben nicht alle mit mir zu tun.«

»Die meisten wohl. Herzlichen Glückwunsch, Sara.«

Er schob eine Hand in die Manteltasche und zog ein blaues Kästchen von Tiffany mit einer weißen Seidenschleife auf dem Deckel heraus. »Ehe du protestiert, lass mich schnell etwas sagen«, begann er.

»Ich will doch gar nicht protestieren.«

»Doch, sicher. Ich habe dir schon dreimal einen Heiratsantrag gemacht.«

»Johannes ...«

»Und mir jedes Mal einen Korb geholt.«

»Können wir nicht einfach ...«

»Ganz ruhig. Jetzt kommt kein vierter Antrag. Bald müssen wir darüber reden, was wir machen. Aber nicht gerade jetzt. Ich möchte dir das hier geben, ganz unverbindlich. Ich habe lange gebraucht, um es zu finden. Ich liebe dich.«

Er reichte ihr die Schachtel. Sie machte sich an der Schleife zu schaffen, dann steckte sie das Seidenband in die Tasche und öffnete den Deckel.

»Das ist ...«

Sara schluckte und nahm den Ring heraus. Als ob sie sich verbrannt hätte, ließ sie ihn gleich wieder auf das kleine Kissen fallen.

»Johannes, so etwas kann ich nicht annehmen.«

»Das kannst du. Das musst du. Das gehört dir.«

Er beugte sich vor und küsste sie vorsichtig.

»Probier ihn mal an. Das ist kein Verlobungsring, hab ich doch gesagt. Damit kann ich leben.«

Sara nahm zögernd den Ring wieder heraus. Der mittlere Diamant in einer Reihe von fünf anderen musste anderthalb Karat haben, mindestens. Vorsichtig schob sie das Geschenk auf den Ringfinger der rechten Hand. Der Ring saß perfekt.

»Ich habe heimlich an einem von deinen Maß genommen«, sagte Johannes.

»Er ist unglaublich schön.«

Sie spreizte die Finger und hielt die Hand ins Laternenlicht. »Ich habe noch nie so etwas Schönes gesehen. Danke.«

Er zog sie an sich. Sie schob ihn weg. »Ich will nach Hause«, sagte sie lächelnd. »Nach Hause und ins Bett.«

Ein Auto bremste plötzlich. Johannes zog sie instinktiv wieder an sich, weiter auf den Bürgersteig. Ein dunkler Porsche 911 stand mitten auf der Straße, während eine Katze verängstigt vorbeirannte. Johannes ging in die Hocke und versuchte, das Tier zu locken.

»Komm schon. Komm schon!«

Johannes schnalzte mit der Zunge und streckte die Hand aus.

»Der ist nichts passiert«, sagte Sara. »Humpelt nicht mal. Können wir jetzt ein Taxi besorgen?«

»Du bist doch eine süße kleine Miezekatze. Komm schon!«

»Johannes! Lass das Tier in Ruhe!«

»Das soll hier nicht allein rumlaufen. Ich will nachsehen, ob …«

Der Kater schnupperte vorsichtig an seiner Hand und ließ sich danach hochheben.

»Schau mal«, sagte Johannes und versuchte, auf einem am Halsband befestigten kleinen Metallherzen etwas zu lesen. »Meine Güte. Das muss doch hier gleich in der Nähe sein.«

»Da siehst du«, sagte Sara, ohne ihre wachsende Verärgerung zu verbergen. »Ich habe dich gerade ins Bett eingeladen, aber du musst dich mit einer unversehrten Katze aufhalten, die einen nächtlichen Spaziergang durch ihr Viertel macht. Das passt aber nicht zu der Romantik, die du eben …«

»Es muss das Haus da sein«, sagte er und zeigte darauf.

Er schaute sich nach beiden Seiten um und trat auf die Straße hinaus. Sara holte tief Luft, schaute auf ihre Schuhe und ging hinterher.

»Ich habe noch nie begreifen können, warum manche Leute unbedingt Haustiere haben wollen«, schimpfte sie vor sich hin. »Wozu sollen die denn überhaupt gut sein? Was haben die Männer um mich herum nur immer mit … Tieren? Ola wollte sich heute einen Hund zulegen, hab ich dir das erzählt? Bei sechs Kindern im Haus sollte man doch meinen …«

»Das dauert zwei Minuten, Sara. Stell dir doch vor, das wäre deine Katze!«

»Gott behüte. Tiere gehören in den Wald. In den Dschungel. In den Stall. Oder in den Kochtopf.«

»Ich verspreche, ich besorge ein Taxi, sowie wir ihn abgeliefert haben. Hier ist es übrigens.«

Das große Steinhaus hinter der mit Efeu überwucherten Mauer passte überhaupt nicht zur übrigen Avenue Road. Es war zwar groß, aber inzwischen war wohl nur noch das Grundstück etwas wert. Das Tor war defekt und ließ sich nicht schließen. Johannes betrat den verwilderten Vorgarten, noch immer mit der Katze auf dem linken Arm. Sara zögerte, als sie die Hausfassade sah. Die Dachrinne hatte sich stellenweise gelöst. Eine alte Fernsehantenne hing abgeknickt von einem Erker hinunter. Ein Fenster im Erdgeschoss war mit einer Sperrholzplatte vernagelt. So verwittert, wie die Platte aussah, musste sie die zerbrochene Glasscheibe schon lange ersetzen. Im Haus war alles dunkel, nur ein Lichtstreifen drang durch dicke Vorhänge im Zimmer neben dem provisorisch reparierten Fenster.

»Hier kann doch unmöglich jemand wohnen«, sagte Sara zögernd.

»Verlorener Reichtum. Willkommen in England. Sieh mal da.«

Er zeigte auf die Haustür, die nun geöffnet wurde. Eine seltsame Gestalt tauchte auf. Eine uralte Greta Garbo. Ihre Züge waren hart, und das runzlige Gesicht war so mager, dass der Nasenrücken messerscharf wirkte. Ihre Augen waren groß und lagen tief unter Augenbrauen, die das Alter zu dünnen Strichen reduziert hatte. Irgendwann war diese Frau sicher schön gewesen. Die dünnen Haare waren auf der linken Seite gescheitelt, und auf beiden Seiten war versucht worden, Locken zu drehen. Sie kann unmöglich mehr als vierzig Kilo wiegen, dachte Sara beim Nähertreten. Der schmächtige Körper war in ein sackartiges ärmelloses Kleid mit Fransen gehüllt, aus dem die Arme wie Stöcke hervorragten. Um zu betonen, dass sie sich in die Dreißigerjahre zurücksehnte, rauchte sie eine Zigarette durch ein langes schwarzes Mundstück.

»Tramp«, rief sie freudestrahlend. »Ich hab euch kommen sehen! Er ist eigentlich ein Hauskater, aber immer wieder findet er einen Weg nach draußen. Deshalb muss er ein Halsband tragen. Er war seit gestern Vormittag verschwunden. Kommt herein, kommt herein!«

»Nein danke, wir wollten den Burschen nur abliefern, und dann müssen wir ...«

Die Frau ließ sich den Kater geben, und der wand sich sofort aus ihren Armen und verschwand im Haus.

»Er hat sicher Hunger«, sagte die Frau. »Jetzt kommen Sie doch herein.«

Verwirrt ließ sich Sara ins Haus ziehen. Johannes folgte ihr, ebenso verwirrt.

»Wir müssen weiter«, sagte er noch einmal. »Es war ein glücklicher Zufall, dass wir ihn gesehen haben. Es ist spät, und wir wollten nur ein Taxi suchen ..«

»Taxi? Um diese Zeit fahren in dieser Gegend keine freien Taxen umher. Aber ich kann telefonisch eins rufen.«

»Wir finden sicher ...«

»Haben Sie etwa eins gesehen?«

Die alte Dame stemmte die linke Hand in die Hüfte und schüttelte spöttisch den Kopf.

»Nein«, sagte Sara und wechselte einen Blick mit Johannes.

»Dann bestelle ich jetzt eins. Also kommen Sie rein. Sie können hier warten. Übrigens, wo habe ich denn meine Manieren gelassen? Dorothy Krüger!«

Sara ergriff die ausgestreckte Hand und murmelte ihren Namen. Die Haut der Vorkriegsfrau fühlte sich an wie Pergament, und Sara hatte Angst, sie könne zu Staub zerfallen, wenn sie zu fest zudrückte.

»Hier sitze ich immer«, sagte Dorothy Krüger und ging vor ihnen her aus der großen düsteren Diele in eine geräumige Küche, wo Tramps Kopf in einem Fressnapf verschwunden war.

Die Vorhänge waren dunkel, dicht und vollständig geschlossen, abgesehen von dem einen Fenster, wo ein kleiner Spalt den Blick auf die Straße erlaubte. Ansonsten war der Raum recht gemütlich. Die Einrichtung musste aus den Fünfzigerjahren stammen und wirkte unter der hohen Decke mit dem Kronleuchter fehl am Platze. Aber es war sauber. Und hell. Mitten an einer Querwand hatte sich wohl einst ein Kamin befunden. Jetzt füllte ein schwarzer Holzofen die Nische. Es roch ein wenig nach Feuer und Zigaretten.

Auf dem Küchentisch sah Sara Zeitungen, Zeitschriften, Bücher und eine große Obstschale mit Apfelsinen und einer Weintraube. Ein Kreuzworträtsel war etwa zur Hälfte gelöst, und aus einer schönen Teetasse mit Untertasse stieg Dampf auf. Ein Aschenbecher aus Onyx war leer und sauber. Die alte Frau drückte sorgfältig ihre Zigarette aus und legte das Mundstück in den Aschenbecher, ehe sie alles neben das Spülbecken stellte.

»In meinem Alter schläft man wenig«, erklärte Dorothy Krüger. »Warten Sie nur ab. Tee vielleicht? Frisch aufgebrüht.«

»Nein, danke. Wie gesagt, wir müssen nach Hause. Könnten Sie bitte ...«

Johannes nickte und zeigte auf ein knallrotes Telefon aus den Achtzigerjahren, das neben der Tür an der Wand hing.

»Ja, natürlich. Taxi.«

Dorothy lächelte verlegen und holte zwei Tassen wie die, aus der sie selbst trank. Stellte sie vor zwei Stühle am Tisch und schenkte ein.

»Da ist Milch«, sagte sie und zeigte gebieterisch darauf. »Löffel sind im Glas auf der Fensterbank. Wo kommen Sie denn her?«

»Ich kann auch selbst anrufen, falls ...«

»Nein, es dauert nur einen Moment.«

Sie ging mit beeindruckender Grazie zum Telefon. Auf halbem Weg drehte sie sich um und zeigte auf Sara. »Lassen Sie mich raten«, sagte sie und setzte eine listige Miene auf. »Essen? Feines Essen bei feinen Leuten?«

»Ja«, sagte Sara und setzte sich zögernd.

»Bei Najib Aysha und seiner schönen Frau Joumana?«

»Wie in aller Welt«, begann Johannes und ließ sich auf einen Stuhl sinken. »Woher konnten Sie das wissen?«

Die Frau genoss diesen Augenblick. Sie presste die Oberarme an den Körper, rieb sich die Hände und kicherte glücklich. Für einen kurzen Moment sah sie aus wie Tolkiens Gollum mit Perücke und Charleston-Kostüm.

»Ich werde im nächsten April hundert«, sagte sie, als sie ihren Triumph ausgekostet hatte. »Das macht mich noch lange nicht dumm. Ich höre ein bisschen schwer. Sehe auch immer schlechter, aber ich kann noch die Zeitung lesen.«

Sie zeigte auf die Stapel auf dem Küchentisch. Sara ertappte sich dabei, wie sie den Kopf schüttelte.

Die Frau war neunundneunzig. Der älteste Mensch, dem sie je begegnet war.

»Junger Mann«, sagte Dorothy Krüger. »Sie sind Johannes Funkel. Manager vom FC Notting Hill. Der wiederum Najib Aysha gehört, und der wohnt gleich nebenan. Eine einfache Rechnung, meinen Sie nicht? Und woher in Deutschland kommen Sie?«

»Aus Hamburg.«

Sie richtete einen krummen Zeigefinger auf Johannes. »HSV oder St. Pauli?«

»Äh ... ursprünglich St. Pauli. Aber ich ... äh ... ich habe den HSV trainiert.«

»Aha. Ein Klassenverräter!«

Ihr Lachen war trocken und spitz.

»Mein Mann war aus Berlin«, sagte sie und setzte sich. »Berlin ...«

Ihr Gesicht nahm einen träumenden Ausdruck an, ehe sie sich räusperte und kerzengerade aufrichtete.

»Mein Vater, ein Mann mit Mitteln und Macht, hat mich im Spätsommer 1939 zurückgeholt. Gegen meinen Willen. Gegen Ernsts Willen. Und dann brach der Krieg aus.«

Ihre großen Augen wurden noch größer. »Taxi«, sagte sie plötzlich und stand auf. »Jetzt muss ich aber wirklich anrufen. Ich werde um diese Tageszeit immer so vergesslich.«

Dorothy kam bewundernswert leicht auf die Beine.

»Ein Plätzchen?«

Dorothy schob Sara eine kleine Schüssel mit Keksen zu.

»Nein danke.«

Die alte Frau starrte sie an. Schüttelte den Kopf. Wollte Saras Blick nicht loslassen und lächelte fast unmerklich. »Najib Aysha hätte als Erster begreifen müssen, dass die Juden hinter diesem gemeinen Kunstdiebstahl steckten«, sagte sie ganz unvermittelt, und Johannes stieß vor Schreck das Milchkännchen um. »Aber er lebt sicher schon so lange in England, dass er politisch korrekt geworden ist wie der Rest der Elite.«

»Ich glaube, ich rufe selbst an«, sagte Johannes und stand auf.

»Nein, nein.«

Dorothy legte ihm die Hand auf die Brust. Er blieb sofort stehen, aus Angst, sie umzuwerfen.

»Lassen Sie mich das machen«, sagte sie.

Sara schluckte wieder. Sie war gleichzeitig erleichtert und wütend, weil der Davidstern den ganzen Abend unter ihrem Kleid versteckt gewesen war.

Sie wollte weg.

»Wir werden schon eins finden«, sagte sie leise. »Sonst gehen wir zu Fuß.«

Dorothy nahm den Hörer ab und wählte eine Nummer.

»So«, sagte sie, als sie die Adresse genannt und aufgelegt hatte. »Ich habe sie gesehen, müssen Sie wissen. Ich habe sie zweimal gesehen. Oder besser gesagt, ihn. Zwei Tage vor dem Überfall. Und am selben Tag.«

»Man kann nicht sehen, dass jemand Jude ist«, sagte Johannes.

»Sei still«, flüsterte Sara, fast ohne die Lippen zu bewegen. »Das hilft jetzt auch nichts mehr.«

»Aber sicher doch. Das kann man. Genauer gesagt: Ich kann das.«

Dorothy ging hinaus auf den Flur. Tramp lag jetzt in seinem Korb und schlief so tief, dass er wie tot aussah. »Sie, zum Beispiel ...«

Sie drehte sich zu Sara um, die aufgestanden war. Kniff die Lider zusammen und reckte den Hals.

»Wie war noch gleich Ihr Nachname? Ich habe den vorhin nicht richtig verstanden.«

»Wir müssen gehen.«

Sara machte einen Bogen um die alte Frau und streifte sie nicht einmal. Johannes kam gleich hinter ihr.

»Danke für Ihre Hilfe«, sagte er tonlos. »Und passen Sie besser auf Ihren Kater auf.«

Als er die Haustür hinter sich zuzog, stand Sara schon beim Gartentor. Ein Taxi kam langsam auf sie zu. Wortlos stiegen sie ein.

Montag, 27. Mai 2013

06:59 Uhr
Lloyds Arena, Wanstead Park, London

Es war erst sieben Uhr morgens, aber Robert Atkins hatte sein Tagewerk längst begonnen. Er war neunzehn Jahre alt und verdiente doppelt so viel wie seine drei besten Kumpels zusammen. Er hatte es fast nicht glauben können, als er dieses Angebot erhalten hatte.

Zusammen mit vier Kumpels war er 2011 zu einem großen Computertreffen nach Manchester gefahren. Seine Mutter hatte es streng verboten, Robert war siebzehn und war noch nie allein aus London hinausgekommen. Er legte einen Zettel auf den Küchentisch, als seine Mutter bei der Arbeit war, und nahm den Zug. Es waren fantastische Tage. Er beteiligte sich an zwei Wettspielen, ohne besonders viel zu schaffen, Roberts Stärke war das Programmieren. Am letzten Tag hatte er ein fetziges Programm vorgeführt, das er soeben entwickelt hatte. Eine kleine Nummer in C+++, einen *keylogger*. Der war erst kürzlich dem Rektor der Schule serviert worden, die Roberts zwei Jahre jüngerer Bruder besuchte. Der Mann, der bald in Pension gehen würde, hatte sich sehr über eine Einladung der Royal Scottish Tours gefreut, die ihm und seiner Frau einen luxuriösen Wochenendaufenthalt in Edinburgh bescherte. Gratis. Er hatte keine Ahnung, dass er es gleichzeitig Robert ermöglicht hatte, alle Passwörter des Rektors zu verfolgen.

Zwei Tage darauf war der Goldcode geknackt: das Passwort zum Archiv mit den Noten aller Schüler.

Robert Atkins hatte sich durch eine Menge Namen vorgetastet, die über den Bildschirm rollten. In ein kleines Feld am unteren Bildrand gab er einen Code ein, und der gesamte Text wurde gelb.

»Das ist mein Bruder«, sagte Robert und zeigte auf ein armes Würstchen, dessen Noten allenfalls Aushilfsjobs verhießen.

Einige Sekunden später sah das anders aus. Spitzennoten in sämtlichen Fächern.

Irgendwer fing an zu lachen. Die anderen kamen näher.

»Aber da es erstens verboten ist«, sagte er dann und setzte eine ironische Miene auf, »und da zudem kein Grund besteht, Benny einen solchen Gefallen zu tun, machen wir alles wieder so, wie es war.«

Dafür brauchte er zehn Sekunden.

Er fügte hinzu, dass er die Schule seines Bruders warnen und die Einrichtung einer besseren Firewall anbieten wollte.

Der Mann, der sich eine Stunde später an ihn wandte, gab sich als Headhunter aus. Er habe mehrere Klienten, sagte er, könnten sie kurz miteinander sprechen? Als Robert Atkins hörte, wer der wichtigste Kunde des Kopfjägers war, streckte er die schmale Hand aus und sagte Danke, über die anderen brauche er nichts mehr zu wissen.

Er würde für den FC Notting Hill arbeiten.

Als Notting Hills neues Stadion, die Lloyds Arena, im Herbst 2003 eröffnet wurde, war Robert neun Jahre alt. Die Mannschaft war im selben Jahr in die Premier League aufgestiegen. 103 Jahre lang war sie im Stadtteil Notting Hill beheimatet gewesen, hatte im 20. Jahrhundert dann jedoch an der Groß-Londoner Peripherie ein kümmerliches Dasein gefristet. Dreimal hatte der Verein umziehen müssen. 1998 krebste der kleine Hinterhofverein in der League Two, drei Divisionen unter der Premier League, und spielte auf einem gemieteten Spielfeld mit Platz für fünftausend Zuschauer. Die aber nur selten kamen.

Im Gegensatz zu Najib Aysha.

Er brauchte eine halbe Stunde, um mit dem Verein handelseinig zu werden, als er sich erst zum Kauf entschlossen hatte. Er hatte schon vorher mit den Behörden über den Erwerb eines riesigen Areals im Wanstead Park in Nordostlondon verhandelt. Najib Ayshas Haus in der Avenue Road lag mitten zwischen der White Hart Lane und dem Emirates Stadium, aber er interessierte sich weder für Tottenham noch für Arsenal.

Najib Aysha wollte alles von Grund auf aufbauen, und er hatte inzwischen die Erlaubnis, 450 Ar des Parks zu kaufen. 1998 war die Londoner Verwaltungsreform noch nicht in Kraft getreten, die zweiunddreißig Stadtteile entschieden allein über ihre Angelegenheiten. Das machte es leichter, die Zuständigen zu überreden. Ein Team von Price Waterhouse Cooper aus elf Männern und einer Frau hatte in beeindruckend kurzer Zeit auf die richtigen Knöpfe drücken können. Der Koffer mit den Versuchungen war groß. Zweitausend dringend nötige Blue Collar-Arbeitsplätze für drei Jahre waren durchaus nicht die einzige Versuchung. Najib lieferte als Zugabe die ersehnte Grundschule, die unter Teilen der Nordkurve liegen würde. Die geplante Klinik würde zudem jede Woche einen Tag der organisierten Sportjugend des Stadtteils gratis für Hilfe und Beratung offen stehen.

Die Lloyds Arena war nach zwei Jahren der Planung und einer Bauzeit von drei Jahren vollendet. In diesen Jahren hatte der FC Notting Hill sich in beeindruckendem Tempo durch das Ligasystem nach oben bewegt.

Und Robert Atkins war die ganze Zeit dabei gewesen.

Notting Hill war Roberts Verein. Er war drei Steinwürfe von der neuen Arena entfernt geboren und aufgewachsen. Beide Brüder hielten zu West Ham, und für Robert war es eine befreiende, fast heilige Handlung, als er mit neun Jahren das Mannschaftsbild von Notting Hill über sein Bett hängte und damit für sein Leben gebunden war.

Jetzt arbeitete er hier.

Sogar die Mutter hatte schließlich eingesehen, dass ein weiterer Schulbesuch nichts brächte. Robert kannte sich mit Computerdingen aus, und in diesem Bereich konnte die Schule ihm nichts bieten. Feste Stelle, gut bezahlt, allerlei Bonusleistungen. Wie Eintrittskarten zu jedem Heimspiel. Am Ende hatte die Mutter nicht nur nachgegeben. Sie schien stolz auf ihn zu sein.

Die IT-Abteilung war nicht groß.

Es gab den Chef, einen fetten und fähigen Vierzigjährigen, mit dem man leben konnte. Der Typ gab kurze, klare Anweisungen und verließ sich auf Robert. Dazu kam der Servicemann, Oscar Brenning. Er war um die dreißig und konnte allerlei Probleme lösen, und zwar bei Hardware und widerspenstigen Programmen gleichermaßen. Zusammen waren diese drei Männer verantwortlich für alle Computersysteme des FC. Wenn sie Hilfe brauchten, wurde welche angeheuert. Das kam zwar vor, aber meistens konnte das Trio die Probleme allein lösen.

Es war der beste Arbeitsplatz der Welt.

So ungefähr das Erste, was Robert tun musste, als er drei Tage nach seinem achtzehnten Geburtstag in die Lloyds Arena kam, um seinen neuen Job anzutreten, war das Erstellen eines Sicherheitsprogramms. Der Chef hatte ihm bereits eine detaillierte Skizze gegeben. Wie alle anderen Organisationen musste auch Notting Hill die Zugänglichkeit abstufen. Die Websites, für die zwei Burschen zuständig waren, mit denen Robert nur selten zu tun hatte, sollten natürlich für alle zugänglich sein. Sie mussten trotzdem gegen Hacker und Vandalen aller Art gesichert sein. Das System der Klinik, *SportMed*, sollte streng getrennt gehalten werden, nur wenige Benutzer haben und bestmöglich gesichert sein. Robert hatte sich mit großer Begeisterung und Sachkenntnis an diese Aufgabe gemacht.

Der Chef war zufrieden.

Da war nur eine Kleinigkeit.

Es ging um die Klinik. Die Informationen über die Spieler waren extrem sensibel. Vor allem sollten die Ärzte und einzelne Krankenpfleger Zugang zu den Dossiers haben. Das Trainerteam sollte in ausgewählten Teilen des umfassenden *SportMed*-Materials lesen und schreiben können, aber längst nicht in allen. Da Ausdrucke des Inhalts notwendig werden konnten, allzu große Verbreitung aber vermieden werden sollte, forderte der Chef ein Überwachungsprogramm.

Robert hatte ein wenig auf das Wort »Überwachung« reagiert.

Er könne ganz beruhigt sein, sagte der Chef. Die vom Gesetz vorgeschriebenen Vorgehensmaßnahmen seien zahlreich und umfassend. Es sei wichtig zu wissen, wer sich wann in welche Dokumente einloggte, wie lange jemand dort war, was ausgedruckt, und nicht zuletzt, was hinzugefügt wurde.

Es war einfach gewesen. Eine Menge Arbeit, aber eine witzige Aufgabe, genau das, was Robert Atkins konnte.

Da er sich zudem jeden Monat davon überzeugen musste, dass alles in Ordnung war, hatte er ein raffiniertes Warnsystem eingebaut. Indem er Parameter für normalen Gebrauch setzte, ließ er das System bei Abweichungen Bescheid sagen. Manchmal war der Zeitverbrauch bei einem Dokument zu hoch, die Tageszeit, zu der die Gesundheit eines Spielers untersucht wurde, fiel auf, und es gab noch viele andere Punkte.

Aufgrund dieses Systems ließ Robert Atkins' Computer ein pulsierendes Geräusch hören, als er ihn an diesem Morgen im Mai hochfuhr und sich einloggte. Es kam nicht oft vor, dass das Kliniksignal aktiviert wurde, aber es war auch nicht das erste Mal. In der Regel war nichts als Vergesslichkeit der Grund. Die Ärzte schlossen Programme nicht, wenn sie ihre Rechner verließen. Das war zwar ein

Sicherheitsrisiko, und sie wurden jedes Mal vom Chef zusammengestaucht, aber zu helfen schien es nicht. Robert machte sich also keine besonderen Sorgen, als er sich weiterklickte.

Aha. Ola Farmen.

Das war doch dieser Schwede, dachte Robert.

Ola Farmen hatte sich von zu Hause aus bei *SportMed* eingeloggt, konnte Robert sehen. Das war nicht ganz in Ordnung. Es war zwar nicht direkt verboten, einige Ärzte hatten darauf bestanden, sich auch einloggen zu können, wenn sie nicht im Büro waren. Es hatte aber schriftliche Aufforderungen gegeben, das möglichst selten zu tun.

Seltsamer Zeitpunkt.

Um 01:10 in der vergangenen Nacht hatte sich Ola Farmen eingeloggt.

Ungefähr zu der Zeit, als Robert eingeschlafen war, auf dem Sofa eines Kumpels, bei dem eine Clique bei Pizza und Bier das Endspiel der Champions League im Fernsehen verfolgt hatte.

Der Arzt war eine und eine Viertelstunde in den Mappen der Spieler gewesen. Nachts. Ausgedruckt hatte er außerdem.

Das war seltsam.

Er hatte die Laufresultate der Spieler ausgedruckt. Robert selbst konnte die einzelnen Dokumente im Ordner nicht öffnen, aber die Codes, die auf seinem Bildschirm auftauchten, verrieten ihm, worum es ging.

Robert Atkins fuhr durch seinen karottenroten Schopf. Nachdem er einige Sekunden überlegt hatte, ließ er die Finger über die Tastatur jagen, ehe er auf das Druckersymbol drückte. Er stand auf, um den Ausdruck von Ola Farmens nächtlichem *SportMed*-Log vom gemeinsamen Drucker im Nachbarraum zu holen. Sicher hatte alles seine Richtigkeit. Dennoch wollte Robert Atkins seine Pflicht tun. Besser war es, zehnmal zu oft zu warnen als einmal zu wenig.

Besser, sein Schäfchen im Trockenen zu haben.

12:00 Uhr
Cobham, Surrey, England

Ola Farmen hatte sich verirrt.

Er besaß einfach keinen Orientierungssinn. Da er zudem eine angeborene Rechts-Links-Schwäche hatte, wäre auch ein GPS keine große Hilfe gewesen. Wenn die entnervende Frauenstimme auch rechtzeitig Bescheid sagte, wenn er sich einer Kreuzung näherte, war er doch immer verwirrt, wenn sie die Mitteilung kurz vor der Abzweigung noch einmal wiederholte.

Er hielt am Straßenrand und nahm eine altmodische Papierkarte hervor. Nach seinen Berechnungen hätte es nur eine knappe Stunde dauern sollen, um von Klein Saras Kindergarten zum Elternhaus von Christopher Pry zu fahren. Er war aber schon fast zwei Stunden unterwegs.

Die Karte war sperrig, aber endlich hatte er sie auf dem Lenkrad ausgebreitet. Das Ziel hatte er vor dem Aufbruch eingezeichnet. Er fuhr mit dem Finger die geplante Route ab, schaute dann auf und sah sich um. Nach einigen Minuten glaubte er zu wissen, wo er war. Er war im Kreis gefahren. Und das gleich zweimal. Wenigstens schien er noch rechtzeitig angehalten zu haben. Christophers Elternhaus lag gleich in der Nähe.

Ola hielt ein gutes Stück vor der Auffahrt zu der prachtvollen Villa und blieb sitzen.

Christopher Pry war sechsundzwanzig Jahre alt gewesen, als er 2007 bei einem Autounfall ums Leben kam. Er war ein ungewöhnlicher Fußballspieler, das war Ola schnell klar, als er alles über den jungen Mann gelesen hatte, was er auftreiben konnte. Politisch links. Christopher Pry engagierte sich im Kampf gegen Landminen und arbeitete jede Woche einen Abend in einem Aktivitätenzentrum für Kinder aus schwierigen Verhältnissen. Wenn es zu Auswärtsspielen ging, las er den *Independent.* Oder Bücher.

Er trank keinen Alkohol.

Natürlich hatte es Gerüchte über Homosexualität gegeben, wie das fast immer der Fall war, wenn ein Spieler in der Premier League auch nur das leiseste Interesse an Kultur und Politik zeigte.

Ein Graeme Pierre Le Saux der Nullerjahre, dachte Ola, dem davor grauste, aus dem Auto auszusteigen. Es ging voran auf der Welt, aber längst nicht überall. Christopher war bei seinem Tod mit einer fünf Jahre älteren Kunsthistorikerin verlobt gewesen. Sie war in der neunten Woche schwanger, aber nachdem sie von Christophers Tod erfahren hatte, erlitt sie eine Fehlgeburt.

Christopher Pry wurde von seinen Mannschaftskameraden widerwillig akzeptiert. Er war kräftig, ein guter Spieler und zudem hilfsbereit. Bei den meisten Spielen trafen ihn jedoch Obszönitäten vonseiten des Gegners. Und mehr noch von den gegnerischen Fans. Dass er gleich nach Spielende die Kontaktlinsen durch eine Brille ersetzte, schürte die Behauptungen über seine homosexuelle Veranlagung nur noch.

Ola hätte natürlich vorher anrufen müssen. Aber wie hätte er seinen Besuch begründen sollen?

Die Villa auf dem niedrigen Hügel war beeindruckend. Ola schloss das Auto mit der Fernbedienung ab, schob die Hände in die Jackentaschen und ging los. Die Gegend war typisch obere Mittelklasse. Alle Häuser ziemlich gleich. Alle gleichermaßen charme- und identitätslos. In Norwegen hätte man das hier als Wohnsiedlung bezeichnet. Das Haus der Familie Pry fiel jedoch aus dem Rahmen. Das Grundstück hatte eine bessere Lage als die benachbarten, mit einem Wald im Rücken und weitem Ausblick nach vorn. Es wirkte zudem größer, vielleicht doppelt so groß wie das der Nachbarn. Das Haus war niedrig, breit und modern.

Es gab kein Gartentor und auch keinen Zaun. Nur eine gepflegte Hecke zeigte auf beiden Seiten die Grenze zu den

Nachbarn. Davor zog sich der gepflegte Rasen bis zum breiten Bürgersteig hin.

Als Ola bei der Tür angekommen war, klingelte er, ohne zu zögern. Besser, er brachte es hinter sich.

Vielleicht könnte er in einer halben Stunde dieses Haus in der Überzeugung verlassen, sich einfach nur verirrt zu haben. Auch im übertragenen Sinn.

Als er darauf wartete, dass die Tür geöffnet würde, machte er sich klar, dass Haus und Grundstück wegen Cheryl so angelegt waren. Sie war Christophers acht Jahre jüngere Schwester. Ola rechnete rasch aus, dass sie jetzt vierundzwanzig sein musste. Sie war mit einer schweren Zerebralparese auf die Welt gekommen. Sie hatte niemals sprechen gelernt, drückte sich aber ebenso scharf aus wie ihr Bruder, wenn sie vor ihrem Rechner mit der spezialkonstruierten Tastatur sitzen durfte. Cheryl hatte Kontrolle über ihren linken Daumen. Das war alles.

Christopher war ungeheuer stolz auf seine Schwester gewesen. Ola hatte mindestens ein Dutzend Interviews mit dem ungleichen Geschwisterpaar gefunden. Ein Zeitungsbild von einem Familienurlaub auf Bali hatte ihn besonders beeindruckt. Der große, kräftige Christopher stand bis zu den Knien im Wasser und hielt seine verwachsene, federleichte Schwester auf den Armen. Sie sahen einander so liebevoll und glücklich an, dass Ola heftig hatte schlucken müssen.

Er hörte Schritte.

Die Tür wurde geöffnet, und eine hübsche zierliche Frau von Mitte fünfzig musterte ihn überrascht.

»Ich bin Ola Farmen«, stotterte er. »Ich bin Arzt in der Notting Hill Clinic. Also, Ihr Sohn Christopher Pry … ich wollte nur … bin ich hier an der richtigen Adresse?«

Zwei Stunden lang war er durch das eher ländliche Londoner Umland geirrt, Zeit genug, sich eine passende einführende Bemerkung auszudenken. Er holte tief Luft und wollte noch einmal von vorn anfangen.

»Kommen Sie rein«, sagte die Frau freundlich. »Ich bin Sophie Pry, Christophers Mutter.«

Ola folgte ihr verwirrt. Er wollte schon die Schuhe ausziehen, dann fiel ihm aber ein, dass er das besser lassen sollte. Sie betraten ein luftiges Wohnzimmer mit hellen Möbeln, großen Fenstern ohne Vorhängen und mit Bücherregalen, die eine Querwand von der Decke bis zum Boden einnahmen.

»Setzen Sie sich«, sagte sie und zeigte auf die Sitzgruppe. »Tee?«

»Ja, danke«, murmelte er. »Kein Zucker. Keine Milch.«

»Zitrone?«

»Ja, bitte.«

»Setzen Sie sich doch. Es dauert nur einen Moment.«

Die zierliche Frau verschwand. Ola schaute sich um und registrierte, dass die Küchentür ungewöhnlich breit war und keine Schwelle hatte. Die Möbel waren so aufgestellt, dass ein Rollstuhl leicht vorbeifahren konnte. Alles hatte eine gewisse Logik, als führten unsichtbare Wege durch den Raum.

»Sie arbeiten also für Notting Hill«, sagte die Frau freundlich und stellte Teetassen auf den Tisch. »Von denen haben wir seit Jahren nichts mehr gehört. Aber das ist wohl so.«

»Ja«, sagte Ola. »Das ist wohl so.«

Frau Pry hatte offenbar den Tee schon gebrüht, als er gekommen war. Sie schenkte für beide ein.

»Bei dem Unfall gibt es etwas, was ich nicht so ganz verstehe«, sagte er und merkte, dass er rot wurde.

Ein bisschen Small Talk als Einführung wäre doch gar nicht so blöd gewesen.

Sophie Pry musterte ihn überrascht. »Da bin ich ganz Ihrer Meinung«, sagte sie. »Und das habe ich auch deutlich zum Ausdruck gebracht. Der Polizei gegenüber, dem Trainer und ... meinem Mann.«

»Und?«

»Aber ist es jetzt nicht ein bisschen spät?«

»Spät?«

»Ja, der Unfall ist sechs Jahre her. Die Ermittlungen wurden sehr bald eingestellt. *Case closed,* egal, was Cheryl und ich zu sagen hatten. Warum kommen Sie jetzt und ... Sie haben gesagt, Sie sind Arzt?«

»Ja. Ich arbeite in der Notting Hill Clinic. Seit sechs Monaten.«

»Sie sind kein Engländer?«

»Norweger. Ich habe Ihren Sohn nicht gekannt, aber ich habe viel über ihn gelesen. Ein besonderer Mensch.«

»Das war er. Lieb. Engagiert. Und vorsichtig.«

»Genau.«

Ola rutschte auf dem Sofa hin und her und fuhr sich mit der Hand durch die Haare. Wieder und wieder.

»Er hatte meine Mutter in Leominster besucht«, sagte jetzt Sophie Pry. »In Herefordshire. So war er, unser Christopher. Umsichtig. Jeden Monat hat er seine alte Oma besucht.«

Ein leichtes Zittern in ihrer Stimme war alles, was auf eine Gemütsbewegung hinwies. Sie stellte die Tasse ab und rückte verstohlen ein Sofakissen gerade.

»Die A 44 nach Worcester ist zwar eine der Straßen in Europa, auf denen die meisten Unfälle geschehen, aber nichts ...«

Sie biss die Zähne zusammen.

»Ich würde gern weinen«, sagte sie nach einer Pause. »Aber ich bin leer. Nach vier Jahren war ich leer. Es ist nur, dieser Unfall, der ist nicht ... der war nicht ...«

»Es war nicht gerade typisch für ihn«, sagte Ola leise. »Es war zwar spät. Dunkel. Aber es war nicht viel Verkehr, und die Polizei fand keine Anzeichen dafür, dass er zu schnell gefahren wäre. Im Gegenteil, die technischen Untersuchungen ließen annehmen, dass er langsamer gefahren war als erlaubt. Der Wagen war zwei Monate alt und vollständig in Ordnung. Dennoch muss Christopher auf irgendeine Weise von der Straße abgekommen und gegen einen Baum geprallt sein.«

»Das ist einfach nicht logisch. Nicht für ihn. Mein Mann ...« Ein flüchtiges Lächeln machte sie für einen Moment noch schöner. »... fährt wie ein Wilder. Beschäftigt sich unterwegs mit seinem Mobiltelefon, mit Radio und GPS. Bei hohem Tempo. Wenn meinem Mann so ein Unfall passiert wäre, dann ... ich hätte es akzeptieren müssen. Aber Christopher? Der hatte immer beide Hände am Lenkrad.«

Sie warf den Kopf in den Nacken und holte heftig Atem.

»Mein Mann hat ihn damit aufgezogen.«

»Die Polizei war der Meinung, dass ein Tier über die Straße gelaufen sein muss. Das kann doch ...«

»Aber es gab keine Bremsspur. Und auch keine Blutflecken. Von einem Tier, meine ich. Wenn er ein Tier angefahren hätte, würde es Spuren geben.«

»Ja ... Es hieß, er sei zusammengezuckt, wenn ich die Zeitungen von damals richtig verstanden habe, und habe das Lenkrad herumgerissen. Mit fatalen Folgen.«

»Er war sofort tot«, sagte sie tonlos. »Schwere innere Blutungen. Gebrochenes Genick. Wenn er gebremst hätte, wäre er wohl noch am Leben, bei allen Sicherheitsvorkehrungen, die so ein modernes Auto hat.«

Sie sah ihn mit einer überraschten Miene an, als ob sie erst jetzt entdeckte, dass er da war und sie kein Selbstgespräch führte.

»Wer sind Sie eigentlich? Warum sind Sie hier?«

»Na ja, ich ...«

Er beugte sich vor und legte für einen Moment das Gesicht in die Hände. Überlegte, sprang auf und zuckte mit den Schultern.

»Gute Frage. Warum bin ich hier?«

Sie starrten einander wortlos an. Endlich brach Ola dieses seltsame Schweigen. »Ich würde so gern einen

Blick in die Unterlagen werfen. In den Obduktionsbericht. Die Schlussfolgerungen der Polizei. Diese Dinge.«

»Warum möchten Sie das?«

»Weil ich glaube, dass es für den Unfall Ihres Sohnes eine andere Erklärung gibt.«

»Und die wäre?«

Olas Gewissen versetzte ihm plötzlich einen Stich. Diese Frau mit einer anderen Erklärung zu locken, für etwas, das sie seit sechs Jahren quälte, war nicht die feine Art. Er wusste ja nicht mal, ob er wirklich auf einer Spur war. Und wenn ja, ob er Beweise fände.

»Das kann ich leider nicht sagen.«

Auch Sophie Pry erhob sich jetzt, und als sie aufschaute, wurde Olas Gewissen noch schwärzer. Niemand konnte ihren Sohn zurückbringen, aber eine andere Erklärung könnte ihr Ruhe geben, könnte ihr vielleicht den Weg zu einem erträglicheren Dasein weisen.

»Na gut«, sagte sie leise. »Ich werde mit meinem Mann reden. Haben Sie eine Karte?«

Ola griff in die Gesäßtasche seiner Jeans und fischte einen kleinen Stapel Visitenkarten hervor, die vermutlich schon einmal mit in der Wäsche gewesen waren.

»Schön«, sagte er und reichte ihr eine. »Dann hör ich von Ihnen.«

»Das werden Sie.« Sie nickte und brachte ihn zur Tür.

Als er schon gehen wollte, legte sie ihm die schmale Hand auf den Unterarm.

»Ola? Wie Ole Gunnar Solskjær?«

»*Close enough*«, sagte er lächelnd.

»Haben Sie Kinder?«

»Sechs. Von jeder Sorte drei.«

Die Frau lächelte. Ihre Lachgrübchen hatte das Alter noch vertieft.

»Danke«, sagte sie, und für einen kurzen Moment sah es aus, als ob sie sich auf die Zehenspitzen stellen und ihn auf die Wange küssen wollte.

Stattdessen ließ sie die Hand sinken und wandte sich ab. Sophie Pry hatte offenbar doch noch Tränen.

12:40 Uhr
Lloyds Arena, Wanstead Park, London

Der Chef der IT-Abteilung des FC Notting Hill kam in strahlender Laune in die Klinik, wie immer, wenn er sich auf die Mittagspause freute. Er war über das Trainingsgelände gegangen und betrat die Klinik am hinteren Ende. Die Labore und Untersuchungsräume lagen wie aufgereiht nebeneinander. Er musste an ihnen vorbei und dann durch einen großen Gemeinschaftsbereich gehen, um den Flügel mit den Zimmern der Ärzte zu erreichen.

Als er an Lab 3 vorbeiging, wäre er fast mit David Lee Curry zusammengestoßen, dem überaus kräftigen Trainingsleiter. Der Amerikaner mit einer Vergangenheit in der National Football League war das Bindeglied zwischen Ärzten und Spielern. Er hatte in der Klinik ein kleines Arbeitszimmer und nutzte ansonsten mit den übrigen Angehörigen des großen Trainerteams einen Gemeinschaftsraum.

»Pass doch auf«, rief er und packte den IT-Mann am Arm.

»Tut mir leid!«

Der IT-Mann schaute sich auf dem Gang um. »Ich suche Ola Farmen.«

»Den Schweden? Der ist heute nicht da. Eben hat schon jemand nach ihm gefragt. Kann ich irgendwie behilflich sein?«

»Nein, eigentlich nicht. Ich wollte den Kerl nur mal kurz runterputzen. Hat gegen die Vorschriften für Ausdrucke aus den medizinischen Journalen verstoßen. Ihr lernt es nie.«

Er schwenkte den Ausdruck, den er zwei Stunden zuvor

von Robert Atkins bekommen hatte. Die Blätter steckten in einem blauen Plastikumschlag.

Der Amerikaner grinste. »Und ihr seid hysterisch. Gib her, ich kann es auf seinen Schreibtisch legen und ihn ein bisschen anpöbeln, wenn er auftaucht.«

Der IT-Chef zögerte einen Moment. Dann nahm er einen Kugelschreiber aus der Brusttasche und kritzelte *»Call me!«* quer über den Umschlag, dann unterschrieb er mit seinem Namen.

»Wenn er nicht anruft, dann rufe ich an.«

»Alles klar«, sagte David Lee Curry und nahm den Umschlag entgegen. »Bestimmt meldet er sich.«

Der IT-Chef blieb noch einen Moment stehen. Streng genommen hätte er den Ausdruck nur Ola Farmen persönlich übergeben dürfen. Er spielte mit dem Gedanken, Curry zurückzurufen, gab sich dann aber geschlagen.

23:30 Uhr
Båtstøjordet, Bærum bei Oslo

Thea war schlafen gegangen. Das sollte ich auch tun, dachte Sara, als sie sah, wie spät es war.

Es war ein langer Tag gewesen, aber sie war nicht müde. Am Morgen hatte sie noch gezögert, das Angebot eines Exklusivfluges anzunehmen, doch dann hatte sie sich gesagt, dass Najib Aysha eine erneute Absage wohl kaum akzeptiert hätte. Also ließ sie sich von der angekündigten Limousine abholen und erlebte einen unvergesslichen Flug über die Nordsee.

Von Gardermoen aus fuhr sie direkt zur Arbeit.

Vor drei Jahren war sie von ihrer Stellung als Oberärztin und Professorin am Universitätskrankenhaus Grini beurlaubt worden. Sie und Ola Farmen hatten einen Herzstarter entfernen müssen, um einem Patienten das Leben zu retten. Es war eine Frage von Minuten gewesen, dann wäre das Herz des armen Mannes von dem implantierten Computer zum Flimmern gebracht worden. Leider hatten sie den Eingriff in einer alten Hütte in Romeriksåsen durchführen müssen, mit provisorischen Instrumenten und Schnaps als Desinfektionsflüssigkeit. Sie hatten das Leben des Mannes retten können. Leider nicht für lange Zeit. Der Patient starb einige Tage darauf an einer Gehirnembolie, die von einer galoppierenden Blutvergiftung verursacht worden war. Ein missgünstiger Kollege hatte die Beurlaubung für eine zu geringe Strafe gehalten und Sara angezeigt.

Sara hatte den Tod des Patienten sehr bedauert. Über die Anzeige hatte sie gelacht. Es dauerte eine Weile, bis Sara zur Vernehmung geladen wurde. Drei Tage später wurden die Ermittlungen eingestellt, da keine »strafbaren Umstände« vorlägen. Zugleich wurde die Beurlaubung aufgehoben, aber Sara hatte inzwischen genug von Grini.

Streng genommen von Norwegen.

Als das Karolinska-Institut im schwedischen Huddinge ihr eine Stellung als Gastprofessorin anbot, hätte sie fast angenommen. Sie könne selbst entscheiden, wie sie die Arbeit zwischen Forschung und Klinik aufteilen wolle, wurde ihr versprochen. Nachdem sie die Möglichkeit eines Umzugs mit der vierzehn Jahre alten Thea besprochen hatte, lehnte sie das Angebot dann jedoch ab.

Und beugte sich den Realitäten.

Ins norwegische Krankenhauswesen wollte sie nicht zurückkehren.

Sara hatte die strengen Vorschriften und die größenwahnsinnigen Systeme satt. Warum Oslo, eine Stadt mit knapp 630 000 Einwohnern, sich unbedingt die größten Gesundheitsinstitutionen der Welt zulegen wollte, war unbegreiflich. In den acht Jahren, in denen sie auf den Fluren norwegischer Krankenhäuser hin und her geeilt war, hatte sie sich immer mehr gefesselt und geknebelt gefühlt. Das öffentliche Gesundheitswesen sparte sich an den Bettelstab, geleitet von den Nickpuppen der Politiker. Für Sara war die ärztliche Tätigkeit eine Mischung aus Wissen, Fürsorge und Kreativität. Im Krankenhaus bestand nur selten die Möglichkeit, sich auf dem Laufenden zu halten, und es gab kaum Zeit für Menschlichkeit. Die Kreativität, die sie an den Tag gelegt hatte, um einen virusverseuchten Herzstarter zu stoppen, ehe der noch mehr Patienten töten konnte, wurde mit einer Beurlaubung belohnt. Sie hatte genug.

Außerdem wollte sie in der Nähe von Oslo bleiben.

Vier Jahre nachdem Sara beim norwegischen Krankenhauswesen ihren Hut genommen hatte, würde Thea ihr Abitur haben. Dann könnte Sara gehen, wohin sie wollte. Bis dahin wollte sie sich auch mal mit Dingen beschäftigen, die Ertrag abwarfen. Drei Wochen später wurde eine Stellung als Kardiologin an einer größeren Privatklinik beim Ullevål-Stadion in Oslo ausgeschrieben. Sie bewarb sich.

Jetzt arbeitete sie seit drei Jahren dort.

Zu ihrer Überraschung gefiel es ihr. Die fachlichen Herausforderungen waren andere als im Krankenhaus, aber sie waren interessant. In der Privatklinik verließen die meisten Patienten sie viel zufriedener als bei ihrer Einlieferung. Sie konnte ihnen nämlich Zeit widmen. Aufmerksamkeit.

Sara hatte an drei Tagen in der Woche Sprechstunde. Wenn sie die Papierarbeit am Sonntagnachmittag erledigte, blieben ihr zwei Tage in der Woche zur fachlichen Vertiefung. Es war keine Forschung, aber sie hielt sich immerhin auf dem Laufenden. Die anderen Ärzte in der Klinik waren sympathisch, und die Krankenschwestern gehörten zu den tüchtigsten, denen Sara je begegnet war.

Die Zeit war vergangen. In einem Jahr würde Thea Abitur machen.

Die Vorstellung eines weiteren Jahres auf einer Stelle, bei der Sara doppelt so viel verdiente wie vorher im Krankenhaus, wo sie aber eine um vieles flexiblere Arbeitszeit hatte, war auf jeden Fall angenehm.

Die Frühsommernacht war in ihrer dunkelsten Phase.

Sara nahm ihr MacBook und eine Decke mit hinaus in den Garten, wo hinter einer leichten Wolkendecke ein fast indigoblauer Himmel zu ahnen war. Das Thermometer an der Wand zeigte nur zwölf Grad, aber der Garten war windgeschützt. Sara setzte sich in den Liegestuhl, zog die Jacke dichter um sich zusammen und wickelte ihre Beine in die Decke.

Schaltete das MacBook ein.

Sie hatte an Najibs Geschichte des Diebstahls gedacht, als sie im Flugzeug saß. Einer Gulfstream G650, wie der Pilot ihr erklärt hatte. Nagelneu. Sara hatte ein Glas Champagner bekommen, das sie nicht angerührt hatte, und ein Frühstück, das sie ganz allein in der Kabine verzehrte, während sie an das Abendessen in der Avenue Road zurückdachte.

Es wunderte sie überhaupt nicht, dass sie damals nichts über den Überfall in der Avenue Road gehört hatte. Najib und Johannes behaupteten, der Vorfall habe in aller Welt Schlagzeilen geliefert. Die Erklärung hatte vermutlich zwei Teile, dachte Sara, als sie die Wörter *»robbery«*, »Aysha« und *»paintings«* ins Suchfeld tippte. Einerseits hatte sie sich nie für Schlagzeilen interessiert. Sie las die Boulevardpresse nicht, und bei den seriösen Zeitungen blätterte sie gleich zu den Teilen weiter, die sie interessierten.

Andererseits war sie damals erst seit Kurzem wieder in Norwegen gewesen. Ein neues Leben mit einem Kind, das sie kennenlernen musste, und einem gewöhnungsbedürftigen Arbeitsumfeld hatten ihr Teil gefordert.

»Search«, drückte Sara.

1700 Treffer. Nicht gerade eine beeindruckende Menge, nach dem, was sie am Vorabend gehört hatte. Andererseits hatte das Internet vor zehn Jahren noch nicht die Weltherrschaft innegehabt. Sara klickte mehrere Artikel an, ohne mehr zu erfahren, als ihr bereits erzählt worden war. Viele Artikel waren zudem nach 2003 geschrieben worden und bezogen sich vor allem auf die Bilder, nicht auf deren Verschwinden.

Sie suchte im *»news archive«*.

Vier Minuten später und um 6,95 Pfund ärmer war sie im *britishnewspaperarchive.co.uk*. Sie gab ihre Suchwörter ein und klickte den ersten Artikel an.

Sara Zuckerman kannte sich mit den körperlichen Reaktionen auf einen Schock aus.

Sie konnte erklären, warum ihr Herz plötzlich härter und schneller schlug

Ihr Blick hing an einem Zeitungsbild.

Es zeigte einen Mann. Ein vergrößertes Passfoto, wie es schien. Flach und tot, aber durchaus zu erkennen.

Sie zwang ihren Atem in einen ruhigen Rhythmus. Schluckte und schluckte. Sie stellte das MacBook auf den Tisch und stand auf. Schüttelte die Beine aus und rieb sich die Hände.

Das Bild war drei Tage nach dem Überfall in der Avenue Road von der Polizei freigegeben worden, stand dort. Der Mann war beim Überfall ums Leben gekommen. Der getötete Verbrecher war jetzt als Ahmed Farez identifiziert worden. Ein Betrüger und ein professioneller Schwindler, der unter wechselnder Identität in aller Welt operiert hatte.

Vor vielen Jahren, lange vor ihrer Rückkehr nach Norwegen, war sie diesem Mann begegnet.

In der Cleveland Clinic in Ohio.

Sie hatte ihn wegen starker Schmerzen in der Brust untersucht, hatte eine Diagnose gestellt und ihn dann an Dr. Alvarez weitergereicht. Wenige Stunden darauf hatte Saras Kollege zwei Stents in Ahmed Farez' Kranzarterien eingesetzt. Der Patient hatte sich mit einem Koffer voller

Bargeld bedankt und war verschwunden, sowie er wieder gehen konnte.

Damals hieß er Shane Holmes und hatte einen Mossad-Agenten auf den Fersen.

Dienstag, 28. Mai 2013

07:10 Uhr
Cobham, Surrey, England

»Was in aller Welt hat dich dazu gebracht, deine Meinung zu ändern?«

Sophie Pry wurde nur selten laut. Noch seltener ihrem Mann gegenüber. Jetzt schrie sie, und rote Flecken breiteten sich auf ihrem Hals aus. Sie räusperte sich verlegen, ehe sie etwas ruhiger hinzufügte: »Wir waren uns einig. Gestern waren wir uns einig und wollten Dr. Farmen die Papiere überlassen. Wir. Du und ich und Cheryl.«

»Ja.« Alan Pry nickte. »Wir waren uns einig. Aber ich habe die Sache überschlafen. Und ich halte es nicht für klug.«

»Klug. Klug?«

Sophie Pry schaute zu ihrer Tochter hinüber. Die schmächtige Vierundzwanzigjährige saß in ihrem elektrischen Rollstuhl am Ende des Frühstückstisches. Ihr Daumen bewegte sich über die spezialkonstruierte Tastatur, die schräg an einer Lehne befestigt war.

»Seit sechs Jahren meine ich, dass etwas an Christophers Tod nicht stimmt«, sagte Sophie jetzt. »Seit sechs Jahren, Alan. Niemand hier hat auf mich hören wollen. Nicht du. Nicht die Polizei. Nicht Notting Hill.«

Cheryls Rechner ließ ein Pling hören.

»Stimmt«, korrigierte sich Sophie. »Du warst meiner

Meinung, Cheryl. Du und ich. Wir haben es gewusst. Und es hat uns gequält. Nur uns. Und dann kommt ein Mann her, sechs Jahre später, und äußert genau das, womit ich mich schon so lange herumschlage. Ein fremder, aber vertrauenerweckender Mann mit lieben Augen. Natürlich bekommt er die Papiere, Alan! Warum um alles in der Welt denn nicht? Wir haben noch gestern …«

»Es führt zu nichts«, unterbrach sie ihr Ehemann. »Christopher ist tot. Er ist mit dem Auto verunglückt und gestorben. So ist es einfach. Du musst endlich weiterkommen, Sophie. Ich musste es doch auch.«

Cheryls Rechner plingte wieder.

Sophie beugte sich zu ihr hinüber und drehte den Bildschirm ein wenig, um lesen zu können.

Papa hat gestern telefoniert. Und da hat er seine Meinung geändert. Ich weiß nicht, mit wem er gesprochen hat.

»Stimmt das?«, fragte Sophie und starrte Alan an. »Hat jemand dich zu diesem Rückzieher überredet? Wer? Und warum?«

Alan Pry faltete seine Serviette zusammen, legte das Besteck auf den leeren Teller und erhob sich. »Das führt zu nichts«, wiederholte er ruhig. »Bist du fertig?«

Er zeigte auf ihren fast unberührten Teller.

»Nein. Ich bin nicht fertig. Es führt zu sehr vielem, endlich zu wissen, was in jener Nacht passiert ist. Zu sehr vielem. Ich werde Dr. Farmen die Papiere geben. Den Obduktionsbericht. Das Polizeiprotokoll, das sie für uns kopiert haben. Die alten Arztunterlagen, von Christophers Kindheit an.«

Wütend antwortete Alan: »Ist dir überhaupt bewusst, was passieren kann, wenn es an diesem Unfall auch nur den geringsten Zweifel gibt?«

»Ja. Die Ermittlungen können wiederaufgenommen werden. Die Polizei kann feststellen, was wirklich passiert ist. Und ich kann vielleicht wieder durchschlafen. Das kann ich seit über sechs Jahren nicht mehr.«

Alan griff sich an die Stirn und schloss die Augen. »Schau dich um«, murmelte er.

»Ich soll mich umschauen?«

»Ja. In diesem Haus. Auf diesem Grundstück.«

»Ich kenne das Haus, Alan. Wir wohnen hier seit über dreißig Jahren.«

»Da sah es aber nicht so aus. Als wir hergezogen sind.«

Sophie starrte verwirrt erst Alan, dann Cheryl und dann wieder Alan an. »Nein«, sagte sie zögernd. »Wir haben ein Jahr vor Christophers Tod mit dem Umbau angefangen. Für Cheryl. Aber was hat das mit ...«

»Es wäre wohl richtiger zu sagen, dass Christopher mit dem Umbau angefangen hat, oder?«

»Schon, er hatte ja das Geld. Er hat doch ungeheuer viel verdient und wollte ... Wir hätten uns das nicht leisten können ohne ...«

»Eben. Und woher hatten wir dann das Geld, um weiterzubauen? Für den Anbau mit der Wohnung für Cheryl? Für das Nachbargrundstück und den Abriss von Mrs Wilsons alter Bruchbude? Ganz zu schweigen von Cheryls Fonds, der für sie sorgen soll, wenn du und ich uns nicht mehr um sie kümmern können?«

Er schluchzte unerwartet auf und wies mit der linken Hand gebieterisch auf seine Tochter.

»Woher kommt das ganze Geld für Cheryl, Sophie?«

Das leise Summen der vielen Instrumente am Rollstuhl war das Einzige, was jetzt zu hören war. Die Terrassentür stand offen, der Morgen war bereits sommerlich warm, aber sogar die Vögel schienen verstummt zu sein. Sophie starrte Alan ungläubig an. Lange. Er wich ihrem Blick aus und ließ sich wieder auf seinen Stuhl sinken, dann schlug er die Hände vors Gesicht.

Pling.

»Christophers Versicherung«, sagte Sophie endlich, ohne auf Cheryls Bildschirm zu achten.

Alan nickte ganz kurz, ohne sein Gesicht zu zeigen.

Pling, beharrte Cheryl.

»Er ist doch gestorben«, sagte Sophie langsam. »Er ist nicht zu schnell gefahren. Das Auto war in Ordnung. Er war stocknüchtern. Wie kann die Versicherungsgesellschaft dann das Geld zurückfordern?«

Alan holte Luft und setzte sich gerade. Faltete die Hände um die Serviette. »Das ist nicht sicher«, sagte er. »Es gibt ein Risiko. Was, wenn Christopher irgendetwas genommen hatte, das ...«

»Das hatte er doch nicht!«

Sophie schlug mit einer mageren Faust auf den Tisch.

»Es wurden doch Blutproben genommen. Das weißt du, Alan. Wir haben von allem Kopien. Bei Christopher waren keinerlei verbotene Substanzen nachzuweisen.«

»Aber was, wenn er etwas genommen hatte, das sich damals noch nicht nachweisen ließ? Irgendeine Partydroge oder ...«

»Christopher? Partydroge?«

Sie musterte ihn voller Abscheu. »Hast du deinen Sohn so wenig gekannt? Hast du ihn so wenig gekannt, dass du dir vorstellen kannst, er hätte Drogen genommen?«

»Er war sechsundzwanzig Jahre alt, Sophie. Er ist mit achtzehn von zu Hause ausgezogen. Eltern wissen nicht alles über ihre Kinder. Schon gar nicht, wenn sie erwachsen sind und allein leben.«

»Wer hat dich auf diese Gedanken gebracht?«

»Das spielt keine Rolle.«

»Doch. Ich will wissen, mit wem du gestern Abend gesprochen hast.«

»David«, murmelte er. »David Lee Curry.«

»Dem Trainer?«

Alan gab keine Antwort.

»Der Mann hat sich seit fünfeinhalb Jahren nicht gemeldet«, sagte Sophie. »Dann kommt er gerade gestern auf die Idee, hier anzurufen. Genau an dem Tag, an dem ich Besuch von ...«

»Nein, nein, nein!« Alan schüttelte energisch den Kopf. »Ich habe *ihn* angerufen.«

Abermals pling.

»Warum um alles in der Welt hast du das getan?«

»Ich war ja deiner Ansicht«, sagte Alan verzweifelt. »Dass es eine gute Idee wäre, diesem Farmen die Unterlagen zu zeigen. Ich habe David angerufen, weil ich fragen wollte, ob der Club noch weitere Informationen hat. Ich weiß nicht …«

»Und dann hat er dir damit gedroht, dass wir vielleicht das ganze Geld zurückzahlen müssen?«

»Nein! Er hat mir nicht gedroht. Er hat gesagt, dass sie nichts über Christopher haben. Dass sein Dossier vermutlich gelöscht worden ist. Das mit der Versicherung hat er nur so nebenbei erwähnt. Ganz am Ende.«

Cheryl grunzte. Ein heiseres kleines Knurren aus der Tiefe der Kehle, wo die teilweise gelähmten Muskeln sich ein Zusammenziehen der Stimmbänder erkämpften. Sie hatte seit vielen Jahren nicht mehr auf diese Weise die Aufmerksamkeit auf sich gelenkt.

Pling, machte sie noch einmal.

»Tut mir leid, Herzchen.«

Sophie Pry beugte sich über den Bildschirm und las.

Ich würde lieber in einer Besenkammer hausen, als nicht zu wissen, was mit Christophers Tod war.

Sophie schob ihren Stuhl näher an den ihrer Tochter heran. Beugte sich vor und legte ihr die Hand an die Wange. Cheryls Augen waren groß und veilchenblau. Die Haut in ihrem Gesicht war so dünn, dass sich die Konturen der Schädelknochen abzeichneten. Sophie spürte die Augenhöhlen, als sie ihrer Tochter eine Träne abwischte.

»Ich werde Dr. Farmen die Papiere geben«, versicherte sie. »Alle.«

»Das tust du nicht«, sagte Alan seltsam gelassen. »Hier kann es doch sogar um Cheryls Zukunft gehen. Ich muss los. Ich bin ohnehin schon spät dran.«

Sophie gab keine Antwort. Ihre Tochter schrieb jetzt etwas, aber Sophie wollte erst nach dem Pling auf den Bildschirm schauen.

Alan ging. Als die Tür hinter ihm zufiel, küsste Sophie ihre Tochter auf die Stirn und erhob sich. Sie hatte den Frühstückstisch abgeräumt, als Cheryl mit dem Schreiben fertig war.

»Lass mal sehen«, sagte Sophie und schaute auf den Bildschirm.

Als sie gelesen hatte, ging sie mit ruhigen Schritten zur Terrassentür und schloss sie. Dann kam sie zurück und stellte sich vor Cheryl hin. »Du hast recht«, sagte sie. »Natürlich hast du recht. Er will nur unser Bestes. Aber diesmal irrt er sich. Ich werde die Papiere heraussuchen und Dr. Farmen anrufen. Später. Jetzt bekommst du erst mal ein schönes Bad. Was sagst du dazu?«

Cheryl bewegte ruckhaft den Kopf.

Das bedeutete ein Lächeln, wie Sophie wusste, und sie lächelte liebevoll zurück.

9:35 Uhr
Lloyds Arena, Wanstead Park, London

An jedem zweiten Dienstag hatte Ola Farmen Sprechstunde für die jungen Sportler des Stadtteils. Sie strömten in die Klinik, oft in Begleitung ihrer Mütter, seltener mit einem energischen Trainer oder einem erschöpften Vater. Die Siebzehnjährigen kamen frisch geduscht und überraschend höflich in ihrer Dankbarkeit dafür, dass alles hier gratis war. Als Eintrittskarte galt die Mitgliedschaft in einem Sportverein. Das staatliche britische Gesundheitswesen, der National Health Service, war zwar auch für alle da, aber die Medizinische Klinik des FC Notting Hill war hervorragend ausgestattet, befand sich in aufwendigen

Räumlichkeiten, und vor allem konnte man einem der Spieler über den Weg laufen. Das Angebot war vom ersten Tag an begeistert aufgenommen worden.

Ab und zu kam jemand von der Leichtathletik. Auch mal ein Basketballspieler und vielleicht eine Turnerin. Aber neunzig Prozent waren Fußballspieler. In allen Größen, Farben und Altersstufen. Ola sah geschwollene Knie und hässliche Schürfwunden, Schultern mit der bedauerlichen Tendenz, aus dem Gelenk zu rutschen. Zerbrochene Zehennägel, die das Laufen in Fußballschuhen zur Qual machten. Fast alles war belanglos, aber Ola freute sich auf seinen Einsatz als »Babysitter«, wie manche seiner Kollegen diesen Pflichteinsatz nannten. Ola missfielen dagegen eher die Stunden, die er der Privatpraxis widmen musste. Die Notting Hill Clinic war für die Mannschaft viel zu groß und wurde deshalb fünfzehn Stunden pro Woche als Privatklinik betrieben.

Einmal hatte er als Babysitter das Leben eines Elfjährigen gerettet.

Der Junge habe so schlapp gewirkt, sagte die Mutter. Seit er gehen konnte, war er hinter einem Ball hergelaufen, aber jetzt wollte er nicht einmal mehr zum Training. Und er sei so blass, behauptete sie, was Ola auf den ersten Blick nicht bestätigen konnte. Die Eltern des Jungen stammten aus Uganda. Aber etwas stimmte nicht, das sah Ola sofort.

Nachdem er den Bericht der Mutter gehört hatte, kamen ihm bange Ahnungen. Der Junge hatte Atemprobleme. Als die Mutter darauf zeigte, bemerkte auch Ola, dass die dunkelbraune Haut ungewöhnlich viele blaue Flecken aufwies. Eine Blutprobe ergab einen himmelhohen Anteil an weißen Blutkörperchen.

Ola ließ den Jungen sofort in ein Krankenhaus einweisen. Der kleine Fußballer hatte Leukämie, wie sich dort herausstellte und wie Ola vermutet hatte. Der Junge wurde jetzt, fünf Monate später, noch immer behandelt, aber die Mutter war kürzlich mit einem riesigen Blumenstrauß vorbeigekommen. Alles sah gut aus. Positive Prognosen und schöne Fortschritte, und sie bedankte sich ein ums andere Mal und weinte vor Dankbarkeit.

Heute war es im Wartezimmer seltsam still.

Ola legte die Füße auf den Tisch, faltete die Hände im Nacken und schloss die Augen. Am liebsten hätte er Sophie Pry angerufen und gefragt, ob er die Unterlagen über Christophers Tod holen könnte. Zwar ahnte er, was die ihm sagen würden, aber irgendwo musste er ja anfangen. Was aber, wenn sie sich durch einen Anruf belästigt fühlte? Sie hatte doch versprochen, sich zu melden.

Ola hatte das Gefühl, vor einem riesigen Puzzlespiel zu sitzen. Er wusste, wie das Bild am Ende aussehen würde. In der Schachtel aber lag ein Wirrwarr von Pappstücken, und Ola hatte keine Ahnung, wie er die zusammensetzen sollte.

»Die Eckstücke«, murmelte er. »Zuerst die Eckstücke legen.«

Die Füße knallten auf den Boden, und blitzschnell loggte er sich bei *SportMed* ein. Danach gab er die zusätzlichen Identitätscodes ein, die den Zugang zu den Spielerdossiers eröffneten. Ein weiterer Code führte ihn in das Archiv über ehemalige Clubmitglieder. Er wollte noch einmal einen Blick auf Christophers Unterlagen werfen. Einen Versuch war es wert.

Seltsam.

Mit dem letzten Code, den er eingegeben hatte, stimmte offenbar alles, denn das Archiv öffnete sich. Nur war Christopher Prys Dossier nicht mehr da. Ola tippte abermals seinen Namen ins Suchfeld.

O search results.

Rasch gab er Jimmy Rowling ein, den Borussiaspieler, der Notting Hill im Januar verlassen hatte und der vor drei Tagen fast gestorben wäre.

Denied access.

Olas Gedanken standen still. Lange.

Jemand hatte das System verändert. Den Mitteilungen

des Rechners nach vermutete er, dass das Pry-Dossier gelöscht war, während die Informationen über Jimmy Rowling noch vorlagen. Aber der Zugang war versperrt. Jedenfalls für Ola Farmen.

Der tote Spieler war gelöscht, der verkaufte Spieler gesperrt.

Ola versuchte sich zu erinnern, wann er zuletzt den nun gesperrten Bereich aufgesucht hatte. Gestern. Gleich vor dem Abendessen. Gegen sechs, am frühen Abend. Er hatte sich über die Epikrise eines Juniorspielers informiert, der am kommenden Donnerstag einen Termin bei ihm hatte. Der junge Mann hatte eine Lungenentzündung hinter sich und musste einem komplizierten Test unterzogen werden, um wieder für spieltüchtig erklärt zu werden.

Gestern Abend war mit den richtigen Codes alles zugänglich gewesen.

Jemand hatte über Nacht das System verändert.

Oder vielleicht nicht, dachte er plötzlich. Er gab andere Namen und neue Codes so rasch ein, dass er sich vertippte und erneut anfangen musste.

Da. Der größte Star der Mannschaft, der neunundzwanzig Jahre alte George Bailey.

Das Dossier ließ sich öffnen. Und schien vollständig zu sein. Von der Familienanamnese über Blutdruck zum EKG, samt einem psychologischen Gutachten, das erst drei Wochen zuvor erstellt worden war.

Aber nicht die Tests für den *40-yard dash* und den *one mile run,* wie Ola jetzt sah. Er ging alles doppelt und dreifach durch. Sie waren verschwunden.

Sie waren zu wertvoll, um gelöscht zu werden. Die Testergebnisse mussten also verschoben worden sein. Ola suchte minutenlang. Ohne Erfolg.

Langsam erhob er sich und ging zum Fenster hinüber.

Gestern Abend hatte er sich über einen im Verein aktiven Spieler informiert. Zu aktiven Spielern hatte er weiterhin Zugang, nicht aber zu ihren Laufergebnissen. Seit der

Nacht zum Sonntag war er nicht mehr in dem Archiv gewesen, das jetzt für ihn versperrt war.

Er spielte zerstreut mit einer kleinen Tonfigur auf der Fensterbank. Tara hatte sie in der Schule hergestellt. Ein Frosch, hatte sie stolz behauptet. Die Figur sah aus wie eine stark übergewichtige grüne Kuh. Ola ließ die Finger über die Glasur gleiten.

Hatte er sich am Vortag die Laufresultate des Juniors angesehen?

Wenn sie da noch zugänglich gewesen waren, dann hatte Ola recht mit der Annahme, dass jemand in der Nacht an der Arbeit gewesen war, um *SportMed* zu verändern. Warum das ohne Vorwarnung an die geschehen musste, die das System täglich benutzten, war nicht zu begreifen. Wenn er sich jedoch die Geschwindigkeitstests gestern vor dem Abendessen nicht mehr angesehen hatte, konnten die Änderungen am Vormittag durchgeführt worden sein, während der Arbeitszeit. Ganz regulär. Eine Sicherheitsmaßnahme, vielleicht, und nicht ohne Logik.

Ola hob den Frosch in die Höhe und schaute dem Fabeltier in die Augen.

Doch. Der junge Spieler war auffällig langsam.

Ola erstarrte. Er hatte sich das Diagramm über die Geschwindigkeitsentwicklung des Juniorspielers angesehen. Oder genauer gesagt, das über den Mangel an einer Entwicklung. Einen Augenblick nur, die Sprintfähigkeiten des Jungen waren in diesem Moment uninteressant für ihn. Aber die Ergebnisse waren vorhanden gewesen, das wusste er jetzt wieder.

Jemand hatte über Nacht das System verändert.

Und zwar nachdem Ola Christopher Prys Mutter aufgesucht hatte. Er stellte den Frosch so abrupt wieder hin, dass dieser zerbrach. Resigniert las Ola die Scherben auf, starrte sie einen Moment lang an und warf sie dann in den Papierkorb.

Vielleicht hatte er endlich ein Eckstück gefunden.

09:45 Uhr
Cobham, Surrey, England

Sophie Pry hatte den Safe im Schlafzimmer seit vielen Jahren nicht mehr geöffnet. Er war noch zu Christophers Lebzeiten installiert worden, als der große Umbau begonnen hatte. Damals hatte sie sich gefragt, wozu ein Safe gut sein sollte. Familie Pry war eine ganz normale Mittelklassefamilie. Sophies Schmuck lag in der Schatulle, die sie von ihrer Mutter geerbt hatte und die auf der Frisierkommode vor dem Schlafzimmerfenster stand. Ihre wenigen Wertpapiere hatten bisher sicher in einem Bankschließfach gelegen, einige Aktien und Obligationen, in die Alan unbedingt hatte investieren wollen, als sie jung und frisch verheiratet gewesen waren.

Alan und Christopher aber hatten auf dem Safe bestanden. Wo nun ohnehin alles umgebaut werden sollte, hatte Alan gesagt. Der Metallschrank maß etwa einen halben Meter in der Breite und fast einen ganzen in der Höhe. Er war im größten Schlafzimmer in die Wand eingemauert.

Sie sah ihn nachts überhaupt nicht gern an.

Manchmal hatte sie den Eindruck, das graue matte Metall der Tür sei bereift. Das runde Schloss starrte sie an wie der böse Blick, nachts, wenn Verlust und Trauer sie wach hielten.

Vor einigen Jahren hatte sie deshalb eine kleine Kommode vor die Metalltür geschoben. Die Kommode ließ sich leicht verschieben, wenn Sophie oder Alan doch einmal etwas holen wollten. Oder etwas hineinlegen.

Cheryl schlief; Sophie hatte das Schlafzimmerfenster geschlossen, auch wenn sie an Tagen wie diesem gern die frühsommerliche Luft durch das Haus streichen ließ. Nach regnerischen Wochen wölbte sich der Himmel hellblau über dem grünen Wald, an den der Garten hinter dem Haus grenzte.

Sie wollte Ruhe haben. Sich dem Safe zu nähern kam ihr vor, wie sich von Christopher zu entfernen. Dort drinnen lagen die Papiere, die das bewiesen, woran sie sich noch immer nicht gewöhnt hatte. Noch immer konnte sie abends aus einem leichten Schlummer vor dem Fernseher erwachen, weil Christopher hereinkam. In der kurzen Sekunde, die das Bewusstsein brauchte, um sich in die Wirklichkeit zurückzukämpfen, verspürte sie stets einen Hauch von Freude, ehe sie die Augen öffnete und das Leben wieder farblos wurde.

Die Kommode ließ sich problemlos verschieben. Sophie setzte sich auf das Bett, unten ans Fußende. Das große Ziffernrad starrte sie einäugig an. Sie sprang auf, legte die Hand auf das Schloss und drehte den richtigen Code zurecht. Die Tür sprang mit einem leisen Klicken auf, als sie auf den Türgriff drückte.

Der Safe war fast leer. Er enthielt drei Fächer. Im obersten lag die Mappe mit den Wertpapieren. Im zweiten waren Stapel von Negativen aus der Zeit, als man mit einer Kamera fotografiert hatte und nicht mit einem Computer. Unten lagen die Endstücke von Alans Jagdgewehren.

Sophies Christopher-Kasten war verschwunden.

Einen Monat nach dem Unfall hatte sie in einem Antiquitätenladen einen großen Kasten aus Zedernholz gekauft und sich von einem Goldschmied einen silbernen Rahmen auf dem Deckel anbringen lassen. Darin befand sich ein Sommerbild eines lächelnden, hübschen Sechsundzwanzigjährigen. In den Kasten hatte Sophie die wichtigsten Bilder aus der Kindheit des Jungen gelegt. Dazu einen Schulaufsatz, auf den sie besonders stolz war. Die erste Locke. Einen Milchzahn. Die Milchzähne trockneten aus und zerbrachen, aber Sophie hatte einen Eckzahn zusammengeklebt und in eine Schmuckschachtel auf ein Bett aus blauer Watte gelegt.

Ganz oben im Holzkasten lagen die Papiere. Der Totenschein. Die Kopie des Obduktionsberichtes. Mehrere polizeiliche Papiere. Sophie hatte nicht nachgelassen auf ihrer Jagd nach allem, was ihr ein Gefühl gab, Christophers Tod werde ernst genommen. Vermutlich waren die Behörden entgegenkommender gewesen, als es streng genommen erlaubt war, denn in Sophies kleiner heiligen Lade lag ein ansehnlicher Stapel von Unterlagen.

Aber der Christopher-Kasten war nicht mehr dort, wo er hingehörte.

Sophie starrte in den fast leeren Safe. Sie verschränkte die kalten Hände und rieb sie aneinander. Sie versuchte, ruhig zu atmen, aber ihr Herz schlug immer schneller, und sie fing an zu zittern.

Sophie Pry war in ihrem ganzen Leben noch nicht so empört gewesen.

10:25 Uhr
Lloyds Arena, Wanstead Park, London

»Herein!«

Ola öffnete die Tür zu Paul Swansons Büro und trat ein.

Das Büro war doppelt so groß wie Olas. Die Aussicht war spektakulär. Paul Swanson hatte als Leiter der Notting Hill Clinic einen Panoramablick über das Stadion. Das Büro lag über der Tribüne, gleich unter dem Mechanismus, der in wenigen Minuten ein Dach ausschieben und das Stadion in eine Halle umwandeln konnte. Ola hatte einmal von hier aus ein Spiel gesehen, in einem Ledersessel vor dem Fenster sitzend, das von der Decke bis zum Boden reichte. In seinem eigenen Büro hatte Ola drei Elvis-Plakate in Wechselrahmen aufgehängt, dazu ein bei eBay erstandenes Autogramm von Elvis' Manager, dem Colonel. Bei Paul Swanson hingen Originalgemälde und Grafiken, und auf dem Boden lagen Perserteppiche.

»Hallo«, sagte Dr. Swanson munter und wies mit der

Hand auf einen Ledersessel vor seinem Schreibtisch. »Was verschafft mir die Ehre?«

»Ich wollte nur etwas wissen«, sagte Ola und setzte sich. »Etwas über ... du weißt schon, das Computerarchiv. Ich wollte nur ...«

Er räusperte sich und schaute zu Boden. Etwas an Paul Swanson machte ihn immer unsicher. Der Mann war Ende fünfzig, mager und sehnig, und er hatte mit sechsundfünfzig den London-Marathon in knapp über drei Stunden hinter sich gebracht. Die gerahmten Diplome an der Wand machten alle Besucher auf seine sportlichen Meriten aufmerksam sowie auf die Tatsache, dass er nicht nur Doktor der Medizin war, sondern auch Magister der Pharmazie.

Jetzt lächelte Dr. Swanson leicht überrascht.

»Du meinst ...«

»In *SportMed* sind neue Maßnahmen eingeführt worden«, sagte Ola rasch. »Zum einen komme ich nicht mehr überall rein. Nicht ins Archiv, zum Beispiel, wo die Mappen der ehemaligen Vereinsspieler liegen. Und einige Ordner sind offenbar gelöscht worden und die Ergebnisse ...«

»Aber warum willst du dir denn die Dossiers von Spielern ansehen, die nicht mehr hier sind?«, fiel ihm Paul Swanson ins Wort und hob die Augenbrauen.

»Na ja, es kann zum Beispiel sinnvoll sein ...«

Ola verstummte. Ihm wurde heiß. Es war ja richtig. Es gab keinen vernünftigen Grund für den Ärztestab, sich die archivierten Dossiers anzusehen. Er hatte es auch nie getan, bis ihm Graham Spellings auffällige Geschwindigkeitssteigerung aufgefallen und seine Neugier auf die medizinische Geschichte des Vereins erwacht war.

Das Schweigen war peinlich. Paul Swanson saß nur da, mit einer erstaunten Miene, die nach und nach ein wenig gereizt wirkte.

»Na gut«, sagte Ola hilflos. »Ich finde nur, die hätten uns Bescheid sagen können, oder ...«

»Ich habe es auch erst heute Morgen erfahren. Es ist

heute Nacht passiert, glaube ich. Offenbar verstößt es gegen die Datenschutzvorschriften, Informationen so lange zu speichern. Wenn die Leute nicht mehr beim Club sind, meine ich. Ich kenne die Einzelheiten nicht. Einige Dinge sollen gelöscht, bei anderen soll der Zugang stark erschwert werden. Die IT-Abteilung hat beschlossen, die Veränderungen sofort vorzunehmen, ehe es zu Klagen kommt.«

»Klagen? Hat jemand geklagt?«

»Bisher wohl nicht. Abgesehen von …«

Der Klinikchef grinste und richtete einen mageren Zeigefinger auf Ola.

»Du hast am Wochenende gegen die Sicherheitsvorschriften verstoßen. Bist mitten in der Nacht auf *SportMed* herumgesurft, habe ich gehört. Hast zu Hause ausgedruckt. Das geht nicht!«

Er lächelte noch immer.

Ola merkte, dass er rot wurde. »Ich bereite Tests über Sauerstoffaufnahme vor«, murmelte er. »Bei zwei von den Junioren. Jetzt am Donnerstag.«

»Alles klar. Reg dich ab. Ich hab auch schon gegen diese Regeln verstoßen. Die IT-Abteilung ist hysterisch. Und das ist sicher gut so, heutzutage. Hast du mit dem IT-Chef gesprochen?«

»Nein … sollte ich?«

»Er ist sauer, weil du dich nicht bei ihm gemeldet hast, darum hatte er dich doch gebeten. Gestern, glaube ich. Es geht um deine nächtlichen Aktivitäten. Er hat dir einen Zettel ins Büro gelegt, behauptet er. Ich hab versprochen, dir Bescheid zu sagen, wenn ich dich sehe, aber um ganz ehrlich zu sein, hatte ich das total vergessen. Die quengeln wahnsinnig rum, diese Typen.«

»Ja. Nein. Ich habe keine Nachricht gesehen. Ich war gestern nicht hier.«

»Dann ruf doch einfach an.«

»Mach ich.«

Ola erhob sich zögernd. Swanson setzte seine Brille auf

und ließ sie ganz am Ende seiner beeindruckend scharfen Nase balancieren.

»Meine Tür steht immer offen«, sagte er, ohne in Olas Richtung zu blicken. »Fühlst du dich weiterhin wohl hier?«

Ola gab keine Antwort.

Er wusste es natürlich, auch wenn alle zu höflich waren, um es offen auszusprechen. Ola Farmens Ankunft in Notting Hill war von den anderen Ärzten nicht mit Jubel begrüßt worden. Seine Stelle war aus vielen Gründen attraktiv. Gut bezahlt, vor allem für Spezialisten, und Ola besetzte nun die einzige Kardiologenstellung. Die Klinik war nach dem letzten Stand der Technik ausgerüstet, und die Mischung aus sportmedizinischem Zentrum, Gratisangebot an Jugendliche und Privatklinik für alle, die es sich leisten konnten, sich aus den Warteschlangen im staatlichen Gesundheitswesen hinauszukaufen, ließ die Arbeit überaus abwechslungsreich werden. Um die Stellen bei Notting Hill wurde eifrig gebuhlt. Ola hatte sich nicht einmal bewerben müssen. Er wurde auf direkten Befehl Najib Ayshas eingestellt, Gerüchten zufolge auf Bitte des Managers Johannes Funkel. Keiner von Olas Kollegen war offen abweisend gewesen, aber es hatte zwei Monate gedauert, bis jemand über andere Dinge mit ihm sprach als über medizinische Fragen. Inzwischen ging alles etwas besser. Aber große Begeisterung für den salopp gekleideten Mann mit dem gebrochenen Englisch und den Elvis-Plakaten war nirgendwo zu finden.

Auch nicht bei Paul Swanson, der normalerweise bei Stellenausschreibung und Einstellung das letzte Wort gehabt hätte.

»Sicher doch«, sagte Ola und nickte, als er zur Tür ging.

Er blieb für einen Moment stehen, räusperte sich und drehte sich wieder um. »Nur noch eins. Ich sehe, dass die Übersicht über die Tempoentwicklung der Spieler aus *SportMed* entfernt worden ist. Jedenfalls kann ich sie da nicht finden. Und sie ist wirklich wichtig für mich.«

»Ach? Wann denn?«

»Äh ... wenn ich die Tests über Sauerstoffaufnahme vergleichen will.«

Paul Swanson musterte ihn über den Brillenrand. Jetzt war die Brille so tief auf die Nasenspitze gerutscht, dass sie herunterzufallen drohte.

»Das verstehe ich nicht ganz«, sagte er und lächelte. »Bitte, erklär das mal.«

Ola fing seinen Blick auf. Der war durchaus freundlich.

»Die Statistiken sind von heute an nach *CoachTrack* überführt«, sagte Paul Swanson, als Ola zu lange mit seiner Antwort zögerte. »Das ist das Computersystem des Trainerteams. Und da gehören sie ja auch hin, wenn du mich fragst. Falls du von diesem Material etwas brauchst, haben sie sicher nichts dagegen, wenn du es dir holst. Bei ihnen.«

Ola nickte und schluckte. »Na gut. Danke.«

»Keine Ursache«, sagte der Klinikchef, der schon längst wieder in seinen Bildschirm vertieft war. *»Anytime.«*

Ola zog vorsichtig hinter sich die Tür zu. Auf dem leeren Gang blieb er mit geschlossenen Augen und geballten Fäusten stehen. Alles hatte eine Erklärung. Die Logik im neuen System war unangreifbar. Es war wohl kaum erlaubt, Daten über Menschen zu speichern, die seit sechs Jahren tot waren. Und die Laufergebnisse gingen die Trainer an, nicht die Ärzte.

»Scheiße«, sagte er leise. »Ola Farmen, du bist ein Idiot. Du bist durch und durch ein kompletter Vollidiot!«

12:04 Uhr
Scienta-Klinik, Ullevål-Stadion, Oslo

Der Patient, der um zwölf Uhr bei der Herzspezialistin Sara Zuckerman in der Scienta-Klinik einen Termin gehabt hätte, ließ sich nicht blicken. Der Mann hatte vor einer knappen Viertelstunde angerufen, außer sich, weil seine elf Jahre alte Tochter sich in der Schule den Arm gebrochen hatte. Er musste mit ihr zum Notarzt und ließ sich einen neuen Termin für die nächste Woche geben.

Sara war das nur recht. Sie hatte drei Nächte hintereinander kaum geschlafen und war schon nach vier neuen Patienten und einem Achtzigjährigen, der zur Kontrolle gekommen war, total erschöpft. Da ihre Mittagspause um halb eins begann, hatte sie jetzt eine ganze Stunde für sich. Sie schloss die Tür zwischen Sprechzimmer und Rezeption und steckte das iPhone in einen knallroten kleinen Lautsprecher, den Thea ihr zu Weihnachten geschenkt hatte. Die Untersuchungsbank an der Wand sah geradezu verlockend aus. Wenn sie zehn Minuten schlief und danach etwas aß, würde es ihr leichter fallen, mit dem Nachmittag zu beginnen. Sara hatte bis halb sieben Patienten, und sie wusste nicht, wie sie das durchhalten sollte. Noch vor fünf Jahren hatte sie im Krankenhaus Dreifachschichten schieben können, ohne sich auch nur eine Minute aufs Ohr zu legen. Als sie noch jünger gewesen war, hatte es ihr gereicht, wenn sie nur jeden Tag drei oder vier Stunden Schlaf abbekam.

So war es nicht mehr.

Sie nahm einen Wollpullover vom Haken hinter der Tür, rollte ihn zu einem Kissen zusammen und legte sich auf die Bank. Das Papier, das für jeden neuen Patienten von einer am Kopfende befestigten Rolle gezogen wurde, knisterte unter ihr, als sie nach einer angenehmen Lage suchte. Das war nicht leicht. Nachdem sie es auf beiden Seiten versucht hatte, gab sie auf, legte sich flach auf den Rücken und streckte die Arme an der Seite aus. Schloss die Augen.

Joan Baez sang »Diamonds & Rust«, und aus dem Wartezimmer hörte Sara eilige Schritte in Richtung Kantine.

Der Schock darüber, dass sie den 2003 in der Avenue Road getöteten Verbrecher als ihren Patienten von vor drei Jahren erkannt hatte, steckte ihr noch in den Knochen. Die ganze Nacht lang hatte Sara versucht, das Ganze zu bagatellisieren. Eine normale Erklärung zu finden. Es war natürlich ein Zufall. Wie oft hatte sie schon von Leuten gehört, die einen Flug verpassten und dann, wenn die Maschine abgestürzt war, im Fernsehen auftraten, weinten und sich mit zitternder Stimme ob dieses unvorstellbaren Zufalls glücklich priesen.

Das ist kein Glück, das ist das Leben.

So dachte sie auch, wenn sie sah, wie die geschockten Nachbarn eines soeben überführten Massenmörders ihre fünf Minuten Ruhm genossen. Erregt standen sie da, Herr Nachbar und Frau Nachbarin, in der vergänglichen Aufmerksamkeit der Kamera, und meinten, das habe doch niemand ahnen können, so ein friedlicher und höflicher junger Mann.

Alle Verbrecher hatten einen Lebenslauf, ehe sie gefasst wurden. Sie gingen zum Zahnarzt. Sie hatten Liebesbeziehungen. In der Regel hatten sie Arbeit. Kollegen. Viele hatten auch Familie. Als 2003 das Bild von Ahmed Farez veröffentlicht wurde, hatten viele so empfunden wie Sara gestern. Die Jugendfreunde des Mannes. Der, der ihm sein letztes Auto verkauft hatte. Eine Frau, die in einer Sommernacht mit ihm nach Hause gegangen war.

Die Lebensbahn eines Menschen wird von denen geformt, denen er begegnet, dachte Sara. Sie war eine von Hunderten, vielleicht von Tausenden von Menschen gewesen, die nach einem spektakulären Überfall das Zeitungsbild eines toten Verbrechers sehen und rufen konnten: »Seht mal! Den kenn ich!«

Und das Gefühl hatten, etwas Besonderes zu sein.

Es war nichts Besonderes. So war das Leben.

Sara spürte, dass der Schlaf ein wenig näher kam. Gedanken in freiem Fall, ein Gefühl zu schweben.

Der Mossad-Mann.

Sara fuhr zusammen, als ob jemand plötzlich an der Tür gerüttelt hätte. Mit einem leisen Stöhnen setzte sie sich auf. Die Bank war so hoch, dass Sara mit den Beinen baumelte, ehe sie sich auf den Boden gleiten ließ und die kreideweißen Turnschuhe anzog.

Die Menschen in Ahmed Farez' Kielwasser brauchten sich jedenfalls nicht zu fragen, ob sie ihn hätten aufhalten können. Was ihr zu schaffen machte, war nicht die zufällige Begegnung mit einem Patienten, der später am Tod von zwei unschuldigen Menschen und der Lähmung eines Kindes beteiligt gewesen war. Sondern der Gedanke, dass sie dreizehn Jahre zuvor hätte helfen können, ihn aufzuhalten. Sie hatte sich entschlossen, Ahmed Farez zu schützen, wie sie immer ihre Patienten schützte. Weil es richtig war. Sara würde niemals zögern, für einen verletzten Mörder ihr Bestes zu tun. Das hatte sie zumindest immer behauptet. Und behauptet. Sehr laut bisweilen.

Aber diese Sache machte ihr zu schaffen.

Sie bereute es nicht, dem Mann zu korrekter Behandlung verholfen zu haben. Das Problem war, dass sie die Loyalität dem Patienten gegenüber vielleicht zu weit getrieben hatte. Wenn es stimmte, dass der U.S. Marshal Charles Gerstner in Wirklichkeit vom Mossad kam und aller Wahrscheinlichkeit nach ganz anders hieß, hätte sie ihm vermutlich sagen müssen, was sie wusste. Als sie mehr als nur angedeutet hatte, woher er ihrer Ansicht nach kam, war er klug genug gewesen, nicht zu protestieren. Sie glaubte auch sich zu erinnern, dass er auf den Goldstern angespielt hatte, den sie immer um den Hals trug, als wäre der ein Band zwischen ihnen.

Sara wusste wenig über den Mossad. An die Lillehammer-Affäre 1973 erinnerte sie sich, weil ihre Eltern so betroffen gewesen waren. Ansonsten beschränkte sich Saras Wissen auf das rein Allgemeine; es handelte sich möglicherweise um die effektivste Organisation dieser Art auf der ganzen Welt.

Sie setzte sich an den Rechner, öffnete den Explorer und googelte den Mossad.

Sieh an. Es gab eine Website.

Sara wusste, dass es ein Nachrichtendienst in seiner Selbstdarstellung nicht so genau mit der Wahrheit nahm, und ging rasch weiter. Das Problem war, aus den zahllosen Artikeln die herauszufiltern, denen man einigermaßen Glauben schenken konnte. Nach einer halben Stunde loggte sie sich aus, vor dem nächsten Patienten musste sie einfach etwas essen.

Dennoch blieb sie sitzen. Sie biss sich auf die Unterlippe und starrte vor sich hin.

Sara wusste jetzt, dass der Mossad nur einer von drei israelischen Nachrichtendiensten war. Der militärische Nachrichtendienst hieß Aman und gehörte zu den Israel Defense Forces. Schin Bet oder Shabak, wie offenbar in Israel selbst gesagt wurde, war für die innere Sicherheit zuständig. Der Mossad betreute die Nachrichtenübermittlung und Aktionen im Ausland. Ungefähr wie die CIA, dachte Sara. Aber während die amerikanische Schwesterorganisation des Mossad sich in der Regel alle Mühe gab, nicht mit ihren Operationen in Verbindung gebracht zu werden, war die Liste der bekannten Einsätze des Mossad auf fremdem Boden fast schon beeindruckend. Wenn man Sinn für diese Dinge hatte.

Was bei Sara nicht der Fall war.

Najib Aysha hatte erzählt, dass die Polizei in den ersten Wochen nach dem Überfall 2003 eine Terroristenspur verfolgt hatte, wahrscheinlich aufgrund von Tipps vonseiten der USA, aber die Polizei war nicht weitergekommen.

Kopfschmerzen spannten einen Reifen um ihr Gehirn.

Sara legte zwei Finger an jede Schläfe, schloss die Augen und massierte sich mit langsamen, kreisenden Bewegungen.

Der Mossad war ein Terroristenjäger, neben vielem anderen. Man könnte ihn auch selbst als terroristisch bezeichnen. Ahmed Farez war staatenloser Palästinenser gewesen, das hatte Sara in der vergangenen Nacht gelesen. Sein Lebenslauf war in der Zeit nach dem Überfall in vielen Zeitungen und Zeitschriften in aller Welt abgehandelt worden.

Er wurde 1960 in Jericho geboren. Die Stadt war damals seit zehn Jahren in jordanischem Besitz. Am siebten Geburtstag des Jungen brach der Sechstagekrieg aus, Israels Blitzkrieg gegen Ägypten, Jordanien und Syrien. Während große Teile von Ahmed Farez' Verwandtschaft vom Westufer in den Libanon flohen, war Ahmeds Vater, aus Gründen, die niemand so recht zu kennen schien, mit seinen beiden jüngsten Söhnen in dem von Israel besetzten Bereich geblieben.

Dass ein krimineller staatenloser Palästinenser für den Mossad interessant sein konnte, war leicht zu begreifen. Nicht so leicht war zu verstehen, warum sie gerade auf diesen kriminellen Palästinenser Jagd gemacht hatten, dachte Sara.

Der Mann war ein Dieb und Betrüger. Großbritanniens wichtigste ermittelnde Journalisten hatten Monate gebraucht, um sich einen Überblick über Farez' Leben und Karriere zu verschaffen, und die Polizei hatte offenbar bereitwillig gestreut. Sara hatte keinerlei Hinweise auf eine politische Motivation gefunden. Er erschwindelte sich Geld, erschlich sich Profit. Beschaffte sich falsche Pässe und gefälschte Papiere. Verschwand, sobald der Boden unter seinen Füßen heiß wurde, und tauchte an einem anderen Ort wieder auf, mit neuer Identität und neuen Möglichkeiten. Die niederländische Polizei hatte ihn seit dem Juni 2000 gesucht, in Verbindung mit einem Diamantendiebstahl, in den er ihrer Meinung nach verwickelt war, obwohl sie eigentlich nur vage Tipps hatte. Amerikanische Behörden meinten, er habe hinter einem Schneeballsystem-Schwindel im Internet gesteckt, aber sie waren nie weiter gediehen, als nach einer seiner vielen falschen Identitäten zu fahnden.

Ahmed Farez war ein Gauner. Muslim von Herkunft, aber nicht von Konfession.

Warum der Mossad sich für einen solchen Kerl interessieren sollte, war einfach nicht zu begreifen.

Aber es war der Fall gewesen.

Sara versuchte, sich genauer an ihr Gespräch mit dem angeblichen Marshal zu erinnern. Es war so lange her. Dennoch erinnerte sie sich an das grelle Licht von draußen, das die Augen des Fremden grau hatte aussehen lassen, obwohl sie später festgestellt hatte, dass sie von leuchtendem Blau waren. Eine Zartheit umgab sie, groß und traurig, in scharfem Kontrast zu der kräftigen, fast groben Gestalt.

Sie wusste noch, dass sie sich einen Befehl erteilt hatte, als er gegangen war.

Vergiss ihn, hatte sie sich gesagt.

Später hatte sie keinen Gedanken mehr an ihn verschwendet.

Erst jetzt. Die Erinnerung an Charles Gerstner war überraschend gut gespeichert. Sara erinnerte sich an den schwarzen Rollkragenpullover unter dem grauen Tweedsakko, an den leicht hinkenden Gang, an den Duft von Rasierwasser.

Aber an das Gespräch konnte sie sich nicht erinnern. Jedenfalls nicht in Einzelheiten.

Das Tonbandgerät, fiel es Sara plötzlich ein.

Sie war 1999 von einem älteren Kollegen verklagt worden, weil sie angeblich seine Karriere ruiniert hatte, und kaufte ein kleines Tonbandgerät. Ihr Kollege hatte so viele Behauptungen über Gespräche mit ihr aufgetischt, dass sie sich in der Zukunft vor ähnlichen Unterstellungen schützen wollte. Sie hatte den Prozess zwar gewonnen, die Studie, die der Professor veröffentlicht und die Sara in der nächsten Nummer derselben Zeitschrift verrissen hatte, war nachweislich auf Pfuschwerk aufgebaut gewesen. Ihre Anwälte hatten aber doch alle Mühe gehabt, die Behauptungen des Mannes darüber zu widerlegen, was sie mündlich versichert haben sollte.

Zwei Jahre lang war Sara auf der Hut. Wenn jemand ihr Büro betrat, dem sie nicht ihr volles Vertrauen schenkte, öffnete sie die schmale Schublade gleich unter der Schreibplatte und schaltete das Tonbandgerät ein.

Dann ging sie 2002 nach Norwegen und stellte fest, dass die heimatlichen Anwälte sehr viel weniger prozesslustig waren als ihre amerikanischen Kollegen. Das Tonbandgerät wurde eingemottet.

Irgendwo hatte sie es noch, zusammen mit den Bändern. Drei oder vier kleine Kassetten waren es wohl, meinte sie. Auf einer befand sich die Aufnahme ihres Gesprächs mit diesem Agenten. Sie erinnerte sich jetzt ganz deutlich; bei seinem Eintreten hatte sie diskret das Aufnahmegerät eingeschaltet.

Sara hatte jedoch nicht die geringste Ahnung, wo sich die grüne Schachtel mit Gerät und Tonbändern jetzt befand. Sie war nicht einmal sicher, ob sie beides aus den USA mitgebracht hatte.

»Shit!«

Es war schon fünf nach eins. Sie klickte sich ins Computersystem der Klinik ein. Ein Marker vor dem Namen des Patienten, dessen Termin vor fünf Minuten gewesen war, zeigte an, dass der Mann gekommen war. Er litt an Dyspnoe. Akute Atemnot konnte ein Symptom für eine Reihe von potenziell gefährlichen Krankheiten sein. COPD. Asthma. Angina Pectoris. Lungenembolie. Unbehandelter Diabetes. Herzversagen.

Sara trank einen Schluck Mineralwasser und steckte sich eine Pastille in den Mund. Ein eher kärgliches Mittagsmahl, dachte sie resigniert, dann öffnete sie die Tür und versuchte, sich ihr wärmstes Lächeln abzuringen.

Was ihr aber nicht so ganz gelang.

13:40 Uhr
Lloyds Arena, Wanstead Park, London

»Mahlzeit! Darf ich reinkommen?«

David Lee Curry füllte fast die ganze Türöffnung aus, als er an den Rahmen klopfte.

»Viel zu tun?«

»Nicht doch«, sagte Ola. »Eher wenig. An diesen Tagen haben wir sonst lange Warteschlangen. Heute ist es seltsam still. Was kann ich für dich tun?«

»Wir haben uns noch gar nicht richtig miteinander bekannt gemacht«, sagte der Chef von Notting Hills physischem Trainerteam und kam mit ausgestreckter Pranke auf den Schreibtisch zu.

»Doch, sicher. Ich habe doch eine Runde gedreht, als ich im Herbst hier angefangen habe. Außerdem warst du hier, als wir neulich die Sauerstoffaufnahme getestet haben.«

»Tut mir leid. Hatte ich vergessen.«

Er hielt Ola so auffordernd die Hand entgegen, dass Ola aufstand und sie ergriff. Während des steinharten Händedrucks hätte er fast gewimmert.

»David Lee Curry«, sagte der Amerikaner und ließ sich unaufgefordert in den Gästesessel sinken, während er mit einem Blatt Papier in einem Plastikumschlag wedelte. »Chef fürs physische Training.«

»Wie gesagt, wir sind uns schon begegnet.«

»Nett, dich kennenzulernen. Däne?«

»Norweger.«

»Ich hätte dir das hier gestern auf den Schreibtisch legen sollen.«

Er klatschte den Plastikumschlag auf die Tischplatte.

»Diese IT-Typen. Die sehen bei helllichtem Tag Gespenster. Der Chef, der kleine Fettsack, hat dich gestern gesucht.«

»Ich hatte mir einen Tag freigenommen.«

»Sicher verdientermaßen. Ich bin dem Typ drüben bei den Laboren begegnet und hab angeboten, dir das zu überbringen.«

Wieder beugte er sich vor und knallte die riesige Faust auf den blauen Umschlag.

»Das ist eine Art Journal. Über deine Aktivitäten in *SportMed*.«

»Ach.«

»Du arbeitest mitten in der Nacht? Auch am Wochenende?«

Das breite Gesicht des Trainers öffnete sich zu einem schneeweißen Lächeln. »Gewissenhafter Junge, ich muss schon sagen. Bist du verheiratet?«

»Ja.«

»Kinder?«

»Sechs.«

»Sechs? *Sechs Kinder?*« Er lachte überwältigt. »Mit derselben Frau?«, brachte er heraus und wischte sich mit dem Handrücken die Lachtränen ab.

»Ja.«

»*Holy shit!* Du hast offenbar nachts nicht nur in Spielerjournalen herumgeschnüffelt.«

Er lachte immer noch, als er sich zum Gehen erhob. Er blieb vor dem *King Creole*-Plakat stehen, dann schaute er sich im Zimmer um. »Elvis-Fan. *Elvis!* Wie alt bist du eigentlich?«

Ola griff nach dem Plastikumschlag, lächelte den Gast angespannt an und sagte: »Ich ruf da sofort an. Vielen Dank.«

»Was wolltest du mit den Ergebnissen?«

»Was?«

»*The 40-yard dash.* Warum hast du die Listen ausgedruckt?«

»Ach, das ...«

Ola nahm das Telefon und versuchte, die Durchwahl zu deuten, die unter die Aufforderung auf dem Umschlag gekritzelt war.

»Ja«, antwortete David Lee Curry und wartete. »Das.«

»Ich versuche, neue Parameter zu finden, was die Sauerstoffaufnahme angeht. Die Messungen, meine ich. Das ist ziemlich kompliziert.«

Noch immer wollte der Trainer offenbar nicht gehen. »Das glaub ich dir gern«, sagte er. »Aber du bist ja tüchtig in deiner Sparte, habe ich gehört. Deshalb solltest du ...« Wieder öffnete sich sein Gesicht zu einem breiten Lächeln. »... dich daran halten. Überlass uns Trainern das, was wir können. Und kümmere dich um deine Sachen.«

»Sicher«, murmelte Ola. »Bestimmt besser so.«

Er hatte die Nummer bereits gewählt.

»Hallo«, sagte er erleichtert, als der IT-Chef sofort den Hörer abnahm. »Hier ist Dr. Farmen aus der Klinik.«

Er drehte den Sessel, um die Füße auf den Tisch legen zu können, und starrte demonstrativ aus dem Fenster. Gleich darauf hörte er, dass der Amerikaner ging.

Er ließ die Tür hinter sich offen stehen.

19:35 Uhr
Sognsvann, Oslo

Es hatte morgens geregnet, aber nun lugte die Abendsonne hinter einer leichten Wolkendecke hervor. Eine Bande von vielleicht siebzehnjährigen Jungs badete an einem Steg. Rufe und Gelächter hallten über den See, dessen Temperatur wohl bei fünfzehn, sechzehn Grad lag. Es gab noch viele Spaziergänger, auch wenn es für Eltern mit kleinen

Kindern jetzt spät wurde. Die meisten folgten dem Weg am Seeufer entlang, aber Sara sah auch hier und da einen Jogger, der mit einem frei laufenden Hund im Wald unterwegs war. Es war ein warmer Abend, und der Morgenregen hatte den Wald um den Sognsvann zu einer grünen Pracht explodieren lassen.

»Wie schön, dass du Zeit für mich hast«, sagte Sara, als die einleitenden Höflichkeitsfloskeln auf den ersten hundert Metern abgehakt waren. »So kurzfristig, meine ich.«

Torill Bergheim Baum lächelte und setzte die Stöcke rhythmisch und diagonal auf den Boden. Sie gingen so langsam, dass Sara trotz ihrer hochhackigen Schuhe Schritt halten konnte. Torill maß knapp hundertsechzig Zentimeter und musste nach Saras stillschweigenden Berechnungen über hundert Kilo auf die Waage bringen.

»Kein Problem«, schnaufte die andere. »Ich brauche jeden Tag eine Stunde *power walk*. Stell dir vor, der Diabetes hat sich klammheimlich eingestellt. Ich muss abnehmen. Das ist vielleicht anstrengend.«

Torills Schweiß färbte ihre blonden Haare zusehends dunkler. Ihre Augen waren rund, blau und dicht beieinandersitzend über einer pikanten Stupsnase, die in den Falten ihres Gesichts fast verschwand.

»Und wie geht es?«, fragte Sara und trat beiseite, um eine ältere Frau mit einem Kinderwagen vorbeizulassen. »Siehst du schon Ergebnisse?«

»Kaum. Nach vier Wochen habe ich zwei Kilo abgenommen. Bleiben noch achtunddreißig. Anderthalb Jahre jeden Tag dasselbe. Aber es hilft ja nichts.«

Sara unterdrückte ein Lächeln. »Das wird schon noch besser«, tröstete sie.

Torill Bergheim Baum war zweiundsechzig Jahre alt und Kulturrätin an der israelischen Botschaft in Oslo. Wie so viele ihrer norwegischen Altersgenossen war sie in jungen Jahren in einen Kibbuz gereist. In einem fünfzig Kilometer von Eilat entfernt gelegenen Kollektiv hatte sie Apfelsinen gepflückt und Kinder gehütet.

Einige Wochen nach dem Jom-Kippur-Krieg im Oktober 1973 hatte sie den viel älteren Ethan Baum kennengelernt, einen ernsten Witwer, Offizier der israelischen Armee. Torill erklärte sich bereit, zum Judentum überzutreten, was die starken Proteste von Ethans Familie dämpfte, als die Heiratspläne bekannt wurden. Sie bekamen drei Kinder. Das jüngste war gerade ein Jahr alt, als Ethan Baum an Bauchspeicheldrüsenkrebs starb. Er war in einem siebenundfünfzig Jahre langen Leben dem Tod als Soldat entgangen. Die Krankheit hatte ihn nach zwei Monaten besiegt.

Torill fuhr nach Hause.

Mit zwei Koffern und drei Kindern landete sie am Tag vor Heiligabend 1978 auf dem Flughafen Fornebu bei Bærum. Zunächst gab sie die Kinder bei ihren Eltern ab, die ihre Enkel noch nie gesehen hatten. Dann fuhr sie zur israelischen Botschaft und bat um Arbeit.

Sie begann als Assistentin ohne Portefeuille, wie der damalige Botschafter es so elegant titulierte. Torill griff zu, wenn es nötig war. Bei Empfängen und Müllbeseitigung, Einkauf, Hemdenbügeln und Maschineschreiben. Als die Jahre vergingen und ihr Gewicht anwuchs, stieg sie im Rang. Sieben Jahre zuvor war sie zur Kulturrätin befördert worden und liebte ihre Aufgabe, obwohl sie in einem Land lebte, wo israelische Kultur in der Öffentlichkeit nicht gerade mit Jubelrufen empfangen wurde.

»Warum hast du keine Turnschuhe an?«, stöhnte sie und wäre fast gestürzt, als ein Siebenjähriger sie mit dem Fahrrad überholte.

»Ach, das geht schon. Ich hab nur ein paar Fragen. Es geht um den Mossad.«

Torill blieb unvermittelt stehen und fing an zu lachen.

»Den Mossad? Warum um alles in der Welt fragst du mich danach? Ich weiß nicht mehr über den Mossad, als du dir zusammengoogeln kannst.«

»Das glaube ich nicht. Außerdem gibt es beim Internet immer dasselbe Problem. Man hat keine Ahnung, was stimmt und was nicht.«

Torill nickte und ging wieder los, jetzt allerdings langsamer.

»Es gibt beim Mossad nicht mehr so viel Geheimniskrämerei«, sagte sie. »Das ist schwer in einer Zeit wie unserer. Alles ist jetzt transparenter. Ganz andere Forderungen vonseiten der Öffentlichkeit. Auch in Israel, *mind you*. Ethans Mutter brachte immer wieder Andeutungen darüber, dass ihre beiden Söhne Geheimagenten gewesen seien. Bei Ethan bin ich ganz sicher, dass sie sich geirrt hat, aber es ist gut möglich, dass Benjamin mit solchen Dingen befasst war. Früher wurde ja alles um jeden Preis unter den Teppich gekehrt. So viele Geheimnisse.«

»Jetzt gibt es sicher genauso viele«, sagte Sara. »Sie sind nur viel tiefer vergraben.«

Torill zwang sich wieder zu einer schnelleren Gangart. »Können wir nicht bis zu der Bank dahinten gehen?«, keuchte sie. »Da mach ich immer eine Pause.«

Das Treffen mit Torill Bergheim Braun war nichts als ein Versuch. Sara hätte Fachleute anrufen können. An der Universität. Beim Forschungsinstitut der Armee. In Norwegen musste es doch ziemlich viele Menschen geben, die mehr über den Mossad wussten als Torill Bergheim Braun.

Wenn Sara dennoch Torill gefragt hatte, dann vor allem, weil es einfach war. Torill würde nicht fragen. Die Kulturrätin an der israelischen Botschaft in Oslo war in vielen Bereichen gut informiert, aber Sara war mehr als einmal aufgefallen, dass sie auch naiv wirkte. Zu lieb, fast gutgläubig. Sie hatten sich kennengelernt, seit Thea darauf bestand, an mindestens einem Samstag pro Monat die Osloer Synagoge aufzusuchen. Torill hatte sie wie liebe Angehörige aufgenommen, wie sie das bei allen machte, die eine jüdische Veranstaltung in Oslo besuchten. Torill war überall und hatte die suchende Thea vom ersten Moment an ins Herz geschlossen.

Sara war nicht mehr müde. Im Gegenteil, die Gedanken, die sie nicht hatte verdrängen können, hatten ihr Denken geschärft, und da tat es gut, aus dem Haus zu kommen. Auf der Fahrt zu Torill hatte sie angefangen zu verstehen, was sie bisher nur als vages Unbehagen ihres schlechten Gewissens gedeutet hatte.

Denn darum ging es jetzt nicht mehr.

Es war töricht, sich Vorwürfe zu machen, weil sie Charles Gerstner nicht geholfen hatte, als er nach Ahmed Farez gefragt hatte. Sara konnte unmöglich wissen, was ihr Patient verbrochen hatte. Als Ärztin ging sie das auch nichts an. Ihr schlechtes Gewissen, das ihr in der Nacht so oft den Schlaf geraubt hatte, wurde endgültig abgeschaltet, als sie auf den Parkplatz beim Sognsvann einbog.

Jetzt wurde sie von purer Neugier getrieben.

1999 hatte Sara als bisher jüngste Preisträgerin den angesehenen Wolf Prize erhalten. Bei der Preisverleihung hatte der Vorsitzende der Jury betont, dass die Preisträgerin über eine außergewöhnliche Fähigkeit verfüge, sich nicht mit Dingen abzufinden, die sie nicht begriff.

»*Curiosity killed the cat*«, hatte er zum Lachen der elegant gekleideten Festteilnehmer aus aller Welt seine Rede beendet. »Neugier kann durchaus töten. Aber nicht Sara Zuckerman. Ihre Neugier rettet Leben.«

Gewaltiger Applaus.

Sara hatte jede Sekunde genossen, und die Neugier war noch immer ihre stärkste Antriebskraft.

Dass ein Mossad-Agent auf der Spur eines Betrügers gewesen war, der später möglicherweise bei einem spektakulären Auftragsdiebstahl ums Leben gekommen war, konnte man seltsam genug nennen. Dass New Scotland Yard lange von der Theorie ausgegangen war, es habe sich bei dem Überfall auf das Haus in der Avenue Road um einen Terrorangriff gehandelt, war reichlich auffällig. Der

Überfall war, wie Najib Aysha Sara beim Essen am Sonntag erzählt hatte, untypisch für Terroristen. Najib hatte etwas über Tipps von den Amerikanern erwähnt. Das bedeutete vermutlich die CIA. Dass dieser amerikanische Nachrichtendienst mit dem Mossad auf gutem Fuß stand, war nichts Neues. Die CIA konnte durchaus vom Mossad informiert worden sein, als Ahmed Farez' Identität festgestellt worden war.

Ihre Gedanken drehten sich im Kreis.

Sie war wieder bei dem eigentlich Unbegreiflichen angekommen: Warum sollte sich der Mossad die Mühe machen, einen kleinen Gauner wie Ahmed Farez um die ganze Welt zu jagen?

»Hier«, sagte Torill und ließ sich auf eine Holzbank neben dem Weg fallen. »Ich muss ... ich muss ...« Sie hustete und würgte. »... nur erst zu Atem kommen.«

Sara setzte sich neben sie. Der Geruch von Schweiß und süßem Parfüm war aufdringlich, und sie rutschte unauffällig näher zum Rand der Bank. Torill saugte Wasser aus einem Schlauch, der an einem Behälter auf ihrem Rücken befestigt war.

»Möchtest du?«, fragte sie atemlos und hielt Sara den Schlauch hin.

»Nein danke.«

Torill wischte sich mit einem um ihr linkes Handgelenk gebundenen Schweißband die Stirn.

»Ich schaff das nie im Leben«, jammerte sie. »Warum nehme ich nicht schneller ab? Ich schlepp mich jeden Tag um diese Runde, und es passiert so gut wie nichts.«

»Ich kann dir eine Mail mit Tipps schicken«, sagte Sara. »Training ist gleich Gramm, weißt du. Ernährung ist gleich Kilo.«

Sara zog ihre Jacke dichter um sich zusammen. »Mossad«, sagte sie.

»Ja«, sagte Torill. »Mossad. Was möchtest du denn wissen?«

»Was die so machen.«

»Das weißt du doch.«

»Du weißt mehr als ich.«

Torill trank wieder und holte dann tief Luft. »Der Mossad wurde 1949 gegründet«, sagte sie. »Also kurze Zeit nach der Gründung Israels. David Ben-Gurion hielt eine stärkere Koordinierung der verschiedenen Nachrichteneinheiten für nötig. Israel war von Feinden umgeben. Damals wie heute. Alle Länder sind von einem effektiven Nachrichtendienst abhängig. Auch Norwegen, aber Israel mehr als andere. Dass ein so kleines Land wie unseres einen mindestens ebenso leistungsstarken Nachrichtendienst hat wie die USA und Großbritannien, ist eine historische Notwendigkeit. Weißt du, wie viele Angestellte der Mossad hat?«

»Ich glaube, ich hab was von 1200 gelesen.«

»Ja. Aber das ist nur eine Vermutung. Die Zahlen werden natürlich geheim gehalten. Weißt du, wie viele für die CIA arbeiten?«

»Nein.«

»Ich auch nicht. Die Amerikaner rücken mit solchen Dingen auch nicht raus. Aber eine qualifizierte Annahme beruft sich auf mehr als zwanzigtausend.«

»Fast zwanzigmal so viele. Wow.«

»Die CIA gehört zudem zu einem gigantischen Apparat. Wir reden hier von einem System, das unvorstellbar viel größer ist als das israelische.«

»Aber nicht ebenso effektiv?«

»Nein.«

Torill lächelte. »Selbst Israels ärgste Feinde würden das wohl zugeben«, sagte sie und saugte den letzten Rest aus der Wasserflasche. »Glaubst du, ich kann die da unten auffüllen?«

Sie zeigte auf das Wasser, wo drei Kinder von vielleicht zehn Jahren die Schuhe ausgezogen hatten und im Schilf herumwateten.

»Nein. Das ist total verdreckt. Wie ist der Mossad organisiert?«

»Er hat sechs oder sieben Abteilungen, soviel ich weiß. Es gibt noch immer viel Geheimniskrämerei, auch was den Aufbau angeht. Die größte Abteilung, *Collection Department* auf Englisch, ist für die eher herkömmliche Nachrichtenarbeit zuständig. Die offizielle, wenn du so willst, hat Büros in vielen Ländern. Dann gibt es eine Verbindungsabteilung, die den Kontakt mit freundlich gesinnten Kollegen in anderen Ländern hält. Es gibt auch eine technische Abteilung. Dort wird die Ausrüstung für Einsätze entwickelt.«

»Wie bei James Bond? Wo Q arbeitet, gewissermaßen?«

Torill lachte. »Ich habe wirklich keine Ahnung. Aber Ian Fleming muss ja die Idee zu Q irgendwo hergenommen haben. Die Briten haben sicher auch so eine Gruppe. Gehen wir weiter?«

»Moment noch. Jetzt hast du drei Abteilungen erwähnt. Weißt du noch von anderen?«

»Es gibt auch eine Forschungsabteilung«, antwortete Torill und streifte sich die Riemen ihrer Stöcke über die Handgelenke. »Soviel ich weiß, verfassen die aufgrund der eingehenden Informationen Berichte und Analysen.«

»Und sonst noch?«

Torill erhob sich stöhnend. »Das findest du im Netz, Sara. Ich kann dir jedenfalls nicht mehr erzählen, als ohnehin schon öffentlich bekannt ist.«

»Bitte!«

Torill musterte sie stumm. Die rötliche Gesichtshaut glänzte. »Die meisten Leute interessieren sich wohl vor allem für die *Special Operations Division*«, sagte sie kurz und setzte sich in Bewegung.

»Das ist die, die Metsada genannt wird?«, fragte Sara und ging hinter ihr her. »Und die für die Durchführung von Operationen im Ausland zuständig ist?«

»Ja«, sagte Torill und steigerte ihr Tempo.

»Weißt du etwas darüber, wie die Metsada organisiert ist?«

»Nein.«

»Ich meine«, begann Sara und holte Torill ein, »ist die nach Ländern aufgeteilt, oder vielleicht danach, mit was für Aktionen sie sich beschäftigen? Mord in einer Gruppe, Entführungen in ...«

Torill blieb so abrupt stehen, dass Sara mit ihr zusammenstieß. »Die Metsada begeht keine Morde«, sagte sie und starrte Sara in die Augen.

»Aber es ist doch bekannt, dass ...«

»Von Mord kann keine Rede sein. Es geht um Verteidigung. Um die Verteidigung Israels. Von Israelis. Von unserer Existenz, Sara. Mord ist ein Verbrechen. Die Metsada begeht keine Verbrechen. Sie haben ihr Mandat vom israelischen Volk. Das sie beschützen. *Never again,* weißt du. Nie wieder.«

»So kann man das auch sehen«, sagte Sara kleinlaut.

Sie hatte Torill noch nie wütend erlebt. Nicht einmal verärgert.

»Ich wollte dich nicht verletzen«, fügte sie rasch hinzu. »Ich verstehe ja, dass ...«

»Wozu willst du das alles wissen, Sara?«

»Das interessiert mich eben.«

»Das interessiert dich – ha!«

»Ja! Im Laufe der Jahre ist es nicht leichter geworden, Jüdin in Norwegen zu sein. Bei der Arbeit und sozial und überhaupt, immer kommt es zu ... Fragen. Kritik. Ich habe ganz einfach das Bedürfnis, mehr zu wissen.«

Die Lüge funktionierte. Torill war wieder ihr umgängliches Selbst. »Aber das kann ich doch gut verstehen«, sagte sie und hob die Hände.

Ein Stock streifte Saras Schienbein, aber sie verzog keine Miene.

»Dann werde ich dir ein kleines Geheimnis erzählen«, sagte Torill betont verschwörerisch, von einem Ohr zum anderen lächelnd. »Nein, war nur ein Witz. Die LAP ist kein Geheimnis.«

»LAP?«

»Lohamah Psichlogit.«

»Ach?«

»Das ist die Abteilung für psychologische Kriegsführung, Propaganda und falsche Operationen.«

»Was ist das?«

»Tja. Auf Englisch wird das *deception operations* genannt. *Look it up.«*

Wieder setzte sie sich in Bewegung. Sara blieb auf dem Weg stehen und sah ihr hinterher.

Deception operations.

»Falsche Operationen« hatte Torill es übersetzt. Richtiger wäre »Täuschungsoperationen« gewesen.

Sara versuchte, aus dem Gedankenkreis auszubrechen, mit dem sie im Auto gekämpft hatte. Es war etwas mit der Täuschung: Etwas an Torills letzter Auskunft ließ Sara die Konturen einer Antwort auf die Frage ahnen, welches Interesse der Mossad an Ahmed Farez gehabt haben könnte.

Die Müdigkeit brach wieder über sie herein, sie kam sich plötzlich unbeschreiblich müde und schläfrig vor. Etwas hatte ihre Gedanken aktiviert, aber sie konnte nicht begreifen, worauf sie da eigentlich reagiert hatte. Sie öffnete die Augen. Hundert Meter im Westen, teilweise im Schatten der Bäume bei der Wegbiegung, watschelte eine Gestalt in einem neongrünen T-Shirt und einer viel zu engen Trainingshose.

Sara wühlte in ihren Taschen nach einem Stift.

Deception operations, schrieb sie sich mit großen Buchstaben auf das linke Handgelenk. Sie zögerte kurz, dann fügte sie ein Fragezeichen hinzu.

21:45 Uhr
Manette Street, Soho, London

Aron Apter starrte verdrossen die Hähnchenreste vor sich an. Er hatte niemals kochen gelernt. In seinen vielen Reisejahren hatte er seine Mahlzeiten in Hotels und Restaurants zu sich genommen, an Imbissbuden und ab und zu in einer Privatwohnung. Wenn er zu Hause in Israel war und als Varda mit ihm in London gelebt hatte, war sie es, die in der Küche regierte. Als sie die Manette Street verlassen hatte und er zum ersten Mal in seinem Leben in seiner eigenen Wohnung allein gewesen war, hatte er erst nachschlagen müssen, wie man ein Ei kocht.

»Gewürze«, hatte seine Tochter gesagt, als sie ein halbes Jahr zuvor zu einem ihrer seltenen Besuche gekommen war. »Du musst würzen, um Geschmack in das Essen zu bringen, Papa. Hähnchen schmecken eigentlich nach nichts.«

Das Tier war jedenfalls ganz schön zäh gewesen, dachte er und trug den Teller zum Spülbecken. Schob die traurigen Reste mit einer Gabel in den Abfall und spülte den Teller dann unter fließendem Wasser ab.

Aron Apter sah ein, dass er deprimiert war.

Zwei der Kollegen von der Botschaft hatten angedeutet, er brauche vielleicht Hilfe. Natürlich wusste keiner von ihnen genau, womit er sich derzeit beschäftigte. Aber sie waren ja auch nicht dumm. Einer hatte ihn eines Abends vor einigen Wochen gezwungen, mit ihm ein Bier zu trinken. Es sei durchaus nicht ungewöhnlich, hatte der Mann später an diesem Abend gesagt, dass sich eine Reaktion einstelle, wenn jemand aus dem aktiven Dienst genommen wurde. Die beiden Wörter »aktiver Dienst« wurden fast geflüstert. Dass Varda es für gut befunden hatte, ihrer Wege zu gehen, habe die Sache für ihn sicher nicht leichter gemacht, hatte der andere dann genuschelt. Der Mann trank zu viel, redete zu viel und hatte ihm die Visitenkarte eines Psychologen aufgedrängt, den er empfehlen konnte.

Aron Apter hatte die Karte weggeworfen, sobald er den Mann abgeschüttelt hatte.

Natürlich vermisste er den »aktiven Dienst«, wie der zudringliche Kollege das genannt hatte. Nicht, weil er Heimweh nach den anonymen Hotelzimmern gehabt hätte. Er hatte kein Heimweh nach der Einsamkeit. Und nicht nach Anspannung, Wachsamkeit, Lügen oder der Abwesenheit von der Familie. Das alles hatte er noch immer. Diese Wohnung war ein Aufenthaltsort, kein Zuhause. Er war ganz allein, und das Leben hatte ihm so viele Geheimnisse aufgeladen, dass er davor nicht weglaufen konnte. Der einzige Unterschied zwischen dem Leben, wie es einmal war, und dem, das er jetzt führte, war die Stille. Aron Apter war stillgelegt. Früher war alles Bewegung gewesen. Die Spannung hatte eine Erklärung gehabt. Die Lügen einen Zweck. Die Einsamkeit war eine Notwendigkeit gewesen, die Wachsamkeit eine Kunst, die er beherrschte.

Was ihm fehlte, war die Bewegung.

Ein Sinn im Leben. Im Handeln.

So, wie es damals einen Sinn gehabt hatte, alle Brücken zwischen der Abteilung und dem Überfall in der Avenue Road zu verbrennen, in jenem Frühling vor zehn Jahren. Es war eine schwierige Aufgabe gewesen. Alles hätte schiefgehen können. So, wie die Amateure in Lillehammer dem Mossad und sogar ganz Israel Schande gemacht hatten mit ihrer dilettantisch durchgeführten Aktion in Norwegen, hätte die Abteilung dreißig Jahre später in London um ein Haar etwas noch Schlimmeres angerichtet.

Damals hatte Aron Apter aufräumen müssen.

Es war ihm gelungen.

Wie er alle Befehle ausgeführt hatte, seit die Abteilung im Spätherbst 1972 eingerichtet worden war. Aron war damals ein zweiunddreißig Jahre alter Jagdflieger, hochdekoriert, redselig und kontaktfreudig. Er brauchte nur wenige

Tage, um sich grundlegend zu verändern. Das Wichtigste, was er aus seinem alten Job mitnahm, war die Überzeugung, der Unterschied zwischen Erfolg und Fiasko liege in extremer Genauigkeit.

Der Teufel steckt im Detail.

Aron Apter stellte Teller, Besteck und Wasserglas in die Spülmaschine, ehe er ins Wohnzimmer ging. Er blieb stehen und starrte vor sich hin. Es war erst Viertel vor zehn. Zu früh, um ins Bett zu gehen.

Er hatte keine Ahnung, wie er die kommende Stunde totschlagen sollte.

Sara Zuckerman war ein Detail, das er nicht unter Kontrolle hatte.

Auch wenn er getan hatte, was er konnte. An Fäden gezogen, die er seit fünf Jahren nicht mehr berührt hatte. Es gab inzwischen neue Ausrüstungsgegenstände, aber jetzt wie damals waren vor allem Kontakte wichtig. Menschen. Die ihm etwas schuldeten, oder die ihm halfen, um lebenslange Loyalität zum Ausdruck zu bringen. Deshalb wusste Aron, dass Sara Zuckerman am Sonntagabend bei Najib Aysha gegessen hatte. Wie lange sie dort geblieben war, wusste er allerdings nicht; der Idiot, den er auf sie angesetzt hatte, war noch vor Mitternacht nach Hause gegangen.

Er hätte es selbst tun müssen.

Sein Mobiltelefon piepste. Aron Apter fischte es aus der Tasche und tastete sich zu der neuen Nachricht durch. Sein Puls beschleunigte sich. Genug für ein leichtes Ohrensausen. Er ging weiter ins Schlafzimmer, während er las. Dort öffnete er den Kleiderschrank und die falsche Rückwand und zog einen alten Laptop hervor. Er setzte sich aufs Bett, mit dem Rücken zum Fußende und dem Laptop auf den Knien. Es dauerte über eine Minute, bis der ihn auf Hebräisch willkommen hieß. Aron tastete sich in ein Codeprogramm, ehe er sorgfältig die nichtssagenden Zeichen vom Display seines Mobiltelefons eingab.

Barry Longwater war von Arons Anruf überrascht gewesen. Das Gespräch wurde von einem nicht registrierten Mobiltelefon aus geführt, das bei Aron herumlag. Das Abonnement lief illegal über die französische Mobilgesellschaft Bouygues Telecom und funktionierte nicht immer. Der Amerikaner schien sich über den Anruf zu freuen. Er bedauerte, dass sie sich lange nicht mehr gesehen hatten, und lud Aron zu einem Besuch ein. Gerade vage genug, um Freundlichkeit zu zeigen, ohne zu riskieren, dass er wirklich käme.

Nach einem langen Leben bei der CIA war Barry drei Jahre zuvor bei der NSA gelandet. Jetzt war er der Chef über eine Unmenge von Mathematikern und langweilte sich zu Tode, während er den elektronischen Verkehr überwachte. Er hatte sich nicht lange um Hilfe bitten lassen; Aron hatte mehrmals die Kastanien für ihn aus dem Feuer geholt. Die eine Episode, ein unangenehmer Zwischenfall in Kuwait, hätte ein rasches Ende für Barrys bisher so strahlende Karriere bedeuten können. Wenn die Abteilung ihn nicht gerettet hätte.

Aron hatte endlich alles in den alten Laptop eingegeben.

Er überzeugte sich davon, dass jedes Zeichen stimmte, dann führte er den Mauszeiger auf das Symbol für Decodierung.

Fünf Minuten saß er danach vor der Mitteilung, die sich auf dem Schirm offenbarte. Die war nicht lang, aber er las langsam. Zweimal.

Sara Zuckerman hatte in der vergangenen Nacht das Netz nach den Suchwörtern »Aysha«, »*painting*« und »*robbery*« durchsucht. Danach hatte sie den Zugang zu *britishnewspaperarchive.co.uk* bezahlt, wo sie sich in den nächsten Stunden in Ahmed Farez' Leben und Werk vertieft hatte. Am Vormittag, von einem anderen Apparat aus, hatte sie sich über den Mossad informiert. In reichlich unseriösen Quellen, wie Ahmed feststellen konnte.

Das spielte aber eigentlich keine Rolle.

Langsam klappte er den Laptop zu.

Sara Zuckerman hatte die Verbindung gefunden. Sie wusste, dass ein Patient, den sie im Jahr 2000 behandelt hatte, identisch mit dem Verbrecher war, der drei Jahre später tot am Tatort in der Avenue Road gelegen hatte. An sich war das nicht gefährlich. Das Bedrohliche war: Sie wusste, dass der Mann von einem Mossad-Agenten verfolgt worden war.

Eine Frau von ihrer Intelligenz war neugierig geworden.

Aron legte den Laptop neben sich, zog die Knie an die Brust und faltete die Hände darum. Er hätte das schon 2003 merken müssen, dachte er so plötzlich, dass er seine Knie losließ und aufsprang. Sein Gedächtnis war seinerzeit viel besser gewesen. Sara Zuckerman war schon damals ein möglicherweise gefährliches Detail gewesen, das er in dem dramatischen Augenblick, als er der britischen Polizei die Wahrheit über den Überfall in der Avenue Road verbergen musste, nicht bemerkt hatte.

»Es ist nichts passiert«, sagte er beruhigend zu sich selbst. »2003 ist nichts passiert. Und jetzt passiert auch nichts.«

Es war natürlich möglich, dass Sara Zuckerman das Foto damals einfach nicht gesehen hatte. Auch wenn es in aller Welt veröffentlicht worden war. Die Herzspezialistin war damals gerade nach Norwegen zurückgegangen. Aron Apter wusste sehr wenig über die norwegische Presse.

Norwegen lag gleich auf der anderen Seite der Nordsee. Natürlich hatte sich die Presse auch dort in dieser Geschichte gesuhlt.

Er setzte sich in einen Sessel und starrte eine Wand an, die Varda fliederfarben gestrichen hatte, als Aron Apter noch eine Art Leben besaß. Die Wand sah immer grauer aus, als ob sie im selben Tempo verbliche wie er.

Einige Minuten vergingen.

Wenn noch andere in der kleinen Wohnung in der Manette Street gewesen wären, hätten sie geglaubt, er schlafe mit offenen Augen. Der Mund war leicht geöffnet, die Hände ruhten entspannt auf den Armlehnen. Seine Augen glänzten im schwachen Licht einer Tischlampe.

Aber es war sonst niemand da.

Das war nie der Fall.

Der Zeitpunkt, zu dem Sara Zuckerman das Bild von Ahmed Farez zum ersten Mal gesehen hatte, spielte keine Rolle, folgerte er endlich. Entscheidend für sie war die Begegnung mit Najib Aysha gewesen. Das Treffen mit dem Finanzfürsten hatte sie dazu gebracht, sich diesen alten Kriminalfall genauer anzusehen.

Und das Treffen hatte am vergangenen Wochenende stattgefunden.

Der Faden, den Sara Zuckerman gefunden hatte, war dünn, dachte Aron. Und kurz. Sie konnte über den Mossad lesen, so viel sie wollte, über die Abteilung am Stadtrand von Tel Aviv gab es keine schriftlichen Quellen. Und auch dort waren kaum welche vorhanden. Sie würde ihn, Aron Apter, nicht finden, und das Leben von Ahmed Farez hatten die Polizei und die gesamte britische Presse auf den Kopf gestellt, aber es hatte nicht die kleinste Spekulation über einen Bezug zum Mossad gegeben. Es gab keine weiteren Spuren. Er konnte Sara vergessen.

Er wollte sie vergessen.

Aron fuhr sich mit der rechten Hand über die Bartstoppeln und ging in die Küche.

Es durfte keine weiteren losen Fäden geben. Er hatte einundzwanzig Jahre in der Abteilung und vier in der Metsada überlebt, weil er niemals Spuren hinterlassen hatte.

Früher, ehe er in London hinter einen Schreibtisch in der britischen Botschaft gesetzt worden war, um Berichte über britische Außenpolitik zu verfassen, hätte er gewusst, was zu tun war.

Jetzt war er ratlos.

Er öffnete den Kühlschrank, nahm eine Flasche Wasser und drehte den Verschluss ab.

Seine Vollmachten waren eingezogen worden. Seine Untergebenen aus der Aktion in der Avenue Road lebten nicht mehr, einer hatte Selbstmord begangen. Es gab nur noch drei Menschen, die von den unersetzlichen Gemälden im Safe am Stadtrand von Tel Aviv wussten. Und die wussten, warum sie dort lagen. Der eine war er selbst, die beiden anderen saßen jetzt in Positionen, die es ihm unmöglich machten, Kontakt zu ihnen aufzunehmen. Einer war in der Regierung. Der andere war jetzt Richter beim israelischen Obersten Gericht. Alle Verbindungen zwischen diesen drei Männern waren gekappt worden, als Aron Apter in Großbritannien endlich für Ordnung gesorgt und nach der Katastrophe in der Avenue Road die Gemälde nach Israel gebracht hatte.

Dieses Problem muss ich allein lösen, dachte er und trank die Flasche leer.

Wenn er nur gewusst hätte, wie.

Mittwoch, 29. Mai 2013

11:05 Uhr
Cobham, Surrey, England

Obwohl es noch nicht einmal Mittag war, saß Sophie Pry mit einem Glas Gin Tonic auf dem Sofa. Das Glas war halb leer, und ihre Hände hatten endlich aufgehört zu zittern.

Sophie und Alan hatten geheiratet, als sie beide dreiundzwanzig Jahre alt gewesen waren. In all diesen Jahren hatten sie kein einziges Mal einen Streit gehabt, der sich nicht vor der Schlafenszeit hätte lösen lassen.

Bis gestern.

Es hatte damit geendet, dass Alan zum Schlafen ins Gästezimmer gegangen war. Sie selbst hatte die ganze Nacht wach im Bett gesessen, bis sie gehört hatte, wie Alan aufstand, um Cheryl bei der Morgentoilette zu helfen. Sophie blieb sitzen, bis die Haustür hinter ihm ins Schloss gefallen war.

Alan versuchte nicht einmal, um Entschuldigung zu bitten.

Stattdessen wurde er wütend. Weil sie trotz seines nachdrücklichen Widerstands die Unterlagen herausgeben wollte. Weil sie nicht begriff, wie wichtig es war, Christophers Tod als abgeschlossenes Kapitel zu behandeln. Sie konnten doch nicht wissen, ob er etwas genommen hatte. Drogen irgendwelcher Art. Alan beschwor ein immer lebhafteres Szenario herauf, in dem sie das Haus verkaufen und Cheryl in eine öffentliche Anstalt geben mussten.

Alan hatte den Glauben an seinen toten Sohn verloren.

Das war unerträglich.

Sophie hatte keine Ahnung, wo Alan den wertvollen Holzkasten versteckt hatte. Vermutlich befand er sich nicht mehr im Haus. In seinem Büro vielleicht, oder in einem Bankschließfach, das Alan auf seinen Namen gemietet hatte.

Suchen hätte keinen Zweck.

Sie musste den freundlichen Arzt anrufen und ihm sagen, dass er die Unterlagen, die sie ihm mehr oder weniger versprochen hatte, nicht erhalten würde. Dr. Farmen war, seit der Unfall passiert war, ihre einzige Hoffnung gewesen, mehr über Christophers Tod in Erfahrung zu bringen.

Jetzt hatte sie nichts mehr.

23:00 Uhr
Charmwood Avenue, London

Die Spieler mussten gedopt gewesen sein.

Es gab keine andere plausible Erklärung.

Der Anruf von Sophie Pry an diesem Mittag hatte Ola den Mut genommen. Er lief überall mit dem Kopf gegen die Wand. Im Laufe des Nachmittags hatte er sich dennoch zu einem letzten Versuch entschieden, um die Informationen, die er in den vergangenen Wochen gesammelt hatte, in ein System zu bringen. Guro hatte er etwas von Stress vorgelogen, deshalb wurde er in seinem Keller in Ruhe gelassen, nachdem er die kleine Sara ins Bett gebracht hatte.

Jetzt war er sich so gut wie sicher. Doping.

Er stand auf, hob die Arme über den Kopf und gähnte.

Ein Gefühl von Erleichterung mischte sich mit Besorgnis, und er starrte die Plakate an, die er im Laufe des Abends aufgehängt hatte.

Das Haus in der Charmwood Avenue hatte einen großen Keller. Der hintere Teil war in kleine Räume unterteilt, und hier lag Olas Arbeitszimmer. Es war viel größer als der winzige Verschlag, den er zu Hause in Bærum gehabt hatte. Die Wände waren zwar Mauerwerk ohne Verputz, aber er hatte alte LP-Cover und einen Wandteppich aufgehängt, um die ärgsten Feuchtigkeitsflecken zu verdecken. Eine riesige Holzplatte und zwei Böcke von Ikea waren zu einem Arbeitstisch geworden. Zwei Wände waren von Regalen bedeckt, darin Bücher und elektronische Geräte, die er aus Norwegen mitgebracht hatte, trotz der zusätzlichen Kosten. An der Decke hatte er Eierkartons angebracht. Neben dem Schreibtisch stand ein alter Kühlschrank. Bei guter Beleuchtung und mit einer alten Stereoanlage mit Plattenspieler in der Ecke fühlte er sich hier mehr zu Hause als in irgendeinem anderen Teil des Hauses. Zwei rechteckige Fenster blickten oben in der Westwand auf den Garten. Er hatte sie mit Folie überzogen, damit die Kinder nicht hereinschauen könnten, und für das Hängeschloss vor der einfachen Tür besaß nur er den Schlüssel.

Er trank den schalen Rest aus einer Colaflasche und griff nach dem Stapel der Unterlagen, die er an diesem Abend ausgedruckt hatte. Diesmal war er nicht einmal in der Nähe von *SportMed* gewesen. Er hatte im Netz gesurft, offen und legal.

Auf einem großen Plakat über dem Schreibtisch an der Mauer hatte er sechs Namen notiert. Ganz oben standen die Spieler, die mit Herzstillstand zusammengebrochen waren, die aber gerettet werden konnten, weil fachkundiges Personal in der Nähe gewesen war. Die Namen waren mit grünem Filzstift geschrieben: einer auf dem Trainingsplatz von Notting Hill im Jahr 2003, einer wenige Wochen nach Verlassen des Londoner Clubs in Camp Nou. Der letzte war Jimmy Rowling, der nach vier Monaten bei Borussia Dortmund vor vier Tagen in Wembley von Sara gerettet worden war.

Darunter standen, in Rot, noch drei Namen.

Christopher Pry, der mit sechsundzwanzig Jahren bei einem unerklärlichen Autounfall ums Leben gekommen war.

Der nächste Name war Adam Wright.

Rechtsaußen von Notting Hill bis 2009, als er bei einem tragischen Tauchunfall auf den Malediven umgekommen war. Die Umstände um diesen Todesfall waren äußerst unklar. Der Neunundzwanzigjährige war ein erfahrener Taucher. Alle Sicherheitsvorschriften waren eingehalten worden, und er war in nur fünf Meter Tiefe gestorben. Warum er sich nicht losgeschnitten hatte, als sein Luftschlauch sich an einem Vorsprung eines Korallenriffs verfangen hatte, konnte niemand begreifen. Als die anderen Taucher ihm zu Hilfe kamen, hatte er das Mundstück ausgespuckt und war bereits tot. Panik, das war die einzige Erklärung, die den lokalen Behörden eingefallen war. Die Obduktion in England, die seine Eltern und seine Frau verlangt hatten, führte zu einer auffälligen Tatsache: Er hatte kein Wasser in der Lunge. Also konnte nicht von Ertrinken die Rede sein, aber es gab auch keine Anzeichen für Gehirnblutung, Herzfehler oder einen anderen Grund, warum ein gesunder, durchtrainierter Mann von weniger als dreißig plötzlich gestorben war.

Die Schlussfolgerung war: plötzlicher unerklärlicher Tod.

Mors subitum.

Der Letzte auf der Liste war der Däne Preben Ulrik Vinding.

Er war mit neunzehn Jahren und schon als Nationalspieler zum Verein gekommen. Klein und schnell, gehörte er zwei Jahre darauf zu den sprintstärksten Spielern in der Premier League. Nach einer feuchten Tour durch die Stadt drei Tage nach Ende der Spielzeit hatten er und drei weitere Spieler von Notting Hill beschlossen, zu einem der Gruppe nach Hause zu fahren und dort weiterzuzechen. Preben war wütend geworden, als einer mit dem Auto fahren wollte, und mit viel Lärm und Geschrei hatte er die Freunde schließlich überreden können, die U-Bahn zu nehmen. Auf dem Bahnsteig hatte einer von ihnen einen löchrigen Fußball gefunden, mit dem sie dann gespielt hatten. Die über dreißig Zeugen, die später von der Polizei vernommen wurden, schilderten den Ereignisverlauf auf höchst unterschiedliche Weise. Zwei der Männer waren so betrunken gewesen, dass sie Probleme mit dem Gleichgewicht hatten. Eine Sekunde ehe ein Zug in die Station einfuhr, stürzte Preben Vinding auf die Gleise. Er wurde in zwei Hälften zerteilt.

Die Todesursache lag mit anderen Worten auf der Hand.

Viel weniger klar war, was eigentlich geschehen war.

Preben Vinding erwies sich als viel weniger betrunken als seine Kumpels. Ola hätte sich bei 0,7 Promille nur leicht beschwipst gefühlt, aber dieser Wert wurde bei der Leiche des jungen Mannes nachgewiesen. Er hatte zwar gefährlich dicht an der Bahnsteigkante gestanden, aber keinen Ballkontakt gehabt, als er gestürzt war. Eine zweiundsiebzig Jahre alte Frau hatte Preben am nächsten gestanden, aber auch sie war drei Meter weit weg gewesen. Niemand konnte ihn gestoßen haben, das stand immerhin fest.

Aber das war so ungefähr alles.

Ola stand auf, um auf Augenhöhe mit dem Plakat zu gelangen.

In einer Spalte auf der rechten Seite hatte er gelbe Klebezettel mit Sprintresultaten und Entwicklungsdaten der Spieler angebracht. Alle waren beeindruckend. Drei der Männer hatten in der Nähe von qualifiziertem Personal einen Herzstillstand erlitten und überlebt. Die in Rot geschriebenen Spieler wiesen ebenfalls eine frappierende Geschwindigkeitsentwicklung auf.

Und hatten ebenfalls Herzprobleme gehabt, davon war

Ola jetzt überzeugt. *Sudden Cardiac Death* hinter einem Lenkrad, in fünf Meter Tiefe vor einer Malediveninsel, auf einem Londoner U-Bahnsteig.

Das würde die unerklärlichen Unfälle eben doch erklären.

An diesem Abend war er alles durchgegangen, was er in den vergangenen Wochen im Netz über Herzstillstand bei aktiven Sportlern gefunden hatte. Es war eine deprimierende Lektüre. Es wurde zu wenig geforscht, man wusste nicht genug. In Italien und den USA wurden diese Todesfälle wenigstens einigermaßen überprüft, die übrigen Länder schien das nicht zu interessieren.

Etwas immerhin hatte er gefunden.

Hypertrophische Kardiomyopathie schien bei einem Viertel der Todesfälle die Ursache zu sein. Dickes Herz, hatte er Tara vor einer Weile erklärt, sie war das einzige seiner Kinder, das auch nur das geringste Interesse an Medizin zeigte. Der Herzmuskel war vergrößert, und nach und nach wurde das Herz steif. Das Leiden war oft genetisch bedingt, und eine Kombination mit hohen Trainingseinheiten war gar nicht zu empfehlen. Die Obduktion des Portugiesen Miklós Fehér, des Benfica-Spielers, der 2004 bei einem Spiel tot umgefallen war, hatte erwiesen, dass der Mann eben an hypertrophischer Kardiomyopathie litt. Das galt auch für den Basketballspieler Reggie Lewis von Boston Celtics.

Ola hatte außerdem Beispiele für andere Herzleiden gefunden, die selbst extrem durchtrainierte Menschen dahingerafft hatten. Herzinfarkt verursachte an die fünfzehn Prozent der Todesfälle, wenn er richtig gesehen hatte. Sergei Grinkow, der 1994 in Lillehammer mit seiner Partnerin olympisches Gold im Paarlauf errungen hatte, war ein Jahr darauf an einem Infarkt gestorben. Der Superschwimmer Alexander Dale Oen wurde vom gleichen Schicksal getroffen und starb einige Monate vor den Olympischen Spielen in London.

Die Liste hörte damit noch nicht auf, und Ola hatte versucht, ein Tortendiagramm zu zeichnen, das er neben das Plakat gehängt hatte. Das Diagramm verdeutlichte seine Theorie so überzeugend, dass er es von der Wand nahm und unruhig im Raum auf und ab lief, während er die knallbunte Zeichnung anstarrte.

Rotes Tortenstück für hypertrophische Kardiomyopathie.

Blaues für Infarkt.

Lila für Ventrikeldysplasie rechts, ARVD, was zum Beispiel den Fußballspieler Ståle Solbakken getroffen hatte, der beim Training für den FC København wiederbelebt werden konnte.

Grün für Myokarditis, eine Entzündung im Herzen.

Rosa, Orange und Schwarz für diverse genetische Defekte.

Übrig war ein sehr schmales Tortenstück.

Die unerklärlichen Todesfälle.

An die achtundneunzig Prozent aller Fälle von Herzstillstand bei Sportlern wurden später diagnostiziert. Ganz unabhängig davon, ob die Betreffenden gestorben waren oder so rasch behandelt werden konnten, dass sie überlebten.

Nur zwei Prozent der Fälle galten als unerklärlich.

Zwei von hundert.

Ola hängte das Diagramm mit Klebeband wieder auf. Trat zwei Schritte zurück. Ließ seinen Blick über die Namenliste zum Diagramm und zurück wandern.

Auch wenn die Sache mit Jimmy Rowling noch nicht vollständig untersucht war, hatte Paul Swanson am Nachmittag alle Ärzte der Klinik auf den neuesten Stand gebracht: Im Herzen von Spieler Nr. 17 war bisher kein Defekt gefunden worden.

Das wird den Ärzten auch nicht gelingen, dachte Ola und öffnete den Kühlschrank. Diese sechs Männer hatten weder an dickem Herzen noch an Infarkt oder einem anderen der Wissenschaft bekannten Problem gelitten. Sie waren von etwas Neuem und Unbegreiflichem getroffen worden, und Ola wollte ergründen, was das war.

Er nahm sich ein Bier, öffnete es mit der Gürtelschnalle und trank.

An der Querwand, zwischen den beiden schmalen Fenstern, hing eine weitere Liste. Sie enthielt die Namen aller anderen Spieler, die auffällig viel schneller geworden waren, während sie bei Notting Hill unter Vertrag standen. Alle lebten noch, keiner war von Herzstillstand getroffen worden. Zehn Namen waren mit Blau geschrieben. Sie hatten ihre Fußballkarriere beendet, einige schon 2004.

Zwei Namen waren mit größerer Schrift und in Neongelb geschrieben.

Der eine war Graham Spelling, der umgeschulte linke Mittelfeldspieler.

Der andere war Jeffrey Coldridge. Der Amerikaner war im vergangenen Jahr zum Verein gestoßen. Er hatte zwei Monate gebraucht, um sich einen festen Platz im Mittelfeld zu erspielen.

Jeffrey Coldridge und Graham Spelling hatten beide ihre persönliche Bestnotierung beim *40-yard dash* um mehr als drei Zehntel verbessert, seit sie im Verein spielten. Beide waren noch immer dabei.

Beide setzten ihr Herz regelmäßig den Belastungen aus, die im Spitzensport eben unvermeidlich sind. Beide könnten jederzeit einen Herzstillstand erleiden, wenn Olas Theorien zutrafen.

Ihm wurde plötzlich schwindlig, und er leerte rasch sein Bier, ehe er sich wieder an den Rechner setzte.

Es musste ein neues Präparat im Spiel sein. Etwas, das sich weder bei den Dopingtests zeigte, die Notting Hill in jedem Vierteljahr durchführte, noch bei den sporadischen Tests der internationalen Antidopingorganisation WADA.

Ola hatte keine Ahnung, um welche Art Mittel es sich

handeln könnte. Um sich der Wahrheit auch nur annähern zu können, würde er Hilfe brauchen.

Von Sara Zuckerman, dachte er entschieden und fing an, eine Mail in die Tasten zu hämmern.

22:45 Uhr
Båtstøjordet, Bærum bei Oslo

»Was liest du?«

Thea Zuckerman kam mit einem Glas Milch und einer Untertasse mit zwei Schokokeksen aus der Küche. Sie war barfuß, trug eine viel zu große Herrenschlafanzughose und ein Unterhemd.

»Möchtest du?«

»Nein, danke«, sagte Sara und schaute sie über den Brillenrand an. »Das würde ich nicht gerade eine nahrhafte Abendmahlzeit nennen. Du bist doch von gesunder Kost sonst so besessen, Thea.«

»Milch ist gesund. Mäßig getrunken. Was liest du?«

»Etwas über den Mossad«, murmelte Sara und hielt der Nichte das Cover hin.

»*By Way of Deception*«, las Thea und schüttelte den Kopf. »Von … Victor Ofstorsky?«

»Ostrovsky. Das ist ein ausgestiegener Mossad-Agent.«

Thea ließ sich zu Saras Füßen auf das Sofa fallen. Die Milch schwappte über.

»Das wischst du sofort weg«, murmelte Sara, ohne den Text aus den Augen zu lassen. »Milch stinkt sehr bald.«

»Erst schnell essen. Warum um alles in der Welt liest du über den Mossad?«

Sie beugte sich zum Tisch vor und hob die anderen Bücher hoch.

»Himmel. Noch mehr Bücher zum Thema. Warst du in der Bibliothek?«

Sara deutete ein Nicken an.

»Du musst dir ein Hobby suchen«, sagte Thea mit vollem Mund. »Seit du in Grini aufgehört hast, stürzt du dich auf lauter komische Sachen. Was bringt es zum Beispiel, jede Menge über Orchideen zu lernen, wenn man gar keine züchten will?«

Sara gab keine Antwort.

»Einem Hobby muss man sich über lange Zeit hinweg widmen«, dozierte Thea. »Man kann da richtig gut werden. Und sich lange daran erfreuen. Vorige Woche hast du einen Haufen Bücher über ...«

»Ich bin in vielen Dingen richtig gut«, fiel Sara ihr ärgerlich ins Wort. »Und gerade das macht mir große Freude. Das ist mein Hobby.«

»Aber Sara ...«

Thea nahm ein dickes Taschenbuch vom Tisch.

»Spies against Armageddon«, las sie vor und zog eine Grimasse. »*Inside Israel's Secret Wars.* Was ist denn bloß in dich gefahren, Sara?«

»In mich ist rein gar nichts gefahren.«

»Du zeigst kaum irgendein Interesse an jüdischen Dingen, wenn ich frage. Ich muss dich fast an den Haaren hinschleifen, damit wir einmal im Monat den Gottesdienst in der Synagoge besuchen. Aber das hier ...« Sie schleuderte das Buch so energisch zurück auf den Tisch, dass es hinüberglitt und auf dem Boden landete. »... dieser antisemitische Scheiß, an den verschwendest du deine Zeit.«

Sara legte Thea eine Hand aufs Knie. »Das ist durchaus nicht antisemitisch«, sagte sie ruhig. »Eher im Gegenteil. Zwei dieser Bücher sind außerdem von Juden geschrieben. Es sind Bücher, die man lesen sollte. Thea. So gut musst du mich doch kennen.«

Es wurde still zwischen ihnen. Thea spielte an einem losen Faden an ihrer Schlafanzughose herum.

»Nicht wahr?«, fragte Sara leise.

»Das schon«, murmelte die Siebzehnjährige. »Aber der Mossad? Hassen den denn nicht alle? So, wie Israel den Hass von …«

»Nein«, fiel Sara ihr ins Wort. »Und jedenfalls hasse ich ihn nicht. Ich lese, Thea. Das solltest du auch tun. Ich lese, weil ich mehr wissen will. Mehr verstehen. Es reicht nicht, gut in der Schule zu sein, mein Liebes. In der Schule gut zu sein, das ist ein Minimum. Wenn man so begabt ist wie du.«

Thea wich zurück.

»Du bist so ein verdammter Snob.«

Sara ließ sofort ihr Knie los. »Erstens: nicht fluchen.«

»Sagst du. Aber selbst fluchst du wie ein …«

»Aufhören. Sofort.«

Es wurde ganz still.

»Zweitens«, sagte Sara dann leise. »Ich mag ja bisweilen ein Snob sein. Du hast recht. Aber *du* darfst das nicht sagen. Drittens: Geh schlafen. Du hast morgen eine wichtige Prüfung. Ich kann die Milch für dich wegwischen.«

Thea erhob sich widerwillig.

»Nacht«, sagte sie mürrisch.

»Gute Nacht, mein Schatz. Vergiss nicht, den Wecker zu stellen.«

Thea stampfte demonstrativ aus dem Zimmer. Sara holte einen feuchten Lappen und wischte die vergossene Milch auf. Dann blieb sie zögernd stehen und kam schließlich zu dem Schluss, dass sie ein Glas Wein verdient habe.

Sie hatte am Vormittag vier ausführliche amerikanische Artikel und das Buch *Spies against Armageddon – Inside Israel's Secret Wars* gelesen und war bald fertig mit Buch Nummer zwei. Auf die Einträge im Internet konnte sie nicht vertrauen, und so hatte sie beschlossen, in der Universitätsbibliothek nach Büchern zu suchen. Seriöse Herausgeber würden wenigstens für eine gewisse Qualität bürgen.

Sie hatte gegen halb neun in der Scienta-Klinik angerufen. Eine leichte Magenverstimmung, hatte sie kurz erklärt. Die Patienten mussten informiert werden, bat sie eine Sprechstundenhilfe, sie könnten sofort neue Termine abmachen.

Noch vor zehn Uhr war sie mit der Tasche voller Lesestoff nach Hause zurückgekehrt.

Vor elf Stunden.

Sie öffnete eine Flasche Wein, schenkte sich ein großzügiges Glas ein und kehrte zum Sofa zurück. Eigentlich hätte sie sich gern nach draußen gesetzt, aber es hatte angefangen zu regnen. Sie öffnete wenigstens die Terrassentür. Der Duft von feuchtem Gras und Flieder mischte sich mit dem Aroma des Weißweins, als sie das Glas hob.

Sie war nach der Lektüre betroffen.

Sara Zuckerman war einmal in Israel gewesen. Sie hatte im Zusammenhang mit dem Wolf Prize dort drei Tage als Ehrengast verbracht. Jerusalem war faszinierend gewesen. Am letzten Abend war sie allein durch die Altstadt geschlendert, glücklich und leicht berauscht von der Auszeichnung und vom überraschend guten Merlot aus Galiläa. Es roch nach Salbei und Zimt, Staub und fremden Menschen. Als sie den Tempelberg erreichte, blieb sie stehen und empfand eine Zusammengehörigkeit, die sie sich nur mit Mühe eingestehen konnte.

Denn Sara Zuckerman hatte keinerlei Beziehung zu Israel.

Den Glauben ihrer Eltern an das »Gelobte Land« hatte sie mit vierzehn Jahren über Bord geworfen. Die Gründung des Staates Israel war ein politischer Fehler gewesen, meinte sie – damals wie heute. Gerade erwachsen, entschied sie, dieses Land habe einen Anspruch darauf, in Frieden zu leben und sich zu verteidigen, da es nun einmal existierte. Die Übergriffe der Besatzungsmacht zu rechtfertigen, das war trotzdem unmöglich. Als Jüdin wurden ihr immer wieder Meinungen unterstellt, die sie nicht teilte, und als sie ihr Studium beendet hatte, beschloss sie, das Thema auf Eis zu legen. Sara lebte schweigend ihren eigenen privaten Israelboykott.

Sie wusste deshalb nur sehr wenig über den Mossad.

Durch die Lektüre dieses Tages war ihr klar geworden, dass der Nachrichtendienst einerseits extreme Verletzlichkeit und andererseits beeindruckende Stärke bewies. Es ging mehr um Juden als um Israel. Der Mossad war im Grunde die Geschichte darüber, was der Holocaust aus dem jüdischen Volk gemacht hatte. Aus denen, die überlebt hatten. Aus denen, die weiterleben mussten, nach Jahrhunderten der Verfolgung, Verbannung, nach Pogromen und schließlich nach dem Holocaust. Die Vorstellung, dass der Mossad eine direkte Reaktion auf das Entsetzen des Krieges war, hatte sich ihr beim Lesen eingeprägt. Die Juden hatten die teuerste Lektion von allen lernen müssen: Sie konnten niemandem vertrauen. Sie mussten nicht nur immer auf der Hut sein, sie mussten den Feinden zudem zuvorkommen.

Der Mossad baute auf einer paranoiden Vorstellung auf.

Niemals hatte es einen zwingenderen Grund zur Paranoia gegeben.

Sara nahm ihr Glas und zog die Beine aufs Sofa. Sie hoffte, der Wein werde sie schläfrig machen. Ihr Gehirn brauchte Ruhe.

Das Tonband, dachte sie plötzlich.

Sie hatte die Schachtel mit dem alten Aufnahmegerät und drei datierten Kassetten gefunden. Im Keller, in einem Karton mit der Aufschrift »*Job related*«, die sie seit der Reise über den Atlantik im Jahr 2002 nicht mehr geöffnet hatte. Dort lag sie zusammen mit den Unterlagen aus den beiden Prozessen, einem Briefbeschwerer und einigen teuren Kugelschreibern, dazu einigen medizinischen Nachschlagewerken, denen die Zeit längst davongelaufen war. Das Tonbandgerät hatte sie am Vorabend zum Aufladen angeschlossen.

Sie stellte vorsichtig das Weinglas ab und holte das Gerät. Am Vorabend hatte sie sich gewundert, dass in der Schachtel nur drei Kassetten gelegen hatten, aber die Daten auf den Aufklebern zeigten ihr, dass alles mit nach Norwegen gekommen war.

Sara konnte sich nicht genau daran erinnern, wann der falsche U.S. Marshal sie besucht hatte.

Es musste im Herbst gewesen sein, da sie sich deutlich erinnerte, dass Dr. Alvarez zwei Stents aus Metall in Ahmed Farez' Kranzarterien eingesetzt hatte, nachdem Sara den Mann untersucht hatte. Der mexikanische Arzt hatte seinen Dienst nach den Sommerferien angetreten. Nach den Sommerferien, aber rechtzeitig vor Halloween, denn seine kleine Tochter war als Pocahontas verkleidet zum *Trick or Treat* ins Krankenhaus gekommen.

»08/01/00–09/30/00«, stand auf einer Kassette. Sie legte sie ein und hoffte inständig, dass sie noch funktionierte.

Das tat sie.

Sara lauschte, spulte vor und lauschte wieder. Nach drei kurzen Gesprächen mit Leuten, die sie längst vergessen hatte, hörte sie sich sagen: »Den habe ich noch nie gesehen.«

Sara ließ das Gespräch zweimal ablaufen. Beim zweiten Mal hielt sie es kurz vor Schluss an und spulte zurück, ehe sie wieder auf Start drückte.

»Wir wollen ihn nicht festnehmen«, sagte der Mann, der sich als Charles Gerstner ausgegeben hatte. »Ich suche, ich fahnde nicht.«

Sara hielt das Gerät an.

Suchen und fahnden war dasselbe.

Nicht ganz.

Man fahndet nach Kriminellen. Man sucht nach einem verschwundenen Kind.

Ahmed Farez war kein verschwundenes Kind. Er war ein Schwindler und Dieb, ein hemmungsloser Verbrecher.

»Wonach sucht man?«, flüsterte Sara.

Nach etwas, das einem wichtig ist. Etwas, das Wert hat. Man sucht etwas, das man braucht und das verschwunden ist.

Hatte der Schwindler Farez für den Mossad gearbeitet?

Das war schwer vorstellbar; ein staatenloser Palästinenser vom Westufer, der zuletzt mit achtzehn Jahren einen Fuß in den Mittleren Osten gesetzt hatte.

Sara warf einen Blick auf die Bücher und die Artikel auf dem Tisch. Für den Mossad war alles möglich, so kam es ihr vor. Dass es von Interesse sein sollte, in London ohne Rücksicht auf Menschenleben drei wertvolle Gemälde zu stehlen, überstieg aber dennoch ihre Fantasie. Es gab zwar mehrere jüdische Organisationen, die sich bemühten, Beutekunst der Nazis ihren rechtmäßigen Besitzern zurückzugeben, aber die beiden van Goghs und der Cézanne gehörten nachweislich Najib Aysha. Daran hatte in den vielen Artikeln, die Sara gelesen hatte, niemand auch nur den geringsten Zweifel.

Dennoch.

Die Juden standen dahinter, hatte die exzentrische Frau in der Avenue Road behauptet. Die Juden. Sie könne es ihnen ansehen. Sara ließ den Finger über ihren Nasenrücken gleiten. Der war gerade. Die Nase war nicht besonders groß. Nicht die geringste Ähnlichkeit mit den Karikaturen aus den Dreißigerjahren. Doch Karikaturen waren eben genau das: Zerrbilder einer Wahrheit. Saras alter Onkel Ron in den USA hätte für einige von Goebbels' grotesken Propagandaplakaten Modell stehen können.

Ahmed Farez war kein Jude.

Sephardische Juden und Araber waren ursprünglich Semiten. Sie konnten verwechselt werden. Oder nicht? Sara griff nach dem Ordner mit den Ausdrucken vom Montagabend. Fand das Bild des getöteten Verbrechers.

Leichtes Übergewicht. Schwarze Haare und kräftige Bartstoppeln. Eine breite große Nase. Braune, fast schwarze Augen. Füllige Lippen und ein wohlgeformter Mund.

Er sah aus wie das, was er war. Ein Araber aus dem Mittleren Osten.

Sara steckte das Bild wieder in den Ordner. Sie war müde. Die leichten Kopfschmerzen, die ihr immer zu schaffen machten, wenn sie gestresst war, wurden stärker.

Dorothy Krüger war verschroben. Exzentrisch. Ein wenig daneben. Aber war sie verrückt?

Könnte es sich lohnen, die alte Dame noch einmal aufzusuchen?

Sara merkte, dass sie fror.

Wind war aufgekommen, und die Terrassentür fiel mit einem Knall ins Schloss.

23:30 Uhr
Båtstøjordet, Bærum bei Oslo

Aron Apter hörte einen Knall wie von einer zufallenden Tür und trat einen Schritt zurück, um unter einer Birke Schutz zu suchen. Das Geräusch wurde vom Regen gedämpft, der jetzt stärker geworden war. Auch der Wind hatte zugelegt, und vom Meer hinter dem kleinen Wald schlugen die Wellen ans Land.

Die Menschen nahmen das mit der Sicherheit nicht ernst.

Früher, als er fast immer auf der Suche nach jemandem gewesen war, ohne viel mehr Hilfsmittel als seinem Gespür, war es schwieriger gewesen. Als Aron durch die Welt gereist war, um seine Aufträge auszuführen, hatte man sich noch verstecken können. Untertauchen. Einmal hatte er fast zwei Jahre nach einem Ägypter gesucht. Der Mann wurde gefunden, wie der Mossad in der Regel die findet, die er sucht, aber es hatte gedauert. Er hatte sich in Kanada versteckt, in einer Waldhütte, weit von Montreal entfernt. Sein Kontakt zur Umwelt bestand darin, dass er zweimal im Monat aus dem nächstgelegenen Ort Vorräte holte. Er hatte sich einen neuen Namen zugelegt, dreißig Kilo zugenommen und sich die Haare rot gefärbt, als er endlich eingeholt wurde.

In den alten Zeiten hatte die Jagd gedauert.

Jetzt liefen alle wie elektronische Leuchttürme durch die Gegend. Am vergangenen Montag hatte Aron bei einem früheren Kollegen Hilfe gesucht. Der war soeben aus dem aktiven Dienst herausgenommen worden und schien sich in Arons Nachbarbüro zu langweilen. Ohne eine einzige Frage zu stellen, hatte er auf eins von Arons vielen Mobiltelefonen ein Programm heruntergeladen. Es war mit Sara Zuckermans *Find my phone* verbunden. Auf seinem Display konnte Aron Apter ihr jetzt als grünem Punkt auf einer Google-Karte folgen. Wenn sie ihr Telefon bei sich hatte. Der Kollege hatte erklärt, dass ein Algorithmus, den er selbst entwickelt hatte, die Mailbenachrichtigung bei der Besitzerin des Telefons blockierte. Dr. Zuckerman würde nicht erfahren, dass die Findefunktion ununterbrochen benutzt wurde. Außerdem habe er zwei Zusatzprogramme heruntergeladen, fügte der grauhaarige Kollege hinzu und führte rasch vor, wie Aron jetzt erkennen konnte, wen Sara Zuckerman anrief und von wem sie angerufen wurde. Zudem wurde von jeder Mail, die sie mit ihrem eigenen Telefon herunterlud, eine Kopie an Aron Apter geschickt.

»Smartphones«, hatte der Mann resigniert gesagt und sein eigenes Mobiltelefon hochgehalten.

Ein Nokia 3210 von der Jahrtausendwende.

»Du solltest dein Samsung einmotten, wenn du damit fertig bist, was immer du hier treibst.«

Die Leute nahmen die Datensicherheit wirklich ernst.

Aron schlug den Kragen hoch, um sich vor Wind und Regen zu schützen. Eine Frau mit Regenschirm kam von Osten her. An ihren Ohren hingen weiße Leitungen, und als sie sich näherte, hörte er sie summen. Sie sah ihn nicht an. Sicherheitshalber fischte er eine Zigarette aus der Tasche. Kehrte dem Wind den Rücken zu und beugte sich über die Zigarette, um sich Feuer zu geben. Sowie die Frau vorüber war, steckte er die nicht angezündete Zigarette zurück in die Packung.

Aron Apter würde möglicherweise etwas Unerhörtes tun müssen. Er könnte dazu gezwungen werden. Es war noch zu früh, um es zu sagen, aber es könnte nötig werden. Wenn Sara Zuckerman der Wahrheit über den Überfall in der Avenue Road im Jahr 2003 noch näher käme, würde er kaum eine Wahl haben.

Er hatte bisher erst einmal zu einer solchen Lösung gegriffen. Sie war auch von anderen eingesetzt worden, das wusste er, aber die Vorgehensweise war so riskant, dass sie immer ganz in dem reichhaltigen Werkzeugkasten verstaut wurde, mit dem Mossad-Agenten ausgerüstet waren.

Er war kein Agent mehr, daran erinnerte er sich verstimmt und ging jetzt in eine der kleinen Stichstraßen, die die Reihen aus zusammengefügten Häusern wie ein gigantischer Kamm voneinander trennten. Sein Werkzeugkasten war fast leer. Das Werkzeug war ihm weggenommen worden, als er hinter einen Schreibtisch in London verbannt worden war. Nur das letzte war noch vorhanden, eine Notlösung, die er jetzt in Betracht ziehen musste.

Ab und zu fragte sich Aron Apter, ob es überhaupt einen Menschen gab, dem alle Irrwege des Mossad bekannt waren. Als Ende 1982 die Abteilung eingerichtet worden war, als Folge der weltweiten Reaktionen auf die Geschehnisse in den Flüchtlingslagern Sabra und Schatila in Westbeirut, musste der oberste Chef natürlich etwas gewusst haben. Aber viel mehr konnten es nicht sein. Aron war mit den Jahren zu dem Schluss gekommen, dass nur eine Handvoll Personen überhaupt von der Existenz der Abteilung wissen konnte. Alles war so plötzlich gekommen. Mitten aus den Chanukka-Feierlichkeiten wurde er vom Flugstützpunkt zurückgerufen und innerhalb von fünfzehn Minuten von einem Kapitän der Israel Defense Forces unterrichtet, dem Mann, der später einen prominenten Regierungsposten bekleiden sollte. Seine Rede war überzeugend. Selbst wenn hinter dem Massaker in Sabra und Schatila libanesische Falangisten steckten, hatte die Welt wie üblich Israel verurteilt. Wegen Passivität. Beihilfe. Mitverantwortung. Die Kritik wurde auch in Israel so heftig, dass Verteidigungsminister Ariel Scharon nur einen Monat darauf zurücktreten musste.

Arons Heimatland habe die Pflicht und das Recht, sich zu schützen, hatte der IDF-Offizier bei dieser kurzen Begegnung erklärt. Nicht nur vor Angriffen, Bedrohungen und Terror, sondern auch vor Propaganda und Hass, Antisemitismus und Ungerechtigkeit. Vor der Unterminierung der Existenzgrundlage des Landes. Als junger Jagdflieger hatte Aron diese Meinung geteilt und sich augenblicklich bereit erklärt, sich der frisch gegründeten Nachrichtenorganisation anzuschließen.

Nach dem Patzer in der Avenue Road war die Abteilung stillgelegt worden. Ganz ruhig und ohne Aufsehen. Aron Apter wurde in die Metsada überführt, die Abteilung für Sondereinsätze im Ausland, so unmerklich, dass die Kollegen in seiner Umgebung das Gefühl hatten, er sei schon immer da gewesen. Innerhalb kurzer Zeit waren alle Spuren der Abteilung verschwunden.

Mit Ausnahme der drei Gemälde in einem Safe am Stadtrand von Tel Aviv.

Zwischen dem Sommer 2003 und seiner Versetzung an die Botschaft 2007 hatte er seine Pflicht so stumm und loyal verrichtet wie immer. Aron Apters jüdische Identität war unlöslich mit Israel verbunden. Zahllose Erzählungen über die entbehrungsreiche Wanderung seiner Sippe ins Gelobte Land, durch KZ, Gulag und Deportationen, lange Märsche und lebensgefährliche Reisen, lagen wie ein dichtes Gewebe um Aron Apter und seine Familie. Israel war nicht nur Arons Heimatland, es war sein Leben.

Seltsamerweise hatte es so viel von ihm verlangt, dass er

als Erwachsener häufiger im Ausland gewesen war als bei seiner Familie. Zuhause war ein vager und abstrakter Begriff geworden.

Er wurde zum ersten Mal in seiner beruflichen Laufbahn von Zweifeln erfasst.

Nicht an Israel. Nicht an Bedeutung und Notwendigkeit von allem, was er für dieses Land getan hatte. Der Zweifel, der an ihm nagte, als er hier vor einem Reihenhaus in Südnorwegen an einem Volvo lehnte, galt ihm selbst. Es war Aron Apter, von dem er nicht mehr wusste, ob er an ihn glaubte.

So hatte der Gedanke, zum Unerhörten zu greifen, sich bei ihm eingeschlichen.

Um zumindest die Hoffnung auf Erfolg zu haben, musste er sie kennen. Besser als jetzt. In der Nacht hatte er das Internet durchsucht. Am Morgen war er aus einem Impuls heraus nach Oslo geflogen. Er handelte nur sehr selten impulsiv, aber er wollte sie sehen. Ihr folgen. Sie beobachten, auf dem Weg zur Arbeit, beim Einkaufen. Vielleicht im Kino oder im Theater, mit ihrer schönen blonden Nichte. Als er dort stand, halb im Schutz einer verfallenen Garage, wäre er am liebsten zur Tür hinübergegangen. Und hätte geklingelt.

Die Lampen in dem braunen Reihenhaus erloschen. Jemand prüfte die Türklinke, um sich davon zu überzeugen, dass niemand hereinkommen konnte. Aron klappte seinen Kragen wieder herunter, warf einen letzten Blick auf die blaue Haustür mit dem kleinen runden Fenster und zog sich zurück.

Es war ein weiter Weg bis hinein nach Oslo.

Aber er hatte die ganze Nacht und viele Gedanken, die gedacht werden mussten.

Donnerstag, 30. Mai 2013

09:00 Uhr
25 Canada Square, London

Najib Aysha saß in einem tiefen Ledersessel, und eine Kaffeetasse balancierte auf der Armlehne. Der Sessel war nicht auf die großartige Aussicht über London ausgerichtet, die im Mietvertrag für den vierundvierzigsten Stock inbegriffen war. Der Sessel war vier Meter von Najib Ayshas letzter Neuanschaffung aufgestellt, Francis Bacons »Study after Velázquez's Portrait of Pope Innocent X«. Dieses Bild hatte sich lange im Besitz des Des Moines Art Center in Iowa befunden, aber dann hatte es versteigert werden sollen, um nach zwei fatalen Fehlinvestitionen die Finanzen des Museums zu retten. Najib war der Auktion zuvorgekommen, indem er alle zu erwartenden Angebote übertroffen hatte.

Im Pendant zu diesem Sessel, links von Najib, saß ein magerer Mann in einem hellen Leinenanzug. Er hatte den Kaffee dankend abgelehnt.

»Er muss weg«, sagte Najib kurz.

»Er ist erst seit einem halben Jahr bei uns«, sagte der andere und fuhr sich mit der Hand über sein zerknittertes Hosenbein. »Und offenbar leistet er gute Arbeit. Anfangs ein paar Probleme mit den Kollegen, aber inzwischen läuft alles tadellos.«

»Er muss weg.«

»Ja, klar. Aber ...«

Najib hob die Kaffeetasse und schlürfte den Inhalt geräuschvoll in sich hinein.

»Aber was?«, fragte er.

»Wie sollen wir ihn loswerden?«

»Das ist mein Club«, sagte Najib ruhig. »Meine Klinik. Wenn ich sage, dass er wegmuss, muss er weg. Deine Aufgabe ist es, die passende Möglichkeit zu finden.«

»Ich glaube eigentlich nicht, dass wir uns besondere Sorgen machen müssen. Ich wollte nur, dass du weißt, was er treibt und …«

»Weißt du, was ich für das Bild bezahlt habe?«, fiel Najib Aysha ihm ins Wort.

»Nein.«

»Das wissen nur sehr wenige. Aber es war viel. Sehr viel. Weißt du, warum ich so ein Bild kaufe?«

Er nickte zu dem beängstigenden Gemälde hinüber.

»Nein.«

»Aus vielen Gründen. Es gefällt mir. Ich wollte es haben.«

Der Gast konnte seine Abscheu nicht ganz verbergen, als er nun abermals den schreienden Papst Innozenz X. ansah.

»Außerdem ist es eine Investition. Und – und das solltest du dir merken – ich *konnte* es kaufen. Meine Mittel erlaubten es mir. Genauso ist das bei Notting Hill. Der Club gefiel mir, ich wollte ihn haben, und ich konnte es mir leisten, ihn zu einem großen Verein auszubauen. Dieser …«

Er machte eine schlaffe Handbewegung.

»Dr. Farmen«, half sein Gegenüber aus.

»Genau. Dr. Farmen. Er ist hergekommen, weil Johannes darum gebeten hatte, nicht wahr? Damals wollte ich Johannes einen Gefallen tun. Jetzt will ich, dass dieser verdammte Arzt aufhört. Und deshalb hört er auf, denn das kann ich mir leisten.«

»Na gut.«

»Wir haben einen Kasten voller Zuckerbrot. Halt ihm ein Stück davon vor die Nase.«

»In Ordnung.«

»Finde eine besser bezahlte Stelle für den Typen. Oder eine spannendere, ist mir doch egal. Schaff ihn nur fort aus der Notting Hill Clinic. So schnell wie möglich.«

Der Gast erhob sich mit einer gewissen Mühe aus dem überdimensionalen Sessel.

»Na gut. Aber was, wenn er nicht will?«

»Er will. Dafür sorgst du.«

»Aber wenn nicht?«

Najib erhob sich, vorsichtig, um die Kaffeetasse nicht umzustoßen. Er trat vor »Study after Velázquez's Portrait of Pope Innocent X« und verschränkte die Arme im Rücken.

»Er lässt sich verlocken«, sagte er ruhig und ohne sich zu seinem Besucher umzudrehen. »Wenn das Zuckerbrot nur süß genug ist.«

18:50 Uhr
Scienta-Klinik, Ullevål-Stadion, Oslo

Sara Zuckerman las Ola Farmens Mail noch einmal. Es war ein hektischer Tag gewesen. Als um halb sieben der letzte Patient ihr Sprechzimmer verlassen hatte, konnte sie erst ihr privates Mailkonto durchsehen. Ihr fiel auf, dass Olas Mail spätnachts geschickt worden war.

Das war dem Schreiben nicht anzumerken.

Das hier war etwas ganz anderes.

Olas vages Gefasel am vergangenen Sonntag hatte sie verwirrt. Diese Mail dagegen war eine perfekte kleine Abhandlung. Gründlich und systematisch, konzentriert und mit überzeugenden Verweisen auf Quellen und Statistik.

Sara steckte den Ausdruck in eine Plastikhülle und legte sie in eine abschließbare Schublade. Lange blieb sie sitzen und starrte ins Leere, dann stand sie auf und trat ans Fenster. In der Einkaufsstraße dort unten wimmelte es noch immer von Menschen, die in die Läden liefen, um sich vor dem Regen zu retten. Ein kleiner Junge schaute zu ihr auf und lachte. Sie lachte nicht zurück.

Johannes, dachte sie. Und ihr Gewissen versetzte ihr einen Stich.

Er hatte sie seit ihrer Rückkehr aus London jeden Tag angerufen. Sara war kurz angebunden, vielleicht sogar ein wenig abweisend gewesen. Der wahnwitzige Ring war in einem Schmuckkasten versteckt, Thea durfte ihn nicht sehen. Die Nichte war dem deutschen Fußballtrainer noch nicht begegnet, obwohl beide immer wieder darauf drangen. Sara wollte sich erst sicher ein.

Sie würde sich niemals sicher sein.

Ihr Leben war eine lange Reihe von monogamen Beziehungen gewesen. Diese hielten selten länger als zwei Jahre. Saras Liebeszyklus, wie Jerry Cohn trocken kommentierte, verlief in drei Stadien. Acht Monate Verliebtheit, acht Monate Zusammenleben, danach acht Monate, um einen anständigen Ausstieg aus der Beziehung zu finden.

Jerry Cohn war Saras amerikanischer Vetter und ihr bester Freund. Sie kannten einander schon ihr Leben lang. Seine Analyse traf zu. Leider.

Und er hatte wirklich vor zwei Monaten eingesetzt. Dieser kleine Hauch von Irritation. Über schlechte Angewohnheiten, vielleicht sogar über gute Angewohnheiten. Johannes schlief mit Socken an den Füßen. Hielt das Messer in der linken und die Gabel in der rechten Hand, obwohl er kein Linkshänder war. Und es kam vor, dass er die Messerklinge ableckte. Solche Dinge. Kleinigkeiten. Kein Grund zur Aufregung, und in den ersten vier Monaten hatte sie sich ja auch nicht aufgeregt. Johannes war ein großer Junge, ein charmanter, selbstsicherer Bulldozer, der sie aus purem Eifer und Lebensfreude über den Haufen gefahren hatte.

»Ich bin wieder auf die Beine gekommen«, flüsterte sie und legte die Stirn ans Fenster.

Wenn Ola mit seinen Vermutungen richtiglag, würde das für Johannes das Ende bedeuten. Er war zwar erst seit einer Spielzeit beim FC Notting Hill, und Olas kleine Abhandlung zeigte deutlich, dass die möglichen Gesetzesverstöße schon seit zehn Jahren passierten.

Johannes konnte es nicht wissen.

Sara drehte die Hände um und musterte ihre Handflächen. Ein leichtes Zittern. Die Lebenslinie glänzte vor Schweiß. Ein unangenehmes Piepsen erklang in ihren Ohren.

Konnte er es wissen?

Wenn Ola recht hatte und die Spieler ein neues und bisher unbekanntes leistungssteigerndes Mittel nahmen, war es denn überhaupt möglich, dass der Haupttrainer davon nichts wusste?

Das Ohrensausen wurde stärker, und sie hielt sich die Nase zu, schloss den Mund und schnaubte.

Alles wurde nur schlimmer.

Der kleine Junge unten auf der Straße schaute noch immer hoch. Jetzt hielt er sich die Nase zu und blies die Wangen auf, genau wie Sara, doch dann kam eine Frau, die seine Großmutter sein mochte, packte ihn am Arm und zog ihn in ein Sportgeschäft.

Mindestens zwei Spieler riskierten einen Herzstillstand, hatte Ola abschließend geschrieben.

Zwei aktive Spieler des FC Notting Hill.

Johannes' Spieler.

Sie musste wieder nach London, das sah sie ein. Sie musste mit Ola sprechen. Mehr erfahren. Mit Johannes sprechen. Sie hatte keine Ahnung, worüber.

Abrupt trat Sara vom Fenster zurück. Ein vages Unbehagen ließ sie die Vorhänge schließen, sie fühlte sich noch immer beobachtet. Im Wartezimmer war alles still. Sie ging zur Tür, öffnete sie und schaute zögernd hinaus. Leer.

Oft war hier noch Betrieb. Die Lichter waren noch eingeschaltet. Sie hatte keine Angst. Aber sie war unruhig. Auf der Hut, merkte sie, als sie durch das Wartezimmer auf den Flur zuging. Die Tür dort war verschlossen, wie es vorgeschrieben war, wenn die Letzte an diesem Tag die Praxis verließ.

Sie ließ die Klinke los und lief zurück. Zog den Regenmantel an, der noch immer feucht und kalt war nach der Einkaufsrunde, die sie in der Mittagspause hinter sich gebracht hatte.

Den Flug konnte sie von zu Hause aus buchen, dachte sie und griff nach ihrer Tasche und einer Plastiktüte aus dem Supermarkt. Als sie ihr eigenes Büro abgeschlossen hatte und die Tüte noch einmal abstellen musste, um die Haupteingangstür zur Klinik abzuschließen, erstarrte sie.

Ein Hauch von einem fremden Duft. Schwach und flüchtig. Als sie sich dabei ertappte, wie sie in der Luft herumschnupperte, nahm sie nur noch den Geruch von Putzmittel und nassem Linoleum wahr.

Aber er war da gewesen. Ein Geruch, den sie nicht kannte, der aber eine Saite von etwas anrührte, das einmal gewesen war.

Und das sie nicht ganz vergessen hatte.

23:45 Uhr
Lloyds Arena, Wanstead Park, London

Ola Farmens Büro war dunkel.

David Lee Curry war ein großer, kräftiger Mann. Vermutlich fünfundzwanzig Kilo zu schwer, aber das Gewicht war bei ihm besser verteilt als bei den meisten dicken Menschen. Noch immer wies er die begehrte Trapezform auf, die er in neun Jahren als *wide receiver* in der National Football League entwickelt hatte, auch wenn sein Gürtel nun die hässliche Tendenz entwickelt hatte, unter einem Schmerbauch zu verschwinden.

Er wäre fast über den Papierkorb gestolpert und schluckte eine Verwünschung hinunter.

Es war verlockend, das Licht einzuschalten. Die Klinik war leer. David Lee Curry hatte die Tür gleich nach dem Rundgang des Wächters um halb zwölf aufgeschlossen, und ihm blieben mindestens zwei Stunden bis zur nächsten Kontrolle. Dennoch zog er lieber eine solide Taschenlampe aus der Hosentasche.

Eine halbe Banane lag auf einem schiefen Bücherstapel. Der rote Becher war halb voll Kaffee und balancierte gefährlich nahe an der Schreibtischkante auf einer Zeitung. Zwei Krankenberichte, die ins Archiv gehört hätten, lagen auf der Fensterbank. Der Papierkorb, über den David fast gestolpert wäre, lief über von Papieren, Gummihandschuhen und alten Essensverpackungen.

Er fing bei der Tür an.

Sorgfältig und systematisch durchsuchte er das ganze Zimmer. Schränke und Schubladen. Regale und Zeitschriftenstapel auf dem Boden. Jedes einzelne Buch wurde am Rücken gefasst und ausgeschüttelt, aber nichts fiel heraus. David Lee Curry schaute hinter die Vorhänge und tastete unter der Schreibtischplatte. Als er nach zwanzig Minuten feststellen musste, dass er das, was ihn hergeführt hatte, nicht fand, ließ er das Licht der Taschenlampe auf seine rechte Hand scheinen. Die Finger waren jetzt schmutzig.

»Shit«, sagte er leise und knipste die Lampe aus.

Eine Weile blieb er im Halbdunkel stehen. Die Lichter der Stadt draußen warfen lange Schatten in den Raum, und er war plötzlich niedergeschlagen.

Er musste wissen, was Ola Farmen wusste.

Der Arzt hatte am Dienstag nicht die Wahrheit gesagt. Der Mann war ein elend schlechter Lügner. Er beherrschte nicht einmal die grundlegenden Elemente für das Auftischen einer Lüge: Du musst deinem Gegenüber in die

Augen sehen, während du sie vorbringst. Nicht erröten. Und du darfst dich schon gar nicht umdrehen und hoffen, dass der Frager verschwindet.

Die nachlässige Erscheinung des Norwegers hatte David eine gewisse Hoffnung gegeben, dass er im Büro etwas finden würde. Falsch geknöpfter Ärztekittel. Krankenberichte, die nicht vorschriftsmäßig gespeichert waren, Essensreste überall. Unverschlossene Schränke, wie er soeben festgestellt hatte. So ein Mann müsste es jemandem, der ihm genauer auf die Finger schauen wollte, doch leicht machen.

Aber David hatte sich zu früh gefreut.

Er verließ das Büro, zog leise die Tür hinter sich zu und machte sich auf den Weg zum Laborflügel, während er versuchte, einen neuen Plan zu machen. David Lee Curry musste unbedingt herausfinden, was Ola Farmen über das Problem mit der Geschwindigkeitsentwicklung der Spieler wusste.

Und noch dringlicher: Er musste feststellen, was Ola Farmen nicht wusste.

Freitag, 31. Mai 2013

10:03 Uhr
25 Canada Square, London

Er fühlte sich in feiner Umgebung schnell unwohl, aber das hier grenzte an Folter. Ola Farmen versuchte, einen Finger hinter seinen Kragen zu zwängen. Der Kragen war zu eng. Das Hemd gehörte Tarjei, aber das hatte er erst vor einer halben Stunde gemerkt, als es zu spät war, sich noch einmal umzuziehen. Er wünschte sich nichts sehnlicher, als den Schlips aufzubinden und den obersten Knopf zu öffnen. Er warf einen Blick auf die Uhr.

Er konnte jederzeit hinter die Bürotür aus Milchglas gerufen werden, und er wollte Trevor Morison um nichts in der Welt mit offenem Schlips gegenübertreten.

Er hatte das Gefühl, langsam erwürgt zu werden.

Das Sofa war unbequem. Alles in diesem Raum war hart und scharf. Schwarze Möbel, Glas und Stahl. Der kreideweiße Marmorboden. Das Sonnenlicht knallte durch die riesigen Fenster und zwang ihn, die Lider zusammenzukneifen. Die magere Sekretärin, die schwarz gekleidet hinter einem Schreibtisch neben der Tür saß und ihn abschätzig gemustert hatte, als er hereingekommen war, erinnerte an eine viktorianische Gouvernante. Als ein Lämpchen auf dem Tisch vor ihr grün aufleuchtete, erhob sie sich und kam auf ihn zu.

»*This way, please.*«

Auch ihr Lächeln war von der Sorte, an der man sich schneiden konnte.

Ola folgte ihr und versuchte dabei, sein Sakko gerade zu ziehen. Als er zu Trevor Morison ins Büro gewinkt wurde, spürte er, dass das Sakko oben im Nacken eine Falte warf. Er blieb stehen und wollte das korrigieren, bis ihm die fadendünne Frau federleicht die Hand auf den Ellbogen legte, die Augenbrauen hob und mit schlecht verhohlenem Sarkasmus fragte, ob sie vorbeidürfe.

Ola blockierte die Tür.

»Ach«, sagte er verdutzt. »Verzeihung.«

»Hallo«, sagte der kleine Mann, der ihm mit ausgestreckter Hand entgegenkam, während die Tür lautlos hinter ihm geschlossen wurde. »Trevor Morison. Willkommen.«

Ola nahm die Hand und murmelte seinen Namen.

»Ich schlage vor, wir setzen uns dorthin«, sagte Trevor Morison fröhlich und zeigte auf eine Sitzgruppe vor dem Fenster. »Kann ich Ihnen etwas anbieten? Tee? Kaffee?«

Er trug einen zerknitterten hellen Leinenanzug, der gegen den sonstigen Stil des Zimmers verstieß.

»Nur Wasser«, bat Ola. »Wasser, wenn das möglich ist. Aber so wichtig ist es nicht.«

»Nehmen Sie Platz, nehmen Sie Platz!«

Ola zögerte einen Moment, dann ließ er sich vorsichtig in einem Sessel nieder. Vielleicht gab es bei Morison feste Plätze.

Der Mann wies keinerlei Anzeichen von Verstimmung auf, deshalb setzte Ola sich bequemer hin.

Morison war wirklich sehr klein. Er konnte kaum mehr als eins fünfundsechzig sein, und seine Schultern waren so schmal, dass er feminin gewirkt hätte, wenn sein Gesicht anders ausgesehen hätte. Seine Nase war groß und scharf, die Augen saßen tief im Schädel, unter buschigen Augenbrauen, die nie eine Schere oder eine Pinzette aus der Nähe gesehen hatten. Die Haare waren grau, dicht und kurz geschoren. Vom Hals aufwärts sah Trevor Morison aus wie ein Offizier.

»Danke, dass Sie sofort kommen konnten«, sagte er lächelnd und füllte ein großes Glas mit Wasser. »Ich habe gute Nachrichten.«

Ola schluckte nervös. Er war um sechs Uhr morgens angerufen worden, als alle noch schliefen. Die Sekretärin da draußen, nahm er jedenfalls an, hatte ihm den Termin genannt, ohne den Zeitpunkt auch nur zu bedauern, als ob es die pure Selbstverständlichkeit wäre, schon morgens um sechs im Dienst zu sein.

Das war es wohl auch, vielleicht, für solche Leute.

Trevor Morisons Titel war »Counsellor«.

Ola hatte ihn zum Glück noch schnell googeln können. Aber er hatte nur wenig gefunden. Der Mann war diskret, das musste man ihm lassen. Das Informativste, was Ola gefunden hatte, war ein Artikel aus dem *Independent,* allerdings aus dem Jahr 2004. Der Autor hatte einen redlichen Versuch unternommen, Najib Ayshas Finanzimperium auf den Grund zu kommen. Ohne Erfolg, wie er selbst betonte. Er hatte immerhin angeführt, dass Najib Aysha 2003 kurz vor dem Abgrund gestanden habe, ohne das jedoch mit anderem als Gerüchten, Klatsch und vagen Hinweisen belegen zu können.

Ola fand den Artikel ziemlich uninteressant, ihm war jedoch aufgefallen, dass immer wieder der Name Trevor Morison fiel. Es wurde betont, dass dieser Mann schon so lange eng mit Najib Aysha zusammenarbeitete, dass niemand genau sagen konnte, wann diese Zusammenarbeit begonnen hatte. Der nichtssagende Titel »Counsellor« entsprach durchaus nicht seinen nachweisbaren Einkünften und seinem allgemeinen Lebensstil. Der Journalist hatte auch nicht herausfinden können, was eigentlich Trevor Morisons Aufgaben waren. Nur dass er immer in Najib Ayshas Nähe war.

Der Artikel hatte Ola nicht beruhigen können. Das nun

wirklich nicht. Er hatte keine Ahnung, worum es bei der Besprechung gehen sollte, und zwischendurch hatte er schon mit dem Gedanken gespielt, einfach nicht hinzugehen.

Die Eiswürfel klirrten, als er vorsichtig das Glas hob und trank.

»Danke«, murmelte er und sah, dass seine Hände zitterten. »Was denn für Nachrichten?«

»Jetzt erst mal Geduld.«

Trevor Morison setzte sich ihm gegenüber in einen Sessel. Spreizte burschikos die dünnen Beine und legte die Unterarme auf die Lehnen. Er sah aus wie ein kleiner König auf einem viel zu großen Thron. »Ich vertrete hier Najib Aysha. Was Ihnen sicher bereits bekannt ist.«

Sicher. Ola nickte.

»Er ist sehr zufrieden mit Ihnen.«

»Ach? Ich bin ihm nur einmal begegnet, und da ...«

»Najib behält seine Angestellten im Auge.«

Ola hätte fast gesagt, dass Najib Aysha mehrere Tausend Angestellte hatte, schluckte diese Bemerkung aber hinunter.

»Und Notting Hill ist sein Augenstern.«

»Ich arbeite aber streng genommen in der Klinik.«

»Die Klinik ist ein Teil von Notting Hill.«

»Das schon.«

»Sie bekommen gute Zeugnisse. Sehr gute.«

Ola errötete leicht beim Gedanken an seine Begegnung mit Paul Swanson. Mit dem Klinikchef konnte Morison jedenfalls nicht gesprochen haben.

»Fühlen Sie sich wohl bei uns?«

»Ja«, antwortete Ola. »Natürlich.«

»Gut. Es ist ein Geschenk, sich bei seiner Arbeit wohlzufühlen.«

»Ja.«

»Najib Aysha ist allerdings der Ansicht, dass Sie dort nicht bleiben sollten.«

Ola spürte, wie die Hitze ihm in den Kopf schoss. Er streckte wieder die Hand nach dem Glas aus, aber die Hand zitterte noch stärker, und er zog sie zurück.

Er würde entlassen werden. Er war zu dieser Besprechung bestellt worden, um entlassen zu werden. Und vermutlich fristlos. Guro würde an die Decke gehen. Der Rettungsplan. Die Schuldentilgung. Die Mieteinnahmen von dem Haus in Norwegen. Der ganze Englandaufenthalt musste beendet werden, von Guros Gehalt allein könnten sie nicht leben. Ola hatte keine Ahnung, wie lange er brauchen würde, um eine neue Stelle zu finden.

Ihm wurde plötzlich schlecht, und er musste nun doch nach dem Glas greifen. Er leerte es auf einen Zug.

»Mehr?«, fragte der kleine Mann und lächelte.

Ola nickte, räusperte sich und sagte: »Für mich ist das aber überhaupt keine gute Nachricht.«

»Ich habe doch gesagt, Sie sollten Geduld haben, nicht wahr?«

Morison war aufgestanden und füllte Olas Glas aus einer Karaffe.

»Wir haben ein Angebot für Sie. Ein sehr spannendes Angebot sogar.«

Ola hörte seinen eigenen Pulsschlag. Der war viel zu schnell.

»Wie Sie sicher wissen, ist Najib Aysha an vielen Unternehmungen beteiligt«, sagte Morison und nahm wieder seine königliche Haltung ein. »An sehr vielen. Auch an reinen Wohltätigkeitsprojekten. Humanitären. Najib Aysha spendet jedes Jahr so viel, dass Sie die Zahl nicht einmal aussprechen könnten, wenn ich die für Sie aufschriebe.«

Er bleckte die Zähne und schnaubte. Vermutlich sollte das ein Lächeln und ein kurzes Lachen vorstellen.

»Haben Sie von Caspar's Medical Research Organisation gehört, CaMRO?«

»Nein.«

»Nicht? Nun gut. Vielleicht auch kein Wunder, die ist noch nicht so groß. Sie ist nach Najibs Enkel so genannt. Er ist vor wenigen Wochen zehn geworden. Wurde als Baby bei einem tragischen Zwischenfall gelähmt. Sitzt im Rollstuhl, der arme Junge. Er ist ein kluger kleiner Kerl, und sein Großvater liebt ihn über alles.«

»Aha.«

Ola nickte und leerte abermals sein Glas. Er spürte einen starken Druck auf der Blase und bereute, dass er getrunken hatte.

»Noch mehr?«, fragte Morison.

»Nein, danke.«

»Also, die CaMRO ist eine Forschungsinstitution. Eine medizinische. Seit einigen Jahren wird dort über Rückenmarksverletzungen geforscht. Sie können auch schon Ergebnisse vorweisen. Und wenn Najib etwas wichtig findet, dann eben ...«

Er verstummte und schaute Ola fragend an.

»Äh ... Ergebnisse?«

»Genau. Bis vor Kurzem wurde alles von Najib finanziert. Inzwischen werden auch Erträge erzielt, aber die CaMRO ist noch immer von Spenden abhängig. Sechzehn Forscher und vierzehn weitere Angestellte. Sie arbeiten in ländlicher Umgebung, nicht weit von dort, wo Sie wohnen.«

Er ließ den letzten Satz in der Luft hängen.

Ola saß noch immer bewegungslos da.

»Die CaMRO wird sich erweitern«, sagte Morison. »Herz- und Gefäßforschung. Und das ist jetzt Ihr Stichwort.«

»Mein Stichwort?«

»Ja. In den nächsten fünf Jahren werden dreißig Millionen Pfund in die neue Abteilung gesteckt werden. Innerhalb von fünf Jahren muss sie ihre Lebensfähigkeit unter Beweis stellen.«

Fünf Jahre, dachte Ola und schluckte. Über dreihundert Millionen Kronen. Viele Ärzte könnten in dieser Zeit mit diesem Geld sehr viel forschen.

»Sie brauchen einen Chef. Und diesen Posten wollten wir Ihnen anbieten.«

»Mir? Als Chef? Für eine Forschungsabteilung?«

»Ja.«

Ola lächelte. Sein Lächeln wurde breiter. Er fing an zu lachen. »Ich habe keine Erfahrung als Chef«, sagte er und wurde sofort wieder ernst, als er sah, dass Trevor Morison die Situation durchaus nicht komisch fand. »Es muss doch Tausende von britischen Ärzten geben, die besser geeignet wären als ich.«

»Wir glauben an Sie, Dr. Farmen. Halten Sie sich das vor Augen. Es ist eine überaus spannende Herausforderung.«

»Daran habe ich keinerlei Zweifel. Es ist …«

»Höheres Gehalt. Weniger Zeit, die auf der Fahrt zur Arbeit und zurück vergeudet wird. Und viel spannender, stelle ich mir vor, als die Schrammen verwöhnter Fußballspieler zu verarzten.«

»Ich verarzte ja eigentlich …«

Ola verstummte. Schaute sein Glas an.

Trevor Morison schob ihm die Karaffe hin und sagte: »Bedienen Sie sich.«

»Ich verstehe einfach nicht, warum«, sagte Ola, ohne das Wasser anzurühren. »Warum gerade ich?«

»Wie gesagt, Najib mag Sie. Er mag Johannes Funkel, der sich für Sie eingesetzt hat. Er hatte auch das Vergnügen, einen Abend mit Dr. Zuckerman zu verbringen, die, wenn ich das richtig verstanden habe, Ihre Freundin und … Mentorin ist?«

Ola nickte vage.

»Außerdem«, fuhr Morison mit gedämpfter Stimme fort, »Najib ist ein Mann der Familie.«

»Ach … ja?«

»Die Werte der Familie. In mancher Hinsicht ein traditioneller Mann. Er weiß es zu schätzen, dass Sie diese Werte teilen.«

»Ich? Wie gesagt, ich bin ihm nur einmal begegnet. Da haben wir nicht über Familien gesprochen.«

»Sie haben sechs Kinder, nicht wahr?«

»Ja.«

»Mit derselben Frau?«

Ola nickte.

»Mit der Sie schon zu Schulzeiten zusammen waren und mit der Sie noch immer zusammen sind?«

Das Nicken war inzwischen fast unmerklich.

»Wie schön«, sagte Morison. »So etwas weiß Najib zu schätzen. Solche Werte.«

Ola hatte im Grunde nie darüber nachgedacht, ob seine Familie einer auf Werten basierenden Entscheidung entsprang. Die vier letzten Kinder waren zur Welt gekommen, weil Guro schon von einem Kuss schwanger wurde und weil er selbst zu feige für eine Sterilisation war. Sie waren zusammen, weil sie einander immer noch liebten.

Es war keine Entscheidung, es war einfach so.

»Denken Sie darüber nach«, sagte Trevor Morison und erhob sich abrupt. »Übers Wochenende. Ich hätte gern Ihre Antwort bis Montagmorgen um neun.«

Ola rappelte sich auf. »Doch. Ja. Ich werde …«

Morison zeigte wieder seine Zähne. »Darf ich Ihnen zwei gute Ratschläge erteilen?«

Ola zuckte kurz mit den Schultern.

»Leinen«, sagte Morison. »Leinen ist das Ideale für Männer wie Sie und mich.«

Er breitete die Arme aus.

»Leinen darf knittern. Wenn Sie Leinen nehmen, dann nehmen Sie auch einen zerknitterten Anzug. Das akzeptieren alle. Ich habe fünf Anzüge, und das reicht vollkommen. Das ganze Jahr. Besorgen Sie sich jedenfalls zwei.«

»Okay«, murmelte Ola und schaute unsicher zur Tür hinüber.

»Ich habe von zwei Ratschlägen gesprochen«, sagte Morison. »Das war erst einer. Der andere ist wichtiger.«

Jetzt ging er auf die Tür zu, und Ola ging hinterher.

»Es soll Einsparungen geben«, sagte der Mann im hellen Leinenanzug. »In der Notting Hill Clinic. Beim Personal. Das ist noch nicht offiziell, behalten Sie es also für sich. Wenn ich Sie wäre, würde ich das Angebot der CaMRO annehmen.«

Ola ergriff zögernd die Hand, die ihm hingestreckt wurde.

»Die zuletzt Eingestellten müssen als Erste gehen«, sagte Trevor Morison und schüttelte den Kopf. »Schlimm, natürlich, aber aus Rücksicht auf … das Betriebsklima sehen wir keine andere Lösung.«

»Und ich bin wohl als Letzter gekommen.«

»Genau. Danke, dass Sie sich die Zeit zu diesem Treffen genommen haben. Ich höre also vor Montagmorgen von Ihnen. Hoffe ich.«

Von einer Sekunde zur anderen ging es Ola auf, weshalb er sich wirklich an diesem Freitag im Mai in Trevor Morisons Büro befand. Er vergaß, dass er zur Toilette musste. Sein Hemd saß am Hals nicht mehr zu eng. Nur noch eins war wichtig: Er musste dieses Gebäude verlassen.

So schnell wie möglich.

18:30 Uhr
Avenue Road, London

Diesmal trug sie die richtigen Schuhe.

Sie war seit einer guten Dreiviertelstunde zu Fuß von Johannes' Wohnung aus unterwegs. Schräg gegenüber von Dorothy Krügers viktorianischer Bruchbude sah Sara durch die Bäume in dem überwucherten Garten, dass der bekannte Vorhangspalt weiterhin vorhanden war.

Johannes war überglücklich gewesen, als sie sich angemeldet hatte. Leider musste er an diesem Abend mit den

Direktoren von Lloyds Hauptsponsor essen, aber er wollte versuchen, sich so schnell wie möglich davonzustehlen. Als Sara die leere Wohnung betrat, warteten ein guter Burgunder und zwei belegte Brote auf sie.

Sara kam es nur zu gelegen, dass Johannes zu tun hatte. Schließlich wollte sie sich mit Ola treffen. Am Telefon hatte er ungewöhnlich gestresst gewirkt. Könne an diesem Abend nicht, jammerte er, er habe Guro einen Abend zu Hause versprochen, an dem ausnahmsweise auch einmal alle Kinder anwesend wären. Den Kindern war befohlen worden, zu Hause zu bleiben, und Guro würde ihm den Kopf abhacken, wenn er sich nun mit Sara träfe. Sie hatten sich deshalb erst für den nächsten Morgen verabredet.

Als Sara die Weinflasche öffnen wollte, um den Wein allein zu genießen, fiel ihr ein, dass das hier doch genau die Gelegenheit war, die sie brauchte. Sie könnte Dorothy Krüger in der Avenue Road besuchen. Die alte Dame war ja offenbar immer zu Hause. Wenn Sara in der Nacht zum Montag alles über den Überfall gewusst hätte, was sie jetzt wusste, hätte ein plumper antisemitischer Spruch sie nicht so schnell in die Flucht getrieben. Noch immer hielt Sara Dorothy jedoch für eine verwirrte Greisin, die an die jüdische Weltverschwörung glaubte.

Aber die Frau hatte durchaus aufgeweckt gewirkt. Klar im Kopf. Aller Wahrscheinlichkeit nach konnte sie die Behauptung nicht belegen, dass Juden hinter dem Überfall steckten. Andererseits wurde das ja gerade zu Saras eigener und ziemlich aufsehenerregender Haupttheorie.

Dorothy Krüger war einen Besuch an einem solchen Abend bestimmt wert.

Sara ließ den Korkenzieher in der Flasche stecken und machte sich auf den Weg.

Ruckelbahn, dachte sie, als sie auf die andere Straßenseite hinüberschaute. Sara Ruckelbahn aus Norwegen. Phonetisch hatte das Ähnlichkeit mit Zuckerman, dem Namen, den Dorothy Krüger sich von ihrem vorigen Besuch vielleicht gemerkt hatte.

Sie holte tief Luft. Öffnete den Reißverschluss an ihrer Allwetterjacke und überquerte die Straße. Ging durch das defekte Tor, über den von Gras überwachsenen Plattenweg und die Treppe hoch. Klingelte.

Nach bemerkenswert kurzer Zeit wurde die Tür geöffnet. Dorothy hatte sie sicher durch den Vorgarten kommen sehen.

»Aber hallo!«

Dorothy Krüger wirkte entzückt. Sie machte es wie beim letzten Mal, packte Saras Arm und zog sie ins Haus.

»Wie nett von Ihnen«, rief die Alte. »Mich noch einmal zu besuchen. Sie heißen doch Sara, nicht wahr? Sara ...«

»Sara Ruckelbahn«, sagte Sara übertrieben laut. »Sara Ruckelbahn aus Norwegen.«

»Norwegen? Schönes Land. Ich hatte Sie für eine Amerikanerin gehalten.«

Ohne auf weitere Erklärungen für diesen unerwarteten Besuch zu warten, trippelte sie in die Küche. Sara folgte ihr. Kater Tramp lag auf der Fensterbank und schaute kurz zu ihr herüber, ehe er wieder in eine Art vegetierenden Zustand versank. Noch immer war der große Tisch bedeckt mit Zeitungen, Zeitschriften und Papieren. In der Schale lag dasselbe Obst wie am Sonntag. Die Trauben wurden jetzt zu Rosinen. Über dem Aschenbecher aus Onyx balancierte eine frisch angezündete Zigarette in dem schwarzen Mundstück. Dorothy griff danach und nahm einen tiefen Zug.

»Setzen Sie sich, setzen Sie sich. Tee? Oder vielleicht ein Gläschen Madeira? Ich wollte mir gerade eins gönnen. Es ist ja schließlich Freitag.«

Sara zögerte eine Sekunde, dann lächelte sie und sagte: »Madeira klingt gut.«

Sie blieb sitzen und sah zu, wie die alte Dame von einem Schrank zum anderen ging und Flasche, Gläser und Erdnüsse herausholte, die sie dann in eine Schale kippte. Dorothys Kleid an diesem Abend war rot und abermals zeitlich leicht einzuordnen. Gerade geschnitten und weit in der Taille, mit einem aufgenähten Wippröckchen, das erst an den Oberschenkeln begann. Das Kleid hatte einen viereckigen Ausschnitt und keine Ärmel. Ohne die Pantoffeln hätte sie direkt auf ein Fest gehen können. Vor achtzig Jahren.

»Norwegen« , murmelte Dorothy. »Da bin ich nie gewesen. Ernst war zu Kriegsbeginn da. Als Kapitän. Sehr schön in Norwegen, meinte er. Ja, ich konnte ja nie ...«

Sie blieb mitten im Raum stehen. Ihr Blick schien plötzlich weit weg zu sein.

»Er ist 44 gestorben. Er war aus Norwegen nach Hause und dann an die Ostfront beordert worden. Wir wissen ja alle, wie ...«

Sie holte tief Atem und lächelte kurz, ehe sie an den Tisch kam, die Erdnüsse hinstellte und die Asche von der Zigarette streifte.

»Ich habe so wenige Briefe bekommen. Ich dachte, das läge an der Zensur. Aber 1947 kam mit der Post ein Paket. Aus Deutschland. Einer von Ernsts Untergebenen hatte das Tagebuch meines Mannes gerettet. Er hatte fast jeden Tag etwas geschrieben.«

Sie setzte sich Sara gegenüber. Das war offenbar ihr fester Platz. Alles auf dem Tisch war von dort aus zu erreichen. Jetzt goss sie Madeira in zwei schöne Weißweingläser und schob Sara eins hin.

»An jedem einzelnen Tag«, wiederholte sie. »Er hat mich geliebt.«

»Haben Sie nie wieder geheiratet?«, fragte Sara.

»Nein, natürlich nicht. Ich bin bis zu meinem Tod verheiratet. Was aller Wahrscheinlichkeit nach nicht mehr sehr lange sein wird.«

»Sie wirken doch ungeheuer rüstig.«

»Na ja. Ich hab schon meine Beschwerden. Meine Lunge

ist nicht mehr das, was sie mal war. Ich huste viel. Vor allem, wenn ich schlafen gehe.«

Sie zog energisch an ihrer Zigarette. Der Rauch quoll ihr aus Nase und Mund, als sie hinzufügte: »Kein Grund, in meinem Alter noch aufzuhören. Das sieht der Arzt auch so. Ich bin ganz einfach die Greisin, die von Gott vergessen worden ist. Zuerst sind meine Freunde gestorben. Dann die Kinder meiner Freunde. Ich hoffe inständig, dass ich fortgehen darf, ehe auch die Enkel meiner Freunde sterben, alt und lebenssatt.«

Sara lächelte.

»Prost«, sagte Dorothy und hob ihr Glas. »Was verschafft mir die Ehre?«

Sara wunderte sich darüber, dass diese Frage nicht gleich bei ihrem Eintreffen gestellt worden war. Dorothy Krüger war vermutlich so ausgehungert nach menschlichem Kontakt, dass sie ihren Gast erst fest an ihrem Küchentisch vertäuen wollte, ehe sie nach dem Grund des Besuches fragte.

»Also«, sagte Sara langsam. »Um gleich zur Sache zu kommen: Als wir in der Nacht zum Montag hier waren, haben Sie etwas über den Überfall bei Najib Aysha gesagt.«

Sie nippte an ihrem Glas und sah der alten Frau in die Augen.

»Da steckten die Juden dahinter«, sagte Dorothy hart und kniff die ohnehin schon dünnen Lippen so fest zusammen, dass ihr Mund wie ein mit spitzem Bleistift gezeichneter Strich aussah.

»Genau.« Sara nickte wohlwollend. »Und ich bin ein bisschen neugierig geworden. Ich habe ja Najib und Joumana kennengelernt, und ich finde, die ganze Geschichte wirkt ... einfach entsetzlich. Die Polizei ist bei der Aufklärung nicht weitergekommen, und da frage ich mich ...« Sie hob abermals das Glas und nippte an der widerlich süßen Flüssigkeit. »Wie kommen Sie zu dieser Annahme?«

»Weil ich es gesehen habe«, sagte Dorothy mit harter Stimme. »Ich habe ihn gesehen. Den Juden.«

Bei ihrem Tonfall spannte sich die Haut zwischen Saras Schulterblättern an. »Welchen Juden?«, fragte sie und rang sich noch ein Lächeln ab.

»Das weiß ich doch nicht! Einen Juden eben. Ist einfach auf mein Grundstück gekommen, der Kerl! Denen kann man eben nicht vertrauen. Haben Sie gewusst, dass nicht ein einziger Jude ums Leben gekommen ist, als die Zwillingstürme eingestürzt sind? Nicht ein einziger Jude! Sie waren gewarnt, verstehen Sie? Die halten immer zusammen. Gegen uns andere.«

Tramp sprang von der Fensterbank und stolzierte zu seinem Trinknapf. Er schenkte weder Sara noch seiner Besitzerin irgendeine Beachtung, als er trank und sich dann in dem Korb am Holzofen niederließ.

Erst jetzt bemerkte Sara den Rechner auf der Anrichte. Sie konnte sich von Sonntagnacht her nicht daran erinnern. Falls Dorothy wirklich wusste, wie sie ins Internet gelangen konnte, war der Zugang zu solchen Geschichten unbegrenzt. Das hier könnte noch ein langer Abend werden.

»Und Sie!«, sagte Dorothy eifrig und beugte sich zu ihr vor. »Sie wissen doch, dass Ihr schrecklicher Landsmann vom israelischen Nachrichtendienst gesteuert worden ist? Der Oslo in die Luft gesprengt und die vielen Jugendlichen auf der Insel massakriert hat? Das war der Mossad! Der Mossad!«

Sara stand auf. Es war Zeitverschwendung. Dorothy Krüger war noch verschrobener, als Sara angenommen hatte. Eine verwirrte Konspirationstheoretikerin. Eine waschechte Antisemitin. Von dem widerlich süßen Madeira wurde ihr schlecht, und sie wollte weg.

»Wollen Sie schon gehen? Oder müssen Sie zur Toilette?«

Dorothy starrte überrascht und fast verängstigt zu ihr hoch.

»Ich muss los.«

»Aber ich habe Ihnen ja noch gar nicht erzählt, wer

hinter dem Überfall gesteckt hat. Setzen Sie sich doch. Bitte!«

Sara blieb stehen. Sie gab sich alle Mühe, diese uralte Gestalt nicht zu verabscheuen. Wegen ihrer albernen Kleider, der krummen Hexenfinger. Wegen der hoffnungslosen Frisur, die die rosa Kopfhaut nur noch betonte. Sie wollte eine so abgrundtiefe Einsamkeit nicht verachten.

»Erzählen Sie«, sagte sie langsam und setzte sich wieder. »Ich muss bald los.«

»Verstehen Sie, ich hatte viel Ärger mit Vandalismus. Jungen jeden Alters, die mir die Fenster einwerfen. Versuchen, hier einzubrechen. Mir diese scheußlichen Buchstaben an die Wände malen. Tagging heißt das. Das weiß ich von Philip.«

Sie trank einen großen Schluck aus ihrem Glas. Schmatzte ein wenig. Der Eifer war wieder in ihren Augen, als sie nun hinzufügte: »Philip ist mein Polizist.«

»Äh … Ihr Polizist?«

»Ja. Verstehen Sie, ich muss so oft bei der Polizei anrufen, dass ich einen eigenen Polizisten habe.«

Sie wühlte in einem der Papierstapel auf dem Tisch und zog eine Visitenkarte mit einem offiziell wirkenden Aufdruck hervor. Die Karte war abgenutzt und wies einen von einer feuchten Teetasse hinterlassenen Ring auf.

»Wenn etwas passiert, rufe ich Philip an. Das läuft seit vielen Jahren so. Wunderbarer Mann.«

»Kommt er dann her?«

»Nicht oft. Jetzt jedenfalls nicht mehr. Aber es ist so beruhigend zu wissen …« Eine Träne löste sich aus ihren Augen und lief über die Wange, um dann zwischen den vielen Falten zu verschwinden. »… dass jemand an mich denkt. Dass da draußen jemand ist. Er ist so lieb am Telefon. Es ist beruhigend, seine Stimme zu hören.«

Die Zigarette auf dem Aschenbecher war inzwischen ausgebrannt. Es stank, als die Glut den Filter erreichte, und Sara schob den Aschenbecher unauffällig weiter weg.

»Ich verstehe«, sagte sie und versuchte, ihre Ungeduld zu verbergen. »Aber was hat das mit den gestohlenen Gemälden zu tun?«

»Das kommt jetzt. Es gibt, wie gesagt, Jungen, die mich belästigen. Einige sind Teenager, andere sind höchstens zehn. Und da können Sie sich ja mein Erstaunen vorstellen, als plötzlich ein Mann mittleren Alters hier eindrang!«

Sie schlug die Hände zu einem trockenen Klatschen zusammen.

»Der Jude! Das habe ich sofort gesehen!«

Sara schaute in eine andere Richtung. Eine Fliege tat sich an den Trauben gütlich, und Sara nahm den süßsauren Geruch von Apfelsinen wahr, bei denen sich Schimmel auszubreiten begann.

»Genau hier saß ich damals«, sagte jetzt Dorothy. »Hier, auf meinem Platz, als ich sah, wie dieser Mann sich durch mein Gartentor und hinüber zum Apfelbaum hinten am Zaun schlich. Es würde mich gar nicht wundern, wenn er sich auch noch Äpfel eingesteckt hätte.«

»Das war doch im Frühling.«

»Jedenfalls ...«

Dorothy schnappte nach Luft.

»Ein erwachsener Mann! Ohne Respekt für Privatbesitz! Ich griff zum Telefon, das können Sie sich ja denken. Der Eindringling konnte doch alles sein. Dieb. Vergewaltiger!«

Oder einer, der das Haus ganz einfach für so unbewohnt hielt, wie es aussieht, dachte Sara. Und der vielleicht urinieren wollte. Der etwas gesehen hatte, was er interessant fand. Egal, was.

»In der Regel gehe ich dann hinaus und versuche, die Bande selbst zu verjagen. Aber jetzt habe ich mich nicht getraut, das können Sie sich ja denken. Ein erwachsener Mann! In mittleren Jahren, da bin ich mir wirklich sicher.«

Die Aufregung zeichnete rote Rosen auf die kreideweißen Wangen.

»Also habe ich sofort Philip angerufen. Und wissen Sie, ich glaube, ihm war klar, dass es diesmal ernst war. Er kam sofort. Er kam nach nur einer Viertelstunde.«

»Aber da war der Mann im Garten sicher verschwunden?«

»Ja. Er war sogar schon verschwunden, ehe ich den Hörer aufgelegt hatte.«

»Was?«

»Als ich durch den Vorhangspalt schaute, sowie ich mit Philip gesprochen hatte, war der Jude weg. Spurlos verschwunden. Wie im Erdboden versunken. Er konnte doch alles gewesen sein.«

»Was hat … Philip gesagt? Als er dann kam?«

Dorothy griff nach einer Packung Pall Mall und fischte eine neue Zigarette heraus. Pulte den alten Filter aus dem Mundstück und setzte den neuen ein. Sie gab sich mit einem metallenen Feuerzeug Feuer und machte den ersten kräftigen Zug. Den allerbesten, das wusste Sara noch, obwohl sie vor mehr als zwanzig Jahren mit dem Rauchen aufgehört hatte.

»Ebenholz«, sagte Dorothy zufrieden und hielt Sara das Mundstück hin. »In Südafrika gekauft, 1932. Ich war siebzehn Jahre und ungeküsst. Habe heimlich geraucht, mein Vater durfte das nicht sehen. Da habe ich Ernst kennengelernt. In Kapstadt. Damals eine fantastische Stadt. Überall diese … Ordnung.«

Ihr Blick wurde träumerisch. Sara seufzte laut und stand wieder auf.

»Jetzt muss ich leider gehen«, sagte sie energisch. »Tausend Dank für den Madeira.«

»Er ist zurückgekommen«, sagte Dorothy.

Sara war auf dem Weg zur Tür und blieb nicht stehen.

»An dem Tag, als der Überfall passiert ist«, sagte Dorothy. »Am Vormittag. Einige Stunden früher.«

Sara drehte sich um. »Ist er wieder in den Garten gekommen?«

»Nein. Er stand im Tor. Das war doch gerade zerstört worden. Und stand deshalb offen. Diese Halbstarken, die …«

Sie schwenkte die Zigarette. »Aber das habe ich mir nicht gefallen lassen. Er stand einfach nur da und wollte offenbar reinkommen. Um zu stehlen vielleicht. Oder um mich zu vergewaltigen. Was weiß ich. So habe ich damals gedacht. Als der Diebstahl bei Ayshas bekannt wurde, war mir natürlich klar, dass es sich ganz anders verhielt. Aber im ersten Moment hatte ich schreckliche Angst. Ich ging hinaus! Ich war auch wütend, so bin ich, wenn ich Angst habe.«

»Haben Sie mit ihm gesprochen?«

»Nein, er war schon verschwunden, als ich die Tür aufgemacht habe.«

»Aha. Jetzt gehe ich. Wie gesagt, danke für den Madeira.«

Auf dem Flur roch es muffig. Die Küche war, alles in allem, eigentlich gemütlich. Wenn da nicht die neunundneunzig Jahre alte rassistische und antisemitische Mumie gewesen wäre.

»Ich kann mich so gut erinnern, als ob es gestern passiert wäre«, sagte Dorothy, die Sara bewundernswert rasch gefolgt war. »Er war nicht nur der typische Jude. Die Nase … die Nase hätten Sie mal sehen sollen! Und einen dunklen Teint hatte er außerdem. Zu allem Überfluss zog er auch noch das eine Bein nach. Wie ein Verbrecher. In diesen Filmen, Sie wissen schon.«

»Was haben Sie gesagt?«

Sara war herumgefahren.

»Ein Semit. Der eine ist nicht besser als der andere, wenn Sie mich fragen. Araber oder Jude, dasselbe Blut. Im Grunde, wissen Sie.«

»Was haben Sie über sein Bein gesagt?«

»Er hinkte.«

Sara starrte die seltsame Frau an. Dorothy hatte die

Hände gefaltet und hielt sie sich wie zum Beten vor die Brust. »Ich konnte gerade noch ein Bild von ihm machen«, sagte die alte Frau. »Aus Schaden klug, wollte ich für Philip einen … handfesten Beweis haben.«

»Was haben Sie getan?«

»Ich habe ihn fotografiert. Ehe ich rausging, um ihn zusammenzustauchen. Was ich ja nicht konnte, weil er doch so schnell verschwunden war, dass …«

»Sie haben ihn fotografiert?«

»Ja. Durch das Küchenfenster.«

»Haben Sie … haben Sie ein Bild von dem hinkenden Mann?«

»Das sag ich doch. Ich habe es allerdings nicht entwickeln lassen, weil der Film noch nicht voll ist.«

»Der Film?«

»Ja«, sagte Dorothy und schlurfte hinüber zu einer riesigen Kommode hinten in der Diele. »Philip war ein bisschen böse auf mich, als ich anrief. Er ist so lieb, der Junge, aber ich habe es seiner Stimme angehört. Ich müsste aufhören, herumzunerven, sagte er. Dass jemand in meinem Tor stehe, sei nicht gefährlich, sagte er, aber er weiß ja nicht so viel über Juden wie ich …« Sie schüttelte sich. »Ich hole eben meine Leica.«

Sara konzentrierte sich auf das Atmen. Ihr Blickfeld schien immer enger zu werden, als sie sah, wie Dorothy mühsam eine Schublade nach der anderen öffnete.

»Hier haben wir sie«, rief die alte Frau triumphierend und hielt eine Leica aus grauer Vorzeit in die Luft. »Da sind noch fünfzehn Bilder übrig. Deshalb habe ich den Film nicht entwickeln lassen. Philip war nicht … so interessiert, stellte sich dann heraus. Wie gesagt, er war eher gereizt.«

Sara dachte rasch nach. Der Film war mindestens zehn Jahre alt. Er hatte die ganze Zeit in der Kamera gesteckt. Die Kamera an sich war schon ein Gegenstand für ein technisches Museum, und sie wusste auch nicht, wie man einen Film aus einer Leica nahm.

»Könnte ich die Kamera wohl leihen?«, fragte sie und lächelte, so strahlend sie überhaupt konnte. »Sie bekommen sie natürlich zurück.«

»Die Kamera leihen?« Dorothy Krüger lachte. »Natürlich können Sie das nicht. Das ist ein überaus wertvoller Fotoapparat. Und wie gesagt, es sind noch Bilder auf dem Film. Es wäre Verschwendung, ihn jetzt schon rauszunehmen.«

Sara steckte die Hand in die Tasche. Sie war ohne Handtasche aus dem Haus gegangen und betete zu den Göttern, an die sie nicht glaubte, dass ihre kleine Brieftasche genug Bargeld enthalten möge.

»Hundertzehn Pfund«, sagte sie und hielt Dorothy die Scheine hin. »Und mein Wort, dass ich die Kamera zurückbringen wer… zurückbringen lassen werde.«

Dorothy wurde plötzlich wieder zu Gollum. Sie starrte den Stapel aus Zehnpfundnoten an. »Das wäre doch wirklich nicht nötig gewesen«, sagte sie und griff danach. »Natürlich verlasse ich mich auf Sie.«

Sie reichte Sara die Kamera.

»Aber Sie müssen mir versprechen, dass Sie sie persönlich zurückbringen. Sagen Sie vorher Bescheid, damit ich ein paar Leckerbissen besorgen lassen kann.«

»Versprochen«, log Sara, ehe sie zur Tür ging. »Das verspreche ich auf Ehre und Gewissen.«

21:00 Uhr
Charmwood Avenue, London

Er hatte gewusst, dass es eine erbärmlich schlechte Idee war.

Tarjei, der erwachsene Sohn, der den Eltern mit seiner antriebslosen Anwesenheit auf die Nerven ging, spielte ein Spiel auf seinem Mobiltelefon. Die achtzehnjährige Tuva saß schmollend in der Sofaecke, sie hatte ein verlockendes Fest absagen müssen. Der siebzehn Jahre alte Theo amüsierte sich damit, für Doktor Proktor immer wieder einen Ball unter das Sofa zu werfen. Der Hund blieb jedes Mal stecken und lernte es nie. Die Zwillinge wollten fernsehen, Sara wollte nicht ins Bett. Sie war auf der Grenze zwischen müde und übermüdet, aber die Eltern konnten beide die Vorstellung nicht ertragen, sie gegen ihren Widerstand ins Bett zu bringen. Sollte sie eben auf dem Sofa einschlafen.

»Ein Familienspiel«, rief Guro und zog Tarjei die Hörstöpsel aus den Ohren. »Wir spielen Monopoly. Alle zusammen. Theo, bring die Kartoffelchips vom Esstisch mit. Tuva, hol noch Cola aus dem Kühlschrank. Na los, Leute. Jetzt wird's lustig.«

»Sieben sind zu viele für Monopoly«, sagte Tobias. »Das würde doch Woooooochen dauern.«

»Wir spielen in Mannschaften«, entschied Guro und zog die Schachtel mit dem Spiel aus dem Bücherregal. »Du kannst die Bank sein. Wenn du schwörst, nichts zu stehlen.«

Tara flüsterte Sara etwas ins Ohr. Die Kleine brüllte los.

»Was hast du da gesagt?«, fragte Guro aufgebracht.

»Nichts!«

»Die hat gesagt, ich war gar nicht in deinem Bauch«, heulte Sara. »Die hat gesagt, ihr habt mich im Müll gefunden!«

»Niemand hat dich im Müll gefunden«, sagte Ola und hob sie hoch. »Du kommst aus demselben Bauch wie Tara. Und du bist Papas Kleine!«

»Sie ist die einzige Blonde«, widersprach Tara. »Und die Einzige mit einem Vornamen, der nicht mit T anfängt. Bestimmt ist sie im Müll gefunden worden. Ja.«

Sara weinte herzzerreißend. Ola drückte sie an seinen Hals und flüsterte ihr zu wie einem Baby.

»Tara macht nur Witze«, flüsterte er. »Tara ist ein Scherzkeks!«

»Tara ist ein Scherzkeks!«, heulte Sara und versuchte, sich aus seinen Armen zu befreien.

Er wechselte einen Blick mit Guro. Sie nickte resigniert.

»Jetzt bringt Papa dich ins Bett«, sagte er. »Fangt schon mal ohne mich an.«

Sara wand sich auf dem ganzen Weg die Treppe hoch wie ein Aal.

»Morgen kriegst du Eis«, sagte er leise, als er den ersten Stock erreicht hatte. »Zwei Eis. Wenn du lieb zu Papa bist.«

Sara beruhigte sich ein wenig.

»Drei«, sagte sie und hielt ihm drei mollige Fingerchen vor die Augen.

»Okay. Drei. Aber das bleibt unser Geheimnis, ja?«

Vier Minuten später, nach höchst oberflächlichem Zähneputzen und mit schmutzigen Händen, schlief sie tief. Ola ließ sich im Sessel neben dem Bett zurücksinken und versuchte, ruhig zu atmen. Von unten her hörte er Geschrei und das Geräusch von Stühlen, die über den Boden schrappten.

Er hatte schon lange nicht mehr solche Angst gehabt.

Paradoxerweise hatte Guros diktatorischer Familienabend ihn davor gerettet, sich zu verraten. Sie konnte sonst in ihm lesen wie in einem offenen Buch, aber sie hatte ihn kaum angesehen, seit er nach Hause gekommen war, denn da war sie schon mitten in den Vorbereitungen zu ihrem Familiengemütlichkeitsprojekt gewesen.

Jemand wusste, womit er sich beschäftigte.

Wer »jemand« war, wusste er nicht, aber das Angebot, das ihm heute gemacht worden war, musste ganz oben gutgeheißen worden sein.

Also von Najib Aysha. In diesem Punkt hatte Trevor Morison immerhin die Wahrheit gesagt.

Das Angebot war so lächerlich wie überraschend. Ola Farmen war ein guter Forscher. Er hatte trotz aller Vaterpflichten in Rekordzeit seinen Doktor gemacht. Seine Doktorarbeit trug den Titel *Relevance of apoB/apoA-Ratio as a*

Marker of Disease in a Healthy Young Population und bildete die Grundlage für zwei Artikel im *Lancet* und einen im *JAMA*. Wenn in fünf Jahren die finanzielle Situation der Familie gerettet wäre und sie nach Norwegen zurückkehrten, wollte er sich vor allem mit kardiovaskulärer Forschung beschäftigen.

Er war nicht nur ein guter Wissenschaftler. Er liebte die Forschung.

Aber er konnte ja kaum seine eigene Kinderschar leiten.

So war es immer schon gewesen. Als Kind war er im Sport einigermaßen gut gewesen. Nicht schlecht genug, um auf dem Fußballplatz ins Tor gestellt zu werden, aber er kam in der Spielfeldhierarchie auch nicht über den rechten Flügel hinaus. Dort tat er alles, was ihm befohlen wurde. Er hatte Freunde, gute Kumpels, aber niemals besonders viele. Gehörte niemals einer Clique an. Er war in der Schule außergewöhnlich gut, lernte aber früh, sich dem Radar der beliebten Kinder zu entziehen, und er wurde niemals gehänselt oder schikaniert. Seinen Hobbys widmete er sich fast immer allein. Baute als kleiner Junge Modellflugzeuge, die später, als er größer war, ziemlich beachtlich ausfielen.

Er provozierte niemals.

Ola Farmen war das gewesen, was man ein »liebes Kind« nannte.

Höflich und pflegeleicht. Wirklich kein Alphamännchen, das hatte sein Vater einmal gesagt, ohne zu wissen, dass der Dreizehnjährige noch wach war und ihn hörte.

Ola wurde aber schon auf dem Gymnasium von seinem Alphaweibchen gefunden und hatte sich seither an sie gehalten. Die Kinder stellten sich ein, und im Grunde war es ein gutes Leben gewesen. Und er war ein sehr guter Arzt geworden.

Aber er war kein Anführer.

Das mussten sie wissen, wenn sie so gründlich gearbeitet hatten, wie Trevor Morison behauptete. Sogar Sara Zuckerman hätte sie gewarnt, ihm einen solchen Posten anzubieten.

Bei dem Gespräch mit Morison hatte er sich zunächst unbehaglich gefühlt, dann hatte er Angst gehabt. Danach war er überrascht gewesen und ein wenig erregt angesichts dieses fantastischen Angebots. Als der kleine Mann im Leinenanzug die bevorstehenden Einsparungen in der Klinik erwähnt hatte, war ihm erst aufgegangen, was hier lief.

Natürlich wollten sie ihn bei der CaMRO nicht als Chef haben.

Es ging darum, ihn aus der Notting Hill Clinic zu entfernen.

Es gab nur einen vorstellbaren Grund für diesen Wunsch.

Zwar hatte Ola mit den anderen Ärzten zu Beginn seine Probleme gehabt. Aber es hatte sich doch alles gut eingespielt, und die Patienten schienen ihn zu mögen. Vor allem die Kinder, die in die Gratisklinik kamen, aber auch die Fußballspieler. Sie hatten Vertrauen zu ihm und kamen auch ohne Absprache vorbei. Ab und zu mit peinlichen Problemen, die sie lieber für sich behalten hätten.

Es bestand nicht der geringste Grund, Ola Farmen loswerden zu wollen.

Es sei denn, sie wussten, dass er dem unbekannten Dopingmittel auf der Spur war.

Wer waren »sie«?

Konnte es sein, dass Najib Aysha in ungesetzliche Vorgänge im Verein verwickelt war? Ola stützte die Ellbogen auf die Knie und legte das Gesicht in die Hände. Das war unmöglich. Wenn der Club wirklich einen zehn Jahre langen Schwindel mit den Leistungsfähigkeiten der Spieler veranstaltet hatte, konnten nur ganz wenige davon wissen.

Es hatte nämlich niemals auch nur ein Gerücht gegeben.

Im Radsport war Doping mehrere Jahrzehnte lang verbreitet gewesen, ehe es dann die Entlarvungen gehagelt hatte. Unvorstellbar viele hatten gewusst, was vor sich ging, lange, ehe es bewiesen wurde. Niemand hatte etwas gesagt. Aber die Gerüchte liefen um, sie wurden zu Behauptungen, und die Behauptungen wurden nach und nach in immer glaubwürdigeren Zusammenhängen vorgebracht. Ein Geheimnis, das von vielen geteilt wird, hat immer eine begrenzte Lebensdauer. Egal, was passiert. Denn nur die wenigsten Menschen können auf Dauer die Klappe halten.

Ein neuer Gedanke bescherte Ola plötzlich einen Adrenalinstoß. Seiner Theorie nach hatten sich achtundzwanzig Spieler gedopt. Es konnten natürlich noch mehr sein, möglicherweise hatte das Mittel nicht bei allen die gewünschte Wirkung. Sechs waren gestorben. Nichts war jemals gesagt worden. Nicht ein Wort.

War es möglich, dass die Spieler nichts wussten?

Konnte es sein, dass die Sportler wirklich keine Ahnung hatten, was sie da zu sich nahmen? In diesem Fall stand er nicht nur einem möglichen Fall von Doping mit fatalen Folgen für Einzelne gegenüber, sondern Mord.

Er war zwar kein Jurist, aber in der medizinischen Ethik kannte er sich aus.

Es konnte sich um Mord handeln.

Ola wurde es abwechselnd heiß und kalt.

»Kommst du bald?«

Tobias' Silhouette zeichnete sich in der Türöffnung vor der Deckenlampe ab.

»Sicher«, sagte Ola und rang sich ein Lächeln ab.

»Willst du in meiner Mannschaft sein?«

»Klar doch. Also, los geht's.«

Die Beine wollten ihn fast nicht tragen.

Samstag, 1. Juni 2013

06:45 Uhr
Regent's Canal, London

Vor langer Zeit war er der Weltschnellste im *40-yard dash* gewesen.

David Lee Curry spielte American Football auf Spitzenniveau, bis sein Knie nicht mehr mitmachte und er endlich Zeit hatte, sich zu verlieben. Als er 1996 als frischgebackener Ehemann nach London gekommen war, wurde er Trainer bei den Wembley Warriors. Er erzielte beste Ergebnisse und wurde ziemlich schnell vom Football zum Fußball gelockt. Er wurde Trainer bei Notting Hill.

Wenn Anfragen von anderen Clubs eintrafen, wie das immer bei denen passiert, die im Profifußball ihre Sache gut machen, schneiderte Trevor Morison jedes Mal ein Geschenkpaket. Am Ende wurde David ein unerhört guter Zehnjahresvertrag angeboten, und er nahm an.

Er war zu schwer zum Joggen.

Er hatte zwar ein neues Knie, aber es war doch nicht so gut wie einst das alte. Er trampelte eher, als dass er wirklich gelaufen wäre, und nach seiner festen Runde am Kanal, am Samstagmorgen, ehe die meisten anderen aufgestanden waren, tat ihm immer die linke Hüfte weh. Schwimmen, hatte Paul Swanson vorgeschlagen, als David zur jährlichen Untersuchung erschienen war. Er musste abnehmen. Der Klinikchef konnte natürlich nicht wissen, dass

David niemals schwimmen gelernt hatte. Er war krankhaft wasserscheu, seit er mit sechs Jahren in einen Brunnen gefallen war.

Also lief David noch immer.

Die Hüfte tat mehr weh als sonst, und er drosselte sein Tempo. Regelmäßiges Gewichttraining und zweimal die Woche eine Runde auf dem Heimfahrrad hielten ihn einigermaßen in Form, aber seine wirkliche Liebe hatte immer dem Laufen gegolten. Er lief, platzierte sich, fing einen ovalen Ball und lief weiter. Lief, täuschte, fing. Schon als kleiner Junge hatte er sein Leben auf Football konzentriert, und er hatte eine einzigartige Tempobegabung gezeigt. Bis zu dem Abend unter Flutlicht, als er nicht schnell genug gewesen war, in Kniehöhe von einem 116 Kilo schweren Mann getreten wurde und sein Bein sich plötzlich nach allen Seiten verbiegen ließ. Das Kniegelenk war zerstört worden.

Jetzt konnte er sich nicht mehr schweißnass laufen.

Er blieb stehen.

Stützte sich auf sein gesundes Knie und ließ den Kopf sinken. Er war nicht erschöpft. Er fürchtete sich. Unbeschreiblich. Er konnte nicht mehr länger warten. Er dankte dem Schicksal dafür, dass Alan Pry ihn nach Ola Farmens Ausflug in Londons ländliche Umgebung angerufen hatte. Und dafür, dass er auf dem Laborgang fast mit dem fetten IT-Heini zusammengestoßen war. Eine eiserne Faust packte seinen Magen, wenn er nur daran dachte, dass diese beiden Zufälle verhindert hatten, dass er nicht in reiner Unwissenheit darüber leben musste, dass alles zum Teufel gehen konnte.

Er musste das tun, was er schon längst hätte tun müssen. Vor Monaten schon. Vor Jahren vermutlich.

David Lee Curry wusste nicht, wer das größere Problem sein würde, Trevor Morison oder Ola Farmen. Er tippte auf Ersteren. Aber im tiefsten Herzen befürchtete er, es könnte der andere sein.

09:55 Uhr
Starbucks Coffee, 55–56 Oxford Street, London

»Sag mal, wie lange wartest du schon?«, fragte Sara Zuckerman und küsste Ola Farmen auf die Wange, ehe sie sich auf dem freien Stuhl niederließ.

Vor ihm standen schon zwei leere Pappbecher, und er hielt den dritten in der Hand. Er war unrasiert, und der Schlaf saß in beiden Augenwinkeln. Entweder war er abends mit nassen Haaren ins Bett gegangen, oder er hatte eine schweißgebadete Nacht hinter sich.

»Bad hair-day?«, fragte sie und versuchte, seine Haarstoppeln in die richtige Richtung zu streichen.

Er wich zurück.

»*Bad day* wohl eher. Oder eigentlich *bad week*.«

»Du meine Güte. Und dabei ist es noch nicht einmal zehn.«

»Was trinkst du?«

»Kaffee, bitte. Ganz normalen schwarzen Kaffee.«

»Etwas zu essen?«

»Nein, danke. Komme gerade vom Frühstück.«

Er stand auf und ging. Ohne die leeren Becher mitzunehmen. Sara stellte sie diskret auf einen anderen Tisch. Sie konnte nicht begreifen, dass Ola sie ausgerechnet hierher bestellt hatte. Sara vertrug diese Art von Café schlecht, Kaffee musste aus einer Tasse getrunken werden, zur Not aus einem Becher. Nicht aus Pappe. Und wenn sie sich nun unbedingt im Starbucks treffen mussten, dann gab es doch andere Filialen, die nicht mitten im Touristenviertel von London lagen.

Der digitale Wecker hatte 04:46 gezeigt, als sie am Morgen aufgewacht war. Sofort war ihr der Besuch bei Dorothy Krüger eingefallen, und sie wurde hellwach. Johannes schlief neben ihr und kehrte ihr den Rücken zu. Er atmete tief und regelmäßig, als sie leise aufstand, seinen Morgenrock anzog und barfuß in die Küche schlich.

Als sie dann am Fenster saß und zusah, wie London erwachte, verspürte sie das dringende Bedürfnis, ihre Geschichte mit Ola zu teilen. Ihm von Najib Aysha zu erzählen. Vom Überfall in der Avenue Road und der seltsam vagen Verbindung zwischen dem Mossad und einem palästinensischen Patienten aus ihrem früheren Leben, ein Zusammenhang, der vielleicht nur in ihrer Fantasie bestand. Schließlich hatte sie die Kamera geholt und vor sich auf den Tisch gelegt, als Beweis dafür, dass sie nicht geträumt hatte.

Mit Johannes konnte sie unmöglich reden.

Er würde über die Geschichte lachen, sie küssen und ins Bett ziehen.

Sie wollte korrigiert werden, ihre Argumente sollten abgewiesen werden. Sie wollte auf Gegenargumente und Kritik stoßen. Auf Einwände. Wollte diskutieren, wie sie und Ola es seit so vielen Jahren machten.

Wie sie Leben gerettet hatten durch diese gegenseitige Herausforderung.

Intellektuell gesehen war Ola ein Wolf im Schafspelz. Sein schäbiges Äußeres, die ungeschickte Körpersprache und sein oft bei Begegnungen mit Kollegen gesenkter Blick sorgten dafür, dass er in der Regel unterschätzt wurde. Sara dagegen hatte ihn fast sofort *erkannt*. Das war im Rikshospitalet gewesen, an Olas erstem Arbeitstag. Er hatte sie aufgesucht, um über einen Patienten zu sprechen, den sie ihm zugeschoben hatte. Einen stark übergewichtigen Kettenraucher. Der Mann war Ende fünfzig, zitterte wie Espenlaub und hatte schon einen Infarkt hinter sich. Sie hatte sich für die Diagnose kaum interessiert, da sie wusste, wie die ausfallen würde. Sie hatte einen Blick auf das EKG geworfen. Infarkt offenbar. Als Ola kurz darauf mit dem Ausdruck in ihr Büro kam, schaute sie kaum auf.

»Neuer Infarkt, nicht wahr? Die Leute wissen nicht, was gut für sie ist. Bei seinem Lebensstil und den Q-Zacken auf dem EKG liegt die Sache ja wohl auf der Hand.«

»Nein«, hatte Ola gesagt. »Du darfst nicht solche Vorurteile haben. Weißt du, wie lange dieser Patient schon im System hin und her geschoben wird, ohne dass ihm mal jemand zuhört?«

Als sie keine Antwort gab, aber immerhin den Kugelschreiber hinlegte und ihn ansah, fügte er hinzu: »Man muss den Patienten zuhören, Professor Zuckerman. Wenn du das getan hättest, dann hätte er dir erzählt, dass er Perioden mit plötzlich hohem Puls hat. Wenn du nicht schon vorher entschieden hättest, dass fette kettenrauchende Mannsbilder sich mit ihren selbst verschuldeten Infarkten in aller Ruhe weiteramüsieren sollen, hättest du dir das EKG genauer angesehen. Viel genauer. Hier gibt es nämlich keine Q-Zacken.«

Er knallte ihr den Ausdruck auf den Tisch.

»Das sind invertierte Deltawellen«, sagte er und zeigte darauf. »Die haben Ähnlichkeit mit Q-Zacken. Du hast sie für Q-Zacken gehalten. Aber da hast du dich geirrt. Die Deltawellen zeigen, dass der arme Mann am WPW-Syndrom leidet. Der Patient wurde mit einem zusätzlichen Bündel aus Leitungen im Herzen geboren. Er hat Glück gehabt, dass er nicht schon als Baby plötzlich gestorben ist. Das hättest du sehen müssen. Aber du bist so vollgestopft mit Vorurteilen gegen Männer wie ihn, dass du die einfachsten Antworten suchst. Die, die auf der Hand zu liegen scheinen. Schäm dich.«

»I think this is the beginning of a beautiful friendship«, hatte sie lächelnd gesagt.

Dann war sie langsam aufgestanden, fast respektvoll. Hatte seine Hand genommen. Gespürt, wie sehr ihm der Schweiß ausgebrochen war, als er Professor Zuckerman die Leviten gelesen hatte.

Seither waren sie ein Team gewesen, ein ungleiches professionelles Duo mit einer Freundschaft, die sie zu schätzen wusste.

»Hab auch Wasser mitgebracht.«

Ola stellte eine Plastikflasche und zwei Pappbecher vor sie hin.

»Du siehst total kaputt aus«, sagte sie.

»Ich hab eine Scheißangst.«

»Was?«

»Ich hab eine Scheißangst«, wiederholte er leise und beugte sich über den Tisch zu ihr vor. »Es ist viel schlimmer geworden, seit ich dir die Mail geschickt habe. Sie haben mich entdeckt, Sara. Verdammt, die haben mich ...«

Er schaute sich rasch um. Das Lokal war voll. Touristen, die in fremden Sprachen redeten, Gruppen von Teenagern, die kichernd ihren Frappuccino mit Karamell und ganz viel Sahne tranken. Junge Liebespaare. Ein älteres Ehepaar, das nicht so recht zu wissen schien, was sie da in ihren Bechern hatten. Sara glaubte, ihre Sprache als Ungarisch zu erkennen. Am Fenster, gleich neben der Kellertreppe, las ein junger Mann Proust.

Niemand zeigte auch nur das geringste Interesse an Sara und Ola.

»Sie haben mich entlarvt.«

»Was denn entlarvt?«

Ola beugte sich noch weiter zu ihr vor und flüsterte: »Sie wissen, dass ich Dopex auf der Spur bin. Sie wollen mich loswerden. Gestern wurde ich plötzlich zu einem Gespräch mit Trevor Morison einbestellt. Mit keinem Geringeren als Trevor Morison. Warum zum Teufel sollte der ...«

»Whoa, whoa, whoa!« Sara hob die Handflächen. »Moment mal, Ola. Ganz ruhig jetzt. Erzähl mir alles von Anfang an.«

Wieder schaute er sich um wie ein Filmschurke in einer Krimikomödie.

Sara legte ihm die Hand auf den Unterarm. »Also ehrlich, Ola. Wir sind in London. In der Oxford Street im Jahr 2013. Das hier ist keine Gasse im Chicago der Dreißigerjahre. Und ich habe Zeit genug. Wir fangen mit der Mail an, die du mir geschickt hast, ja?«

»Okay«, murmelte er. »Von mir aus.«

»Was ist übrigens Dopex?«

»DopX«, sagte er leise. »Also Dopex … der Stoff, von dem ich glaube, dass Notting Hill ihn den Spielern gegeben hat.«

»Aha.«

Sie versuchte, den idiotischen Deckel von ihrem Becher zu entfernen.

»Deine Mail hat mich beeindruckt«, sagte sie. »Warum hast du das nicht schon am Sonntag erzählt, als ich euch besucht habe?«

»Erstens war ich da noch nicht so weit. Zweitens hab ich, ehrlich gesagt, ein bisschen Angst vor …«

Endlich ging der Deckel ab. Sara trank vorsichtig einen Schluck.

»Vor Johannes«, vollendete sie den Satz, als Ola immer noch schwieg.

»Ja.«

»Das brauchst du nicht. Aus vielen Gründen. Wenn er sich etwas zuschulden hat kommen lassen, muss er sich natürlich dafür verantworten. Außerdem wissen wir erstens noch nicht, ob überhaupt etwas Illegales geschehen ist, und zweitens nicht, wer möglicherweise damit zu tun hat. Eins steht jedenfalls fest: Wenn deine Theorie zutrifft, dann sind es nicht sehr viele. Sonst wäre es längst herausgekommen.«

»Genau das habe ich mir auch überlegt. Es hat ja nicht mal das kleinste Gerücht gegeben.«

»Johannes ist gestern Abend spät nach Hause gekommen«, sagte Sara und schob ihm die Wasserflasche zu, um sich bei dem widerspenstigen Verschluss helfen zu lassen. »Obwohl er versprochen hatte, sich früh von diesem Essen wegzuschleichen. Und deshalb hatte ich Zeit totzuschlagen. Streng genommen wühle ich gerade in einer anderen Angelegenheit herum …«

Sie starrte ihm in die Augen. Ohne auch nur einen Hauch

von Interesse daran zu sehen, was sie soeben verraten hatte.

»… aber weil ich ja heute mit dir verabredet war, habe ich mich vor den Rechner gesetzt und die Spieler angesehen, die du genannt hast.«

»Und?«

»Bei denen fällt etwas auf. Wenn ich Johannes richtig verstanden habe, ist dieser Adrian Ske… Ske…«

»Skeraj. Adrian Skeraj.«

»Genau. Der ist der schnellste Spieler bei Notting Hill, ja? Obwohl er nicht zu denen gehört, bei denen du den Verdacht hast, dass sie … Dopex genommen haben?«

»Ja.«

»Er hat aber auch eine aufsehenerregende Wadenmuskulatur. Ist dir das schon aufgefallen?«

»Das haben die meisten schnellen Spieler. Sieh dir Messi an.«

»Ja, genau. Der Spanier.«

»Argentinier, spielt in Spanien.«

Ola zog sein Mobiltelefon hervor. Sekunden später hielt er ihr ein vergrößertes Foto hin, das Lionel Messis Waden von der Seite zeigte.

»Meine Güte«, sagte Sara, als sie ihre Brille aufgesetzt hatte. »Hier sieht man es noch deutlicher als auf dem Bild, das ich gestern Abend gefunden habe.«

»Und hier«, sagte Ola und zeigte ihr jetzt ein Bild von Antonio Valencia. »Das ist der FIFA nach der schnellste Spieler der Welt. Sieh dir diesen Musculus triceps surae an! Und hier, Gareth Bale. Der Zweitschnellste auf der Welt.«

Sara musterte die Bilder.

»Das illustriert einiges davon, was ich sagen wollte«, sagte sie. »Im wahrsten Sinne des Wortes. Mir ist nämlich aufgefallen, dass dieser Muskel bei den Spielern auf deiner Liste nicht so dramatisch entwickelt ist. Gute große Muskeln, aber nicht so übertrieben wie die da.«

Ihr Finger tippte kurz auf das Display, ehe sie Ola sein Telefon zurückgab.

Ola runzelte die Stirn. »Das habe ich mir noch gar nicht überlegt. Und das bedeutet?«

»Wir denken an Doping, nicht wahr?«

Eifrig schob sie Pappbecher und Wasser beiseite, ehe sie beide Unterarme auf den Tisch legte, sich vorbeugte und sagte: »Na gut. Doping ist so alt wie der Leistungssport. Die Chinesen haben schon vor fünftausend Jahren aus Kräutern Ephedrin gewonnen. In Südamerika wurden, lange vor den Konquistadoren, Kaffee und Tee und sogar ein strychninähnlicher Stoff als leistungsstärkende Mittel eingesetzt. Weißt du, was das Wort *dop* eigentlich bedeutet?«

Ola schüttelte den Kopf.

»Es kommt aus dem Flämischen und bedeutete ursprünglich eine dicke Suppe. Guter Ausdruck eigentlich, denn da wird ja ganz schön viel reingemischt. Vor allem beim Boxen und beim Pferdesport wurde schon seit dem 19. Jahrhundert emsig manipuliert. Später beim Radfahren, wo es möglicherweise die größten Probleme gab. Die Briten glaubten an reinen Sauerstoff. Andere nahmen alles von Kokain über Heroin bis zu Strychnin. Strychnin, Ola! Mit Kognak runtergespült!«

»Woher weißt du das alles?«, fragte Ola skeptisch. »Du interessierst dich doch nicht für Sport.«

»Nein. Kein bisschen. Aber ich interessiere mich für Medizin, und das ist ja vor allem medizinisch relevant, Ola. Das Herz ist mein Muskel. Wenn Idioten sich Nitroglyzerin einverleiben, um bessere Sportler zu werden, lasse ich mich als Ärztin zurücksinken und denke: Hm. Interessant.«

Ola lächelte widerwillig. Er fühlte sich nicht mehr so müde. Das schlechte Gewissen, weil er aus dem Haus geschlichen war, als alle noch schliefen, setzte ihm nicht mehr zu.

»Auch für Soldaten kann künstlich gesteigertes Leistungsvermögen nützlich sein«, sagte Sara jetzt. »Amphetamin zum Beispiel, um die totale Erschöpfung hinauszuzögern. Die Deutschen haben im Zweiten Weltkrieg einen misslungenen Versuch gestartet. Sie haben Hungeropfern anabole Steroide gegeben.«

Sie legte eine Pause ein. »Total daneben, natürlich. Keinerlei Wirkung. Aber damit waren die anabolen Steroide da, um es mal so zu sagen. Zusammen mit Testosteron, das ebenfalls für einen schnellen Muskelaufbau sorgt. Und wir haben natürlich zentral stimulierende Mittel, von denen Radsportler in der jüngeren Geschichte häufig Gebrauch gemacht haben. Sie werden davon nicht zu besseren Fahrern, aber sie können Schmerz besser aushalten.«

»Und dann gibt es noch EPO«, sagte Ola.

»Ja. Künstliches Erythropoietin ist ein sehr wichtiges Arzneimittel. Wird bei bedrohlicher Anämie eingesetzt. Es wurde in den Achtzigerjahren entwickelt. Bis damals, und auch später noch, gab es Probleme mit klassischem Blutdoping bei vielen Sportarten, bei denen die Ausdauer wichtig ist. Langlauf. Radrennen. EPO kam wie Manna vom Himmel. Ein bisschen EPO, richtig verteilt, und du kannst dein Leistungsvermögen enorm steigern.«

»Aber was hat das mit Adrian Skerajs Wadenmuskulatur zu tun?«

»Also«, sagte Sara und tupfte sich die Lippen mit einer Papierserviette ab. »Ich war gestern Abend bei einer Frau und …«

»Gestern Abend? Hast du nicht gesagt, dass du allein zu Hause warst, weil Johannes zu einem Essen musste?«

Sara schüttelte den Kopf. »Lange Geschichte«, sagte sie abwehrend. »Vielleicht später. Es geht mir darum, dass diese Frau eine alte Exzentrikerin ist. Sie war offenbar mit einem höheren Nazioffizier verheiratet und hat einen unglaublichen Antisemitismus mit ins neue Jahrtausend genommen.«

»Da ist sie leider nicht die Einzige.«

»Nein. Aber diese Frau glaubt unter anderem, sehen zu können, ob jemand Jude ist. Was alle, die eine leichte Mischung aus sephardischen und aschkenasischen Juden gesehen haben ...«

»Und was ist das noch gleich?«

»Sephardische Juden sind die, die ursprünglich von der Iberischen Halbinsel kommen. Grob gesagt, die arabischen Juden. Die aschkenasischen sind mittel-, nord- und osteuropäische Juden, wieder ganz grob gesagt. Wenn du die nimmst, und dann alle möglichen kleinen Gruppen, dann siehst du, dass Juden ein Aussehen haben, das zwischen blond und blauäugig und dunkel wie die schwärzesten Afrikaner variiert.«

Sara hob die Handflächen und zuckte mit den Schultern, als ob sie darauf wartete, dass er ihre Aussage bestätigte.

»Äh«, sagte Ola. »Und das sagst du mir, weil ...«

»Das sage ich dir, weil sie sich irrt. Juden sind eine viel zu unterschiedliche Menschengruppe, als dass man sie erkennen könnte.«

»Meine Schwester behauptet, sie habe ein Gay-Radar. Sie kann Schwule und Lesben erkennen, egal, wie feminin oder maskulin die sich geben.«

»Das liegt an den Signalen, Ola. Kleine unbewusste und bewusste Signale. Außerdem können sich auch Gaydare irren. Glaub mir.«

Vielsagend hob sie die Augenbrauen und fügte hinzu: »Aber das ist hier nicht der Punkt.«

»Nein«, sagte Ola und trank einen Schluck aus Saras Wasserflasche. »Ich frage mich, wo du den eigentlich versteckt hast.«

»Wen denn?«

»Den Punkt. Was ist bei alldem denn der Punkt?«

»Dass es eine Gruppe von Menschen gibt, die ich sofort erkenne.«

»Hä?«

»Nämlich die, die muskelwachstumsverstärkende Mittel nehmen. Testosteron oder anabole Steroide. Ich sehe das auf den ersten Blick.«

»Komisch, dass du nicht von der WADA angeworben wirst.«

»Red keinen Unsinn. Hör zu ...«

Jetzt verhielt sich Sara, als ob nach ihr gefahndet würde. Sie schaute sich verstohlen um, dann beugte sie sich so weit zu ihm vor, dass er ihren Kaffeeatem roch, als sie redete. »Beim Training kannst du die Muskelmasse vielleicht um ein Drittel steigern. Wenn du Steroide nimmst, kannst du sie verdoppeln. Wie hieß noch der Amerikaner, der damals bei den Olympischen Spielen erwischt wurde? Der Afroamerikaner. Irgendwann in den Achtzigern.«

»Der war Kanadier und auf Jamaika geboren. Ben Johnson. Die Olympischen Spiele in Seoul, 1988. Aller Wahrscheinlichkeit nach hatte er Stanozolol genommen. Ein anaboles androgenes Steroid.«

»Genau. Der Typ war ja offenbar strohdoof. Erstens ist Stanozolol lebensgefährlich, es kann unter anderem zu Leberversagen führen. Zweitens ...« Sie beugte sich noch weiter vor. »... der Mann war doch der athletische Vetter des Michelinmännchens. Sah einfach unmöglich aus!«

»Sicher. Er hat übertrieben. Aber seither haben alle dazugelernt. Die Sportler und ihre Dopingexperten. Können besser dosieren.«

»Aber ich sehe es trotzdem. Sofort. Künstliche Wachstumsstimulierung erkenne ich sofort.«

Ola schüttelte den Kopf. Dafür, dass sie der intelligenteste Mensch war, den er kannte, war sie ab und zu unvorstellbar naiv.

»Du kannst mir also hier und jetzt erzählen, ob Usain Bolt wachstumsstimulierende Mittel genommen hat?«

»Wer?«

»Vergiss es.«

Er machte sich an seinem Mobiltelefon zu schaffen und

tippte aus Versehen falsch. Im Display tauchten Gareth Bales Waden auf. Ola hielt Sara das Telefon hin.

»Darüber hast du eigentlich geredet.«

»Ja. Aber wir haben einen hochinteressanten Umweg genommen. Kannst du so ein Bild finden von ... Wer war oder ist der Schnellste von allen, die du im Verdacht hast, dieses ... Dopex zu nehmen?«

»Sebastian Thorne«, sagte Ola und suchte im Internet, während er weitersprach. »Er hat zwischen 2006 und 2009 bei uns gespielt. Da war er fünfunddreißig und hat aufgehört. Jetzt ist er Zweiter Trainer bei Ajax. Warte mal ... hier.«

Das Bild ließ sich vergrößern, bis nur noch die Waden zu sehen waren.

Sara setzte wieder die Brille auf und sagte triumphierend, als sie das Telefon zurückgab: »Genau. Ha! *My point exactly.*«

Ola starrte das Display an.

»Verflixt«, sagte er. »Du hast recht.«

»Ja. Hab ich. Es ist absolut möglich, dass Fußballspieler große Musculi triceps surae entwickeln. Fußballbeine sind oft sehr deutlich. Das sehe sogar ich. Es ist vernünftig, die Beinmuskulatur zu trainieren, wie jede andere Muskulatur. Diese schnellen Jungs, die du mir gezeigt hast, Messi und wie sie alle heißen, haben sicher nur besonders viel trainiert. Was weiß ich? Vermutlich haben sie außerdem die passenden Gene. Kein Grund, sie des Dopings zu verdächtigen. Aber der da ...«

Sie zeigte auf das Display.

Sebastian Thorne hatte schöne Waden. Durchtrainierte Fußballerbeine, eher etwas dünn geraten. Absolut kein übertriebener Musculus triceps surae.

»Hier kann aber keine Rede sein von einem Wachstumshormon«, sagte Ola tonlos.

»Nein. Das habe ich gestern Abend auch erkannt. Ich habe Bilder von fast allen Namen auf deiner Liste gefunden. Das ist überall so. Sie haben natürlich durchtrainierte Waden, aber nicht wie die Typen, die du mir eben gezeigt hast. Dennoch sind sie fast genauso schnell gelaufen.«

»Aber ...«

Er legte das Telefon vorsichtig auf den Tisch und sah Sara mutlos an. »Es gibt doch keine anderen Dopingmittel als die wachstumsstimulierenden, die auf kurze Strecken leistungsfördernd wirken? EPO kann dir auf langen Strecken helfen, zentral stimulierende Mittel geben dir die Fähigkeit, Schmerz zu ertragen, Blutdoping macht dich ...«

Wieder griff er sich an den Kopf. Verschränkte die Finger im Nacken und sah sie flehend an.

»Überleg doch mal«, sagte Sara. »Was entscheidet über Kraft und Beschleunigung, wenn du zum Beispiel hinter dem Bus herrennst?«

»Muskeln! Verdammt, Muskeln!«

»Sicher.«

Sie nickte geduldig. »Die Größe der Muskeln. Die Menge an Muskelfasern. Ob du mehr von Typ 1 hast, den schnellen Fasern, oder Typ 2, die besser für Langstreckensportler geeignet sind. Mit den Muskeln kannst du größere Kraft erzeugen, aber nicht notwendigerweise die Beschleunigung steigern. Kannst du dir vorstellen, wie ein bulgarischer Gewichtheber hundert Meter läuft?«

Ola schüttelte den Kopf.

»Ich mir auch nicht«, sagte Sara. »Deshalb frage ich dich ...«

Jetzt lächelte sie strahlend. »Was entscheidet darüber, wie deine Muskeln sich zusammenziehen? Alle Muskeln in deinem ganzen Leib? In deinem Herzen, in deinem Darm, damit du ihn entleeren kannst, in den Lidern, damit du zwinkerst? Muskeln ganz allgemein. Allesamt.«

Ola gab keine Antwort. Er starrte sie so konzentriert an, dass er erst nach einer Weile merkte, dass er aufgehört hatte zu atmen. »Die Exzitations-Kontraktions-Kopplung«, sagte er endlich langsam, deutlich und mit einer

Stimme, die fast in ein Fisteln umschlug, wie die eines Jungen im Stimmbruch. »Die EK-Kopplung. Großer Gott! Was hab ich mir nur gedacht? Ich hab unendlich viel Zeit in einer Sackgasse verschwendet!«

»Genau. Du weißt natürlich, wie die EK-Kopplung beim Herzen funktioniert, Ola, aber wie sieht das bei der normalen Muskulatur aus?«

Das Mobiltelefon kam Olas Antwort zuvor.

»Huch«, sagte er, als er sah, wer da anrief.

Am Vorabend hatte er klammheimlich Tuva bestochen, damit sie sich am Morgen um die kleine Sara kümmerte. Die Achtzehnjährige hatte fünfzig Pfund verlangt. Bestechungen machten einen Großteil von Olas Kindererziehung aus, und ihr Niveau stieg viel schneller als die Inflationsrate. Fünfzig Pfund und das Geld für die drei Eis, die er Sara versprochen hatte, das war der Wucherpreis dafür, dass er sich so früh hatte davonschleichen können. In der Hoffnung, dass Guro so gut schlief wie immer und bis in den späten Vormittag im Bett bleiben würde, wenn die Möglichkeit bestand.

Es war jetzt zehn vor elf. Vorher war sie offenbar noch nicht wach geworden.

»Verdammt«, sagte er und steckte das Telefon in die Tasche, ohne das Gespräch anzunehmen. »Ich muss los. Das war Guro. Ich habe streng genommen nicht ... gesagt, dass wir uns hier treffen.«

»Du musst los? Jetzt? Ich helfe dir doch ein riesiges Stück weiter auf der Suche nach deinem Dopex, Mann!«

Er zögerte kurz. Biss sich in die Lippe.

»Wie lange bleibst du in London?«

»Bis morgen. Thea ist an diesem Wochenende bei so einem Cheerleaderkurs. In Tønsberg. Aber ich habe ihr versprochen, dass wir morgen Nachmittag und Abend zusammen verbringen.«

»Können wir ... können wir uns heute Nacht treffen?«

»Heute Nacht? Ola, also wirklich! Ich bin übers Wochenende bei meinem Freund zu Besuch. Wann … wann denn heute Nacht, was hast du dir so gedacht?«

»Es muss nach zwei sein. Dann schlafen alle. Ich fahre zu Johannes, dann kommst du raus, und wir reden im Auto.«

»Johannes wird sich Gedanken machen, Ola. Es ist durchaus nicht sicher, dass wir dann schon schlafen.«

»Sag, dass … sag, dass ich dich brauche. Dass ich Probleme mit Tarjei habe. Das wäre ja nicht mal gelogen. Oder Eheprobleme. Egal was. Bitte!!!!!«

Sie seufzte und machte eine resignierte Handbewegung. »Na gut. Um halb drei. Aber du?«

»Ja«, sagte er und griff nach seiner Jacke.

»Ich habe gelernt, Guro zu mögen. Ich habe großen Respekt vor einer Ehe, die so lange gehalten hat. Aber … Du darfst nicht immer so ein … Pantoffelheld sein.«

»Ich bin kein Pantoffelheld«, wehrte er ab. »Ich bin einer, der weiß, wie man überlebt.«

Er lief zur Tür. Er wirkte jedenfalls nicht mehr so verängstigt wie bei ihrem Eintreffen, dachte Sara. Auf halber Strecke, mitten in einem Schwarm aus fünfzehnjährigen Jungen in Fußballtrikots, drehte er sich zu ihr um und sagte laut: »Die EF-Kopplung. Du bist gar nicht so dumm, Dr. Zuckerman!«

10:45 Uhr
Cobham, Surrey, England

Der gute alte Dr. Copperhill!

Sophie Pry hob die Kaffeetasse und erinnerte sich an den Geruch von Chlor und Kampfer. Sie sah vor sich die Steintreppe von der Straße zur braunen Eingangstür der Praxis. Breite Stufen, ausgetreten von Generationen von Patienten. Schwarz glänzendes schmiedeeisernes Geländer, immer so glatt, wenn sie mit der Hand darüberfuhr.

Der wohlverdiente Lutscher nach überstandener Untersuchung.

Sophie hatte ihren täglichen Blick auf *herefordshire times.com* geworfen. Alan war mit Cheryl zu einer Blumenausstellung nach Cardiff gefahren, sie würden bis zum nächsten Abend ausbleiben. Sophie hatte mitfahren wollen, aber die Vorstellung, mit Alan Stunden im Auto zu verbringen, war so unerträglich, dass sie eine schlimmer werdende Migräne vorgeschützt hatte. Das war nicht einmal die Unwahrheit. Als Tochter und Mann aufgebrochen waren, fühlte sie sich besser. Normalerweise hätte sie ein schlechtes Gewissen gehabt, weil sie Alan auf eine Ausstellung schickte, die nur sie selbst und Cheryl interessierte, aber jetzt nicht.

Alan schlief schon die ganze Woche im Gästezimmer.

Sie hatten kaum mehr zueinander gesagt, als was Cheryls wegen unerlässlich gewesen war.

Sophie saß im Wintergarten, den Laptop auf dem Schoß. Die Doppeltür zum Garten stand offen. Eine leichte Wolkendecke wanderte nach Westen, und schon schien die Sonne so grell, dass Sophie die Markise heruntergelassen hatte, um auf dem Bildschirm lesen zu können.

Sie hielt sich gern über die Geschehnisse in Leominster auf dem Laufenden. Nicht nur wegen ihrer einundachtzig Jahre alten Mutter Margaret, auch wenn die wöchentlichen Telefongespräche dann leichter waren.

Sophie interessierte sich auch dafür, was alte Freunde machten. Für Auseinandersetzungen um Radwege und Ausbau. Für bissige Hunde und lokale Sportergebnisse.

Für Geburtstage, Geburten und Todesfälle.

Ihre Mutter war körperlich durchaus rüstig. Geistig sah es nicht ganz so gut aus. Christophers Tod hatte sie aus der Bahn geworfen. Sie hatte auf eine Weise getrauert, die Sophie in ihrer eigenen Verzweiflung nicht bemerkt hatte. Erst ein halbes Jahr nach der Beerdigung stellte sie fest, dass ihre Mutter sich verändert hatte. Margaret war immer munter gewesen. Sie war in vieler Hinsicht ein schlichtes Gemüt, fand sich mit den Gegebenheiten und dem Lauf des Lebens ab. Als ihr Mann, Sophies Vater, mit achtundsechzig Jahren nach kurzer Krankheit gestorben war, hatte Margaret mit ehrlicher Trauer, aber voller Gemütsruhe reagiert. Sie hatten dreiundvierzig gute Jahre zusammen gehabt. Das Leben hat's gegeben, das Leben hat's genommen, das war Margarets Motto.

Aber es hätte Christopher nicht nehmen dürfen.

Sophie Prys Mutter konnte den Verlust ihres Enkels nicht überwinden. Ihre zahllosen Freunde hatten lange gebraucht, um sie in ihr gewohntes Leben zurückzuholen, mit Gartenpflege und Chor, Teegesellschaften und Stellvertretung in der Grundschule. Als die Jahre vergingen, gaben die Freunde auf. Margaret wollte nicht. Jetzt verließ sie ihr Haus kaum noch, und wenn Alan und Sophie ihr nicht viermal im Jahr einen Gärtner spendiert hätten, wäre ihr preisgekrönter Garten längst zur Wildnis geworden.

Und jetzt war Dr. Copperhill gestorben. Sophie las die Anzeige noch einmal.

Leominster. Nicholas John Copperhill (Nick). Of Hereford Terrace on May 27th, at Leominster Community Hospital, aged 81 years. Much loved husband of Rosemary, loving dad of Clark and Heather, a dear granddad to Jessica, Steve, Robert and Gerard. Will be sadly missed by all family and friends. The Funeral Service will be held on Monday, June 10th, at Leominster Cemetery at 3 p.m. Family flowers only. Donations, if desired, are for St. Michael's Hospice.

Sophie stellte den Laptop auf den Tisch, stand auf und ging hinaus in den Garten. Eine westliche Brise ließ die Decke auf dem Gartentisch flattern. Sophie vergewisserte sich, dass die mit Wäscheklammern befestigten Gewichte, die die Decke festhalten sollten, richtig saßen.

Dr. Copperhill war der Einzige außerhalb der Familie gewesen, der die Mutter in den vergangenen Jahren hatte besuchen dürfen. Noch in den letzten Monaten, als er schon sehr krank war, stellte er sich getreulich jeden letzten Sonntag im Monat bei ihr ein. Sophie hatte den Worten der Mutter entnommen, dass der alte Hausarzt immer verwirrter wurde, aber diese Sonntage konnte er sich doch merken. Eine beginnende Demenz war 2007 diagnostiziert worden, nur wenige Monate nach Christophers Tod. Nur seine Frau und sein Sohn, der die Praxis übernommen hatte, wussten, dass etwas nicht stimmte. Dr. Copperhill hatte bewundernswert lange weitergemacht, unterstützt durch seine Erfahrung und seine guten Kenntnisse der Patienten.

Der automatisch gelenkte Rasenmäher setzte sich in Bewegung. Das monotone Dröhnen konnte die Elstern, die im Wäldchen hinter dem Garten lärmten, nicht übertönen. Vielleicht war ein Junges aus dem Nest gefallen. Oder eine Katze näherte sich.

Dr. Copperhill hatte mit nur sechsundzwanzig Jahren die Praxis seines Vaters übernommen. Damals war Sophie ein Baby gewesen und war, anders als ihre Eltern, Nick Copperhill senior kaum je begegnet. Aber wie dieser war auch Nick ein Arzt der alten Schule. Konservativ, tüchtig und umsichtig, bis er dann nur noch verwirrt war und seine Zulassung als Arzt verlor.

Sophie Pry knöpfte ihre Golfjacke zu und ging zum Gartenhaus. Auf halber Strecke machte sie auf dem Rasen kehrt, um ihre Kaffeetasse zu holen. Als sie sich endlich unter dem sechseckigen Dach des Gartenhauses in den Schatten setzen konnte, fing sie zu weinen an.

Obwohl Dr. Copperhill ihr nie nahegestanden hatte.

Als sie noch zu Hause wohnte, hatte er sie ab und zu behandelt, als kleines Kind wegen eines Ekzems, mit vierzehn wegen Scharlachs.

Im Laufe der Jahre hatte er sie mit Impfungen und guten

Ratschlägen versehen und sie einmal ins Krankenhaus gebracht, als sie von einer Eiche gefallen war und sich den Arm gebrochen hatte. Er war der Arzt der Familie, mehr aber auch nicht. Für sie nicht. Für die Eltern dagegen war er in schweren Zeiten eine Stütze und in guten ein Freund gewesen.

Bis ganz zuletzt.

Sophie wischte sich die Tränen ab und versuchte, sich zusammenzureißen. Wie dumm von ihr. Dr. Copperhill hatte sterben dürfen, und es war vermutlich das Beste für ihn und seine Familie. Sie hatte ihn seit vielen Jahren nicht mehr gesehen. Er war nicht einmal zu Christophers Beerdigung gekommen. Sophie fragte sich, warum sie sich daran erinnerte.

Natürlich!

Christopher war beim Freund und Arzt seiner Großmutter in der Sprechstunde gewesen. Das war einen Monat vor seinem Tod, wenn sie das noch richtig aus dem Brief in Erinnerung hatte, der am Tag nach Eintreffen der Todesbotschaft im Briefkasten gelegen hatte. Sophie und Alan hatten erst mehrere Tage nach der Beerdigung wieder Post geöffnet, die hatte sich damals auf dem Tisch in der Diele gehäuft. Am ersten Tag, als Alan nach dem Verlust des Sohnes wieder zur Arbeit gefahren war, hatte Sophie versucht, den Stapel durchzusehen. Sie hatte zögernd Dr. Copperhills Brief geöffnet, der an Christopher adressiert, aber an die Adresse seiner Eltern geschickt worden war. Er war mit der Hand geschrieben und fast unleserlich. Sie hatte nur das Datum von Christophers Besuch registriert, ehe sie unten auf den Bogen geschaut hatte, wo, so verstand sie das, der Schluss gezogen wurde, dass mit Christopher alles in Ordnung sei.

Dann hatte sie, wenn sie sich richtig erinnerte, den Brief in den Holzkasten gelegt, den Alan ihr weggenommen hatte.

Warum Christopher Dr. Copperhill aufgesucht hatte,

konnte sie sich nicht vorstellen. Ihr Sohn hatte doch freien Zugang zu den medizinischen Angeboten der Notting Hill Clinic. Geld genug, um die besten Spezialisten der Welt aufzusuchen, wenn es wider Erwarten so ernst um ihn stünde, dass die Klinik ihm nicht helfen könnte.

Aber er hatte den Arzt der Großmutter aufgesucht. Einen Landarzt.

Sophie erhob sich zögernd, nahm ihre Kaffeetasse und ging langsam über die breite Rasenfläche zurück. Vielleicht hatte Dr. Copperhill eine Kopie des Briefes behalten. Der war zwar aus irgendeinem Grund handgeschrieben, aber er hatte ihn ja trotzdem kopieren können. Sie wusste noch, dass es in der Praxis einen Archivraum gegeben hatte; Sophies älterer Bruder hatte sie dort einmal eingesperrt, als die kleine Schwester wegen ihrer entzündeten Mandeln hatte behandelt werden müssen.

Jetzt leitete Clark Copperhill, Nicks Sohn, die Praxis. Er hatte renoviert und modernisiert, hatte die Mutter vor langer Zeit schon erzählt. Das Einzige, was noch an den alten Arzt erinnerte, waren die ausgetretenen Treppenstufen und das blanke Geländer. Sogar das Türschild aus Messing hatte einem modernen aus Acryl weichen müssen.

Sicher gab es Vorschriften für den Umgang mit dem Archiv eines verstorbenen Arztes. Wurde es vererbt, wenn jemand die Praxis übernahm? Vielleicht war alles vernichtet worden. Aber nach sechs Jahren? Es konnte gute Gründe geben, Krankenberichte länger aufzubewahren.

Sophie wäre fast über den kleinen Rasenmäher gestolpert. Die Kaffeetasse fiel ihr aus der Hand. Das zarte Porzellan zerbrach, obwohl es auf den Rasen gefallen war. Sie kniete nieder und fing an, die Scherben aufzusammeln.

Vielleicht sollte sie den norwegischen Arzt anrufen?

Nein. Sie hatte ihn schon einmal enttäuscht. Das hier musste sie selbst erledigen. Als alle Scherben in ihrer linken Handfläche lagen, hatte sie ihren Entschluss gefasst.

Es war Zeit, ihre alte Mutter in Leominster zu besuchen.

11:00 Uhr
Manette Street, Soho, London

Aron Apter war noch nicht einmal aufgestanden.

Er drehte sich um und schloss die Augen, in der Hoffnung, weiterschlafen zu können. Das half nichts. Er setzte sich im Bett auf. Warf einen Blick auf einen halb gelesenen Roman auf dem Nachttisch. Ließ ihn liegen.

Als er am gestrigen Nachmittag festgestellt hatte, dass Sara Zuckerman im Begriff war, Norwegen zu verlassen, war er sofort zum Flughafen gefahren. Er ging zunächst ins Terminalgebäude, als sein Samsung-Display zeigte, dass Saras Telefon ausgeschaltet war. Die Maschine um 15:05 Uhr nach Heathrow schien mit diesem Zeitpunkt übereinzustimmen, rechnete er aus. Falls sie also nach London wollte. Bisher hatte sie mit dem iPhone noch keine Mails heruntergeladen. Kein Flugticket. Jedenfalls nicht, wenn das Kopierprogramm des Samsung so funktionierte, wie Arons Kollege behauptet hatte. Wenn Sara Zuckerman ein anderes Reiseziel hatte als England, konnte Aron nicht wissen, wohin sie wollte, falls er ihr nicht bis zum Ausgang folgte. Das aber wäre ein zu großes Risiko. Aron Apter war ein vorsichtiger Mann und geduldig, wenn es um Dinge ging, über die er keine Kontrolle hatte. Er kaufte sich deshalb einen Flugschein für den SAS-Flug um 17:15 Uhr und war zu Hause in der Manette Street, als noch ein gutes Stück des Abends vor ihm lag.

Die Reise nach Norwegen war zwar kurz gewesen, aber nicht sinnlos.

In Cleveland vor dreizehn Jahren hatte Aron Apter seinen größten beruflichen Fehler gemacht: Er war sofort von Sara Zuckerman fasziniert gewesen. Sie strahlte bereits eine seltene Stärke aus, als er sich mit einem seiner zahllosen falschen Namen vorstellte. Sie saß mit dem Rücken zu den großen Fenstern, leicht vornübergebeugt und überaus selbstsicher. Das Sonnenlicht fiel so grell durch die

Fenster, dass sich um ihren Kopf ein Glorienschein abzeichnete. Obwohl er darauf trainiert war, sich von nichts emotional beeinflussen zu lassen, hatte sie ihn überrumpelt. In der Zeit danach hatte er sich alle Mühe gegeben, ihr nicht einen einzigen Gedanken zu widmen. Erst als er nach Norwegen gekommen war, hatte er sich erinnert. Er war ihr gefolgt, einige Male so dicht, dass er in dem Kastanienrot ihrer Haare eine Andeutung von Grau hatte sehen können.Ihre raschen Bewegungen hatten eine energische Weiblichkeit und Entschlossenheit. Sara Zuckerman konnte nicht viel größer als 1,65 sein, und viele Männer fanden vermutlich das Gesicht zu scharf gezeichnet und die langen üppigen Haare zu gewaltig für eine so kleine und nicht mehr junge Frau.

Nicht Aron.

Sie trainierte, wie er jetzt wusste.

Sie trank allein Wein. Teuren Wein. Sie las Bücher und bewahrte sie auf. Sie standen geordnet in den Regalen und behielten den Schmutzumschlag, sogar auf ihrem Nachttisch standen die Bücher aufgereiht zwischen zwei Buchstützen in Form von schlafenden Eulen. Sie und ihre Nichte besaßen jede ihr eigenes Badezimmer, das eine feminin, sauber und geschmackvoll mit einem Seidenschlafrock an einem Haken hinter der Tür. Das andere, im Keller, roch feucht und nach einfachem Parfüm. Auf dem Boden lag Trainingskleidung auf einem Haufen. Das Klopapier war grün und mit orangen Fröschen bedruckt. In der Duschkabine lag ein feuchtes Badetuch, und auf dem Spülkasten saß ein hellbrauner einäugiger Bär.

Thea Zuckermans Schlafzimmer hatte etwas in ihm berührt.

Während das Leben der Tante ordentlich war, fast aseptisch in seinem gedämpften Stil, war das Zimmer der Siebzehnjährigen eine Explosion von Farben und Interessen. Cheerleader-Plakate und Bilder von Popstars. Modezeitschriften und ein ganzes Regal voller Nagellackflaschen.

Schulbücher lagen wild durcheinander in einem der Regale über dem Schreibtisch, während die beiden anderen mit Literatur vollgestopft waren, die er nicht kannte. Das Mädchen sammelte offenbar noch Kuscheltiere, unter der Decke zog sich ein Regalbrett um das ganze Zimmer, und dort waren alle erdenklichen Stofftiere aufgereiht. Das Bett war ein zerwühltes Chaos.

Ein typisches Teenagerzimmer, vermutete er.

Mit einer Ausnahme.

Über dem Bett hing ein großes Bild eines Binnensees. Links im Vordergrund des Fotos lagen von kristallisiertem Salz bedeckte Kieselsteine. Kleine Wellen umschäumten die Steine, und das grüne Wasser kräuselte sich leicht unter den Strahlen einer Sonne, die in einer fächerförmigen Lichtkaskade durch die Wolkendecke brach. Am Horizont war ein schmaler Lichtstreifen zu sehen.

Der Binnensee war das Tote Meer, das wusste Aron. Das Foto war vom Westufer aus aufgenommen, ein großartiges Sonnenaufgangsbild aus der Gegend, die der Rest der Welt als *besetzt* bezeichnete.

Das Bild hatte ihn mit einem Gefühl erfüllt, das er sich nicht erklären konnte. Es war halb zwölf, und es war so still. Kein Auto. Kein rufendes Kind. Keine schimpfende Mutter. Alle waren verschwunden. Er hörte nur ab und zu einen Möwenschrei durch das Fenster, das die Nichte halb geöffnet hatte, ehe sie in die Schule gegangen war.

Es konnte nicht viele norwegische Jugendliche geben, die ihr Zimmer von einer uralten, historisch und politisch umstrittenen, über 3600 Kilometer entfernten Landschaft dominieren ließen.

Eine israelische Papierflagge war am Spiegel neben dem Fenster befestigt. Eine Collage, die sie vermutlich selbst gemacht hatte, ein Davidstern in Hellblau und Gold, hing an der Innenseite der Tür. Als er sich vorbeugte, sah er, dass noch der kleinste Papierfetzen aus hebräischen Texten ausgeschnitten war. Aus dem Netz ausgedruckt, wie es aussah, sorgfältig zurechtgeschnitten, aber ohne das geringste Verständnis für die Bedeutung der Wörter. Er hatte sich bei einem Lächeln ertappt, als er hier und dort Zitatfetzen aus einer Finanzdebatte in der Knesset entdeckte.

Auf dem Nachttisch lag nur ein Buch.

Hebrew for Dummies.

Er hatte das Zimmer verlassen, während ein geflüsterter Gruß in der Luft hing.

Kol tuv.

Leb wohl.

Aron Apter hatte auf seiner Reise nach Norwegen viel gelernt. Das Wichtigste war, dass er sich geirrt hatte, was Sara Zuckermans Beziehung zu ihrer Nichte anging.

Das könnte von großem Nutzen sein.

Jetzt streckte er die Arme über den Kopf und gähnte. Er hatte zwar nicht lange geschlafen, aber immerhin gut, ausnahmsweise. Als er gegen sechs Uhr morgens ins Bett gefallen war, hatte er sich einer Entscheidung schon zwei Schritte genähert.

Obwohl Sara Zuckermans Ausflug in die Avenue Road einfach nicht zu begreifen war.

Er hatte die Überwachungsfunktion eingeschaltet, sowie er das Flugzeug aus Norwegen verlassen hatte. Sara machte einen Spazierging, entschied er dann. Eine langsame Bewegung nach Norden, ein wenig nordwestlich, es konnte hier weder von Auto noch von Fahrrad die Rede sein. Als er sah, dass sie sich der Avenue Road näherte, war er schon fast zu Hause. Er musste das Taxi bezahlen und sein Gepäck ausladen, und Sara hatte ihren Bestimmungsort schon erreicht, als Aron sich an den Esstisch setzte und das Samsung quer vor sich hinlegte.

Er war verwirrt.

Obwohl er ein Kneifen im Zwerchfell verspürt hatte, als er im Taxi begriff, dass sie unterwegs zu Najib Ayshas Haus war, hatte er die Ruhe bewahren können. Jetzt verstand er gar nichts mehr.

Der grüne Punkt war stehen geblieben, ehe er die Residenz der Familie Aysha erreicht hatte. Nicht weit entfernt, vielleicht an die hundertfünfzig Meter. Dort blieb er ziemlich lange, dann wurde der Punkt in viel höherem Tempo zurück zu Johannes Funkels Wohnung gebracht. Taxi, vermutete Aron.

Er konnte sich einfach nicht erklären, was Sara Zuckerman unternommen hatte.

Aron Apter musste sie aber verstehen. Er durfte sie nicht falsch einschätzen. Nichts übersehen. Keinen Fehler begehen.

Deshalb stand er auf, zog seine Jacke an und schloss seine Wohnungstür ab. Machte sich auf den Weg, Saras Route als Kompass.

Als er bei der Adresse ankam, wo der grüne Punkt gehalten hatte, begriff er noch weniger. Das Haus war eine Bruchbude. Zerbrochenes Tor, überwucherter Garten. Vor ein Fenster war eine Furnierplatte genagelt. Die Grundmauer war zugetaggt, alles war dunkel.

In dieser Ruine konnte doch unmöglich jemand wohnen.

Dennoch hatte Sara Zuckerman am vergangenen Abend dort über eine halbe Stunde verbracht.

Vage, tief in seiner Erinnerung, schien Aron Apter dieses Grundstück wiederzuerkennen. Vorsichtig überquerte er die Straße und stellte sich hinter einen Torpfosten, lugte dahinter hervor.

Licht sickerte durch einen Vorhangspalt in einem Zimmer.

Einige Tage vor der Katastrophe in der Avenue Road hatte er genau hier gestanden. Zum Auskundschaften. Seine Untergebenen hatten das auch schon gemacht, ohne das Gesuchte zu finden. Aron Apter war ein vorsichtiger Mann, der sich im Grunde nur auf sich selbst verließ.

Das Haus unterschied sich so gewaltig von den Prachtbauten in der Straße, dass er stehen geblieben war. Er hatte sich das Gebäude eingeprägt, wie er das immer tat, wenn etwas anders war. Sich abhob. Stören könnte. Oder eine Freistätte sein, wenn eine benötigt würde. Einige Sekunden hatte er dort gestanden, an einem späten Februarabend des Jahres 2003. Als er gerade weitergehen wollte, hörte er ein Wimmern hinter der Mauer. Ein dünnes, schrilles Geheul. Er ging durch das Tor und folgte der Mauer für einige Meter, ehe eine rote Katze aus dem Gebüsch gestürzt kam. Sie schrie. Aron ging zum Tor zurück und dann weiter die Straße hinauf.

Einige Stunden vor dem Überfall war er abermals in der Avenue Road gewesen und an dem verfallenen Grundstück vorübergekommen.

Die Furnierplatte war noch nicht da gewesen, das glaubte er sicher zu wissen. Der Garten war nicht so überwuchert. Aber das Tor war schon 2003 defekt gewesen, und das Haus sah genauso unbewohnt aus wie jetzt.

Aron Apter konnte sich wirklich nicht vorstellen, was Sara Zuckerman dort gewollt hatte. Der Vorhang, durch den sich ein kleiner Lichtstreifen drängte, bewegte sich. Er klappte den Kragen seiner Jacke hoch und ging zurück nach Hause.

Während der Nacht hatte er herausgefunden, dass das Haus von einer neunundneunzig Jahre alten Frau namens Dorothy Krüger bewohnt war. Der kinderlosen Tochter eines längst verstorbenen Barons. Witwe, seit ihr Mann an der Ostfront gefallen war. Ein Nazi.

Dass Sara Zuckerman die Witwe eines Nazioffiziers besuchte, war für Aron jetzt ebenso unbegreiflich wie in der vergangenen Nacht. Resigniert schwang er die Beine aus dem Bett. Stützte den Ellbogen auf die Knie und seufzte.

Eins seiner Mobiltelefone piepste.

Eine Nachricht von Barry Longwater, sah er, Arons altem Freund bei der NSA. Er brauchte fünf Minuten, um sie zu decodieren und die Ziffern und Buchstaben vom Display des Telefons sorgfältig und korrekt einzugeben. Zu überprüfen und dann noch einmal zu überprüfen, ehe er den Pfeil auf *decode* führte und drückte.

Nach einigen Sekunden lächelte er.

Sara Zuckerman hatte am Vorabend mehrere Stunden an ihrem Laptop verbracht. Um über Fußballspieler zu lesen. Gute Fußballspieler.

Erst eine uralte Witwe mit einer Vergangenheit in Nazideutschland besuchen. Danach über Fußballspieler lesen, mit einzelnen Abstechern zu Websites, die Aron für medizinische Nachschlagewerke hielt. So hatte Sara Zuckerman also einen Freitagabend in der Weltmetropole London verbracht.

Wahrlich eine unergründliche Frau.

Sonntag, 2. Juni 2013

02:36 Uhr
Ladbroke Grove, Kensington, London

»Und jetzt ist er sauer«, sagte Sara und legte den Sicherheitsgurt an. »Sauer, weil ich nicht nach London ziehen will oder kann. Sauer, weil ich einen total wahnwitzigen Ring nicht trage, den er mir am vorigen Wochenende geschenkt hat. Ich war so in Eile, als ich gestern gegangen bin, dass ich ihn total vergessen habe. Ich kann doch bei der Arbeit keinen Ring mit einem Diamanten von mehreren Karat tragen, der noch dazu von einer ganzen Geschwisterschar umgeben ist.«

»Warum legst du den Sicherheitsgurt an?«, fragte Ola. »Wir können doch einfach hier sitzen ...«

»Alte Gewohnheit«, sagte Sara und öffnete den Gurt wieder. »Hast du dich über die EK-Kopplung informiert?«

»Keine Gelegenheit. Keine Atempause, seit ich nach Hause gekommen bin.«

»Du hast Prügel bezogen, was?«

Ola rutschte auf dem Sitz herum und lehnte den Rücken an die Wagentür. »Nicht doch«, murmelte er.

»Dann Strafarbeit.«

»So ähnlich. Vergiss es. Es geht darum, dass ich nicht das tun konnte, was ich vor unserem Treffen hier hätte tun müssen.«

»Na gut.«

Sie lächelte strahlend. »Wir machen es wie früher, ja?«

Ola nickte.

»Du weißt natürlich, wie die Exzitations-Kontraktions-Kopplung auf das Herz wirkt«, begann sie. »Aber wie wirkt sie auf normale Muskulatur?«

»Äh ... Muskelphysiologie war nie meine Stärke.«

»Komm schon, Ola! Hallo, Mann! Das Herz ist ein Muskel. Das Herz kannst du. Hier gibt es viele Parallelen.«

Er versuchte, sich bequemer hinzusetzen.

»Die Nervenfäden sind mit Muskelfasern verbunden«, begann er. »Wenn diese Nervenfäden auf Befehl des Gehirns einen kleinen elektrischen Impuls aussenden, wird in der Muskelzelle Calcium freigesetzt. Dann zieht sich die Zelle zusammen. EK-Kopplung ist der Name, mit dem wir diesen ganzen Prozess belegt haben. Signal. Chemische Reaktion. Zusammenziehen.«

Sara nickte aufmunternd. »Ganz richtig. Und was entscheidet über die Geschwindigkeit bei diesem Zusammenziehen?«

Ola hob die Hand und öffnete und schloss sie mehrere Male, immer schneller. »Die Geschwindigkeit der Signale?«, schlug er vor.

»Ja und nein. Die Geschwindigkeit der Signale ist abhängig davon, wie ...«

»... wie schnell die Muskelzellen auf Stimuli reagieren können?«, unterbrach er.

»Genau.«

»Wenn man also auf irgendeine Weise die Fähigkeit der Zellen, Nervenimpulse zu verstehen, verbessern könnte, würde man einen besseren Muskel bekommen, ganz unabhängig von der Muskelgröße.«

Sara zuckte kurz mit den Schultern. »Nicht ganz. Die Muskelgröße wäre noch immer von Bedeutung. Und auch die Fasertypen. Klein Sara würde auch in einigen Jahren nicht so schnell laufen wie du, auch wenn sie noch so viel Dopex nähme. Aber ...«

»Das ist total unglaublich, Sara!«

Ola hatte Sara noch nicht von seiner Begegnung mit Trevor Morison erzählen können. Er hatte ihr im Laufe des Tages eine Mail schicken wollen, aber er war wie gehetzt zwischen allen Aufgaben hin und her gelaufen, die eine wütende Guro ihm auferlegt hatte. Er hatte noch immer eine Sterbensangst bei dem Gedanken daran, dass seine Schnüffelei über die aufsehenerregende Temposteigerung entdeckt worden sein könnte, aber dass Sara ihn unterstützte, machte die Situation leichter. Jedenfalls für den Moment.

Er schlug begeistert mit der Faust aufs Lenkrad.

Die Hupe ertönte, und er fuhr zusammen.

»Entschuldige ...«

»Bitte weck nicht die ganze Nachbarschaft auf.«

»Aber meinst du ... glaubst du wirklich, dass diese Spieler einen Stoff eingenommen haben, der die Geschwindigkeit in den Zellen selbst beeinflusst? Statt die Größe der Muskeln zu verändern? Das ist doch ... das ist doch ganz schön genial, Sara.«

»Hold your horses«, sagte sie trocken. »Ich glaube noch gar nichts. Ich mache dich nur darauf aufmerksam, dass mehrere Wege nach Rom führen. Und du kannst sicher sein, dass viele auf der Suche nach dem schnellsten Weg sind. Den Abkürzungen. Den verborgenen Hintertreppen.«

»Das würde doch erklären ...«

»Warte noch einen Moment. Ich bin nicht fertig mit dem Examen dieses Tages.«

»Dieser Nacht.«

»*Whatever.* Du hast soeben die EK-Kopplung beschrieben. Die ist, ganz grundlegend betrachtet, für alle Muskeln im ganzen Körper dieselbe. Aber das Herz, Ola. Das Herz ist etwas Besonderes. Der fantastischste Muskel des Körpers. Liegt da, schräg hinter den Rippen, und schlägt und schlägt. Ganz von selbst. Jahraus, jahrein. Bis wir alt sind, wenn wir

Glück haben. Was ist der größte Unterschied zwischen der Herzmuskulatur und der übrigen Muskulatur im Körper, Ola?«

»Sie ist feiner eingestellt.«

»Genau.«

Wieder gab sie ihm ein Zeichen weiterzureden.

»Die Herzzellen haben eine Proteinsammlung in der Zellmembran«, sagte er. »Sie fungiert als Stoßdämpfer, falls die elektrischen Impulse zu stark werden. Und als Verstärker, wenn sie zu schwach sind. Die Wadenmuskulatur braucht so etwas nicht. Sie hat das auch nicht.«

»Nein. Wenn die Muskulatur in deinen Waden zu starke elektrische Impulse erhält, bekommst du ganz einfach einen Krampf. Die Muskeln ziehen sich zusammen und wollen sich nicht wieder erweitern. Man kann nicht …«

»Wie bei Fußballspielern«, fiel Ola ihr ins Wort. »Wenn sie müde sind. In Pokalspielen liegen sie oft gegen Ende der Nachspielzeit wie erschossen auf dem Rasen herum.«

Sara lächelte und fuhr mit der Hand in einer fegenden Bewegung über das Armaturenbrett.

»Tut wahnsinnig weh«, sagt sie. »Aber ist normalerweise total ungefährlich.«

»Flimmern«, sagte er laut.

»Ja. Flimmern. Daran kann man sterben. Und warum haben wir diese beschützende Proteinsammlung in der Zellmembran nur im Herzen? Warum ist das Herz, von allen rund 650 Muskeln bei uns Menschen, ganz allein mit einer ungeheuer wichtigen stoßdämpfenden und verstärkenden Funktion zum Schutz gegen zu starke und zu schwache Signale vom Gehirn ausgerüstet?«

Ola starrte sie an, ohne etwas zu sagen.

»Evolution«, sagte er endlich. »Das ist so, weil es sinnvoll ist.«

»Das gibt eine ziemlich gute Note«, sagte Sara lächelnd. »Du hast ganz recht. Der Lehrsatz Nummer eins der Evolution: Beschütze das Wichtigste. Wenn das Herz so reagierte wie der Rest der menschlichen Muskulatur, würden wir allesamt nicht älter als zehn Jahre. Mit einem Krampf können wir leben, bis er aufhört. Flimmern tötet. Die Evolution konnte auf ein bisschen Schmerzen in den Beinen pfeifen. Sie hat sich darauf konzentriert, das Herz zu beschützen.«

»Der gute alte Darwin.«

Ola starrte nachdenklich vor sich hin.

»Außerdem«, sagte Sara, »ist der Herzmuskel mit dem Sinusknoten ausgerüstet. Einem winzigen Zentrum oben in der rechten Vorkammer, das wie ein Leuchtturm für den Herzrhythmus fungiert.«

»Ehrlich gesagt«, meinte Ola, plötzlich verärgert, »von mir aus können wir dieses Examensspiel spielen, aber ich bin schließlich auch Herzspezialist. Der Sinusknoten ist der Schrittmacher des Herzens. ›Leuchtturm‹ ist ein Wort, das ich benutze, wenn ich das hier Tara erklären will. Sie ist zehn Jahre alt, Sara.«

»Sei nicht sauer.«

Sie beugte sich vor und fuhr ihm durch die Haare. Er stieß ihre Hand weg.

»Es geht mir darum, dass kein Muskel wie das Herz ist«, sagte Sara entschuldigend. »Und wenn du mit deiner Dopextheorie recht hast, dann kann die Erklärung genau da liegen.«

Ola gab keine Antwort. Sah sie aber immerhin an.

»Dopex kann entwickelt worden sein, um die Signalüberführung in die Muskulatur des Körpers zu beeinflussen«, sagte sie. »Der Stoff macht diese Stimulierung schneller und stärker und den Spieler damit schneller und explosiver. Zugleich muss Dopex so zusammengesetzt sein, dass die fein geschliffenen Stoßdämpfer der Herzmuskulatur verhindern, dass das Herz als Reaktion auf gesteigerte Stimulanz ins Flimmern gerät.«

»Aber meine Theorie ist doch genau entgegengesetzt«, sagte Ola verzweifelt und rieb sich das Gesicht mit den

Händen. »Ich meine doch, dass wir es mit drei Unfällen zu tun haben, bei denen die Opfer eben Herzflimmern hatten. Christopher Prys Autounfall, der Tauchunfall auf den Malediven und das tragische Ende des schnellen Dänen lassen sich logisch doch nur erklären, wenn ihre Herzen versagt haben.«

»Jetzt bist du müde, mein Lieber. Du bist nicht mehr ganz auf der Höhe.«

»Nein«, murmelte er, »weiß ich. Tut mir leid.«

»Dank jetzt mal nach. Du hast achtundzwanzig Namen auf deiner Liste. Von Leuten, die du in Verdacht hast, Dopex genommen zu haben. Drei von ihnen haben nach deiner Theorie einen Herzstillstand erlebt und sind danach verunglückt.«

»Ja.«

Er rieb sich wie ein kleines Kind mit beiden Händen die Augen.

»Das bedeutet, dass zweiundzwanzig Spieler überhaupt keine Herzprobleme hatten. Auch wenn sie Dopex genommen haben. Mit anderen Worten: Wir stehen vor einer klassischen pharmazeutischen Problematik.«

»Äh ... pharmazeutisch?«

»Du bist ja wirklich müde.«

Sie stupste ihn halb gereizt und halb freundschaftlich an.

»Einigen Menschen hilft ein Arzneimittel«, sagte sie. »Bei ihnen hat das Medikament die gewünschte Wirkung, und sie haben nur wenige oder gar keine Nebenwirkungen. Andere ...«

»... haben starke Nebenwirkungen«, sagte Ola, um zu beweisen, dass er nicht ganz eingeschlafen war. »Oder nur wenig von der gewünschten Wirkung. Oder beides.«

»Ja. Die zweiundzwanzig Spieler von Notting Hill, die noch immer gesund sind, hatten Vorteile vom Unterschied zwischen dem Herzen und der übrigen Muskulatur. Die sechs mit dem Herzstillstand wurden jedoch von der

Gleichheit getroffen. Bei ihnen konnten die im Herzen eingebauten Tuner mit den starken Signalen nicht umgehen. Wenn die Theorie stimmt, meine ich.«

Ola nickte. »Woher zum Teufel nimmt man so einen Stoff?«

»Das weiß ich natürlich nicht. Jetzt muss ich gehen.«

»Nein! Nein, nein, nein! Du darfst nicht gehen. Ich muss dir von meinem Treffen mit Trevor Morison gestern erzählen. Sie wissen, dass ich auf der Spur ...«

»Ich muss wirklich gehen, Ola. Du darfst meine Geduld nicht zu sehr strapazieren.«

»Aber ich habe nur bis Montagmorgen Frist, um ...«

»Ola! Wir sitzen mitten in der Nacht in einem verdammten Auto. Mein Liebster liegt da oben und ist stocksauer. Jetzt muss ich ein paar Stunden schlafen. Du auch. Streng genommen dürftest du gar nicht fahren, Ola. Aber mach, dass du nach Hause kommst. Schreib mir morgen eine Mail.«

Sie öffnete die Tür und stieg aus.

»Aber Sara!«

»Gute Nacht, Ola. Schick mir eine Mail. Fahr vorsichtig.«

Ola blieb sitzen und überlegte, ob er hinter ihr herlaufen sollte. Sie zwingen, ihm zuzuhören. Um von ihr zu hören, wie er mit Morisons Angebot umgehen sollte. Einen Rat zu erhalten, wie er sich zu der Drohung einer Entlassung stellen sollte. Er wollte bei allem Saras Hilfe, so wie sie ihn im Handumdrehen einen großen Sprung in einer Sache weitergebracht hatte, für die er Wochen gebraucht hatte.

Ehe er sich entscheiden konnte, fielen ihm die Augen zu.

Er schlief ein und wurde erst wach, als ein alter Mann mit einem bewundernswerten Vollbart und einem seltsamen Tirolerhut an die Fensterscheibe klopfte.

Und inzwischen war es fünf vor halb acht.

10:00 Uhr
14 Corn Square, Leominster, Herefordshire, England

»Wie nett von Ihnen, mich zu empfangen«, sagte Sophie Pry und nahm seine Hand in ihre beiden. »Mein Beileid. Wirklich. Mein Beileid.«

Clark Copperhill lächelte. Er hatte in vieler Hinsicht Ähnlichkeit mit seinem Vater. Die hellbraunen Augen mit für einen Mann etwas zu langen Wimpern. Die Nase größer und breiter, aber sein Mund zog sich nach links, wenn er lächelte, wie das auch bei seinem Vater der Fall gewesen war.

»Danke. Das alles ist so traurig. Aber für meinen Vater war es eine Erlösung. Die letzten Monate waren schlimm für ihn. Solange er nur ein bisschen … abwesend war, hatte er doch noch eine Art Lebensqualität. Jetzt war nichts mehr übrig. Und natürlich habe ich Zeit für Sie. Ihre Mutter war übrigens eine der wenigen, mit denen mein Vater bis zuletzt gern zusammen war. Wollen wir?«

Er machte eine einladende Handbewegung und ließ sie vor sich her zu einem Gang auf der anderen Seite des Wartezimmers gehen. Die Praxis war nicht wiederzuerkennen. Sophie Pry nahm an, dass noch einige tragende Wände übrig waren, aber ansonsten gehörte Nick Copperhills frühere Praxis der Vergangenheit an. Es roch nicht mehr nach Chlor und Kampfer, sondern nach rein gar nichts. Das Vorzimmer war heller und größer, und es war mit einem Gang zusammengefügt worden, in dem sich früher der Schreibtisch der Sprechstundenhilfe befunden hatte, sie saß hinter einer gläsernen Schiebeluke in der Wand, notierte, wer kam, und rief den nächsten Patienten auf.

»Hier wären wir«, sagte Clark Copperhill und blieb vor einer grauen Metalltür am Ende des Ganges stehen. »Nur einen Moment, bitte.«

Seine Finger tippten rasch einen Türcode ein. Eine kleine Lampe sprang von Rot auf Grün, und er legte die Hand auf die Klinke und öffnete.

Das Zimmer war vielleicht fünfzehn Quadratmeter groß. Oder etwas kleiner. Es war schwer zu sagen, da es vom Boden bis zur Decke von Metallregalen in vier Reihen bedeckt war. In den Regalen standen genau gleich aussehende Pappkartons, jeder mit Buchstaben und Jahreszahlen versehen. Sophie erkannte Regale und Kartons von damals, als ihr großer Bruder sie in einem kleineren Archiv eingesperrt und ihr eine lebenslange Angst vor kleinen Räumen verpasst hatte.

»Das sind die Archive meines Vaters«, sagte Clark Copperhill und schaute zu den Kartons im hintersten Regal hinüber. »Meine eigenen sind im Computer. Aber manchmal brauche ich noch Informationen, die hier aufbewahrt werden. Vor allem bei den älteren Patienten.«

Sophie sah sich den nächststehenden Karton an. Sie konnte die Abkürzungen nicht sofort verstehen. Clark Copperhill ging jedoch zielstrebig zum dritten Regal und griff nach einem Karton.

»Hier«, sagte er und stellte ihn auf einen kleinen Tisch, der Sophie bisher nicht aufgefallen war.

Er nahm den Deckel ab und ließ die Finger über die Mappen laufen. Hielt inne und zog eine dünne Mappe heraus.

»Die ist aber nicht groß«, sagte er und öffnete sie.

Sein Gesicht verzog sich zu einem schiefen Lächeln. »Handgeschrieben. Ich hab ihn immer wieder gebeten, die Maschine zu nehmen. Das ist ja so gut wie unleserlich!«

Er zog einen Bogen heraus und hielt ihn ins Licht.

»Das geht schon«, sagte Sophie Pry eilig. »Ich habe Zeit genug, um mich hindurchzuarbeiten, wenn ich wieder zu Hause bin.«

»Ich möchte Ihnen das eigentlich nicht geben«, sagte er ruhig.

Sophie blinzelte und schluckte. »Sie möchten das nicht, Dr. Copperhill?«

»Christopher ist seit sechs Jahren tot«, sagte er. »Welche Freude kann Ihnen das noch bringen? Jetzt, meine ich. Nach all den Jahren?«

»Keine. Keine Freude. Aber vielleicht eine Art ... Ruhe.«

»Ruhe«, wiederholte er. »Na gut.«

Er schien einen Moment lang nachzudenken. »Ich bin durchaus nicht dazu verpflichtet, Ihnen das hier zu überlassen«, sagte er, stellte den Karton wieder ins Regal und ging auf die Tür zu. »Aber ich werde es trotzdem tun. Unter einer Bedingung.«

Sophie folgte ihm aus dem Archiv. Die Tür fiel mit einem leisen Summen ins Schloss, als er sie hinter sich zuzog und zur nächsten Tür ging. Die war unverschlossen, und als sie sein Sprechzimmer betreten hatten, wies er auf einen Ledersessel und sagte: »Setzen Sie sich doch. Kaffee? Gerade frisch aufgebrüht.«

»Ja, gerne.«

Sie merkte, dass ihre Stimme ein wenig zitterte, und räusperte sich. »Was ist das für eine Bedingung?«

Clark Copperhill gab keine Antwort. Er stellte eine rosa Kaffeetasse mit Untertasse auf ein Tischchen neben dem Ledersessel und eine rote für sich auf den Schreibtisch. Schenkte ein und schob Sophie ein Tablett mit Zuckerdose und Sahnekännchen zu.

»Mein Vater war ein sehr tüchtiger Arzt«, sagte er und setzte sich in den Schreibtischsessel. »Das kann man wirklich nicht bestreiten. Er war fachlich informiert genug für alles, was ein ... Landarzt können muss. War gescheit genug, um kompliziertere Fälle weiterzureichen. Aber vor allem besaß er die wichtigste Eigenschaft eines Arztes. Er hat zugehört. Hat sich mit seinen Patienten vertraut gemacht. Er hat sie ernst genommen. Immer.«

»Diesen Eindruck hatte ich unbedingt auch«, sagte Sophie und nippte an ihrem Kaffee.

Der war dynamitstark, und sie gab einen ordentlichen Schuss Sahne in ihre Tasse.

»Aber gegen Ende«, sagte Clark Copperhill und fuhr sich über das frisch rasierte Kinn. »Gegen Ende seiner Zeit hier in der Praxis war er doch verwirrter, als Mutter und ich wahrhaben wollten.«

Sophie saß ganz still da.

»Verstehen Sie, meinem Vater die Praxis wegzunehmen, das hätte ihn mit einem Fuß schon ins Grab gebracht. Deshalb ...«

Er hüstelte und hielt sich die rechte Faust vor den Mund. »Deshalb haben wir wohl zu lange ein Auge zugedrückt. Meine Mutter und ich.«

Sophie wusste nicht, was sie sagen sollte. Zugleich, wie auf ein Stichwort hin, hoben beide ihre Tassen und tranken.

Noch immer sagte er nichts. Er drehte den Schreibtischsessel langsam hin und her. Plötzlich sah er müde aus. Fast resigniert, als er sich langsam über die kurz geschnittenen Haare strich.

»Das hat zu allerlei ... Problemen geführt. Später. Mein Vater war ein bisschen nachlässig geworden. Oder sogar sehr nachlässig. Ein Patient war mit einem Leberfleck gekommen, über den er sich Sorgen machte. Vater beruhigte ihn und sagte, alles sei in Ordnung. Einige Wochen nach seinem Besuch hier fuhr dieser Patient nach Worcester, um eine zweite Meinung einzuholen«, sagte er dann. »Dort bekam er die Behandlung, die er sofort gebraucht hätte. Es half aber nichts. Er starb dreizehn Monate später.«

»Das ist ja schrecklich.«

»Ja. Es hätte vermutlich keinerlei Bedeutung gehabt, wenn mein Vater sofort Alarm geschlagen hätte. Aber es gab ...«

Er schluckte und räusperte sich ein weiteres Mal. »Ärger. Und nicht nur mit diesem Patienten. Es existierten mindestens vier andere Fälle, wo ich Ordnung schaffen musste. Zum Glück gab es da keine so fatalen Folgen.«

»Ich kann mich nicht erinnern, etwas darüber gelesen zu

haben. Ich halte mich auf dem Laufenden, müssen Sie wissen. Im Netz. Darüber, was hier so passiert.«

»Wir konnten alles aus den Medien heraushalten. Alle bekamen Schadensersatz. Einiges konnte ich über die Versicherung abwickeln. Den Rest musste ich selbst beisteuern.«

Ein kurzes Lächeln, das zur Grimasse wurde. »Ich wollte ja nicht meine Karriere hier in Leominster, meiner Heimatstadt, mit einem Haufen *malpractice*-Fällen auf dem Buckel antreten. Es gab natürlich allerlei Gerede, aber es ist jetzt vorbei. Längst vorbei.«

»Ich verstehe.« Sophie nickte. »Aber ... ich begreife nicht ganz, was das mit meinem Christopher zu tun hat.«

Sie nickte zu der braunen Mappe auf dem Schreibtisch des Arztes hinüber.

»Nicht?«

»Nein«, sagte Sophie zögernd, als die Pause unangenehm lang wurde.

»Als Sie mich gestern angerufen und gesagt haben, dass Sie eine Kopie vom Untersuchungsergebnis Ihres Sohnes benötigen, wäre ich am liebsten sofort hergefahren, um mir den Ordner anzusehen. Das habe ich nicht getan. Und ich habe ihn mir auch im Archiv vorhin nicht genauer angeschaut.«

»Nein ...«

»Ich will nicht wissen, worum es hier geht. Es war wirklich schwer genug für mich, die vorige Runde durchzustehen. Nicht zuletzt war es eine Belastung für meine Mutter. Ein langes Leben hindurch war mein Vater ein aufopferungsvoller Arzt für diese kleine Gemeinde, und dann wurde sein Name durch den Schmutz gezogen, weil Mutter und ich ihn nicht verletzen wollten. Noch einmal kann ich das nicht ertragen.«

»Das ... das verstehe ich.«

»Heute Nacht hatte ich Lust herzukommen, mir die Mappe herauszusuchen und sie zu vernichten. Sie haben das Original offenbar nicht. Sonst würden Sie ja die Kopie nicht brauchen. Ich hätte die Mappe verbrennen können. Sie in den Reißwolf stecken. Sichergehen, dass nicht noch ein Fall ans Licht kommt …«

»Aber Sie haben es nicht getan«, sagte Sophie vorsichtig und schaute weiter die Mappe an. »Es ist nicht sicher, dass Ihr Vater Christopher falsch behandelt hat.«

»Natürlich nicht. Aber ich nehme an, Sie haben Ihre Gründe für diesen Besuch. Und wir wissen beide, dass Christopher …«

Er öffnete die Mappe und schaute sich das Datum ganz oben auf dem Bogen an.

»… einen Monat später gestorben ist?«

»Ja. Aber bei einem Autounfall.«

Sie sahen einander in die Augen. Das wurde dann unangenehm, und Sophie senkte den Blick.

»Ich kann verstehen, dass Sie sich Ruhe wünschen«, sagte er. »Ich habe auch Kinder. Kann mir gar nicht vorstellen, wie es wäre, eins zu verlieren. Deshalb …«

Er nahm die Mappe in die rechte Hand und hielt sie ihr hin.

»… bekommen Sie das hier. Unter einer Bedingung, wie gesagt.«

Sophie konnte die Mappe mit der Hand nicht erreichen und erhob sich zögernd. Griff danach, aber er ließ die Mappe nicht los.

»Was immer in diesen Papieren steht, es soll nicht an die Öffentlichkeit gelangen. Und ich will es auch nicht wissen. Ich will nicht wissen, worum es dabei ging. Auch nicht, ob mein Vater recht hatte oder im Irrtum war. Ich habe Verständnis dafür, dass Sie einen Arzt brauchen, um sich diese Unterlagen erklären zu lassen. Das hier sind Ihre Unterlagen, und sie werden nicht an andere weitergereicht. Das müssen Sie mir hier und jetzt versprechen.«

»Das tue ich«, sagte sie sofort. »Das verspreche ich Ihnen. Auf Ehre und Gewissen.«

Sie verspürte ein Bedürfnis, über ihrem Herzen ein Kreuzzeichen zu machen. Er ließ die Mappe los und lehnte sich im Sessel zurück. Sophie drückte die Mappe an sich, ehe sie sie zusammenrollte und in ihre Handtasche steckte.

»Sie sind ein guter Mensch«, flüsterte sie, während ihre Tränen liefen. »Sie sind ein ebenso guter Mensch wie Ihr Vater.«

12:15 Uhr
Charmwood Avenue, London

»Das geht einfach so nicht weiter.«

Ola saß im Wohnzimmer auf dem Sofa und starrte Guro verzweifelt an. Eine Viertelstunde früher hatte er zur allgemeinen und vor allem zu seiner eigenen Überraschung alle Kinder aus dem Haus geschickt. Er hatte Tarjei Geld gegeben, hatte Saras Kinderkarre geholt und angeordnet, dass die ganze Geschwisterschar zusammenblieb. Und sich mindestens eine Stunde lang nicht in der Nähe des Hauses blicken ließ.

Es wurde unangenehm still, als die Kinder brav und bemerkenswert leise loszogen.

»So geht das einfach nicht weiter, Guro. Ganz ehrlich.«

Sie gab noch immer keine Antwort.

Setzte sich nicht einmal.

»Du darfst mich nicht dauernd zum kleinen Jungen degradieren«, sagte er dann. »Das ist absolut inakzeptabel ...«

»Dann hör auf, dich wie einer zu verhalten! Dich mitten in der Nacht wegschleichen, ohne zu hinterlassen, wo du bist ... Das würde sich nicht einmal Tarjei erlauben. Keins von den Kindern würde sich so verhalten, Ola!«

»Setz dich, bitte.«

»Ich stehe sehr gut hier.«

»Bitte. Setz dich.«

Sie dachte einige Sekunden nach, dann nahm sie zögernd auf dem nächststehenden Stuhl Platz. Ganz außen auf der Sitzfläche.

»Das war blöd«, gab er zu. »Ich hätte nicht einfach so abhauen dürfen.«

»Zweimal! Zuerst hast du versucht, mich gestern Morgen zu hintergehen. Ich dachte, du kümmerst dich um Klein Sara, und deshalb habe ich lange und mit gutem Gewissen geschlafen. Und, als hätte ich nicht klar und deutlich gesagt, dass es so ganz einfach nicht geht, da …«

Sie hob die Hände und verdrehte die Augen. »… haust du mitten in der Nacht schon wieder ab!«

»Ich musste mit Sara reden. Das musste ich einfach, Guro.«

»Musste«, wiederholte sie tonlos. »Du musstest Sara treffen. Großer Gott. Ola, dein Glück, dass Sara *way out of your league* ist. Andere Frauen als ich wären möglicherweise eifersüchtig, wenn der Ehemann dauernd zu einer anderen rennt. Sogar mitten in der Nacht.«

Doktor Proktor, der inzwischen nur noch Proktor hieß, ließ sich zu ihren Füßen nieder. Sie achtete nicht auf ihn. Sie blieben einige Minuten schweigend sitzen, Ola mit gesenktem Blick.

»Ist dir überhaupt klar, welche Angst ich habe, wenn ich wach werde und keine Ahnung habe, wo du bist?«, fragte sie endlich. »Verstehst du, wie sehr ich mich dann fürchte?«

»Ich wollte zu Hause sein, ehe du aufwachst. Aber dann bin ich eingeschlafen. Im Auto.«

Guro rutschte auf dem Stuhl ein wenig weiter zurück und schlug die Hände vors Gesicht.

»Wir sind inzwischen total abhängig voneinander«, sagte sie in ihre Handflächen. »Du darfst nicht einfach verschwinden und mir solche Angst machen.«

»Ich verstehe nicht, was du sagst. Könntest du die Hände …«

Sie sprang auf und richtete anklagend einen Zeigefinger auf ihn. »Wenn du verschwindest, egal, ob du nicht mehr willst oder ob du …«

»Nicht mehr willst? Natürlich will ich, Guro.«

»… oder weil du verletzt bist, tot, oder verreist oder …«

»Ich geh doch nirgendwohin!«

»Wir haben sechs Kinder miteinander. Wir kommen finanziell haarscharf über die Runden, und das auch nur, weil wir diese Chance in England bekommen haben. Sara ist noch keine drei, also müssen wir dieses Schiff auf jeden Fall noch fünfzehn Jahre über Wasser halten. Ich habe es mir ausgerechnet, Ola. Wenn du deine Stelle verlierst, erleiden wir Schiffbruch. Wenn du stirbst, bekomme ich von der Versicherung anderthalb Millionen, aber das ist längst nicht genug, um diese Familie zusammenzuhalten, so wie …«

»Aber ich sterbe doch nicht, verdammt noch mal!«

Er war aufgestanden. Ging vorsichtig einen Schritt auf sie zu. Sie hob die linke Hand und fing zu weinen an. Er blieb stehen.

»Das hier ist unsere Familie, Ola. Deine und meine. Und um sie zu leiten, muss man der Chef sein. Wenigstens ab und zu. Du bist nett zu den Kindern und spielst mit ihnen, wenn du Zeit hast. Trickst und lockst und lügst und bestichst sie, wenn sonst nichts mehr hilft. Du bist immer der ›Liebe‹.«

Ihre Finger zeichneten riesige Anführungszeichen in die Luft.

»Und ich bin die miese Kuh. Das hab ich satt, Ola. Und ich hab es satt, solche Angst zu haben.«

»Aber … wovor hast du denn Angst?«

»Als du dich zuletzt so verhalten hast …«

»So? Wie meinst du das?«

»Ach, Himmel.«

Sie holte tief Luft und ließ die Luft durch die Nase und durch zusammengekniffene Lippen entweichen. »Du ziehst dich zurück. Verschwindest. Bist geheimnisvoll. Bist schlecht gelaunt und kurz angebunden. Genau wie bei dieser schrecklichen Mercury-Medical-Sache. Ist es da ein Wunder, dass ich Angst habe?«

»Guro …«

Wieder versuchte er, sich ihr zu nähern. Wieder wurde er von einer wütenden Handbewegung aufgehalten. »Wenn du wenigstens mit mir reden könntest«, sagte sie. »Wenn ich nur das … Gefühl haben könnte, ernst genommen zu werden. Als erwachsener, denkender Mensch. Als deine Frau.«

»Ich habe es versucht«, sagte er leise und setzte sich jetzt wieder. »Am vorigen Sonntag habe ich versucht, dich einzubeziehen. Du warst aber einfach so …«

Er wagte nicht, den Satz zu beenden. Sie nahm ihm das ab.

»So verdammt stinkwütend!«

Ein müdes Lächeln. Kleinlaut und ohne besondere Freude. Aber immerhin ein Lächeln.

»Kannst du dich nicht setzen?«

Ola klopfte neben sich auf das Sofa.

»Ich weiß, dass ich schnell wütend werde«, sagte sie resigniert, ohne zu ihm zu gehen. »Aber dann ist es so, als ob ich …«

Sie seufzte und schüttelte den Kopf. Fuhr sich mit dem Handrücken über die Augen. Die waren rot, und Ola fiel auf, dass ihre Haut sich an den Nasenflügeln pellte. Ihre Haare hingen ungewaschen auf ihre gekrümmten Schultern.

Ola hatte sie noch nie so gesehen. Sie waren fast zweiundvierzig, Ola und Guro, und waren zusammen, seit sie ihn mit siebzehn auf einem Abiturfest, zu dem sie eigentlich gar nicht zugelassen waren, aufgelesen hatte. Zwei Jahre danach kam Tarjei. Als sie mit ihrem Studium fertig waren, sie als Ärztin und Ola als Arzt und Ingenieur, waren sie schon eine Familie mit drei Kindern. Niemand hatte geglaubt, dass sie so lange zusammenbleiben würden. Niemand – außer ihnen selbst.

Und sie hatten es geschafft. Zwischendurch um Haaresbreite, aber sie hatten es geschafft. Das ist ihr zu verdanken, dachte er. *The Captain on the Bridge,* wie er sie zum Scherz früher oft genannt hatte, ein liebevolles Eingeständnis, dass er ohne sie hilflos gewesen wäre.

Und sie stand da, mit hängenden Armen und gesenktem Kopf, als hielte nur ein unsichtbarer Haken sie aufrecht. Ihre Jeans waren zu groß, das sah er jetzt, der Bund hing auf den Hüften, und die Hosenbeine bedeckten die nackten Füße. Er hatte gar nicht gemerkt, dass sie abgenommen hatte. Der Pullover gehörte eigentlich ihm. Die Ärmel, die sie sonst bis zu den Ellbogen aufkrempelte, hingen wie leere Socken als Verlängerung der Arme nach unten.

Eine Stoffpuppe, für die jemand keine Verwendung mehr hatte.

»Als ob du?«, fragte er vorsichtig.

»Ich weiß nicht. Als ob ich belanglos wäre? Ungeliebt? Ungesehen? Erschöpft jedenfalls. Und auch ziemlich einsam.«

»Verzeihung«, sagte er leise.

»Das reicht nicht mehr.«

»Ich werde mich zusammenreißen.«

»Das hast du schon so oft gesagt.«

»Darf ich dir denn erzählen, womit ich beschäftigt bin? Warum ich mich nachts davonschleichen musste und warum ich solche Angst habe und mehr als alles andere einen Rat von meiner Frau brauche? Die ich übrigens über alles auf der Welt liebe?«

Sie starrte ihn ausdruckslos an.

»Du hast es selbst gesagt«, sagte Ola. »Wir sind dazu verurteilt, noch fünfzehn Jahre zusammenzuhalten.«

Ein kleines Lächeln. Noch immer müde, aber einwandfrei ein Lächeln. Sie setzte sich bequemer hin und hob Proktor auf den Schoß. »Na gut. Dann erzähl.«

Ola fuhr sich mit beiden Händen über den Kopf, erhob sich und setzte sich wieder, wie um Anlauf zu nehmen.

Und berichtete.

Er redete, um ihre Ehe zu retten. Um Buße für alles zu tun. Um sie richtig lächeln zu sehen. Ola redete und redete, um zu zeigen, dass er ihr vertraute, dass sie sich aufeinander verlassen konnten. Alles würde wie früher werden, wenn er sich nur zusammenreißen könnte. Das tat er jetzt. Er riss sich zusammen.

Eine Dreiviertelstunde später, Minuten ehe eine lärmende Kinderschar das Haus in der Charmwood Avenue wieder in Besitz nahm, stellte Guro Proktor auf den Boden, stand auf und ging zu Ola auf dem Sofa.

»Du nennst es Dopex«, sagte sie und legte ihm die Hand in den Rücken. »Und du redest, als ob das etwas Neues und Unbekanntes wäre.«

»Äh ... ja?«

»Ihr Herzspezialisten«, seufzte sie. »Ihr denkt so eng. Ihr wisst so wenig. Der Körper besteht nicht nur aus dem Herzen, weißt du. Ich habe natürlich auch noch nie von einer Medizin gehört, durch die jemand schneller laufen kann, weil sie die EK-Kopplung in Oberschenkeln und Waden beeinflusst. Das klingt für mich nach Science-Fiction. Aber mit dem Prinzip an sich bin ich vertraut.«

»Sicher. Ich hab dir ja gerade davon erzählt ... vom Prinzip an sich.«

»Revolan«, sagte sie.

»Was ist das?«

»Ein Mittel gegen IBS. Das beste sogar.«

»IBS? *Irritable Bowel Syndrome?«*

»Ja.«

»Also ... Verdauungsprobleme, so ganz allgemein?«

Sie kniff die Lider zusammen.

»Ich will das nicht herunterspielen«, sagte Ola schnell. »Ich meinte nur ...«

»IBS kann sehr quälend für die sein, die daran leiden«,

unterbrach ihn Guro. »Ich habe im Moment zwei Patienten mit IBS-c. Und denen hilft …«

»Warte mal … IBS-c?«

»IBS ist eigentlich eine Sammelbezeichnung. IBS-c bedeutet *constipation-predominant* IBS.«

»Verstopfung also.«

»Ja. Chronische Verstopfung. Sehr unangenehm, oft schmerzhaft. Sozial behindernd. Unangenehme Sache. Revolan ist ein ziemlich wirkungsvolles Mittel. Eigentlich das einzige, wenn du mich fragst.«

Ola spürte die Wärme ihrer Hände auf seinen Schulterblättern. Er wagte kaum, sich zu bewegen. »Und das hat insofern mit Dopex zu tun, als …«

Seine Stimme war tonlos, und er schluckte hörbar.

»Revolan stimuliert den Darm«, sagte sie ungewohnt geduldig. »Es sorgt dafür, dass sich die Zellwände im Darm besser und schneller zusammenziehen.«

»Damit man kacken kann, ganz einfach.«

»Genau. Ich kenne mich ja nicht detailliert damit aus, wie Revolan wirkt, aber es könnte doch ein Anfang sein?«

Er sprang so rasch auf, dass sie vor Überraschung nicht weiterredete.

»Die EK-Kopplung in den Darmzellwänden!«, rief er. »Darum kann es bei Revolan gehen!«

Er beugte sich zu ihr, nahm ihr Gesicht zwischen die Hände und küsste sie so leidenschaftlich und lange, dass sie sich schließlich losriss, um Luft zu holen. Danach erhob sie sich langsam und packte ihn am Arm.

»Ich habe keine Ahnung, woraus Revolan gemacht wird. Oder wie es genau wirkt. Aber es ist ziemlich wirkungsvoll. Der Darm arbeitet schneller und stärker. Besser, mit anderen Worten.«

Sie stupste ihn mit der Faust in den Bauch. »Und wenn du jetzt sagst, dass du zu Sara musst, dann bring ich dich um.«

14:00 Uhr
Lloyds Arena, Wanstead Park, London

David Lee Curry liebte die Stimmung, die die Lloyds Arena nach Ende der Spielzeit prägte. Werktags wurde noch immer trainiert, drinnen und draußen. Aber alles wirkte entspannter. Verspielter vielleicht. Die letzte Saison war gelaufen, die nächste lag noch weit in der Zukunft.

Und sonntags hatten alle frei.

Es war überall still. Die Umkleideräume waren aufgeräumt, Ausrüstung lag da, wo sie hingehörte. Keine Spieler, die in Trainingsräumen und auf Gängen zankten, protzten und lärmten. Keine Physiotherapeuten tadelten, keine Trainer zeterten. Die Tribünen waren leer. Das Gras konnte sich nach einer langen Spielzeit erholen. Der Bahnmeister, ein untersetzter Schotte von Mitte sechzig, brachte gleich nach Abpfiff des letzten Heimspiels rund um das Spielfeld Absperrband an. Die letzten Wochen war er geduldig an der Arbeit gewesen, jeden Tag, mit Düngen und Vertikutieren, mit Rasenmähen, Vertikalschnitt und Wässern. Sogar an verregneten Tagen. Der fleißige Schotte hatte nur kurz die Hand an die Stirn gehoben, als David eine halbe Stunde zuvor an der östlichen Seitenlinie entlanggeschlendert war, auf der Suche nach dem vertrauten, ruhigen Gefühl von *Nachsaison*.

Er fand es nicht.

Ola Farmen machte ihm immer größere Sorgen. Je mehr David überlegte und grübelte, umso sicherer war er, dass der skandinavische Arzt etwas entdeckt hatte. Es konnte keinen anderen Grund dafür geben, dass der Bursche Tage und Nächte darauf verwendet hatte, die Geschwindigkeitsresultate der Spieler zu untersuchen.

Was nur sehr wenige außerhalb des Trainerkorps bisher getan hatten.

Ab und zu war David der Gedanke gekommen, dass die Sportjournalisten sich bestimmt nicht richtig informieren konnten. Sonst hätte es irgendwem auffallen müssen, dass eine bemerkenswert hohe Anzahl der Spieler immer schneller wurde. Nur zweimal hatte jemand darauf aufmerksam gemacht. Das aber unter positivem Vorzeichen. Es war die Rede von David Lee Curry, dem sagenumwobenen Trainer mit seinen ganz eigenen Fähigkeiten zur Tempoentwicklung, und der FC Notting Hill hatte nun einen Grund mehr, den Amerikaner an sich zu binden.

David hatte jetzt den langen Gang betreten, der zu den Büros der Trainer, den Besprechungsräumen und der kleinsten Kantine führte. Er tastete bei den doppelten Glastüren nach einem Lichtschalter. Fand ihn. Die Lampen schalteten sich in einer Wellenbewegung unter der Decke bis zur Tür am anderen Ende ein.

Er hatte die mangelnde Neugier angesichts der aufsehenerregenden Steigerungen immer der Tatsache zugeschrieben, dass der *40-yards dash* im Fußball keine besondere Beachtung fand. Geschwindigkeitsmessungen, wenn die Clubs sie überhaupt systematisch durchführten, waren für den internen Gebrauch bestimmt. Nur ab und zu wurde die Geschwindigkeit der besten und wichtigsten Spieler der Öffentlichkeit mitgeteilt. An einer Pinnwand bei David hing die neue Liste der FIFA. Aber die bezog sich auf das bei Spielen gemessene Spitzentempo. Nicht auf einen Sprint von Start bis Ziellinie. Mit anderen Worten, diese Liste sagte nichts über die Beschleunigungsfähigkeit aus. Überraschenderweise führte Manchester Uniteds Antonio Valencia mit 35,1 Stundenkilometern die Liste an. Vermutlich war der Ecuadorianer stolz auf seinen Spitzenplatz, aber von Bedeutung war der nicht.

Im amerikanischen Football war das ganz anders.

Der Vierzig-Yard-Lauf war das wichtigste Kriterium für Talentsucher, Trainer und Spieler selbst. Und für die Fans. In seiner eigenen Karriere war David jeden Monat gemessen worden. Es wurden Statistiken und Listen geführt. Er hatte 4,28 als Bestzeit, aber das war, ehe die National Football League im Jahr 2000 von manueller Zeitmessung auf Laser umgestiegen war. Die neue Technik bewies, dass die alten Zeiten zu gut waren. Aber er war schnell gewesen, und das Tempo war wichtig gewesen. Bis das Knie alles ruiniert hatte.

Heute tat es besonders weh.

David stöhnte mitten auf dem Gang. Hob das schmerzende Bein vorsichtig, aber nun stach es in der anderen Hüfte. Er verteile das Gewicht falsch, hatte Paul Swanson gesagt und ihn zur Physiotherapie kommandiert.

Langsam setzte er den Fuß wieder auf den Boden. Er bückte sich und legte seine Pranke über das Knie.

Der Teufel sollte Ola Farmen holen.

Noch immer konnte David Lee Curry sich nicht erinnern, was an dem Abend mit seinem Knie passiert war. Er hatte sich in der Garderobe für das Spiel umgezogen, hatte dreimal auf seinen Helm geklopft, beide Ellbogen mit der gegenüberliegenden Hand berührt und an die Decke geschaut. Danach war seine Erinnerung leer, bis er dann im Krankenhaus aufwachte, sein Bein war in einer riesigen Metallkonstruktion über seinem Bett angebracht, und er hatte dröhnende Kopfschmerzen.

Bisher hatte David fast alles mit vorsichtiger Zufuhr von anabolen Steroiden beheben können. Natürlich hatte er sich auch früher schon verletzt. Vor allem zerschundene Muskeln. Ab und zu eine gerissene oder gezerrte Sehne, zweimal ein Armbruch. Alles ließ sich heilen. Durch die Steroide heilten die Muskeln viel schneller und wurden größer. Immer größer. Das Testosteron, das er auf dem College genommen und das ihn im Laufe von zwei Jahren in einen blitzschnellen Athleten verwandelt hatte, machte ihn jedoch so jähzornig, dass er irgendwann besser dosierte Stoffe zu Hilfe nehmen musste. Kontrollen gab es so gut wie nie, und die wohlwollenden und gut bezahlten Ärzte waren allen eventuellen Tests jederzeit um eine Kopflänge voraus.

Ein zerschmettertes Knie aber konnte auch mit allen Steroiden der Welt nicht geheilt werden.

Kenntnisse über Training, über Stärke, Geschwindigkeit und Muskeln, das war alles, was ihm blieb. Durchaus wertvoll, wie es sich herausstellte, als er den Atlantik überquert hatte, um eine neue Karriere anzufangen.

England hatte ihn freundlich aufgenommen. Es war ein gutes Leben geworden. Frau, zwei Kinder, Geld und Anerkennung. Es eilte jetzt, wenn er das hier überleben wollte, ohne alles zu verlieren.

Er ging weiter bis zum Ende des Ganges. Noch immer war es ganz still. Menschenleer.

Er musste sich zuerst Ola Farmen vornehmen, der war die größte Herausforderung.

Und er musste Trevor Morison aus dem Weg gehen.

Um jeden Preis, so lange wie möglich.

Das dürfte nicht allzu schwer sein. Morison war nur selten in der Lloyds Arena. Bei Heimspielen, natürlich, und dann meist zusammen mit Najib Aysha. Bei irgendwelchen Veranstaltungen in den VIP-Gemächern und wenn mit Angestellten neue Verträge auszuhandeln waren. Jetzt, nach Spielzeitende, müsste es einfach sein, dem Mann aus dem Weg zu gehen.

David suchte in seiner Tasche nach dem Schlüsselbund, als er sich der Tür näherte. Fischte den richtigen Schlüssel hervor und schob ihn ins Schloss. Versuchte, ihn nach links zu drehen. Das ging nicht. Er drückte auf die Klinke. Sicher hatte er vergessen abzuschließen. Die Tür öffnete sich.

David Lee Curry war kein schreckhafter Mann. Dennoch fielen ihm die Schlüssel aus der Hand, als er das Zimmer betrat, und er fuhr zurück. In seinem eigenen Schreibtischsessel saß ein kleiner schmalschultriger Mann mit großem Kopf und über der Brust verschränkten Armen.

»David«, sagte Trevor Morison mit breitem Lächeln. »Da bist du. Ich glaube, wir müssen miteinander reden.«

17:15 Uhr
Båtstøjordet, Bærum bei Oslo

Etwas war hier. Und sie bekam es nicht richtig zu fassen.

Das war Sara nach ihrer nächtlichen Unterredung mit Ola klar geworden. Etwas verband diese Geschichten miteinander. Sie blätterte ungeduldig zum vierten Mal durch ihre Unterlagen. Dort lag noch immer keine Antwort, weder in Olas Dokumenten noch in ihren eigenen.

Noch hatte sie ihm nichts über den Überfall in der Avenue Road und die unbegreifliche und vielleicht nur eingebildete Verbindung zum Mossad erzählt. Die Zeit hatte nicht gereicht. Das hatte sie sich jedenfalls am Morgen im Taxi nach Heathrow eingeredet. Es stimmte nicht ganz, sie hätte ihm eine Mail schicken können. Ihn anrufen. Ihm bei ihren Begegnungen eine Kurzfassung geben. Aber das hatte sie nicht getan.

Sie war einfach noch nicht bereit zum Teilen.

Die Geschichte des Überfalls in der Avenue Road faszinierte sie weit über das intellektuelle Puzzlespiel hinaus, das darin bestand, die widerstrebenden Elemente zu einer Lösung zusammenzufügen. Inzwischen hatte sie fünf Bücher und sechs ausführliche Artikel über den Mossad gelesen. Sie hatte diese beängstigend effektive Geheimdienstorganisation nicht nur besser kennengelernt, sondern sie wusste nun auch mehr über die jahrtausendealte Erzählung der Juden über sich selbst.

Eine Erzählung, die sie als Jugendliche als überholt abgetan hatte.

Inzwischen ahnte sie, dass ihr damals getroffener Entschluss seinen Preis gehabt haben konnte. Diese Erkenntnis war sehr unangenehm. Sie fing an, Züge in ihrem eigenen Leben zu sehen, die ihr überhaupt nicht zusagten.

Sara Zuckerman war eine Brückenverbrennerin.

Sie konnte gesellig und weltgewandt sein, und sie hatte oft dazu Gelegenheit. Ihr großer Bekanntenkreis erstreckte sich über zwei Erdteile. Das Problem war, dass Bekanntschaft nicht zur Freundschaft werden konnte, wenn man die gemeinsame Geschichte nicht betonte. Gemeinsame Geschichte wurde gefährlich rasch zu einer Bindung. Der Blick zurück wurde zur Fessel.

Sara wollte unabhängig sein.

Als sie mit achtzehn aus ihrer Heimatstadt Tromsø in die USA ging, wusste sie, dass es für immer sein würde. Die Familienbande wurden nicht direkt zerrissen, aber es fehlte nicht viel. Sie behielt Kontakt zu ihren Eltern, aber sie fühlte sich nicht imstande, zu den Beerdigungen zu kommen. Auch zur Hochzeit ihres Bruders schaffte sie es nicht, ein wichtiger Ärztekongress in Barcelona kam dazwischen. Robert war zehn Jahre jünger als sie. Als er im Jahr 2002 mit seiner Frau bei einem Autounfall ums Leben kam, hinterließen die beiden eine sechs Jahre alte Tochter. Und Sara tat das bisher Unvorstellbare. Mit vierzig Jahren verließ sie das in zweiundzwanzig Jahren aufgebaute Leben und nahm sich des Waisenkindes Thea an.

Thea war zu einem soliden Anker geworden, aber Sara trieb noch immer mit Wind und Wetter, wenn es um andere Menschen ging. Sie war nicht richtig norwegisch. Auch nicht amerikanisch. Der frühe Entschluss, ihre jüdische Identität abzulegen, hatte natürlich und richtig gewirkt. Es hatte nichts mit Scham oder Protest zu tun, was einige Liebhaber im Laufe der Jahre vorsichtig angedeutet hatten. Sara Zuckerman brachte dem Judentum die gleichen Gefühle entgegen wie jeder anderen Religion: eine leicht resignierte Toleranz. Mehr nicht. Weniger auch nicht.

Sie wollte keiner Gruppe angehören. Weder einer religiösen noch einer ethnischen, kulturellen oder nationalen.

Keiner.

Die Mitgliedschaften im Ärztebund und zwei internationalen kardiologischen Gesellschaften waren alles, was sie sich an Gemeinschaft jemals zugemutet hatte.

Das Judentum war die erste Gemeinschaft, aus der sie sich losgerissen hatte.

Dennoch trug sie noch immer den Davidstern um den Hals.

Sie hatte ihn zum fünfzehnten Geburtstag von ihren Eltern bekommen. Pflichtschuldig hatte sie die dünne Kette über den Kopf gestreift, während sie schon plante, den Schmuck gleich am folgenden Tag zu verlieren. Abends, nach der Feier mit den wenigen Freunden, die sie noch hatte, war die Mutter leise zu ihr gekommen und hatte sich auf die Bettkante gesetzte. Hatte vorsichtig ihre widerspenstigen Haare gestreichelt, zum ersten Mal in Saras Erinnerung.

»Versprich mir, ihn zu tragen, Sara. Ich kann deine Zukunft nicht mehr beeinflussen, aber versprich mir, ihn zu tragen. Meinetwegen.«

Sara hatte es versprochen. In den vergangenen Tagen hatte sie sich mehrmals dabei ertappt, wie sie ihn berührte. Ab und zu hatte sie ihre Lektüre unterbrochen und einige Sekunden lang den kleinen Goldstern in der Hand gehalten.

Er war das einzig Beständige, das sie besaß.

Ein Davidstern aus Gold, von einer Zacke zur anderen vielleicht zwei Zentimeter groß und fast wertlos. Nach dem Tod ihrer Eltern hatte sie Robert das gesamte Erbe überlassen. Nicht einmal den über mehrere Generationen vererbten Schmuck der Mutter hatte sie haben wollen. Jetzt gehörte er Thea, ebenso wie das Haus in Båtstøjordet. Sara gab ihr Geld für Essen, Wein, Kleider, Schuhe und Bücher aus. Dinge, die innerhalb von drei Stunden in Umzugskartons gepackt werden konnten.

Streng genommen hatte sie nur zwei echte Freunde. Der eine war ihr Vetter Jerry Cohn, der als Kind jedes Jahr in den Sommerferien nach Tromsø gekommen war und ihr in ihrem ersten Jahr in den USA geholfen hatte. Sie trafen sich zweimal pro Jahr. Telefonierten oder mailten ab und zu.

So wollte sie es.

Distanz in der Nähe.

Ola Farmen war der zweite Freund. Sie hatte ihn gern, und sie fand es zudem spannend, mit ihm zusammenzuarbeiten. Aber wenn er sich nicht solche Mühe gegeben hätte, in Kontakt zu bleiben, hätte sie nach seinem Umzug nach England auch ihn aus den Augen verloren. Doch Ola rief fast jeden Tag an. Mailte oft, vor allem nachts. Konnte kein Nein hinnehmen. Nervte, aber auf eine Weise, die ihr irgendwann gefiel. Sie war die ältere allwissende Mentorin. Er der superflinke ewige Student.

Die Freundschaft zu Ola war keine Gefahr.

Die Bücher über den Mossad waren noch immer in einem Sessel aufgestapelt. Sie durfte nicht vergessen, sie zurückzubringen. Daneben lag ein Buch, das sie am Samstag in London gekauft hatte: »A History of the Jews« von Paul Johnson. Johannes hatte sich widerwillig in einen Buchladen ziehen lassen und keine Fragen gestellt, als sie den Laden wieder verließen.

Das Buch lag noch ungeöffnet da.

Sara fröstelte und zog die Füße aufs Sofa. Sie reckte sich und nahm das neue Buch zur Hand, legte es dann aber zurück und konzentrierte sich wieder auf das Mysterium in der Avenue Road.

Ola würde ihr vermutlich helfen können. So, wie sie immer zusammen besser dachten als getrennt.

Später vielleicht. Später.

Sara Zuckerman atmete zweimal tief durch, ehe sie die beiden Papierstapel nebeneinanderlegte. Der eine war ein Ausdruck von Olas langer Mail vom Donnerstag, sechs eng beschriebene Seiten sowie zwei Seiten Statistik und Verweise. Der andere Stapel war ein locker zusammengefügtes Dokument, das sie auf dem Rückflug von London erstellt hatte. Es war der Versuch, in die Sache mit dem Überfall in der Avenue Road Ordnung zu bringen. Als Thea angerufen und gesagt hatte, dass sie erst gegen acht zu Hause sein würde, mit leicht kindlicher Stimme, um es nicht so schlimm zu machen, dass sie gegen ihre Abmachung verstieß, ließ Sara sich auf das Sofa sinken und fing an zu lesen.

Das Einzige, was beide Dokumente offenbar gemeinsam hatten, war der Bezug zu dem Finanzmogul Najib Aysha. Der Überfall ganz direkt, die Dopexsache eher indirekt, ein eventueller Dopingskandal in Notting Hill musste natürlich nicht mit Wissen des Besitzers geschehen sein.

Dennoch. Etwas gab es hier.

Sie nahm einen gelben Marker und fasste einen Entschluss.

»Personen«, murmelte sie und markierte alle Namen in beiden Dokumenten. Aber der einzige Name, der in beiden auftauchte, war Najib Aysha.

Jahreszahlen, dachte sie.

Das waren etliche. Vor allem in Olas Aufstellung. In ihrem eigenen Dokument gab es nur zwei. Erstens 2000, das Jahr, in dem Ahmed Farez in der Cleveland Clinic operiert worden war. Danach 2003, das Jahr des Überfalls.

Ola hatte nichts für 2000. Dagegen wurde 2003 mehrmals erwähnt.

2003 war der Zeitpunkt des ersten Ereignisses, fiel ihr nun ein. Als zum ersten Mal ein Spieler auf dem Trainingsplatz von Notting Hill mit Herzstillstand umgefallen war. Sara malte in beiden Dokumenten einen Kreis um die Jahreszahl, zögerte einen Moment und versah dann auch den Namen Najib Aysha mit einem Kreis.

2003. Najib Aysha.

Nicht gerade viel.

Aber es gab noch etwas, was ihr früher in der Woche nicht wichtig vorgekommen war. Ein witziges Detail eigentlich nur, nichts von Bedeutung dafür, worüber sie sich den Kopf zerbrochen hatte: die möglichen Verbindungen des Mossad zu den gestohlenen Bildern.

Sie las ihre eigene Aufstellung ein weiteres Mal. Fand nichts.

Sie musste etwas vergessen haben. Im Flugzeug zu schreiben war nicht optimal. Der Nebenmann hatte immer wieder verstohlen auf ihren Bildschirm geblickt. Am Ende hatte Sara den Laptop zum Fenster gedreht; ihr Nacken war noch immer steif, da sie über eine Stunde schief gesessen und geschrieben hatte.

»Fußball und Doping«, flüsterte sie und zeigte auf Olas Text, ehe sie mit der Hand auf ihren eigenen wies. »Gemälde und Mossad.«

Fußball.

Sara hob den Blick und starrte vor sich hin. Fußball!

Sie hatte den Jungen total vergessen.

Den afrikanischen Fußballspieler, der in der Avenue Road ums Leben gekommen war.

Sie hatte einfach nicht daran gedacht, ihn zu erwähnen. Rasch loggte sie sich in den Laptop auf dem Sofa ein. Sekunden später wusste sie seinen Namen wieder. Sie klappte den Laptop zu. Sammelte Olas Dokument zusammen und legte es auf das Gerät, ehe sie zu ihren eigenen Blättern griff und sie mit der leeren Seite nach oben drehte.

»Najib Aysha«, schrieb sie mit großen gelben Buchstaben.

»2003.« Noch größer.

»Kofi Nkrumah. TOTER FUSSBALLSPIELER.«

Derselbe steinreiche Mann. Dasselbe Jahr. Und bei beiden Geschehnissen ging es um tote Fußballspieler. Es war ein Fehler gewesen, ihre eigene Aufstellung im Jahr 2000 anfangen zu lassen. Das Geschehnis in Cleveland war nur für sie selbst relevant, nicht für Najib Aysha. Eigentlich hatte alles erst drei Jahre später begonnen. Mit einem blutigen Überfall, bei dem ein Fußballspieler getötet worden war, gefolgt vom ersten einer langen Reihe verdächtiger Fälle von *Sudden Cardiac Death.*

Sie sprang auf. Trat ans Fenster. Richtete den Blick auf die Garage der Nachbarn. Sie atmete flach und rasch.

Gemälde. Fußballspieler. Herzstillstand. Ein Milliardär.

Der Mossad und ein mögliches unbekanntes Dopingmittel.

»2003«, sagte sie laut zu sich. »2003 hat alles angefangen.«

Aber worum ging es denn?

Geld, dachte sie sofort. Immer geht es um Geld.

Sie nahm den Laptop und ging zur Kellertreppe.

Zeit, sich besser über Najib Ayshas Finanzen zu informieren.

Vor allem über deren Zustand im Jahr 2003.

23:55 Uhr
Charmwood Avenue, London

»Ich hoffe, ich habe das Richtige getan«, flüsterte Ola in dem dunklen Schlafzimmer.

Durch das offene Fenster kam ein leichter Luftzug. Die Vorhänge wehten und produzierten bewegliche Schattenmuster, grau vor dunklerem Grau, auf dem Boden vor dem Badezimmer.

»Das hast du«, antwortete Guro, drehte sich aus seinen Armen und schloss die Augen. »Von allen schlechten Alternativen in einer durch und durch unmöglichen Situation hast du die am wenigsten gefährliche gewählt.«

»Aber wenn ich es nicht schaffe?«

»Das geht schon gut. Jetzt müssen wir schlafen.«

»Ich bin nicht müde.«

»Ich muss schlafen.«

»Kann ich dann in den Keller gehen?«

Er hörte ein resigniertes Seufzen und wehrte schnell ab. »Muss nicht sein.«

Guro kämpfte mit Kissen und Decken und setzte sich auf. Legte unter der Decke eine Hand auf seinen Oberschenkel. Schüttelte den Kopf. »Jetzt habe ich dir zugehört,

Ola. Ich bin froh darüber, dass du es mir gesagt hast. Glaub mir. Es ist das erste Mal seit Gott weiß wie lange, dass wir über etwas anderes gesprochen haben als über die Kinder und Geld. Zweimal an einem Tag.«

Er konnte hören, dass sie lächelte, ehe sie weitersprach: »Ich stimme dir außerdem zu, dass es aussieht, als ob Trevor Morison dich aus irgendeinem Grund aus der Notting Hill Clinic entfernen möchte.«

»Es kann nur einen Grund geben.«

»Vielleicht hast du auch damit recht.«

»Was sollte es denn sonst sein? Ich leiste gute Arbeit, verstehe mich mit ...«

»Schon gut. Hör auf damit. Gehen wir davon aus, dass du recht hast. Ist Trevor Morison nicht auf alle deine Forderungen eingegangen?«

»Doch. Aber ...«

Guro hatte früher an diesem Abend einen Plan gemacht. Als Sara und die Zwillinge im Bett lagen, hatte sie zum allerersten Mal das Männerzimmer im Keller betreten dürfen. Sie hatte auf dem kleinen Kühlschrank gesessen, da es dort unten nur einen Stuhl gab, und war mit Ola ruhig und logisch die Situation durchgegangen. Er sollte noch an diesem Abend Trevor Morison anrufen und das Angebot einer Stellung als Forschungsleiter bei der CaMRO annehmen.

Unter bestimmten Bedingungen.

»Du hörst in der Klinik auf«, fasste Guro zusammen. »Sofort. Das heißt, morgen. Du bekommst noch drei Monate dein Gehalt. Als Ausgleich. Nach dem Sommer trittst du die neue Stelle an. Am 1. September.«

»Dass er darauf eingegangen hat, zeigt nur wieder, wie absurd das alles ist«, sagte Ola verzweifelt. »Ich bin ein guter Forscher, aber das hätte niemand erreicht. Nicht einmal Sara.«

»Und wir behalten dieses Haus, egal, wie es bei deiner neuen Stelle läuft.«

Ola schüttelte den Kopf und hob die Hände.

»Which proves my point.«

»Sicher. Aber ich habe auch einen Punkt.«

Sie schob sich dichter an ihn heran.

»Wenn du mit deinem Verdacht über Dopex recht hast …«

»Ich habe recht.«

»Halt jetzt die Klappe. Wenn du recht hast, dann gibt diese Abmachung dir Zeit, ohne dass unsere Familienfinanzen in Gefahr sind. Du sagst, dass du viele Wochen für deine Untersuchungen gebraucht hast, aber dann hat Sara Tempo in die Sache gebracht.«

»Das kannst du wohl sagen. Ich bin an diesem Wochenende weiter gekommen als vorher in sechs oder sieben Wochen.«

»Eben. Jetzt hast du drei Monate frei. Du kannst dich tagsüber auf diese Sache konzentrieren. Und nachts schlafen!«

Sie schlug mit der Faust auf die Bettdecke.

»Aber ich bin nicht mehr in der Klinik«, jammerte er. »Ich habe zu gar nichts mehr Zugang.«

»Das hattest du Anfang der Woche auch nicht mehr. Du hast doch selbst gesagt, dass sie das System geändert haben. Außerdem hast du alle Ausdrucke vom vergangenen Wochenende. Pass gut darauf auf.«

»Ja. Ich wünschte, wir hätten einen Safe.«

»Das ist wohl kaum nötig. Jetzt müssen wir schlafen.«

»Aber was, wenn ich genug finde, um für Notting Hill einen Riesenskandal loszutreten? Dann krieg ich ja wohl nicht die ganze Schatztruhe. Den neuen Job krieg ich nicht und …«

»Du sorgst dafür, alles schriftlich zu sichern. Gehalt im Voraus ausbezahlt. Die Abmachungen müssen mit der Klinik und der Forschungsstiftung getroffen werden. Nicht mit Notting Hill. Wann triffst du Morison, morgen um halb acht?«

»Ja. Viel zu früh, wenn du mich fragst. Wir treffen uns in

seinem verdammten eiskalten Büro. Er will bis dahin alle Papiere fertig haben, hat er gesagt. Mir graust.«

»Was kann denn schiefgehen?«

Ola gab keine Antwort. Er hatte einen unangenehm hohen Puls, und ihm war ein bisschen schlecht. Er würde nicht schlafen können.

»Was, wenn ich die Sache nicht lösen kann? Was, wenn ich mich irre oder wenn ich nicht beweisen kann, wie sehr ...«

»Ola!«

Guro hämmerte mit der Faust auf seinen Oberschenkel. »Es ist Nacht, Ola! Es gibt rein gar nichts, was wir jetzt tun können. Heute Abend waren wir uns doch völlig einig, oder nicht?«

»Schon. Aber es ist nicht sicher, ob ich alles klären kann. Was machen wir dann?«

»Dann fängst du im Herbst als Forschungsleiter bei einer privaten Stiftung an«, murmelte sie. »Ein gut bezahlter Chefposten. Und jetzt will ich schlafen.«

Sie legte sich ein Kissen über den Kopf und verschwand, aber er hätte schwören können, dass sie vor dem Einschlafen noch gelacht hatte. Halb erstickt und leise.

Bei der Vorstellung von Ola als Chef, ganz bestimmt.

Montag, 3. Juni 2013

03:30 Uhr
Avenue Road, London

»Sieht das gut so aus?«

Trevor Morison saß auf der Armlehne eines tiefen Gästesessels vor Najib Ayshas Schreibtisch in dessen Arbeitszimmer zu Hause. Er verschränkte die Arme vor der Brust und hob die Augenbrauen fragend, während sein Chef ziemlich uninteressiert die Unterlagen weglegte.

»Eine verdammt gute Abmachung«, sagte er. »Für ihn. Das wird teuer.«

»Ein sehr süßes Zuckerbrot, ja. Wie du gewollt hast. Du hattest recht. Es hat gewirkt.«

Najib Aysha griff nach einer Zigarrenkiste, die im Trompe-l'Œil-Stil graviert war. Sie war aus vergoldetem Silber, sah aber aus wie ein Holzkasten mit einem großen Zigarrenring. Das Geschenk eines russischen Geschäftspartners, wie Trevor Morison wusste. 1886 in Sankt Petersburg hergestellt, damals, als vergoldete Zigarrenkisten, die aussahen wie ein schnöder Holzkasten, den unendlichen Reichtum und den köstlichen Sinn für Humor ihres Besitzers unter Beweis stellen sollten.

Morison wusste auch, dass ihm nichts von dem Inhalt angeboten werden würde. Das stimmte. Aysha klappte den Deckel auf und griff begierig nach einer Zigarre, dann klappte er den Deckel wieder zu. Er ließ sich Zeit für die

Vorbereitungen. Mit einer goldenen Zigarrenschere schnitt er sicher und rasch das geschlossene Ende ab, genau an der Stelle, wo die Spitze sich zur eigentlichen Zigarre hin rundete. Er nahm eine große Streichholzschachtel, die ebenfalls aus Gold war. Streichhölzer aus Zedernholz, wusste Morison. Das Anzünden war ein vertrautes Ritual: Najib Aysha wartete, bis der Schwefel heruntergebrannt war, dann ließ er das Zigarrenende um fünfundvierzig Grad gleich über der Flamme rotieren. Danach blies er sanft auf die Glut, um gleichmäßiges Brennen zu sichern, und machte schließlich den ersten Zug.

»Cohiba Espléndidos«, sagte er zufrieden. »Richtig gut. Also …«

Eine blaugraue Wolke hing jetzt zwischen ihnen.

»… unser kleines Problem ist damit gelöst?«

»Da bin ich ziemlich sicher.«

»Ziemlich sicher?«

»Der Vertrag wird morgen früh in meinem Büro unterschrieben. Dr. Farmen wird nie wieder einen Fuß in die Klinik setzen. Ich war schon in seinem Büro und habe seine privaten Habseligkeiten aussortiert. Die werden ihm mit einem Kurier geschickt. Wenn er je wieder in die Lloyds Arena will, muss er sich eine Karte für einen Tribünenplatz kaufen.«

»Aber du bist trotzdem nur ziemlich sicher?«

Trevor Morison zuckte mit seinen kaum vorhandenen Schultern.

»Man soll nie nie sagen. Aber ich kann mir einfach nicht vorstellen, was er jetzt noch unternehmen könnte. Ihm ist doch alles versperrt. Und wir haben ihn unter einer gewissen Kontrolle.«

»Ach?«

»Dieses wahnwitzige Zuckerbrot ist auch eine Fessel«, sagte Morison und warf noch einmal einen Blick auf die Vertragskopie. »Er ist noch immer in unserem System. Ich habe von den Anwälten einige raffinierte Fallstricke einbauen lassen«, fügte er hinzu und lächelte. »Wenn es so geht, wie ich glaube, dann kommt er morgen ohne Anwalt. Es wirkte jedenfalls so, als ich mit ihm gesprochen habe. Der Kerl ist ein hervorragender Arzt, aber ansonsten wirkt er ein bisschen … naiv? Selbst ein erfahrener Anwalt würde seine Zeit brauchen, um die Fallgruben zu finden. Dr. Farmen schafft das nicht. Wenn er etwas unternimmt, was deinen Interessen schaden kann, ist die Abmachung beendet. Das teilen wir ihm später mit. Falls es überhaupt aktuell wird. Was ich nicht glaube. Er ist bis über beide Ohren verschuldet, wenn meine Jungs das richtig überprüft haben.«

»Gut.«

Der Raum füllte sich jetzt mit Zigarrenrauch. Trevor Morison hustete diskret hinter vorgehaltener Faust. Najib Aysha paffte weiter.

»Und David Lee Curry? Was machen wir mit dem?«

Morison verzog kurz das Gesicht. Er erhob sich von der Armlehne und ging die wenigen Schritte zum Fenster, vor dem eine riesige Eiche behutsam angeleuchtet und mitten im Garten zur Skulptur wurde. »Ich bin nicht ganz sicher«, sagte er langsam.

»Hm. Ich will aber, dass du sicher bist, Trevor. Du wirst dafür bezahlt, sicher zu sein.«

»Tatsache ist«, sagte Morison und drehte sich abrupt zu Najib Aysha um, »… dass es natürlich sehr viel gefährlicher ist, David Lee Curry loszulassen als diesen norwegischen Arzt. David ist schon zu lange bei uns.«

»Können wir ihn loswerden? So wie den Doktor?«

»Nein. Er ist unsere Versicherung, Najib. Er muss um jeden Preis bleiben.«

Er fuhr sich mit beiden Händen über das zerknitterte Sakko. Was aber auch nicht half. »Ich habe vorhin mit ihm gesprochen. Er beteuert natürlich seine Loyalität, aber mir kam er ein wenig … nervös vor. Wenn er nicht diesen Krach geschlagen hätte, als Dr. Farmens nächtliches Surfen bei *SportMed* an den Tag kam, wäre David …«

Er presste mit einem hörbaren Knirschen die Zähne zusammen.

»... verdammt, er ist seit zwölf Jahren hier. Sein Vertrag läuft erst in sechs Jahren aus! Er ist doch der totale ...«

»Reiß dich zusammen!«

Trevor Morison befolgte den Befehl, ganz wortwörtlich. Statt weiter mit den Händen zu fuchteln, breitbeinig und auf den Ballen wippend, brachte er seinen Körper in eine straffe Militärhaltung.

»Wie lange bist du jetzt bei mir?«, fragte Najib Aysha lächelnd und streifte die Asche in einem gläsernen Aschenbecher von der Zigarre.

»Das weiß niemand«, antwortete Morison ernsthaft.

Sein Chef lachte herzlich. »Wir beide wissen es. Wir beide wissen es nun wirklich, Trevor. Wir haben schon andere Stürme erlebt. Viel wildere Stürme. Ich verlasse mich auf dich. Es sieht dir gar nicht ähnlich, die Fassung zu verlieren. Schaff morgen die Sache mit diesem Arzt aus der Welt, und behalte David im Auge. Sag Bescheid, wenn etwas ist.«

»Natürlich.«

»Dann wäre es das.«

Trevor Morison nickte und ging zur Tür.

»Trevor«, hörte er auf halber Strecke.

Er drehte sich um.

»Das hier ist nicht mal eine steife Brise«, sagte Najib Aysha. »Das hier ist bloß ein Herbstwind im Park. Es geht ja trotz allem nur um Fußballspieler, Trevor. Wir schaffen das, nicht wahr?«

Trevor Morison presste die Lippen aufeinander, nickte und ging nach Hause, um eine Stunde zu schlafen, ehe der neue Tag an die Tür klopfte.

11:00 Uhr
Cobham, Surrey, England

Es war wie verhext!

Sophie Pry hatte die Visitenkarte des freundlichen Arztes verlegt. Sie war so sicher gewesen, sie in ihre Brieftasche zurückgesteckt zu haben, nachdem sie ihn mit der niederschmetternden Mitteilung angerufen hatte, dass er Christophers Unterlagen nun leider doch nicht haben könne. Aber in der Brieftasche war die Karte nicht. Es kam durchaus vor, dass sie Kleinigkeiten verkramte. Eine Lesebrille, die im Badezimmer auftauchte, wenn Sophie doch schwören könnte, sie zuletzt im Wintergarten gesehen zu haben. Eine Häkelarbeit, die aus irgendeinem Grund auf der Terrasse lag und nicht im Korb beim Sofa.

Die Visitenkarte war nicht zu finden.

Das Schlimmste war, dass sie seinen Namen nicht mehr genau wusste. Sie erinnerte sich, dass er so ähnlich hieß wie dieser niedliche kleine Spieler, der vor einigen Jahren bei Manchester United gewesen war. Ole. Bei seinem Nachnamen war sie sich nicht mehr so sicher. Forman? Froman vielleicht. Farman? So ähnlich jedenfalls.

Sie seufzte und setzte sich mit dem Telefon in der Hand auf das Sofa. Sie hatte im Netz nach allen möglichen Varianten von Ole Forman gesucht, hatte aber keine Mobilnummer gefunden. Als sie endlich auf die einfache Lösung verfiel, in der Notting Hill Clinic anzurufen, war sie ungeheuer erleichtert.

Sie wählte die Nummer. Es klingelte nur dreimal, dann bestätigte eine freundliche Frauenstimme, dass Sophie die richtige Nummer gewählt hatte.

»Hallo«, sagte Sophie und stellte sich vor. »Ich würde gern mit einem jungen Arzt sprechen, der bei Ihnen arbeitet. Ich bin nicht ganz sicher, wie er heißt, so ähnlich jedenfalls wie Ole Forman? Farman? Er ist übrigens Norweger, und davon haben Sie sicher nicht so viele.«

Sophie lachte kurz und quirlig.

»Nein«, sagte die Stimme am anderen Ende der Leitung. »So einen haben wir hier nicht.«

»Was? Verzeihung, ich bin mir wirklich sicher ...«

»Leider. Wir hatten hier einen norwegischen Arzt, aber der hat aufgehört.«

»Aufgehört? Aber ich habe doch noch vorige Woche mit ihm gesprochen!«

»Wenn Sie einen Termin machen wollen, kann ich Sie durchstellen zu ...«

»Nein, nein. Es geht um etwas ... Privates, kann man wohl sagen.«

»Dann kann ich Ihnen leider nicht helfen.«

Sophie Pry schluckte und versuchte, ihre Gedanken zu sammeln, aber die tanzten umher wie Schmetterlinge um ein Rosenbeet. Vielleicht war der Mann ein Schwindler? Aber was könnte er sich davon versprochen haben? Und wie hieß er denn nun wirklich?

»Einen schönen Tag noch«, sagte die Stimme freundlich.

»Aber ich wüsste gern, wie er heißt, was ...«

Aufgelegt.

Sophie war so verwirrt, dass sie Angst bekam. Sie griff sich ans Herz, das so hart schlug, dass sie es mit der Hand durch ihren schmalen Brustkasten spüren konnte. Sie begriff überhaupt nichts mehr. Der sympathische Arzt hatte doch nichts davon gesagt, dass er aufhören wollte, als er bei ihr gewesen war. Im Gegenteil, Sophie erinnerte sich deutlich daran, dass seine Visitenkarte mit dem Emblem der Klinik bedruckt gewesen war. Es hatten auch mehrere Telefonnummern dabeigestanden, und eine hatte sie für eine Mobilnummer gehalten.

Sie schlug die Hände vors Gesicht. Vielleicht war sie betrogen worden. Oder vielleicht hatte der Mann wirklich im Laufe der vergangenen Woche aufgehört. Es konnte doch zu Hause in Norwegen etwas passiert sein. Ein Todesfall. Eine alte Mutter. Ein Unfall.

Sie hatte seit vier Uhr morgens wach gelegen, in der Gewissheit, dass die Kopie von Dr. Copperhills Brief in der Familienbibel im Bücherregal im Wohnzimmer sicher verwahrt war. Es war eine Qual gewesen, mit dem Anruf zu warten, bis Cheryl nach ihrem Morgenbad eingeschlafen war. Sie war so aufgeregt gewesen. Auf eine seltsame und fremde Weise sogar froh.

Jetzt hatte sie keine Ahnung, was sie tun sollte.

Sie hatte natürlich auch keine Ahnung davon, dass eine junge Frau in der Telefonzentrale der Notting Hill Clinic vorsichtig den Kopf schüttelte. Alle in der Klinik hatten an diesem Morgen erfahren, dass Ola Farmen von Stund an nicht mehr dort arbeitete. Er werde zu einer anderen Tätigkeit innerhalb des Konzerns versetzt, hieß es. Als sie neugierig in einem freien Moment in sein Büro geschaut hatte, war es total ausgeräumt. Auch die Elvis-Plakate, über die sie und ihre Kolleginnen in der Kantine gekichert hatten, waren nicht mehr da. Keine Kinderzeichnungen an den Wänden oder seltsame Figürchen auf der Fensterbank. Kein Chaos. Ein leeres Zimmer, einfach, als ob es Ola Farmen nie gegeben hätte. Im Rundschreiben stand, dass keinerlei Auskünfte über den skandinavischen Arzt an Außenstehende weitergegeben werden dürften. Seltsam, hatte die junge Telefonistin gedacht. Es kam ja manchmal vor, dass jemand kündigte, aber doch nicht so. Sonst gab es immer Kuchen. Eine richtige Verabschiedung eben.

Es war natürlich möglich, dass er sich etwas zuschulden hatte kommen lassen. Suchtprobleme vielleicht, er hatte ja eigentlich ein bisschen ungepflegt gewirkt.

13:15 Uhr
Charmwood Avenue, London, England

Die kleine Sara hatte einen Höllenlärm geschlagen, als sie entdeckte, dass ihr Vater an einem Werktag freihatte. Sie konnte nicht begreifen, warum sie dann in den Kindergarten musste. Am Ende hatte er sie auf dem Gang liegen und heulen lassen, hatte die Haustür abgeschlossen und mit Proktor eine Runde gedreht. Ein noch nicht drei Jahre altes Kind für eine Viertelstunde allein zu lassen hätte zu Hause als Grund für ein Eingreifen des Jugendamtes gereicht, dachte er. Er sah das nicht so eng.

Als er nach Hause kam, saß sie daumenlutschend auf dem Klo. Munter und umgänglich. Sang unterwegs ein Lied, der Weg zum Kindergarten wurde zu einer langen Geschichte, die sie soeben vertont hatte.

Seine Begegnung mit Trevor Morison war problemlos verlaufen. Der Vertrag war zum Glück nicht allzu kompliziert, auch wenn Ola nicht alles verstanden hatte. Die Eckpunkte waren so, wie sie sein sollten. Er unterschrieb und erhielt eine Kopie und eine Kiste Champagner, mit der er sich in der U-Bahn vorkam wie ein Idiot. Aber er hätte doch nicht ablehnen können!

Ola war außer sich vor Angst und zugleich froh.

Arbeitslos zu sein kam ihm entsetzlich vor. Obwohl er einen Vertrag hatte, der ihm drei Monate Gehalt und danach eine ansehnliche Gehaltserhöhung zusicherte, konnte er sich nicht von einem grundlegenden Gefühl der Unsicherheit befreien.

Das Freiheitsgefühl, weil er jetzt genau das tun konnte, was er wollte, war trotzdem berauschend. Er hatte sich dabei ertappt, dass er gleich nach seiner Rückkehr aus dem Kindergarten ein Bier öffnete, aber er stellte es in den Kühlschrank zurück, als ihm einfiel, wie früh es noch war. Er kochte sich lieber eine Kanne dynamitstarken Kaffee und ging nach unten in seinen Keller.

Hier verbrachte er drei fruchtbare Stunden.

Der letzte Ausdruck war fertig. Er legte ihn zu den anderen in eine Plastikmappe und versuchte, ruhig zu atmen.

Er hatte einen Liter Kaffee und zwei Dosen Red Bull getrunken, auf dem Weg zu dem, was er nun wusste, und ihm brach der kalte Schweiß aus. Einen Moment lang starrte er unschlüssig das Telefon an, dann fasste er sich ein Herz und wählte Guros Mobilnummer.

Sie meldete sich gleich nach dem ersten Klingelton. »Hallo, Ola«, sagte sie.

»Hallo.«

Stille.

»Ja?«, fragte Guro.

»Dein Tipp«, sagte er langsam und griff mit der linken Hand nach der leeren Red-Bull-Dose. »Das mit Revolan, du weißt schon ...«

»Ja?«

»Der hat sich als wahnsinnig nützlich herausgestellt.«

»Wie schön. Eine schnöde praktische Ärztin freut sich doch immer, wenn sie helfen kann. Was hast du herausgefunden?«

»Äh ... ziemlich viel. Aber es ist ein bisschen ... hast du keine Patienten?«

»Den nächsten in zehn Minuten.«

»Dann reicht die Zeit wohl nicht.«

»Na gut. Aber warum rufst du an?«

»Einfach so. Ich wollte nur wissen, ob ich mal kurz nach Oslo fahren kann. Wirklich nur ganz kurz. Zurück komm ich dann ...«

»Nach Oslo?«

Er konnte geradezu hören, wie sie die Augen verdrehte. »Um dich mit Sara zu treffen, vermute ich?«

»Mmm.«

Es wurde still. Lange. Er hörte ihren Atem. Er kannte ihn so gut. Ein wenig rasch, als ob sie immer einen irritierten Einwand auf der Zunge hätte.

Seltsamerweise beruhigte sich ihr Atem dann. »Wie lange?«, fragte sie endlich.

»Bis morgen«, sagte er eilig. »Leider kann Sara heute Abend nicht mit mir sprechen. Morgen Nachmittag bin ich wieder hier.«

»Okay.«

»Was?«

»Das ist in Ordnung. Kannst du am Haus vorbeischauen und den alten Roller der Zwillinge holen? Der steht in der Garage. Sara quengelt schon …«

»Sicher doch. Natürlich. Noch was? Soll ich …«

»Keep me posted«, fiel sie ihm ins Wort. »Und sei ja morgen Nachmittag wieder da. Okay? Vor sechs? Ich will zum Frauenabend mit …«

»Ich liebe dich!«

»Dussel.«

Sie legte auf.

Ola starrte einige Sekunden lang das Telefon an, dann sprang er auf, nahm den inzwischen überaus umfangreichen Dopexordner und ging nach oben, um eine Reisetasche vollzustopfen. Er könnte, wenn er blitzschnell wäre, noch den 15:00-Uhr-Norwegian-Flug von Gatwick nach Oslo erwischen.

Er blieb auf halber Höhe der Treppe stehen und fischte das Mobiltelefon aus der Tasche.

Revolan, schrieb er. *Mittel gegen IBS-c.* Look it up. *Basiert auf einem Mittel zur Beeinflussung der EK-Kopplung im Darmsystem. Wird produziert von Newcastle Pharma. Ich komme heute Nachmittag nach Oslo. Muss dich treffen.*

Er wollte auf Senden drücken, überlegte sich die Sache dann aber anders und tippte weiter.

Rat mal, wem 41% von Newcastle Pharma gehören?

Ola merkte, dass er lächelte, als er hinzufügte: *Najib Aysha.*

14:30 Uhr
Cobham, Surrey, England

Die Schrift war wirklich fast unleserlich.

Da Sophie Pry sich mit medizinischen Fachausdrücken nicht auskannte, machte es ihr große Mühe, sich durch den Brief des alten Dr. Copperhill an Christopher hindurchzukämpfen. Aber jetzt war sie endlich fertig. Sie hatte alles in den Computer eingegeben. Bei jedem Fremdwort und jeder unverständlichen Abkürzung hatte sie im Internet nachgesehen und dann in Klammern eine Erklärung hinter das Wort gesetzt. Der Leserlichkeit zuliebe hatte sie ihre Erklärungen rot markiert. Endlich hatte sie nun einen Ausdruck.

26 Jahre alter Mann, verlobt, Kind unterwegs. Berufsfußballer bei Notting Hill. Bisher weitgehend gesund. Keine Dauermedikation. Noch nie wegen ernsthafter Erkrankungen im Krankenhaus. Patient ist schlank, Nichtraucher, hat nie Dopingmittel genommen, mäßiger Alkoholkonsum. Keine Anhäufung von prämaturen (zu früh) *Herz-/Gefäßkrankheiten oder plötzlichem Tod in der Familie.*

Pat. berichtet über 2 Episoden in den letzten 2 Monaten: akuter Schwindelanfall, begleitet von leichter Übelkeit und Herzklopfen. Einmal beim Lauftraining, einmal im Sitzen am Küchentisch. Beiden Episoden voraus gingen plötzliche Palpitationen (Herzklopfen) *von regelmäßiger Art, Frequenz vermutlich ca. 180. Bei einer Episode unter der Dusche zu Hause vor drei Wochen kam es zu raschem regelmäßigem Puls, begleitet von Schwindel. Pat. berichtet, dass er danach unter der Dusche zusammensank, er weist eine kleine Schramme am r* (rechten?) *Teil der Stirn auf, die daher zu stammen scheint. Möglicherweise für einige Sekunden bewusstlos. Keine Amnesie* (er kann sich an alles erinnern). *Vermutlich war die Episode nicht von Krämpfen begleitet. Kein Wasser/*faeces-*Abgang* (Urin/Stuhl). *Kein Schwindel und keine Schwindelanflüge in den letzten 3 Wochen.*

Vor mir sehe ich einen Mann, der seinem Alter entspricht und sich flüssig ausdrückt. Pat. kann berichten, dass er sich in den letzten 2 Monaten ganz allgemein müder gefühlt hat als früher. Er glaubt selbst, dass es einen Zusammenhang mit steigenden Trainingseinheiten und weniger Schlaf als sonst haben kann. Es gibt keine Krankengeschichte mit Dyspnoe (Schweratmigkeit) *oder Brustschmerzen. Pat. hat trockene, warme Haut, gut durchblutet. Bei der Auskultation* (Abhorchen mit Stethoskop) *klar 1. und 2. Töne über Cor* (Herz). *Über Pulmo* (Lunge) *die normalen vaskulären Respirationsgeräusche* (Geräusche der Lungenbläschen).

Keine Ödeme (Schwellungen), *BD* (Blutdruck) *135/78, Frequenz 52 regelmäßig.*

Insgesamt scheint die Krankengeschichte auf eine Kombination von zu viel Training, begrenztem Schlaf und zeitweiser Dehydrierung zurückzuführen zu sein.

Bewertung: Pat. wirkt somatisch (physisch) *gesund. Er wird aufgefordert zu verstärkter Flüssigkeitsaufnahme und gleichmäßigerer Verteilung der Trainingseinheiten unter der Woche. Keine Absprachen wegen weiterer Kontrollen.*

Sophie fühlte sich plötzlich unbeschreiblich müde. Sie hatte sich so darauf konzentriert, Dr. Copperhills Brief verständlich zu machen, dass sie erst jetzt über den Inhalt nachdenken konnte.

Christopher sei gesund gewesen, meinte der Arzt. Irgendwo tief in ihrer Erinnerung glaubte Sophie, diesen letzten Abschnitt gelesen zu haben, als sie einige Tage nach Christophers Beerdigung die Post durchgegangen war. Sie war damals vor Trauer und von beruhigenden Mitteln betäubt gewesen. Und sie hatte nur dieses eine gelesen: Christopher war gesund.

Aber im weiteren Text sah es ja nun wirklich nicht so aus.

Für einen jungen, starken und durchtrainierten Mann wie Christopher musste es doch alles andere als normal sein, auf diese Weise das Bewusstsein zu verlieren. Und warum hatte er nichts gesagt? Zu ihr, wo er doch immer alles mit seiner Mutter geteilt hatte!

Vielleicht hatte Alan recht. Christopher war ein erwachsener Mann gewesen. Er teilte längst nicht mehr alles mit Mama.

Lautlos fing sie an zu weinen. Schon wieder. Seit der norwegische Arzt aufgetaucht war, schienen sich neue Tränenlager geöffnet zu haben.

In den vergangenen sechs Jahren hatte Sophie Pry sich durch eine dumpfe farblose Landschaft bewegt. Sie hatte weder große Freude noch tiefe Trauer verspürt, ihr Leben war zu einem ereignislosen Dasein reduziert worden, bei dem es darauf ankam, dass sie funktionierte. Sich um Cheryl kümmerte. Um den Garten. Dass sie kochte und wusch und bügelte. Dass sie ab und zu ein Essen veranstaltete, in der Regel für Alans Geschäftspartner oder Kollegen. Sie durfte dabei nicht zu viel an Christopher denken. Auf keinen Fall zu viel an ihn denken.

Jetzt tat sie nichts anderes.

Diese letzte Woche war eine Belastung gewesen. Erst jetzt begriff sie, was der norwegische Arzt getan hatte. Er hatte ihr Hoffnung gemacht. Nicht darauf, Christopher zurückzubekommen, aber darauf, endlich mit der Trauer fertigzuwerden. Statt diesen abgrundtiefen Schmerz in Watte und Antidepressiva zu packen.

Christopher war nicht gesund gewesen.

Dr. Copperhill hatte sich geirrt.

Wenn er nicht gesund gewesen war, konnte das doch unmöglich von Bedeutung für die Versicherung sein. Gerade vor solchen Fällen sollten Versicherungen ja schützen. Geschehnisse, die man nicht voraussehen konnte. Christopher war gesagt worden, mit ihm sei alles in Ordnung. Er hatte sich auf Dr. Copperhill verlassen. Wenn er unterwegs von einem Unwohlsein überfallen worden und von der Straße abgekommen war, dann war das nicht seine Schuld.

War es so gewesen?

Ihr wurde abwechselnd heiß und kalt. Hatte Christopher einfach das Bewusstsein verloren und war deshalb von der Straße abgekommen?

Sie musste dem norwegischen Arzt diesen Brief zeigen.

Diesem Arzt, an dessen Namen sie sich nicht genau erinnerte und der sich offenbar von einem Tag auf den anderen eine neue Stelle gesucht hatte. Und von dem sie nicht wusste, wie sie ihn erreichen sollte.

Die Vorstellung, er könne ein Betrüger sein, war verflogen. Warum sollte er denn ausgerechnet sie an der Nase herumführen? Er hatte bei seinem Besuch hier im Haus nichts gestohlen. Außerdem waren da seine Augen. Die hatten so jung gewirkt. So freundlich. Er hatte ehrliche Augen, dieser Norweger, den sie jetzt unbedingt erreichen musste.

Sie faltete den Ausdruck zusammen, nahm die Kopie des Originalbriefes und ging wieder zum Bücherregal. Sie zog die große Familienbibel mit dem Familienstammbaum auf dem Vorsatzblatt heraus. Schlug das Matthäusevangelium auf. Suchte Kapitel 5, Vers 4.

»Selig sind, die da Leid tragen; denn sie sollen getröstet werden«, las sie, ehe sie den Brief zwischen die Seiten des Buches legte.

20:35 Uhr
Båtstøjordet, Bærum bei Oslo

»Ursprünglich war es ein solides kleines Familienunternehmen«, sagte Ola eifrig und malte einen Kreis oben auf einen leeren A4-Bogen.

Er saß am Schreibtisch, neben Sara. Thea hatte den Tisch abgeräumt, und aus der Küche hörte Ola leise Musik, dazu das Geräusch von fließendem Wasser und das Klappern von Geschirr, das in die Spülmaschine gestellt wurde.

»Danke übrigens für das Essen. Das wäre wirklich nicht nötig gewesen.«

»Wohl bekomm's«, sagte Sara. »Wenn du Hunger hast, ist mit dir nichts anzufangen. Mach weiter.«

»Ja, also, hör zu. Das Ganze hat wie gesagt damit angefangen, dass Guro mir gestern von Revolan erzählt hat. Das war so interessant, dass ich wissen wollte, was genau das für ein Medikament ist. Und da muss ich mit dem Anfang anfangen.«

»Schieß los.«

»Mit dem allerersten Anfang«, sagte Ola, lächelte und holte tief Luft. »Newcastle Pharma wurde 1952 gegründet. Sie stellten immer nur Generika und rezeptfreie Mittel her.«

»Das kam bei den anderen Firmen nicht gerade gut an. Da die doch die Entwicklung der Präparate finanzieren mussten.«

»Das ewige Problem eben. Aber die Entwickler haben immerhin zwanzig Jahre Patentschutz, ehe die Geier sich über die Beute hermachen können. *Anyway* …«

Ola schrieb die Initialen NP in den Kreis, zusammen mit der Jahreszahl 1952.

»Solide Firma, stetige Umsatzsteigerung und Überschüsse. Vor allem seit 1973, als sie ein Paracetamolprodukt auf den Markt gebracht haben, das besonders gern genommen wurde.«

»Kopfschmerztabletten ganz einfach?«

»Ja. 1983 wurde NP in Großbritannien zur *Company of the Year* gewählt. Nicht nur, weil die Firma grundsolide war und immer weiter wuchs, sondern auch, weil die Leitung eine ungewöhnlich gute und enge Zusammenarbeit mit den Gewerkschaften pflegte.«

»Ein Bilderbuchunternehmen also.«

»Das schon. Aber jetzt erzähl ich dir, was dann passiert ist.«

Er zeichnete einen neuen Kreis, ein wenig tiefer und auf die rechte Seite der Markierung für Newcastle Pharma.

»SouthEnd Gene Inc.«, sagte er, während er schrieb. »Ein biotechnisches Unternehmen. 1966 waren sie eine kleine Klitsche und seit sechs Jahren in den roten Zahlen. Sie hatten trotzdem noch den Kopf über Wasser, und das lag an Investoren, die daran glaubten, was sie machten.«

»Und das war?«

»Immer mit der Ruhe jetzt.«

Ola grinste und zeichnete einen zweiten, größeren Kreis um NP.

»1995 starb der Gründer von Newcastle Pharma. Und damit nahm die Idylle ein jähes Ende. Henry Knittel hatte sich acht Kinder zugelegt, die sich bis zu Papas Tod dermaßen vorbildlich verhalten hatten, dass er keinem die Leitung der Firma übertragen hatte.«

»Ach je ...«

»Das kannst du wohl sagen. Da flogen sofort die Fetzen. Das ist leider oft so bei Erben, vor allem, wenn die ganz großen Werte zu verteilen sind. Und um eine lange und an sich unterhaltsame Geschichte kurz zu machen: 1996 wird Henry Knittels Lebenswerk zum Verkauf ausgeschrieben.«

»Najib Aysha«, sagte Sara leise.

»Genau. Er hat die Firma gekauft. Und ich kann natürlich nicht wissen, was Aysha sich dabei gedacht hat, aber ich kann immerhin raten.«

Mit wütenden Bewegungen strich er die Kreise für SouthEnd Gene Inc. und Newcastle Pharma durch.

»Er hat beide gekauft?«

»SouthEnd hatte er schon einige Monate früher an sich gebracht. Die beiden Firmen wurden zusammengelegt, natürlich unter dem Namen Newcastle Pharma. Der war vertrauenerweckend, solide und bekannt. Wertvolle Warenmarke. Jetzt besaß Aysha also eine etablierte mittelgroße pharmazeutische Firma mit einer nagelneuen Abteilung, in der unvorstellbar spannende wissenschaftliche Forschung betrieben wurde.«

»Aber was haben die bei SouthEnd denn eigentlich gemacht? Sechs Jahre lang rote Zahlen ... Hatten die denn nie was verdient? Warum kauft jemand eine Firma, die so schlecht läuft?«

»Erwartungen«, sagte Ola nachdrücklich und klopfte dreimal mit dem Filzstift auf den Tisch. »Der Finanzmarkt wird weitgehend von Erwartungen gesteuert. Und die waren kolossal.«

Sara musterte ihn über den Brillenrand hinweg. »Ich sehe, du genießt es, ausnahmsweise mal die Rolle der Sara Zuckerman zu spielen«, sagte sie trocken.

»Entschuldigung«, sagte er verwirrt und errötete ein wenig. »Meinst du, ich könnte mir eine Tasse Kaffee machen?«

»Thea? Wärst du bitte ein Engel und setzt Kaffee auf? Und Tee gleich mit?«

Die Siebzehnjährige grunzte etwas, was vermutlich ein Ja sein sollte.

»Also«, sagte jetzt Ola. »Es geht zunächst mehr um den Chef von SouthEnd als um die Firma an sich. Er ist vor Jahren beim Absturz eines Sportflugzeugs ums Leben gekommen, aber in den Neunzigerjahren war er ein Guru. Gene Grant. Mehrmals für den Nobelpreis ...«

»Gene Grant!«, fiel Sara ihm ins Wort. »Zellsignalisierung? *Der* Gene Grant?«

»Genau. Experte dafür, wie Signale in und aus den Zellen heraus vermittelt werden. Er hatte die Firma mit einer kleinen Gruppe seiner tüchtigen ehemaligen Studierenden von der Universität San Diego gegründet. Anfangs nur ein Liebhaberprojekt. Aber dann nahm die Sache Form an.«

»Was ist passiert? Was hatten sie vor?«

»Du weißt offenbar von Gene Grants Arbeiten.«

»Das wäre ja noch schöner!«, sagte Sara. Sie runzelte verärgert die Stirn, als sie hinzufügte: »Das tun doch alle. Ich habe sogar einen Vortrag von ihm gehört, das muss zu Anfang der Achtzigerjahre gewesen sein. Ein Genie, Ola. Hast du was von ihm gelesen?«

»Zumindest *A Systematic Approach to Cardiovascular Cell Signalling.*«

»Das will ich aber auch hoffen«, sagte Sara trocken. »Seine Tochter ist übrigens ebenfalls Kardiologin. Sie hat sich vor einigen Jahren an mich gewandt, als ich in Boston einen Vortrag über *Heart Rhythm* gehalten habe. Vielversprechende junge Dame, aber leider ist sie an ein gottverlassenes Krankenhaus in Kanada übergewechselt.«

Sie versank einen Moment in Gedanken und runzelte dann abermals verärgert die Stirn. »Aber Gene Grant war Akademiker. Wissenschaftler. Warum hat er sich ins Geschäftsleben eingemischt?«

»Wie gesagt, anfangs vor allem zum Spaß. Das galt jedenfalls für ihn. Einige seiner ehemaligen Studis sahen das Ganze wohl eher als Geschäftsidee. Es wurde so eine Art … medizinisches Apple? Medizinische Nerds, die eine ungemein wettbewerbsversessene und gierige pharmazeutische Branche aufmischen wollten.«

Sara hob die Hände. »Aber womit denn?«

»Hab doch Geduld. Sie haben die umgekehrte Strategie zur normalen gemacht. Statt sich auf ein Medikament gegen eine vorher festgelegte Krankheit zu konzentrieren, haben sie alles offengehalten. Sie haben über Interventionen in der EK-Kopplung geforscht. Um danach zu sehen, bei welchen Krankheiten sie ihre Ergebnisse einsetzen könnten.«

Sara legte den Kopf in die Hand und stützte den Ellbogen auf den Tisch. Noch immer hatte sie die Stirn gerunzelt. »Intervention der EK-Kopplung? Also Versuche, die mit Medikamenten zu manipulieren?«

»Ja.«

»Aber ...«

Sie stand auf, als Thea mit einer Presskanne und einer gläsernen Teekanne hereinkam.

»Beides dauert noch eine Weile«, sagte sie. »Tasse oder Becher, Ola?«

»Ganz egal«, sagte er lächelnd. »Danke.«

Sara ging zum Fenster und kehrte ihm den Rücken zu. Sie schwiegen beide, bis Thea Becher, Milchkännchen und Zuckerdose auf den Tisch gestellt hatte. Und in ihrem Zimmer verschwunden war.

»Das klingt doch wie Grundlagenforschung«, sagte Sara zu ihrem Spiegelbild in der Fensterscheibe. »Wenn dabei etwas herausgekommen wäre, hätten du und ich doch davon gehört! Darüber wäre geschrieben worden! Falls das ...«

Sie fuhr herum. Rückte ihre Brille gerade. »Gene Grant war eine einsame Größe in seinem Bereich«, sagte sie. »Er hätte die Ergebnisse veröffentlicht, in ...«

»*Business*, Sara. *Business!* Die wollten sich auf keinen Fall in die Karten schauen lassen. Sogar Gene Grant hat offenbar schließlich mit kommerziellem Potenzial gerechnet. Wenn du im Netz nachsiehst, wirst du feststellen, dass er keinen einzigen Artikel mehr veröffentlicht hat, nachdem Asyha 1996 SouthEnd Inc. aufgekauft hatte. Er ist erst 2001 gestorben. Und da war er vierundsechzig und kerngesund! Er hat einfach die Klappe gehalten, als ihm so langsam aufging, dass sein Wissen eine Goldgrube sein könnte.«

»Aber als er die Firma dann verkauft hatte, was hat ihn daran gehindert, auf eigene Faust weiterzuforschen?«

Ola schüttelte den Kopf und musterte sie resigniert. »Du weißt wirklich unglaublich wenig über Geschäfte, Sara. Bei solchen Aufkäufen werden sooooo dicke Verträge unterschrieben …« Er streckte die Hände fast einen halben Meter voneinander getrennt vor sich aus. »… um den Verkäufer zu binden. Um das zu sichern, was der Käufer eigentlich gekauft hat: Wissen. Die Erwartung von etwas Großem. Du kannst dich darauf verlassen, dass Gene Grant an Händen und Füßen gefesselt war.«

»Ein Mann wie Grant«, murmelte Sara. »Sich auf diese Weise kaufen zu lassen!«

»Vergiss das jetzt mal.«

Sara beugte sich über den Tisch vor und presste den Stempel in der Kaffeekanne bis nach unten. Sie goss für Ola ein, nahm sich Tee und setzte sich dann wieder neben ihn.

»Was ist dann passiert?«, fragte sie und gab sich zwei gehäufte Löffel Zucker in die Teetasse.

Ola schnitt bei diesem Anblick eine Grimasse, riss sich aber schnell wieder zusammen. »Ich habe eigentlich keine Ahnung. Zwischen 1996 und dem Anfang der Nullerjahre habe ich im Netz nichts Interessantes gefunden. Aber dann …«

Er hob die Tasse, starrte aber nur in die dunkle Flüssigkeit. »Die Forschung muss gut gelaufen sein«, sagte er langsam. »Und alle Testversuche dann auch.«

Er nippte vorsichtig am Kaffee, verbrannte sich und zuckte ein wenig zusammen. »Denn im Jahr 2002 kamen Gerüchte über einen bevorstehenden Durchbruch auf. Ein Blockbuster wurde angekündigt. Stand *in the pipeline,* wie die Industrie sagt.«

»Blockbuster. In der Pharmazie wie in der Filmbranche.«

Sara verrührte noch immer den Zucker in ihrem Tee und seufzte tief.

»Das sind nicht nur Banditen, Sara. Die pharmazeutische Industrie rettet jeden Tag Tausende von Leben. Zehntausende. Hunderttausende.«

»Die retten wir«, korrigierte sie. »Wir Ärzte retten die Menschenleben.«

Ola öffnete den Mund, um etwas zu sagen, schloss ihn dann aber rasch wieder. Noch eine Runde von Saras Jammern über die gierige Industrie musste er jetzt wirklich nicht haben.

»Also«, sagte er deshalb nach einer kleinen Pause. »Newcastle Pharma hatte seltsamerweise zum ersten Mal seit der Firmengründung eine ziemlich miese Phase. Richtig mies, behaupten einige Artikel, die ich gefunden habe. Das ging mehrere Jahre so. Hohe Ausgaben, viel höher, als die an sich soliden Einnahmen erlaubten. Es sah düster aus, glaube ich. Aber sie wurden vom Gong gerettet. 2003 kam nämlich Revolan auf den Markt. Fix und fertig und zugelassen. Im Oktober. Noch vor Jahresende schien klar zu sein, dass die armen Teufel mit chronischer Verstopfung endlich ein wirksames Medikament hatten. Und so was wirkt sich ja oft magisch auf den Aktienkurs aus.«

Sara schwieg überrascht.

Ola sah sich seine Zeichnung an, auf der bisher nur zwei Kreise, Zahlen, Buchstaben und grobe Striche zu sehen waren.

»Die müssen ja wirklich einen Durchbruch in Bezug auf die Manipulation der Signalisierung gehabt haben«, murmelte er. »Ich wüsste gern mehr darüber, was sie eigentlich …«

»Hast du 2003 gesagt?«

Sara hatte ihm die Hand auf den Unterarm gelegt. Er schaute überrascht zu ihr auf.

»Ja …«

»Du meinst also, dass Newcastle Pharma, wo Najib Aysha der größte Eigner ist, 2003 finanzielle Probleme hatte?«

Ola nickte und starrte ihre Hand an. »Aber wie gesagt: Sie wurden gerettet, weil Revolan …«

»Möchtest du ein Glas Wein?«

»Doch … ja …«

Er sah seinen Kaffeebecher an.

»Wir öffnen eine Flasche«, erklärte Sara. »Ich kann dir eine Geschichte erzählen. Es geht darin um einen Überfall, um wertvolle Gemälde, um einen toten Fußballspieler, eine exzentrische alte Dame und den Mossad.«

»Den Mossad … Mossad?«

Sie ging zur Küchentür und sagte laut, ohne sich umzudrehen: »Ja. Aber vor allem geht es um Najib Aysha. Es ist höchste Zeit, dass du sie hörst.«

23:48 Uhr
Charmwood Avenue, London

Als Tarjei Farmen noch ungefähr hundertfünfzig Meter von dem Haus entfernt war, in dem er mit zweiundzwanzig Jahren noch immer bei seinen Eltern wohnte, verlangsamte er sein Tempo. Das brachte ihn zum Schwanken. Er war sicher, dass er nur fünf Pints getrunken hatte. Dennoch brauchte er ein hohes Tempo, merkte er, und blieb ganz stehen. Er schlug sich mit beiden Händen ins Gesicht, räusperte sich und versuchte, nicht zu schwanken. Stellte sich breitbeinig hin und suchte in seinen Jackentaschen nach einer Schachtel Pastillen. Erst jetzt fiel ihm auf, dass er seine Jacke mit Bier übergossen hatte. Die Jacke seines Vaters. Die er eigentlich gar nicht anziehen durfte.

»Verdammter Scheiß«, nuschelte er leise.

Seine Mutter wäre außer sich vor Zorn, wenn sie ihn so sehen müsste.

Es war erst Montag.

Tarjei hatte noch nicht entschieden, was er mit seinem Leben anfangen wollte, und er wurde immer wieder daran erinnert, wie seine Eltern in diesem Alter gelebt hatten. Sein Vater war meistens in Ordnung, aber seine Mutter nervte inzwischen wirklich. Vor allem, wenn er unter der Woche trank.

Vielleicht hatte er beim Bier den Überblick verloren, überlegte er träge und erinnerte sich vage, dass irgendwer ihm bombenstarken Schnaps ins Glas gekippt hatte. Es war ein ziemlich chaotischer Abend gewesen. Aber witzig. Das hier aber machte jetzt keinen Spaß.

Eigentlich müsste er versuchen, auf den Mauervorsprung an der einen Querseite des Hauses zu klettern und durch das Fenster leise in das Zimmer zu steigen, das er mit Theo teilte, aber er war nicht sicher, ob er das in seinem Zustand schaffen würde.

»Shit«, murmelte er und stieß auf. »Ich bin verdammt noch mal zweiundzwanzig Jahre alt. Ich mach, was ich will.«

Er raffte sich auf und konzentrierte sich darauf, gerade zu gehen. Die Mutter konnte doch hinter dem Küchenfenster stehen und nach ihm Ausschau halten. Er hatte ganz bewusst sein Mobiltelefon zu Hause gelassen, an Werktagen nervte seine Mutter schon ab halb elf. Sie wolle Ruhe im Haus haben, zeterte sie. Wenn Tarjei also zu Hause wohnen wolle, müsse er sich an ihre Regeln halten, egal, wie alt er sei.

»Blöde Kuh«, fauchte er seine eigenen Schuhspitzen an.

Die Übelkeit wurde stärker.

Es wäre vielleicht sinnvoll zu kotzen. Die Sache hinter sich zu bringen. Er ging zwei Schritte auf einen Zaun am Rand des schmalen Bürgersteigs zu und wäre damit unsichtbar für seine Mutter, falls sie wirklich nach ihm Ausschau hielt. Er beugte sich vor, legte die Hände auf die Knie und spreizte die Beine. Vermutlich würde er nicht einmal den Finger in den Hals stecken müssen.

Als die hellbraune Masse aus Bier und Essensresten sich in seinem Hals nach oben drängte, bemerkte er das Auto. Es war so plötzlich gekommen. So leise gewissermaßen. Tarjei versuchte, das Erbrochene wieder hinunterzuschlucken, aber sein Mageninhalt hatte sich entschieden. Eine Fontäne schoss aus seinem Mund. Er konnte die Welle von Krämpfen in Magen und Speiseröhre einfach nicht anhalten.

Der Wagen blieb stehen.

»*We need to talk*«, sagte eine dröhnende Stimme, während eine Autotür so heftig aufgestoßen wurde, dass sie Tarjei am Oberschenkel traf.

Er schaute auf und sah eine riesige Faust, die den Rand der Wagentür festhielt. Der Fahrer hatte das Auto so weit auf den Bürgersteig gefahren, dass Tarjei sich wie gefangen vorkam. Und stocknüchtern. Außerdem hatte er Angst. Voller Panik warf er sich rückwärts. Der Mann schrie auf, sein rechtes Bein war eingeklemmt worden, als er aussteigen wollte und die Tür plötzlich wieder zugeschlagen wurde.

Tarjei rannte. Er stürzte davon, als ob er in seinem ganzen Leben noch keinen Tropfen Alkohol getrunken hätte. Hinter sich hörte er den Mann, oder die Männer, das wusste er nicht, er hörte jemanden rufen, einen kurzen Befehl zu warten. Tarjei hatte sich von einem Mann, vor dem seine Kumpels in der Kneipe ihn gewarnt hatten, dreitausend Pfund geliehen.

Dieses Geld hätte er vor zwei Wochen zurückzahlen müssen.

Tarjei rannte weiter, er hatte den Geschmack von Eisen und Kotze im Mund und wäre fast gestolpert, als er durch das Gartentor auf das gelbe Haus zulief. Er registrierte gerade noch, dass alles dunkel war, wunderbar dunkel, er wurde ein wenig langsamer und trat deshalb nicht auf den Kiesweg. Er schoss über das Gras, sprang auf Theos Fahrrad, das unter dem Vordach des Anbaus stand, und packte beim ersten Versuch die solide Regenrinne. Zog sich hoch, ohne ein Geräusch zu verursachen. Oder vielleicht konnte er das einfach selbst nicht hören, es rauschte in seinen Ohren, und weitere Kotze wollte offenbar heraus. Er schluckte wieder und wieder, während er über die Dachziegel ging, ohne einen zu zerbrechen, so leise er konnte, die Kindersicherung am Fenster öffnete und zwischen den dicken dunklen Vorhängen ins Zimmer stieg.

Theos regelmäßiger Atem war alles, was er hörte.

Tarjei wartete, bis die Augen sich an die Dunkelheit gewöhnt hatten. Er atmete schnell und flach, mit offenem Mund. Ein Auto fuhr langsam am Haus vorbei und verschwand. Der Motor war doch nicht leiser als andere. Tarjei war sicher betrunken gewesen. Jetzt war er das nicht. Seine halb volle Blase kniff ihn im Schritt, und er hob langsam die Hände. Starrte seine Finger an. Er konnte die Luft in ihrer Nähe als leichte Berührung spüren. Er nahm das Gewicht seiner eigenen Kleider und das der Jacke seines Vaters wahr, jetzt nicht nur von Bier verschmiert, sondern auch von Erbrochenem.

Scheiße, murmelte er vor sich hin. Verdammte *fucking* Scheiße.

Er hätte sich das Geld niemals leihen dürfen.

Die Jungs in der Kneipe hatten ihn gewarnt.

Sie hatten ihn ja dermaßen nachdrücklich gewarnt.

Dienstag, 4. Juni 2013

00:15 Uhr
Gjettumkollen 23, Bærum bei Oslo

Es roch nach Essig und nach Chemikalien, die Sara nicht identifizieren konnte. Die Dunkelkammer war höchstens sieben Quadratmeter groß. Der Besitzer, ein Mann in den Siebzigern, der sie in Schlafanzug und Fellpantoffeln empfangen hatte, wies Sara einen hohen Hocker in der Ecke zu.

»Ich kann dir wirklich nicht oft genug dafür danken, dass du uns hilfst«, sagte Ola zum dritten Mal in etwas über einer halben Stunde. »So kurzfristig, meine ich.«

Kåre Jacobsen deutete in dem trüben roten Licht ein Lächeln an. »Wenn jemand fragt, ob man in unseren digitalen Zeiten um kurz vor Mitternacht einen Film entwickeln kann, dann muss es wichtig sein. Und ich bin ja nur froh über alle, die noch einen Film verwenden. Und diese Kamera …«

Er schüttelte den Kopf und schaute andächtig zu Dorothy Krügers Fotoapparat hinüber. Der war sicher oben in einem halbhohen Schrank verstaut, er hatte ihn lange betrachtet, ehe er den Film herausnahm. Das Metall der Kamera, das Sara für Messing gehalten hatte, war nach der energisch vertretenen Ansicht des alten Mannes im Schlafanzug Gold.

»Leica Luxus II«, murmelte er und seufzte. »Bisher glaubten alle, es gäbe nur noch ein einziges Exemplar. Es sind nur vier Stück hergestellt worden. Vier! Und dann kommt ihr und ... Die ist unheimlich viel wert, wisst ihr das? Unheimlich viel Geld. Ist die Tasche aus Krokodilleder auch noch vorhanden?«

Sara murmelte ungeduldig, dass die Besitzerin erfahren würde, welchen Schatz sie da besaß.

Der Hobbyfotograf riss seinen Blick von der Kamera los und öffnete eine Schublade unter der Arbeitsbank, um einen bereits eingestöpselten Föhn herauszunehmen.

»Die Negative müssten eigentlich noch eine Weile an der Luft trocknen«, sagte er. »Aber wir können ja nicht die ganze Nacht hier herumstehen.«

Kåre Jacobsen hatte den Film an einen quer durch den Raum gespannten Draht gehängt. Er bewegte den Föhn mit ruhigen, gleichmäßigen Bewegungen hin und her. Sara starrte den schmalen Streifen mit zusammengekniffenen Lidern an, konnte aber die Motive nicht erkennen.

»Wie lange wird das dauern?«, fragte sie vorsichtig und faltete die Hände.

»Die Zeit, die es dauert«, antwortete der Mann im Schlafanzug und lachte kurz, ehe er den Film löste, ihn auf eine Glasplatte legte und auf einen Knopf an der Wand drückte.

Eine Leuchtröhre wurde unter dem matten Glas eingeschaltet. Der flache Lichtkasten erinnerte Sara an den, mit dem früher Röntgenbilder an der Wand untersucht wurden.

»Wollt ihr Abzüge von allen ...« Kåre Jacobsen ließ einen Zeigefinger am Filmstreifen entlangwandern, ohne ihn zu berühren. »... einundzwanzig?«, fragte er. »Hier sind viele nicht belichtete Felder.«

»Nein«, sagte Sara und glitt vom Hocker. »Nur eins, glaube ich. Kann ich mal sehen?«

»Sicher. Kommen Sie ruhig her.«

Sie musste sich an Ola vorbeizwängen.

»Was für eine Geschichte«, murmelte er. »Bin ja verdammt gespannt, ob ...«

Sara versuchte, ihm einen warnenden Blick zuzuwerfen, dann trat sie mit dem Rücken zu ihm neben den Hobbyfotografen. Sie beugte sich über den Leuchtkasten.

Es war kaum möglich, in den kleinen Vierecken die Motive zu erkennen, aber es handelte sich jedenfalls um einen Farbfilm. Das zweite Bild konnte ein Landschaftsbild sein, das fünfte zeigte ein Katzenbaby.

»Erinnere mich daran, dass ich aus der Garage einen Roller holen muss, ehe wir zu dir fahren«, sagte Ola leise. »Dann brauche ich morgen nicht noch mal herzukommen. Findest du was?«

Sara gab keine Antwort.

Das allerletzte Bild auf dem Streifen, vor der langen Strecke aus nicht belichtetem Film, schien voller Bäume zu sein. Sie beugte sich weiter vor. Es konnte sich um Dorothy Krügers Torpfosten mitten zwischen den Bäumen handeln, groß und schwer, ein kleiner Obelisk. Ein Mann war daneben zu erkennen.

»Das da«, sagte sie leise und zeigte darauf. »Das ist das Bild, das ich gern sehen möchte.«

»Aha. Das ganze Bild?«

»Äh … ja bitte, ich hätte gern einen Abzug des ganzen Bildes und einen, auf dem der Mann am Torpfosten deutlich zu sehen ist.«

»Das Gesicht also?«

»Ja. Ein vergrößertes Gesicht.«

»Wird gemacht. Setzen Sie sich inzwischen.«

Als er den Leuchtkasten ausschaltete, wurde es in der Kammer wieder dunkel. Eine dunkelrote Birne über der Tür ermöglichte es dennoch, die geübten Bewegungen des Mannes mit den Pantoffeln zu verfolgen. Er schob den Filmstreifen in den Vergrößerungsapparat, holte Papier und raschelte mit dem Abzugsrahmen, während er erklärte, was er hier machte. Sara versuchte zuzuhören, begriff aber vor lauter Nervosität die Fachausdrücke nicht. Ola hielt endlich den Mund. Sechs Minuten lang war Kåre

Jacobsen mit seiner Aufgabe beschäftigt. Am Ende, als die Abzüge in mehrere flache Gefäße voller Flüssigkeit getunkt worden waren und zum Trocknen an einer Art Gestell hingen, trottete Kåre Jacobsen die wenigen Schritte zur Tür und schaltete das grelle Deckenlicht ein.

»So«, sagte er zufrieden. »Ist es das hier?«

Sara brauchte mehrere Sekunden, um wieder klar sehen zu können.

»Ist er das?«, fragte Ola eifrig.

Sie ging näher heran, und Kåre Jacobsen zeigte ihr, wie sie die Ecke des Fotos mit zwei Fingern fassen und vorsichtig vom Gestell nehmen konnte.

»Ist er das, Sara? Ist er das????«

Noch immer stand Sara stumm und mit ausdruckslosem Gesicht da. Die Vergrößerung war überraschend scharf. Das Bild war tagsüber aufgenommen worden, das wusste sie, und obwohl das Bild den Mann im Halbprofil zeigte, waren seine Züge deutlich genug zu sehen.

»Ruf ein Taxi«, sagte sie leise zu Ola. »Kåre möchte sicher wieder ins Bett gehen.«

»Aber kannst du nicht sagen ...«

»Wie lange wird es dauern, bis wir die Bilder mitnehmen können?«, unterbrach ihn Sara und sah den alten Mann an.

»Holt den Roller, dann sind sie trocken, wenn ihr zurückkommt.«

»Ich mach das allein«, sagte Ola schnell. »Warte hier, ich rufe das Taxi.«

Sara setzte sich wieder auf den Hocker. Sie schloss die Augen. Ihr Kopf fühlte sich leicht und benommen an, aber daran konnte nicht der Wein schuld sein, den sie und Ola an diesem Abend getrunken hatten. Sie zog die Flasche mit dem Mineralwasser aus der Jackentasche und trank einen großen Schluck.

»Alles in Ordnung?«, fragte Kåre Jacobsen. »Sie kommen mir so blass vor.«

»Das liegt sicher am Licht.«

»Kennen Sie ihn?« Er nickte zu dem Bild hinüber, das er entwickelt hatte.

»Nein.«

Der alte Mann schüttelte den Kopf. Sein Gesichtsausdruck war jetzt nicht mehr neugierig, sondern leicht gereizt. »Dann weiß ich wirklich nicht, was so verdammt eilig war.«

»Verzeihen Sie«, sagte Sara und rang sich ein Lächeln ab. »Ich kenne ihn nicht und weiß auch nicht, wie er heißt.«

Die Bilder waren trocken. Der Mann steckte sie in einen großen Umschlag und reichte ihn Sara.

»Was bin ich Ihnen schuldig?«, fragte sie.

»Nein, nein, nein. Dass ich die Leica sehen durfte, ist Dank genug.«

»Ach, die Kamera. Die hätte ich fast vergessen.«

»Dagegen hätte ich nichts«, sagte er lächelnd und hob vorsichtig die Kamera hoch, warf einen letzten bewundernden Blick darauf und reichte sie ihr. »Aber Sie können mir vielleicht sagen, was an dem Bild so wichtig ist?«

»Das kann ich leider nicht.«

Sie glitt vom Hocker und streckte ihm die Hand hin.

»Es ist schon seltsam, es so eilig mit dem Bild zu haben, wenn Sie gar nicht wissen, wer der Mann ist«, sagte Kåre Jacobsen. »Darüber werde ich mir die ganze Nacht den Kopf zerbrechen.« Seine Augen waren blassblau unter buschigen, fast weißen Augenbrauen. Er ließ weder ihren Blick noch ihre Hand los.

Sara zögerte. »Ich kenne ihn nicht«, sagte sie endlich. »Und ich habe keine Ahnung, wie er heißt. Aber ich bin ihm begegnet. Er hat mich in einem Krankenhaus in den USA aufgesucht, wo ich gearbeitet habe. Vor vielen Jahren. Damals hatte er einen Schnurrbart, aber ich bin trotzdem sicher, dass es derselbe ist. Also tausend Dank …« Endlich konnte sie ihre Hand zurückziehen. »… für Ihre Hilfe. Die bedeutet mehr, als Sie ahnen.« Viel, viel mehr, dachte sie und verließ die kleine Kellerkammer.

09:00 Uhr
The Royal London Hospital
Whitechapel Road, London

»Das haben wir schon besprochen, Jimmy.«

Caroline Rowling sprach leise, aber intensiv. »Wir sind einer Meinung. Du sagst nichts. Nicht wahr?«

Jimmy Rowling hatte in anderthalb Wochen mehrere Kilo abgenommen. Er fühlte sich schlapp und hilflos in dem Krankenhausbett, aus dem ihn Krankengymnasten und Krankenschwestern unangenehm oft hochscheuchten. Die Geduld des Krankenhauspersonals mit dem vorher so durchtrainierten Mann nahm jetzt ab. Er wollte am liebsten vollständig angezogen auf der Bettdecke liegen und spüren, ob sein Herz noch schlug, wie es sich gehörte. Wie es das tat, seit er nach einem Champions-League-Finale, bei dem niemand erwartet hatte, dass er eingesetzt werden würde, von den Toten auferweckt worden war.

Bei dem er niemals hätte eingesetzt werden dürfen.

Er hätte an jenem Morgen auf Caroline hören müssen. Er war sich nicht so sicher, ob er jetzt auf sie hören sollte.

»Aber ich bin krank, Caroline.«

Er hob die Hände und ließ die Faust schlaff auf die Matratze sinken.

»Nicht mehr«, sagte sie sanft. »Du hörst doch, was sie sagen. Alle reden auf dich ein. Steh auf, lauf hier mal über den Flur, trainiere dir ein bisschen Kraft an. Du brauchst nur …«

»Ich hab Angst. Kapierst du nicht, was für eine Scheißangst ich habe?«

Sie hob die Hände zu einer abwehrenden und zugleich beruhigenden Geste. Griff vorsichtig nach seiner Faust und ließ den Daumen über den rauen Handrücken kreisen.

»Doch. Das tue ich. Aber du bist an einen telemetrischen Monitor angeschlossen. Im Gang sitzen Krankenschwestern und behalten den Bildschirm im Auge. Du musst versuchen, das alles lockerer anzugehen, Jimmy. Das macht dich doch kaputt, wenn du nicht bald mal zur Ruhe kommst.«

»Aber ich kann doch nicht sicher sein, dass mein Herz nicht wieder versagt!«

»Nein, aber ... Dr. Watson sagt ja, dass du aller Wahrscheinlichkeit nach so einen Herzstarter kriegst, einen ICD. In einer Woche wissen wir mehr. Dann kannst du dich ganz sicher fühlen, Jimmy. Wenn du wider alle Erwartung doch erneut einen Herzstillstand hast, wird dich das Teil sofort wieder ins Leben treten.«

Er hob die Augenbrauen und schüttelte müde den Kopf. »Klingt ja total beruhigend. So eine verdammte Menge Strom voll ins Herz zu kriegen. Zum zweiten Mal. Ja, heißen Dank. Du musst versuchen, mich zu verstehen. Ich will doch nur, dass die Ärzte so viel wie möglich darüber wissen, was passiert ist. Sie haben gesagt, allesamt, dass alles, was ich ihnen über meinen Gesundheitszustand erzählen kann, ihnen eine bessere Grundlage für diese vielen Untersuchungen gibt. Und dann ist es doch einfach nur blöd, wenn ich die Klappe darüber halte, dass ich ...«

Caroline schaute sich rasch um, ehe sie sich vorbeugte. »Aber, aber«, sagte sie, wie zu einem kleinen Kind.

Er drehte sein Gesicht weg.

»Das war nur ein kleiner Schwindelanfall«, sagte sie so leise, dass sie fast schon flüsterte. »Kein Grund zur Aufregung!«

»Ich bin in Ohnmacht gefallen! Ich bin verdammt noch mal zwei Tage vor dem Spiel in der Dusche umgefallen, Caroline. Das war verdammt unangenehm. Mein Puls war turmhoch, ganz plötzlich, und dann bin ich umgekippt ...«

»Du warst einfach nur ein paar Sekunden nicht ganz bei dir. Dehydrierung. Erschöpfung. Das kann alle möglichen Gründe gehabt haben.«

Abrupt setzte er sich auf. »Natürlich kann es so gewesen

sein. Aber du hast mich doch selbst gewarnt. Du hast geflennt und gejammert und wolltest, dass ich mich für das Endspiel krankmelde. Den Arzt alarmieren, das wolltest du! Ich musste dich davon abhalten, jemanden anzurufen. Wenn du dir da solche Sorgen gemacht hast, warum spielst du jetzt alles runter?«

Caroline erhob sich langsam. Sie strich ihren Rock glatt und zupfte an der eisblauen Bluse, zuerst vorn, dann hinten. Für einen Moment blieb sie stehen und sah ihn an. Sie schob ihren Stuhl zurück und ging ans Fenster. Jimmy schaute ihr hinterher.

»Da hatte ich Angst um deine Gesundheit«, sagte sie. »Und nicht ohne Grund, wie wir jetzt wissen. Deine Karriere ist zu Ende. Diesmal habe ich Angst um ... das Geld. Die Versicherungssumme. Wenn es sich herausstellt, dass du beim Endspiel nicht hättest antreten dürfen, weil da zwei Tage vorher dieser Zwischenfall war, können wir die verlieren. Was bedeuten würde ...«

»Caroline ...«

Sie drehte sich um, blieb aber drei Meter vom Bett entfernt stehen. Die Tür war geschlossen. Vom Gang her waren Schritte zu hören, ferne Stimmen und Klirren, weil jetzt das Frühstücksgeschirr eingesammelt wurde.

»Was bedeuten würde«, begann sie abermals, »dass ich neulich und jetzt um ein und dasselbe besorgt bin. Um dich und mich. Unsere finanzielle Sicherheit.«

»Das hast du jetzt oft genug gesagt.«

»Offenbar nicht.«

»Ich versteh das aber nicht. Willst du denn nicht, dass ich gesund werde? Willst du nicht, dass die Ärzte die bestmögliche Grundlage haben, um ...«

»Hast du dich je gedopt, Jimmy?«

Er erstarrte ungläubig. »Du«, stöhnte er und ließ sich im Bett zurücksinken. »Du. Ausgerechnet du!«

»Ich musste das fragen«, sagte sie.

Ihre Stimme war jetzt dünner. Sie faltete die Hände und

presste sie an die Brust. »Ich habe sehr viel im Internet gelesen, mein Lieber. Du warst ein gesunder und durchtrainierter Mann, Jimmy. Warum um alles in der Welt erleidest du plötzlich einen Herzstillstand?«

»Das kommt bei Sportlern gar nicht so selten vor.«

»Nein, jedenfalls bei denen, die sich dopen. Wenn die Ärzte hier herausfinden, dass du dich gedopt hast, ist jedenfalls Schluss mit …«

Sie hielt inne, als er die Beine aus dem Bett schwang und die Füße in Strandlatschen schob. Er zog das Jeanshemd über den Kabeln auf seiner Brust zurecht und verstaute den damit verbundenen Sender besser unter dem Hosenbund.

»Ich dope mich nicht«, sagte er mit gedämpfter Stimme. »Das habe ich noch nie getan. Das werde ich auch nie tun. Und jetzt schlage ich vor, dass du mich eine Weile in Ruhe lässt. Ehe ich etwas sage, das ich später bereue.«

»Aber Jimmy … ich wollte doch nur …«

»Nein«, fiel er ihr ins Wort. »Es hat überhaupt keinen Sinn, mir diese Frage zu stellen. Du kennst die Antwort. Ich bin verdammt noch mal kein Doper. Geh jetzt.«

Caroline fing an zu weinen. Lautlos, die schmalen Hände vors Gesicht geschlagen.

»Versprich mir, dass du nichts sagst«, brachte sie heraus, als er nicht kam, um sie zu trösten, sondern sich zu einem kleinen Kühlschrank umdrehte, um sich ein Wasser zu holen.

»Ja«, sagte er müde. »Ich verspreche, nichts zu sagen, ehe wir uns eventuell geeinigt haben. Aber du musst jetzt gehen. Und du darfst nie, nie, nie wieder an mir zweifeln. Natürlich habe ich mich nicht gedopt.«

Caroline machte vorsichtig zwei Schritte auf ihn zu. Er wich demonstrativ in die Gegenrichtung zurück.

»Nie«, wiederholte er, als sie das Zimmer verließ. »Jedenfalls nicht freiwillig«, flüsterte er und holte dreimal tief Luft.

11:55 Uhr
Scienta-Klinik, Ullevål-Stadion, Oslo

»Drei Stunden bis zum Abflug«, sagte Ola Farmen und steckte den Kopf durch die Tür zu Saras Büro. »Hast du Lust, deine Mittagspause an mich zu verschwenden?«

»Hast du mal was von Anklopfen gehört? Ich hätte einen Patienten hier haben ...«

»Ich habe sie gefragt«, antwortete er und zeigte über seine Schulter auf die Rezeption. »Sie hat gesagt, der Letzte sei vor über fünf Minuten gegangen. Und wenn du in einer achtköpfigen Familie leben müsstest, würdest auch du dir das Anklopfen abgewöhnen.«

»Ich dachte, bei so vielen unter einem Dach wäre das noch nötiger. Aber komm rein. Ist alles gut gegangen? Du hast das Essen gefunden und bist mit dem Türschloss fertig geworden und überhaupt?«

»Jepp. Hat Thea dieses Glas mit Beeren und Joghurt gemischt?«

»Ja.«

»Und wozu dient dieser kleine Kühlschrank?«

»Sie quengelt neuerdings wegen einer koscheren Küche.« Sara gähnte und schlug sich dabei mit der flachen Hand auf den Mund.

»Koscher?«, fragte Ola und schloss hinter sich die Tür. »Das mit ... Trennen von Milch und Fleisch?«

»Das und noch vieles andere. Das kommt natürlich nicht infrage. Wir haben keinen Platz, es ist viel zu teuer und außerdem ein wahnsinniger Aufwand.«

»Äh ... aber ist das nicht eigentlich Theas Haus?«

Sara starrte ihn über ihre Brillengläser hinweg an. Er setzte sich und senkte den Blick. »Entschuldige. Das war ja aufregend gestern.«

»Streng genommen heute. Wir sind doch erst um halb fünf schlafen gegangen. Und stell dir vor, diese verrückte Alte hätte recht, sie hört sich ja ...«

»Wir haben keine Ahnung, ob sie recht hat.«

Ola runzelte die Stirn und verschränkte die Arme. »Aber das Bild hat doch gestimmt. Vor acht Stunden waren wir beide der Meinung, dass diese Krüger sich den Juden in ihrem Garten nicht eingebildet hat. Du bist zudem sicher, dass es derselbe ist, der dich als angeblicher U.S. Marshal aufgesucht hat.«

Sara versuchte, ein weiteres Gähnen zu unterdrücken. »Sicher. Aber Dorothy Krüger besteht auf einem Zusammenhang, für den wir rein gar keine Belege haben.«

»Welchen denn?«

»Dass es ›die Juden‹ waren …« Verächtlich zeichnete sie riesige Anführungszeichen in die Luft. »… die hinter dem Überfall auf Najib Aysha standen. Darüber wissen wir nichts.«

Ola seufzte resigniert und nahm sich einen Notizblock und einen Stift vom Schreibtisch. »Etwas wissen wir, Sara. Ich bin kein Jurist und auch kein Logiker, aber sieh mal her … Das ist Ahmed Farez.«

Rasch kritzelte er ein Strichmännchen auf die linke Seite des Blattes. Über den Kopf dieser Figur schrieb er die Initialen »AF«. Auf die rechte Seite zeichnete er eine entsprechende Gestalt. Zögerte einen Moment, dann schrieb er »CG« über den kugelrunden Kopf.

»Zwei Männer«, sagte er und tippte mit dem Kugelschreiber auf beide Figuren, ehe er rasch »2000 CG« unter beide schrieb. »Mit beiden Männern hattest du 2000 in der Cleveland Clinic zu tun, der eine war auf der Jagd nach dem anderen. Dann, fast drei Jahre später, am 3. März 2003, ist dieser Mann …« Er malte einen Kreis um Ahmed Farez. »… nachweislich in einen Überfall in der Avenue Road verwickelt. Der Kerl liegt tot am Tatort, mit Skimaske und Waffe. So weit sind wir uns doch einig, oder?«

Sara nahm die Brille ab und ließ sich im Schreibtischsessel zurücksinken. »Ja. Aber das brauchst du mir nicht alles zu erzählen.«

»Doch, offenbar doch. Denn falls Dorothy Krüger die Wahrheit darüber sagt, wann das Bild dieses Charles Gerstner gemacht worden ist, und von dieser Annahme können wir ausgehen, das sagst du selbst …«

Er beendete den Satz in einem fragenden Tonfall.

»Ich bin ziemlich sicher, dass ihre Geschichte stimmt«, sagte Sara und nickte, jetzt ein wenig wacher.

»Dann besteht nicht die geringste Möglichkeit, dass es nicht auch am 3. März 2003 so gewesen ist«, sagte Ola triumphierend und schrieb »2003 Av Rd« unter beide Strichmännchen. »Nicht die geringste Möglichkeit. Es muss eine Verbindung geben. Sie hatten beide einen Grund, dort zu sein. Etwas verbindet sie. Der eine ist ein staatenloser Palästinenser, der andere ist nach deiner und nach Ansicht dieser Nazifrau Jude, sie sind also nicht miteinander verwandt, Sara. Es muss mit dem Überfall zu tun haben. Auf irgendeine Weise.«

Er knallte den Notizblock auf den Schreibtisch und lächelte von einem Ohr zum anderen. Sara dachte einige Sekunden lang nach, ehe sie die Hand nach der Zeichnung ausstreckte.

Ola rutschte auf seinem Stuhl hin und her. »Du siehst das doch auch so, oder?«

»Sei still.«

Fast eine Minute lang sah sie die auf ihren Knien liegende Zeichnung an. Ola streifte die Jeansjacke ab und durchwühlte die Taschen nach seinem Kautabak, doch dann fiel ihm ein, dass er den nach dem Umzug nach England aufgegeben hatte.

»Was denkst du?«, fragte er ungeduldig, als ihm die Pause zu lang wurde.

»Dass du recht hast«, sagte Sara, ohne aufzuschauen.

»*Yes*«, sagte er leise.

»Aber nur damit, dass die beiden aller Wahrscheinlichkeit nach auch im März 2003 irgendeine Verbindung hatten. Wir haben keine Ahnung, was dieser Charles Gerstner damals in der Avenue Road zu suchen hatte. Er kann ja sogar noch immer auf der Suche nach Ahmed Farez gewesen sein.«

Endlich hob sie den Kopf und blickte ihm in die Augen. Sie nahm die Brille ab und fing vorsichtig an, mit Papier aus einer Kleenexdose ihre Brillengläser zu putzen.

»Das ist natürlich die wahrscheinlichste Erklärung«, sagte sie langsam. »Dass er noch immer nach Farez gesucht hat. Die Götter mögen wissen, warum, aber …«

Ola ließ sich im Sessel zurücksinken und hob die Hände. »Sicher«, sagte er und seufzte. »Sicher, Sara. Der liebe Charlie war noch immer auf der Suche nach Farez. Einige Stunden vor dem Überfall eben. Denn von diesem Überfall wusste er natürlich, ohne damit zu tun zu haben. Er ist so ein Alleswisser, dieser Charles Gerstner. Einer, der die Zukunft vorhersagen kann. Ein Seher. Genau. So und nicht anders. Ein Hellseher von Gottes Gnaden. Klar doch.«

»Wie schön du mit Sarkasmen um dich wirfst, Ola. Übertreib's nicht.«

»Sicher. Aber hör mal her. Wenn Gerstner wirklich noch immer hinter Farez her war, fast drei Jahre nach der Sache in Cleveland, diesmal ausgerechnet in der Avenue Road, dann muss er doch gewusst haben, dass der Überfall an diesem Tag stattfinden sollte. Denn warum sollte er sonst gerade da hinter Farez her sein? Und auf diese Weise? Ein Mossad-Agent treibt sich doch wohl nicht mit den Händen in der Tasche auf der Straße herum und hält Ausschau nach Feinden Israels. Und steht dann ganz zufällig hundert Meter von der Stelle entfernt, wo später an diesem Tag einer der spektakulärsten Kunstdiebstähle der Weltgeschichte stattfinden wird. Außerdem glaube ich …«

Er holte Luft, griff nach Saras Stethoskop und bewegte die Hörbügel in raschem Rhythmus immer wieder hin und her. Seine Stimme klang beherrschter, als er dann hinzufügte: »Ich glaube … wenn Charles Gerstner wirklich gewusst hat, dass der Überfall stattfinden sollte … also gewusst hat, ohne auf andere Weise damit zu tun zu haben, als dass er Farez finden wollte, dann …«

Er zögerte und schaute auf. Der Blick, den er ihr zuwarf, war fast flehend.

»Dann hätte doch ein Mann, der nach deiner Darstellung so gut wie zugegeben hat, dass er Mossad-Agent ist, Bescheid gesagt. Hätte jemanden informiert. Zum Beispiel …«

»Leg das weg.«

Das Stethoskop wurde behutsam zurückgelegt.

»Der Mossad hat die Amerikaner verständigt«, sagte Ola. »Das weißt du doch? Vor dem 11. September. Sie wussten, dass in den USA eine große Aktion stattfinden sollte, aber nicht, wo und wann. Sie haben trotzdem Bescheid gesagt. Diese Organisationen arbeiten zusammen, CIA und Mossad. MI6 oder SIS oder wie die heißen. Sicher auch Deutsche und Franzosen und …« Er sprang auf. »Sara? Stimmt was nicht?«

Ihr Blick wirkte leer, als sie einen Punkt über seiner linken Schulter anstarrte. Winzige Schweißperlen traten auf ihre Oberlippe.

Ola ging in die Hocke und griff nach ihrer Hand. »Sara!«

»Wie würdest du das englische Wort *deception* übersetzen?«, fragte sie langsam und ohne ihn anzusehen.

»Du bist blass, Sara. Es war fast, als ob du für einen Moment das Bewusstsein verloren hättest. Soll ich …«

Sie winkte irritiert ab. »Setz dich. Bei mir ist alles in Ordnung. Mir ist nur ein Gedanke gekommen. Wie würdest du das Wort *deception* deuten?«

»Äh … Bluff? Verrat? Nein. Betrug wäre wohl das Korrekteste. Wieso fragst du?«

Sara dachte an ihren Spaziergang zum Sognsvann vor einigen Tagen. Sie sah die kugelrunde Torill Bergheim Baum mit ihrem viel zu engen grellbunten Trainingsanzug und ihren runden Glockenblumenaugen vor sich.

»Lohamah Psichlogit«, sagte sie leise und staunte darüber, dass sie sich an dieses fremdartige Wort erinnerte.

»Und das heißt … was denn eigentlich?«

»Der Mossad«, antwortete Sara. »Die haben ihre eigene Abteilung für psychologische Kriegsführung, Propaganda und betrügerische Operationen. *Deception operations.*«

Ola fuhr sich mit den Fingern durch die kurzen Haare. »Jetzt verstehe ich wirklich nicht, wovon du redest«, sagte er. »Lohamah …«

»Lohamah Psichlogit!«, wiederholte sie. »Die beschäftigen sich mit Propaganda. Auch Irreführung genannt. Betrug.«

»Das machen doch wohl alle Länder«, sagte Ola. »Bei jedem Krieg ist die Wahrheit das erste Opfer, heißt es nicht so? Und Israel befindet sich im Dauerkrieg. Sie haben sicher eine Menge Twitter-Accounts. Sind bei Facebook, betreiben Lobbytätigkeit und PR und …«

»Das ist nur die Spitze des Eisbergs, Ola. Die machen viel mehr, als altmodische Propaganda in neuen Foren zu betreiben. Wenn du versuchst, das große Bild zu sehen, das wirklich große Bild, was siehst du dann?«

»Äh … wie meinst du das?«

»Wovon ist Israel vor allem abhängig?«

Ola beugte sich über den Tisch und griff nach Saras knallrotem Kaffeebecher. Schaute kurz hinein und nahm dann einen großen Schluck. »USA«, sagte er mit einer Grimasse. »Israel ist von den USA abhängig.«

Sara zuckte mit den Schultern. »Unbedingt. Aber versuch, das noch größere Bild zu sehen. Was ist Israel …«

Jemand klopfte an die Tür. Und riss sie auf, ehe Sara etwas sagen konnte.

»Die Patientin wartet seit zehn Minuten«, sagte eine freundliche, klapperdürre Frau von Mitte vierzig. »Ich hab dich schon per Mail informiert.«

»Tut mir leid«, sagte Sara. »Noch fünf Minuten.«

Sie hob die rechte Hand und spreizte die Finger, und die Sprechstundenhilfe verschwand. Ola trottete zur Tür, um sie hinter ihr zu schließen.

»Die Patientin kann warten. Das hier ist wichtiger. Worauf um alles in der Welt willst du hinaus?«

»Sie wartet schon lange genug«, sagte Sara und setzte ihre Brille auf, ehe sie den Sessel zum Rechner drehte. »Wir müssen das per Mail fortsetzen. Ich versuche, dich heute Abend anzurufen, falls …«

Ola mühte sich mit seiner Jeansjacke ab, beide Ärmel waren umgestülpt.

»Verflixt«, rief Sara. »Jerry hat schon geantwortet!«

»Jerry?«

»Jerry Cohn. Mein Vetter.«

»Der uns bei der Sache mit Mercury Medical geholfen hat?«

»Ja. Ich habe ihm am Sonntag geschrieben, als das Jahr 2003 als einer von mehreren gemeinsamen Nennern für unsere Fälle aufgetaucht ist. Ich wollte mehr darüber wissen, wie es damals um Najib Aysha stand. Ich hätte nicht gedacht, dass Jerry so schnell antworten würde.«

»Lass mal sehen!«

»Nein. Das lese ich nachher. Ich habe eine Patientin, die …«

»Die fünf Minuten sind noch nicht vorbei«, quengelte er. »Jetzt mach schon die Mail auf. Darf ich dir über die Schulter sehen?«

Sie lasen. Zweimal, ohne etwas zu sagen. Sara druckte zwei Kopien aus, dann ließ sie sich zurücksinken und verschränkte die Hände im Nacken. Ola stand neben ihr, den Blick starr auf den Bildschirm gerichtet.

Wieder wurde an die Tür geklopft. Diesmal etwas energischer.

»Jetzt muss ich den Termin verschieben, wenn die Patientin nicht endlich hereinkommen kann«, sagte die klapperdürre Frau und musterte Ola mit sanftem Vorwurf.

Er machte keine Anstalten zu gehen. Sara zog die Ausdrucke vom Drucker unter dem Tisch, erhob sich und reichte ihm einen.

»Jetzt muss ich mich um die Patientin kümmern«, sagte sie leise und legte ihm die Hand auf den Unterarm. »Und du darfst dein Flugzeug nicht verpassen.«

Ola nahm widerwillig den Ausdruck entgegen. »Najib Aysha steckte 2003 also wirklich in *deep shit*«, murmelte er, als ob er mit sich selbst spräche. »Er wurde von zwei Geschehnissen gerettet. Von zwei … Geschehnissen.«

»Wir reden heute Abend«, sagte Sara freundlich. »Hier, vergiss deine Tasche nicht.«

Ola faltete die Ausdrucke zusammen und schob sie in ein mit Reißverschluss ausgestattetes Fach an der Seite seiner Reisetasche. »Najib Aysha wurde vor dem totalen Ruin gerettet, weil ihm unschätzbar wertvolle Bilder gestohlen wurden«, sagte er ungläubig und blieb in der Tür stehen. »Das sagt dein Vetter doch eigentlich, Sara.«

»Ja. Das glaubt Jerry. Er betont ja, dass er das *glaubt*. Du hast gelesen, was ganz unten in der Mail steht: Niemand ist bei Najib Ayshas Finanzen je auf den Grund vorgestoßen.«

Sie stellte sich auf die Zehenspitzen und legte den Mund an Olas Ohr. »Aber offenbar hat der Überfall in der Avenue Road ihn gerettet«, sagte sie leise. »Und die Tatsache, dass Revolan auf den Markt kam und die Aktien von Newcastle Pharma in schwindelerregende Höhen steigen ließ. Es gibt eine Verbindung zwischen diesen beiden Fällen. Und wir werden sie finden.«

12:30 Uhr
Lloyds Arena, Wanstead Park, London

Der Verdacht, dass es eine Verbindung geben könnte, war ihm beim Frühstück gekommen. Er hatte gerade erst den Obstsalat probiert, für dessen Komposition Beatrice fast eine halbe Stunde gebraucht hatte. Seine Frau war zutiefst besorgt um seine Gesundheit. Das wehe Knie. Die Hüften, die jetzt von seinem hinkenden Gang so verschlissen waren, dass sie vermutlich im Laufe der nächsten beiden Jahre ausgetauscht werden mussten. Das Übergewicht. Die Schlafprobleme. In letzter Zeit wurde Beatrice immer wieder davon geweckt, dass er sich im Bett herumwälzte, wenn er wach war, und unverständliche Dinge murmelte, wenn er trotz aller Unruhe für einen Moment eingenickt war.

Er hatte zwei Apfelsinenstückchen, etwas Banane und einige Nüsse hinuntergebracht. Am Ende hatte er wegen ihres Genörgels auf den Tisch geschlagen. Wenn es Beatrice so wichtig sei, dass er abnahm, dann solle sie sich doch darüber freuen, dass er seit über einer Woche kaum noch aß. Er habe auch keinen Tropfen Bier angerührt, und jetzt solle sie die Klappe halten.

Das bereute er jetzt.

Sie waren seit achtzehn Jahren verheiratet, und sie hatte immer nur sein Bestes gewollt. Beatrice hatte sich entschieden, zu Hause zu bleiben, als er der Karriere wegen nach England gegangen war. Hatte sich um zwei Kinder und den Haushalt gekümmert. Seine Freunde fanden, er habe Glück gehabt. Er sah das auch so. Und sie hielt sich auch noch gut, mit einundvierzig konnte Beatrice leicht mit ihrer attraktiven acht Jahre jüngeren Schwester verwechselt werden.

David selbst kam sich vor wie ein alter Mann. Im nächsten Jahr würde er fünfzig, aber in manchen Nächten hatte er das Gefühl, dass er diesen runden Geburtstag nicht mehr erleben würde.

Er saß in seinem kleinen Büro in der Klinik. Als eine Art Verbindungsmann zwischen Trainerteam und Ärztestab schaute er häufiger vorbei, war aber nun seit dem Donnerstag nicht mehr hier gewesen.

Das Büro lag auf demselben Gang wie Labore und Testräume. Zu hören war nur das leise Summen der Belüftungsanlage. Oder vielleicht war es auch ein Tinnitus.

Er steckte sich einen Finger in jedes Ohr.

Das Geräusch war noch immer vorhanden. Er kniff die Lider zusammen, stützte sich auf den Schreibtisch und stand auf. Sein Knie trug ihn, und er merkte, dass die starken Tabletten, die er eine halbe Stunde zuvor eingeworfen hatte, ihre Wirkung taten. Vorsichtig ging er zum Fenster. Starrte hinaus auf die riesige leere Arena. Der Bahnmeister war wie immer am Werk, mit zwei jüngeren Gehilfen, die er herumkommandieren konnte. Obwohl seine Stimme nicht ganz bis zu David Lee Currys Büro hochtrug, konnte er der Körpersprache des Schotten ansehen, dass der Mann wie üblich schlecht gelaunt war.

Eine Rasenfläche.

Was für eine wunderbare Aufgabe.

David merkte, dass die Medikamente ihn schläfrig werden ließen. Er müsste die Gelegenheit nutzen. Sich auf dem Sofa ausstrecken, das für ihn zwar zu kurz war, wo er sich aber doch schon oft ein halbes Stündchen auf dem Ohr gegönnt hatte.

Jetzt durfte er das nicht. Hatte keine Zeit.

Wozu er diese Zeit nutzen wollte, war ihm nur vage bewusst. Aber nutzen musste er sie. Es eilte jetzt.

In einem Versuch, sich zu ermannen, schob er den Brustkasten vor. Hob das Kinn und straffte den Rücken. Räusperte sich, ehe er zum Schreibtisch zurückkehrte und sich setzte. Vor ihm lag der Ordner.

Er hätte den Zusammenhang schon 2006 begreifen sollen, als Notting Hill neun Millionen Pfund für einen

Neunzehnjährigen versenkte, was sich als die größte Fehlinvestition in der Vereinsgeschichte erweisen sollte.

Damals war David schon seit fünf Jahren bei Notting Hill. Er wurde 2001 von den Wimbledon Warriors geholt, um Najib Ayshas Chancen, seinen Club in die Premier League zu bringen, zu vergrößern. David hatte den Club vom ersten Moment an geliebt. Er konnte machen, was er wollte, die Mittel schienen unerschöpflich zu sein. Immer bessere Spieler waren bereit, zu Notting Hill zu wechseln.

Gordon Simpson kam von Tottenham Hotspur, ein Knabe von neunzehn aus dem eigenen Nachwuchs, sechshundert Meter von der White Hart Lane geboren und aufgewachsen. Einen Spieler zu verkaufen, der schon mit fünfzehn in den altersbegrenzten Nationalmannschaften mitgemacht hatte und der zwei Jahre zuvor zum verheißungsvollsten Spieler unter achtzehn gekürt worden war, das war ihm seltsam vorgekommen. Alle glaubten, sie würden ihn noch mindestens zwei Jahre behalten. Es war ein hoher Preis, aber allem Anschein nach war der Junge jeden Penny wert.

David schlug den Gordon-Simpson-Ordner auf.

Er hatte das ganze Wochenende gebraucht, um ihn zusammenzustellen.

Der Neunzehnjährige war unglaublich gut gewesen. Dass David niemals einen verheißungsvolleren Spieler gesehen hatte, sagte nicht genug. Damals interessierte er sich erst seit zehn Jahren für Fußball. Beeindruckender war, dass Größen wie Alex Ferguson und Kevin Keegan den Jungen zu einem der beeindruckendsten englischen Talente aller Zeiten ausgerufen hatten. Gordon Simpson war ein wahrer Künstler mit dem Ball und hatte einen Blick für die eigenen und die Bewegungen anderer, was ihm den Beinamen *The Psychic* eintrug, »der Übersinnliche«. Er schien das Spiel vier, fünf Züge im Voraus zu kennen. In einem großen Artikel im *Independent* wurde er als der endgültige Beweis dafür bezeichnet, dass Fußball Schach auf dem Rasen sei.

The proof is in the pudding, lautete die Überschrift. Der Neunzehnjährige hatte eine Schachplatzierung von beachtlichen 2067.

Gordon Simpsons Zukunft sah überaus licht aus.

Er hatte nur zwei Probleme.

Das eine war, dass er nicht sonderlich schnell war. Schnell genug auf ganz kurzen Strecken, an seiner Beschleunigungsfähigkeit war also nichts auszusetzen. Seine Fähigkeit, die Entwicklung des Spieles vorauszusehen, hätte indes von der Fähigkeit, sein Tempo auch nach zehn Metern beizubehalten, gewaltig profitiert.

David hatte sich mit großem Eifer an die Aufgabe gemacht, Gordon schneller werden zu lassen.

Und da hatte er das zweite Problem des Jungen entdeckt.

Gordon hatte eine obsessiv-kompulsive Störung. Eine Zwangsneurose, ganz einfach. Die wurde durch den Vereinswechsel offenbar verschlimmert. Manchmal war sie nur zum Lachen, wie damals, als er den anderen Spielern die Verwendung von orangen Fußballschuhen verbieten wollte. Erst hatten die Mitspieler das einfach nicht glauben wollen, dann hatten sie Gordon grinsend alle Schattierungen von Rot und Gelb vorgeführt, die es überhaupt gab. Und die nicht als Orange bezeichnet werden konnten. Dass er in der letzten halben Stunde vor Anpfiff keinen Ball berühren konnte, machte das Aufwärmen natürlich etwas seltsam. Und ziemlich einsam. Aber solche Probleme ließen sich immerhin lösen.

Schlimmer wurde es, als er darauf bestand, nach Training und Spielen als Erster zu duschen. Im strömenden Regen auf dem Trainingsplatz oder nach einem eiskalten Spielabend im Januar konnte es die Hölle sein, die Spieler zurückzuhalten, die dem Umkleideraum am nächsten standen, und sie darauf warten zu lassen, dass Gordon Simpson von der gegenüberliegenden Ecke her das Spielfeld überquerte.

Richtig schlimm wurde es, als eines schönen Tages der übliche Proteinshake des Jungen rot war. Seit dem ersten Jahr in der Football League Championship hatte Notting Hill sich zwei tüchtige Ernährungsberater geleistet. Die Spieler wurden verpflichtet, während der gesamten Saison jeden Tag zwei Mahlzeiten mit dem Verein einzunehmen. Jede Diät war maßgeschneidert. Acht Wochen lang hatte Gordon einen hellen Shake mit Vanillegeschmack bekommen, wie er es seit Langem gewohnt war.

An diesem Freitag war der Shake dann also rot. Mit Himbeergeschmack, hieß es. Als Gordon ruhig Einspruch erhoben hatte – er bat um den Shake, den er sonst auch immer bekam –, hatte es aus irgendeinem Grund ein gewaltiges Geschrei gegeben. David selbst war bei diesem Mittagessen nicht dabei. Später war ihm beschrieben worden, alles habe damit geendet, dass Gordon den Becher mit der roten Flüssigkeit an die Wand schleuderte. Danach verließ er die Kantine in einer Wut, über die die anderen sich vor Lachen ausschütteten, da der Junge dreimal hinaus- und wieder hineinstampfen und sich dabei jedes Mal mit dem linken Fuß zuerst umdrehen musste.

Gordon Simpson blieb anderthalb Jahre bei Notting Hill. Nach nur vier Monaten landete er allerdings auf der Reservebank, die anderen Spieler reagierten irgendwann sauer auf seine vielen Macken. In seiner letzten Spielzeit bei Notting Hill trat er in ein paar Spielen gegen Zweitligisten an. Mit einundzwanzig Jahren beendete Gordon seine Laufbahn, nach einem längeren Aufenthalt in einer psychiatrischen Institution. Was immerhin gut für Notting Hill war, denn sie bekamen den größeren Teil der Kaufsumme von der Versicherung erstattet.

David suchte weiter hinten in den Unterlagen, die er zusammengetragen hatte. Fand seine eigenen ordentlichen Notizen von damals.

Die Szene mit dem roten Proteinshake hatte sich genau fünf Tage, nachdem er dem Trainerkollegium seinen Plan vorgelegt hatte, wie Gordon Simpson beim *40-yard dash* schneller werden sollte, zugetragen.

David hätte schon damals den Zusammenhang erkennen müssen. Auf jeden Fall an dem Tag, als die Hölle losbrach, da Gordon Simpson keinen neuen roten Proteindrink zu sich nehmen wollte.

Er schlug den Ordner zu. Die Hand blieb auf dem Umschlag liegen, er spürte durch den dünnen Kunststoff die Konturen des Spiralrückens des Ordners.

Er war keiner, der sich leicht Angst einjagen ließ. Ein elf Jahre langer Drahtseilakt mit wachstumsfördernden Hormonen, zwei Jahre an der Universität und neun Jahre bei der NFL, hatte ihn abgehärtet. Das Leben auf dem Spielfeld, seit er überhaupt aufrecht stehen konnte, hatte ihn zäh werden lassen. Mit dem Schmerz lebte er seit Jahren, und erst seit ungefähr einer Woche machte der ihm nun doch zu schaffen. David hatte sich in seinem Leben noch nie richtig gefürchtet.

Bis jetzt. Sein Hals kam ihm immer mehr wie zugeschnürt vor. Er lockerte seinen Schlips und riss so energisch an seinem Kragen, dass der oberste Knopf heruntersprang.

Er würde die Verantwortung tragen müssen. Vermutlich er allein. Alles war verloren.

Wenn er nicht auf irgendeine Weise Ola Farmen stoppen konnte, ehe der Kerl alles hochgehen ließ. Dass der norwegische Arzt plötzlich, quasi über Nacht, aus der Klinik verschwunden war, konnte ein gutes Zeichen sein. Der Mann hatte keinen Zugang mehr zu Archiven oder Spielerdaten. Andererseits musste David davon ausgehen, dass die Vereinsleitung dahintersteckte. Auf irgendeine Weise musste ein Zusammenhang bestehen zwischen Ola Farmens abruptem Abgang und Trevor Morisons Drohgebärden ihm selbst gegenüber am vergangenen Sonntag.

Aber wenn David Ola Farmen davon abhalten wollte, ihm sein Leben zu ruinieren, dann müsste er sehr viel gescheiter vorgehen als bei seinem jämmerlichen Versuch am vergangenen Abend.

Ein totales Fiasko, ganz einfach, und das durfte sich nicht wiederholen.

20:30 Uhr
Charmwood Avenue, London

Vielleicht würde Tarjei sich ja doch zusammenreißen.

Der Junge hatte von sich aus nach dem Essen den Tisch abgeräumt und angeboten, Klein Sara ins Bett zu bringen und Proktor Gassi zu führen. Und das alles ohne Bezahlung. Da Guro mit ihren Kolleginnen in der Kneipe war, fand Ola eine willkommene Gelegenheit, in den Keller zu gehen. Die Zwillinge hatten nach dem Essen gefiebert. Geschwollene Mandeln und roter Hals. Als Guro losgestürzt war, hatte Ola Tara und Tobias jeweils eine Tasse mit lauwarmem Johannisbeersaft gegeben. In den er eine Prise Vallergan gemischt hatte. Er hatte ganz hinten in seinem privaten Kühlschrank eine Flasche davon versteckt. Guro wäre nicht nur wütend gewesen, wenn sie ihn dabei ertappt hätte, dass er bisweilen zu einem Schlafmittel griff, um sich Ruhe zu verschaffen. Sie wäre verzweifelt gewesen.

Jetzt schliefen die Zwillinge fest, während die Teenager machen konnten, was sie wollten. Sie hatten jeder zwanzig Pfund bekommen, damit sie vor elf zu Bett gingen, und Tarjei hatte angeboten, auch das ohne Bezahlung, dafür zu sorgen, dass sie diese Abmachung einhielten.

Als Ola nun vor seinem Rechner saß, öffnete er mit der Gürtelschnalle ein eiskaltes Bier. Stellte eine große Schüssel mit Kartoffelchips auf die rechte Seite des Bildschirms, eine kleinere mit Cashewnüssen auf die linke. Aus der Stereoanlage kam »It Happened at the World's Fair«, laut genug, um mitsummen zu können, aber nicht so gewaltig, dass die Geräusche die unter der Decke angebrachten Eierkartons durchdrungen hätten.

Er war nicht einmal müde.

Seine Stippvisite in Oslo hatte so viele neue Teile auf das Puzzlebrett geworfen, dass er kindlich aufgeregt war. Der Gedanke an die Stunden, die jetzt vor ihm lagen, ohne schlechtes Gewissen, ließ seine Wangen glühen.

Er schaltete den Rechner ein, einen viele Jahre alten HP, der dringend ersetzt werden müsste. Es dauerte fast eine Minute, bis der Bildschirmschoner auftauchte und Ola um das Passwort gebeten wurde. Originellerweise gab er »ZiHM91xTR03« ein, eine Kombination, die auf allen Websites die Skala sprengte, die ihm unbedingt erzählen wollte, welchen Sicherheitsgrad er erreichte.

Das Telefon klingelte.

Es war das britische Mobiltelefon, das er nicht nach Norwegen mitgenommen hatte. Zu Hause konnte er ein altes Motorola mit norwegischem Abonnement benutzen.

Irritiert starrte er das Display des iPhones an, aber die Nummer sagte ihm nichts. Er wollte diesen Anruf nicht. Es war ein Abend, den er sich verdient hatte. Mehrere Stunden ganz legal für sich. Elvis Presley, Bier und Nüsse.

»Hallo«, sagte er dennoch nach dreimaligem Klingeln, während er mit der Fernbedienung die Musik leiser stellte. *»Ola Farmen speaking.«*

»Ach, hallo.«

Eine sehr zarte Frauenstimme.

»Hier ist Mrs Pry. Sophie Pry.«

»Ach. Äh … guten Abend.«

»Störe ich?«

»Äh … nein. Natürlich nicht.«

»Hören Sie bitte, ich habe ein wichtiges Dokument über Christopher gefunden. Oder … ich glaube, es ist wichtig. Sie müssen diese späte Störung entschuldigen, aber …«

»So spät ist es doch gar nicht. Überhaupt nicht. Sehr schön, dass Sie anrufen.«

»Ich bin so froh, dass ich Sie erreiche«, sagte Sophie Pry. »Stellen Sie sich vor, ich hatte doch tatsächlich Ihre Visitenkarte verlegt! Und Ihren Namen wusste ich auch nicht mehr, deshalb konnte ich ja auch nicht im Internet suchen. Ich habe in der Klinik angerufen, aber die waren ... haben Sie wirklich aufgehört?«

»Ja.«

»Das geht mich natürlich nichts an, aber darf ich trotzdem fragen, warum?«

»Lange Geschichte. Im Herbst trete ich eine neue und spannende Stelle an.«

Er nahm das Telefon in die linke Hand und griff mit der rechten nach der Maus. Etwas stimmte nicht mit dem Internetzugang.

»Wie schön für Sie. Aber ich wusste einfach nicht, wie ich Sie ohne die Hilfe der Klinik ausfindig machen sollte. Ich habe einen Brief gefunden, wissen Sie. Einen Brief, den ein Arzt Christopher kurz vor seinem Tod geschickt hat.«

»Ach?«

Ola klickte und klickte, um ins Netz zu kommen.

»Mein Sohn hatte den Arzt einen Monat zuvor aufgesucht. Der Brief, eigentlich nur eine Kopie eines Krankenberichts, war sozusagen ... in Vergessenheit geraten, bis ich am Wochenende eine Todesanzeige gesehen habe, in ... ja, diese Details interessieren Sie natürlich nicht.«

Endlich zeigte das WiFi-Symbol, dass die Verbindung hergestellt war.

»Sind Sie noch da?«, fragte Sophie vorsichtig.

»Ja, sicher. Erzählen Sie weiter.«

»Wie gesagt, ich wusste wirklich nicht, wie ich Sie ausfindig machen sollte. Aber dann ist mir endlich eingefallen, dass ich mich an Ian Harrington wenden könnte. Er war ein guter Freund von Christopher, und er ist der einzige Spieler, der sich manchmal noch meldet.«

Ola lächelte. Ian Harrington war einer der ältesten Spieler von Notting Hill. Ging in der Mannschaft ein und aus.

Meistens aus. Ein Frauenheld von Rang, trotz einer ewig langen Verlobung, die es wohl nie bis zum Altar schaffen würde. Der Mann hatte Ola gleich vor Weihnachten mit einem heftigen Ausbruch von Chlamydiose aufgesucht. Ola hatte ihm in aller Diskretion eine effektive Behandlung dieser sexuell übertragbaren Infektionskrankheit und brüderlichen Rat zukommen lassen. Sowie seine Visitenkarte, Ian könne ihn einfach anrufen. Jederzeit. Um das zu betonen, hatte er auf die Rückseite seine private Mailadresse und Telefonnummer geschrieben.

»Und ich würde mich wirklich freuen, wenn Sie einen Blick auf diesen Brief werfen könnten.«

»Natürlich«, sagte Ola und versuchte, keinen übereifrigen Eindruck zu machen. »Können Sie ihn mir schicken? Per Mail?«

»Sicher. Es gibt nur einen kleinen Haken.«

»Einen Haken?«

»Verstehen Sie, ich musste versprechen, dieses Dokument niemandem zu zeigen. Ich darf es natürlich einem Arzt vorlegen, der mir alles erklärt, aber auch dieser Arzt muss schwören, es niemals irgendwem sonst zu zeigen.«

»Das ist aber ein seltsames Versprechen, das da von Ihnen verlangt worden ist.«

Durch das Telefon war ein leises Seufzen zu hören. »Da kann ich nur Sie zitieren«, sagte sie. »Es ist eine lange Geschichte. Aber ich kann Ihnen den Brief nicht schicken, wenn Sie nicht Ihr Wort geben, ihn niemandem zu zeigen.«

Ola biss sich in den Daumen. Wenn der Brief für ihn von irgendeinem Wert wäre, durfte er sich nicht in eine Lage bringen, in der es ihm verwehrt wäre, den Brief zu benutzen. Andererseits wirkte Sophie Pry fest entschlossen.

»Als Arzt finde ich es sehr schwer, ein solches Versprechen zu geben«, sagte er. »Wenn sich darin Informationen finden lassen, die es mir ethisch gesehen schwer machen, darauf nicht zu reagieren, dann …«

»Das verstehe ich«, sagte Sophie ruhig. »Dann möchte

ich nur für Ihr Interesse an Christopher danken. Und Ihnen alles Gute für Ihre neue Stelle wünschen.«

»Warten Sie einen Moment.«

Wenn er den Brief nicht lesen könnte, würde ihm möglicherweise etwas Wichtiges entgehen. Er musste sich schnell entscheiden.

»Ich verspreche es Ihnen«, sagte er.

»Dann verlasse ich mich auf Ihr Wort.«

Ola glaubte zu hören, dass sie jetzt zum Computer ging.

Ola öffnete Outlook und klickte dann mehrere Male auf »Aktualisieren«, aber nichts passierte. Er versuchte es noch einmal.

»Da ist er«, sagte er und öffnete die Mail.

»Wie schön. Verstehen Sie, was Sie jetzt lesen, ist meine Version. Das Original war handgeschrieben und fast unleserlich. Ich habe mich hindurchgekämpft und die Fremdwörter nachgeschlagen. Nicht Ihretwegen natürlich …«

Sie lachte, fast verlegen.

Er las den Brief und merkte, dass sein Mund trocken wurde. Während Sophie Pry weiterredete, las er die Mail ein zweites Mal. Und ein drittes, ohne ein Wort zu sagen.

»Hallo?«, fragte Sophie. »Sind Sie noch da?«

»Ja«, sagte er und griff zum Bier.

Er leerte die halbe Flasche. »Entschuldigung«, sagte er dann. »Trockener Hals.«

»Aber was bedeutet das eigentlich? Er war gesund, nicht wahr? Dr. Copperhill endet damit, dass er gesund war. Aber ist es so gesund, auf diese Weise ohnmächtig zu werden? Ich meine, für einen Mann wie Christopher?«

»Nein. Das ist …«

»Das ist, was?«, fragte sie, als das Schweigen zu lange dauerte.

»Rein medizinisch gesehen ist das schlechte Arbeit«.

»Wie meinen Sie das?«

»Ich meine … dieser Arzt, wer war das? Von was für einem Arzt reden wir hier?«

»Dr. Copperhill war unser Hausarzt«, sagte Sophie. »Das heißt, der meiner Eltern und auch meiner, als ich noch klein war. Ein in jeder Hinsicht großartiger Mann, aber am Ende war er ziemlich … Na ja. Ein halbes Jahr nach Christophers Tod wurde ihm die Zulassung entzogen.«

»Warum?«

»Senilität. Oder eigentlich Demenz.«

»Das erklärt natürlich einiges«, murmelte Ola.

»Was haben Sie gesagt?«

Ola setzte sich besser hin und führte den Pfeil zum letzten Abschnitt im Brief. »Haben Sie den Text vor sich?«

»Nein, aber ich kann ihn auswendig.«

Wieder dieses kleine Lachen, hell und leicht verlegen. Oder vielleicht nur ängstlich.

»Der letzte Abschnitt«, sagte Ole. »Wo Dr. Copperfield …«

»Copperhill.«

»Wo Dr. Copperhill Christopher für gesund erklärt. Jetzt lege ich das Telefon hin, Mrs Pry, und schalte auf Lautsprecher. Dann schreibe ich Ihnen eine Mail, in der stehen wird, was er hätte schreiben müssen. Diese Mail lese ich während des Schreibens vor. Okay?«

»Schön. Danke.«

Er klickte sich zu einer leeren Antwortseite vor und fing an zu schreiben, während er laut sagte:

»Pat. wird darüber informiert, dass aktuelle Episoden im Zusammenhang mit Rhythmusstörungen stehen können und dass er ab sofort nicht mehr Auto fahren darf, bis weitere Untersuchungen durchgeführt worden sind. Er wird überwiesen an …«

Seine Finger erstarrten über der Tastatur. Er beugte sich zum Telefon vor.

»Hier würde ich ein passendes Krankenhaus mit kardiologischer Abteilung in der nächstgelegenen Großstadt einfügen«, sagte er.

»Das wäre Manchester.«

»Okay.«

»... an das XXX-Krankenhaus in Manchester, zu baldmöglichsten weiteren Untersuchungen. Pat. wird zudem gebeten, bei erneuten Synkopen in der Zwischenzeit sofort einen Arzt aufzusuchen.«

Er las die kurze Mitteilung noch einmal durch, dann schickte er sie an Sophie.

»So. Da haben Sie es.«

»Tausend Dank. Aber was bedeutet das? Was ist denn nun mit Christopher passiert? Sie haben gesagt, er hätte nicht Auto fahren dürfen. Bedeutet das, dass Sie sich jetzt sicher sind? War das so eine ... Synkope, die meinen Sohn getötet hat? Und was ist überhaupt eine Synkope? Hat das ...«

Ola ertappte sich dabei, dass er die Hände zu einer beruhigenden Geste hob, ehe er wieder zum Telefon griff und es an sein Ohr hielt. »Eine Synkope ist ein kurzer Bewusstseinsverlust mit vollständigem Erwachen«, sagte er, so ruhig er konnte.

Der Schock über Dr. Copperhills Schlamperei wurde jetzt von Zufriedenheit verdrängt. Seine Hypothese, nach der Christopher Pry, Preben Ulrik Vinding und Adam Wright infolge von gefährlichen Herzstörungen gestorben waren, hatte durch diesen Brief einen großen Sprung in die richtige Richtung gemacht.

Er ertappte sich bei einem Lächeln, dann ließ ihn sein Gefühl der Scham hinzufügen: »Eine Synkope kann mehrere Ursachen haben. Aber solche Episoden müssen immer untersucht werden, Mrs Pry. Dr. Copperhill hat einen groben Fehler gemacht. Wenn er noch aktiv wäre, müsste ich mein Ihnen gegebenes Versprechen brechen. Aber da er ...«

»Er ist tot!«, sagte Sophie verzweifelt. »Und Sie haben mir Ihr Wort gegeben.«

»Ja. Und ich werde es halten.«

Vermutlich, dachte er. Wenn es nicht unvermeidlich wird, es zu brechen.

»Eigentlich weiß ich also noch immer nicht sicher, was wirklich passiert ist«, sagte sie. »Da eine ... Synkope viele Ursachen haben kann. Ich weiß nur, dass er vielleicht schwer krank war und dass er sich niemals ans Steuer hätte setzen dürfen.«

Sie atmete jetzt hektischer. Sie versuchte vermutlich, nicht zu weinen, ihre Stimme klang gepresst, als sie hinzufügte: »Wie konnte ein starker, gesunder Junge wie Christopher krank werden? Krankheit kennen wir in meiner Familie, wir haben eine schwerbehinderte Tochter, die jede Krankheit aufschnappt, die gerade in der Luft liegt.«

»Ich weiß von Cheryl. Ihr Bruder hat sie sehr geliebt, habe ich gelesen.«

»Ja. Er war ... er war immer gesund, Dr. Farmen! Als Kind. Als Jugendlicher. Er hatte einen Nachmittag einen wehen Hals, und am nächsten Morgen war es schon wieder gut. Gesund und stark. Immer.«

»Das ist leider keine Garantie gegen einen frühen Tod.«

»Aber haben Sie eine Theorie? Ich habe ja begriffen, dass dieser Bericht Sie nicht sehr viel klüger gemacht hat, aber haben Sie überhaupt irgendeine Vorstellung, was meinem Jungen gefehlt haben könnte?«

Ola kniff sich in die Nasenwurzel und schloss die Augen. »Wissen Sie«, sagte er. »Darauf muss ich noch einmal zurückkommen. Wie Sie sicher verstanden haben, interessiere ich mich sehr für diese Angelegenheit. Ich habe in der nächsten Zeit ... eine Art Urlaub. Zeit, um mich mit solchen Dingen zu beschäftigen. Können wir nicht sagen, dass ich Sie wieder anrufe? Wenn ich mir alles überlegt habe und Ihnen vielleicht Auskunft geben kann?«

»Würden Sie das tun?«, fragte sie weinend. »Tausend Dank. Tausend, tausend Dank. Haben Sie meine Telefonnummer?«

Ola schaute aufs Display. »Ja. Ich rufe an oder maile dann in …«

Er lehnte sich zurück und ließ seinen Blick durch das Zimmer wandern. Noch immer hingen alle Plakate, wo er sie vor einer knappen Woche befestigt hatte. Es kam ihm vor wie eine Ewigkeit. Er ließ seine Augen auf der Übersicht der Spieler ruhen, die einen Herzstillstand erlitten hatten.

»In zwei Wochen?«, schlug er vor. »Vielleicht auch früher. Und übrigens …«

»Ja?«

»Tausend Dank für Ihren Anruf. Für diesen Brief.«

»Ich hoffe, der konnte ein bisschen helfen.«

»Das konnte er.«

Er beendete das Gespräch und schaute auf die Uhr.

Noch immer hatte er drei Stunden, bis Guro nach Hause kommen würde. Drei Stunden waren ein Meer von Zeit. Als Allererstes wollte er Sara anrufen. Er hatte Sophie Pry zwar versprochen, den Brief an Christopher niemandem zu zeigen.

Aber er hatte nicht versprochen, den Brief nicht zu erwähnen.

23:00 Uhr
Båtstøjordet, Bærum bei Oslo

Sara konnte Skype nicht ausstehen. Das Bild bewegte sich immer so ruckartig, der Ton war niemals synchron. Sie konnte noch verstehen, dass es Großeltern Freude machte, beim Plaudern ihre Enkel zu sehen, aber dass zwei erwachsene Menschen einander beim Austausch von Informationen unbedingt vor Augen haben mussten, das ging über ihren Verstand.

Aber Jerry Cohn hatte darauf bestanden.

Jetzt lächelte er sie mit blaugrünen Zähnen an, und seine

Augen verschwanden im düsteren Lächeln unter einer Stirn, die unverhältnismäßig groß wirkte, da er zu dicht vor der Kamera saß.

»Würdest du wohl ein bisschen mehr Licht machen?«, fragte Sara. »Das Bild ist so dunkel, du siehst einfach grauenhaft aus.«

Die Lautsprecher knisterten, als er außerhalb des Bildes irgendwo herumdrehte. Plötzlich tauchte er wieder auf. Nun waren seine Zähne grau.

»Das ist schon besser«, sagte sie.

»Du dagegen siehst wie immer fantastisch aus.«

»*Cut the crap*. Das habe ich jedenfalls vor. Tausend Dank für deine Aufstellung. Beeindruckend. Und nützlich. Glaube ich. Aber wie schon in der Mail gesagt, gibt es da einiges, was ich nicht ganz verstehe.«

»Du hast ja schließlich auch keine Ahnung vom Finanzwesen.«

»Ich finde es eigentlich total uninteressant. Eine furchtbare Branche, das ist mir nicht zuletzt damals aufgegangen, als ich mich mit Mercury Medical beschäftigt habe. Unmoralisch.«

»Nicht unmoralisch, Sara. Amoralisch vielleicht, aber solche Begriffe werden absolut irrelevant. Außerdem finde ich es seltsam, dass eine intelligente Frau nicht sieht, dass Finanzwesen Politik ist. Geld regiert die Welt, das ist doch bekannt.«

»Aber Politik interessiert mich ja auch nicht besonders.«

Er lachte und beugte sich noch weiter zur Kamera vor. »Und darüber kann die Welt nur froh und dankbar sein. Aber jetzt schieß los. Was möchtest du wissen?«

»Erstens: Warum ist es so schwer, in Erfahrung zu bringen, was genau 2003 mit Najib Ayshas Finanzen los war?«

»Weil Fürsten von seinem Format kein Interesse daran haben, sich in die Karten schauen zu lassen. Das Finanzwesen ist ein einziges großes Spiel, Sara. Es gilt, die Maske aufzubehalten. Nicht zum falschen Zeitpunkt nervös zu werden. Und die Nervosität zu verbergen, wenn man allen Grund hat, nervös zu sein. Riesige Banken sind durch Panik zusammengebrochen, Sara. Panik! Ein menschliches Gefühl! Und kolossale Vermögen können auf wenig mehr als Erwartungen aufgebaut werden. Luft. In unserer Branche wird geblufft, versteckt, verborgen, übertrieben, geraten, untertrieben und ganz einfach gelogen.«

»Du sagst noch immer ›unsere Branche‹.«

»Alte Gewohnheit. Ich fühle mich aber viel wohler als Kommentator für das *Wall Street Journal*. Schlafe nachts auch verdammt viel besser.«

»Die meisten würden mit einem Bankkonto wie deinem richtig süß träumen.«

Wieder lachte er. Sie musste sein Lächeln einfach erwidern, sie hatte das Gefühl, sich selbst im Spiegel zu sehen, als er den Kopf ein wenig in den Nacken legte und seine Augenwinkel sich nach oben zogen, als ob er einen Tropfen ostasiatischen Blutes hätte.

»Ich will ja was von all meinen Jahren als Bandit haben«, sagte er zufrieden.

Sara hob die Teetasse. Ein feiner Dampf mit Pfefferminzgeruch stieg auf. »Aber du weißt also, dass er Probleme hatte, wenn ich deine Mail richtig verstanden habe.«

»Das wissen alle. Er sitzt auf einem Konglomerat von Firmen. Eine Fluggesellschaft, pharmazeutische Industrie, Bergwerke. Mehrere große Werften. *You name it*. Aber die Probleme haben eigentlich mit seinem Medienhaus angefangen. Die Aysha News Corp ist noch immer bedeutend, aber gegen Ende der Neunzigerjahre war Aysha fast so groß wie Rupert Murdoch. Ich hätte vielleicht eine ausführlichere Mail schreiben sollen?«

»Nicht doch«, sagte Sara, »das Wichtigste hast du ja erwähnt. Und jetzt kann ich nach den Details fragen. Die Neunzigerjahre, sagst du? Als das Internet seinen Einzug hielt?«

»Wie ein donnernder Expresszug!«, sagte Jerry begeistert. »Und Aysha hat sich total blamiert. Er glaubte nicht ans World Wide Web. Es gibt ein Radiointerview mit ihm, wo er noch 1996 das Internet als Eintagsfliege abtut. Als Modeerscheinung. Er glaubte viel eher an die CD-ROM …«

Jetzt prustete Sara los.

»CD-ROM! Ich habe damals eine Menge Geld für ein Lexikon ausgegeben, das weiß ich noch, mit ganzen acht Videoclips. Es dauerte fünfmal so lange, darin etwas zu finden, wie bei einer Papierausgabe, aber dafür konnte ich dreißig Sekunden von der Mondlandung 1969 ansehen. CD-ROM! Was für eine Sackgasse!«

»Und was wurde das für die Aysha News Corp für ein schwarzes Loch! Offenbar hat Najib Aysha alle guten Ratschläge und Warnungen seiner an sich tüchtigen Angestellten in den Wind geschlagen. Irgendwann muss ihm dann aufgegangen sein, dass er sich furchtbar geirrt hatte. Aber da war es fast zu spät.«

»Nur fast?«

»Die Aysha News Corp musste um den Jahrtausendwechsel heftig reduzieren. Mehrere Untergesellschaften wurden zusammengelegt, was eigentlich die Stilllegung bedeutete. Aysha ist ein schlauer Fuchs, und weil seine Interessen so weit gefächert sind, wäre er unter normalen Umständen mit einem blauen Auge davongekommen.«

»Was meinst du mit normal?«

Jerry fuhr sich mit den Fingern durch die Haare, die in einem Alter von einundfünfzig noch immer so dicht und lockig waren wie damals, als er fünf wurde und Sara ihm zum Geburtstag einen Schmuseeisbären geschenkt hatte. Er hatte den noch immer, das wusste sie, grau und einäugig und nach wie vor heiß geliebt.

»Seine deutschen Bergwerke hatten bis dahin guten Ertrag abgeworfen. Aber die Partei Bündnis 90/Die Grünen wurde damals immer einflussreicher. Der Bundestag sandte klare Signale über eine erwünschte Energiewende aus, bei der umweltfreundlichere Alternativen bevorzugt werden sollten. Politische Signale können lebensgefährlich sein, Sara. Die Aktien von Alliance Coal, wo Aysha der größte Aktionär war, stürzten ab. Und dann kam noch das mit der Flugzeugbranche.«

»Ach?«

Sara erinnerte sich, von Johannes gehört zu haben, dass Najib Aysha noch immer eine Fluggesellschaft besaß. Aber vielleicht hatte sie das auch nur gelesen.

»Die Joumana Airways waren alles andere als Billigflieger«, sagte Jerry und schüttelte den Kopf. »Um es vorsichtig auszudrücken. Die Konkurrenz in der Branche war schon damals so groß wie heute. Und obwohl Najib Aysha intelligent ist und auf eine lange Erfahrung als erfolgreicher Finanzmann zurückblicken kann, ist er von Natur aus doch ziemlich ... altmodisch.«

»Ich bin ihm begegnet, und er wirkt ...«

Jerry hätte fast seine Kaffeetasse umgestoßen.

»Ja, ich habe am vergangenen Sonntag bei ihm und seiner Frau gegessen.«

»Warum um alles in der Welt ... wie ... ach! Nach deinem lebensrettenden Einsatz bei der Weltmeisterschaft natürlich. Das war sogar hier in den Nachrichten.«

»Champions League. Nicht Weltmeisterschaft.«

»Auch egal. Aber es war deshalb, nicht wahr? Dass du ihm begegnet bist? Ihm gehört der Verein, wo dein Freund arbeitet.«

Dass Johannes erwähnt wurde, versetzte Sara einen Stich. Allein an diesem Nachmittag hatten sich drei unbeantwortete Anrufe und zwei SMS von ihm angesammelt.

»Das schon«, sagte sie rasch. »Auf mich wirkt Najib Aysha ziemlich ... offen. Vorurteilslos gewissermaßen. Als ob er nur daran denken würde, was sich lohnt.«

»Das ist sicher richtig. Er würde, ohne mit der Wimper zu zucken, eine Frau als Chefin einstellen, wenn das die beste Option wäre.«

»Oder einen Juden.«

Jerry zuckte mit seinen breiten Schultern. »Sicher«, sagte er. »Aysha ist total farbenblind. In dieser Hinsicht ist er ein moderner, säkularisierter Mann. Ansonsten zeigt es sich, dass seine wenigen Fehler fast immer auf einen gewissen Konservatismus zurückzuführen sind. Wie das Internet für eine Übergangserscheinung zu halten. Wie zu meinen, dass Flugreisen in alle Zukunft für die Wohlhabenden reserviert bleiben würden. Er hatte größere und breitere Sitze, viel besseren Service und bestand noch in den Neunzigerjahren darauf, nur schöne, schlanke junge Damen als Flugbegleiterinnen einzustellen. Aber die Billigkonzepte legten damals gerade ihren fulminanten Start hin. Sie hätten Aysha fast fertiggemacht. Heute setzt er auf einen klar definierten stromlinienförmigen *high-end drift,* und seine Flugzeugflotte bewegt sich zwischen Chartertouren und Luxusrouten.«

»Medien, Bergwerk und Fluggesellschaft, und alles geht den Bach runter«, sagte Sara. »Das war ja ganz schön viel auf einmal.«

»Genau. Gefährlich viel. Aber das war noch nicht alles. Newcastle Pharma, davon hast du doch sicher gehört?«

Sara legte die Arme auf den Tisch und beugte sich weiter zum Bildschirm vor. »Aber sicher.« Sie nickte.

»Aysha hatte sich dort im Jahr 1996 eingekauft. Ehe der Markt für ihn in den Keller ging, wie in so vielen anderen seiner Investitionsbereiche. Newcastle Pharma war eine überaus solide Gesellschaft, die ...«

»Ich kenne die Gesellschaft«, unterbrach sie ihn. »Ziemlich gut sogar. Aysha hatte im selben Jahr SouthEnd Gene Inc. gekauft, nicht wahr? Eine kleine biotechnische Firma. Im Ausgangswert bedeutungslos, aber reich daran, was ihr Erwartungen nennt. Aysha hat beide Firmen zusammengelegt.«

»Meine Güte! Beeindruckend. Das ist alles richtig. Der Aktienkurs von Newcastle Pharma sackte danach auf besorgniserregende Weise ab. Sie verbrauchten ungeheuer viel Geld für die Entwicklung von zwei oder drei Medikamenten, und die Zahlen sahen mit jedem Jahr schlimmer aus. Aysha saß auf einundvierzig Prozent der Aktien. Das muss richtig geschmerzt haben.«

»Und das zu allem anderen …«

»Es besteht deshalb allgemein die Ansicht, dass er im Spätherbst 2002 in einer tiefen Krise steckte. Wie tief die war, kann natürlich niemand sagen. Und seine Fußballmannschaft machte im Ganzen ja nicht viel aus …«

»Notting Hill??«

»Ja. Er verdient nichts an dem Club. Das ist so eine Spielwiese, mit der reiche Bengel gern prahlen. Im amerikanischen Sport sehen wir dasselbe. Was jedoch wirklich Probleme machte, war diese riesige Arena, die er gerade bauen ließ.«

»Die Lloyds Arena.«

»Genau. Die war fast fertig. War das nicht so, dass der Verein damals in die Major League aufgestiegen ist?«

»Premier League.«

»Okay. Es geht also darum, dass bei der Fertigstellung ein Haufen Rechnungen bezahlt werden muss, Sara. Ein Haufen Rechnungen!«

»Das kann ich mir denken. Aber du sagst, dass die Krise im Herbst 2002 eingetreten ist. Dennoch schreibst du in deiner Mail, es habe ihn vor dem Ruin gerettet, dass ihm die Bilder gestohlen wurden und dass Newcastle Pharma einen Blockbuster auf den Markt gebracht hat. Das verstehe ich nicht. Das war doch im März beziehungsweise Oktober 2003. Wie kann …«

Jerry hob die Hand. Die sah auf dem Bildschirm riesig aus. Sara winkte die Hand von ihrer Seite des Atlantiks her gereizt weg.

»Erwartungen«, sagte er mit Nachdruck. »Du vergisst, dass sich sehr viel um Erwartungen dreht. Ich hab ja keine Ahnung von Pharmazie, aber alle, die sich mit Aktien beschäftigen, wissen, dass die Entwicklungsarbeit an einem Medikament viele Jahre in Anspruch nimmt. Und wahnsinnig viel kosten kann.«

Sara nickte.

»Aysha muss sich seiner Sache sicher gewesen sein. Er hat gewusst, dass sie vor einem Durchbruch standen. Dass das Geld kommen würde.«

Sara legte die Hände um die Teetasse und biss sich in die Unterlippe. »Und damit haben wir das erreicht, was ich nicht verstehe«, sagte sie. »Selbst wenn all diese Unternehmen schlecht liefen und wenn es offenbar abwärtsging, so saß Najib Aysha doch weiterhin auf ungeheuren Werten. Dass es 2002 etwas weniger war, konnte er doch sicher ertragen, wenn er wusste, dass die Lage sich wieder bessern würde?«

Jimmy schüttelte die Locken. »Aber Sara. Die Banken!«

»Die Banken?«

»Ja. Hast du geglaubt, diese Finanzmoguln machen alles auf eigene Rechnung?«

»Äh ... die schwimmen doch in Geld, und da dachte ich ...«

»Darlehen, Sara. Finanzimperien bauen auf Darlehen auf. Auf langfristigen und auf kurzen. Je größer ein Konglomerat ist, umso mehr und höhere Darlehen gibt es. Und Darlehen müssen abbezahlt werden. Jedenfalls fallen Zinsen an. Mehrere Male pro Jahr.«

»Aber wenn er so reich ist, konnte er doch ...«

»Papiergeld. Festgelegt in Aktien, Grundbesitz, in Produktionsmitteln und was weiß ich. Leute wie Aysha haben oft prachtvolle Häuser und Landsitze, elegante Wagen und Privatflugzeuge, aber das alles macht nur einen Bruchteil der Werte aus, die sie besitzen. Wir reden hier von Mitteln, die sie nicht so einfach flüssigmachen können. Die Banken, Sara, die Banken sind lebensgefährlich für alle, die in die Situation geraten, in der sich Najib Aysha im Herbst 2002 befand. Jede einzelne Großbank besitzt fähige Rechenknechte, die noch den winzigsten Hinweis auf Liquiditätsprobleme bei den Darlehensnehmern aufspüren. Und bei vielen von Ayshas Gesellschaften war die Kasse damals fast leer.«

»Du sagst die ganze Zeit, dass es seine Gesellschaften waren. Aber wenn ich das richtig verstanden habe, sind das doch alles Aktiengesellschaften?«

»Joumana Airlines und der FC Notting Hill sind in Privatbesitz. Aber die Gesellschaften, in denen sein richtiges Geld liegt, sind Aktiengesellschaften. Najib Aysha hat am liebsten etwas über vierzig Prozent in seinem Besitz, und die hat er durch eine Holdinggesellschaft, die ihm gehört. Und dann bist du in der Regel der größte Eigner in der Firma.«

»Großer Gott. Was für ein System.«

»Warte mal.«

Jerry verschwand vom Bildschirm. Sekunden später tauchte er mit einer Bierdose wieder auf.

»*It's Miller Time.*«

Er öffnete die Dose und trank. Das Bier schäumte über, und er schob die Dose aus dem Bild.

»Als größter Aktionär in einer Gesellschaft kann man ungeduldige Mitgesellschafter natürlich beruhigen«, sagte er. »Ihnen hinter der nächsten Kurve Geld und Gold in Massen versprechen. Ayshas Wanderung zu den Banken muss damals aber eher ein Canossagang gewesen sein. Es scheint wirklich kurz vor Toresschluss gewesen zu sein.«

»Und ... und was ist dann passiert?«

Wieder zuckte Jerry mit den Schultern. »Das weiß ich natürlich nicht. Aber ich kann doch meine Vermutungen hegen.«

Er grinste breit, hob die Bierdose zu einem Prost, trank und schaute wieder in die Kamera. Sagte nichts.

»Na los«, sagte Sara resigniert. »Zier dich nicht.«

»Ich wollte ja nur ein nettes Wort hören.«

Sie gab keine Antwort.

»Na gut«, sagte Jerry Cohn. »Die Banken haben ihn offenbar unter Druck gesetzt, damit er einige seiner Werte flüssigmachte. Die absolut größten der Gesellschaften, bei denen er damals Großeigner war, waren Alliance Coal, Newcastle Pharma und Aysha News Corp. Wie du eben gehört hast, waren die Aktienkurse dieser Firmen damals ungünstig für den Verkauf. Um es ganz vorsichtig zu sagen: Bergwerksgesellschaft und Medienhaus befanden sich in einer radikalen Umbruchphase, von der sich Aysha offenbar viel erwartete. Newcastle Pharma war nur ein knappes Jahr von einem richtigen Durchbruch für ein neues Medikament entfernt. Das alles wusste Najib Aysha. Unter solchen Umständen einen Ausverkauf abzuhalten, das ist seinem Wesen durch und durch zuwider. Aus Not billig verkaufen?«

Er schüttelte dramatisch den Kopf. »Nicht leicht für einen Mann wie Najib Aysha.«

»Aber ... was hat er dann gemacht? Wenn er Zinsen zahlen und Darlehen ablösen musste?«

»Mehr Geld geliehen«, sagte Jerry kurz.

»Äh ... Aber ... wenn die Banken sich doch wegen der bereits existierenden Darlehen Sorgen machten, warum haben sie ihm dann ... noch mehr Geld gegeben?«

»Das haben sie nicht. Er ist zu anderen gegangen.«

»Was? Zu wem?«

»Es gibt zahllose Akteure, die bereit sind, ein größeres Risiko einzugehen als die herkömmlichen Banken. Amerikanische Hedgefonds zum Beispiel. Und eine Konstruktion, die sich Sovereign Wealth Fund nennt, gigantische internationale Fonds. Wenn es so ist, wie ich glaube, dann hat sich Najib Aysha von so jemandem ein Darlehen über zwei, drei Jahre geben lassen, zum Beispiel in den Emiraten, und dann musste er schwindelnd hohe Zinsen hinblättern. Risiko kostet. Aber wenn du mich fragst, dann war das die Rettung. Die Erwartungen an Newcastle Pharma wurden dann erfüllt. Vorher konnte Aysha eine nicht allgemein bekannte Versicherungssumme für drei ungeheuer wertvolle Gemälde einstreichen. Gerüchte reden von zweihundert Millionen Pfund. Vielleicht mehr. Vielleicht etwas weniger. Aber es war jedenfalls ein schönes Übergangsgeld, bis die Lage für die drei Gesellschaften zwei Jahre später schon ganz anders aussah. Du weißt, dass es zu diesem Zeitpunkt nicht darauf ankommt, das Darlehen abzulösen, sondern die Zinsen zu zahlen.«

Jerry leerte das Bier und zerdrückte die Dose. Das Geräusch kam blechern und unangenehm aus den Lautsprechern. Sara wurde jetzt müde. Sie hätte Ola anrufen müssen, fiel ihr ein. Er hatte drei Mitteilungen auf ihrem Anrufbeantworter hinterlassen, während das Telefon auf Lautlos gestellt in ihrer Handtasche lag. Ehe Jerry sie wie abgemacht per Skype angeplingt hatte. Sie hatte keine Zeit gehabt, sich die Mitteilungen anzuhören.

Jetzt war es zu spät. Sie würde sich am nächsten Morgen darum kümmern.

»Ich bin dir wirklich dankbar«, sagte sie ehrlich. »Du bist ein Engel, du hilfst mir sehr.«

»Keine Ursache«, sagte er mit breitem Lächeln. »Macht doch Spaß. Aber du ...«

Ihr Telefon klingelte. Es lag noch immer in der Tasche, aber jetzt konnte sie es immerhin hören. Für einen Moment wollte sie aufstehen, ließ sich dann aber wieder in den Sessel sinken. Sie war zu müde. Eine kleine Irritation über Olas Hartnäckigkeit hatte eine Doppelfurche in ihre Stirn gekerbt. Aber es konnte ja auch Johannes sein, der abermals versuchte, sie zu erreichen. Diese Möglichkeit ließ die Irritation nicht kleiner werden.

»Ja«, sagte sie, verärgerter, als sie gewollt hatte.

Jerry ließ sich nichts anmerken: »Was in aller Welt willst du mit diesem ganzen Wissen?«

»Nichts.«

»Red keinen Unsinn. Ist in Ordnung, dass du es mir nicht sagen willst, aber komm mir nicht mit solchem Blödsinn.«

»Tut mir leid«, sagte sie und schob sich die Haare hinter die Ohren. »Ich weiß es wirklich nicht, Jerry. Ich bin über etwas gestolpert. Etwas, das mit …«

Sie verstummte. Der Tee hatte längst Zimmertemperatur angenommen, und sie trank einen Schluck. »Ehe wir aufhören … Diese Bilder …«

»Ja?«

»Najib Aysha hat angeblich eine der weltweit größten Privatsammlungen.«

»Das stimmt. Ganz sicher kann man aber nicht sein, er amüsiert sich lieber damit, einen Teil seiner Kunst vor der Öffentlichkeit zu verbergen.«

»Aber …«

Wieder klingelte das Telefon.

»Warte einen Moment.«

Sie lief auf den Gang und zog ihr Telefon aus der Tasche. Olas Name leuchtete ihr entgegen. Wütend drückte sie den Anruf weg und schaltete das Telefon aus, dann verstaute sie es auf dem Boden ihrer Handtasche.

»Tut mir leid«, sagte sie, als sie wieder vor dem Bildschirm saß. »Manche haben einfach keine Manieren, wenn es darum geht, wie spät man noch anrufen darf.«

Sie sah, dass Jerry auf die Uhr schaute. »Es ist … bei euch ist es Viertel vor zwölf, nicht wahr?«

»Ja. Die Bilder …«

»Ja?«

»Wenn die Versicherungssumme für drei Bilder über … über zwei Milliarden Norwegische Kronen erreichen kann, muss seine vollständige Sammlung doch von ungeheurem Wert sein?«

»Unbedingt.«

»Dann kann ich wirklich nicht verstehen, warum er nicht einfach ein paar Bilder verkauft hat. Das wäre doch viel weniger riskant, als bei den Arabern Geld zu leihen?«

Jerry nickte. »Doch. So würden die meisten das sehen. Die, die nicht in der Finanzbranche sind.«

»Wie meinst du das?«

»Vergiss nicht, was ich vorhin gesagt habe. Der Aktienmarkt ist ein Spiel. Wie Poker. Die ganze Branche weiß von Najib Ayshas Kunstbegeisterung, Sara. Er verkauft nie! Der Mann hat in den letzten fünfunddreißig Jahren für ein gigantisches Vermögen in aller Welt Kunst aufgekauft, aber er hat nie, kein einziges Mal, ein Bild hergegeben. Welches Signal würde er also an seine Umgebung senden, wenn er plötzlich welche loswerden wollte?«

»Dass er sich in der Krise befindet«, sagte Sara leise. »Dass er ganz extrem in der Klemme steckt.«

»Genau. Und wenn im Herbst und Winter 2002/3 für Najib Aysha etwas wichtig war, dann eben, seine Lage herunterzuspielen. Was ihm ja gelungen ist. Wie ich dir geschrieben und eben noch mal gesagt habe, ist vieles von dem, was ich erraten habe, pure Vermutung. Qualifiziert, das schon, aber doch Vermutung. Zu meinen Gunsten muss ich aber noch hinzufügen, dass es leichter ist, das große Bild jetzt zu sehen, zehn Jahre später, als es für die Wirtschaftsjournalisten gewesen sein kann, die damals versuchten, der Sache auf den Grund zu gehen. Damals wollte Aysha mit allen Mitteln die Wahrheit vertuschen. Jetzt ist er einer der reichsten Menschen auf der Welt, und vieles von dem, was er getan hat und was andere später gesagt haben, bietet eine bessere Grundlage. Um wirklich zu verstehen, was in jenem Herbst und Winter passiert ist, meine ich.«

»Ich bin zu müde«, gähnte Sara. »Das eben hab ich so gut wie gar nicht kapiert.«

Jerry grinste breit. »Ich finde, du bist tüchtig. Ganz zum Schluss möchte ich noch etwas hinzufügen, was leicht zu verstehen sein müsste.«

»Nämlich?«

»Wenn er etwas aus seiner Sammlung umsetzen wollte, müsste er sich an die richtigen Leckerbissen heranmachen, damit es etwas bringt. Ja, klar, er hat sicher eine ganze verdammte Lagerhalle mit Bildern, die ihn zwischen einer und fünfzig, sechzig Millionen gekostet haben. Aber natürlich sind nur wenige noch teurer. Und für solche Gemälde wie die gestohlenen ist der Markt sehr eng. Du hast natürlich die großen Museen und einige Einzelpersonen in aller Welt. Aber deren Mittel sind nicht unbegrenzt. Vor allem nicht die der Museen. Mehrere überaus kostbare Kunstwerke im selben Moment zum Kauf anzubieten wäre absolut ungünstig für den Preis. Vom Verkäufer aus gesehen, meine ich. Nein …«

Er hob die Arme und seufzte zufrieden. »Eins steht fest: Najib Aysha kann sich glücklich schätzen, dass die Terroristen gerade in dem Moment zugeschlagen haben, als er das Geld dringend brauchte.«

»Das waren keine Terroristen«, korrigierte Sara. »Und sein jüngster Enkel wurde lebensgefährlich verletzt. Glücklich ist nicht gerade das Wort, das ich mir ausgesucht hätte. Reiß dich zusammen!«

»Shit happens«, sagte Jerry grinsend. »*Business first*. Das Kind hat doch überlebt, oder was?«

»Ab und zu bist du einfach ein Vollidiot«, murmelte sie. »Bis dann.«

Mittwoch, 5. Juni 2013

03:15 Uhr
Charmwood Avenue, London

Ola Farmen erhob sich mit steifen Bewegungen, formte die Hände zu einer Maske und legte sie über Mund und Nase. Er atmete so schwer, dass seine Brillengläser beschlugen.

Guro war erst gegen Mitternacht nach Hause gekommen, so müde und beschwipst, dass sie eingeschlafen war, ehe sie merken konnte, dass er sich nicht neben sie legte. Der Abend im Keller war so fruchtbar gewesen, dass die Versuchung zu groß wurde. Er schlich sich wieder nach unten.

Natürlich wussten weder Sara noch er, ob Revolan die richtige Spur war.

Aber eine andere hatten sie nicht.

Obwohl andere Medikamente auch einen gewissen Einfluss auf die EK-Kopplung von Zellen haben konnten, zum Beispiel Herzmedikamente, hatten weder Ola noch Sara je von einem Wirkstoff mit einer so frappierenden Wirkung wie Revolan gehört. Die Theorie, dass ein leistungssteigerndes Medikament auf Manipulation der richtigen EK-Kopplungen aufbaute, war so verlockend, dass sie jedenfalls den Einsatz eines Abends wert war.

Es war sehr spät geworden.

Revolan war wirklich eine Goldgrube. Ola kannte sich kaum mit Darmleiden aus, aber die Stunden vor dem Rechner hatten ihn einiges gelehrt. Eine überaus quälende

Krankheit trat bei zehn bis fünfzehn Prozent der Bevölkerung der westlichen Welt auf und musste die pharmazeutische Industrie locken wie das Licht eine Motte. Auch wenn es mehrere Formen des *Irritable Bowel Syndrome* gab, so musste die Zahl der Nutzer des darmregulierenden Medikaments ungeheuer groß sein.

Dennoch war nicht besonders oft die Rede von Revolan. Ola kam zwar auf 126 000 Treffer, als er diese Marke googelte, aber viel klüger wurde er dadurch nicht.

Ehe Guro aus der Kneipe zurückkam, war er zu dem Schluss gekommen, dass es sinnvoller wäre, sich über Revolans Geschichte zu informieren. Zu irgendeinem Zeitpunkt musste jemand einen Stoff entdeckt oder entwickelt haben, dessen Eigenschaften weitere Forschungen nahelegten. Extrem strenge Anforderungen mussten erfüllt werden, ehe dieser Stoff als Medikament in den Handel gelangen konnte. Das dauerte manchmal zehn bis fünfzehn Jahre und kostete Milliarden.

Erst kamen Theoretiker und Laboranten an die Reihe. Dann wurde der Stoff an kleinen Tieren getestet. Weitere Forschung, Fehlschläge und Versuche folgten. Vor allem Fehlschläge, das wusste Ola, es waren die vielen Sackgassen, die die pharmazeutische Forschung so teuer machten. Wenn man nach jahrelanger Arbeit glaubte, etwas zu haben, was der Menschheit von Nutzen sein könnte, wurde es erst wirklich ernst. Das Medikament musste vier Phasen einer klinischen Untersuchung durchlaufen. Es musste an Menschen erprobt werden. Zuerst an einigen Freiwilligen. Wenn alles gut ging und die Summe der positiven Effekte sich als wesentlich größer erwies als die Nebenwirkungen, konnte man hoffen, dass die zuständigen Behörden die Zulassung erteilen würden. Und im Falle Revolan musste es das MHRA gewesen sein, das britische Arzneimittelkontrollorgan.

Das MHRA verlangte eine umfassende Dokumentation und hatte sie sicher erhalten.

Das Problem war, dass große Teile dieser Dokumentation nicht öffentlich zugänglich waren. Ola hatte einige Artikel über Phase drei gefunden, als Revolan in Krankenhäusern an 3800 Patienten getestet worden war. Was er den Beschreibungen entnehmen konnte, war, dass Revolan wirklich wirkte. Das hatte er aber schon gewusst. Zwei Übersichtsartikel über Phase vier erschienen fast als Werbung: Die Wirkung des an 12 500 Patienten getesteten Medikaments war dermaßen überzeugend, dass Najib Aysha einen Grund gehabt haben musste, seinen Weinkeller aufzusuchen.

Was Ola vor allem interessierte, war Phase eins von Revolans Entwicklung. Er wollte wissen, was in der Frühphase der Forschung passiert war, wenn Mängel festgestellt und Fehler gemacht werden. Wenn unerwünschte Nebenwirkungen genau beschrieben werden. Etwa dass der Wirkstoff nicht nur den Darm beeinflusste, sondern auch andere Muskelgruppen.

Wie das Herz.

Wie den Musculus triceps surae, den Muskel, der in hohem Grad darüber entscheidet, wie schnell jemand kurze Strecken zurücklegen kann.

Schon am frühen Abend hatte Ola eingesehen, dass die Beschreibungen der beiden frühen Phasen der Medikamentenentwicklung für ihn einfach nicht zugänglich waren. Vermutlich waren sie gesperrt; ein patentiertes Medikament vor Raubkopien zu schützen, das war für jedes pharmazeutische Unternehmen von großer Bedeutung. Bei einem solchen Medikament wäre eine Zulassung durch die European Medicines Agency, die höchste Arzneimittelbehörde der EU, wohl kaum erforderlich. Stattdessen würde die Dokumentation an die nationalen Instanzen jedes Benutzerlandes geschickt werden.

Und da verstand er: Phase null.

Natürlich gab es offiziell keine Phase null. Dennoch hatten die Forscher zuerst bei SouthEnd Gene Inc. und nach der Fusion bei Newcastle Pharma einen langen Weg gehen müssen, um sich mit behördlicher Erlaubnis überhaupt an Phase eins und den Test am Menschen heranpirschen zu können.

Er musste in Phase null suchen.

Ein guter Anfangspunkt war Gene Grant, der Gründer von SouthEnd Gene Inc. und Verfasser von Standardwerken wie *A Systematic Approach to Cardiovascular Cell Signalling*.

Also hatte er sich auf der Suche nach dem Ursprung von Revolan immer tiefer ins Netz begeben. In den ersten Stunden durchpflügte er zahllose Artikel auf wissenschaftlichen Websites. Nach einer Weile ersetzte er Bier durch Red Bull und las weiter. Irgendwann tauchten ältere Dokumente im Word-Format auf. Ola sah sich Querverweise und Fußnoten genauestens an. Er ging immer weiter in der Zeit zurück, immer weiter, um dann einen Sprung nach vorn zu machen, denn ein Artikel wurde in einer Abhandlung neueren Datums als Verweis benutzt. Er las zunächst nur oberflächlich, um sich dann zu vertiefen. Der Artikel behandelte die Entwicklung von Migränemedikamenten. In einem Absatz gegen Ende wurde auf einen Wirkstoff namens SE15 verwiesen, der die erstaunliche Eigenschaft besaß, die Proteine in den Zellmembranen zu schnellerem Zusammenziehen und Erweitern zu bringen. In die weitere Entwicklung dieses Stoffes wurden große Erwartungen gesetzt.

Der Artikel stammte aus dem Jahr 1994.

Revolan war noch nicht auf den Markt gekommen, aber vermutlich lief schon Phase null, und SouthEnd Gene Inc. war noch nicht aufgekauft worden.

War SE15 der Ursprung von Revolan?

Nervös scrollte Ola weiter zum Seitenende, wo sich ein Fußnotenregister befand.

»Bingo«, sagte er laut.

The impact of SE1504-B on Heart Rhythm of African Baboons by Marco Bakhuys MMed.Vet PhD and Edwin Johnson, MMed. Ved. University of Pretoria Faculty of Veterinary Science.

Ola kopierte den Titel, um ihn ins Suchfeld einzugeben.

Treffer.

Ein Artikel von 1980. Ein eifriger Archivar hatte ihn später eingescannt und in die offene Datenbank der Universität eingespeist. Ola überflog zuerst den Anfang des Textes. Dann wurde er zusehends langsamer, der Artikel eines tiermedizinischen Instituts in Südafrika aus dem Jahr 1980 wurde immer interessanter. Zunächst war die Rede von einem vielversprechenden Mittel gegen Verstopfung. Es wirke hervorragend, konnten zwei Forscher mitteilen, aber mit einer überaus bedauerlichen Nebenwirkung. Fast ein Drittel der behandelten Paviane war einem akuten und unerklärlichen Herztod erlegen.

Ola erhob sich. Vor seinen Augen drehte sich alles, und er musste sich auf die Tischplatte stützen. Er schüttelte heftig den Kopf und fand sein Gleichgewicht wieder.

Im Kühlschrank stand hinter Bier und Red Bull zum Glück auch eine Flasche Wasser – neben der kleinen Flasche Vallergan, die niemand finden durfte.

Die Studie über die Verdauungsbeschwerden der Paviane hatte einen in kursiv gesetzten Anhang. Ola hätte diese kleine Geschichte fast übersehen. Sie musste nahezu als Kuriosum gelten. SE15 war bereits 1966 entdeckt worden, wie die beiden Tierärzte erzählen konnten. Wildhüter im Krüger-Nationalpark hatten viele Jahre lang beobachtet, dass Nashörner bei Magenbeschwerden die Marydiapflanze fraßen, ein zähes, dorniges und höchstens einen Meter hohes Gewächs. Wenn sie keine Magenprobleme hatten, rührten sie sie nicht an. Als ein Zoologe bei einem Besuch im Nationalpark diese Geschichte hörte, stellte er genauere Untersuchungen über die Beziehung zwischen

Nashorn und Marydia an. Er glaubte schließlich, ein Mittel gegen die Trommelsucht bei Kaninchen gefunden zu haben, eine häufige Todesursache bei den Schmusetieren von untröstlichen Kindern.

Aber der reine Extrakt, den er aus der Marydia gewann, brachte jedes Kaninchen um, an dem er sein Glück versuchte.

Danach wurde die Pflanze gründlicher analysiert.

Der pharmakologische Stoff, der dabei entdeckt wurde, bekam den Namen SE15.

Ola hob den Blick. Abermals las er die Namen auf dem Plakat über dem Rechner. Die Liste der Spieler von Notting Hill, die nach einem unerklärlichen Herzstillstand wiederbelebt worden waren, und der drei, die bei Unfällen ums Leben gekommen waren.

SE1504-B hatte schon in der Überschrift das Artikels über Paviane mit Verstopfung gestanden. *Nature* hatte auf den Wirkstoff SE15 hingewiesen. Nur die ersten vier Zeichen stimmten überein.

Isomere, dachte er.

Es war inzwischen Viertel nach drei.

Die ganze Geschichte hatte mit dem Instinkt und der Überlebensfähigkeit der Nashörner angefangen. Im Laufe der Jahrtausende hatte die Evolution das afrikanische Nashorn immer besser an das Leben in der Savanne angepasst. Es befähigt, Nahrung zu finden und die richtigen Pflanzen zu fressen.

Die Marydiapflanze zu suchen, wenn es Probleme mit der Verdauung gab.

Die Geschichte, an deren Ende sechs Fußballspieler von Notting Hill Herzprobleme bekommen hatten, begann mit dem uralten instinktiven Verständnis eines Nashorns dafür, wie es seine Bauchschmerzen kurieren könnte.

»Marydia«, sagte er laut. »Mit Marydia hat alles angefangen. Ein Isomer! Wir haben es hier mit Isomeren zu tun!«

Er beugte sich vor und schlug mit der Handfläche auf den Tisch.

»Was sind Isomeren, Papa?«

Ola zuckte zusammen und fuhr herum. In der Tür stand Theo, in Boxershorts und einem für seinen schlaksigen Körper viel zu weiten T-Shirt. Seine Haare standen nach allen Seiten ab, und er sah so müde aus, dass Ola ihn für einen Moment für einen Schlafwandler hielt.

»Und warum arbeitest du mitten in der Nacht?«

Ola hatte den Kindern Höllenstrafen angedroht, falls sie sich jemals in das Gelass wagten, das Tarjei längst *»the dungeon«* getauft hatte, den Kerker.

»Konnte nicht schlafen«, sagte Ola. »Geh wieder ins Bett.«

»Ich kann auch nicht schlafen. Tarjei schnarcht so schrecklich, Papa.«

»Dann komm rein. Möchtest du eine Cola?«

»Cola? Jetzt? Ja!«

Der Junge machte zwei vorsichtige Schritte hinein in den Raum.

»In Wirklichkeit gibt es hier keine Falltüren«, sagte Ola. »Und auch keine Krokodile unter dem Boden.«

»Das weiß ich. Das glaubt ja nicht mal Sara.«

»Du musst auf dem Kühlschrank sitzen. Aber lass mich ...« Ola zog eine Cola aus dem Kühlschrank und schloss die Tür. »So. Setz dich.«

»Was ist eine Isomere?«, fragte Theo und setzte sich vorsichtig, während er sich neugierig im Raum umschaute.

»Ein Isomer«, korrigierte Ola. »Isomere ist Mehrzahl. Warum fragst du? Du hast doch noch nie Interesse daran gezeigt, was ich so mache. Das tut bloß Tara.«

Er drehte seinen Sessel von der großen Arbeitsplatte fort und starrte seinen zweitältesten Sohn an. Der Junge wuchs noch, und das zu schnell. Er klagte immer wieder über Schmerzen in Knien und Waden, und anders als Tarjei sprach er offen über seine Probleme.

»Ich möchte Arzt werden«, sagte Theo. »Deshalb.«

Ola beugte sich vor, um sich nicht zu verschlucken. »Du?«, würgte er hervor. »Du willst Arzt werden, Theo?«

»Ich hätte es nicht sagen dürfen«, sagte Theo missmutig. »Ich wusste ja, dass du mich nicht ernst nehmen würdest.«

»Nicht doch, es ist bloß, weil du ... Mir kommst du eher vor wie ...«

»Wie was?«

»Na ja ...«

Ola überlegte. »Dumm von mir, Theo. Du bist gut in Naturwissenschaften, und das ist ein brauchbarer Anfang. Es ist nur ... Mama und ich haben uns vorgestellt, dass du irgendwas mit Computern machen wirst. Du magst zum Beispiel kein Blut, und ...«

»Blut mag ja wohl niemand! Außer Vampiren natürlich.«

Ola stellte die Flasche weg und hob demonstrativ demütig den Kopf. »Ich gebe mich geschlagen. Wie schön, Theo. Wie schön, dass du jetzt Pläne machst.«

»Ist Isomer eine Medizin?«

»Nein. Hast du ...Willst du das wirklich wissen?«

Der Junge zuckte mit seinen schmalen Schultern und drehte den Verschluss von der Colaflasche. »Ja.«

»Na gut. Du weißt natürlich, was ein Molekül ist. Und ein Molekül setzt sich zusammen aus ...«

Er schaute den Jungen fragend an.

»Atomen«, antwortete Theo ernst. »Und ein Atom besteht aus Elektronen, Protonen und Neutronen. Die Elektronen sind am kleinsten.«

»Gut, mein Junge. Die Eigenschaften der Moleküle werden natürlich dadurch entschieden, aus welchen Atomen sie zusammengesetzt sind, nicht wahr? H_2O ist zum Beispiel ein sehr einfaches Molekül, das aus zwei Wasserstoffatomen und einem Sauerstoffatom besteht.«

»Wasser.«

»Richtig. Aber stellen wir uns ein größeres Molekül vor«,

sagte Ola. »Stell dir vor, die Atome seien Legosteine, zwanzig an der Zahl.«

Theo rutschte vom Kühlschrank und lief zur Tür. »Warte«, sagte er und verschwand.

Ola hörte, wie er mit Kartons herumfuhrwerkte. Einige fielen um, und gleich darauf kam der Junge mit einem Kunststoffkasten zurück.

»Mein altes Lego«, sagte er. »Das Tobias unbedingt mit nach England nehmen wollte.«

Er stellte den Kasten auf den Tisch und öffnete ihn.

»Danke«, sagte Ola und nahm zwanzig Steine heraus. »Wir nehmen neun grüne, vier blaue und sieben rote.«

Rasch setzte er die Steine zu einem Türmchen mit Erkern und Simsen zusammen, dann richtete er sich auf und ging zurück zu seinem Sohn. »Versuch mal, das zu wiegen«, sagte er.

Theo streckte die Hand aus.

»Stellen wir uns einfach vor, das seien fünfzig Gramm«, sagte Ola. »Da wir keine Waage haben. Es wiegt keine 50,1 Gramm. Keine 49,999. Sondern genau fünfzig. Was passiert, wenn wir so machen ...«

Er nahm die Figur und riss einen roten und einen blauen Stein herunter, um sie an einer anderen Stelle wieder anzufügen. »Wie viel wiegt es jetzt?«, fragte er.

»Immer noch genau fünfzig Gramm.«

»Richtig. Und warum?«

»Weil es dieselben Legosteine sind. Atome, meine ich.«

Ola fuhr ihm durch die Haare und grinste. »Du kannst werden, was du willst. Es sind genau dieselben Atome, nur auf andere Weise zusammengesetzt. Wenn wir uns Grün, Rot und Blau als Grundstoffe denken, haben beide Figuren die Formel G 9 R 7 B 4. Zwei Isomere, mit anderen Worten. Das bedeutet Isomer. Wenn ich aber das hier mache ...«

Er nahm die Figur, ging zurück zum Kasten und entfernte einen roten und zwei grüne Steine. Nahm sich drei schwarze und steckte sie an das Molekülmodell.

»Was haben wir dann?«

»Ein ganz anderes Molekül. Mit einer anderen Formel. G 7 R 6 B 4 S 3.«

»Du kannst eigentlich sofort mit dem Studium anfangen.«

»Aber ... wozu braucht man denn solche Isomere?«

»Brauchen ist zu viel gesagt ... Zwei Isomere können ganz unterschiedliche Eigenschaften aufweisen«, sagte er. »Auch wenn sie also dieselbe chemische Formel haben. Und das kann zum Beispiel in der pharmazeutischen Industrie sehr nützlich sein.«

Theo nickte.

»Wenn jemand eine Pflanze entdeckte«, sagte Ola. »Die wir Marydia nennen können, und wenn dann festgestellt würde, dass diese Pflanze Eigenschaften besitzt, die gegen Verstopfung helfen ...«

»Kann man so was finden? In der Natur?«

»Ja, sicher! Ein französischer Mikrobiologe namens Borel hat bei einer Wanderung über die Hardangervidda einen Pilz gefunden. Den nahm er mit nach Hause und untersuchte ihn. Nur wenige Jahre später hatte er festgestellt, dass ein Stoff in diesem Pilz, nämlich Ciclosporin, unsere Immunabwehr dämpft. Und daraus entstand eine ungemein wichtige Medizin, die bei Transplantationen eingesetzt wird.«

»Aber was ist mit dieser Blume?«

»Die Pflanze. Marydia. Nashörner in Afrika fressen davon, wenn sie Magenprobleme haben. Sonst nie. Das hilft. Und dann könnte man sich denken, dass sie auch anderen Wesen mit Verstopfung helfen kann. Menschen zum Beispiel. Oder Haustieren.«

»Ja?«

»Dann muss man erforschen, welche Eigenschaft diese Pflanze hat, um den Darm besser arbeiten zu lassen. Dem Stoff, den man ermittelt, gibt man einen Codenamen. SE15 zum Beispiel.«

»Das klingt so, als ob das alles wahr wäre«, sagte Theo skeptisch. »Warum tust du so, als ob du das erfunden hättest?«

»Blöd von mir.«

Ola starrte seinen Sohn an. Der war in letzter Zeit so erwachsen geworden. Die Nase war größer, und der Flaum auf seiner Oberlippe zeichnete schon einen deutlichen Schnurrbart.

»Du hast recht, mein Junge. Im Moment beschäftige ich mich mit diesem kleinen Problem. Du verstehst ... würdest du mir wohl ein bisschen die Schultern massieren? Ich bin so verdammt ...«

Der Junge stand auf, kam zu ihm herüber und legte dem Vater die Hände um den Nacken.

»Erzähl mehr«, bat er.

»Es gibt ein sehr gutes Medikament namens Revolan. Da, ja! Ein bisschen fester.«

»Wenn du mich rumkommandierst, will ich nicht mehr.«

»Revolan«, stöhnte Ola. »Das ist eine Medizin für Menschen, die Verstopfung haben. Bei einigen Patienten wirkt es auch gegen Durchfall. Mama sagt, es sei sehr wirkungsvoll. Weiter unten, bitte.«

»Papa!«

»Das Medikament regt den Darm zu besserer Arbeit an. Ich habe den Verdacht, dass es auf einem Isomer von SE15 aufbaut. Das ursprünglich von der Marydiapflanze stammt und Nashörnern hilft. Und da stelle ich mir vor, dass es vielleicht ein anderes Isomer mit demselben Wirkstoff gibt. Eines, das nicht nur den Darm anregt, sondern auch andere Muskeln.«

»Welche denn?«

»Eigentlich egal. Aber ich interessiere mich vor allem für die Beinmuskeln.«

Theo kicherte. »Dann könnte man ja ohne Training besser laufen.«

»Ganz zu schweigen davon, wie gut du werden könntest, wenn du noch dazu trainierst.«

»Hast du etwas von dem Stoff für mich?«

»Nein. Ich weiß nicht einmal, ob es ihn gibt. Das will ich ja gerade feststellen.«

»Aber würde nicht ... So einen Stoff zu benutzen ... so ein Isomer, um schneller laufen zu können, wäre das nicht Betrug?«

Ola öffnete die Augen. »Ja«, sagte er. »Das wäre Betrug. Und außerdem wäre es gefährlich. Sehr, sehr gefährlich.«

04:45 Uhr
Manette Street, Soho, London

Als Aron Apter von einem Pling seines Mobiltelefons geweckt wurde, drehte er sich auf die andere Seite und beschloss träge, die Nachricht erst zu lesen, wenn er richtig ausgeruht wäre. Aber dann fiel ihm ein, dass das Geräusch zu dem alten Telefon mit dem anonymen Abonnement in Frankreich gehörte. Mit der nur für wenige Menschen reservierten Nummer. Für Barry Longwater von der National Security Agency, zum Beispiel. Hellwach sprang Aron aus dem Bett, holte den alten Laptop hinter der Blindwand im Schrank hervor und setzte sich im Bett zurecht, um die Mitteilung zu decodieren.

Dann begriff er gar nichts mehr.

Die Meldung war gar nicht verschlüsselt. Stattdessen konnte er eine schlichte Aufforderung lesen:

Same old procedure.

Erst nach einigen Sekunden verstand er und trottete ins Wohnzimmer hinüber. Er knipste zwei Tischlampen an, aber davon wurde der Raum auch nicht gemütlicher. Sein anderer und viel neuerer Laptop stand noch auf dem Esstisch. Es bestand kein Grund, ihn jedes Mal nach Gebrauch wegzuräumen, das hatte er einige Tage zuvor beschlossen. Die Wohnung zeigte deutlich, dass er derzeit nur wenig Grund dazu sah, überhaupt etwas wegzuräumen.

Er schaltete den Rechner ein und holte ein Glas Apfelsinensaft. Der hatte das Verfallsdatum überschritten und schmeckte viel zu süß.

www.flhxzwzwgftxby.vx gab er ins Suchfeld ein.

Er hatte befürchtet, sich nicht an diesen sinnlosen Domainnamen zu erinnern. Die Buchstabenkombination war festgelegt, es war schwer, sich vorzustellen, dass jemand aus purem Zufall dort landen könnte. Und wenn, würde dieser Jemand dort wohl kaum lange verweilen. Ein detailreiches Bild von Flechten und Moosen bedeckte den Bildschirm. Aron beugte sich zum Laptop vor und kniff hinter der Brille die Lider zusammen, während er langsam den Pfeil durch ein dunkles Feld im Vordergrund des Bildes führte.

Da! Er drückte auf die linke Maustaste. Nichts passierte. Der Pfeil wanderte einen oder zwei Millimeter weiter nach oben. Noch ein Druck. Die arktische Landschaft wich einer weißen Seite mit einem Dialogfeld in der Mitte. Die Frage war als verwirrendes Kauderwelsch mit positiv besetzten Wörtern wie »Baby« und *»comfort food«* getarnt. Wörter und Ausdrücke, die in dem engmaschigen Überwachungsnetz der NSA keinen Alarm auslösen würden. Aron ging ohnehin davon aus, dass diese »Notfrequenz« aus den Jugendjahren des Internets sicher war, wenn Barry Longwater ihn auf diese Weise kontaktierte.

Er schrieb die Antworten, die ebenso nichtssagend wirkten wie die Fragen. Noch immer konnte er sich an jede einzelne erinnern: Bei zwei Gelegenheiten hatte diese Seite ihm das Leben gerettet. Nachdem er fünf Dialogfelder gefüllt hatte, wurde die Seite schwarz. Einige Sekunden später tauchte mitten auf dem Bildschirm ein roter Pfeil in einem Kreis auf.

»Skype conversation«, stand in weißer Schrift über dem

großen Play-Knopf. *»4th of June 2013, from 5.00 PM to 5.46 PM ET.«*

Als Aron auf den Pfeil drückte, rechnete er mit einem Video. Es tauchte jedoch eine Art Oszilloskop auf, ein rechteckiger schmaler Rahmen. Als das Gespräch begann, zeichnete der Ton eine wechselnde stürmische Alpenlandschaft, die sich in einem schmalen Strich von einem See quer über dem Schirm spiegelte.

Er erkannte ihre Stimme sofort. Auf seiner kurzen Reise nach Norwegen in der vergangenen Woche hatte er sie niemals etwas sagen hören. Einmal war er dicht genug gewesen, aus purer Nachlässigkeit, an einem späten Nachmittag, als sie allein ihr Büro verließ. Sie hatte nachdenklich gewirkt.

Seit dreizehn Jahren hatte er sie nicht mehr sprechen hören, und ihr damaliges Gespräch konnte kaum länger als zehn Minuten gedauert haben. Trotzdem. Er hätte ihre Stimme überall wiedererkannt. Ihr Klang war wie ihre Körpersprache, angenehm und weiblich und energisch. Schroff und kurz, wenn sie sich ärgerte. Sogar auf Tonbandaufnahmen, mit kleinen Störungen und Verzerrungen, hörte er aus allem, was sie sagte, noch eine gewisse Wärme heraus. Sara Zuckerman schien ihren amerikanischen Gesprächspartner zu mögen.

Jerry hieß er und kannte sich im Finanzsektor aus.

Aron hörte sich die Aufnahme noch einmal an.

Danach zog er die kleine Festplatte heraus, die bei dem für ihn konstruierten Laptop in einem Schlitz unter der Tastatur steckte. Er nahm die Festplatte mit in die Küche, schob sie in eine Plastiktüte und griff zu einer Teigrolle, die Varda nicht mitgenommen hatte. Damit zertrümmerte er die Festplatte in kleine Teile, ehe er eine neue installierte. Die Tüte mit den Resten der alten würde er bei Gelegenheit in einen öffentlichen Mülleimer werfen.

Es war inzwischen Viertel vor sechs. Es hätte keinen Sinn, sich noch einmal hinzulegen. Eine schwer zu erklärende

Unruhe ließ ihn im Zimmer hin und her wandern. Einerseits war er erleichtert, dass der Mossad in dem fast eine Stunde währenden Gespräch mit keinem Wort erwähnt wurde. Andererseits machte es ihm Sorgen, dass Sara Zuckerman immer tiefer in Najib Ayshas Leben einzudringen schien und dass sie sich weiterhin mit dem Überfall in der Avenue Road beschäftigte. Neben Erleichterung und Besorgnis verspürte er auch eine seltsame Hochstimmung. Als er mitten im Gespräch die Augen geschlossen und tief durch die Nase geatmet hatte, hatte er geglaubt, den Duft von Sara Zuckermans Schlafzimmer wahrzunehmen.

Penhaligon's »Juniper Sling«.

Er hatte die dünnen Handschuhe ausgezogen und den Flakon berührt. Ihn hochgehoben und in die Luft gesprüht, ehe er langsam in die unsichtbare Duftnote eingetaucht war.

Aus dem oberen Schrank holte er ein großes Glas Nescafé. Er nahm den Wasserkocher, überlegte es sich dann aber anders. Er ließ für einige Sekunden das Heißwasser aus dem Hahn laufen, ehe er einen Becher damit füllte und doppelt so viel Kaffeepulver hineingab, wie auf dem Etikett empfohlen wurde.

Sie ging in die Irre, so versuchte er sich zu beruhigen. Sara Zuckerman hatte die Mossad-Spur aufgegeben. Aron konnte keinen anderen Grund finden, warum sie die Organisation nicht erwähnt hatte. Es lag auf der Hand, dass sie sich auf diesen Jerry verließ.

Andererseits hatte er den Eindruck, dass Sara sich nur äußerst selten voll und ganz auf jemanden verließ.

Der Kaffee brachte ihn dazu, die Augen aufzureißen. Er fühlte sich besser. Nach einer Dusche würde er in einem Café frühstücken.

Arons Plan stand fest. Bis ins geringste Detail, da er ja nie etwas dem Zufall überließ. Der Plan ließe sich jederzeit in die Tat umsetzen; in London, in Norwegen, wo immer Sara Zuckerman sich gerade aufhalten mochte, wenn Aron

Apter sich zur Tat entschloss. Es würde wohl nicht mehr lange dauern.

Aber er konnte noch immer hoffen, dass es ihm erspart bleiben würde.

10:30 Uhr
Charmwood Avenue, London

Er hatte keine Ahnung, wo er war.

Er brauchte mehrere Sekunden, bis ihm einfiel, dass er Guro geholfen hatte, Frühstück zu machen und die Schulkinder auf den Weg zu bringen. Guro wollte Sara im Kindergarten abliefern, und wenn Ola das richtig in Erinnerung hatte, sollte er sie dann abholen. Nach dem Versprechen war er nur noch aufs Sofa gefallen.

Er versuchte, sich aufzusetzen, aber sein Körper wollte nicht gehorchen. Er sah auf die Uhr. Nach einer im Keller durchwachten Nacht hatte er sich nichts anmerken lassen, als die anderen aufgestanden waren. Guro stellte ihm nach dem gestrigen Tag keine Fragen. Theo lächelte vielsagend und zwinkerte Ola immer wieder zu, als ob sie ein umwerfendes Geheimnis teilten.

Jetzt hatte Ola fast zwei Stunden tief geschlafen. Er stöhnte, als er auf die Kissen zurücksank, und begriff nicht, was ihn geweckt hatte.

Proktor kratzte ihn am Bein.

»Verdammt«, murmelte Ola und kam mühsam hoch. »Ja, ich komm ja schon.«

Ola schlurfte mit dem fiependen Hund auf den Fersen hinaus auf den Gang. Er hatte nicht gewusst, dass man von Red Bull einen Kater bekommen konnte. Die Leine hing am Haken auf dem Gang, hinter der hellbraunen Lederjacke. Er schaute durch das kleine Fenster in der Tür. Grau, aber kein Regen.

»Was zum Teufel«, murmelte er, als er die dünne und eigentlich so weiche Lederjacke angezogen hatte. »Was zum …«

Der linke Ärmel fühlte sich steif und fremd an, und als er den Arm ins Licht hob, sah er einen großen Fleck unterhalb des Ellbogens. Es roch nach Erbrochenem. Nicht sehr stark, offenbar hatte jemand versucht, die Katastrophe abzuwaschen. Erst jetzt fiel Ola auf, dass unten links ein ähnlicher Fleck saß. Er hob auch den an die Nase.

Bier. Teilweise in Wasser aufgelöst.

»Tarjei!«, rief er und rannte die Treppe hoch. »Tarjei Farmen! Was hab ich über diese Jacke gesagt?«

Er riss die Tür zu Theos und Tarjeis Zimmer auf. Sein ältester Sohn schlief tief, auf dem Bauch, ohne Kleider, die Decke als Wulst um die Taille geschoben.

»Aufstehen!«, schrie Ola und hielt Tarjei anklagend die Jacke hin.

»Was ist los?«, murmelte Tarjei verwirrt und richtete sich auf einem Ellbogen auf. »Jetzt reg dich doch nicht so auf. Was hast du …«

»Wie oft hab ich dir gesagt, dass das meine Jacke ist? Wie oft, Tarjei?«

»Das schon, aber …«

»Hier gibt's kein Aber. Aufstehen, hab ich gesagt. Verdammt noch mal, du bist zweiundzwanzig Jahre alt, Mann. Du liegst den ganzen Tag im Bett, schmarotzt bei Mama und mir, hast drei ganze Schuljahre verschwendet, und dann erlaubst du dir auch noch, *meine Lieblingsjacke zu ruinieren!«*

»Ich wollte nur mal kurz in die Kneipe, und da …«

»Mal kurz in die Kneipe? Ja, das kann ich mir denken. Meine Jacke stinkt nach Bier und Kotze, Tarjei. Bier und Kotze!«

»Ich bezahle das, Papa. Ich kauf dir eine neue!«

Er hatte sich jetzt aufgesetzt, noch immer mit der Decke um den Bauch. Er rieb sich die Augen und gähnte.

»Was hast du gesagt?«, brüllte Ola.

Er schleuderte die ruinierte Jacke auf das Bett. »Du willst also bezahlen. Und womit, wenn ich fragen darf? Dein Spargeld ist weg, weißt du das nicht mehr? Und das von der Konfirmation. Das Geld von Oma und Opa. Alles ausgegeben, Tarjei. Für Pisskram. Wie in aller Welt willst du denn überhaupt irgendwas bezahlen?«

Ola rang um Atem und hob die Arme. »In deinem Alter war ich verheiratet, mitten im Studium, musste mich um dich kümmern, und Tuva war schon unterwegs. Während du … als ob das Leben eine Tüte voll Bonbons wäre, wo du einfach nur zugreifen kannst. Ich weiß verdammt noch mal nicht …«

Er lief zum Fenster und riss es weit auf. »Hier stinkt es, Tarjei. Ich bin soooo …« Sein Daumen und sein Zeigefinger waren einen Millimeter voneinander entfernt. »… so kurz davor, dich auf die Straße zu setzen. Und dann kannst du sehen, was aus dir wird.«

Er ging vor Tarjei in die Hocke und zwang den Jungen, ihn anzusehen.

»Sooo kurz davor.«

Der Junge weinte, das sah er jetzt. Ganz lautlos.

Ola legte ihm verblüfft die Hand auf die Schulter. »Das war doch nicht so gemeint«, sagte er hilflos. »Ich bin nur … Mama und ich sind so verzweifelt, weil du einfach nichts unternimmst. Nichts Vernünftiges, meine ich. Du wirfst einige der allerbesten Jahre deines Lebens weg.«

Tarjei entzog sich der Berührung und legte sich mit dem Rücken zu Ola wieder hin. Ola setzte sich auf die Bettkante.

»Was ist los?«, fragte er leise.

Er hatte seinen Ältesten seit fast zehn Jahren nicht mehr weinen sehen. Nicht einmal, als Guros Eltern kurz nacheinander gestorben waren, hatte Tarjei geweint. Obwohl er am Boden zerstört gewesen war.

»Im Moment bin ich wütend auf dich«, sagt Ola so leise, dass es fast schon geflüstert war. »Und dazu habe ich wirklich allen Grund. Aber du kennst mich. Bei mir dauert das nicht lange. Ich habe nicht gesagt, dass wir dich wirklich vor die Tür setzen werden. Ich habe nur gesagt, dass …«

Tarjei erstickte sein Schluchzen im Kissen, das er immer fester gegen sein Gesicht presste.

»He«, sagte Ola, ein wenig strenger, um seine Angst zu verbergen. »Was ist denn los?«

Er versuchte abermals, dem Jungen die Hand auf die Schulter zu legen. Diesmal wurde er immerhin nicht abgewiesen.

»Hör mal, Tarjei. Das sieht dir doch überhaupt nicht ähnlich. Diese Reaktion ist doch übertrieben. Und dann bekomme ich es auch mit der Angst zu tun.«

»Geh weg.«

»Du weißt, dass das nicht geht. Du bist mein Sohn. Du wirst mich nicht los, und ich lasse dich nicht weg. Wir können sehr lange hier sitzen, oder du siehst mich an und erzählst mir, was passiert ist. Deine Entscheidung. Ich habe Zeit.«

»Du hast nie Zeit! Nie!«

Olas Hand lag noch immer auf Tarjeis Schulter. »Es ist doch besser geworden, seit wir hergekommen sind«, sagte er, halb als Frage. »Ich bin jetzt mehr zu Hause, nicht wahr? Vielleicht nicht gerade in der vergangenen Woche, aber …«

»Geh weg.«

»Nie im Leben.«

Und so blieb Ola sitzen, anderthalb Stunden des Schweigens. Ohne seinen Sohn loszulassen, sah er ein, dass er hier in Wirklichkeit viel zu früh losgelassen hatte.

»Verzeih mir«, sagte er endlich, dicht an Tarjeis Ohr.

Und dann bekam er die Erklärung für die Verzweiflung des Jungen.

12:30 Uhr
Båtstøjordet, Bærum bei Oslo

»Warum bist du denn jetzt schon zu Hause?«

Thea hielt ein Stück Brot in der Hand, als Sara die Haustür aufschloss.

»Bombendrohung in Ullevål«, erwiderte Sara verärgert. »Das zweite Mal in einem halben Jahr. Es ist natürlich nur Unsinn, und ich werde so unbeschreiblich wütend, wenn die Polizei den ganzen Stadionbereich räumen will, auch wenn es nicht den geringsten Hinweis darauf gibt, dass etwas passieren wird.«

»Sie können das Risiko doch nicht eingehen.«

»Doch, das müssten sie. Es ist immer falscher Alarm. Wenn jemand eine Bombe hochgehen lassen will, müssten gerade wir in Norwegen doch wissen, dass er nicht vorher anruft. Leider. Ist dir überhaupt klar, wie lange es dauert, Ullevål zu durchsuchen? Bei den vielen Büros, Arztpraxen, Trainingsstudios, Stadioneinrichtungen und Gott weiß was sonst noch? Aber sag mal, junge Dame, wieso bist du um diese Zeit zu Hause? Müsstest du nicht in der Schule sein?«

»Bombendrohung.« Die Siebzehnjährige grinste. »Das ist wirklich wahr, Sara.«

Sara hob die Augenbrauen und griff sich an den Magen. »Ich hab einen Wahnsinnshunger«, sagte sie. »Was isst du da?«

»Emilys Vater bäckt das beste Brot auf der Welt. Bio, Vollkorn und Leinsamen. Mit …« Sie hielt Sara das Brot hin und legte den Kopf schräg. »… Cottage Cheese, Tomate, Gurke und bestreut mit im Ofen geröstetem Grünkohl. Soll ich dir auch eins machen? Ich hab ein ganzes Brot bekommen.«

»Die heutige Jugend«, seufzte Sara. »Haben wir Krabbensalat?«

Emilys Vater buk Ziegelsteine, dachte sie, als sie die Brottrommel öffnete und ganz schnell wieder zuschlug. »Wollen wir einfach eine Pizza bestellen?«

Thea lachte.

»Um halb ein Uhr mittags? Ich glaub nicht, Sara. Um diese Zeit haben die noch nicht geöffnet. Aber ich kann dir ein bisschen Hummus machen. Die Kichererbsen weichen seit gestern.«

Sara legte die Hände um Theas Gesicht. »Meine Liebe, du wirst sicher hundertfünfzig Jahre alt.«

»Ich esse aber auch gern süße Kekse. Vor allem abends.«

»Good for you.«

Sie küsste die Nichte sanft auf die Wange. »Ich liebe dich über alles auf der Welt. Für immer.«

»Auch, wenn ich nächsten Herbst nach Israel gehe? Ich weiß, ich kann an der Uni von Tel Aviv angenommen werden, ich habe mit Torill gesprochen, und sie sagt ...«

»Darüber reden wir ein andermal«, sagte Sara mit scharfer Stimme. »Über deine weitere Ausbildung sprechen wir frühestens ab Herbst. Dann gebe ich dir eine Liste mit hervorragenden amerikanischen ...«

»Im Herbst«, unterbrach Thea mit ernster Stimme. »Im Herbst, hast du gesagt. Willst du jetzt also Hummus?«

»Nein, danke. Ich taue mir ein Brötchen aus der Tiefkühltruhe auf. Hast du irgendwelche Pläne für das Wochenende?«

Statt einer Antwort fragte Thea: »Wer ist Aron Apter?« Und warum hast du ein Bild von ihm?«

»Ich kenne keinen Aron ... Apter.«

»Warum hast du dann ein Bild von ihm?«

»Was redest du da eigentlich?«

»Davon«, sagt Thea und hob einen Abzug des Fotos vom Tisch hoch, das Dorothy Krüger am 3. März 2003 in der Avenue Road durch ihr Küchenfenster aufgenommen hatte.

Sara erstarrte. »Woher weißt du seinen Namen?«, fragte sie, so gelassen sie konnte.

»Äh … ich hätte nicht schnüffeln dürfen, Sara. Es tut mir leid.«

»Ist schon gut«, sagte Sara steif. »Bitte sag mir nur eins: Woher um alles in der Welt weißt du, wie dieser Mann heißt?«

»Eine App. Eine ganz tolle sogar. Nützlich, wenn man … So ein Gesichtserkennungsdings, weißt du. Es kostet auch ganz schön viel Geld, aber Oscar, der Dunkle aus der B, hat gesagt …«

»Eine App? Also ein Computerprogramm?«

»Ja. Google hat auch so eins, aber das hier ist … soll ich es dir zeigen?«

»Nein«, sagte Sara. »Nicht gerade jetzt. Aber sag mir genau, was du über diesen Mann weißt.«

»Hab ich doch schon«, sagte Thea.

»Wie meinst du das?«

»Na ja … Dieser Typ ist ganz schön anonym.«

»Was …«

»Im Netz. Wie du ist er in sozialen Medien offenbar überhaupt nicht vertreten. Aber dich gibt es immerhin an anderen Stellen. In medizinischen Datenbanken und so. Dieser Typ da ist nirgendwo. Man könnte glauben, dass er fast nicht … existiert. Ich hab ein einziges … Also, diese App hat nur einen einzigen Treffer gebracht. Und zwar …«

Thea nahm den Umschlag mit den beiden Abzügen, die Kåre Jacobsen in der Nacht zum Vortag gemacht hatte. Sie hielt den Umschlag fragend hoch, und Sara nickte.

»Das ist seine Tochter«, erklärte Thea. »Also, das war ein Bild von einem Grillfest oder so was. Schau mal.«

Sie setzte sich aufs Sofa und legte das Bild von Aron Apter vor sich hin. Danach nahm sie ihr iPad und drückte auf das Symbol für gespeicherte Bilder. »Setz dich«, sagte sie. »Hier siehst du, was die App gefunden hat. Nur dieses eine Bild, wie gesagt.«

»Lass mal sehen«, sagte Sara und setzte sich neben Thea.

»Da«, sagte Thea.

Das Bild stammte wirklich von einer gemütlichen Runde unter freiem Himmel. Aus einem Garten, wie es aussah, und im Hintergrund ahnte man das Meer unter einem weißen Sommerhimmel. Sechs Menschen saßen um einen Tisch, auf dem viele kleine Gerichte in Schüsselchen standen. Vier Frauen und zwei Männer lächelten und hoben die Gläser in die Kamera. Niemand auf dem Bild war wohl älter als dreißig Jahre alt. Sara griff nach dem iPad und hielt es sich vor die Augen.

Im Hintergrund, rechts vom Tisch, stand ein untersetzter Mann mit grauem Haar. Er schien die Runde verlassen zu wollen, schaute aber zur Kamera herüber. Er trug Shorts, T-Shirt und Sandalen. Anders als die jungen Menschen war er ernst.

Er wirkt überrascht, dachte Sara, fast schon irritiert.

»Das ist auf Instagram gepostet worden«, sagte Thea eifrig. »Sie heißt Lisa Apter. Die, die das Konto hat, meine ich. Die da.«

Ihr Zeigefinger berührte die dunkelste Frau, eine schmale Schönheit von Mitte zwanzig. »Und wenn ich so mache …« Thea fuhr mit dem Finger über das Display. Nun war der Text in starker Vergrößerung zu sehen. »… dann siehst du, was sie geschrieben hat.«

Lovely day at the @BuddyEli house. My #Daddy, His Royal Grumpiness Aron Apter, as usual #moody and on his way home. In spite of the #goodfood! #summer #lunch #vacation.

Sara starrte und starrte. Nach einer Weile ging sie zu dem Foto zurück und vergrößerte Aron Apters Gesicht. Sie hielt es neben das Bild auf dem Tisch. Beide waren im Halbprofil. Die Bilder zeigten einwandfrei denselben Mann.

»Das ist ja unglaublich, Thea.«

Sie schüttelte langsam den Kopf, ohne den Blick von

dem Bild zu nehmen, auf dem Aron Apter eine Gesellschaft verlassen wollte, in der er sich offenbar nicht wohlfühlte.

»Aber woher weißt du, dass das da Lisa ist?«, fragte sie plötzlich und zeigte auf das Foto.

»Sara, wirklich. Das ist doch die vom Profilbild. Sie hat ihren vollständigen Namen angegeben. Ich hab das nicht. Das sollte man lassen.«

»Und ein anderes Bild von ihm hast du nicht gefunden?«

»Kein einziges. Aber ich habe den Namen gegoogelt und hatte fast eine Million Treffer. Es gibt einen Aaron Apter bei Twitter. Er ist ziemlich jung. Musiker aus Kanada, glaube ich. Und dann gibt es noch welche mit zusätzlichen Namen, außer Aron und Apter, aber das waren nicht so viele. Die habe ich aussortiert. Von denen stimmte keiner. Dieser Aron Apter ist ein durch und durch unsichtbarer Mann.«

»Das glaub ich dir gern. Aber was waren die vielen anderen für Treffer?«

»Vor allem nur solche, bei denen dieselben Buchstabenkombinationen auftauchen. Entweder Aron oder Apter. Ich schwör dir, Sara, dieser Mann ist nirgendwo. Meinst du, er ist tot?«

»Vielleicht. Aber man braucht nicht tot zu sein, bloß weil man nicht im Netz auftaucht, Thea.«

Sie ließ sich auf dem Sofa zurücksinken, nachdem sie die Jalousien heruntergelassen hatte. Das Wohnzimmer war nun in ein gemütliches Halbdunkel getaucht.

»Aber natürlich kann er tot sein. Das Foto ist ja von 2003. Weißt du ... hast du irgendeinen Hinweis darauf, dass das Juden sind?«

»Doch.« Thea nickte nach einer kleinen Pause. »Erstens wohnt Lisa in Israel, was natürlich nicht entscheidend zu sein braucht. Aber sie hat auch viele Bilder von Festtagen ausgelegt. Chanukka, Pessach und so.«

Dann ging ein Engel durch das Zimmer. Thea sah Sara

an. Sara starrte ins Leere. Die Terrassentür stand halb offen, die Vorhänge wehten.

Thea nahm ihr iPad und sagte: »Ich geh auf mein Zimmer. Hausaufgaben.«

»Danke«, murmelte Sara. »Du darfst meine Umschläge nicht öffnen, und das tust du nie wieder. Aber diesmal: Danke, meine Süße.«

Sara blieb allein zurück. Sie wusste wirklich nicht, was sie glauben und denken sollte.

Jede neue Information bestätigte ihre Theorie ein Stück weiter: »Charles Gerstner« hatte wirklich einen falschen Namen angegeben. Der Mann hieß in Wirklichkeit Aron Apter, falls er keinen eineiigen Zwilling hatte, und allem Anschein nach kam er aus Israel. Er war Jude. Er war kamerascheu. Abgesehen von den gehässigen Kommentaren seiner Tochter auf einem Bild bei Instagram tauchte er im Internet nicht auf. Und das passte zu der ohnehin schon starken Hypothese, dass er für den Mossad arbeitete oder gearbeitet hatte. Sara ging davon aus, dass sich Angestellte von Nachrichtendiensten nicht gerade häufig in sozialen Medien tummeln.

Während sie in immer kürzeren Abständen neue Stücke für ihr großes Puzzlespiel fand, fiel es ihr immer schwerer, sie zusammenzufügen. In der vergangenen Woche hatte sie sich in die Mossad-Spur vertieft. Sie hatte sogar mit dem Gedanken gespielt, der Überfall in der Avenue Road könne eine Provokation gewesen sein, wobei der Mossad aus irgendeinem Grund Ahmed Farez als Spielfigur benutzt hatte.

Einen Tag zuvor, als Ola ihr Büro verlassen und Sara ziemlich zerstreut einen Patienten untersucht hatte, der nach zwei Infarkten in Todesangst schwebte, war sie fast davon überzeugt gewesen, dass der Überfall ein Schauspiel gewesen war.

Ein Fall von *deception operations,* stellte sie sich vor.

Sie hatte gelesen, dass die militärische Verwendung dieser Taktik uralt sei. Schon Sunzis *Die Kunst des Krieges*, verfasst vor zweieinhalb Jahrtausenden, beschrieb ausführlich die Strategie, den Gegner in die Irre zu führen. Wie ein Zauberkünstler die Aufmerksamkeit des Publikums auf seine eine Hand lenkt und derweil mit der anderen seinen Trick bewerkstelligt, hat das Militär immer schon versucht, den Feind zu täuschen. Durch gemalte Flugzeuge aus Holz und Pappe auf einer Rollbahn. Durch falsche Rückzugsgerüchte. Durch trojanische Pferde und falsche Eisenbahngleise, die die echten vor Zerstörung bewahren sollen.

Nach Saras Hypothese war der Mossad weiter gegangen. Er hatte nicht seine Feinde in die Irre führen wollen. Sondern seine potenziellen Unterstützer.

Als sie Ola gefragt hatte, wovon Israel besonders abhängig sei, hatte der mit den Schultern gezuckt und »von den USA« geantwortet. Das stimmte und stimmte doch wieder nicht, meinte Sara. Die amerikanischen Zuschüsse zu Israels überdimensionalem Verteidigungshaushalt waren astronomisch. Zionistische Sympathisanten hatten in Washington, D.C., in der Wall Street und auch in Hollywood wichtige Positionen und großen Einfluss.

Die USA waren für Israel wichtig.

Aber das reichte nicht.

Israel brauchte Sympathisanten überall, in allen Ländern. So wie das jüdische Volk seit über 2500 Jahren in aller Welt in der Diaspora gelebt hatte, war Israel seit seiner Gründung zur Sicherung seiner Existenz abhängig von Unterstützung, nicht nur von den Amerikanern.

Vor allem von europäischer Seite.

Und diese Unterstützung gab es ja auch. Mehrere Jahrzehnte lang mit Sympathie und Verständnis. Aber die Haltung änderte sich. Als Sara Zuckerman mit achtzehn in die USA gegangen war, hatte sie eins der israelfreundlichsten Länder der Welt verlassen. Zweiundzwanzig Jahre später kehrte sie in eine stark veränderte Wirklichkeit zurück.

Während die Propalästinenser 1980 eine wenn auch lärmende Randgruppe von Radikalen gewesen waren, hatte sich die Skepsis der öffentlichen Meinung Israel gegenüber so stark gesteigert, dass man durchaus von einem Stimmungsumschwung reden konnte.

Der Gazakrieg um den Jahreswechsel 2008/9 hatte die Sache nicht besser gemacht.

Und seither war es noch schlimmer geworden.

Übrig waren eigentlich nur Fanatiker. Da Sara sich schon längst in aller Stille dazu entschieden hatte, sich nicht weiter für Israels Leben, Schicksal und Politik zu interessieren, hatte es eine Weile gedauert, bis ihr wirklich die Augen dafür aufgegangen waren: für die Juden, die in Norwegen voll und ganz aufseiten Israels standen. Sie fand diese Leute wirklichkeitsfern.

Und bisweilen direkt engstirnig.

Es war natürlich für keinen Menschen möglich, die Lage im Mittleren Osten mit absoluter Objektivität zu beurteilen. Seriöse Politiker machten den Versuch, und Sara ertappte sich dabei, wie sie mit einer Art Dankbarkeit an sie dachte.

Die Hamas war schlimm, aber Israel war noch schlimmer.

Vielleicht stimmte Sara im tiefsten Herzen zu.

Die Organisation »Mit Israel für Frieden« stand fast allein mit ihrer klaren, provozierenden und absolut einseitigen Verteidigung Israels. Von allen religiösen und kulturellen Querverbindungen fand Sara Zuckerman die Christzionisten am lächerlichsten.

Wenn nicht alles so unendlich tragisch gewesen wäre.

Israel war abhängig von der Sympathie der Bevölkerung in den Ländern der westlichen Welt. Nicht nur von der von Regierungen und Politikern, sondern auch von der der Bevölkerung. Die Unterstützung brauchte nicht riesig zu sein, rein zahlenmäßig gesehen, aber sie musste in etwas viel Größerem und Wichtigerem ankern als in einer

Gruppe israelfreundlicher Extremisten ohne nennenswerten Einfluss. Vorerst schwamm das Schiff noch. Und vorerst war Israel sicher.

Aber vielleicht nicht für immer.

Der Überfall auf Najib Ayshas Haus im Jahr 2003 konnte inszeniert worden sein als Glied in der kontinuierlichen Arbeit des Mossad, um einen größeren und besseren Feind zu produzieren als Israel. Andere, die man hassen und verachten konnte. Die schon damals wachsende antimuslimische Einstellung in ganz Europa war zu einem Feuer geworden, in das eine Nation, die selbst immer wieder zum bösen Buben gestempelt wurde, vielleicht nur zu gern Öl gießen wollte.

Sara wollte versuchen, am Rechner Ordnung in ihre Gedanken zu bringen. Auf der Kellertreppe wäre sie fast gestolpert, und sie verrenkte sich den Fuß, als sie zwei Stufen überspringen musste, um das Gleichgewicht zurückzugewinnen. Sara humpelte zu ihrem Schreibtischsessel.

Eis, dachte sie. Sie müsste sich eine Packung tiefgefrorene Erbsen um den Fuß legen.

Der Bildschirm war blank und schwarz. Und so fühlte sich auch ihr Gehirn an.

Sie hob den Blick. Der Text, den sie vor vielen Jahren gerahmt über den Schreibtisch gehängt hatte, war Saras Ansicht nach mit das Klügste, was jemals gesagt worden war.

Study hard what interests you the most in the most indisciplined, irreverent and original manner possible.
Richard P. Feynman

Aber das tu ich doch, dachte sie verzweifelt.

Ohne dass es sie auch nur den kleinsten Schritt vorwärtsgebracht hätte.

Sie war von einer Theorie ausgegangen, überlegte sie und tippte sich mit dem rechten Zeigefinger in die linke Handfläche. Immer wieder fand sie Tatsachen, die ihre

Theorie unterstützten. Zwei Finger auf die Hand. Der historische und politische Zeitpunkt des Überfalls in der Avenue Road machte ihre Hypothese noch wahrscheinlicher. Drei Finger.

Es müsste doch klar sein, dass sie die Spur weiterverfolgte, die zum staatlichen israelischen Nachrichtendienst führte.

Das Problem war, dass sie eine andere Theorie entdeckt hatte.

Und die hatte rein gar nichts mit dem Mossad zu tun.

Am Vortag war sie ganz sicher gewesen, dass der Mann, von dem sie jetzt wusste, dass er Aron Apter hieß, eine Schlüsselfigur im Mysterium um die gestohlenen Bilder war. Am Vorabend hatte sie, nach ihrem Gespräch mit Jerry Cohn, immer deutlicher eine andere Erklärung gesehen.

Die hatte mit Geld zu tun. Mit Najib Ayshas Geld. Oder genauer gesagt, seinem dramatischen Geldmangel, damals im Jahr 2003.

Auch diese Theorie hatte über Nacht und an diesem Tag immer plausibler gewirkt. Beide Hypothesen darüber, wer hinter dem Überfall in der Avenue stand, hatten viel für sich. Aber sie ließen sich nicht kombinieren. Nur eine konnte zutreffen.

Vielleicht gab es ja auch eine dritte Lösung. Eine, die sie noch nicht bedacht hatte.

Mutlos überließ sie den Rechner sich selbst und ging wieder hinauf in die Küche, um endlich etwas zu essen. Und um aus der Tiefkühltruhe für ihren schmerzenden Fuß eine Packung Erbsen zu nehmen.

13:45 Uhr
Lloyds Arena, Wanstead Park, London

Als Ola Farmen durch den Gang lief, der zu den Laboren und Testräumen der Notting Hill Clinic führte, hatte er sich innerhalb einer Stunde möglicherweise zweier Verbrechen schuldig gemacht. Zuerst hatte er sich am Telefon als ein anderer ausgegeben, um David Lee Curry so schnell wie möglich ausfindig zu machen. Aus Angst, seine Aussprache könne ihn bei den Telefonistinnen des Notting-Hill-Systems verraten, sie kannten ihn doch schließlich, hatte er sich eine gebrochene russische Aussprache zugelegt. Er hatte zudem auf der Fahrt hierher alle Geschwindigkeitsbegrenzungen missachtet, und das in einem Zustand, in dem er eigentlich gar nicht hätte fahren dürfen. Er war einerseits zum Umfallen müde und andererseits so wütend, dass sein Blickfeld sich immer weiter verkleinerte.

In der Klinik hatte er die Empfangsdame ignoriert, die höflich, jedenfalls zuerst, versucht hatte, ihn davon abzuhalten, über die hohe Glastür zu klettern, die sie per Fernbedienung nur denen öffnete, die mit Fug und Recht die Klinik aufsuchten. Als gleich darauf ein Sicherheitsbeamter auftauchte und ihn aufforderte, stehen zu bleiben, versetzte Ola ihm einen Stoß vor die Brust. Vielleicht nicht wirklich hart, aber der Angriff kam so überraschend, dass der Mann zu Boden fiel. Ola lief weiter. Das letzte Hindernis, die Tür zum Laborgang, überwand er auf einfache Weise. Ein Trainer kam gerade in dem Moment heraus, als Ola um die letzte Ecke bog. Der Mann war so verdutzt, weil jemand sein Sprinttraining im Haus betrieb, dass er Ola höflich die Tür aufhielt. Was allen streng untersagt war. Eingang und Ausgang sollten per Schlüsselkarte und Scanner registriert werden. Von allen, immer.

Der Gang war menschenleer, als die Tür hinter Ola zufiel. Er lief weiter, fast bis zum Ende des Ganges, und blieb stehen. Er rang um Atem. Ballte die Fäuste und warf einen Blick zurück in die Richtung, aus der er gekommen war. Noch kein Wächter zu sehen, aber er glaubte, aus dem Rezeptionsbereich Rufe zu hören.

Er legte die Hand auf die Klinke. Holte tief Luft, wie vor dem Untertauchen. Das Metall fühlte sich unter seiner schweißnassen Handfläche eiskalt an. Er drückte auf die Klinke und öffnete die Tür.

David Lee Curry starrte ihn an, als wäre er Clown Bozo, der zur Abwechslung im Nazikostüm auftrat. Der riesige Amerikaner saß am Schreibtisch vor einem Stapel Papiere und einem dunklen Bildschirm.

»Du Arsch«, fauchte Ola auf Norwegisch, packte den Besuchersessel, knallte die Tür zu und klemmte den Stuhlrücken unter die Klinke. »Du unmoralischer verdammter …«

Eigentlich hatte er keinen richtigen Plan. Das Einzige, was er klar vor sich gesehen hatte, als Tarjei ihm von dem Wucherer, den Warnungen der Kumpels, den dreitausend Pfund und dem Geldeintreiber erzählt hatte, war, wie er jemanden zusammenschlug. Tarjei, total aufgelöst vor Verzweiflung, hatte jedoch keine Ahnung, wer den Schläger identifizieren könnte. Er war einfach nur groß. Riesige Pranken. Und dann der Ring, das fiel ihm irgendwann ein.

So ein amerikanischer Collegering.

»Oder ein Super-Bowl-Ring?«, hatte Ola auf eine plötzliche Eingebung hin gefragt. »Mit viel Glitzer und Diamanten?«

Doch, meinte Tarjei schließlich. Ein richtig prolliger Männerring.

Ola hatte das Bedürfnis verspürt, jemanden zusammenzuschlagen. Als ihm dann klar wurde, dass kein Geldeintreiber, sondern David Lee Curry seinen Sohn angegriffen hatte, waren ihm Mordgedanken gekommen.

Jetzt stand er hier und begriff, dass beides keine gute Idee wäre.

David Lee Curry war sicher dreißig Kilo schwerer als er. Fast einen Kopf größer und nur acht Jahre älter. Zwar hatte er ein kaputtes Knie, und seine Hüften müssten erneuert werden, wie Ola wusste, aber der Mann war neun Jahre lang Profisportler gewesen.

Außerdem hatte Ola noch nie einen Menschen angegriffen, nicht einmal als Kind.

Der Gedanke an körperliche Gewalt war verflogen, aber die Wut loderte noch in ihm.

»Was zum Teufel soll das, dich über meinen Sohn herzumachen? Ha? Traust du dich nicht an mich heran, ist das dein Problem? Du hast Schiss, was? Weil ich den ganzen Mist entlarven kann, den du angestellt hast.«

David machte einen steifen Versuch, sich zu erheben.

»Du musst dich beruhigen«, sagte er heiser. »Bitte.«

»Sitzen bleiben!«

Ola stürzte zum Schreibtisch und hämmerte mit beiden Fäusten auf die Platte.

»Ich habe keine Ahnung, wovon du redest«, sagte David und gehorchte.

»Lüg mich nicht an! Vor zwei Tagen, kurz vor Mitternacht, hast du versucht, meinen Sohn zu überfallen. Was hast du dir davon versprochen? Wolltest du mich damit zum Schweigen bringen?«

Er fing an zu lachen. Ein verängstigtes Lachen, das hörte er selbst, er lachte wie ein Irrer in einem miesen Film, aber er wusste auch, dass er noch nie auf dünnerem Eis gestanden hatte.

»Das lasse ich mir nicht gefallen«, sagte er und schlug noch einmal auf den Tisch.

Aber er schrie nicht mehr.

»Ich habe noch immer keine Ahnung, wovon du redest«, sagte David ruhig. »Ich habe absolut niemanden zu überfallen versucht. Es stimmt, dass ich vorgestern Abend bei dir in der Nähe war. Ich hatte schon mehrere Stunden auf dich gewartet, als ich dich kommen sah. Ein Mann kam den Bürgersteig entlanggetorkelt. Er sah dir ähnlich, hatte die gleiche Frisur wie du, war so groß wie du und trug deine Jacke. Mit anderen Worten, ich dachte, das bist du.«

Ola fuhr sich mit dem Unterarm über die Stirn.

»Klar doch«, sagte er und versuchte, höhnisch zu lachen. »Du hast geglaubt, dass ich, ein einundvierzig Jahre alter Vater von sechs Kindern, an einem ganz normalen Montag gegen Mitternacht betrunken nach Hause komme. Mein Sohn sagt, er war so betrunken, dass er gerade gekotzt hat, als du kamst. Ja, sicher, ist ja so leicht, einen zweiundzwanzig Jahre alten Lümmel mit mir zu verwechseln. Vielen Dank, verdammt noch mal.«

»Du hattest an diesem Tag deine Arbeit verloren. Und was weiß ich über dein Privatleben?«

»Ich habe meine Arbeit nicht verloren. Ich wechsle zu …«

Jemand versuchte, an der Türklinke zu rütteln.

»Verdammt«, fauchte Ola.

David Lee Curry erhob sich und lief so schnell um den Schreibtisch herum, wie er es wohl seit 1996 nicht mehr geschafft hatte. Er packte Ola an der Hemdbrust.

»Ich wollte mit dir reden«, fauchte er. »Das war alles. Dein Sohn war so blau, dass er das falsch verstanden hat.«

Die Rufe auf dem Gang wurden lauter, und der Sessel, der die Tür von innen versperrte, wackelte jetzt.

»Ich weiß, dass du der Sache hier auf der Spur bist«, flüsterte David, ohne Ola loszulassen. »Und in diesem Moment, und zwar in deinem eigenen Interesse …« Er schaute kurz zu dem Sessel hinüber, der ziemlich bald nachgeben würde. »… musst du glauben, dass ich nichts damit zu tun hatte. Im Gegenteil, ich habe …«

Der Sessel setzte sich in Bewegung.

»Hier«, sagte David und öffnete das Fenster zum Stadion. »Lauf an der obersten Tribünenreihe entlang, dann entgehst du den Kameras. Der Bahnmeister soll heute düngen, deshalb ist der Eingang für Krankenwagen offen, während er die Säcke hereinbringt. Mach, dass du wegkommst. Ruf mich an.«

Ola war schon halb aus dem Fenster. Es waren mindestens drei Meter bis hinunter auf den Beton, und er zögerte, ehe er die Fensterbank packte und versuchte, sich so lang wie möglich zu machen, bevor er losließ.

»Beatrice Elizabeth Curry«, flüsterte David von oben. »Meine Frau. Such dir die Nummer raus und ruf sie heute Abend an. Ich bin zu Hause. Beatrice Elizabeth. Loslassen!«

Ola verschwand. Der Sessel, mit dem die Tür versperrt war, gab nach.

»Diese Türen müssten Schlösser haben«, sagte David gelassen zu den beiden Wächtern, die hereinstürzten. »Damit ein alter Footballplayer seine Kriegsverletzungen ungestört pflegen kann.«

Er hob sein zerstörtes Knie und zeigte Narbengewebe in allerlei Rottönen. Eine unnatürliche Höhlung unter der künstlichen Knieschale wurde sichtbar.

Die Wächter starrten das Bein an. Der eine konnte sich nicht beherrschen: Mit angeekelter Miene wandte er sich ab.

»Ich weiß«, sagte David und fing an, mit gleichmäßigen Bewegungen sein Bein einzureiben. »Kein schöner Anblick.«

»Gehen wir«, sagte der andere Wächter. »Entschuldigen Sie die Störung.«

Die beiden drehten sich um und waren verschwunden. Zogen sogar die Tür hinter sich zu. Keinem fiel auf, dass die Tube, die David Lee Curry in seiner linken Pranke hielt, eine Zahnpastatube war.

Die Zahnpflege war ihm nämlich wichtig. Er putzte seine Zähne nach jeder Mahlzeit.

Auch nach dem Mittagessen in der Kantine von Notting Hill.

22:10 Uhr
Båtstøjordet, Bærum bei Oslo

Eigentlich war die Waage mit ihren beiden Waagschalen durchaus dekorativ. Sara hatte sie gerade aus dem Keller geholt, als Johannes anrief. Die Waage war aus Messing, ein Erbstück von einem kinderlosen Urgroßonkel, der als Apotheker in Brooklyn gearbeitet hatte. Wie so viele andere Hinterlassenschaften von Theas Eltern war sie eingelagert worden, bis Thea erwachsen wäre und selbst entscheiden könnte, was sie behalten wollte.

Zu der Waage gehörte ein kleiner Holzkasten mit Gewichten von einem halben bis zu fünfzig Gramm. Sara brauchte allerdings keine Gewichte und hatte schon einige Zehnörestücke aus einem Krug mit Kleingeld auf dem Gang genommen.

»Oder was meinst du?«, hörte sie Johannes am anderen Ende der Leitung fragen.

»Äh … wozu denn?«

»Sara …«

»Tut mir leid. Ich habe im Moment zu viel im Kopf.«

»Wir sprechen jetzt seit zwanzig Minuten miteinander. Genauer gesagt, ich spreche seit zwanzig Minuten. Hast du überhaupt etwas davon mitbekommen, was ich gesagt habe?«

»Ja. Sicher. Ihr überlegt, ob ihr im Sommer diesen Franzosen kaufen sollt. Und … du hast neue Schuhe.«

»Und ich habe dich soeben nach Dubai eingeladen. In drei Wochen.«

»Ich muss an Thea denken, und …«

»Die kann mitkommen! Du hast doch neulich gesagt, dass sie bald Sommerferien hat. Es wird Zeit, dass ich sie kennenlerne.«

Sara starrte die Waage an.

Jede Schale stellte eine Hypothese über die Hintermänner des Überfalls in der Avenue Road dar. Während Johannes geredet hatte, war sie die Argumente für ihre Hypothesen durchgegangen. In jeder Schale lagen jetzt vier Münzen. Die Waage hielt sich in perfekter Balance.

Sie seufzte.

»Ich kann dazu nicht gleich etwas sagen, Johannes. Ich finde es auch übertrieben, zu eurer ersten Begegnung gleich nach Dubai zu fahren.«

»Na, ich habe dich schon lange gebeten, mich ihr in ihrem eigenen Zuhause vorzustellen, aber auch das wolltest du ja nicht …«

»Johannes, ich habe im Moment wirklich viel im Kopf.«

Es wurde still. Sie glaubte zu hören, dass er sehr schnell atmete. Gereizt.

»Wie wäre es, wenn ich am Wochenende rüberkomme?«, schlug sie vor. »Damit wir in Ruhe reden können?«

»Geht das denn? Zum dritten Wochenende hintereinander?«

»Ja. Thea ist fast für das ganze Wochenende ausgebucht. Und du fehlst mir, Johannes. Ich möchte mich zusammen mit dir entspannen. Nur wir beide. Das möchte ich wirklich gern.«

Sie horchte in sich hinein, um zu hören, ob sie die Wahrheit sagte.

Das tat sie, wie sie zu ihrer Überraschung merkte. Seit sie von Olas Verdacht über gedopte Spieler bei Notting Hill wusste, hatte sie eine zusätzliche Distanz in ihre Beziehung zu Johannes eingebaut, zu der sie ja ohnehin noch nicht richtig bereit war.

»Ich habe am Freitag zu tun«, sagte er. »Aber am Wochenende bin ich frei.«

»Dann komme ich. Bitte, mach keine großen Pläne. Ich möchte nur …«

Er lachte leise. Sie sah ihn vor sich, in diesem Moment, in hellblauem Hemd auf der ewig braunen Haut, die linke Hand, die langsam durch die noch immer üppigen Haare fuhr. Sein Grinsen, das nur sie sehen durfte.

»Ich freue mich«, sagte sie leise.

»Ich liebe dich.«

»Mmmm«, antwortete sie. »Wir reden bald weiter. Übrigens …«

Sie starrte die Waage an und glaubte für einen Moment, Johannes habe schon aufgelegt.

»Ja?«, fragte er glücklicherweise zurück.

»Nur nebenbei«, sagte sie rasch. »Als wir bei Najib Aysha gegessen haben …«

»Äh … ja?«

»Joumana hat etwas gesagt. Als wir gekommen sind. Vor dem Essen. Sie hat einen Kommentar von mir an dich mitgehört, als wir uns dem Esszimmer näherten. Ich habe überlegt, ob die Kunstwerke an den Wänden wirklich echt sein könnten.«

»Kann sein. Das weiß ich nicht mehr.«

»Kein Wunder. Aber sie hat etwas Seltsames gesagt. Sie hat so ungefähr gesagt, dass …« Sie schob mit dem Zeigefinger ein Zehnörestück auf dem Tisch hin und her. Von der einen Seite der Waage auf die andere. »… dass Kunst Najibs zweitgrößte Leidenschaft sei. Die zweitgrößte, ist das nicht eine seltsame Ausdrucksweise?«

Johannes lachte.

»Das sagt er selbst auch immer.«

»Aber was ist die größte? Die Familie? Die Kinder? Seine Frau?«

»Nein. Najib Aysha betont seine Prioritäten häufiger. Er sagt, die hätten ihn zu dem gemacht, was er ist. Ich vermute, er meint, dass sie ihn reich gemacht haben. Die Familie kommt an dritter Stelle. Haarscharf vor Fußball. Er hat eine ganze Rede zu diesem Thema gehalten, fast eine Kabarettnummer. Ziemlich witzig sogar, mit einer Art absurder Logik darüber, wie clever seine Rangliste ist. Ich habe diese Rede schon dreimal gehört. Und jedes Mal grinst er unverändert zufrieden.«

»Aber was ist seine allergrößte Leidenschaft?«

»Das müsstest du doch erraten können, Sara. Ganz ehrlich.«

»Geld«, sagte sie. »Geld ist seine größte Leidenschaft.«

»Ja. Ich vermute, auf diese Weise werden solche Leute reich. Anders als solche wie du und ich, meine ich. Sag mir Bescheid, wann du kommst, Schatz. Knutsch.«

Die Verbindung wurde unterbrochen.

Sara ließ das Zehnörestück in die eine Waagschale fallen. Die Waage zitterte nervös, ehe sie wieder zur Ruhe kam. In Schieflage diesmal, die eine Schale nur noch drei Zentimeter über dem Tisch.

»Fünf zu vier für Theorie B«, murmelte Sara. »Nicht gerade das, was ich gestern erwartet hätte.«

23:00 Uhr
Manette Street, Soho, London

Die Wohnung roch sauber.

Aron Apter hatte drei Stunden dieses Abends mit Hausarbeit zugebracht. Staub gesaugt, geputzt, gewienert und poliert, während die Waschmaschine zwei Ladungen schmutzige Wäsche erledigte. Er hatte sogar das Wohnzimmerfenster geputzt. Auf dem Heimweg von der Arbeit hatte er einen Blumenstrauß gekauft. Die Frau im Laden hatte gefragt, ob der für eine *ladyfriend* sein solle. Als er keine richtige Antwort zustande brachte, hatte sie ihm verschwörerisch zugezwinkert und eine riesige Komposition aus tiefroten Rosen zusammengestellt. Jetzt standen die Rosen in Vardas Vase mitten auf dem Tisch und ließen schon die Köpfe hängen.

Der Hausputz hatte sich gelohnt. Er hatte sich lange nicht mehr so wohlgefühlt wie in dem Moment, als in der kleinen Wohnung nichts mehr zu tun war und er sich zum ersten Mal seit vielen Jahren eine Zigarre ansteckte.

Im Laufe der Jahre hatte sich Aron Apter nur selten gefragt, ob es falsch gewesen sei, sich von der Abteilung anwerben zu lassen. Er hatte keine Sekunde gezögert, als der Kapitän von den IDF ihn aufgesucht und ihm eine lange Rede über die Notwendigkeit gehalten hatte, den Kampf gegen die Dämonisierung Israels zu verstärken. Aron hatte nicht einmal überlegt. Hatte einfach zugesagt, als ob er sich endlich mit einer Frau verheiraten könnte, die er schon sein ganzes Leben lang liebte. Nur knappe vierzehn Stunden nachdem er seine allerletzte Tour mit einer F-16 Fighting Falcon geflogen war und bis er dann in einem Keller am Stadtrand von Tel Aviv saß, zusammen mit sechs Männern, von denen er nicht einmal die Namen erfahren hatte.

Jetzt hatte er fast die Hälfte einer Flasche Black Label getrunken. Die Flasche hatte zwei Jahre unangebrochen im Küchenschrank gestanden, er rührte nur selten Alkohol an, aber jetzt sorgte der Rausch dafür, dass er sich zum ersten Mal seit langer Zeit richtig entspannte. Paradoxerweise fühlte er sich gleichzeitig wach. Er hatte die Beine auf den Tisch gelegt und sah ohne Ton eine alte Folge von *MasterChef*. Auf dem Couchtisch brannte eine Stumpenkerze, auch das eine Angewohnheit, die Varda aus Schweden mitgebracht hatte.

Hatte er sich damals richtig entschieden?

Wenn er früher einen Zweifel an sich herangelassen hatte, beruhigte er sich am Ende damit, dass er trotz allem das Richtige tat. Das Familienleben war zwar nie mehr so wie früher. Das soziale Netzwerk schrumpfte, und es erwies sich als schwierig, sich mit Freunden zu treffen, wenn man immer mehr Lügen auseinanderhalten und die Wahrheit verbergen musste.

Aber in der Abteilung war er sich wichtig vorgekommen.

Er war wichtig gewesen.

Die Aufgaben in der kleinen Gruppe hatten variiert. In den ersten Jahren hatte er sich vor allem mit Beeinflussungsarbeit befasst, wie die Mitglieder der Gruppe das unter sich nannten. Vor allem bedeutete das, wichtige Persönlichkeiten in aller Welt entweder durch Drohungen oder durch Versprechungen dazu zu bringen, dass sie ihren Abscheu gegen Israels Feinde äußerten oder ihre tiefe Bewunderung für die einzige funktionierende Demokratie des Mittleren Ostens. Am besten beides. Die Arbeit baute immer auf guter alter Nachrichtentätigkeit auf. Der Mossad verfügte über enorme Archive zu den Schwächen einzelner Menschen. Ein bedeutender deutsch-jüdischer Autor veröffentlichte im Spätherbst 1983 einen Essay mit heftiger Kritik an der israelischen Siedlungspolitik. Aron Apter fiel es nicht schwer, den Mann davon zu überzeugen, dass es sinnvoller wäre, eine mehrwöchige Sauferei nach einer Trennung als Entschuldigung anzuführen. Solche Belastungen konnten nun wirklich jedem den Verstand verwirren, vor allem einem Mann mit empfindsamem Gemüt.

Die Mappe mit den Bildern aus einem thailändischen Bordell hatte fertig im Archiv gelegen. Zur Vorlage im entsprechenden Fall. Der Autor hätte die Tatsache, dass die Prostituierten männlichen Geschlechts waren, sicher überleben können, auch in den Achtzigerjahren schon. Dass der eine Junge auf den Bildern aber kaum das Einschulungsalter erreicht haben konnte, hätte die deutsche Öffentlichkeit nicht so leicht geschluckt.

Andere waren in finanziellen Schwierigkeiten. Manche in sehr großen. Zuckerbrot oder Peitsche: Aron wusste nicht einmal, was er als Grund für eine Umbesinnung mehr verachtete. Wohl eher das Erste. Seine Meinungen für Geld zu verkaufen, das war schlimmer, als seine Geheimnisse zu bewahren.

Wirkungsvoll war jedenfalls beides, Versprechung und Drohung. Die Herausforderung lag darin, den Druck so überzeugend auszuüben, dass die Opfer gar nicht begriffen, dass der Mossad oder überhaupt Israel dahinterstanden. In dieser Kunst wurde Aron Apter nach und nach zum Meister. Was den deutsch-jüdischen Autor anging, so hatte dieser am Tag, ehe sein propalästinensischer Essay in Druck gegangen war, in einem Artikel im *Spiegel* die US-Invasion in Grenada gegeißelt. Drei Tage später hatte er eine eher grundsätzlich gehaltene Schmähschrift gegen die Sowjetunion veröffentlicht.

Der hyperaktive Autor musste sich nun von allem distanzieren und beschloss typischerweise, sich in einer beliebten Fernsehsendung über sein trauriges Schicksal nach der Trennung zu verbreiten. Ein halbes Jahr später, als niemand auch nur noch eine Zeile von ihm veröffentlichen wollte, nahm er sich das Leben. Bis zu seinem Tod glaubte er, die Amerikaner hätten ihn unter Druck gesetzt, wie Aron später erfahren hatte.

Er musste pissen.

Als er angetrunken aufstand, stieß er mit dem Schienbein gegen die Tischkante und jammerte, während er auf dem Weg zum Badezimmer noch ärger hinkte als sonst.

Es klingelte.

Aron fuhr zurück. Es klingelte so selten bei ihm, dass er sich an dieses Geräusch kaum noch erinnerte. Die Wohnungstür war nur zwei Meter entfernt, und die kleine Metallklappe vor dem Türspion war aus irgendwelchen Gründen hochgeschoben.

Er musste ganz still stehen bleiben. Vermutlich war es der Hausmeister. Oder ein Nachbar, der etwas ausleihen wollte, es wäre nicht das erste Mal. Wer immer draußen stand, würde vielleicht das Auge an die kleine Linse legen. Von außen würde der Betreffende kein klares Bild sehen, aber es wäre möglich, die Bewegungen von etwas Dunklem vor dem Licht aus dem Wohnzimmer zu registrieren.

Ding-dong, ein weiteres Mal.

Noch immer stand er ganz still. Nach einigen Sekunden hörte er Schritte, die in Richtung Fahrstuhl verschwanden. Er atmete auf und ging aufs Klo.

Es war nicht so, dass er sich vor jemandem gefürchtet hätte.

Er wollte nur allein sein. Er hatte sich daran gewöhnt. Im Laufe der Jahre war er immer weniger abhängig von der Nähe anderer Menschen geworden. Solange er in einer Art Ehe gelebt hatte, mit einer ganzen Familie in Israel, war es einfach gewesen. Die menschliche Wärme, die er brauchte, konnte er in unregelmäßigen Abständen dort bekommen. Nach und nach wurde es schwieriger, sich selbst ein- und auszuschalten, warm oder kalt. Anwesend zu sein oder auf kühle Weise abwesend. Varda hatte geklagt, niemand konnte behaupten, er wäre nicht gewarnt worden, aber mit der Zeit schien etwas in ihm zerbrochen zu sein. Nicht plötzlich und nicht brutal. Er hatte eigentlich niemals Schmerzen dabei empfunden. Im Gegenteil, das sich steigernde Gefühl, sich abgekoppelt zu haben, hatte ihn zu einem besseren Soldaten gemacht.

Denn er war Soldat. Das war er immer geblieben.

Er zog ab, wusch sich die Hände, trocknete sie und ging zurück ins Wohnzimmer.

Er war jetzt ganz klar im Kopf. Sein Körper fühlte sich warm und entspannt an. *MasterChef* war zu Ende, er schaltete den Fernseher aus und legte eine CD mit Wayne Shorters *High Life* ein. Schaute sich um. Lächelte.

Er setzte sich wieder und schenkte sich einen dreifachen Whisky ein. Biss die Spitze von einer neuen Zigarre und beugte sich über die Kerze, um die Zigarre anzuzünden.

Har Sinai, dachte er.

הרסיני. Der Berg Sinai.

Eine gigantische Steigerung an Rechenleistung hatte schnell, aber in aller Stille die Arbeit des Mossad revolutioniert. Die Computer füllten einen riesigen Bunker unter einem dreißig Kilometer von Haifa entfernt gelegenen Orangenhain. Innerhalb von einigen Jahren hatten israelische Forscher und Programmierer die leistungsfähigsten Rechner der Welt entwickelt, mit dem effektivsten Überwachungsprogramm auf dem ganzen Erdball. Ende September 2001 hatte eine Delegation der US-Regierung nichts unversucht gelassen, um sich Zugang zu diesen Apparaten zu verschaffen, aber nicht einmal Israels beste Freunde durften in die Nähe von *Har Sinai* gelangen.

Dort hatte Aron Apter Ahmed Farez gefunden.

Er versuchte, Rauchringe zur Decke aufsteigen zu lassen. Die wurden aber nicht rund und hatten auch kein Loch. Fasziniert hob er die Zigarre vor seine Augen. Er müsste wieder mit Rauchen anfangen. Und eigentlich könnte er auch jeden Tag Whisky trinken und im Büro blaumachen, seine Pension aus den Jahren beim Mossad war ihm trotzdem sicher.

Bei diesem Gedanken musste er lächeln. Aron Apter würde sich an jedem Tag in der Botschaft einfinden und die langweilige Arbeit ausführen, die ihm vorgelegt wurde, bis man ihm dann mitteilen würde, er solle nach Hause fahren.

Denn so war er nun mal.

1997 war er in der kleinen, Abteilung genannten Gruppe zum Strategieverantwortlichen ernannt worden. Die Welt wurde immer stärker digitalisiert, es wurde schwieriger, wie früher Nachrichtenarbeit zu betreiben. Nicht, dass die Menschen keine schmutzigen Geheimnisse oder finanziellen Probleme mehr gehabt hätten, aus denen sie sich möglicherweise herauskaufen ließen, aber in gewisser Hinsicht war die Welt transparenter geworden. Jetzt gab es das Internet. Außerdem war die Welt liberaler; während früher die Drohung ausgereicht hatte, eine Geliebte ins Scheinwerferlicht zu zerren, kam es nun nicht selten vor, dass jemand sexuelle Skandale und einen Konkurs hinter sich hatte. Und damit hervorragend weiterleben konnte.

Zugleich änderte sich die allgemeine Einstellung Israel gegenüber. Ehemalige Freunde Israels wurden skeptischer. Oder nuancierter, wie sie selbst das gern nannten. Die besetzten Gebiete rückten in den Fokus. Vor allem der Gazastreifen, auch noch nach Israels Teilrückzug 1994, als Teil des Osloer Abkommens. Noch immer hatte Israel die Kontrolle über einen Teil des Gebiets, dazu über Luftraum, Häfen und Grenzen, und deshalb verbreitete sich die Ansicht, die Lage der Bevölkerung sei eher noch schlimmer geworden.

Das Problem war natürlich, dass nicht jeder das alles verstehen konnte. Sie hatten nicht, wie Aron, die Erinnerung an eine tote Schwester, die nur ein Hähnchen auf dem Markt hatte kaufen wollen und dann mit dem Bus nach Hause gefahren war. Rachel hatte das Downsyndrom und war die Unschuld selbst, und sie wurde nur achtzehn. Nur ihr Oberkörper wurde begraben, sie hatte gleich über dem Rad gesessen, wo die Bombe angebracht worden war.

Die Gojim, die Nichtjuden, lebten in dem Irrglauben, sie könnten sich das Verständnis für das Entsetzen des Holocaust anlesen. Aber da irrten sie sich. Sie hatten keinen Familienstammbaum, an dem ganze Zweige abgebrochen waren. Die Gojim lebten vielleicht mit der Geschichte von Judenverfolgung und Ausrottung. Aber sie konnten nicht *darin* leben, wie Aron das tat, seit er groß genug gewesen war, um dem Bericht seiner Mutter darüber zuzuhören, weshalb sie als Einzige von einer zwölfköpfigen Familie übrig geblieben war.

Das konnte niemals erklärt werden. Keine Propaganda auf der Welt konnte Nichtjuden dazu bringen, jemals den absoluten Willen zur Selbstverteidigung zu verstehen. Nur Juden konnten die tiefe Bedeutung des Ausrufs »Nie wieder!« erfassen.

Als Strategieverantwortlicher der Abteilung hatte er die Aufgabe, neue Methoden zu ersinnen, um es trotzdem zu versuchen. Die Gruppe war nur ein winziger Stein in einem riesigen Spiel, aber ihre Arbeit war wichtiger, als die Anzahl ihrer Mitglieder annehmen ließ.

Aron schaute das Whiskyglas an und beschloss, auf Wein umzusteigen. Es ging auf Mitternacht zu, aber trotz des

Alkohols war er noch nicht müde. Er wollte einen Bordeaux öffnen, der seit Vardas Verschwinden im Schrank stand. Er konnte keinen Korkenzieher finden und suchte sich deshalb eine billige Flasche mit Schraubverschluss heraus, die er beim letzten Besuch seiner Tochter gekauft hatte.

In *Har Sinai* befanden sich Informationen über mehr als drei Millionen Menschen. Die meisten waren als Feinde oder potenzielle Feinde Israels eingestuft, aber das galt durchaus nicht für alle. Einige der vielen Identitäten, die jeden Tag mit Hunderttausenden von neuen Auskünften abgeglichen wurden, gehörten amerikanischen Spitzenpolitikern. Konservativen Briten. Besorgten, aber eigentlich freundlich eingestellten Deutschen.

Die Ergebnisse der elektronischen Überwachung wurden zusammen mit den von Spitzeln, Infiltratoren und Militärpersonal durch herkömmliche Überwachungsmethoden gesammelten Informationen in *Har Sinai* eingespeist. Im Laufe weniger Jahre waren sie in den Neunzigerjahren bereits in der Lage, die seit der Staatsgründung geführten riesigen Papierarchive zu versorgen.

Har Sinai ist das größte Spinnennetz der Welt, dachte Aron und füllte ein Milchglas mit Wein. Er hatte sich immer ein riesiges engmaschiges Netz vorgestellt, beleuchtet von Milliarden kleiner Treffpunkte, wo die avancierte Software die Spreu vom Weizen trennte und in Nanosekundenschnelle Zusammenhänge fand, die andere in jahrelanger Arbeit zu verbergen versuchten.

Kurz vor der Jahrtausendwende sollte Aron mögliche Infiltratoren registrieren. Immer besser organisierte Gruppen von extremen Islamisten setzten jetzt Terror als Druckmittel ein. Diese kleinen und großen Organisationen zu infiltrieren war eine Aufgabe, der hohe Priorität eingeräumt wurde. Bisweilen mussten sie an einer bereits etablierten Gruppe arbeiten und nach Überläufern suchen. Andere Male konnte der Mossad auf das kleine Lager von sogenannten »schlafenden Kollaborateuren« zurückgreifen, das die Abteilung sich nach und nach zugelegt hatte.

So einer war Ahmed Farez gewesen.

Der Mann war wirklich ein Gauner von Rang, dachte Aron Apter. Ein durch und durch apolitischer Glücksjäger ohne auch nur eine Andeutung von einem moralischen Kompass. Er war im Juni 2000 ins Radar des Mossad geraten, als er sich an einem Diamantendiebstahl in Amsterdam beteiligt hatte. Der war clever angelegt, und die niederländische Polizei hatte den Fall niemals aufklären können. Was die Polizei nicht erfuhr, war, dass zwei Drittel der gestohlenen Diamanten eigentlich dem Staat Israel gehörten. Es gab in der ganzen Welt staatliche Reserven, auch wenn Aron nur eine Ahnung davon hatte, wo sie versteckt waren.

Har Sinai hatte nur einige Sekunden gebraucht, um eine Liste von dreihundert möglichen Tätern zu erstellen. Durch immer detailliertere Parameter, die in die Maschine eingespeist wurden, hatte der Mossad am Ende nur noch zehn. Zu diesem Zeitpunkt übernahm die Metsada die Sache und brauchte nur vier Tage, um den Fall aufzuklären und zwei der Diebe ausfindig zu machen. Um die kümmerte man sich dann, und keiner wurde je wieder gesehen. Auch die Diamanten wurden gefunden. Aron Apter wurde auf den dritten Dieb angesetzt. Er brauchte einige Monate, um ihn in einer kleinen Stadt in Portugal aufzustöbern. Farez wurde vor die Wahl gestellt, Infiltrator in Wartestellung zu werden oder sein Leben einzubüßen.

Die Entscheidung fiel ihm nicht schwer.

Im Januar 2003 fing *Har Sinai* ein Gespräch zwischen zwei Libanesen in London auf. Als dieses Gespräch blitzschnell mit einer dechiffrierten E-Mail kombiniert wurde, die die beiden drei Tage zuvor verschickt hatten, erklang der erste vorsichtige Alarm unter dem Orangenhain bei Haifa. Sekunden später befand *Har Sinai* dann eine Tonaufnahme von einem Touristenboot auf der Themse und drei unerklärliche Meldungen in einer geschlossenen Facebook-Gruppe für relevant.

Der Alarm war jetzt so heftig, dass in aller Eile die Analysegruppe zusammengerufen wurde, obwohl es zwei Uhr nachts war. Ein Terrorangriff auf ein nicht genanntes Ziel in London kündigte sich möglicherweise an, entschieden die neun Analytiker, als der Morgen kam.

Und da ging dann alles schief, dachte Aron und merkte, dass ein halbes Glas Rotwein ein besseres Schlafmittel war als eine halbe Flasche Whisky. Oder vielleicht war es die Mischung, die ihn plötzlich schläfrig werden ließ. Er stand auf und drehte den Verschluss auf die noch halb volle Weinflasche.

Nicht *Har Sinai* hatte sich in jener schicksalhaften Januarnacht des Jahres 2003 geirrt, dachte er, als er beschloss, Abendwäsche und Zähneputzen ausfallen zu lassen.

Der Fehler lag einzig und allein bei den Analytikern.

Und Aron Apter hatte dafür bezahlen müssen.

23:55 Uhr
Båtstøjordet, Bærum bei Oslo

Sara hatte Olas lange Mail dreimal gelesen.

Sie wünschte fast, er wäre ein junger Student. Seine Begabung würde in den USA besser gefördert werden, und sie könnte ihm helfen, Zugang zu den besten Universitäten der Welt zu finden. Jetzt war er einundvierzig Jahre alt, und auch wenn er ihr noch immer durch schlüssige Argumentationen, einen scharfen Blick und eine fantastische Arbeitsmoral imponierte, so mochte sie gar nicht daran denken, wie viel besser ein Studium in den USA für ihn gewesen wäre.

Ab und zu lag er doch gewaltig daneben.

Er konnte sich verschließen, vor allem, wenn er müde war. Das war offenbar der Fall gewesen, als er das Ende der Mail tippte, die sie soeben gelesen hatte. Die war um 06:35 Uhr geschickt worden. Vermutlich lag da eine weitere schlaflose Nacht hinter ihm.

Seine Überlegungen über ein mögliches Isomer von SE15 waren fast schon genial. Seine Enttäuschung darüber, dass er keinen Zugang zu Phase 1 und 2 der Revolan-Studien hatte, konnte Sara gut verstehen. Solche frühen Studien lagen zumeist buchstäblich hinter Schloss und Riegel. Was aber das Material aus der Phase betraf, die Ola origineller-weise als Null bezeichnete, so fand Sara ihn ziemlich fantasielos.

Sie hatte nur fünf Minuten im Internet gebraucht, um Jody Grant Poll zu finden, Gene Grants zweiundvierzig Jahre alte Tochter, die in einer Kleinstadt in der Nähe von Ottawa lebte. Sie hatte mit achtunddreißig die Johns Hopkins verlassen, fertige Kardiologin mit den besten Zeugnissen, um sich mit einem fünfunddreißigjährigen Piloten zusammenzutun, einem Witwer mit drei Kindern. Der von Sara gefundenen Website zufolge arbeitete sie nun abwechselnd eine Woche in einem Krankenhaus in Ottawa und eine in einem Ärztezentrum in ihrem Wohnort.

Dort war es fast sechs Uhr nachmittags.

Sara wählte die auf der Website angegebene Nummer. Sie war nicht sicher, ob es eine Mobilnummer oder ein Festnetzanschluss war, aber nach nur dreimaligem Klingeln meldete sich eine Frau mit »Hallo«. Sara sprach bewusst langsam und deutlich, als sie sich vorstellte.

»*Die* Sara Zuckerman?«, fragte die Frau überrascht. »Die Kardiologin?«

»Ja.«

Sara bildete mit den Lippen ein lautloses *»Yesss!«*.

»Spreche ich mit Jody Grant Poll?«

»Ja … äh … was in aller Welt verschafft mir die Ehre? Es ist doch … entschuldigen Sie mich für einen Moment.«

Sara konnte hören, dass sie die Hand auf die Sprechmuschel legte und etwas rief. Offenbar war ein Kind damit gemeint.

»Hallo?«

»Ich bin noch hier«, sagte Sara freundlich. »Es tut mir leid, wenn ich Sie beim Abendessen störe, aber ich …«

»Sie stören überhaupt nicht! Ich habe vor einigen Jahren bei *Heart Rhythm* mit Ihnen gesprochen, aber das wissen Sie bestimmt nicht mehr. Ein fantastischer Vortrag, der …«

»Ich kann mich sehr gut daran erinnern«, fiel Sara ihr ins Wort. »Das war in Boston.«

»Unglaublich! Aber … was wollen Sie eigentlich von mir?«

Sara räusperte sich leise. Trank einen Schluck Wasser und setzte ihr breitestes Lächeln auf. Sie wusste, dass ihre Stimme dann sanfter klang.

»Ich arbeite an einer Studie«, sagte sie. »Ich will Sie nicht mit Einzelheiten langweilen, ich bin zudem noch ganz am Anfang, aber ich sehe mir die unerwünschte Langzeitwirkung von Medikamenten auf die EK-Kopplung im Herzen an.«

»Ach? Das klingt wie etwas, was meinen Vater interessiert hätte.«

»Eben. Ich kann Ihrem Vater in dieser Hinsicht nicht das Wasser reichen. Aber ich erinnere mich, dass er vor vielen Jahren erwähnt hat …«

»Haben Sie meinen Vater gekannt?«

»Nein. Vom Hörensagen natürlich, das wäre ja noch schöner. Aber ich bin ihm zweimal begegnet. Einmal in der zweiten Hälfte der Neunzigerjahre, wenn ich das richtig in Erinnerung habe. Da hat er erzählt, dass bei der Arbeit an der Entwicklung eines Medikaments, aus dem wohl später Revolan wurde, zwei Isomere mit unerwünschter Wirkung aufgetreten seien.«

»Ja … ich …«

Wieder hielt sie die Sprechmuschel zu und rief, jetzt sehr viel strenger.

»Entschuldigen Sie noch einmal«, sagte sie dann. »Könnten Sie mir wohl einfach eine Mail schicken? Haben Sie meine Adresse?«

»Sicher«, sagte Sara eilig. »Aber es ist eine sehr einfache Frage. Wissen Sie, wer die alten Notizen Ihres Vaters hat? Also nicht die Artikel, die sind ja überall zugänglich, und auch nicht das, was mit Revolan zu tun hat. Diese Geschäftsgeheimnisse wollen wir Newcastle Pharma ja doch lassen.« Sie lachte hell und kurz. »Ich meine also die Notizen«, fügte sie dann hinzu.

Und nun lachte Jody. »Ja, das weiß ich allerdings. Vaters Notizen habe ich. Sie waren ja so chaotisch, dass meine Mutter meinte, ich solle darin aufräumen und sie vielleicht einer medizinischen Bibliothek anbieten. Und das Aufräumen hat wirklich gedauert. Ich habe sie mir lange nicht mehr angesehen. Meines Erachtens ist fast alles überholt.«

»Ach«, sagte Sara rasch. »Da haben Sie sicher recht. Aber ich halte es doch für sinnvoll, einmal genauer durchzugehen, ob es eine Erwähnung von Isomeren gibt. Einem so hervorragenden Wissenschaftler wie Ihrem Vater sollte man immer zuhören. Auch nach so vielen Jahren noch.«

Am anderen Ende der Leitung hörte sie Kratzen, Schritte und einen bellenden Hund.

»Hallo?«, fragte dann Jody Grant Poll. »Ich hab mir einen Zettel geholt. Worum genau geht es Ihnen? Natürlich werde ich Ihnen helfen, wenn ich kann.«

Donnerstag, 6. Juni 2013

12:30 Uhr
Scienta-Klinik, Ullevål-Stadion, Oslo

»Um Himmels willen! Das ist jetzt schon das dritte Mal, seit ich hier bin!«

Der Feueralarm war so durchdringend schrill, dass Sara sich die Ohren zuhielt. Für einen Moment machte sie sich ernstliche Sorgen um ihre Patientin, eine fast sechzig Jahre alte Frau, die verängstigt mit nacktem Oberkörper dasaß und sich ebenfalls die Ohren zuhielt. Sara bot ihr eine Decke an und öffnete die Tür, sowie die Patientin sich darin eingehüllt hatte.

»Was ist los?«, rief sie, aber ihre Stimme konnte den Lärm nicht durchbrechen.

Eine Sirene war direkt gegenüber dem Rezeptionstresen angebracht. Hier draußen tat der Lärm direkt weh, deshalb schloss Sara die Tür zum Sprechzimmer und lief zum Gang auf der anderen Seite des Wartezimmers. Die Tür des Krankenhausdirektors stand offen, er hatte die Hand um sein rechtes Ohr gekrümmt und versuchte, durch das an sein linkes Ohr geklemmte Telefon ein Gespräch zu führen. Er hob abwehrend die Hand, als sie hereingestürzt kam.

Der Alarm brach ab.

»Jesus«, flüsterte Sara.

»Ist schon klar«, schrie der Direktor, ehe er merkte, dass der Alarm aufgehört hatte, worauf er seine Stimme dämpfte. »Aber was sollen wir denn so lange machen? Wir haben Patienten, die …«

Er sah Sara an, verdrehte die Augen und zeigte auf das Telefon.

»Na gut. Alles klar. Er soll mich anrufen.«

Der Direktor schlug sich an die Stirn und stieß einen saftigen Fluch aus.

»Was ist los?«, fragte Sara. »So kann das einfach nicht weitergehen. Das macht den Patienten furchtbare Angst und ist auch für uns ungesund.«

»Nein. Aber so kann das auch nicht weitergehen. Wir müssen evakuieren.«

»Evakuieren?«

»Ja. Die Feuerwehr lässt uns nicht hierbleiben, wenn das Alarmsystem …« Er zeigte auf den gleich über der Tür angebrachten Rauchmelder. »… offenbar nicht funktioniert. Falls es dann wirklich brennt, sozusagen. Keinerlei Verständnis für unsere Verpflichtungen. Die Bombendrohung gestern war natürlich nicht echt. Aber die Polizei hat es trotzdem geschafft, bei der Suche das Alarmsystem von ganz Scheiß-Ullevål zu ruinieren!«

»Wie lange wird das dauern?«

»Das wissen sie noch nicht. Jedenfalls heute den ganzen Tag. Vielleicht auch noch morgen, vielleicht das ganze Wochenende. Kommt drauf an, was das Problem ist, hat der Kerl gesagt.«

Sara schaute auf die Uhr und rannte in ihr Büro zurück. Sie hatte den Freitag für den Papierkram reserviert. Keine Patienten.

Wenn sie Glück hatte, könnte sie den Drei-Uhr-Flug nach Gatwick noch erreichen.

14:20 Uhr
25 Canada Square, London

Najib Aysha hatte sich an der Neuanschaffung noch immer nicht sattgesehen.

Er stand breitbeinig, die Hände im Rücken verschränkt, drei Meter vor Francis Bacons »Study after Velázquez's Portrait of Pope Innocent X«. Die automatischen Jalousien senkten sich vor den riesigen Fenstern. Die Spezialbeleuchtung, die in der Nacht angebracht worden war, schaltete sich auf ein Fingerschnipsen hin ein. Die Entscheidung war am Vortag getroffen worden: Das Gemälde sollte auf Dauer in seinem Büro hängen.

»Wie besorgniserregend ist es, dass sie Kontakt haben?«

Trevor Morison stand so da wie Najib Aysha, allerdings vor der Tür.

»Schwer zu beurteilen«, sagte er.

»Versuch es.«

»Es kann kein Zweifel daran bestehen, worüber sie reden. Sie haben früher kaum je etwas miteinander zu tun gehabt. David hat einen Höllenlärm veranstaltet, als er entdeckte, dass Dr. Farmen in den Sprintmessungen geschnüffelt hat.«

»Aber David kennt doch das System nicht?«

»Nein. Aber er scheint schon länger einen Verdacht zu haben. Er ist ein guter Trainer, und ein guter Trainer kennt seine Grenzen und die seiner Spieler. Ich glaube, er hat aus zwei Gründen die Augen zugedrückt. Zum einen war er sehr zufrieden mit der Entwicklung. Er hat sich darin gesonnt und sich einen noch besseren Ruf erarbeitet, als er verdient.«

Trevor Morison trat zwei Schritte in den Raum hinein. Noch immer hatte Najib Aysha ihm den Rücken zugekehrt.

»Zweitens«, sagte der kleine Waliser jetzt, »ist ihm natürlich klar, dass auch sein Kopf rollen wird, wenn die Sache auffliegt. Er ist seit so vielen Jahren hier Trainer. Niemand würde ihm glauben, dass er nichts damit zu tun hatte. Und wenn ihm doch jemand seine Unschuld abnimmt, dann steht er als naiver Idiot da und kriegt so schnell keinen Job auf höherem Niveau als der Grundschule. Das habe ich ihm erklärt, so taktvoll wie möglich, um ihm keine weitere Munition zu liefern. Er hatte ziemlich Angst, und ich bin sicher, dass wir uns verstanden haben.«

Najib schnaubte leise und fuhr sich mit einem groben Zeigefinger unter der langen Nase entlang. Er musterte das Bild mit zusammengekniffenen Lidern, leicht vornübergebeugt, dann fuhr er herum und ging zu zwei Sesseln vor dem Fenster. Er klopfte rasch und hart auf den einen und setzte sich in den anderen. Trevor gehorchte.

»Aber wenn du recht hast«, sagte Najib und nahm sich ein Wasserglas von dem niedrigen runden Tisch zwischen ihnen, »und wenn David keinerlei Vorteil davon hat, dass die Sache ans Licht kommt, was will er dann? Und warum hat er sich mit diesem Dr. Farmen zusammengetan?«

Trevor versuchte, sich in dem großen Sessel bequemer hinzusetzen, auch wenn er aus Erfahrung wusste, dass das unmöglich war. Ab und zu fragte er sich, ob Najib sich diese überdimensionalen Möbel zugelegt hatte, um ihn an das Machtgefälle zwischen ihnen zu erinnern. Trevors schmächtiger Körper verschwand in dem weichen Leder, und die Armlehnen waren so hoch, dass er sie nicht benutzen konnte.

»Gute Frage. Ich habe auch schon darüber nachgedacht, und ich sehe eigentlich nur zwei mögliche Antworten. Erstens kann es sein, dass David uns erpressen will. Das Wissen, warum einzelne unserer Spieler überraschend gute Sprinter geworden sind, kann eine schöne Grundlage sein, um uns abzuzocken. Theoretisch jedenfalls.«

Trevor lugte zu dem viel größeren Mann hinüber. Auch nach fast vierzig Jahren einer Zusammenarbeit, die in Beiruts Hinterhöfen begonnen hatte, als sie beide arm wie Kirchenmäuse gewesen waren, fiel es ihm schwer, die Gedanken seines Chefs zu lesen.

»Na gut«, sagte Najib endlich. »Ich kann mir nicht so recht vorstellen, dass David Lee Curry sich trauen würde, es mit mir aufzunehmen.«

»Du kannst dir nicht vorstellen, dass irgendwer sich trauen würde, es mit dir aufzunehmen, Najib.«

Ein heiseres Lachen ließ die Eiswürfel im Glas klirren. »Da hast du verdammt noch mal recht. Aber was ist die andere Alternative?«

»Er will Warner werden.«

»Was?«

»Warner. Ein Whistleblower. Eigentlich erscheint mir das als die einzig realistische Lösung. Wenn er allen zuvorkommt und als Warner dasteht, sieht seine Situation viel besser aus. Jedenfalls in der Presse, und damit für seine Familie. Ich stelle mir vor, dass er mächtig Schiss hatte, als ihm aufging, dass Dr. Farmen in allem herumwühlt. Plötzlich machte er bei einem Wettrennen mit. Du kannst nicht als Whistleblower brillieren, wenn der, den du entlarven willst, schon von anderen entlarvt worden ist.«

»Aber warum sucht er dann den Kontakt zu dem, mit dem er um die Wette läuft? Und warum ist dieser halbirre Doktor gestern in die Klinik gestürzt?«

»Das weiß ich nicht. Übrigens hat niemand eine Ahnung, was dann aus ihm geworden ist. In Davids Büro war er jedenfalls nicht.«

Es wurde ganz still zwischen ihnen. Nicht einmal der Lärm der Stadt, die tief unten hinter dem kugelsicheren Glas und den dunklen Jalousien lag, die beständige Unruhe einer geschäftigen Weltmetropole, erreichte die Männer im vierundvierzigsten Stock.

»Was ist mit Paul Swanson?«, fragte Najib plötzlich.

»Auf Paul verlasse ich mich voll und ganz.«

Wieder versuchte er, sich behaglicher hinzusetzen.

Schließlich rutschte er an den Sitzrand, beugte sich vor und stützte die Ellbogen auf die Knie. »Wir waren von Paul abhängig, und er ist vollständig abhängig von uns. Ich habe natürlich dafür gesorgt, dass wir kompromittierendes Material gegen ihn haben. Er ist ein egozentrischer Prahlhans, Najib. In vieler Hinsicht ein tüchtiger Arzt, aber dermaßen narzisstisch, dass er niemals etwas tun würde, was sein Glanzbild in Gefahr bringen könnte. Für Paul Swanson gibt es nur einen einzigen Menschen auf der Welt, der etwas bedeutet: Paul Swanson. Aber ich muss ehrlich zugeben ...« Er erhob sich, verschränkte die Arme vor dem schmalen Brustkasten und drehte sich zu Najib um. »Ich bin froh, dass wir nur ihn in die Sache hineingezogen haben.«

Najib nickte und schnitt eine Grimasse. Trank einen Schluck Wasser und wühlte in seiner Westentasche. »Also«, sagte er mit Nachdruck und zog eine Zigarre hervor. »Mach es kurz. Was tun wir?«

»Ich glaube, es ist an der Zeit, die ganze Sache zu beenden«, sagte Trevor Morison leise, aber entschieden. »Es gibt nur zwei Dinge, die uns zu Fall bringen können. Das eine ist Paul Swanson, und den habe ich im Griff. Das kannst du mir glauben.«

Er fing an, mit ruhigen Schritten durch das Zimmer zu gehen. Fuhr mit den Fingern über die Jalousien, die ein metallisches Knistern ertönen ließen.

»Und das andere ist SE1504-B«, sagte er dann. »Wir müssen das vernichten. Alles.«

»Wie viel haben wir noch?«

»Wir haben von dem Tierpfleger etwas über vier Kilo gekauft. Soviel ich weiß, sind noch 2,8 Kilo übrig. Etwas über zwanzig Gramm sind im Moment bei Paul. In seinem Safe im Büro. Ich habe den Code und den Schlüssel.«

Najib erhob sich und trat vor den so viel kleineren Mann. »Tu das. Es geht ja trotz allem nur um Fußball. Du kannst gehen. Aber schaff Ordnung. So bald wie möglich.«

»Wir haben alle Restbestände von SE1504-B«, sagte Trevor Morison und hob die Hand an die Stirn, als hätte er einen militärischen Befehl erhalten. »Wenn alles verschwindet, gibt es auf der Welt nichts mehr, was uns schaden könnte.« Er ging auf die Tür zu.

»Wie hieß der Tierpfleger?«, hörte er auf halber Strecke und drehte sich um.

»Xavier Hermosillo.«

»Kümmere dich auch um den. Sicherheitshalber.«

Trevor sah, wie Najib die Zigarre zwischen den Fingern drehte, ohne das Zellophan wegzunehmen.

»In Ordnung.«

»Und, Trevor?«

»Ja?«

»Du hast gesagt, Dr. Farmens Vertrag bei der CaMRO sei sehr geschickt formuliert, nicht wahr?«

»Das schon.«

»Mach auch der Sache ein Ende. Ich will den Mann nie wieder sehen. Und ihm soll nicht ein Penny bleiben.«

»In Ordnung. Ich halte dich auf dem Laufenden.«

»Das brauchst du nicht. Tu einfach, was ich dir gesagt habe.«

Tu ich doch immer, dachte Trevor Morison und verließ das Büro.

17:10 Uhr
Park Lane, Hyde Park, London

»In fünf Minuten muss ich fahren«, sagte die dunkelhäutige Frau mit dem kreideweißen kurzärmligen Hemd. »Wir müssen schließlich den Fahrplan einhalten.«

»Kein Problem«, sagte Sara Zuckerman atemlos; sie war die letzten hundert Meter hinter dem grünen Touristenbus hergelaufen, bis der bei Speakers' Corner gehalten hatte und die Touristen herausgeströmt waren. »Ich habe nur ein paar Fragen.«

»Geht das nicht per Telefon?«

»Doch, aber ... können wir kurz zur Seite gehen? Nur kurz in den Park ... Ich habe ein paar Fragen, die Ihren Bruder betreffen.«

»Ich habe sechs Brüder«, sagte Lydia Nkrumah skeptisch und machte keinerlei Anzeichen, sich in den Park zu begeben.

»Kofi«, sagte Sara ruhig. »Ich habe ein paar Fragen zu Ihrem Bruder Kofi.«

Lydia verzog keine Miene. »Er ist tot. Seit Langem.«

»Das weiß ich. Er ist am 3. März 2003 gestorben.«

»Was wollen Sie wissen?«

»Ob ...«

Ein weiterer Bus hielt. Die Bremsen ließen einen resignierten Seufzer hören. Der Fahrer, dessen Hemd ebenso frisch gebügelt war wie das von Lydia Nkrumah, stieg vor den Fahrgästen aus. Er steckte sich eine Zigarette an und versuchte, sie in seiner Hand zu verbergen.

»Ob er vor dem tragischen Geschehnis in der Avenue Road krank war. Danach wollte ich Sie fragen.«

»Krank?«

»Ja.«

»Nein.«

Sara starrte der Frau in die Augen. Die Fahrerin des Touristenbusses zuckte nicht mit der Wimper.

»Keine kleinen Anfälle irgendeiner Art? Herzrasen? Ohnmachtsanfälle?«

»Nein.«

Sara schaute sich um. »Können wir uns später treffen?«, fragte sie. »Ich verstehe ja, dass Sie jetzt ein bisschen gestresst sind, im Dienst und so ... ein Kaffee nach Dienstschluss? Oder morgen?«

»Nein.«

»Aber es ist bloß ...«

»Ich muss jetzt fahren. Bei Kofi war alles in Ordnung. Er ist einfach gestorben, von einer Bande von Terroristen erschossen.«

»Von Terroristen war ja eigentlich nicht die Rede, sondern von …«

Lydia hörte nicht mehr zu. Sie ging auf ihren Bus zu. Sie ging schnell und schaute sich nicht um. Sara blieb stehen, sah dem geraden Rücken hinterher und schüttelte den Kopf.

Sie könnte Lydia Nkrumah allerlei über die Kunst des Lügens erzählen, dachte sie und war eigentlich zufrieden damit, dass sie eine halbe Stunde genutzt hatte, um festzustellen, ob Kofi Nkrumah Verwandte in London hatte.

In Gedanken hörte sie, wie ein weiterer Zehner die schwerere Waagschale zu Hause auf dem Esstisch traf.

Sechs zu vier, dachte sie.

21:45 Uhr
Soho Hotel, 4 Richmond Mews, London

Sara saß in einem großen, hohen Doppelbett, mit Kissen im Rücken, die Beine gekreuzt, eine Flasche Wasser in Reichweite. Vor ihr lag eine Wüste aus Papieren, in kleinen Stapeln über das Bett verteilt. In einem Sessel auf ihrer linken Seite hockte Ola und kaute an einem hölzernen Eisstiel, den er schon bei seinem Eintreffen im Mund gehabt hatte. David Lee Curry hatte den breiten Schemel am Fußende einen halben Meter Richtung Fenster gezogen, sodass das Bett für ihn zu einem weichen Schreibtisch wurde. Es war offenbar eine Belastung für sein Knie und seine Hüften, tief zu sitzen. Er stand so oft auf, dass Ola ihm schon mehrmals angeboten hatte, die Plätze zu tauschen.

»Ein Besprechungsraum wäre besser gewesen«, sagte er.

»Ein Hotelzimmer ist diskreter«, sagte David, ohne den

Blick von Sara zu lösen, die eine Viertelstunde lang ununterbrochen geredet hatte. Jetzt ließ sie sich in den Kissen zurücksinken und öffnete die Wasserflasche.

»Mit anderen Worten, du hattest ganz recht, Ola. Es gab ein Isomer. Mehrere sogar, aber nur dieses eine ist für uns interessant.«

Gene Grants Notizen hatten sie schon am frühen Morgen erreicht. Einige waren mit der Maschine geschrieben, andere mit der Hand. Nicht alle waren gleich wichtig, aber alle acht eingescannten Aufzeichnungen hatten einen Zusammenhang mit einem SE1504 genannten Isomer. Die Tochter des Professors hatte offenbar Ordnung in die Papiere ihres Vaters gebracht.

Die Notizen waren sogar sorgfältig datiert.

Schon 1985 hatte Gene Grant die Rechte für einen aus einer Sukkulente namens Marydia gewonnenen Stoff erworben. Der Verkäufer war ein frustrierter Tierarzt aus Südafrika, der sich viele Jahre abgemüht hatte, um eine Methode zu finden, mit der die guten Eigenschaften genutzt werden konnten, die die Marydiapflanze für magenkranke Nashörner zu haben schien. Der Preis betrug lächerliche zehntausend Dollar.

Als Professor Grant 1990 als Arbeitsbeschaffungsmaßnahme für seine Studierenden in San Diego die kleine Firma SouthEnd Gene Inc. gegründet hatte, stellte sich heraus, dass der durch den Boykott isolierte Tierarzt aus Pretoria ein ungeheuer schlechtes Geschäft gemacht hatte. Vier Isomere nämlich hatten ein großes Potenzial als pharmazeutische Wirkstoffe.

SE1504-A war offenbar das, woraus später Revolan wurde. In einer von Grants Notizen wurde es kurz erwähnt. Damals setzte er jedoch viel größere Erwartungen in SE1504-B.

Tierversuche, zuerst an Mäusen, später an Iltissen, zeigten, dass der Stoff einen verblüffenden Effekt hatte, wenn es darum ging, die Entwicklung von Muskelschwund zu bremsen. Ein paar Seiten weiter in seinen Notizen wirkte

Gene Grant geradezu euphorisch, setzte jede Menge Ausrufezeichen und energische Unterstreichungen. Es machte den Eindruck, als sei SouthEnd Gene Inc. auf dem Weg zu einem Präparat gegen die gefürchtete erbliche und zu einem frühen Tod führende Muskeldystrophie vom Typ Duchenne.

SE1504-B zeigte dann im Laufe der Zeit interessante Nebenwirkungen. Der Tierpfleger Xavier Hermosillo, in Liverpool als Kind mexikanischer Eltern geboren und aufgewachsen, hatte eines Morgens bei Gene Grant vorgesprochen. Ihm war aufgefallen, dass die Versuchstiere, die SE1504-B bekamen, mehr zu laufen schienen als die anderen. Und schneller. Damals war SouthEnd Gene Inc. mit der Belegschaft nach London umgezogen, wo Gene Grant als Gastprofessor am Imperial College arbeiten würde, während zwei seiner ehemaligen Studierenden Stellen am London Bridge Hospital gefunden hatten.

Xavier Hermosillo liebte Tiere und sorgte dafür, dass sie es unter den Umständen, die ihnen zu irgendeinem Zeitpunkt den Tod bringen würden, so gut wie möglich hatten. Die Laufräder in den Käfigen hatte er selbst gebaut, und als er die seltsame Wirkung des Isomers SE1504-B entdeckt hatte, entwickelte er ein sinnreiches System aus kleinen Tretmühlen, um die Geschwindigkeitsentwicklung der geschmeidigen Iltisse besser messen zu können.

Die war beeindruckend.

Ola studierte die Geschwindigkeitsentwicklung bei Mäusen, Ratten und später Iltissen mit tiefer Faszination.

»Das ist genau das Gleiche«, murmelte er staunend. »Das sind absolut genau die Tendenzen, die auch ich gesehen habe. Nur eben bei Menschen. Bei den Spielern vom FC Notting Hill.«

Leider musste Gene Grant dann irgendwann einsehen, dass die Sterblichkeitsrate doch zu hoch lag. Als der Teilbericht Nummer drei vorlag, wusste er, dass SE1504-B eine

Sackgasse war. Vierzehn Prozent der Tiere starben ohne einen ersichtlichen Grund.

Er befahl, die Sache abzuwickeln.

Die Ausrüstung für die Produktion von SE1504-B sollte abgebaut werden. Die Dokumente sollten zusammengefasst und archiviert, die Versuche eingestellt werden, und die bereits hergestellten Vorräte an SE1504-B waren sofort zu vernichten.

David Lee Curry war wieder aufgestanden. Er trat ans Fenster, das von der Decke bis zum Boden in große Glasflächen unterteilt war, und starrte auf die Menschen hinunter, die durch den Durchgang zum Hoteleingang kamen und gingen.

»Alles kann nicht vernichtet worden sein«, sagte er.

»Wahrscheinlich nicht«, sagte Ola zustimmend. »Das Problem ist nur, dass wir keine Ahnung haben, was danach passiert ist. Hat Grant in seinen Notizen gelogen, um später den Rücken frei zu haben? Hat er selbst den Stoff aufbewahrt?«

»Ausgeschlossen«, sagte Sara kurz.

David Lee Curry blickte sie fragend an. »Warum?«

»Er war nicht so.«

»Wie denn *so*?«

Sara musterte ihn mit kaltem Blick. »Ich schlage eine einfache Rollenverteilung vor. Ola und ich kümmern uns um das Medizinische. Du erzählst uns, was du über die Zustände in der Lloyds Arena weißt. Und für die Bewertung der Arbeitsmoral anderer Mediziner bin ich zuständig. Okay?«

David kniff die Lippen zusammen und nickte.

»Es kann nicht Grant gewesen sein«, fuhr Sara nun fort. »Der war ein Ehrenmann. Aber es gibt etliche denkbare Kandidaten. Dieser Tierpfleger, Xavier ...« Sie trommelte mit dem Kugelschreiber auf die Unterlagen, die Grants Tochter geschickt hatte. »... andere Tierpfleger, andere Angestellte ... die Putzfrau von mir aus. Wir reden hier nicht von einem riesigen pharmazeutischen Unternehmen mit allen Sicherheitsvorkehrungen, die es da gibt. Damals war SouthEnd Gene ein kleines … Kolloquium, möchte ich fast sagen.«

»Also können wir nur feststellen, dass wir keine Ahnung haben, wie der Stoff aus den Kellern von SouthEnd in die Lloyds Arena geraten ist?«, fragte Ola resigniert.

»Ja«, sagte Sara. »Aber erst mal spielt das keine wichtige Rolle. Für uns kommt es darauf an, dass wir nun wissen: Es gab ein Isomer mit der von dir beschriebenen Wirkung. Alles stimmt, Geschwindigkeitsentwicklung und die unerklärlichen Todesfälle. Und die Verbindung zwischen Newcastle Pharma und Notting Hill, die beide Najib Aysha gehören. Wir haben den richtigen Stoff gefunden!«

»Moment mal!«

Ola sprang auf. Er schielte ein wenig vor Aufregung. »Moment mal«, rief er noch einmal. »Newcastle Pharma hatte SouthEnd Gene damals noch gar nicht. Die Notizen stammen aus der Zeit vor dem Aufkauf. Und damit verlieren wir ein wesentliches Bindeglied. Najib Aysha als Besitzer.«

Sara starrte ihn an. David stand ganz still da, noch immer am Fenster, und ließ seinen Blick zwischen den beiden hin- und herwandern. Ola zog eine unzufriedene Grimasse.

»Setzen!«, befahl Sara.

Sie rückte ihre Brille gerade. Die beiden Männer setzten sich sofort, Ola in den Sessel, David auf den unbequemen Hocker am Fußende des Bettes.

»Lasst uns mal zusammenfassen, was wir haben«, sagte Sara und griff zu den Notizen, die sie in den vergangenen anderthalb Stunden angefertigt hatte. »Unser hochgewachsener Freund und Warner hier …«

Sie schaute zu David hoch.

»Weißt du«, sagte er kalt. »Von mir aus kannst du auf diesen Ton verzichten. Wie du schon mitbekommen haben dürftest, bedauere ich zutiefst, dass ich meinem Verdacht nicht schon früher nachgegangen bin. Dass ich jetzt den Wunsch haben sollte, Dr. Farmen zuvorzukommen, um mich als Whistleblower ehren zu lassen …«

Sara murmelte etwas Unverständliches.

David wurde noch ein wenig lauter.

»… und dass ich in diesem Zusammenhang wissen wollte, ob er weitergekommen war als ich und schon wusste, was passiert ist, dafür müsstest du ja wohl ein gewisses Verständnis haben. Ich habe nichts verbrochen. Aber ich muss eine Familie versorgen.«

»Wir machen weiter«, sagte Sara kurz, ohne ihn anzusehen. »Erstens: Der Wirkstoff in Dopex ist SE1504-B. Seht ihr das auch so?«

»Ja.«

»Ja.«

»Zweitens. Er wurde oral zugeführt, durch ein Proteinshake, das von Spieler zu Spieler individuell zusammengesetzt war.«

David Lee Curry war überzeugend gewesen, als er von den Proteinshakes erzählt hatte. Nach jedem Training standen die Plastikbecher auf einem Tisch, versehen mit den Namen der Spieler. Ein Ernährungswissenschaftler stand immer dabei und achtete darauf, dass keiner den falschen Becher erwischte. Mehrere Spieler hatten im Laufe der Jahre kommentiert, sie seien erwachsen genug, um den für sie bestimmten Shake zu nehmen, aber die Routine wurde trotzdem nie geändert. Die Ernährungswissenschaftler zuckten mit den Schultern und beriefen sich auf Befehle von ganz oben. Die Zusammensetzung der Proteinshakes gehöre zu einem größeren Forschungsprojekt der Klinik, behaupteten sie, und man müsse mit den Daten sehr genau umgehen. Das konnte die Gemüter ein wenig beruhigen, aber nicht für lange. Die Ausgabe der Proteinshakes war und blieb ein Irritationsmoment.

»Das ist das Wahrscheinlichste«, sagte Ola und nickte. »Aber die strengen Vorschriften waren meistens nur Spiegelfechterei. Die ausgesuchten Spieler können nicht sehr oft Dopex getrunken haben, da Grants Notizen zufolge die Halbwertszeit ungewöhnlich lang ist. Streng genommen hätten sie also nur selten aufpassen müssen. Aber das hätte dann noch absurder gewirkt.«

»Halbwertszeit?«, fragte David.

»Die Zeitspanne, nach der eine mit der Zeit abnehmende Größe die Hälfte des anfänglichen Werts erreicht«, erklärte Ola rasch. »Es hängt zusammen mit …«

»Genau«, fiel Sara ihm ins Wort. »Das ist ungewöhnlich lang. Und das kann erklären, warum Jimmy Rowling seinen Herzstillstand erst hatte, als er schon seit mehreren Monaten nicht mehr für Notting Hill spielte. Drittens …« Ihr Zeigefinger glitt suchend über ihren Notizblock. »… die Spieler wussten nicht, was ihnen da vorgesetzt wurde.«

Sie nahm die Brille ab und nagte an einem Bügel.

»Können wir uns da so sicher sein?«

»Ich bin es jedenfalls«, erklärte David voller Überzeugung. »Wieso wäre sonst so viel Geschrei wegen der Proteinshakes gewesen? Außerdem dürft ihr nicht vergessen, dass ich diese Jungs gut kenne. Sehr gut. Wenn ich mir die von Ola erstellte Spielerliste ansehe, kann ich mit der Hand auf dem Herzen sagen, dass das keine Jungs sind, die sich freiwillig dopen würden.«

»Das ist lange Zeit auch von Lance Armstrong behauptet worden«, meinte Sara. »Aber von mir aus. Viertens kann es nur sehr wenige Mitwisser gegeben haben. Sonst wäre die Sache schon längst aufgeflogen.«

»Genau«, sagte Ola.

»Und wie«, sagte David.

»Aber wie wenige? Und können wir ganz sicher sein, dass Najib Aysha informiert war?«

David lachte. Ein polterndes Lachen, das aber nicht den geringsten Hauch von Fröhlichkeit enthielt. »In der Lloyds Arena fällt kein Sperling vom Himmel, ohne dass Najib Aysha dahintersteckt«, sagte er. »Das kann dein Freund bestätigen, Dr. Zuckerman. Ich bin sicher, er beklagt sich oft genug.«

Sara starrte ihre Notizen an. »Fünftens: Gedopt wird schon seit 2003. Kofi Nkrumah fühlte sich unwohl, ehe er in der Avenue Road erschossen wurde. Da bin ich ziemlich sicher. Ich habe nämlich mit seiner Schwester gesprochen. Und die hat mir faustdicke Lügen serviert, konnte das aber nicht besonders gut verbergen.«

»Aber welches Interesse könnte sie daran haben?«

Ola spuckte endlich den Eisstiel aus und steckte ihn in die Gesäßtasche.

»Das kann viele Gründe haben. Ich vermute, dass Najib Aysha sich rührend um sie gekümmert hat. Mit Zuckerbrot ist er freigebig, der Gute. Was Kofi angeht, so hat Johannes mir übrigens erzählt, dass es eine mündliche Absprache über einen Wechsel nach Paris Saint-Germain gab. Ein Unwohlsein hätte den endgültigen Vertragsabschluss verhindern können. So gesehen hatte Najib Glück, als der Junge erschossen wurde. Denn da fiel dem Verein immerhin die Versicherungssumme zu. Und die war hoch.«

Sie nagte an ihrem Stift und fügte hinzu: »Es gibt keinen sechsten Punkt. Wir sind am Ende unseres Weges.«

Im Nachbarzimmer wurde ein Fernseher eingeschaltet. Sekunden später rauschten die Rohre. Sara legte Block und Stift weg und setzte die Brille wieder auf. »Mit anderen Worten: Wir wissen, was passiert ist. Aber wir können nichts beweisen. Wir können es nicht stoppen, wir können niemanden anklagen. Wir …«

David versuchte aufzustehen. Er stöhnte, als er sich auf das Bett stützen musste, um nicht zu fallen. »Wir müssen die beiden Spieler in der Gefahrenzone warnen«, sagte er heiser. »Das ist das Mindeste, was wir tun können.«

»Nein«, sagte Sara. »Das können wir leider nicht.«

»Was?«

»Man kann niemandem sagen, dass er jederzeit mit Herzstillstand tot umfallen kann. Nicht, ohne eine Erklärung mitzuliefern. Und das können wir nicht. Nicht ohne Beweise. Wir können keine Behandlung anbieten. Kein … Gegengift oder Arzneimittel. Wir wissen außerdem nicht, ob es überhaupt passieren wird. Im Gegenteil, die meisten, die Dopex nehmen, haben bisher nicht das geringste Problem mit dem Herzen gehabt.«

Sie überlegte einen Moment, dann fügte sie hinzu: »Außerdem, wozu sollte die Warnung gut sein? Um ihnen Angst einzujagen? Dafür zu sorgen, dass sie in eine Notaufnahme übersiedeln, um jederzeit fachkundiges Personal in der Nähe zu haben, falls etwas passiert?«

Bisher hatte David auf Saras Arroganz mit einer gewissen Nachsicht reagiert. Jetzt starrte er sie mit etwas an, das Empörung ähnelte.

»Sie hat recht«, murmelte Ola. »Als Arzt kann ich nicht empfehlen, überhaupt etwas zu sagen.«

»Du hast wirklich Schmerzen«, sagte Sara leise, als David sein Gewicht vom linken auf den rechten Fuß verlagerte. »Liegt das am Knie?«

Zum ersten Mal lag in ihrer Stimme etwas wie Wärme.

»Knie. Hüften. Lange Geschichte. Aber was …«

Er griff in seine Hosentasche und zog eine kleine Schachtel hervor. Klappte den Deckel hoch und schüttete sich zwei blaue Pillen in die Hand. Er schluckte sie, ohne etwas zu trinken. »Was brauchen wir?«, fragte er. »Wo du doch alles weißt: Was brauchen wir, um Najib Aysha und sein Dopex unschädlich zu machen?«

»Wir brauchen Dopex, ganz einfach. Eine Probe davon, was in den Shakes war. Kannst du das besorgen?«

»Jetzt jedenfalls nicht. Die Saison ist zu Ende. Die Jungs müssen sich selbst um ihre Ernährung kümmern. Dopex wird offenbar nur in der Spielzeit ausgegeben.«

»Was ist mit dem Herbst?«

»Mit dem Herbst«, sagte er düster und legte seine riesige Faust neben dem Fenster auf den Tisch. »Die Götter wissen, ob ich dann noch lebe.«

»Ist es besser, wenn du im Bett liegst?«, fragte Sara und erhob sich.

David schüttelte den Kopf. »Wir brauchen also eine Dopexprobe«, sagte er. »Was sonst noch?«

»Einen glaubwürdigen Zeugen und einen klaren Beweis für eine Verbindung zwischen Dopex und Notting Hill.«

David schlug die Hände vors Gesicht und schnaufte.

Sara glaubte für einen Moment, er weine. »Leg dich hin«, sagte sie. »Du scheinst ja schreckliche Schmerzen zu haben.«

David ließ die Hände sinken und lachte. »Wir brauchen jedenfalls dieses verdammte Dope und dazu einen Zeugen, um Najib Aysha das Handwerk zu legen?«

Er drehte sich zu Sara hin und schaute ihr in die Augen. »Das bedeutet, dass wir es nicht schaffen«, sagte er. »Wir werden das niemals beweisen können.«

»Ich glaube leider, da hast du recht.«

Sie fing an, ihre Papiere zusammenzulegen. Ola half ihr dabei.

»Wir wollen das jedenfalls aufbewahren«, sagte sie und versuchte, alles in die richtige Reihenfolge zu legen. »Wer weiß, was später passiert?«

Ein Bogen war zwischen Bett und Nachttisch gefallen, und sie bückte sich, um ihn aufzuheben. Ihr Blick fiel auf einen Aufkleber, den jemand, vielleicht ein Kind, auf der gemusterten Tapete angebracht hatte, dreißig bis fünfunddreißig Zentimeter über der Scheuerleiste.

Sara war nicht zum ersten Mal im Soho Hotel. Als in Johannes' Badezimmer die Toilette ausgewechselt werden musste, hatten sie hier ein ganzes Wochenende verbracht. Das Hotel gefiel ihr gut. Beste Lage, schöne Zimmer. Geschmackvolle Einrichtung und perfekter Service.

Schön und sauber.

Sie kratzte an dem Aufkleber herum. Er war ziemlich groß. Gelb mit hellroten Zeichnungen, eine kleine japanische Comicfigur. Als sie den Aufkleber abriss, war die Tapete darunter eindeutig weniger verschossen.

Ein drei Zentimeter großer Aufkleber hatte ungestört an der Wand eines erstklassigen Hotels sitzen dürfen. Lange. Weil es ganz einfach so aussah, als ob er dorthin gehörte.

Sie stand auf und ging ruhig durch das schmale Zimmer zur Tür. Nahm Jeansjacke und Tasche vom Haken und kehrte zu den anderen zurück. »Wir sind am Ende angekommen, was Dopex angeht«, sagte sie. »Aber ich glaube, ich kann Najib Aysha trotzdem zu Fall bringen. Wegen einer ganz anderen Sache, die aber ebenso schwerwiegend ist. Ich rufe dich an, Ola. Bitte, räumt hier noch auf.«

»Aber ... Sara. Sara!«

Sie hörte nicht, denn sie stand bereits am Fahrstuhl.

22:00 Uhr
25 Canada Square, London

Nicht ohne eine gewisse Nervosität setzte sich Trevor Morison in seinem luxuriösen Büro an den Rechner und loggte sich in das gut geschützte Archiv ein, das er *»The Counsellor's Log«* nannte. Im Laufe der Jahre war es dermaßen angewachsen, dass er einen Angestellten damit beauftragt hatte, es zu warten. Eigentlich war das Log eine ziemlich ungefährliche Angelegenheit. Vermutlich verstieß es gegen die Datenschutzvorschriften, so viele persönliche Informationen über so viele Menschen an einer Stelle zu sammeln und zu systematisieren. Es spielte aber keine Rolle, denn nur er und der zuverlässige Assistent hatten Zugang.

Das Bedürfnis, sich einen Überblick über andere Menschen zu verschaffen, war früh entstanden.

Anfangs, als Trevor Morison sich ohne eine direkte Absprache als Najib Ayshas Mann für alles etabliert hatte, reichte sein eigenes Gedächtnis noch aus. In Bezug auf die Menschen, die ihnen begegneten. Die sie benutzten. Die sie betrogen. Und nicht zuletzt musste er die im Auge behalten, die begünstigt wurden. Als Najib Ayshas Geschäfte immer umfassender wurden, zuerst in Beirut und dann in London, entstand das Bedürfnis nach schriftlichen Quellen. Er entschied sich für ein großes dunkelbraunes Heft. Als viele Jahre später fünf davon im Safe lagen, gab er alles in den Computer ein. Seit vier Jahren arbeitete nun der älteste Sohn seiner Schwester für ihn. Der Neffe war fähig, diskret, wurde gut bezahlt und kam mit einem Vierstundentag zurecht.

Es ging bei seiner Arbeit darum, die Leute im Auge zu behalten. Sie zu überwachen, ganz einfach. Jederzeit zu wissen, wo sie wohnten. Familienzuwachs, Krankheit, Karriere und Tod. Ein langer Weg hatte Najib und Trevor gelehrt, dass es wichtig war, alle im Auge zu behalten, die man beim Aufstieg überholte, man riskierte sonst, ihnen auf dem Weg nach unten wiederzubegegnen. Das Leben verlief in Wellen, sogar für Najib Aysha.

Trevor hatte selten gefürchtet, seine Stellung als Counsellor zu verlieren. Dazu war Najib zu sehr von ihm abhängig. Aber im März 2003 wäre es fast passiert.

Wenn der kleine Caspar den überraschenden Schusswechsel während des Überfalls nicht überlebt hätte, wäre Trevor Morisons Karriere beendet gewesen. Und sein Leben vermutlich auch. Als er hier bei dunkler Beleuchtung und leiser Hintergrundmusik allein in seinem Büro saß, spürte er, dass bei dieser Erinnerung sein Blutdruck stieg. Sie hatten abgemacht, dass Ramsi Aoun in der Avenue Road nur einen Schuss abgeben sollte. Auf den Afrikaner. Niemand hatte doch wissen können, dass Joumana eine Pistole in der Handtasche hatte und nicht davor zurückschreckte, sie auch zu benutzen.

Dass Ramsi nach dem Überfall spurlos verschwunden

war, wie verabredet, um dann nie wieder aufzutauchen, weder tot noch lebendig, war einer der glücklichen Zufälle im Leben, an die Trevor eigentlich nicht glaubte.

Die es aber gab.

Er hatte keine Ahnung, was aus Ramsi geworden war. Es war ihm auch egal, obwohl sie früher gute Kumpels gewesen waren. Und obwohl auf Ramsi Verlass gewesen war, wenn Najib und damit Trevor Dienste benötigten, die sie lieber nicht selbst übernehmen wollten. Es gab noch andere Ramsis, Trevor Morison hatte lange genug in Beiruts Hinterhöfen gelebt.

Ramsi war seit über zehn Jahren verschollen, war aber im Log noch aufgeführt. Wie auch Xavier Hermosillo.

Der ehemalige Tierpfleger bei SouthEnd Gene Inc. hatte Trevor 1999 einmal aufgesucht. Eigentlich hatte er zu Najib Aysha gewollt, einem Mann, der so selten Audienzen erteilte, dass auch Prinz Charles sich einen Korb geholt hatte, als er über die Entwürfe zu Newcastle Pharmas neuem Verwaltungsgebäude reden wollte.

Xavier kam nur bis zu Trevor.

Er habe einen Stoff, wie er verlockend andeutete.

Etwas, das SouthEnd Gene vor der Fusion verworfen habe.

Trevor hatte unmissverständlich deutlich gemacht, dass alles, was irgendwann SouthEnd Gene Inc. gehört hatte, nunmehr in den Besitz von Newcastle Pharma übergegangen sei, und den ehemaligen Tierpfleger gebeten, diesen »Stoff« so schnell wie möglich dessen rechtmäßigem Besitzer auszuhändigen. Xavier war aufgestanden und gegangen.

Aber Trevors Neugier war geweckt. Er suchte Xavier Hermosillo auf, erfuhr mehr über den Stoff und erhielt einen Stapel Kopien von Gene Grants Notizen. Xavier war ein einfacher Mann, der sich mit zehntausend Pfund abspeisen ließ.

Als Bezahlung für etwas mehr als vier Pfund SE1504-B.

Wobei Trevor Morison zunächst keine Ahnung hatte, was er damit anfangen sollte.

Najib Aysha sah das anders. Er war Feuer und Flamme, nachdem er die Dokumentation gelesen hatte. Da er die Angestellten von Newcastle Pharma durchaus nicht dazu bringen wollte, in alten Unterlagen zu stöbern, denn Gene Grant lebte noch, und sein Wort war Gesetz, zog er Paul Swanson heran. Der Mann war Pharmazeut und Arzt. Egozentrisch, ziemlich tüchtig und in Geld verliebt. Er wurde in einem spitzenmäßig ausgerüsteten Labor im Keller des Canada Square 25 untergebracht, und anderthalb Jahre später konnte er ein Medikament mit überzeugender Auswirkung auf den Musculus triceps surae vorlegen.

Das Medikament hatte einige Nebenwirkungen.

Längst nicht so viele wie der ursprüngliche Wirkstoff damals bei Gene Grants Versuchen, aber es hatte trotzdem kaum Chancen, für die Testanwendung bei Menschen zugelassen zu werden.

Najib selbst entschied dann, was geschehen sollte.

Trevor sorgte dafür, dass es geschah.

Paul steckte so tief mit in der Klemme, dass sie sich um ihn keine Sorgen zu machen brauchten.

Xavier Hermosillo war ein winzig kleines Risiko.

Trevor schrieb seinen Namen in das gelbe Suchfenster und drückte auf *Enter.*

Xavier Hermosillos Dossier war in rote Schrift umgewandelt worden. Trevor wischte sich mit theatralischer Geste die Stirn. Er scrollte zur letzten Information über Xavier Hermosillo aus Liverpool weiter.

Gestorben an einem Lymphom, 13. August 2012.

Er war aus der Welt, im wahrsten Sinne des Wortes.

Jetzt musste er sich nur noch des restlichen SE1504-B sowie der kleinen Menge des fertigen Präparates entledigen, die sich seines Wissens in Paul Swansons Büro befand.

Das alles wurde einfacher, als er gedacht hatte.

Freitag, 7. Juni 2013

09:00 Uhr
Ladbroke Grove, Kensington, London

Aron Apter stand seit über einer Stunde vor dem Haus, in dem Johannes Funkel wohnte. Das Warten machte ihm nichts aus. Das Wetter war gut, und die Temperatur war in dieser Stunde gestiegen. Er hielt sich hinter einem Audi auf und hatte eine Zeitung unter dem Arm, die er ab und zu aufschlug.

Johannes Funkel war vor einer Dreiviertelstunde davongestürzt. Zu Fuß, hatte Aron überrascht festgestellt, im Kellergeschoss stand doch ein Mercedes S350. Sara war noch in der Wohnung, er hatte das erst vor wenigen Minuten mit seinem Telefon überprüft.

Er hatte in der vergangenen Nacht einen endgültigen Entschluss gefasst.

Aron Apter wollte mit Sara Zuckerman sprechen.

Es war ein äußerst riskantes Manöver, aber er fühlte sich gut vorbereitet. Ein solches Gespräch hatte er bisher nur ein einziges Mal geführt. Selbst wenn sich seine Entscheidung damals als richtig erwiesen hatte, war das keine Garantie dafür, dass er auch diesmal die Situation retten würde. Sich einer Drohung zu stellen, das stand ganz unten auf der Liste, die Agenten wie ihm für brenzlige Situationen vorlagen.

Er musste vor allem in Erfahrung bringen, was sie wusste.

Viel konnte es nicht sein, aber etwas wusste sie.

Später musste er überzeugen. Alternativen präsentieren, ruhig und logisch, um an die Vernunft des Objektes zu appellieren. Danach stand alles offen. Er wäre seinen Eingebungen und seinen analytischen Fähigkeiten ausgeliefert.

Und die mussten viel besser sein als bei den neun Männern, die in einer Januarnacht des Jahres 2003 geglaubt hatten, von einem Terroranschlag in London Wind bekommen zu haben. Der Fall wurde sofort auf politisches Niveau erhoben. Es wurde erwogen, die britischen Behörden zu warnen, aber dieser Gedanke wurde rasch wieder aufgegeben. Der Mossad analysierte einen solchen Verdacht immer bis zum Ende, ehe er eine Information mit seinen Verbündeten teilte. Das hier war unsicher. Als Erstes müssten die beiden Männer genau beobachtet werden.

Zwei Tage später hatte sich die Stimmung um die Ausdrucke von *Har Sinais* Kreuzverbindungen ein wenig beruhigt. Von einem großen Anschlag war offenbar nicht die Rede. Kein 11. September, kein U-Bahn-Massaker. Aber etwas stand bevor, und es gab Anzeichen für einen Anschlag in einem von Londons vornehmeren Wohnvierteln.

Die Idee, das überwachte Duo von Ahmed Farez infiltrieren zu lassen, stammte nicht von Aron Apter. Ganz und gar nicht. Der Chef der Abteilung, der Mann, der heute Richter beim Obersten Gericht war, hielt während der Besprechung mit den Analytikern die Gelegenheit für perfekt. Zum Infiltrieren. Um mehr über die Denkweise der Terroristen zu erfahren. Um möglicherweise an Informationen über ein größeres Netzwerk zu gelangen.

Mit dem letzten Grund wartete er, bis Aron und er allein waren. Um dafür zu sorgen, dass die Aktion wirklich durchgeführt würde.

Es war die Aufgabe der Abteilung, für Unterstützung Israels im Ausland zu sorgen. Je mehr muslimische Terrorangriffe auf unschuldige Opfer, desto weniger Fokus auf Israel. Desto mehr Verständnis dafür, wie es war, auf einer von hasserfüllten Arabern umzingelten Insel zu leben. Jetzt war die Zeit für eine *deception operation* gekommen, im wahrsten Sinne des Wortes.

Der Chef hatte offenbar Arons Pokergesicht durchschaut.

»Es geht hier nicht um einen großen Anschlag, Aron. Wenn wir auch nur den kleinsten Hinweis darauf erhalten, dass etwas Größeres geplant ist, verständigen wir Downing Street. Natürlich tun wir das. Verlass dich auf mich. Verlass dich auf *Har Sinai,* zum Henker!«

Aron hatte kurz genickt und seine Pflicht getan.

Es war jetzt Viertel nach neun, und ihm war unangenehm warm. Noch immer zeigte der hellgrüne Punkt in seinem Telefondisplay, dass Dr. Zuckerman sich in der Wohnung aufhielt. Er griff nach der kleinen Plastiktüte, die er auf das Wagendach gelegt hatte, klemmte sich die Zeitung unter den Arm und schlenderte die Straße entlang. Ein Kastenwagen lieferte ihm die nötige Deckung, während er zugleich freie Sicht auf die Haustür hatte.

Ahmed Farez hatte Aron Apter ganz einfach hinters Licht geführt.

Der Mann aus Jericho war überraschend problemlos in Kontakt zu den beiden Libanesen gekommen. Schon am dritten Tag konnte er berichten, dass er jetzt dazugehörte. Bei Aron hätten die Alarmglocken schrillen müssen, aber die Details, die Farez über Herkunft und Lebensgeschichte der Männer liefern konnte, stimmten so gut mit den Kenntnissen von *Har Sinai* überein, dass es schwer wurde, ihm nicht zu glauben.

Es war wirklich die Rede von einem Terroranschlag, konnte Ahmed Farez zwei Wochen später bestätigen, als sie sich wie so oft in einem vorher verabredeten Kino trafen. Bisher wusste er nicht, wo oder wann. Nichts sollte gesprengt werden, aber es gab Grund zu der Annahme, dass es bei einer Veranstaltungseröffnung passieren sollte. Möglicherweise ging es dabei um Kunst.

Als der 3. März näher rückte, erfuhr Aron mehr.

Sara Zuckerman kam aus der breiten Glastür. Sie schaute zum Himmel, zog das bunte Tuch, das sie sich um die Schultern gelegt hatte, zurecht und ging los. Aron Apter ließ die Zeitung auf den Boden fallen und nahm die Tüte mit der kleinen Schachtel in die linke Hand. Er schaute sich nach beiden Seiten um, dann überquerte er die Straße.

Er war nur noch drei Meter von ihr entfernt, als sie ihn entdeckte. Sie blieb stehen.

»Dr. Zuckerman«, sagte er freundlich. »Ich bin Aron Apter. Dürfte ich Sie wohl zu einer Tasse Kaffee einladen?«

09:15 Uhr
Cobham, Surrey, England

»Und mehr habe ich nicht zu erzählen. Leider.«

Ola saß im Gartenhaus der Familie Pry. Sophie Pry hatte ihn ohne das geringste Erstaunen empfangen, als hätte sie gewusst, dass er kommen würde. Der Tee war gerade fertig, und sie führte Ola mit energischen Schritten über den grünen Rasen, als ob sie sich für etwas gewappnet hätte.

Auf dem Tisch standen zwei Porzellantassen und eine Schale mit Plätzchen.

»Er ist gestorben, weil sein Herz stehen geblieben war«, fasste sie leise zusammen. »Oder weil ihm schwindlig wurde und er die Kontrolle über den Wagen verlor.«

»Das glaube ich. Meine Kollegin und ich sind fast sicher, dass es so war.«

»Und es war nicht seine Schuld. Er hatte sich nicht gedopt, jedenfalls wusste er nichts von diesem …«

»Dopex.«

Ola lächelte, leicht verlegen. »Das ist nur ein Name, den ich diesem Stoff gegeben habe. Nein, er wusste nichts davon.«

»Er wurde ganz einfach …« Sophie stellte die Teetasse mit einem leisen Klirren auf die Untertasse. »… zum Opfer eines Verbrechens?«

»Ja.«

Ola faltete die Hände und ließ sich zurücksinken. »Und leider gibt es kaum die Möglichkeit, den Verbrecher zur Rechenschaft zu ziehen. Wie ich vorhin schon gesagt habe: Ich muss Sie um dasselbe bitten, was Sie von mir verlangt haben. Sie müssen das für sich behalten. Najib Aysha ist ein überaus mächtiger Mann. Und wir können nun einmal nichts beweisen.«

Sophie legte ihm eine schmale Hand auf den Arm. Fing seinen Blick ein, hob die andere Hand und fuhr damit über seine frisch rasierte Wange.

»Das verstehe ich. Ich danke Ihnen trotzdem sehr. Sie sind ein guter Mensch, Dr. Farmen. Ihre Kinder haben Glück.«

»Ihre auch«, sagte er und erhob sich. »Ihre auch, Mrs Pry. Ich hoffe so sehr, dass es leichter für Sie wird, mit allem zu leben, da Sie jetzt wenigstens wissen, was passiert ist.«

»Das wird es. Viel leichter.«

Ola griff nach seiner Tasse, um sie mit zurück ins Haus zu nehmen.

»Lassen Sie das stehen, bitte. Ich möchte noch ein bisschen hier sitzen bleiben. Es ist so ein schöner Tag.«

Sie stand auf und umarmte ihn. »Sie finden doch hinaus?«

Ein Duft nach Maiglöckchen und Zitrone hing noch in der Luft, als sie sich auf den weiß lackierten schmiedeeisernen Stuhl setzte.

»Das werde ich. Leben Sie wohl.«

Als er einige Meter gegangen war, drehte er sich um. Er

schüttelte den Kopf und zögerte einen Moment, dann sagte er: »Najib Aysha hat sein ganzes Leben lang hoch gepokert. Das Schicksal holt solche Menschen irgendwann ein. Früher oder später. Sie können durchaus damit rechnen, dass er seine Strafe erhält.«

»Man kann ja hoffen«, sagte Sophie Pry. »Aber mehr kann man wohl nicht.«

09:35 Uhr
Ladbroke Grove, Kensington, London

Zuerst war er überrascht gewesen, fast verwirrt, als Sara Zuckerman ihn in Johannes Funkels Wohnung gebeten hatte. Aron hatte sich schon ein hundert Meter weiter gelegenes kleines Café ausgesucht. Als er den hellen Eingangsbereich betrat, begriff er. Die elektronische Tafel neben der Tür kündete von einem Sicherheitssystem, das sehr schnell Wächter herbeiholen würde.

Sie hatte Angst, das konnte er sehen. Ein Zucken am Auge. Ein leichtes Zittern der Hand, als sie sich über den ovalen Esstisch beugte und Kaffee einschenkte. Nervös strich sie sich immer wieder die Haare hinter die Ohren.

»Was wollen Sie von mir?«, fragte sie plötzlich, sie hatten noch kein Wort gewechselt, seit sie die Wohnung betreten hatten.

Ihre Augen waren blau, wie seine eigenen. Ihr Haar war röter als bisher, es konnte am scharfen Licht eines Spotlights in der Decke liegen. Ihre Haut lockerte sich am Hals ein wenig, aber über den runden Wangen war sie noch makellos und glatt.

Aron verspürte einen fast unwiderstehlichen Drang, ihr alles zu erzählen.

Ihr zu erzählen, wie er von seinem eigenen Infiltrator betrogen worden war. Von Ahmed Farez zu erzählen, der behauptet hatte, der immer diffusere Terroranschlag solle bei der Eröffnung der neuen Absurdia Gallery in Whitechapel stattfinden. Prominenz war eingeladen, viele würden kommen. Die Eröffnungsausstellung sollte Werke von zwei der vielversprechendsten jungen Talente Englands zeigen.

Ein *hit-and-run,* hatte Ahmed Farez behauptet, drei Mann mit Maschinengewehren können sehr großen Schaden anrichten.

Was Ahmed zum Glück nicht wusste, war, dass *Har Sinai* ihn und seine beiden neuen Freunde weiterhin fortlaufend analysierte. Die beiden Libanesen waren überaus vorsichtig, aber *Har Sinai* arbeitete unverdrossen weiter, Tag und Nacht, und bearbeitete alle Informationen, die von Telefongesprächen, Mails, Kameras und verdeckten Abhörgeräten gesammelt wurden.

»Was ich von Ihnen will?«, fragte Aron langsam, als sei er gerade erst auf die Idee gekommen, dass er einen Grund dafür gehabt haben müsse, sie vor dem Haus ihres Freundes anzusprechen. »Sie besser kennenlernen, vielleicht?«

Er konnte sehen, dass sie die Zähne zusammenbiss, ein Muskel zuckte an ihrer linken Wange. »Reden Sie keinen Dreck. Antworten Sie!«

Er hätte natürlich antworten können. Er hätte ihr erzählen können, wie *Har Sinai* hartnäckig immer wieder darauf bestanden hatte, dass das eigentliche Ziel in der Avenue Road liege, einer von Londons besten Adressen. Wie Aron versucht hatte, das wahrscheinlichste Ziel zu ermitteln, mit analytischem Computerwerkzeug und durch persönliche Wanderungen durch die schön gelegene Straße.

»Es tut mir leid, dass ich bei unserer vorigen Begegnung eine falsche Identität angegeben habe«, sagte er ruhig. »Ich hoffe, Sie verstehen, dass es so sein musste.«

»Nein. Das verstehe ich nicht. Ich verstehe hier überhaupt nichts mehr.«

»Wovon denn?«, fragte er freundlich und stellte die Kaffeetasse weg.

»Von Ihnen. Von Ihrer Verbindung zu dem Überfall auf Familie Aysha. Ich begreife nicht, wer dieser arme Ahmed Farez war und wie …«

»Ahmed Farez braucht Ihnen nicht leidzutun.«

Das brauchte er wirklich nicht. Der Mann hatte keine Seele. Ein eiskalter Psychopath, das war Arons Urteil nach den Wochen in London, während er immer mehr daran zweifelte, dass er seinen Infiltrator unter Kontrolle hatte.

Am 2. März hatten sie wieder miteinander geredet. Diesmal bei Madame Tussaud, in leisem Gespräch vor der Wachsfigur von Admiral Nelson. Noch immer bestand Farez darauf, dass von einem *hit-and-run*-Einsatz die Rede war. Noch immer gab er die Absurdia Gallery als Ziel an.

Aron hatte beschlossen, sich nach allen Seiten zu sichern.

Die Eröffnungsausstellung in Whitechapel würde gut besucht sein. Ahmed hatte recht, drei Männer mit Maschinengewehren könnten großen Schaden anrichten.

Nachdem Aron seinen Beschluss gefasst hatte, wurden die britischen Behörden verständigt. Sie ergriffen sofort ihre Maßnahmen. Zehn Minuten vor Eintreffen der ersten Gäste zur großartigen Eröffnung fuhren drei Löschzüge mit schrillen Sirenen vor dem frisch renovierten Gebäude vor. Eine Gasleckage, wurde den verzweifelten Besitzern erzählt, und es werde einige Zeit dauern, die fragliche Stelle zu finden. Die Eröffnung musste verschoben werden.

Etwas Dramatischeres, als dass als Feuerwehrleute verkleidete Sicherheitsexperten vier Stunden lang die Galerie vom Keller bis zum Dachboden durchsuchten, passierte an jenem Tag nicht in Whitechapel. In der Avenue Road dagegen fand einer der spektakulärsten Kunstdiebstähle aller Zeiten statt.

»Ich möchte wissen, was Sie von mir wollen«, sagte Sara.

»Wenn Sie nicht antworten, muss ich Sie bitten zu gehen. Oder jemanden holen, der Sie hinausbegleitet.«

»Was glauben Sie?«, fragte er freundlich.

»Worüber?«

»Über den Überfall in der Avenue Road.«

»Ich glaube, es geht um einen Versicherungsschwindel«, sagte sie. Ihre Stimme war eine Spur zu hoch, fast schrill, und er sah, dass sie vor Erregung die Faust ballte.

»Ach«, sagte er.

»Und warum der Mossad sich in Najib Ayshas Plan, sich über zweihundert Millionen Pfund zu erschwindeln, eingemischt hat, begreife ich nicht.«

»Gut«, sagte er, ohne zu lächeln. »Das freut mich.«

Sie liegt total falsch, dachte er erleichtert und trank einen großen Schluck Kaffee. Natürlich ging es nicht um einen Versicherungsschwindel. Sondern um einen guten altmodischen Kunstdiebstahl.

Seine beiden Kollegen hatten die ganze Avenue Road überwachen sollen. Streng genommen waren es zwei zu wenig, aber ihre Mittel reichten nicht weiter, und sie hatten die britischen Behörden noch nicht von der Nebenspur informiert, die in die Avenue Road führte. Die Information war zu unsicher, um weitergegeben zu werden.

Später hatten sie viele Ausflüchte. Sie waren nicht genug, es war zu lebhafter Verkehr gewesen. Die Verbrecher hatten einen Personenwagen benutzt, während sie nach einem Kastenwagen Ausschau gehalten hatten. Auf die Frage, warum um alles in der Welt ein Kastenwagen verdächtiger sein sollte als ein Personenwagen, blieben sie die Antwort schuldig.

Aron hatte sie zum Glück selbst gesehen. Er saß in einem alten Morris Mini ganz am Ende der Avenue Road. Wären die beiden Verbrecher in die Gegenrichtung geflohen, wären sie entkommen. Das Glück stand Aron bei: Er erkannte im Vorbeifahren des Gesicht des Fahrers. Er hatte sich seit Wochen Bilder dieser Libanesen angesehen.

»Ein Versicherungsschwindel«, wiederholte Aron und nickte interessiert. »Können Sie das genauer erklären?«

»Nein. Vergessen Sie es. Und gehen Sie jetzt.«

»Apropos Versicherung … haben Sie je versucht, sich Israel als Versicherungsgesellschaft vorzustellen?«

»Nein. Bitte, gehen Sie.«

Aron hätte ihr von den Bildern erzählen könnten. Darüber, wie er die beiden Libanesen verfolgt hatte, die gar nicht erst versucht hatten, sich durch die bereits überall in London errichteten Polizeisperren durchzuschlagen, sondern die schon drei Straßen weiter anhielten und in einen Hinterhof fuhren. Wie Aron in einen Keller auf diesem Hinterhof gegangen war, die Abhörgeräte an der Wand des Nachbarraumes befestigt hatte und die überlebenden Bilderdiebe so glasklar gehört hatte, als ob sie sich im selben Zimmer aufhielten.

Ihnen ging es ganz einfach um das Geld.

Sie waren schnöde Kriminelle. Keine Terroristen.

Zufrieden, weil sie nun nicht mehr durch drei teilen mussten, konnte Aron sie sagen hören. Sie hatten ihre Zweifel an dem Mann bekommen, am Vorabend, als er losgeplappert hatte, er sei dabei, den Mossad an der Nase herumzuführen. Da er wusste, was sie vorhatten, und da es zu spät war, sich den nötigen Dritten zu besorgen, hatten sie ihn trotzdem mitgenommen.

Dass er nicht mehr lebte, war das Beste, was hätte passieren können.

Ahmed Farez hatte Aron Apter eingeredet, er arbeite mit Terroristen zusammen. In Wirklichkeit hatte er die Gelegenheit nutzen wollen, um sich mithilfe seines Anteils an der Riesenbeute ein für alle Mal aus dem Zugriff des Mossad zu befreien.

Vermutlich hatten sie Lösegeld fordern wollen.

Aron hatte lautlos seine beiden Untergebenen kommen lassen. Als sie endlich eintrafen – was nicht leicht gewesen war, bei den vielen Polizeifahrzeugen und Krankenwagen –, waren die Libanesen tot. Sie durften der britischen Polizei nicht in die Hände fallen. Der Name des Mossad durfte in einem solchen Zusammenhang nicht erwähnt werden. Alle Spuren mussten eliminiert werden, bis auf die wertvollen Gemälde. Die waren bereits in Decken gewickelt und lagen in einem Pappkarton, der draußen auf dem Gang gestanden hatte.

Danach war die Hölle losgebrochen. Aron hatte sechs Wochen gebraucht, um sich um alles zu kümmern. Leichen und Gemälde, Fluchtauto und Waffen, aber er hatte es geschafft. Nicht zuletzt, weil die Briten davon überzeugt gewesen waren, dass sie nach Terroristen suchten. Die Israeli hatten sich zwar beim Ziel der Aktion vertan. MI6 brachte dennoch über die dazu geeigneten Kanäle seine tiefe Dankbarkeit über die Warnung zum Ausdruck, verbunden mit der Hoffnung auf weitere und dauerhaft gute Zusammenarbeit zwischen den beiden Organisationen.

Die Bilder lagen seither in sicherem Verwahr in einem Safe am Stadtrand von Tel Aviv.

»Ich gehe jetzt«, sagte Aron Apter traurig. »Natürlich. Ich habe mich aufgedrängt.«

Er erhob sich und nahm die kleine Tüte, die er bei sich gehabt hatte.

»Ich bin in meinem Leben vielen Juden begegnet«, sagte er. »In aller Welt. Ob es Ihnen passt oder nicht, Dr. Zuckerman, wir haben eine Gemeinsamkeit. Wir haben unsere Geschichte. Und wir haben Israel. Unsere Versicherung. Wir können, wenn die Welt abermals im Wahnsinn versinkt, immer nach Hause kommen. Der Staat Israel ist für mehr als vierzehn Millionen Menschen die Garantie gegen die Schlechtigkeit der restlichen Welt, die sich schon viel zu oft gegen uns gewandt hat.«

Er lächelte, fast verlegen, und ging zur Tür.

Sie blieb sitzen.

»Deshalb muss Israel verteidigt werden«, sagte er und

blieb stehen. »Koste es, was es wolle. Mit allen Mitteln. Das ist unsere einzige Garantie. Für uns. Für Sie und mich und Ihre Nichte. Halten Sie uns aus dieser Sache heraus, Dr. Zuckerman. Halten Sie den Mossad und Israel aus dieser Geschichte über den Überfall in der Avenue Road heraus. Sie werden der Sache nie auf den Grund kommen. Es würde nur zu Unannehmlichkeiten führen. Kein Grund, großes Geschrei um etwas zu machen, das sich als Nichts erweisen wird. Übrigens …«

Er kam ruhig zurück zum Tisch. Öffnete die Tüte und zog eine kleine Pappschachtel heraus, schön dekoriert in Hellgrün und Silber.

»Juniper Sling«, sagte er mit einem Lächeln und schob ihr die Schachtel hin. »Ein Duft, der wirklich zu Ihnen passt. Eine gute Wahl, Dr. Zuckerman.«

Aron Apter deutete eine Verbeugung an, wie ein britischer Gentleman, und ließ sie in Johannes Funkels Wohnung allein.

13:00 Uhr
Tate Britain, Millbank, London

Sara hatte sich noch immer nicht richtig von ihrer Begegnung mit Aron Apter erholt.

Als er leise die Tür hinter sich zugezogen hatte, brach sie in Tränen aus. Sie hatte nicht einmal geahnt, dass ein Mensch in einem so freundlichen Tonfall so bedrohlich wirken konnte. Sara fürchtete sich vor vielen Dingen. Vor Regenwürmern, Wespen und Gewittern. Immer hatte sie Angst, Thea könne etwas zustoßen. Sie fühlte sich im Dunkeln unsicher und musste zugeben, dass sie keine nächtlichen Friedhöfe mochte. Sie konnte sich jedoch nicht erinnern, sich jemals vor einem Menschen gefürchtet zu haben. Bis jetzt. Sowie sie sich gefasst hatte, ließ sie sich ein heißes Bad einlaufen. Mischte sich einen starken Gin Tonic, obwohl es noch nicht einmal zehn war.

Das Schlimmste war das mit dem Parfüm gewesen. Sie konnte sich nicht erklären, woher er wusste, dass sie Juniper Sling benutzte. Es war ihr wie ein Übergriff vorgekommen, als er ihr die Schachtel zugeschoben hatte, eine Verletzung ihrer intimsten Grenzen.

Er hatte sein Ziel erreicht.

Sara Zuckerman ließ die Mossad-Spur fallen.

Sie kam da nicht weiter.

Aron Apter passte nicht ins Bild. Er war und blieb ein fremdes Element in der Geschichte. Als sie langsam die breite Treppe zum Eingang der Tate Britain hochstieg, ging ihr auf, welche Torheit es gewesen war, zu glauben, sie könne irgendeine Angelegenheit klären, bei der der Mossad mit im Spiel war.

»Hybris«, sagte sie laut.

Eine Dame, die gerade nach unten ging, blieb stehen und rief: *»Excuse me?«*

Sara lächelte entwaffnend und stieg weiter die Treppe hoch. Betrat das Millbank Foyer. Sie nahm sich sonst immer Zeit, den Bau an sich zu genießen, jetzt aber ging sie mitten durch die Rotunda und dann nach links.

Im *Learning Room* stand ein Schaukasten mit Kopien der drei Gemälde. »Die Kartenspieler« von Cézanne, »Namenloser Himmel« und »Porträt des Dr. Gachet«, beide von Vincent van Gogh. Eine Schautafel schilderte die Geschichte der Bilder und die Geschehnisse des Jahres 2003.

Kunst ist Najib Ayshas zweitgrößte Leidenschaft, dachte Sara.

Es würde ihm sehr schwerfallen, solche Meisterwerke zu zerstören.

Lange blieb sie in Gedanken versunken vor dem Schaukasten stehen. Sie rief sich das Bild von Aron Apter neben Dorothy Krügers Tor vor Augen und riss es in Gedanken in Stücke. Sie hatte zwei Hypothesen darüber gehabt, was wirklich in der Avenue Road geschehen war. Die erste hatte sie nie richtig zu Ende gedacht. Die zweite hatte den Sieg davongetragen.

Am Ende stand sie so lange da, dass ein Wächter kam und freundlich fragte, ob alles in Ordnung sei.

Sara beteuerte, dass alles in schönster Ordnung sei, und zog ihr Mobiltelefon aus der Handtasche.

Najib Ayshas zweitgrößte Leidenschaft war die Kunst.

Die größte war das Geld.

»Johannes«, sagte sie energisch, als er sich endlich meldete. »Jetzt kommt dein Promistatus uns endlich mal zugute. Du musst dafür sorgen, dass die Direktorin der Tate Britain zu mir kommt. Jetzt sofort. Ich stehe im *Learning Room*. Im Museum. Kannst du das bitte in die Wege leiten?«

13:10 Uhr
Ärmelkanal

Trevor Morison liebte das Meer.

Er war in einem kleinen Ort in Wales aufgewachsen, und seine älteren Brüder waren dem Vater ins Bergwerk gefolgt. Er selbst hatte nur weggewollt. Mit siebzehn war er von zu Hause durchgebrannt und hatte in Liverpool auf einem Frachter angemustert. Nach einem Landurlaub verpasste er das Schiff und blieb viele Jahre in Beirut. Die Sehnsucht nach dem Meer sollte trotzdem niemals ganz verfliegen.

Er war allein. Meistens hatte er eine kleine Mannschaft an Bord des Bootes, einer Achtundneunzig-Fuß-Princess. Die anderen hatten mit den Schultern gezuckt, als er sie an Land geschickt hatte, er werde nicht lange ausbleiben. Sie könnten inzwischen essen. Das Wetter war gut, die Windverhältnisse waren ruhig.

Nachdem er zwei Seemeilen zwischen sich und die englische Küste gelegt hatte, schaltete er den Motor aus und setzte den Treibanker. Ging nach achtern, wo er die Tasche abgelegt hatte. Er zog den Reißverschluss auf und hob eine Schachtel heraus, die etwas über zwei Kilo wog, dazu zwei kleine Tüten von kaum mehr als fünfzig Gramm.

Er wandte sich vom Wind ab, auch wenn nur eine leichte Brise wehte, und leerte Schachtel und Tüten ins Meer aus. Danach riss er die Schachtel in Fetzen und legte sie und die Plastiktüten in einen Zinkeimer, in dem sie sonst Schalentiere aufbewahrten. Er goss Feuerzeugbenzin darüber und zündete alles an. Als nur noch Ruß und Asche übrig waren, füllte er den Eimer mit Wasser und warf ihn über Bord.

Der Eimer versank in Sekundenschnelle.

13:41 Uhr
Tate Britain, Millbank, London

Die Direktorin der Tate Britain hieß Joan Betson und starrte Saras ausgestreckte Hand skeptisch an.

Aber sie ergriff sie.

»Ich glaube, ich kann mich nicht erinnern …«

»Tausend Dank«, sagte Sara, als die Direktorin nicht ganz die richtigen Worte fand. »Ich bin froh darüber, dass Sie wirklich gekommen sind.«

Die beiden Männer, die zusammen mit der Direktorin gekommen waren, wirkten nicht wie Leibwächter. Der eine war ziemlich klein und dick, er hatte fettiges, schütteres Haar und dicke Brillengläser. Der andere war sicher über sechzig und schien aussehen zu wollen wie Oscar Wilde.

»Es geht um diese beiden Bilder hier«, sagte Sara leise und drückte leicht gegen Joan Betsons Ellbogen, um sie zu dem Schaukasten zu führen, ohne dass die beiden Männer sich anschlossen. »Wem gehören die eigentlich?«

»Eigentlich?«

Die Direktorin sah ehrlich verwirrt aus und fügte rasch hinzu: »Ihnen ist doch klar, dass das Kopien sind?«

»Sicher. Aber wem gehören sie? Sind sie Eigentum des Museums?«

»Äh … nein, ich … Also, das sind sehr aufwendig hergestellte Kopien, und soviel ich weiß, gehören sie Najib Aysha.«

»Das bedeutet also, dass er im Prinzip jederzeit herkommen und sie sich zurückholen könnte?«

»Nun haben wir es hier, wie gesagt, mit Kopien zu tun, und da kann ich mir nicht vorstellen, dass Mr Aysha jemals …«

»Aber im Prinzip«, fiel Sara ihr ins Wort, »gehören sie ihm, nicht wahr?«

»Doch …«

Joan Betson dehnte dieses Wort und musterte Sara immer skeptischer.

Sara sah die Bilder an.

Der Raubüberfall war bestellt gewesen. Eine andere Erklärung gab es nicht. Alles stimmte. Aysha war in verzweifelter Geldnot gewesen, aber aus Furcht vor den Reaktionen des Marktes hatte er keine Kunstwerke verkaufen können. Zweihundert Millionen Pfund würden ihm aus der Klemme helfen, im Herbst würde Revolan auf den Markt kommen und die Aktien von Newcastle Pharma in die Höhe schießen lassen.

Selbst Kofis Tod konnte geplant gewesen sein.

Vermutlich war er tot mehr wert gewesen als lebendig.

Sie hatte kaum eine Ahnung, wie das alles vor sich gegangen war. Aron Apters Rolle in den Vorgängen zu durchschauen hatte sie aufgegeben.

Nur in einem Punkt war sie sich ganz sicher: wie sie ihre Behauptung eines spektakulären Versicherungsschwindels beweisen sollte.

»Das sind keine Kopien«, sagte sie und zeigte auf die Bilder. »Das heißt …«

Die beiden Männer nahmen sie plötzlich in die Mitte. Der Korpulente rückte mit einem fetten Zeigefinger seine Brille gerade und rief: »Wie beliebt?«

»Die ›Kartenspieler‹ sind eine Kopie. Aber die beiden van Goghs nicht.«

»Aber wir haben die besten Kunstkenner der Welt«, protestierte Joan Betson. Inzwischen strömten die Museumsbesucher um sie und Sara zusammen. »Wir untersuchen doch unsere ...«

»Nein«, sagte Sara lächelnd und schaute noch immer den Schaukasten an. »Sie untersuchen die Bilder, die als echt ausgegeben werden. Es besteht kein Grund zur Untersuchung von Bildern, die als Kopien gelten.«

Das verstreute Gemurmel im *Learning Room* wurde jetzt ziemlich laut.

»Genial«, sagte Sara und schaute endlich zu der mageren Direktorin hoch. »Der beste Ort, um etwas zu verstecken, ist da, wo es mit der Tapete verschwimmt. Die Bilder zwischen Bildern zu verstecken, das war eine gute Idee. Najib Aysha liebt Kunst, das muss man ihm lassen. Natürlich konnte er so ein Welterbe nicht zerstören. Er hat immerhin ein Bild geopfert. Vermutlich, weil er einige Fetzen der Leinwand behalten wollte, um sie dann später für echt befinden zu lassen. Die beiden Bilder, die er am meisten geliebt hat, verschonte er. Die da.«

Sie zeigte auf die beiden Bilder von van Gogh.

»Ich glaube, wir sollten jetzt die Polizei rufen«, sagte Joan Betson und trat ängstlich einen Schritt von Sara zurück.

»Tun Sie das«, sagte Sara Zuckerman und nickte. »Tun Sie das bitte.«

Dienstag, 8. Juli 2014

21:45 Uhr
Båtstøjordet, Bærum bei Oslo

Es war, als ob jemand den Deckel von Norwegen gehoben hätte.

Ein Sommer, der Menschen verändern kann, hatte soeben begonnen, tief, warm und mit einer Intensität, die eigentlich in südlichere Gefilde gehörte. Er würde lange dauern, aber das wusste noch niemand. Kleine Kinder durften noch glücklich, barfuß und halb nackt umherlaufen, lange nach Schlafenszeit und jenseits sämtlicher Regeln. Die Menschen verließen ihre Häuser, sie schliefen auf Terrassen und in Gärten und bei weit offenen Fenstern und Türen. Die Tage begannen früh und nahmen kein Ende.

Der Sommer 2014 strahlte über dem ganzen Norden.

In den Morgenstunden war im Mittleren Osten ein neuer Krieg ausgebrochen. Israelische Behörden hatten den IDF grünes Licht gegeben, um bis zu vierzigtausend Reservisten einzuberufen. Die *Operation Protective Edge* hatte begonnen. Die Fernsehnachrichten hatten bereits über mehrere Tote in dem kleinen Küstenstreifen berichtet, der Gaza genannt wurde. Der Krieg würde dieses Mal länger dauern, aber auch das wusste noch niemand.

Außerdem näherte sich die Fußballweltmeisterschaft ihrem Ende und würde wohl als Jahrhundertturnier in die Geschichte eingehen.

Vor einem braunen Reihenhaus in Båtstøjordet hielt ein knallrotes Auto.

»Dass ich wirklich so einen haben kann«, sagte Ola Farmen beim Aussteigen mit so breitem Grinsen, dass der Lutschtabak zu sehen war.

Als er mit seiner Familie vor fast genau einem Jahr zurück nach Norwegen gezogen war, hatte er wieder mit Snus angefangen. Schon im Flughafen. Jetzt lief er mit ausgestreckten Armen um den nagelneuen Tesla herum, als wollte er das ganze knallrote Wunder umarmen.

»Der gehört mir, Sara! Nagelneu ist er, und er gehört nur mir! Guro wird den Volvo fahren, den wir voriges Jahr gekauft haben, und ich den hier.«

»Gratuliere.« Sie lächelte. »Aber du weißt ja, ich habe keine Ahnung von Autos. Schöne Farbe jedenfalls. Läuft der … gut?«

Ola lachte und legte die Arme um sie. »Sicher, Sara. Der fährt sehr gut. Und das alles wäre ohne dich nicht möglich gewesen.«

»Stimmt.« Sie nickte und befreite sich aus seiner Umarmung. »Das Spiel fängt in einer Viertelstunde an. Im Kino ist schon alles bereit. Thea hat drei Leute zu Besuch, und zum Anpfiff gibt es Pizza.«

Als innerhalb überraschend kurzer Zeit bestätigt worden war, dass Sara Zuckerman recht hatte, was die beiden wertvollen und angeblich gefälschten Gemälde in einem Glaskasten in der Tate Britain anging, lief eine saftige Rückzahlungsforderung von der britischen Versicherungsgesellschaft RSA ein. Unbestätigten Gerüchten zufolge wurden von Najib Aysha 220 Millionen Pfund sowie die in zehn Jahren angehäuften Zinsen verlangt. Seine Anwälte hatten geltend gemacht, dass das eine Bild, »Die Kartenspieler« von Paul Cézanne, doch immerhin echt gewesen war. Es war zerstört worden, als die Diebe es aus dem Rahmen geschnitten hatten, und es war auch nie wieder aufgetaucht. Die Anwälte wurden nachdrücklich daran erinnert, dass Najib Aysha diese Zerstörung bestellt hatte und dass die Versicherung deshalb Anspruch auf Erstattung der gesamten Summe erheben konnte.

Da Aysha, anders als viele Versicherungsschwindler, auch tatsächlich bezahlen konnte, beschloss die RSA, Sara Zuckerman in aller Stille zu einem kleinen Empfang zu bitten. Ganz ohne Presse. Nur der Generaldirektor, der Vorsitzende des Aufsichtsrates und Sara selbst. Sie aßen Kanapees und tranken Champagner, und die beiden Männer wollten wissen, wie alles vor sich gegangen war. Was Sara gedacht hatte. Und wie sie um alles in der Welt durchschaut hatte, dass die Bilder in der Tate Britain versteckt waren.

Als sie, so diskret sie nur konnte, auf die Uhr schaute, waren die beiden mageren Anzugträger ernst geworden. Der Vorsitzende des Aufsichtsrates hatte möglicherweise einen Schluck Champagner zu viel getrunken, denn er griff nach ihrer Hand, als er fast flüsternd verkündete, dass die Leitung der RSA beschlossen habe, ihr einen Bonus von zwei Prozent der Summe zukommen zu lassen, die die RSA und ihre Tochtergesellschaften durch Saras unermüdlichen Einsatz bei der Suche nach der Wahrheit über die Geschehnisse in der Avenue Road gespart hatte.

»Vier Komma vier Millionen Pfund«, hatte der Generaldirektor geflüstert.

Sara fand die Summe, alles in allem gesehen, angemessen und zuckte nicht mit der Wimper. Nach einem Räuspern erklärte sie dann mit einem kleinen Lächeln, ohne Ola Farmens unschätzbaren Einsatz wäre nichts möglich gewesen. Er habe also einen Anspruch auf die Hälfte, entschied sie, und die beiden Herren sagten nichts dagegen.

»Verdammt, Sara, du hast mir das Leben zurückgeschenkt!«

Ola umsprang sie wie ein übermütiges Hundebaby, als sie zur Treppe ging. Er trug einen seiner hellen Leinenanzüge, die er seit dem vergangenen Jahr bevorzugte.

Sara hatte nicht eine Krone von den etwas über dreiundzwanzig Millionen Kronen ausgegeben, die sie erhalten hatte. Abgesehen davon, dass sie den Keller zu einem Heimkino hatte ausbauen lassen. Ein XXXL-Bildschirm, eine Tonanlage sowie acht amerikanische Ruhesessel in zwei Reihen, die hintere dreißig Zentimeter höher.

Deutschland würde zum Semifinale um 22 Uhr norwegische Zeit gegen Brasilien antreten.

»Sei vorsichtig«, sagte sie streng, als sie durch die Haustür gingen, die jeden Morgen sperrangelweit aufgerissen und erst weit nach Mitternacht wieder geschlossen wurde. »Wirf das Geld nicht mit vollen Händen aus dem Fenster.«

»Nicht doch. Wir sind schuldenfrei und haben noch so viel übrig, dass wir darüber nachdenken, das Haus in Gjettumkollen zu verkaufen. Und uns ein neues und größeres anzuschaffen.«

»Wie gesagt, sei vorsichtig. Es ist trotz allem eine begrenzte Summe.«

Sie blieb auf dem Gang stehen, zog eine Schublade auf und nahm eine Postkarte heraus. »Hab ich dir die schon mal gezeigt?«

Ola sah sich das Bild an. »Äh ... das Brandenburger Tor?«

»Ja. Die ist von Dorothy Krüger.«

Sara hatte es nicht über sich gebracht, die alte Dame in der Avenue Road noch einmal zu besuchen. Sie hatte durch Johannes einen vertrauenswürdigen Boten schicken lassen. Der Bote hatte die wertvolle Leica zurückgegeben. Und einen Brief überreicht, in dem so einfach wie möglich erklärt wurde, was die Kamera vermutlich wert war und wie Dorothy vorgehen solle, wenn sie dieses Geld an sich bringen wollte.

»Sie hat die Kamera verkauft«, sagte Sara lächelnd. »Und ihren hundertsten Geburtstag in Berlin gefeiert.«

Sie nahm die Karte und legte sie zurück in die Schublade. In der Küche klapperten vier Teenager mit Porzellan und häuften riesige Portionen Fußballkost an. Sara stellte sich auf Zehenspitzen und hielt den Mund an Olas Ohr.

»Warnung«, flüsterte sie. »Du bekommst die gesündeste Pizza aller Zeiten. Ungewohnt, aber wirklich nicht schlecht.«

»Dann wollen wir uns doch mal die besten Plätze sichern«, sagte Ola und ging zur Kellertreppe.

Sara kam hinterher.

Ola blieb stehen und drehte sich zu ihr um. »Glaubst du, Joumana Aysha wusste Bescheid über den Schwindel mit den Gemälden?«

»Tja. Es wurde ja alles genau untersucht, aber Anklage wurde nur gegen Najib Aysha erhoben. Das Urteil war ganz schön hart, fand ich. Er musste ja den Versicherungsschwindel gestehen, hat aber nie zugegeben, den geplant zu haben. Der Trick, die ›Kartenspieler‹ zerstören zu lassen, hat ihm aber trotzdem das Genick gebrochen. Er hat die Haft angetreten, habe ich irgendwo gelesen. Ganz schöne Veränderung im ... Lebensstil.«

»Wie geht es denn Johannes?«, fragte Ola und öffnete die Tür eines eleganten Kühlschranks in der Ecke. »Für Notting Hill ist das ja eine richtig gute Saison. Vierter Platz, das bringt im Herbst Spiele mit der Champions League.«

»Ich glaube, er ist gerade in Brasilien«, sagte sie und zuckte mit den Schultern. »Wir reden immer seltener miteinander. Ich habe den Eindruck, er hat eine neue Freundin.«

Sie setzte sich in die erste Reihe. Ola ließ sich neben sie fallen und reichte ihr ein Glas Weißwein, dann öffnete er seine Bierdose.

»Aber er ist sehr zufrieden mit dem neuen Besitzer«, sagte jetzt Sara und nippte am eiskalten Wein. »Die Rollenverteilung ist jetzt klarer, sagt er. Der Russe hat offenbar viel mehr Verständnis dafür, welche Freiheiten ein Trainer haben muss.«

»Und keiner von den Spielern hat in dieser Spielzeit eine verdächtige Entwicklung in seiner Geschwindigkeit an den

Tag gelegt«, sagte Ola grinsend. »Die beiden, um die wir uns Sorgen gemacht haben, sind gesund und munter. David hat neue Hüften und einen Job bei West Ham, ich habe vorige Woche mit ihm geredet. Wir haben wirklich allen Grund zur Zufriedenheit, Sara. Prost!«

»Habt ihr noch nicht eingeschaltet?«, fragte Thea erschrocken von oben auf der Treppe. »Das Spiel fängt in fünf Minuten an.«

Im Raum roch es nach Pizza mit Spinat und Feta. Nach Pizza mit Brokkoli, Tomaten, Zwiebeln und Basilikum. Sie aßen geriebenen Kohl mit Öl, Essig und Spitzkümmel, sie tranken Bier und Wein und Cola light, und sie sahen ein Fußballspiel, das bald zu einem absolut unvergesslichen Abenteuer werden würde. Nach weniger als einer halben Stunde saß nur Sara noch in ihrem Sessel.

Es stand fünf zu null für Deutschland.

In der zweiten Hälfte wurde Brasilien vernichtet.

Als von der regulären Spielzeit noch elf Minuten übrig waren, ging die Türklingel.

Sara schaute Thea überrascht an, die im Sessel stand und die Hände vor den Mund geschlagen hatte. Sie schien nichts gehört zu haben, deshalb erhob sich Sara.

Auf der Treppe vor der offenen Tür standen ein Mann und eine Frau. Sara hatte die Frau nie gesehen, erkannte nach einigen Sekunden zu ihrer großen Überraschung jedoch den Mann.

»Jimmy Rowling«, sagte sie mit warmer Stimme und hielt ihm die Hand hin.

»Dr. Zuckerman«, erwiderte er und zögerte einen Moment, dann trat er einen Schritt vor und umarmte sie vorsichtig. »Ich habe nie … ich hatte nie die Gelegenheit, mich bei Ihnen zu bedanken.«

»Das ist aber eine lange Reise für eine solche Kleinigkeit«, sagte Sara lächelnd und sah die junge Frau an.

»Das ist meine Frau«, sagte Jimmy. »Caroline.«

»Hallo, hallo. Kommen Sie doch rein. Entschuldigen Sie

den Lärm im Keller. Wir sehen das Halbfinale, und Deutschland … wie soll man sagen … zerlegt soeben Brasilien. Es steht sieben zu null.«

Jimmy Rowling lächelte verlegen.

»Ich habe jetzt ein etwas … kompliziertes Verhältnis zum Fußball. Sie verstehen …«

Er stand im Wohnzimmer und schaute sich um.

»Setzen Sie sich«, sagte Sara. »Haben Sie Hunger? Wir haben Pizza, auch wenn sie nicht mehr richtig warm ist. Wasser, bei dieser Hitze? Ein Glas Wein?«

»Wasser reicht völlig«, sagte Caroline Rowling und setzte sich neben ihren Mann aufs Sofa. »Wir wollen Sie nicht lange aufhalten.«

»Sie halten mich überhaupt nicht auf. Ehrlich gesagt ging es mir vor dem Fernseher so langsam zu weit.«

Sie holte eine große Flasche Mineralwasser und drei Gläser.

»Wie geht es Ihnen denn? Ich habe gehört, dass Ihnen schließlich ein ICD eingesetzt worden ist. Darüber sollten Sie froh sein. Falls Sie wider Erwarten noch einmal einen Herzstillstand erleiden, wird das Ding Sie sofort ins Leben zurückstoßen.«

»Das hat es schon getan«, sagte Jimmy Rowling. »Dreimal.«

Sara schenkte gerade ein. »Dreimal?«, rief sie.

»Ja. Mein Leben ist eine Hölle. Ich habe die ganze Zeit Angst. Warte dauernd auf den nächsten Stillstand. Wage kaum, abends schlafen zu gehen. Es geht mir … es geht mir …«

Er beugte sich vor und stützte die Ellbogen auf seine gespreizten Knie. Faltete die Hände und senkte den Kopf.

Caroline legte ihm die Hand in den Rücken. »Wir haben niemandem die Wahrheit gesagt«, sagte sie. »Verstehen Sie … Jimmy hatte voriges Jahr vor dem Spiel einen Anfall.«

»Einen Anfall?«

Vor Sara stand ein halb volles Glas. Die beiden anderen waren noch leer. Sara saß bewegungslos da und starrte Caroline Rowling an.

»Ja. Er ist ohnmächtig geworden. Zwei Tage vor dem Spiel. Zuerst sehr hoher Puls, und dann war er einfach bewusstlos. Nicht lange, aber ich wurde …«

Sie öffnete die Handtasche, die neben ihr auf dem Sofa stand. Zog eine kleine, doppelt zusammengefaltete und mit Klebeband verschlossene Plastiktüte heraus.

»Wir glauben, dass Jimmy in Notting Hill gedopt wurde«, sagte sie, jetzt mit festerer Stimme, und schob die Tüte über den Tisch. »Hiermit. Und wir wussten nicht, wohin wir gehen sollten. Bisher. Ich meine … bis zu Jimmys letztem Herzstillstand vor zwei Wochen hatten wir Angst um das Geld. Das von der Versicherung, meine ich. Wir wollten uns einfach still verhalten. Nichts riskieren. Aber das ist doch kein Leben. Jimmys Herz ist offenbar … zerstört. Im Moment ist es uns egal, was mit dem Geld passiert. Aber wir möchten, dass jemand feststellt, was diese Proteinshakes nun wirklich enthalten haben.«

»Ola«, rief Sara, ohne den Blick von der blauen Tüte zu lösen. »Ola!«

Aus dem Keller war ein Gebrüll zu hören. Niemand kam die Treppe herauf.

»Was ist das?«

Sara zeigte auf die Tüte.

»Ich habe nie begriffen, was an den Shakes so wahnsinnig wichtig sein sollte«, sagte Jimmy und setzte sich gerade. »Ein Proteindrink ist doch eben nur … ein Proteindrink.«

Er hob die Hände. Er war mager geworden. Seine Wangen wirkten hohl.

»Auf jedem Becher stand ein Name«, sagte er dann. »Und wir alle mussten austrinken. Es war total …«

»Sie brauchen nicht mehr zu sagen«, sagte Sara. »Ich weiß, wie es bei den Proteinshakes zuging.«

Jimmy machte für einen Moment ein verwirrtes Gesicht. Dann griff er nach Carolines Hand und sagte: »Ich war damals überglücklich. Wurde immer besser und schneller und trainierte wie besessen. War fest in der ersten Mannschaft und hatte die sichere Möglichkeit, an die Bundesliga verkauft zu werden, wie ich mir das immer gewünscht hatte. Dann ... ich wollte wohl nicht sehen, was da ablief. Aber ich hatte so ein Gefühl. David ist ein unglaublich guter Trainer, aber ich war irgendwie so ... so unverhältnismäßig viel schneller geworden. Stärker, so kam mir das vor. In der Regel. Ab und zu hatte ich einen ziemlich hohen Puls. Nicht sehr oft, und nicht lange. Mir war nur ein bisschen unwohl, meistens abends. Ich habe nie jemandem davon erzählt. Nicht einmal ihr.«

Er lugte zu Caroline hinüber.

»Ich hatte eigentlich den Verdacht, dass etwas in die verdammt falsche Richtung ging. Im tiefsten Herzen hatte ich den Verdacht.«

»Aha«, sagte Sara steif. »Aber ich muss noch einmal fragen: Was ist das da?«

Jimmy hob die Tüte hoch und wog sie in der Hand. »An einem von den Tagen, wo es so verdammt wichtig war, wer was trank, muss irgendein Versehen passiert sein. Als ich aus dem Becher mit meinem Namen trinken wollte, merkte ich, dass es fast nur Wasser war.«

»Wie meinen Sie das?«

»Der Shake war nicht geschüttelt worden«, antwortete er mit einem dünnen Lächeln. »Wasser und Pulver waren nicht richtig vermischt. Ich wollte schon den Deckel daraufsetzen und selber schütteln, aber da kam mir eine Eingebung.«

»Sieh an«, sagte Sara verkrampft. »Eine Eingebung.«

»Ohne weiter nachzudenken, trank ich vorsichtig das Wasser. Das Pulver unten im Becher war oben natürlich nass. Darunter aber war es ganz trocken, das merkte ich, als ich mich zur Wand umdrehte und alles in eine Tüte kippte, die ich in meiner Jackentasche hatte. Eine Kacktüte. Unbenutzt, meine ich. Wir haben einen Hund, und ich habe solche Tüten in allen Jacken. Und dann habe ich sie in die Tasche gesteckt. Das da ...« Er legte die Tüte wieder auf den Tisch. »... müsste für eine Analyse ausreichen. Von dem, was ... So macht man das doch, oder? Man analysiert solche Stoffe und erkennt, woraus sie wirklich bestehen. Das ist möglich, nicht wahr?«

Sara nickte. »In der Regel ist das möglich«, sagte sie und stand auf.

Sie nahm vorsichtig die zusammengefaltete Tüte und ging zur Kellertreppe.

»Ola Farmen! Komm sofort her!«

Diesmal gehorchte er. »Das Spiel ist noch nicht zu Ende«, klagte er auf dem Weg nach oben. »Deutschland führt sieben zu null. Hat das nicht Zeit, bis ...«

»Ich hab was für dich«, sagte sie. »Gib mal deine Hand.«

Verwirrt hielt er ihr die Hand hin. Sie nahm sie, drehte sie mit der Handfläche nach oben und legte die kleine blaue Tüte hinein.

»Was ist das?«, fragte er.

»Das ist Dopex, Ola. Sollen wir deinen Fall jetzt also auch noch abschließen? Wir haben sogar einen Zeugen. Ein Opfer. Wie wir es vor über einem Jahr gebraucht hätten. Und von dem wir nie geglaubt hätten, dass wir es finden würden.«

Im Keller wurde abermals losgebrüllt.

Brasilien hatte auf eins zu sieben verkürzt. Was wenig half, es wurde bereits nachgespielt, und es fielen keine weiteren Tore. In Gaza waren am ersten Tag des Krieges dreiundzwanzig Palästinenser getötet worden. Von israelischer Seite wurden keine Gefallenen gemeldet. In einer Wohnung in Soho, London, saß ein Mann vor einem stummen Fernsehschirm. Er hatte das Semifinale zwischen Deutschland und Brasilien gesehen, obwohl Fußball ihn nicht weiter interessierte. Beim Abpfiff fing er an zu packen. Es war nicht viel, was er mitnehmen wollte. Kleider, einige Bücher und eine CD-Sammlung, dazu die beiden Kopien von van Goghs »Namenloser Himmel« und »Porträt des Dr. Gachet«. Die hingen seit dem vergangenen August an seiner fliederfarbenen Küchenwand, nachdem er sie aus einem Safe in einem Keller am Stadtrand von Tel Aviv nach England zurückgeholt hatte. Es kam immer wieder vor, dass er vor den Gemälden stehen blieb und grinste, weil er sie so lange für echt gehalten hatte.

Der Befehl hatte gelautet, sich so bald wie möglich zu melden.

Aron Apter war endlich nach Israel heimbeordert worden.

Nachbemerkung

Bei der Arbeit an diesem Buch haben wir vielfach Rat und Hilfe gesucht. Auch diesmal hat Twitter sich als fantastische Möglichkeit erwiesen, Antworten auf Fragen zu erhalten. Wenn keine Accounts genannt werden, wird auch keiner vergessen.

Ansonsten möchten wir uns gern bedanken, für Anregungen und gute Tipps, kleine und große, bei Øystein Stephansen, Chefanalytiker bei DNB, Steinar Madsen, medizinischer Fachdirektor bei der Staatlichen Arzneimittelaufsicht, Professor Theis Tønnessen vom Universitätskrankenhaus Ullevål und bei Øyvind Eriksen, Konzernchef von Aker ASA.

Die Vereinfachungen, die wir vornehmen mussten, und die Fehler, die uns möglicherweise trotz allem unterlaufen sind, fallen ganz und gar in unsere Verantwortung.

Während unserer zweijährigen Arbeit haben unsere Familien große Geduld mit den reichlich häufig abwesenden Schreibenden gezeigt. Dafür sind wir zutiefst dankbar.

Oslo, 15. August 2014

Anne Holt/Even Holt

»Eine herausragende Krimiautorin.«

Karin Slaughter

Hier reinlesen!

Sara Blædel

Die vergessenen Mädchen

Kriminalroman

Aus dem Dänischen von
Marieke Heimburger
Piper Paperback, 352 Seiten
€ 14,99 [D], € 15,50 [A]*
ISBN 978-3-492-06005-9

* Cover- und Preisänderungen vorbehalten

In einem abgelegenen Waldstück wird die Leiche einer Frau gefunden. Eine lange Narbe in ihrem Gesicht sollte es Kommissarin Louise Rick einfach machen, die Tote zu identifizieren, doch niemand meldet sie als vermisst. Louises Ermittlungen führen sie tiefer in die eigene Vergangenheit, als ihr lieb ist, und so manches Geheimnis, das lange im Wald verborgen lag, kommt endlich zutage …

PIPER

Leseproben, E-Books und mehr unter www.piper.de